Corazones

Xaviera Taylor

Xaviera Taylor
Corazones
Fecha 14-feb-2017
© Xaviera Taylor
Todos los derechos reservados

Khabox editorial
CODIGO: KE-007-2000

ISBN-13: 978-1542991384
ISBN-10: 1542991382

© Diseño de portada , Fabián Vázquez
© Edicion y correccion: Khabox editorial
Primera Edición, FEBRERO 2017

En mi corazón

Libro 1

1

Daniel Ducos respiró profundo sintiendo su arritmia.

Su corazón no estaba nada bien. Nunca lo había estado. A los ocho años le habían diagnosticado una enfermedad cardiaca. Y a pesar de que Dani había asistido a todos sus controles, había tomado todas sus medicinas, la condición de su corazón había empeorado.

Trataba de mantenerse tranquilo mientras esperaba pacientemente que su doctor terminara de ver los últimos exámenes médicos a los que se había sometido, pero Dani sintió su corazón más acelerado de lo normal.

Maldición. Dani rezó en silencio para que su desfibrilador no le diera un choque en esos momentos. Se llevó la mano al pecho con disimulo y tocó el desfibrilador que tenía insertado bajo la piel y conectado a su corazón. Aquel aparato controlaba sus arritmias, y cuando su corazón se descontrolaba demasiado, el desfibrilador le daba un choque eléctrico controlado para restaurar el ritmo normal de su corazón. Dani tenía una relación amor-odio con aquel infame aparato: probablemente el desfibrilador le había salvado la vida varias veces, pero cada vez que lo veía, sentía ganas de arrancárselo del pecho; era un recordatorio constante de lo defectuoso que era.

El doctor dejó los exámenes sobre el escritorio y miró a Dani con una expresión demasiado seria.

—Lo lamento, Dani. Pero los exámenes se ven muy mal —le dijo el doctor lapidariamente.

—Mis exámenes siempre se ven mal. ¿Qué tan malo es ahora?

—Tu corazón ya no responde a ninguna clase de tratamiento. ¿Recuerdas cuando hablamos de que llegarías a un punto en que las medicinas no servirían?

—Llegamos a ese punto —dijo Dani sin sorprenderse, pero sintiendo todo su cuerpo temblar de miedo—. ¿Voy a morir?

—Aún nos quedan un par de opciones, Dani. Existe una cirugía… Es complicada y bastante riesgosa. Pero si todo sale bien, podría ser una buena opción.

—¿Cuándo me operará? —preguntó, esperando que el doctor dijera "lo antes posible".

—Antes de hacerlo, pediré a la junta médica del hospital que evalúe tu caso. Necesito estar seguro de que la cirugía es una opción indicada para ti.

—¿Cuando sabré la decisión de la junta?

—La próxima semana. Se reúnen el miércoles a evaluar otro caso. Solicitaré que revisen el tuyo también.

Era viernes en la mañana, así que le esperaban cinco largos y angustiosos días de incertidumbre.

—¿Qué pasará si la junta decide que la cirugía no es adecuada para mí?

—La única opción que te quedará es un trasplante de corazón. Haré que te incluyan en la lista de espera lo antes posible.

Un trasplante era una opción complicada para Dani. El doctor Andrade ya se lo había dicho anteriormente. Su tipo de sangre lo hacía poco compatible con posibles donantes. Dani trabajaba en un hospital y había visto a muchos pacientes morir esperando un órgano.

—¿Cuánto tiempo me queda si no aparece un donante para mí? —preguntó asustado.

—De seis meses a un año. Depende de muchos factores, pero si te sometes a la cirugía o al trasplante, necesitarás una red de apoyo, Dani. El cansancio y las dificultades respiratorias que sufres ahora se irán haciendo cada vez más debilitantes.

Su doctor sabía que estaba solo en el mundo. Tras la muerte de su madre, Dani no tenía a nadie más. Y necesitaría a alguien que cuidara de él. Dani sabía lo que le esperaba, lo había visto en los pacientes del hospital. En unos pocos meses sería casi un inválido. No sería capaz de valerse por sí mismo. Ni siquiera podría respirar solo; iba a depender de máquinas que lo ayudaran a vivir.

Después de salir de la consulta médica, Dani estaba más deprimido de lo que había estado nunca. Por mucho tiempo supo que en algún momento su corazón ya no resistiría. Y el momento había llegado. Si no era operado y no aparecía un donante, moriría en menos de un año.

¿Iba a morir? ¡Pero si solo tenía veintinueve años! ¿Cómo podía estar muriendo? ¡Ni siquiera se sentía tan mal como para pensar que estaba muriendo! Había días que se sentía muy cansado y muy débil… ¿Pero muriendo? ¡No! Se negaba a aceptarlo. Ni siquiera había comenzado a vivir aún, era demasiado joven para morir.

Caminó sin rumbo fijo y sus pies lo llevaron inevitablemente al mar. Dani vivía en Viña del Mar, la ciudad costera donde se había criado y vivido toda la vida. La llamaban Viña o la Ciudad Jardín por sus innumerables áreas verdes y hermosos jardines públicos.

Dani amaba vivir cerca del mar, sobre todo le gustaba ver por las mañanas las olas estrellarse contra las rocas y sentir que cada nuevo día, el mar borraba todo lo malo. ¿Podría el mar llevarse el horrible diagnóstico médico? Lo dudaba, pero se sentó de todas formas a la orilla del mar viendo las olas reventar suavemente.

Dios, cuanto necesitaba a Alex en esos momentos. Le habría encantado que Alex estuviera a su lado, justo allí sentado en la arena junto a él.

Dani y Alessandro Morelli, o Alex como todos lo llamaban, eran los mejores amigos desde que podía recordar. Y no podían ser más distintos. Físicamente eran como el día y la noche. Dani era pequeño y de tez pálida, Alex siempre decía que con sus grandes ojos grises parecía un cachorro perdido. En cambio su amigo era alto, de ascendencia italiana y tan guapo que más de una vez había visto mujeres volteando para admirarlo.

Socialmente la diferencia era aún mayor. Los padres de su amigo eran de una situación muy acomodada; poseían viñedos desde hace varias generaciones y producían uno de los vinos más premiados del país. Cuando Alex se había graduado en la universidad de ingeniero comercial, había trabajado en la empresa familiar, pero las constantes peleas con su padre habían hecho que buscara trabajo en una empresa de computación. Ahora tenía un cargo ejecutivo y una exitosa carrera, pero su padre aún no le perdonaba su deserción.

Dani, en tanto, era hijo de una madre soltera; lo único que había heredado de su padre eran su tez clara y sus ojos grises.

Se conocieron siendo pequeños en una rigurosa, cara y muy elitista escuela católica. La familia de Alex no tenía problemas para pagar la colegiatura, pero él era un alumno destacado y había estado siempre becado. Sus buenas calificaciones le permitieron estar adelantado en sus clases. Eso, sumado a que su enfermedad cardiaca provocó que fuera pequeño, flaco y ojeroso, lo hizo la burla y el objeto de abuso de sus compañeros de clase.

Eso fue hasta el día que Alex salió en su defensa cuando tenía nueve años. Aunque era un niño de diez años, Alex siempre fue alto, de espaldas anchas e incluso un poco gordito. Desde el día que lo tomó bajo su protección, sus compañeros jamás volvieron a molestarlo, y ellos se convirtieron prácticamente en hermanos.

Pensó en llamar a Alex y decirle sobre el nuevo diagnóstico. Había perdido peso y no se veía tan sano como antes. Alex lo conocía y se daría cuenta tarde o temprano, pero temía ver la mirada de lástima en sus ojos. No soportaría ver una mirada así en su cara.

Dani estaba enamorado de Alex, profundamente y desde hace muchos años. Cuando Dani tenía quince, había comenzado a ver a su mejor amigo de otra forma. Por su condición cardiaca, no podía jugar fútbol o basquetbol, pero siempre iba a ver y a apoyar a Alex en los juegos. En ellos, Dani había comenzado a ver el cuerpo de su mejor amigo y admirar sus músculos. Al principio se justificaba diciéndose a sí mismo que envidiaba el cuerpo de Alex, pero ver el cuerpo de sus compañeras no le producía lo mismo; las mujeres no lo excitaban de la misma manera.

Alex había tenido el valor de salir del closet a los dieciséis años. Y a quien primero se lo contó fue a él, incluso antes que a su familia. Alex fue afortunado en que sus padres lo apoyaron, igual que su hermana y toda su familia.

Cuando su amigo dijo la palabra "gay", una alarma sonó en su cabeza y se dio cuenta de que él también era homosexual. La diferencia estaba en que él jamás podría revelarse, ni contarle algo así a su madre. Ella era muy apegada a la religión y participaba en la iglesia activamente. Una iglesia que consideraba la homosexualidad un pecado.

Así siguió durante años, sufriendo cada vez que veía a Alex con un novio y teniendo novias por las que jamás sintió lo que sentía por su amigo.

Había tenido una novia que había sido especial. Elizabeth. Con ella pensó que "corregiría" su vida. Eran perfectos juntos, y su madre la adoraba, pero cuando llegaban a la parte íntima, la relación no funcionaba. Dani sabía que era su culpa e intentaba satisfacer las necesidades físicas de Elizabeth, pero llegaron a un punto en que todo se quebró. Siguieron siendo amigos, lo eran hasta el día de hoy.

Cuando por fin se sintió lo suficientemente tranquilo, Dani se sacudió la arena de la ropa, los recuerdos de la cabeza y miró su reloj. Era casi mediodía y recordó que debía asistir a un funeral. La tía de Alex, Lucía, había fallecido en un accidente de tráfico. El funeral se realizaría en Viña del Mar, y al ver su reloj se dio cuenta que casi era la hora de la ceremonia y debía encaminarse al cementerio si quería llegar a tiempo.

Se dirigió en su pequeño automóvil al cementerio, con la esperanza de sentirse un poco mejor al ver a Alex. Había estado en ese mismo cementerio hace solo tres meses, cuando su propia madre había muerto de un ataque cardíaco. Así que los recuerdos tristes de aquel día llegaron rápidamente a su memoria.

Aparcó su vehículo en el cementerio y reconoció enseguida la gran camioneta roja de Alex estacionada dos espacios más allá.

Caminó hacia la capilla del cementerio y miró al hombre alto y apuesto que lo desvelaba. Alex, con su tez blanca y pelo oscuro, tenía una sonrisa simplemente encantadora. Cuando su amigo sonreía lo hacía con los ojos, esos profundos ojos oscuros en los que él podría perderse.

Alex se acercó a él vestido en uno de sus caros trajes oscuros y lo abrazó con fuerza. Dani sintió el cuerpo de su amigo y contuvo las ganas de suspirar. Siempre aprovechaba esos pequeños momentos para aliviar un poco los anhelos de su corazón, aunque solo fuera con un pequeño abrazo. Y en esos momentos lo necesitaba más que nunca.

Alex no quería soltar el abrazo, se sentía tan bien sostener a Dani. Al lado de su metro ochenta, su pequeño amigo apenas le llegaba al hombro. Y a Alex le encantaba que Dani encajara perfectamente en sus brazos. Le gustaba sentir que podía sostenerlo y protegerlo.

Dani no se veía bien. Su pelo castaño claro acentuaba las señales de cansancio y la palidez de su rostro. Para Alex, Dani siempre sería el hombre más lindo que conocía, pero no se veía sano. Su salud nunca había estado bien, siempre había periodos en los que decaía como ahora, pero él no soportaba verlo así. Le dolía.

Alargó el abrazo todo lo que pudo y luego miró los hermosos ojos grises de Dani. Esos ojos eran su perdición, siempre lo habían sido.

—¿Cómo estás, cariño?

El sonrojo de Dani ante el apelativo cariñoso no le sorprendió. Él siempre saludaba a su amigo igual y Dani siempre se sonrojaba.

—Estoy bien —le respondió con un hilo de voz.

—¿Seguro?

—Sólo algo cansado, no dormí bien anoche.

—Estás más delgado. —Notó también las ojeras pero no quería ser tan incisivo con su amigo.

—Sí, eso creo.

—¿Tu doctor no dijo nada al respecto?

—Si esa es tu manera de preguntar si me estoy cuidando, sabes muy bien que voy a todos y cada uno de mis controles médicos y también tomo todas mis medicinas, ¿está bien?

Alex levantó una ceja antes de contestar.

—Lo sé, no quise molestarte, sabes que no puedo evitar preocuparme por ti.

—Lo siento —dijo Dani sacudiendo la cabeza—. Sé que te preocupas por mí. Es solo que... este no es un buen día, eso es todo.

La mirada triste en la cara de su amigo le dolió. Sabía bien que Dani estaba recordando el funeral de su madre. Alex había detestado a aquella homofóbica mujer, pero había sido una excelente madre para Dani. Siempre habían sido muy unidos y su muerte había sido un golpe muy duro para Dani.

—Lo entiendo —le dijo y volvió a abrazarlo—. Sabes que estoy aquí para apoyarte a ti también, ¿verdad? —añadió antes de soltarlo.

—Es tu tía, se supone que yo debería apoyarte a ti. Pero así eres tú, siempre afirmándome en los malos momentos.

—Acá está mi hombro cuando quieras.

Y mis brazos, mis labios, lo que me pidas es tuyo, pensó.

Le costaba ver sufrir a Dani, no solo porque estaba irremediablemente enamorado de él, sino también porque ya lo había visto sufrir demasiado debido a sus problemas de salud. Había estado presente en sus operaciones, en los post-operatorios, he incluso cuando a los trece años le dio un ataque cardiaco en plena clase de Historia. Ese era hasta ahora el peor día de su vida, y su pesadilla más recurrente. Cada vez que tenía una pesadilla con aquel día, llamaba a Dani, fuera la hora que fuera. Su amigo ya se había acostumbrado a que Alex lo despertara a las tres o cuatro de la mañana para preguntarle como estaba.

Dani suspiró y comenzó a caminar hacia la capilla. Alex lo siguió con pasos lentos. Quería aprovechar al máximo su tiempo juntos. Ellos se habían criado en Viña del Mar, una pequeña ciudad costera que quedaba a dos horas de Santiago, la capital de Chile. Hace un año, Alex se había mudado a la capital y Dani se había quedado en la costa, así que ya no se veían tan seguido como antes. Sus contactos solían ser por correo electrónico, mensajes de texto y teléfono. Pero para Alex nunca era suficiente, por más que sus llamadas telefónicas duraran horas, lo mismo que sus chats.

—¿Vienes por el día o te quedarás más tiempo? —le preguntó Dani sacándolo de su ensoñación.

Era viernes, y Alex había organizado todo para pasar algún tiempo con su familia, y especialmente con Dani, ese fin de semana.

—Pedí permiso en el trabajo, así que creo que me quedaré el fin de semana.

—Qué bien... yo también pedí el día en el hospital.

Dani era psicólogo, uno brillante por lo que había escuchado. Podría trabajar en cualquier clínica o consulta particular, pero prefería trabajar en un hospital público. Su trabajo principal era con niños con enfermedades crónicas y sus familias. Nadie mejor que su amigo para saber los sufrimientos de un niño enfermo y él lo admiraba más aún por eso.

—¿Te quedas con tu familia? —Dani le preguntó.

—No lo sé, las cosas están un poco complicadas con mi papá, así que preferiría pedirte asilo este fin de semana. Además me gusta estar contigo.

Desde que la madre de Dani había muerto, Alex prefería quedarse en el apartamento de su amigo que en la casa de su familia. Cada vez que veía la inmaculada cama de Dani su corazón latía fuerte, recordando las cosas que le gustaría hacer allí. Había perdido la cuenta de las veces que se había masturbado pensando en hacerle el amor a Dani en su cama.

—¿Tu papá sigue molesto contigo?

—No tanto, pero cada vez que me ve, comienza con el discurso de la familia y las responsabilidades... me hace perder la paciencia y terminamos discutiendo.

—¿Sería tan malo volver a trabajar con tu papá?

—Sí. Una vez fue suficiente. Él tiene la escuela antigua y cada vez que le sugería algún cambio me miraba como si no supiera lo que estaba haciendo. Yo estudié y he trabajado duro también, por eso me respetan y me pagan lo que merezco donde estoy ahora.

Alex caminaba unos centímetros más atrás para poder mirar el fabuloso trasero de su amigo. Dani y su madre vivían en la parte más humilde de la ciudad, que se encontraba en una zona de colinas. Desde que era niño su amigo subía y bajaba diariamente aquella zona. El resultado de aquel ejercicio era que a pesar de ser delgado, Dani tenía unas preciosas y tonificadas piernas y un trasero duro y redondeado, tan sinuoso como las colinas que circundaban la ciudad. Su mayor sueño era tomar las perfectas nalgas en sus manos, besarlas y chuparlas hasta dejarle una marca.

—Por una parte entiendo a tu papá.

—¿Qué? —Alex miró a su amigo como si estuviera loco.

—Él te quiere y te necesita a su lado, aunque sea muy orgulloso para decírtelo con esas palabras.

—Como sea, prefiero pelear con él en casa de vez en cuando y no en una oficina de lunes a viernes —Miró de reojo a Dani—. No me has dicho si me recibirás en tu apartamento.

—Por supuesto que sí. Sabes que siempre eres bienvenido.

—Genial. ¿Qué haremos? Podemos salir a tomar algo. Prometo no llevarte a un club gay.

Vio como las mejillas de su amigo se teñían de rojo. Él siempre les hacía ese tipo de bromas a sus amigos y Dani siempre era el que más se avergonzaba. Más de una vez había pensado que tal vez Dani era tan homofóbico como su difunta madre y solo lo aguantaba por su larga amistad.

—Oye, era solamente una broma.

—Sí, lo sé. Es solo que nunca he ido a un club gay. No me puedo ni imaginar como son.

—Son igual que los otros, solo que va mucha gente gay. ¿Quieres conocer uno? Te puedo llevar —Alex se sobresaltó al ser sorprendido por Dani cuando le miraba el trasero—. Y protegerte de paso, porque te advierto que si vas solo, con ese culo hermoso que tienes, no saldrías con tu virtud intacta.

Dani se sonrojó tanto que hasta sus orejas se colorearon; se volvieron tan rojas y brillantes como las flores que adornaban el lugar.

—Alex, por lo más sagrado, estamos en un camposanto...

—Lo siento. —Esta vez fue su turno para sonrojarse.

Dani era católico practicante y muy involucrado en su religión, a diferencia de él, que no había vuelto voluntariamente a una iglesia desde que los curas lo echaron del colegio por ser gay. Las únicas excepciones eran los matrimonios, bautizos y funerales. Soportaba las misas, pero ya no comulgaba; si los curas lo creían un pecador, él no les iba ir a rogar perdón por ser como era.

Dani aún sentía su cara arder por las palabras de Alex. Su amigo lo conocía demasiado bien. En menos de cinco minutos, había puesto el dedo en la llaga en los secretos que mantenía para sí: su salud y su homosexualidad.

Alex adoraba sonrojarlo y siempre lo hacía con ese tipo de bromas. Si él fuera hetero quizás se reiría de todos sus chistes tontos, pero en cambio se avergonzaba, principalmente por ser un cobarde escondido en un muy, pero muy profundo closet.

Con su sonrisa pícara, Alex le dio un empujón cariñoso con el hombro.

—No te enojes conmigo, ya sabes que esto de la religión no me inspira tanto respeto como a ti.

—Siempre me he preguntado si tu... llamémoslo "ruptura" con Dios fue definitiva. ¿No te queda nada de fe?

—Mi "ruptura", como la llamas, no fue con Dios. Fue con los curas. Soy creyente, aunque me creas un hereje.

—¿Hablas en serio?

—Sí, hasta rezo a veces.

La cara de shock de Dani debió ser obvia, porque su amigo se largó a reír con solo mirarlo.

—No te veía esa cara de sorpresa desde el día que te confesé que era gay —dijo Alex riendo.

—Creo que esto me sorprendió más. ¿De verdad eres creyente?

—Bueno, al principio cuando pasó todo lo del colegio, sí estaba enfadado con Dios y pensé que perdería la fe. Pero después me di cuenta de que la Iglesia solo está formada por hombres y ellos son quienes me juzgan, no Dios. Si soy así es porque Él me hizo de esta forma; Él me hizo gay.

Dani detuvo su caminar impactado por las palabras de Alex, quien no se dio cuenta y siguió caminando mientras hablaba.

—Así que si alguien debe juzgarme por mis actos que lo haga Dios y no un montón de cobardes con falda que me apuntan con el dedo, pero hacen la vista gorda y protegen a degenerados que andan abusando y violando niños.

Alex se dio cuenta de que Dani no estaba a su lado y lo miró.

—¿Estás bien?

Sí, lo estaba. Con todo lo que él iba a la iglesia, con todo lo que rezaba, nunca nadie le había hecho sentir el alivio que sentía su corazón en ese momento.

Dios lo había hecho así.

La vergüenza que sentía era solo por todo lo que su madre y la Iglesia le habían enseñado todos estos años. ¿Estaban ellos equivocados o lo estaba Alex? En el fondo de su mente aún escuchaba la palabra pecado. Pero creía en las palabras de su amigo. Quería creerlas.

—Lo siento si dije algo que te ofendiera —se excusó Alex.

—No, todo lo contrario, creo que tienes razón. Siempre admiré tu valentía al declararte tan joven, pero creo que te admiro aún más ahora. ¿Por qué nunca antes habíamos hablado acerca de esto?

—No lo sé —le dijo, levantando los anchos hombros—. Siempre pensé que me veías como un pecador.

—¿Crees que te juzgo por ser gay? —preguntó Dani impactado—. Porque no es así, jamás lo he hecho.

Alex desvió la mirada antes de contestar.

—Honestamente, algunas veces pensé que a lo mejor eras solo un poquito homofóbico —le dijo juntando sus dedos en un gesto.

—¿Qué? ¿Por qué? ¿Alguna vez hice o dije algo que te ofendiera?

—¡No, claro que no! Es sólo... no sé cómo explicarlo, es como si a veces te sintieras incómodo a mi alrededor. Dime la verdad, ¿es por las bromas que te hago?, ¿o te incomoda tener a un hombre gay a tu lado?

—Alex yo... hay algo que debes saber... —Literalmente fue salvado por la campana cuando el llamado al responso sonó—. Podemos seguir esta conversación después, ¿te parece? —le dijo antes de que ambos entraran a la capilla.

14

Dani estaba impactado. ¿Homofóbico? ¿Cómo le explicaba? ¿Cómo le decía que se sentía incómodo porque él lo excitaba? Suspirando, comprendió que había llegado el momento de confesarse con su amigo.

Alex sabía que Dani tenía que decirle algo. Lo conocía demasiado bien y sabía que hace ya un par de años que algo lo inquietaba y suponía que era algo relacionado con su homosexualidad. Siempre había temido que Dani se alejara de él por ser gay. Su formación católica era fuerte y lo que le dijo antes era cierto, había momentos en los que su amigo se sentía incómodo a su alrededor.

Suspirando, miró a su alrededor. La iglesia estaba llena de su familia. Alex era descendiente de italianos por ambos lados de la familia, y su parentela era numerosa, cariñosa y ruidosa.

—Hola, hermanito —lo saludó su hermana Renata sentándose a su lado.

—Hola, preciosa. —Alex se agachó a besar la mejilla de su hermana menor.

—Hola, Dani —saludó Renata a su amigo, besándolo en la mejilla.

—Hola, Re, ¿cómo estás?

—Bien, terminando mi tesis, ¿y tú? Estás más delgado.

—Sí, eso me han dicho —Dani se sonrojó un poco.

—Ya cállense los dos, va a empezar la misa —dijo Alex reprendiéndose internamente por sentir celos de su hermana.

Renata aprovechó que Dani estaba saludando a uno de sus primos para llamarle la atención.

—No puedo creer que todavía sientas celos de mí —dijo su hermana en voz baja.

—Lo lamento, pero no puedo evitarlo. Una de mis peores pesadillas es que Dani se enamore de ti o tú de él —dijo en el mismo tono bajo—. No podría soportar algo así.

—Se necesitan dos para eso.

—¿Segura que no sientes nada por él? Porque a veces siento que tienes cierta fascinación por Dani, incluso estudiaste psicología, igual que él.

—Jamás te haría algo así sabiendo lo que sientes por él, Alex. Quiero mucho a Dani, pero no de esa manera.

—Lo sé —Alex le sonrió a su hermana. Apenas se llevaban cuatro años y eran los mejores amigos del mundo—. Lo lamento. Me siento como un tonto. Y un egoísta también, pero sabes que lo quiero para mí.

Su hermana entornó los ojos, con un gesto muy típico de ella cuando quería terminar una conversación que ya habían tenido varias veces. Alex miró hacia adelante y vio a sus padres, que estaban cerca del viudo. Su tío estaba muy afectado por la muerte de su esposa. También vio a varios primos, quienes lo saludaron.

—Mi mamá dice que los espera a almorzar, a ti y a Dani —le susurró Renata cuando ya había empezado la misa—. Yo tengo cosas que hacer, así que no estaré ahí. Trata de no discutir con mi papá.

Alex iba a replicar a su hermana, hasta que vio a Dani muy concentrado en la ceremonia. ¿Cómo podían ser amigos y ser tan diferentes en algunas cosas?

Después del funeral y de despedirse de la familia, Dani fue a dejar flores a la tumba de su mamá y Alex lo acompañó. No pudo evitar que un par de lágrimas se le escaparan. Se sentía muy solo desde su partida. Alex era lo más cercano a una familia que tenía y se había ido a vivir a otra ciudad.

Alex se acercó silenciosamente y lo abrazó. No le dijo nada, solo lo sostuvo hasta que dejó de llorar y después lo acompañó hasta el estacionamiento.

—Mi mamá nos espera para almorzar —le dijo Alex.

—Si es un almuerzo familiar... no quiero incomodar. —La verdad era que se sentía triste y no quería estar solo.

—Sabes bien que no vas a incomodar. Re dijo que mi mamá nos espera a ambos. Además ella te adora, estará feliz de tenerte allí. Eres como el hijo hetero que nunca tuvo.

Dani se tensó con la broma de Alex, difícilmente era el hijo hetero de nadie. La mamá de Alex era una dama increíble, había criado a dos maravillosos hijos y ahora hacía trabajo voluntario en varios hospitales. Desde la muerte de su mamá, Dani casi la había adoptado como una segunda madre y ella también lo quería mucho.

—Si estás seguro...

—Segurísimo, vamos. Podemos ir en tu coche y dejar el mío acá.

Dani miró a Alex con cara de asombro.

—Mi automóvil tiene mejor sistema de alarma que el tuyo —le explicó Alex—. Además debemos ir al sur para la casa de mis papás y después debemos volver al norte para ir a tu apartamento. No necesitamos los dos automóviles. A la vuelta lo pasamos a buscar.

—Bueno, solo que tu carro es más cómodo que el mío.

—Tu carro es cómodo. Es como tú: pequeño y acogedor.

Dani enrojeció con el cumplido y sonrió.

—Dices cada cosa.

—Pero te hice sonreír.

—Siempre me haces sonreír.

Alex se giró a preguntarle:

—¿Quieres continuar la conversación de hace un rato?

—Oh, bueno es... yo... podemos hablarlo después.

—Como quieras.

Dani suspiró y caminó hacia su coche. Tendría unas horas más para pensar la mejor manera de contarlo todo.

¿Cómo le confesaba a Alex que toda su vida había sido una mentira?

Cuando llegaron a la casa de sus padres, Alex sonrió al recordar la primera vez que su amigo había ido a su hogar cuando eran niños. Dani había estado fascinado con su numerosa familia y ellos prácticamente habían adoptado a su amigo. Dani había sido parte de cada evento familiar a su lado, y cuando Alex salió del closet, toda su familia asumió que Dani era su novio. Llevaba años desmintiéndolos, pero nadie quería escucharlo. A él le habría encantado que así fuera, pero su amigo era heterosexual y Alex se conformaba con otros hombres.

No habían sido demasiados; él nunca fue muy promiscuo y siempre buscó a alguien que pudiera llenar su corazón como Dani lo hacía. Siempre buscaba algo de su amigo en sus novios: a veces los ojos claros, otras veces la calidez y sin duda, su buen trasero. Alex ni siquiera miraba a un hombre que no tuviera un trasero atractivo.

El almuerzo en la casa de sus padres fue como Alex esperaba: incómodo. Sus padres habían invitado también a su viudo tío y a sus primos. La comida fue tranquila hasta que su primo Max le preguntó sobre su trabajo y la cara de su padre lo dijo todo.

Por suerte, Dani notó la situación e hizo la conversación en la mesa muy fluida, y eso alivió un poco el ambiente. Alex miró a su amigo, que estaba hablando con su mamá, y por un momento soñó que Dani y él eran novios. No pudo evitar sonreír. Cuando miró a su padre, él en respuesta frunció el ceño.

Al terminar el almuerzo todos fueron a tomar un café en el jardín. Dani adoraba el jardín de su casa, probablemente porque se había criado toda la vida en un apartamento.

Pasaron gran parte de la tarde con su familia. Alex le iba a pedir a Dani que se marcharan, cuando su papá le pidió que hablaran a solas. Antes de que su padre abriera la boca, Alex ya esperaba el sermón sobre su trabajo, así que le sorprendió cuando su padre habló.

—¿Estás saliendo con alguien? —le preguntó directamente.

—No. Estoy soltero. —Alex estaba desconcertado con la conversación. Su padre nunca le preguntaba por sus novios o su vida sexual.

—¿Tú y Dani...?

Alex negó con la cabeza. —No te preocupes por eso papá. Llevo años diciéndolo, él no es mi novio, Dani es hetero.

—Eso espero, no me gusta para ti —murmuró muy bajo, pero Alex lo pudo escuchar.

Alex sintió que su padre era injusto y no pudo evitar defender a Dani.

—Para tu información, sería el mejor yerno que podrías tener. Es un psicólogo brillante, buen amigo, generoso y podría seguir toda la tarde hablándote maravillas de él.

—Vi como lo mirabas durante el almuerzo —Alex miró a su papá sorprendido—. No lo hagas hijo, no te enamores de él.

—Pensé que Dani te agradaba.

—Me agrada, pero si te enamoras de un hombre espero que te corresponda. Además... no sería una buena idea, aunque fuera gay.

—¿Por qué no? ¿Por qué Dani sería inadecuado para mí? ¿Por qué no es de tu nivel social? —Alex preguntó, molesto.

—No me importa su nivel social. No es para ti porque te haría sufrir —le dijo tajante su papá.

—¿Y cómo puedes tú saber eso?

—Porque siempre ha estado enfermo. No va a vivir demasiado y vas a sufrir cuando se vaya.

Alex estaba impactado con las palabras de su padre.

—¿Cómo puedes decir algo así? ¿Cómo te atreves a decir algo así? —dijo enojado.

—Porque debes ser realista. Dani ha estado enfermo y en hospitales toda su vida. Su madre murió de un ataque con menos de cincuenta años...

—¡Basta! ¡No tengo por qué escucharte! ¡No tengo por qué aguantar esta mierda! —Alex salió enfurecido hacia el jardín a buscar a su amigo—. Dani, nos vamos.

—Está bien —su amigo le dijo sorprendido.

Se despidieron rápidamente de su familia y salieron de la casa. Cuando Alex se instaló en el asiento del pasajero, apoyó la cabeza hacia atrás tratando de contener las lágrimas.

Dani no dijo nada mientras iban por su camioneta. Cuando se detuvieron en un semáforo sintió que Dani le tomaba la mano. Abrió los ojos y miró a su amigo, las palabras de su padre en su cabeza se repitieron y sintió ganas de gritar y llorar.

¿Y si algo le pasaba a Dani?

El ánimo de Alex no era de lo mejor y Dani optó por llevarlo a dar un paseo para que se despejara. Alex no le había dicho por qué había peleado esta vez con su papá, pero Dani supuso que probablemente era por su trabajo.

Dani quería llevarlo a su playa. Una pequeña parte de la costa a la que no mucha gente iba. Le gustaba ir a ver el atardecer sin que nadie lo molestara. Pero se arrepintió de hacerlo. Siempre que estaba allí se imaginaba a Alex con él, tenerlo en esa playa sin poder siquiera tomar su mano sería una tortura.

Finalmente, Dani decidió llevarlo a tomar un helado. Cuando detuvo su coche frente a la gelatería italiana favorita de Alex, su amigo gimió.

—Oh, que cruel eres. ¡Estoy a dieta! —le dijo Alex con una sonrisa.

—¿A dieta? No lo necesitas; estás muy bien. —Dani miró el precioso cuerpo de su amigo.

—Estoy bien porque evito el azúcar. ¡Ah, qué diablos! Vamos adentro.

Dani sonrió, Alex podía resistirse a cualquier cosa, menos a un helado.

Pasaron el resto de la tarde disfrutando de los helados y conversando. Ellos jamás se quedaban sin un tema de conversación; era una de las cosas que más amaba de Alex.

Aún era temprano cuando llegaron a su apartamento. Alex fue directo a la habitación extra a dejar su bolso y a cambiarse de ropa. A Dani le encantaba tener a su amigo en su casa, poder hacer cosas juntos y por un momento soñar con que se quedaría con él.

Alex volvió a la sala con pantalones de algodón, camiseta y sandalias. Se sentó frente a Dani y cariñosamente lo golpeó con el pie para llamar su atención.

—¿Tienes ganas de hacer algo en particular?

—No, estoy un poco cansado, no dormí bien anoche.

—Toma una siesta, yo puedo ver televisión un rato o me prestas tu computadora y reviso mi correo electrónico.

—Está donde siempre —le dijo, apuntando hacia su computadora—. Pero no creo que sea buena idea la siesta, ya son casi las ocho. Si duermo ahora no podré dormir en la noche y dos malas noches de sueño me van a matar antes que mi corazón.

—No bromees con eso; no me gusta —Alex le dijo muy serio.

—Lo siento... ¿Quieres hablar sobre lo que pasó con tu papá?

—No, ¿para qué? Es lo mismo de siempre.

—Parecías muy afectado. Más que otras veces.

—Dijo cosas que me hirieron.

—Alex, tu papá es muy impulsivo; lo que haya dicho estoy seguro que ya debe estar arrepentido. Además aún debe estar afectado por lo de tu tía.

—Tú siempre te pones de su lado —le dijo Alex ofendido.

—¡Eso no es cierto!

—Claro que sí. Según tú, debería perdonarlo, trabajar con él... ¿Sabes que creo? Esto es por tus asuntos pendientes.

—¿Asuntos pendientes?

—Sí. Tú manejas esa mierda psicológica mejor que yo. Creo que es porque no tuviste padre y todo eso.

Dani no supo que contestar, pero Alex probablemente tenía razón; él nunca conoció a su padre y siempre había envidiado la relación de Alex con su papá.

—No quise que sonara tan duro —le dijo su amigo cuando Dani se quedó pensando.

—No, no fuiste duro; estaba pensando que tienes razón. Me habría gustado tener un padre como el tuyo.

—¿Mandón y con mal genio? —preguntó Alex levantando una ceja.

—Que me amara —dijo Dani, haciendo que Alex lo mirara con tristeza—. Sé que tu padre es mandón y siempre están peleando, pero yo sé y tú sabes que te ama. Nunca tuve eso y nunca lo tendré.

—Tuviste a tu mamá. Ella te amó, te amó mucho.

—Sí, me amó mucho. Ella fue la única persona que me ha amado en mi vida.

—Eso no es cierto. Tú eres mi mejor amigo. Yo... ya sabes... te amo.

Dani sintió su corazón inflarse, Alex nunca le había dicho que lo amaba, aunque sabía que él solo lo amaba como amigo. Escuchar las palabras era maravilloso.

—Y yo a ti, Alex. Tú eres el mejor amigo que alguien pudiera tener. A veces no se qué haría si no te tuviera en mi vida.

Dani vio que Alex se ruborizaba. Nunca se le había dado bien a su amigo recibir elogios.

—Por Dios, que melosos nos pusimos. Y después dicen que el gay soy yo —le dijo Alex bromeando.

Dani enrojeció nuevamente.

—Solo bromeaba —le dijo su amigo tocando su brazo—. Dani, he estado pensando toda la tarde... Cuando hablamos en el cementerio hoy, me querías decir algo y no pudiste...

—Oh, era... Nada en realidad. —Dani se acobardó.

Alex lo miró profundamente y lentamente se inclinó hacia adelante.

—Dani, sé que algo te está molestando y sé que no es reciente. Sabes que puedes decirme lo que sea. ¿Es por las bromas que te hago? Porque si te hacen sentir incómodo no lo haré más.

—No, no es eso. Es sobre lo que dijiste, que yo te juzgaba por ser gay... Quiero que sepas que jamás he pensado menos de ti o te he juzgado...

—Lo sé, Dani.

—Y no soy homofóbico. Yo... —Dani se calló antes de decir algo de lo que se arrepintiera.

—Sólo dímelo, lo que sea lo entenderé.

Su amigo lo miraba esperando a que Dani hablara. ¿Qué pensaría Alex de él? ¿Tendría el valor de decirlo por primera vez en voz alta?

—Alex... soy gay.

2

A lex creyó haber oído mal, no podía ser cierto.
—¿Qué? —preguntó impactado.
—Soy gay. —Dani bajó la mirada avergonzado.

Gay. ¿Dani era gay? —No... No puede ser. ¿Estás hablando en serio?
—Sí.

—¿Desde cuándo?

—Desde siempre, supongo; siempre lo supe.

—¿Por qué no me lo dijiste antes? —Dani todavía no era capaz de mirar a Alex—. Maldición Dani, mírame y contesta. ¿Por qué no me lo dijiste antes?

—Estaba avergonzado.

Alex se sentó frente a él y tomó sus manos, estaban frías.

—Dani, yo soy gay. ¿Crees que me habría escandalizado?

—No es por eso. Yo... siempre me he sentido tan cobarde —Dani miró a Alex a los ojos y le confesó—. Tu tuviste el valor de revelarte muy joven; yo no tuve ese valor, no podía... no podía hacerlo. Siempre que quería contarlo escuchaba la voz de mi madre diciendo que era algo... malo.

—¿Y te lo guardaste dentro todos estos años?

—Sí. Creí que podría no pensar en esa parte de mí, pensé que me casaría, tendría hijos y todo lo típico.

—De todas las personas que podían haberte entendido, Dani. ¿Por qué no hablaste conmigo? Sé por todo lo que pasaste, yo también lo pasé.

—No es así. Tu familia te apoyó; mi mamá jamás lo habría entendido —Dani dijo, sacudiendo la cabeza—. Crecí escuchando que es un pecado, todavía una parte de mi mente piensa que es incorrecto. Por eso cuando hoy me dijiste que Dios no te juzga, que Él te hizo así... tenías razón. Porque por más que he tratado de cambiar lo que siento, sigue ahí.

Alex estaba impactado. Dani era gay, de verdad Dani era gay.

—Deberías habérmelo dicho, quizás entre los dos podríamos haberla hecho entender.

—¿Crees que no lo intenté? Lo único que logré fue que por mi culpa te echaran del colegio.

Alex lo miró, extrañado.

—¿Cómo pudo ser tu culpa?

—Yo se lo dije a mi mamá —le confesó, avergonzado—. Y ella fue a hablar con el director.

—Eso ya no importa, Dani; pasó hace mucho tiempo.

—Pero te dolió que te echaran. No habría sucedido si yo no hubiera dicho nada.

—¿Y por qué lo hiciste?

Dani escondió la cara en sus manos y respiró profundo.

—Cuando me contaste que eras gay, yo empecé a juntar las piezas en mi cabeza y me di cuenta de que lo que sentía era eso, lo mismo que tú, que yo también era gay. Así que traté de hablarlo con mi mamá; le pregunté qué haría si yo fuera homosexual, que pensaría de mí y cosas así. Ella se impactó y comenzó a decirme que aquello era pecado y que de ser así me mandaría a hablar con el padre Renzo para que me quitara lo malo que había en mí. Estaba tan alterada que solo atiné a decirle que no lo decía por mí, sino por un amigo que lo era. Tú eras mi mejor amigo y ella supuso que eras tú. Estaba tan asustado de que supiera de mí, que cuando me preguntó, te delaté. Lo siento tanto. Por favor no me odies.

—Yo jamás podría odiarte, Dani. No te juzgues tan duro. Entiendo que no podías abrirte con tu mamá y además solo tenías quince años...

Alex miró los ojos llorosos de Dani. No podía imaginarse lo que su amigo había sufrido todos estos años. Él mismo no había soportado estar dentro del closet, no podía ni pensar lo que sería jamás decirle a nadie algo tan trascendental, haber vivido negándote a ti mismo durante años.

—Después de eso, no volví a intentarlo. Sentía que decepcionaría a mi mamá. Así que callé... No creí ser capaz de fingir solo con ella, así que lo hice con todo el mundo —Lo miró con lágrimas en los ojos—. No sabes cuantas veces quise decírtelo, Alex... Pero solo ahora que mi mamá no está tuve el valor.

—Me alegra que lo hicieras.

—A medida que pasan los años, siento que es peor. Nadie entenderá que a esta altura salga del closet.

—Debes entender algo muy bien —Alex le dijo con voz firme—. Esto es solo sobre ti; lo que piense la gente no tiene que ser importante.

—Pero sí importa...

—No, no es así. Lo único importante es que seas feliz. ¿Alguna vez has sido feliz ocultándote?

—No.

—La gente que te ama por ser quien eres te seguirá amando seas o no gay.

—No sé si pueda hacerlo.

—Nadie te dice que mañana salgas a gritarlo por las calles. Si quieres seguir en el closet por un tiempo, incluso si lo haces para siempre, es tu decisión y nadie te va juzgar. Pero debes asumir tu sexualidad, no seguir negándote la oportunidad de ser quien eres.

—¿Ni siquiera tú me vas a juzgar si me mantengo escondido?

—Ni siquiera yo —La cabeza de Alex hervía de preguntas—. ¿Le has dicho a alguien más?

Dani sacudió la cabeza, negando. —Supongo que algunas personas lo han sospechado. Una vez, alguien me lo preguntó directamente y lo negué, pero eres el único que lo sabe.

—¿Y has... tenido alguna experiencia?

—¿Experiencia?

—¿Has estado con algún hombre?

La cara de Dani enrojeció y bajó la mirada.

—Una vez... en un pub. Fui con unos amigos. Cuando estaba en el baño, me puse a conversar con un hombre que estaba allí y...

—¿Tuviste sexo con él? —preguntó Alex, sorprendido.

—¡No! —le dijo Dani entre ofendido y sorprendido—. Él me besó. Pero yo me asusté y salí corriendo.

—¿Fue violento contigo? —Alex le preguntó a punto de salir a buscar al bastardo que hubiera herido a Dani.

—No, me asusté porque... me gustó. Me gustó que me besara.

Alex siempre fue celoso con su amigo, pero ahora que sabía que Dani era gay, se sentía aún más posesivo y no quería que nadie más se le acercara. Quería golpear la pared con el puño al pensar que un hombre le hubiera puesto las manos encima a Dani.

Ay, Dani, pensó Alex, si supieras cuanto me gustaría besarte.

¿Le gustaría a Dani que él lo besara?

Dani no podía creer que lo había hecho. Le había contado todo a Alex. Bueno, casi todo. Se había olvidado el pequeño detalle de confesarle que lo amaba, pero no podría soportar un rechazo en ese momento. Y estaba seguro de que su amigo jamás lo vería de esa manera. Alex era un hombre hermoso, y podría tener a cualquier hombre. ¿Por qué querría a un flacucho insignificante como él?

Alex todavía sostenía sus manos. Por su presión arterial, Dani siempre tenía las manos y los pies fríos, pero su amigo las tenía tibias. La calidez de sus manos calentaba a Dani como nada; aquella calidez llegaba directo a su corazón.

—Pensé que después de contarte todo, te enfadarías conmigo —le confesó a Alex.

—Jamás me molestaría contigo por esto, sé que no debió ser fácil para ti contármelo. Una parte de mi todavía no puede creerlo.

—¿Qué debo hacer ahora Alex? ¿Qué hiciste tú después de darte cuenta?

—Me puse a pensar en el futuro. En como quería que fuera —Alex respiró profundo recordando el pasado—. Sabía que no habría una esposa, pero no quería pasar mi vida solo; quería enamorarme y envejecer con alguien. Quería poder llevar a mi pareja conmigo donde fuera, vivir juntos, ir de vacaciones o a las fiestas familiares. Así que decidí que no quería ocultarme. Por eso se lo dije a mi familia.

—¿Te has enamorado alguna vez?

—Sí —Alex le contestó con voz baja.

—¿Todavía lo amas?

—Sí.

Christian. Dani estaba seguro que Alex se había enamorado de su ex. Era el único con quien su amigo había convivido y repentinamente Christian lo dejó. Todo había sucedido por los días en que su madre falleció. Dani sabía que la mayoría de las peleas de Alex con Chris eran por su culpa, el ex de su amigo no podía entender una amistad tan cercana como la de ellos. Alex nunca le había contado los motivos de la ruptura, pero Dani sospechaba que él había sido el causante y siempre se había sentido muy culpable.

Ahora que Alex le confesaba que seguía amando a Christian, se sentía aún peor.

—¿Y por qué no estás con él?

—Porque no siempre podemos tener lo que queremos —le dijo Alex con tristeza en su voz.

—Bueno, él debe ser un tonto si te dejó ir.

—Eso es lo más triste, no es un tonto, él es... solo no siente lo mismo. —El corazón de Dani se retorcía de celos con las palabras de Alex.

—Si no te ama es un tonto.

—¿Y tú? ¿Te has enamorado alguna vez?

Dani miró a Alex. Sí, estaba enamorado, loca y profundamente enamorado de su amigo.

—Creí que me había enamorado de Elizabeth. Pero no funcionó.

—¿Te puedo hacer una pregunta muy personal?

—Sí, creo que ya no quedan muchas cosas que no sepas de mí.

—¿Cómo funcionaban sexualmente Elizabeth y tú?

—Normal, supongo. Al principio todo estaba bien pero con el tiempo comenzó a ser... insatisfactorio.

—¿Te excitaba?

—Sí, pero había veces que... —Dani sentía la cara arder. ¿Podría hablar de su vida sexual con Alex? Sí, debía hacerlo, después de tantos años de ocultarle cosas a su amigo tenía que ser honesto—. Debes saber algo. Por mi corazón, mi presión sanguínea es baja, así que a veces me cuesta... excitarme.

—¿Elizabeth no lograba excitarte como necesitabas?

—No, sentía que algo faltaba. Sabía qué era, pero me negaba a aceptarlo.

—¿Alguna vez fantaseaste con un hombre cuando estabas con ella?

—Sí, una vez y me sentí muy mal por hacerlo, pero me ayudó, ya sabes, a acabar. —Dani se sonrojó al recordar cómo había imaginado estar penetrando a Alex para poder terminar.

Alex asintió entendiendo.

—Si lo de Elizabeth no funcionó, entonces ¿De quién te imaginas enamorado en el futuro? ¿De un hombre o de una mujer?

—De un hombre —Dani bajó la mirada sin soportar ver la cara de Alex; no se veía enamorado de nadie más que de su amigo.

—¿Te das cuenta de que estás dando un gran paso? De aquí en adelante tu vida va a ser muy distinta, Dani.

—¿Para mejor?

—No te diré que todo será positivo; siempre habrá gente que te juzgue o que te quiera apuntar con el dedo y no sé cómo reaccionará la gente de tu iglesia. Pero ganarás otras cosas, Dani. Poder enamorarte de quien tú quieras y ser tú mismo. Eso no tiene precio.

Dani soltó las cálidas manos de Alex y se tapó la cara con las suyas. Sentía que su mundo estaba de cabeza. No quería enamorarse de nadie, él ya estaba enamorado. Y no se atrevía a ser él mismo. No había sabido como ser él mismo en quince años.

—Me siento tan patético. Se supone que ayudo a la gente con sus problemas y mi propia vida es un desastre.

—No hables así, eres un excelente psicólogo —Alex se sentó a su lado y lo abrazó, Dani se aferró a él con fuerza—. Además, jamás has sido y jamás serás patético.

—Mírame Alex. Tengo casi treinta años. Soy gay pero sólo en teoría. Nunca he hecho nada al respecto. ¿Que se supone que tengo que hacer? ¿Debo empezar a visitar sitios gay? Ni siquiera sabría donde encontrar uno.

—Todo va estar bien, Dani. Yo estaré a tu lado. Si es necesario, te llevaré a todos los sitios gay que conozco.

—¿Harías eso por mí?

—Claro que sí, tonto. Será divertido salir juntos. Podemos partir con los sitios de la capital si quieres permanecer en el armario aquí en la costa.

—No sé si pueda hacerlo. Ni siquiera sé si podría bailar con otro hombre.

Alex lo miró un momento antes de pararse con cuidado. Fue hacia su equipo de música, eligió un disco antiguo y puso a funcionar el reproductor con una de sus baladas favoritas desde que eran niños.

Caminando hacia Dani, le tendió la mano.

—Baila conmigo.

—¿Qué?

—Baila conmigo. —Repitió, esperando que Dani se moviera.

—Yo nunca he...

—Lo sé, pero si pretendes que te lleve a un sitio gay tienes que hacer esto. Debes salir del cascarón hetero en que te encerraste.

—¿Cascarón hetero?

—Esto es algo simple; solo vienes aquí y bailas conmigo en la seguridad de tu apartamento y sin testigos. Si puedes soportar esto, te llevaré a un lugar público, ¿te parece bien?

La letra de la canción le hizo sonrojar. Era una canción de amor y además hablaba de liberarse de los temores y los prejuicios. ¿La habría escogido Alex a propósito?

Levantándose, Dani fue hacia Alex. Las palabras de la canción haciendo eco en su mente:

Quiero encontrar la paz en tu mirada
Tomar tu mano y olvidar los temores
Sin prejuicios ni pasados que nos nublen

Alex tenía ganas de gritar de alegría cuando Dani fue hacia él. Después de tantos años, por fin tendría a Dani en sus brazos, aunque solo fuera bailando.

—Así. —Le indicó a Dani, colocando los brazos alrededor de su cintura.

Comenzaron a moverse lentamente con la canción. La confesión de que Dani era gay aún lo tenía aturdido. Después de tanto tiempo soñando y deseando a su mejor amigo, le parecía irreal. El tener una oportunidad de estar con él así, solo el poder abrazarlo y sostenerlo mientras bailaban, lo tenía sin aliento.

Alex aprovechó para acercarse más a Dani mientras se movían. Cada vez que escuchaba aquella canción pensaba en Dani, ahora con él en sus brazos, oír la romántica letra hizo saltar su corazón.

Cuando miró a Dani, su rostro estaba colorado y su corazón se apretó. Era tan lindo verlo enrojecer de esa forma.

—¿Te sientes incómodo?

—No sé. Esto es tan raro...

—¿Bailar con un hombre?

—Sí. Sobre todo bailar contigo. Nos conocemos hace muchos años y es la primera vez que lo hacemos.

—Bueno, hasta hace apenas unos minutos yo pensaba que eras hetero. Si hubiera sabido que eras gay, ten por seguro que habría bailado contigo mucho antes.

—Mmm —dijo Dani, como si lo dudara.

—¿Qué? ¿No crees que habría bailado contigo?

—No lo creo. Siempre tienes a algún hombre guapo cerca de ti. No soy tu tipo supongo.

—Pues para tu información, no han sido tantos hombres. Además, eres muy guapo y... —dijo con voz ronca—. Eres mi tipo.

—Eso no es cierto. He conocido a varios de tus novios y te puedo decir que no tengo ni por casualidad el físico de ellos.

—Pues no todo es acerca del físico, ¿por qué crees que jamás duran mis relaciones?

Dani lo miró asombrado con esos hermosos ojos grises que amaba tanto, y Alex no pudo soportarlo más. Suavemente acarició la mejilla de Dani, lo acercó a sus labios, muy cerca, casi besándolo, y pacientemente esperó que Dani cerrara la distancia que faltaba.

Dani estaba paralizado, esperando el beso que tanto había deseado. Cuando Alex se detuvo, por un segundo, pensó que quizás se había arrepentido, pero luego se dio cuenta que Alex le estaba dejando la decisión a él. ¿Tendría el valor?

Antes de que el coraje lo abandonara, Dani puso sus labios sobre el hombre que amaba. Abrió la boca y dejó que la lengua de Alex entrara. Por primera vez en su vida, sintió que por fin había encontrado lo que había buscado durante tantos años. Jamás al besar a una mujer o cuando lo besó aquel hombre, sintió nada ni remotamente parecido a lo que sentía en éste momento.

Rompió el beso para tomar aire, pero mantuvo su cara cerca de la de Alex.

—Eso fue... agradable.

—Fue más que agradable —Alex murmuró casi sin aliento—. ¿Te gustó besarme?

—Sí —Dani estaba sin aliento sintiendo la respiración agitada de su amigo—. Alex... yo...

—Shhh... No digas nada —murmuró Alex, antes de volver a besarlo.

Dani profundizó aún más el beso y se apretó a Alex. Gimió cuando sintió su erección a través de la ropa. Quería más. No sabía exactamente qué, pero quería más que esos besos y esas caricias. Alex pareció comprenderlo porque lo arrastró hasta el sofá.

Se sentó y colocó a Dani con sus piernas abiertas sobre su cintura.

Dani colocó los brazos en el cuello de Alex y se besaron como si el mundo se fuera a acabar. Los labios llenos de su amigo eran suaves y sabrosos. Lo único en lo que podía pensar era en besarlo más y más profundo mientras Alex se movía muy suave y sensualmente. Sus erecciones se rozaron, lo que hizo que dejara escapar un suave quejido.

Alex metió las manos bajo su camisa y comenzó a acariciar su piel desnuda. Alex lo abrazaba con una ternura que jamás imaginó en su amigo, como si fuera la más delicada pieza de cristal, y cuando suavemente bajó las manos y comenzó a acariciar sus nalgas, fue el momento más erótico de su vida.

Separando sus labios, miró a Alex. Conocía todas las expresiones en la cara de su amigo, las había visto todas a través de los años, pero la emoción que vio en su rostro lo sorprendió. Acariciando su mejilla, le sonrió y le dio un beso suave en los labios.

—¿Estás bien? ¿Estás bien con esto? —le preguntó Alex.

—Sí, ¿y tú?

—Sí, jamás habría pensado que te tendría en mis brazos, así como estamos ahora —le contestó Alex, acariciando sensualmente su trasero.

—¿Y eso es bueno para ti?

—Es fantástico. ¿Nunca pensaste en nosotros... juntos? —Alex preguntó sin dejar de acariciarlo.

—Sí, pero pensé que no estarías interesado en mí.

—¿Porque crees que no eres mi tipo? —Dani asintió brevemente—. Pues estás equivocado. Estoy interesado en ti, ¿y ahora que haremos al respecto?

—¿Qué haremos?

—Sí, ¿estás interesado en mí? ¿Me quieres solo para experimentar si eres gay? ¿O para algo más serio? —Alex preguntó, inseguro.

Dani se paralizó. ¡Sí! ¡Sí quería algo serio! Quería un "y vivieron felices para siempre" con Alex. Quiso decirlo, gritarlo si hubiera podido... Pero sabía que su condición física no estaba bien. Y no podía entrar en una relación con Alex sin saber que iba a pasar con su salud.

—No estoy experimentando contigo. Eso parece como si te estuviera utilizando. Pero no puedo tener una relación en éste momento; necesito tiempo. —No hasta que esté relativamente sano, pensó Dani.

Dani se sorprendió al ver decepción en los ojos de Alex, aunque trató de controlar su expresión, la vio en su mirada... Santo cielo, ¿de verdad su amigo quería una relación con él?

Era mucho soñar que Dani también lo amara, pero no pudo evitar la punzada de decepción en su corazón. Alex tenía treinta años y quería una relación seria con Dani, la había esperado toda su vida.

—¿Qué haremos entonces? ¿Hacemos como que esto no pasó y seguimos siendo amigos? —preguntó Alex decepcionado.

—¿Qué quieres tú?

—En este momento, lo único que puedo pensar es en hacer el amor contigo y preocuparnos más tarde sobre el futuro.

—Yo no... Nunca lo he hecho... No con un hombre...

—Lo sé, y no te voy a presionar; si no quieres, lo entenderé.

—No me estás presionando. Yo sí quiero; quiero hacerlo...

Solo de pensarlo, Alex sintió su pene endurecer como una piedra. Sabía que debía ir lento con Dani, no quería asustarlo y alejarlo.

—¿Estás seguro, cariño? —le dijo a Dani—. Recién hoy estás experimentando estas cosas. Tal vez sería un error apresurarnos.

—Sí, recién hoy... y tengo casi treinta años. He esperado mucho y prefiero tener mi primera vez contigo que con cualquier hombre que conozca por ahí. No tengo dudas de ser gay, solo que hasta hoy no había tenido el valor de hacer algo al respecto.

¿Su primera vez con cualquier hombre? ¡Ni soñando! No existía ni la más remota posibilidad de que dejara a Dani ir por ahí a buscar otro hombre para perder su virginidad. Si quería hacerlo, el único que le haría el amor sería él.

—Por favor Alex, hazme el amor... —Dani borró cualquier rastro de dudas al acercarse y besarlo.

Alex no podía creer lo que oía. Había soñado con este momento por quince largos años... Dani en sus brazos, pidiéndole que le hiciera el amor, no que lo follara o que lo cogiera, que le hiciera el amor. ¿Cuántas veces lo había fantaseado? Y ahora era real, por fin era real.

No necesitaba que se lo pidiera dos veces. Antes de arrepentirse y perder su oportunidad, se movió y levantó a Dani con cuidado. Si hacía todo correctamente le demostraría que estaban hechos el uno para el otro. Él lo sabía desde que era un adolescente, ahora haría que Dani también lo supiera.

—Vamos —le dijo, tomando su mano.

Fue a la habitación de invitados y tomó el bolso con sus cosas antes de llevarlo al dormitorio principal. Si iban a hacer el amor sería en la cama en que siempre había soñado dormir, la de Dani.

Apenas habían cruzado la puerta cuando Alex besó a Dani. Su corazón, su mente, su espíritu habían esperado toda una vida por este momento y si Dani quería sólo una noche de amor, él se la daría. Le daría la mejor experiencia de su vida. Porque si de él dependía, esto no sería solo la aventura de una noche.

Sería el comienzo de una aventura que duraría para siempre.

Los besos de Alex eran los más calientes que había recibido nunca. Alex metió la lengua vorazmente en su boca jugando con la suya, acariciando, succionando y arrasando con todas sus dudas e inhibiciones. El suave olor de su perfume, el dulce calor de su boca, combinado con las expertas caricias, era una mezcla explosiva. Mientras se besaban, Alex desabrochó rápidamente su camisa. Dani tomó aliento y levantó la camiseta de su amigo hasta que se la sacó por la cabeza. Cuando juntaron sus pechos desnudos pensó que se correría en ese momento.

Siguieron besándose mientras su amigo terminaba de sacarle la camisa. Hace mucho que Alex no lo veía sin ropa. Dani sabía que estaba delgado y además tenía sus poco sexy cicatrices de las operaciones a su corazón, sin mencionar que su desfibrilador se podía ver y sentir a través de su piel. No pudo evitar tratar de cubrirse con las manos cuando Alex tiró su camisa al suelo.

Sacudiendo la cabeza, Alex lo abrazó y le susurró al oído.

—No te escondas. No me molestan tus cicatrices. No me molesta nada de lo que veo —dijo Alex besando la sensible piel donde estaba su desfibrilador y acarició ligeramente su pecho—. ¿Tienes alguna idea de lo lindo que eres? ¿Con esos hermosos ojos grises y esos hoyuelos? —le dijo mientras frotaba uno de sus pezones con el pulgar antes de lamer y chupar la dura protuberancia.

Dani gimió y arqueó la espalda mientras Alex le hacía cosas deliciosas con la boca. Moviéndose despacio finalmente cayeron en la cama. Alex se arrodilló y desabrochó sus pantalones, los sacó y luego hizo lo mismo con su ropa interior. Con la mano acarició su erección. Quería gritar de alegría al sentir las manos de Alex en su cuerpo. Eso era con lo que había soñado por años.

Sus ojos estaban clavados en el pecho desnudo de Alex, sus brazos, su torso, su estómago eran puro músculo; no quedaban rastros del niño regordete que alguna vez fue. Sintió su pene endurecerse aun más en la mano de Alex.

Necesitaba tocarlo casi con desesperación. Decidido, abrió los pantalones de Alex y los bajó lentamente por sus piernas, acariciando cada parte del cuerpo de Alex que alcanzaban sus manos. No podía apartar la vista de su premio. Había mirado en más de una ocasión la entrepierna de su amigo, pero lo que veía en ese momento lo tenía completamente erotizado. Era perfecto. Alex tenía un pene grande y por primera vez se preguntó cuánto dolería que lo penetrara.

Se acercó y tomó la ardiente erección de su amigo. Era la primera vez que ponía sus manos sobre el pene de alguien que no fuera él mismo, y temía decepcionarlo. Lo acarició como si se estuviera tocando él mismo. Dani supuso que si a él le gustaba, a Alex también le gustaría. Su amigo gimió de placer cuando aplicó un poco de presión en su mano mientras subía y bajaba a lo largo del duro y caliente pene de Alex. No podía más de alegría; su corazón latía agitado como las alas de un colibrí y su sangre corría tan rápido que temía descompensarse en cualquier momento. Lo hacía tan feliz saber que era capaz de excitar a un hombre guapo como Alex. Todavía no entendía por qué quería hacer el amor con él cuando podría tener a cualquier hombre, pero en aquel momento no le importaba.

Se acostaron juntos, besándose, abrazándose, tocándose. Parecía que no podía tener suficiente del desnudo hombre en sus brazos. Girándolos, Alex se puso sobre él. Instintivamente abrió las piernas y lo abrazó. Estaban cuerpo con cuerpo, con sus erecciones rozándose y frotándose. Alex bajó por su pecho y le dedicó un delicioso tiempo a sus sensibles pezones y después fue más al sur... Sintió que en cualquier momento se avergonzaría a sí mismo y se correría antes de tiempo.

—Oh... Por favor, detente.

Alex levantó la cabeza y lo miró con preocupación.

—¿Qué pasa cariño? ¿Te hice sentir mal?

—¡No! Por supuesto que no... Es solo que yo.... ya casi... si sigues...

Su amigo le dio una de sus sonrisas matadoras.

—Esa es la idea, cariño.

—Sí, pero no quiero que acabe todavía.

—No acabará, lo prometo —dijo mientras bajaba su cabeza nuevamente y comenzó a lamer su pene, a besarlo. El sentir los labios de Alex en su erección lo llevó absolutamente al borde.

Con un gemido de placer, Dani llevó las manos a la cabeza de Alex y acarició su suave cabello mientras su amigo lo chupaba y lo tragaba profundamente. Alex llevó los dedos a su ano y comenzó a tocarlo suavemente, a masajearlo mientras chupaba su pene.

¡Oh, por Dios!, pensó Dani. No podía creer que estaba permitiendo que Alex tragara su pene y acariciara su culo. ¡Al diablo! Aquello se sentía delicioso y no quería que Alex se detuviera.

Cuando creía que no podría soportar más esa tortura, Alex se levantó y se estiró hacia su bolso de viaje, sacó un tubo de lubricante y un condón y volvió hacia Dani. Por un momento, sintió miedo. Realmente, esto iba a suceder.

Iba a hacer el amor con el hombre que amaba.

Era mil veces mejor que en sus sueños. En ellos, Dani jamás respondió como lo hacía en estos momentos. Jamás durante el sexo se había besado o acariciado tanto con un amante, pero parecía que no podía quitar las manos de su pequeño amor.

Y ese culo... poder por fin poner las manos sobre el culo de Dani era simplemente un sueño.

Aún tenía en la boca el sabor de su amigo. Y quería más, quería tragarlo tan profundo como pudiera y que Dani se corriera en su boca. Pero eso sería después. Ahora, lo único en que podía pensar era en enterrarse en él. Quería sentirse rodeado en las profundidades de Dani cuando se corriera.

Suspirando, miró a su pequeño amor acostado en la cama, su erección brillando con su reciente mamada.

—Tócate —le pidió con voz excitada.

Dani se sonrojó y tomó el largo pene en su mano y comenzó a acariciarse.

—Eres tan lindo, tan sexy.

—¿De verdad me ves así? ¿Sexy? —le preguntó con voz tímida.

—Siempre, ¿o acaso nunca te fijaste cuando te miraba el trasero?

—Sí, lo noté... más de una vez —le dijo, sonriendo. Dándose la vuelta le mostró el trasero a Alex—. Y aún no entiendo que tanto le ves a mi culo, no es nada del otro mundo.

Alex retuvo el aliento ante la visión del perfecto trasero de Dani.

—No te atrevas a moverte —le dijo con voz ronca.

Tiernamente, acarició y llevó su boca a una nalga, y comenzó a besarla. Alex lamió y mordió suavemente los perfectos globos. Cuando Dani gimió, Alex incrementó la succión en la nalga derecha. Le dejaría una pequeña marca amorosa.

Su mayor sueño erótico por fin realizado.

Estaba totalmente entregado a las caricias que Alex le daba. Se sentía como una masa a la cual su amigo podía darle forma. Sintió que le levantaba la rodilla y separaba sus nalgas; eso lo dejaba expuesto como nunca se había sentido. Increíblemente, no le incomodó, ni siquiera cuando comenzó a sentir en su ano el dedo lubricado de su amigo.

Dani intentó relajarse mientras era penetrado suavemente por Alex. Su amigo sacaba y deslizaba el dedo en su agujero, poco a poco. Dani notó que estaba más estirado y que un segundo dedo era añadido. Con un movimiento de tijeras, Alex continuaba estirándolo, y cuando agregó un tercer dedo, Dani no pudo evitar estremecerse. La presión y las caricias se sentían increíbles

—¿Estás bien? ¿Es demasiado? —le preguntó Alex, preocupado.

Dani negó con la cabeza, no se sentía capaz de hablar en ese momento.

—¿Quieres que los saque?

—¡No! Se siente bien; es... no sé como describirlo.

—Lo sé, pero si te duele debes decirme. Jamás te lastimaría, cariño.

Dani asintió mientras Alex continuaba trabajando en su ano.

—Creo que ya estás listo.

Alex se enderezó y Dani lo observó mientras se colocaba un condón y agregaba más lubricante.

—Si quieres que paremos, éste es el momento de hacerlo, cariño —le dijo Alex, acariciando su cadera.

—No quiero parar; quiero que sigamos. —Trató de que su voz sonara lo más firme posible, aunque se sentía muy nervioso. Deseaba esto más que nada en el mundo.

Alex se acercó y lo besó.

—Yo también quiero seguir. Creo que lo mejor sería que me pusiera detrás de ti.

Dani asintió y Alex le indicó como colocarse, quedando sobre sus manos y rodillas. No pudo evitar sonrojarse ante la postura. Alex se puso entre sus piernas y suavemente se apoyó contra él, alineando su pene con su dilatado ano y comenzó a empujar lentamente.

Dani gimió cuando sintió el sólido pene entrando en él. Alex había hecho bien su tarea al estirarlo, ya que el dolor que sentía era mínimo.

Mientras avanzaba lentamente, Dani podía sentir que Alex estaba pendiente de cada mueca y gemido que hacía. Estaba seguro de que si veía el menor signo de dolor se saldría enseguida sin dudarlo. Y Dani lo amó más por eso.

—Alex... —Nunca había sentido algo así en su vida. El grueso pene de su amigo se abría camino lentamente y Dani solo podía morderse los labios para soportar el placer-dolor de sentirlo enterrarse profundamente en su cuerpo.

—Relájate, amor. Lo haremos todo lo despacio que necesites.

¿Amor? Dani sintió que estaba en un sueño. Estaba haciendo el amor con el hombre que amaba y lo había llamado amor. Probablemente para Alex aquella pequeña palabra no significaba nada, pero para él, sí. No podía imaginarse hacer esto con otro hombre. Pero era Alex; era Alex con quien estaba haciendo el amor. No solo el cuerpo de Dani estaba gozando, también su corazón.

Cuando por fin estaba completamente dentro, Alex apoyó los labios en el cuello de Dani y lo besó dulcemente.

—¿Estás bien, cariño? —le preguntó.

Asintió. Girando su cara, Dani miró a su amante y lo acercó para besarlo en la boca. Le entregó el alma en ese beso.

Por un momento, sintió celos de los hombres que Alex había tenido en su vida; no quería pensar o imaginarlo tocando a otro como lo tocaba y lo tomaba en ese momento.

Alex se mantenía dentro del cuerpo de Dani, esperando que se acostumbrara a su tamaño. Le costaba no moverse, su amigo estaba tan apretado y el placer era como nada que hubiera sentido antes.

Cuando Dani se giró para besarlo pensó que perdería la cabeza. Su beso era demasiado dulce, si no amara al pequeño hombre en sus brazos, se enamoraría de él en ese momento.

Rompiendo el beso, suavemente se salió del cuerpo de su amor.

—No, no te salgas —le rogó Dani con voz ronca.

—Tranquilo, cariño —le dijo girándolo para que quedaran cara a cara—. Necesito verte, besarte...

Lentamente, se enterró profundamente, y esta vez Dani gimió de placer. Eso logró romper su control. Inclinándose a besarlo en los labios, comenzó a entrar y salir a un ritmo lento.

Alex apretaba los dientes para poder aguantar el placer. Era lo más delicioso que había experimentado. Era un estímulo a todos sus sentidos; ver los hermosos ojos grises velados de pasión, saborear los jadeantes labios, tocar su húmeda piel, oír a Dani gemir de placer y rogarle por más.

—Por favor, Alex... —le dijo Dani, levantando las caderas para acercarse aún más a él.

—¿Qué quieres, cariño? ¿Más?

—Sí, sí. Más, por favor...

Alex separó y levantó las piernas de Dani hacia su pecho e incrementó los empujes hacia su amante. Sus caderas golpeaban contra el trasero de Dani una y otra vez, y Alex se deleitaba con la expresión en la cara de su amigo. Había tal inocencia mezclada con placer en su cara que no podía quitar los ojos de él.

Mirando hacia abajo, vio su propio pene enterrarse una y otra vez en Dani. Esa visión fue más de lo que podía soportar y lo arrastró irremediablemente.

—Tócate —le pidió a Dani.

—Me voy a correr.

—Sí, córrete conmigo.

Dani apenas alcanzó a tocarse cuando se corrió con fuerza. Ver a su amor acabar y sentirlo apretado alrededor de su pene desencadenó su propio orgasmo. Alex se enterró profundamente una última vez y eyaculó también.

Se dejó caer suavemente sobre Dani, tratando de no aplastarlo y controlar su agitada respiración. Tenía miedo de abrir los ojos y descubrir que todo era un sueño.

Nada podría haberlo preparado para lo que sintió. Dani se corrió tan intenso que comenzó a ver luces blancas y brillantes bailando frente a sus ojos.

Sintiendo el cálido peso de Alex sobre él y la jadeante respiración en su cuello, Dani se dio cuenta de que su propia respiración no era normal. Después de años de estar pendiente de cada pequeño cambio en su cuerpo, sintió el pequeño sofoco y trató de calmarse para que su corazón no se esforzara. Lo último que necesitaba era que el desfibrilador le diera un choque.

Alex levantó su cabeza mirándolo con una hermosa sonrisa.

—¿Estás bien?

Dani asintió con la cabeza. Si le hablaba se daría cuenta de que estaba un poco ahogado y no quería que Alex sintiera que habían hecho algo incorrecto.

Se acercó a Alex y lo besó con dulzura. Después de la pasión que habían desatado hace unos pocos segundos, esos suaves besos eran como un bálsamo. Cuando comenzó a sentirse mejor, Alex se movió y salió de su cuerpo.

—No, no te salgas aún.

—Debo hacerlo, cariño —Señaló hacia abajo mientras sacaba el condón y comenzaba a salir de la cama—. Ya vuelvo.

Cuando Alex fue hacia el baño, Dani fijó los ojos en el techo y suspiró. Lo había hecho; oficialmente era un gay practicante. Sonrió ante lo tonto que sonaba aquello.

—¿Qué es tan divertido? —le preguntó su amigo, sentándose a su lado en la cama con una toalla húmeda en la mano.

—Algo que sonaba tonto en mi cabeza —Dani le dijo mientras Alex lo limpiaba delicadamente—. Todavía no puedo creer lo tonto que fui...

—¿Por qué? ¿Por lo que acabamos de hacer? —Alex le preguntó, preocupado.

—¡No! Por haber esperado tanto. Me siento tonto por eso, por haberme negado a esto tanto tiempo.

—Todo debe llegar a su tiempo. Quizás si lo hubieras hecho antes, no habrías estado emocionalmente preparado. Si esperar significa que no habrá culpas o arrepentimientos, es mejor así —Pasando la toalla por su trasero, Alex frunció la frente—. Mmm, cariño... ¿Te lastimé cuando te penetré?

—No, casi no dolió. ¿Por qué?

—Un poco de sangre —le dijo, mostrándole la toalla.

—Debe ser por los anticoagulantes que tomo. Eso me hace sangrar por cualquier cosa. No te preocupes.

—Ya no sangra, pero tendré más cuidado la próxima vez.

Dani miró a Alex y no pudo evitar sonreír ante la idea de que habría una próxima vez.

—Será mejor que descansemos un poco. Este ha sido un día agitado para ambos —le dijo a Alex.

Alex lo besó antes de recostarse junto a él. Después de cubrirlos a ambos, lo acercó y lo abrazó.

—No pienses que voy a volver a la otra habitación.

—No te dejaría hacerlo —le dijo Dani, acurrucándose más cerca.

Dani descansó su cara en el hombro de Alex y no pudo evitar suspirar.

Sí que había sido un largo día. Sentía que había pasado un año entre el hombre que era en la mañana y el que era ahora. No importaba cuantas veces o con cuantas mujeres se había acostado, ésta había sido su primera vez; él acababa de perder la virginidad con Alex.

De improviso, una pregunta le vino a la cabeza.

—Alex... ¿Estuve... fue bueno para ti también?

Alex lo miró como si no pudiera creer lo que oía.

—Por supuesto que sí. Fue... —Acarició la cara de Dani antes de besar sus labios y murmurar— Jamás había sentido algo así... Fue increíble.

—¿En serio? —Dani le sonrió antes de besarlo—. Para mí también lo fue.

Dani acarició el pecho de Alex. Le encantaba acariciarlo así. Su propio pecho era lampiño, pero el de Alex estaba cubierto de vello fino. No era como esos hombres que estaban cubiertos de pelos desagradables; los vellos de su amigo eran finos y suaves, como todo en Alex.

Perfecto.

Alex despertó sintiendo el cuerpo de Dani en su espalda. Los recuerdos de la noche pasada volvieron a su mente. Sonrió y girando con cuidado, miró a su amante.

Sí, Dani era su amante. Sintió la alegría inflar su corazón.

—Te amo, Dani —dijo en voz alta, sabiendo que su amigo no lo escucharía; pero se sentía tan bien decirlo por fin—. Siempre te he amado, cariño.

Cuando se acercó a besar los labios de Dani, su cuerpo inconsciente se acercó más a él. Alex sintió la erección mañanera de su amigo, quien dormía profundamente. Alex pensó que podría hacerle el amor y ni siquiera se enteraría. Eso le dio una idea, una gran idea.

Empujó suavemente a su amigo, sin despertarlo, lo colocó de espaldas en la cama y comenzó a besar su cuello y luego a descender lentamente por el cuerpo de su amor. Dani gimió de placer, pero Alex podía sentir que seguía dormido. Cuando llegó a su erección, sonrió con picardía.

Lamiendo expertamente, Alex saboreó el pene de Dani. Le encantaba poder tomarlo así, tranquilamente y con libertad. Cuando metió el pene en su boca, sintió que Dani por fin despertaba.

—¿Alex?

—Buenos días, cariño.

—Muy buenos días, ahhh. —Dani se agitó cuando Alex volvió a su tarea.

Mientras lo tragaba más profundo, Dani comenzó a masajear su cabeza.

—Alex...

Cuando subía y bajaba con su boca en el pene de Dani, lo vio temblar. Sabía que lo tenía al borde y le encantaba. Humedeciendo los dedos con su boca, Alex los llevó al ano de su amante y lo penetró con cuidado.

—Alex, me voy a correr.

No quería parar; quería tragar la semilla de Dani. Masajeó el interior de su delicado canal, hasta que encontró lo que andaba buscando. Dani saltó cuando Alex frotó su próstata.

—Oh, Dios, Alex...

En solo segundos, Dani se corrió con fuerza en su boca. Alex lo tragó y siguió lamiendo hasta que el pene de su amante quedó limpio, luego subió por el saciado cuerpo de Dani y lo besó con hambre. Su amigo lo besó apasionadamente mientras abría las piernas para acomodar su cuerpo.

—Tócame —le dijo a Dani al oído.

Dani masturbó su dolorido pene mientras se besaban. Unos pocos segundos después se corrió con fuerza en la mano de su amante.

Colocándose de lado, Alex abrazó a Dani.

—¿Estás bien?

—Algo aturdido. Lamento haberme corrido en tu boca, traté de advertirte.

—Lo sé, pero yo quería que lo hicieras, por eso no me salí.

Dani lo miró, confundido.

—¿Lo querías?

—Sí. Y lo disfruté —Lo besó nuevamente—. Por seguridad no debería haberlo hecho, pero supongo que estás sano, ya que en el hospital te chequean constantemente. Así que lo hice.

—Sexualmente sano, sí, ¿y tú?

—Estoy seguro de estar sano. Siempre me he cuidado y además me hice el examen hace poco. Jamás me arriesgaría a contagiarte nada, cariño.

Se quedaron abrazados casi toda la mañana, disfrutando el uno del otro. Alex sentía que nada podría empañar su alegría cuando las manos de Dani recorrieron su cuerpo tímidamente. Parecía que Dani quería conocerlo mejor. Alex quería lo mismo, así que recorrió cada centímetro del cuerpo de Dani con sus manos y besó cada esquina, pliegue y cicatriz de su amante.

—Alex... —Dani suspiró cuando las caricias se volvieron más sensuales.

—Dani... —Te amo, quiso decir Alex, pero se tragó las palabras.

Su corazón dolía por decirle a Dani que lo amaba. Pero ya habían ido demasiado rápido. Hasta ayer, Dani era su inalcanzable amigo hetero, y hoy se encontraban juntos y haciendo el amor.

Alex lo besó intensamente y le hizo el amor a Dani con todo el amor que guardaba para él. Decidió disfrutar de su felicidad y preocuparse por el futuro después. Ahora solo le importaba el hombre que tenía en sus brazos; no necesitaba nada más.

3

El día había sido perfecto. Habían estado hasta tarde en la cama y se habían levantado para hacer el amor mientras se duchaban.

Su ciudad era pequeña, pero tenía todas las comodidades de la capital, con restaurantes muy variados, así que Alex lo había invitado a almorzar en un restaurante de comida italiana, con hermosas vistas al Océano Pacífico. A Viña del Mar la llamaban la Ciudad Jardín por sus innumerables áreas verdes y hermosos jardines públicos. Las amplias playas, la arquitectura moderna y el buen clima lograban atraer muchos turistas en el verano. Afortunadamente, la época estival estaba llegando a su fin, ya que tanto Alex como él preferían la ciudad cuando no estaba tan congestionada y llena de gente.

Habían pasado la tarde paseando por la playa. Para Dani, aún era extraño que Alex lo tomara de la mano en público, pero su amigo lo hacía de forma tan natural que no se sentía incómodo. Incluso cuando la gente pasaba a su lado, no se sorprendía o lo miraban mal. Eso le dio confianza y se acercó aún más a Alex mientras caminaban por la arena.

Dani lo llevó a su playa solitaria, un pequeño trozo de costa aislado, al que solo se podía acceder después de atravesar un pequeño bosque de pinos.

Estaban sentados en la arena, abrazados y Dani tenía apoyada su cabeza en el amplio pecho de Alex. Miraba el sol hundirse lentamente en el mar sintiéndose completamente feliz. Aquel romántico y maravilloso momento, era mejor que todos sus sueños.

Mientras miraba el perfecto atardecer decidió que quería esto para siempre. Alex tenía razón: no quería esconderse; quería estar con él y poder hacer todo lo que había soñado.

—¿En qué piensas? —le dijo Alex al oído.

—En que no me voy a esconder. No me voy a esconder nunca más. Alex lo abrazó más fuerte y besó su cuello.

—Me alegro; estoy feliz por ti, cariño.

—Aún no sé cómo lograrlo, Alex.

—Yo estaré apoyándote, Dani; siempre estaré contigo.

—¿Lo harás?

—Sí. Sé que dijiste que no quieres una relación, pero yo sí la quiero, Dani. Quiero estar contigo.

Dani se tensó en los brazos de Alex. El también lo quería, pero su corazón...

—Alex... no puedo todavía. Por favor, dame tiempo.

Su amigo suspiró.

—¿Podremos vernos después de mañana?

—Claro que sí. ¿Por qué no nos veríamos?

—Me refiero como hemos estado este fin de semana, como amantes.

Dani besó a Alex en los labios.

—Eres el único hombre que quiero conmigo, a nadie más. Y quiero tenerte siempre como estuvimos este fin de semana.

—Entonces volveré el próximo viernes. A menos que quieras viajar a Santiago.

—Me gusta más Viña del Mar —Dani miró el perfecto atardecer, suspirando—. Me recuerda cuando era niño, antes de enfermar, podía estar en el mar por horas y correr por toda la playa. Después que me diagnosticaron, mi mamá tenía miedo que me diera algún episodio y no me dejaba venir tan seguido, menos aún agotarme.

—No tienes que agotarte para disfrutar la playa. Yo estoy disfrutando con solo estar sentado aquí contigo.

—Yo también —le dijo estrechándolo más fuerte.

Dani no quería pensar en su incierto futuro, pero cada vez que sentía su corazón latir irregularmente, la realidad se colaba una y otra vez en su felicidad.

—Alex...

—¿Qué pasa, cariño?

Estoy muy enfermo y asustado, pensó en confesarle a Alex, pero no quería arruinar los preciosos días que estaban viviendo.

—Yo... —Miró los profundos ojos de su amigo. No, no quería que esos ojos lo vieran con lástima— ¿Recuerdas cuando hablamos de cuando yo muriera?

Alex se tensó. Tras la muerte de su madre, Dani le había pedido a Alex que si algo le pasaba, no quería que lo enterraran; quería ser cremado y que arrojaran sus cenizas al mar. Había decidido en ese momento que quería descansar en esa playa.

—Claro que sí. ¿Por qué quieres hablar de eso ahora?

—Si muero, quiero que arrojes mis cenizas aquí.

—Como quieras, cariño. ¿Puedo preguntar por qué aquí?

—Porque me siento feliz aquí. Quiero saber que voy a descansar en un lugar donde fui feliz —Dani suspiró y se acurrucó más firmemente a Alex—. Este ha sido el día más perfecto que he tenido. Ojalá nos pudiéramos quedar así para siempre.

No podía ser un día más perfecto.

Después de su tarde en la playa, Alex había llevado a Dani a un bar gay. Su amigo había estado muy nervioso, pero poco a poco se había relajado. Al final de la noche, lo tenía tomado de la mano y lo besó en público. Antes de que dejaran el lugar, Dani fue al baño. Cuando volvió, estaba rojo como un tomate.

—¿Qué pasó?

—Un tipo me pellizcó el trasero —le dijo ofendido.

—No puedo culparlo. Tu trasero es una gran tentación —le dijo con una sonrisa.

—El muy caradura hasta me dio su teléfono —le dijo Dani mostrándole una tarjeta.

Los celos que sintió en ese momento eran indescriptibles, como si lo hubieran golpeado directamente en la boca del estómago; sentía tanta rabia que parecía que en cualquier momento comenzaría a echar vapor por las orejas. ¿Quién diablos se creía ese imbécil? Recién cuando vio la tarjeta en la mano de Dani, se dio cuenta de que le había abierto un nuevo mundo a su amigo, un mundo lleno de hombres.

—¿Vas a llamarlo?

—¡Estás loco! —le dijo Dani, rasgando la tarjeta.

El alivio lo inundó y Alex acercó a Dani allí en medio del bar y le dio un fogoso beso, luego bajó las manos para apretarle posesivamente el trasero. Ese hombre y ese trasero eran suyos y no dejaría que nadie se lo quitara.

Cuando llegaron al apartamento de Dani, apenas alcanzaron a entrar al dormitorio antes de que le hiciera el amor a Dani apasionadamente; sentía la necesidad de aclararle que nadie lo amaría como él.

Ahora estaban abrazados, solo acariciándose, conversando y besándose ocasionalmente.

—¿Puedo preguntarte algo? —Dani susurró tímidamente.

—Lo que quieras, cariño —le dijo, besando su cabeza.

—Nunca me contaste... ¿Cómo fue tu primera vez?

—Sí, te conté.

—No, solo me dijiste "Hey, adivina, ayer me cogí un chico".

—Oh... es verdad.

Dani tenía razón. Su primera vez había sido decepcionante y Alex no había querido darle detalles. La principal razón de eso era que había estado todo el tiempo imaginando que era Dani a quien cogía.

—¿Qué esperabas que te dijera? Tenía diecisiete años. Tú solo dieciséis y cardiaco. No quería infartarte con los detalles.

—Vaya. ¿Tan increíble fue?

—Sí, pero increíblemente penoso. Fue solo sexo rápido y sin importancia. El chico quería hacerlo. Yo también, y lo hicimos. Ni siquiera recuerdo su nombre.

—¿Dónde...?

—En el baño de un lugar gay.

—¿Cómo pudiste entrar en aquel sitio con solo diecisiete años?

—Siempre he sido grande, y me veía mayor. Ni siquiera me pidieron identificación para entrar.

—¿Como... ?

—¿Quieres los detalles? Vaya pervertido... —le dijo con una sonrisa.

—No. Es solo que no entiendo la... logística. Conmigo, te preocupaste de que estuviera preparado para no lastimarme. ¿No te dolió?

—No, porque yo lo cogí a él. Y no lo lastimé porque él estaba acostumbrado a que lo cogieran en el baño. Ya estaba preparado.

Dani lo miró con tanta inocencia que no pudo evitar sonreír. Había muchas cosas que su amante no sabía y él pretendía enseñarle todo lo que necesitara.

—Se había puesto un tapón. Es como un consolador que sirve para expandir y mantener dilatado. Si vas a algún lugar y quieres que te cojan, te pones uno de esos para que no te lastimen.

—¿Alguna vez hiciste algo así? ¿Ir preparado?

—No. Lo único con lo que salgo preparado es con condones. No diré que no he tenido sexo de una noche, pero soy más de arriba ¿entiendes?

—O sea que has cogido más de lo que te han cogido.

—La verdad es que nunca me han cogido —Alex le confesó con voz grave—. Nunca he querido.

Christian se lo había pedido varias veces, pero no había querido. Alex imaginó a Dani haciéndole el amor y sintió su pene saltar.

—¿Por qué no? Te puedo decir que se siente bien —le dijo Dani, sonriendo.

—Te creo —le dijo, besándolo—. No sé porqué, solo no lo he querido. ¿Tú quieres? ¿Quieres estar arriba?

—¿De ti?

—De mí o... de otro hombre. —La idea de que Dani estuviera con otro hombre le revolvía el estómago, pero no pudo evitar preguntar.

—Me tomó quince años estar contigo, no me imagino con otro hombre —Se levantó un poco y se apoyó en el codo, para besarlo ardientemente—. Y sí, me gustaría hacerte el amor. Pero si tú no quieres...

Alex le sonrió, haría lo que fuera por él. Si Dani quería hacerle el amor, él se entregaría sin pensarlo.

—Sí quiero.

Dani lo miró, sorprendido.

—Acabas de decir...

—Quiero contigo.

—¿Por qué cambiaste de opinión?

Porque te amo, pensó.

—Porque sé que jamás me lastimarías. Confío en ti —le dijo, mirándolo a los ojos—. Supongo que son las mismas razones por las que hiciste el amor conmigo...

Dani lo besó y ya no importaban las razones. Su pene se endureció de solo imaginarlo. Alex quería sentir a Dani dentro de él; quería que le hiciera el amor.

Alex quería que le hiciera el amor. Dani estaba nervioso, hasta ahora su amigo había sido un amante maravilloso y no quería decepcionarlo.

—Me tienes que ayudar, no sé como... —le dijo, preocupado.

—Claro que sabes. Hemos estado juntos varias veces. Solo haz lo que yo hice —Dani se había ablandado visiblemente por los nervios y Alex se dio cuenta—. ¿Aún quieres hacerlo?

¿Quería? Se imaginó enterrándose profundamente en Alex y su pene se puso duro como una piedra.

—Sí.

Alex le sonrió antes de besarlo. —¿Cómo me quieres?

Dani no tenía dudas. Le gustaba poder ver a Alex mientras hacían el amor.

—Tal cual estás.

Alex sonrió y se estiró hacia la mesa de noche donde habían dejado el lubricante, se lo pasó a Dani y éste colocó un poco en sus dedos antes de dirigirlos al agujero de su amante. Su amigo gimió y se mordió los labios cuando Dani comenzó a acariciarlo.

—¿Está bien así?

—Sí, se siente bien —le dijo Alex abriendo las piernas para darle más espacio.

Mientras introducía los dedos, la vista de Dani bajó a la ingle de Alex y miró el hermoso pene de su amante. Estirando la mano que tenía libre lo acarició y Alex gimió; Dani sintió como se endurecía en su mano.

Inclinándose, besó el estómago de Alex, metió la lengua en su ombligo y después se deleitó lamiendo los músculos de su estómago.

—Dani... Me vas a matar, cariño.

—¿Te gusta?

—Me encanta; se siente delicioso.

Dani todavía sostenía en su mano el pene de Alex, lo acarició y suavemente bajó hasta que lo tuvo frente a la boca. Con delicadeza, puso los labios en la erección de su amante. Lo besó suavemente, sin poder creer que estaba besando un pene.

Al ver el éxtasis al que había llevado a Alex, supo que aquello era correcto. Su amigo estaba tan excitado que apretaba las sábanas a su costado. Volvió a besarlo una y otra vez, tímidamente lo acarició con sus labios, con sus mejillas y finalmente con su lengua. Cuando lo lamió, Alex gruñó y levantó las caderas.

—¡Oh, Dani! ¡Oh, Dani!

Envalentonado con la reacción de su amante, bajó a los testículos y los lamió suavemente. Dani ya había olvidado que estaba estirando a Alex, pero aún tenía dos dedos dentro de su amante. Sacó y metió los dedos con cuidado mientras volvía a lamer el pene que tenía en su mano. Subió con su lengua y lamió el líquido seminal que salía de la cabeza del pene de Alex.

¿Qué sentiría al poner el pene de Alex en su boca? Recordó cuando su amigo lo había tragado profundamente, se había sentido muy bien. Quería darle lo mismo a su amante. Bajo sus labios y metió el pene de Alex en su boca.

—Oh, Dani, es demasiado...

—¿Quieres que pare?

—No, no quiero que pares. Pero voy a terminar corriéndome en tu boca, así que será mejor que te detengas.

—¿Te gustaría acabar en mi boca?

Alex lo miró impactado.

—Me encantaría, pero si no estás listo para algo así lo entenderé. Ha sido increíble te lo aseguro —Alex le dijo.

Dani le sonrió a su amante. Pudo ver tanta pasión en su mirada, que tomó la decisión de hacerlo. Alex no se lo esperaba y él quería darle ese placer.

Volvió a chupar el pene de Alex con vigor a la vez que metía un tercer dedo en su agujero. Su amigo casi gritó de placer.

—Eres increíble, Dani. ¡Oh, por Dios!

La ardiente respuesta de su amigo era lo que quería escuchar para comenzar a chuparlo más fuerte.

—Dani, mírame —le dijo Alex con voz ronca.

Dani lo miró y Alex explotó en su boca. Con su inexperiencia, Dani no sabía bien que hacer y tragó lo que pudo sin ahogarse. Al sacárselo de la boca, un poco de semen cayó por su barbilla.

Cuando iba a limpiarlo, la voz ronca de Alex lo detuvo.

—No. Ven aquí, cariño.

Cuando quedaron frente a frente, Alex pasó su lengua por la barbilla de Dani y luego lo besó profundamente. Dani jamás había estado más excitado en su vida. Quería tomar la mano de Alex y llevarla a su pene para liberarse, pero su amante entendió sus intenciones y lo detuvo.

—No, así no. Hazme el amor —le dijo con la voz enronquecida de pasión y se estiró a tomar un preservativo—. Hazme el amor.

Dani había hecho realidad, una a una, todas las fantasías sexuales de Alex.

Había recibido muchas mamadas en su vida. Sin ir muy lejos, Christian era todo un experto a la hora de hacerle sexo oral. Pero cada vez que alguien lo tomaba con la boca, él miraba a la persona con la que estaba y soñaba con un par de ojos grises que nunca podría tener. Cuando su amigo lo miró y vio los ojos con los que había soñado toda su vida pensó que moriría de placer.

Cuando observó a Dani colocarse el condón, Alex comenzó a sentirse excitado nuevamente. Recién se había corrido y solo mirar el pene de Dani lo había hecho ponerse medio duro de nuevo.

Se besaron apasionadamente y Alex abrió las piernas para acomodar a Dani entre ellas. Levantó las caderas en invitación y sintió la dura erección de su amante.

—Avísame si te lastimo, ¿está bien?

Alex asintió cuando sintió el pene de Dani en su entrada comenzando a abrirlo. Su amigo avanzaba lentamente, dejando que se acostumbrara a la suave penetración.

Abrió más las piernas y gruñó cuando la penetración se hizo más profunda.

¡Santo cielo! Se sentía maravilloso sentir cada centímetro de Dani dentro de él. Era tan correcto, tan glorioso. Por eso nunca antes quiso que nadie lo cogiera, porque quería que Dani lo hiciera. Lágrimas de emoción llenaron sus ojos. Siempre fuiste tú, Dani, pensó, siempre fuiste solo tú.

Cuando estaba completamente dentro, Dani vio sus lágrimas.

—¿Estás bien? —le preguntó Dani, preocupado—. ¿Te lastimé?

—No, estoy bien. Se siente bien. Duele muy poco.

Dani lo besó dulcemente. —Lo siento, no quería lastimarte. ¿Quieres que me salga?

—¡No! Estoy bien. Por favor solo dame un momento.

Dani se abrazó a él y colocó la boca en su cuello comenzando a chuparlo.

—¿Crees que tus camisas taparían si te dejo una marca?

—No a esa altura... —Tomando la cabeza de Dani la bajó a uno de sus pezones—. Márcame, cariño.

Con una sonrisa, comenzó a lamer y succionar sus pezones mientras comenzaba a salir y entrar de su cuerpo.

—Ah, sí, así... Oh, por Dios, Dani...

El suave dolor de su pezón se unía al que sentía en su ano. Estudió su pecho y vio la marca roja. Estaba tentado de ir mañana mismo a que le tatuaran aquella marca, así cada vez que la viera recordaría este precioso momento.

Apoyándose en los brazos, Dani incrementó los empujes volviéndolos más fuertes y profundos. Alex solo podía aguantarse las ganas de gritar. Dani podía ser inexperto con los hombres, pero sí que sabía coger. Una parte de su cerebro pensó en Elizabeth y por un momento, la imaginó con Dani; no pudo evitar la sensación de angustia que le apretó el corazón llenándolo de celos. Después recordó que Dani le había comentado que tenía problemas para excitarse con ella. Sonrió, satisfecho consigo mismo, mientras sentía el duro pene de Dani enterrarse profundamente en él. Con él no había tenido ese problema.

Era increíble. Dani entraba y salía del cuerpo de Alex una y otra vez.

Su corazón se agitó al ver que Alex casi gritaba y gozaba con cada penetración; y estaba duro como una piedra. Había logrado excitarlo de nuevo. ¿Cómo era posible? Nunca se consideró especialmente bueno en cuanto al sexo, antes de Alex ni siquiera lo había disfrutado demasiado.

Dani tomó el pene de Alex en su mano y lo masturbó al ritmo de sus caderas.

—Ah, Dani... sí, así, más fuerte, cariño; ahh, me voy a correr —le dijo mientras levantaba una pierna y la ponía sobre su hombro. Eso le dio aún más espacio, así que Dani podía penetrarlo más profundamente.

—Dani... —gritó Alex con voz ronca cuando estalló en su mano.

Lo siguió apretando hasta que los chorros de semen se detuvieron. Enterrándose profundo por última vez se corrió.

Unos segundos después de correrse sintió el choque eléctrico del desfibrilador. Y cayó sobre el pecho de Alex.

Maldición, maldición. Dani se sentía ahogado y mareado. Se estaba descompensando y aún estaba dentro del cuerpo de Alex.

Alex lo abrazó y Dani enterró la cara en el cuello de su amigo, rogando porque no se diera cuenta de nada. Respiró profundo tratando de calmarse y coger un poco de aire.

—Eso fue increíble... —le dijo Alex—. Tenías razón; se siente muy bien, demasiado bien. Vamos a tener que hacerlo de nuevo, cariño.

Dani sonrió y besó el cuello de Alex para no hablar. Si lo hacía, se iba a delatar. Su amigo lo besó apasionadamente. A esas alturas, la cabeza de Dani giraba como si estuviera en un carrusel y agradeció que la habitación estuviera iluminada solo con la luz de la lámpara.

—¿Estás bien? —Alex notó que Dani estaba demasiado callado.

—Preocupado por el condón. Creo que debería sacarlo. —Dani dio gracias al cielo que su voz sonara baja pero un poco normal.

—Me gusta sentirte dentro de mí... pero tienes razón o voy a terminar con el condón perdido en mi trasero.

Alex se movió con cuidado y sacaron el preservativo. Dani aprovechó la oportunidad y se levantó hacia el baño.

—Ya vuelvo —le dijo, rogando por llegar al baño sin chocar con la pared.

Se apoyó en el lavamanos y vio su reflejo en el espejo. Estaba pálido y sus labios se estaban poniendo morados por la falta de oxígeno. Buscó en sus medicinas y se colocó una pastilla debajo de la lengua. Antes de que las piernas le fallaran, se sentó en el borde de la bañera, tratando de calmar y regularizar su respiración.

Sabía que se había esforzado demasiado. Los médicos le permitían hacer ejercicios cardiovasculares moderados, pero lo que acababa de hacer era como si hubiera tratado de correr los cien metros planos.

Cuando se normalizó un poco, humedeció una toalla y volvió al dormitorio. Caminó hacia la cama tratando de aparentar normalidad, aunque aún sentía que el dormitorio giraba a su alrededor.

Alex lo miró, preocupado. —¿Te sientes bien? Estas pálido.

—Estoy bien. Un poco cansado. Ya sabes que no puedo hacer tanto esfuerzo sin cansarme un poco.

Alex le quitó la toalla y lo acostó.

—¿Necesitas algo? ¿Quieres que te traiga alguna medicina?

—Estoy bien, solo un poco cansado —Dani le dijo nuevamente con una sonrisa.

Se recostaron y Alex lo siguió mirando preocupado.

—Alex, basta. Estoy bien.

—Tal vez no debimos hacerlo.

—¿Te arrepientes de lo que hicimos? —Dani le preguntó a Alex, preocupado.

—No, claro que no —Alex admitió—. Solo no quiero que te enfermes.

—Ya te dije que estoy bien.

Alex lo abrazó, pero Dani notó que seguía tenso. Aún estaba mareado y tenía miedo de dormir. En esa condición podía tener algún episodio; podría ser otra taquicardia o una apnea. Esos episodios le sucedían con más frecuencia cuando se sobreexigía, y Dani no quería que Alex lo viera enfermo.

Trató de mantenerse despierto, mientras notaba que Alex se estaba quedando dormido.

Ya no quiero estar enfermo, pensó Dani. Nunca antes había deseado tanto no estar enfermo. Estaba cansado de sentirse siempre débil y agotado. ¿Podría tal vez sanarse con la cirugía? ¿O tal vez con el trasplante? ¿Sanarse definitivamente? ¿O por lo menos poder llevar una vida relativamente normal? Si fuera un hombre sano, podría hacer tantas cosas que siempre habían estado prohibidas para él. Podría correr por la playa y nadar en el mar hasta el atardecer; podría viajar con Alex, podría correr una maratón si quisiera...

Incluso podría hacer el amor con Alex sin temor a tener un ataque cardiaco y sin tener que mentirle.

Alex se despertó con el dulce cuerpo de Dani profundamente dormido en sus brazos. Levantó la cabeza para ver la hora en la mesa de noche. Eran más de las once de la mañana. Sabía que debía levantarse, pero estaba demasiado feliz como estaba.

Con cuidado de no despertar a Dani, fue al baño a tomar una ducha. Cuando salió, su amor seguía dormido y Alex decidió dejarlo descansar. Dani no había pasado una buena noche, había estado agitado mientras dormía, y Alex se había despertado varias veces durante la noche para calmarlo.

Se vistió y decidió hacer el desayuno para Dani y llevárselo a la cama. Suspiró cuando estaba en la cocina preparando el desayuno para ambos. Era casi mediodía y probablemente terminarían almorzando a las cinco de la tarde, pero desayunar en la cama con Dani era demasiado tentador como para dejarlo pasar.

Su ánimo decayó un poco cuando recordó que debía volver al trabajo al día siguiente, no quería regresar a la ciudad, no quería alejarse de Dani justo ahora que estaban comenzando una relación. Pensó que si se levantaba temprano en la mañana podría pasar otra noche con Dani, lo que mejoró un poco su ánimo.

Con la bandeja llena, fue al dormitorio a despertar a Dani.

—Despierta, dormilón —le dijo, alzando la voz un poco para despertarlo.

Puso la bandeja en la cómoda junto a la puerta y abrió suavemente las cortinas. Cuando se acercó a Dani, el terror lo paralizó al ver su peor miedo tendido en la cama.

Dani no respiraba y tenía los labios morados.

—¡Dani! ¡No, no, no, por favor, Dios, no!

Era un ataque, probablemente Dani había tenido un ataque cardiaco mientras él estaba en la cocina. Tomó a Dani en brazos y verificó su pulso. El corazón de Dani latía lento, pero no respiraba. Alex lo sacudió, tratando de hacer que reaccionara.

—¡Dani! Dani, por favor, amor, respira, por favor; por favor, amor, no me hagas esto.

Segundos después, lo sintió respirar y vio como el pecho de Dani comenzaba a subir y bajar.

—Oh, por Dios, oh, por Dios... —El cuerpo de Alex se sacudió del alivio—. Respira; eso es, respira.

Alex abrazó a Dani y comenzó a mecerlo y a besar su cara.

—Déjame dormir otro poco; estoy cansado —le dijo Dani, atontado.

—Amor, despierta; debes despertar.

Dani acomodó su cabeza en el hombro de Alex y abrió los ojos ligeramente.

—Solo un minuto. Estoy cansado —le dijo, aún medio dormido.

—Cielo, escúchame. No estabas respirando. Debes despertar. Voy a llevarte al hospital...

—No —Dani le dijo, abriendo los ojos por fin—. Estoy bien. Solo fue una apnea. Es normal.

—No, Dani. Eso no es normal. Tú vives solo. Si esto sucede de nuevo... —Con cuidado, Alex colocó varias almohadas y lo recostó dejándolo semi-sentado.

—Es mi culpa. Hemos estado levantándonos tarde y no he respetado el horario de mis medicinas...

Antes que Dani terminara de hablar, Alex corrió a buscar las medicinas. Esto no volvería a pasar, no lo permitiría.

Volviendo al dormitorio, le pasó a Dani el estuche de sus medicinas y un vaso de agua. Cuando se lo tendió a Dani, las manos de Alex aún temblaban. Dani lo acarició, tratando de calmarlo.

48

—Lo siento, Alex, lo siento tanto...

—Por favor déjame llevarte al hospital.

—Ahí no van a hacer nada. Es solo una apnea. Están esperando... —Dani se interrumpió para tomar sus medicinas— Siempre me pasa. A veces es peor.

—No me imagino cómo puede ser peor —Respiró hondo, tratando de calmarse—. ¿A qué te refieres con que están esperando? ¿Qué están esperando?

Dani suspiró y lo miró a los ojos antes de hablar.

—Están esperando lo que decida la junta médica que me está evaluando.

—¿Qué dijeron? —Alex preguntó con miedo.

—Nada aún. Se reúnen éste miércoles. Están esperando que llegue un cardiólogo que está fuera del país. Podemos hablar de otra cosa. Aún estoy algo aturdido.

—No, no hablaremos de otra cosa —le dijo, molesto—. Quiero saber qué te pasa. ¿Por qué no me habías dicho lo de la junta? Siempre me cuentas todo.

—Te lo iba decir, pero después de que hicimos el amor, solo quería que disfrutáramos el fin de semana. No quería preocuparte.

—Cuéntamelo, hasta el último detalle.

—Está bien —Dani respiró profundamente antes de comenzar a hablar—. Están evaluando la posibilidad de una cirugía, no solo cambiar el desfibrilador, quieren tratar con una cirugía nueva. Ya me hicieron un montón de exámenes y eso es lo que evaluará la junta.

—¿Qué tan riesgosa podría ser esa cirugía?

—No lo sé aún, pero es una cirugía cardiaca. Siempre hay riesgos.

—Te acompañaré el miércoles.

—No es necesario.

—Sí lo es. Quiero estar contigo.

—Alex, esas juntas pueden durar horas, ni siquiera sé si me darán una respuesta el mismo miércoles. Por favor confía en mí. He pasado mi vida en hospitales. Sé cómo funciona esto.

—Dani, necesito estar aquí contigo. No estaré tranquilo.

—No quiero que arriesgues tu trabajo por mí. Prometo que llamaré y te diré todo lo que se decida, hasta la última palabra.

Alex se inclinó a besar una de las cicatrices de Dani, se recostó a su lado y lo abrazó.

Jamás había estado más aterrado en su vida. Había visto a Dani medio muerto y ahora debían afrontar una operación al corazón. Aquella cirugía podía ser un gran riesgo, todas las cirugías lo eran, pero si funcionaba, episodios como estos quizás no sucederían.

Las odiosas palabras de su papá acerca de que Dani moriría joven volvieron a sonar en su cabeza. Abrazándolo, cerró los ojos, y rezó con fuerzas para que nada malo le sucediera.

Si algo le pasaba a Dani, Alex no podría soportarlo, simplemente no podría.

Dani le había mentido a Alex.

Técnicamente, solo le había ocultado información, pero se sentía como una mentira. ¿Por qué lo había hecho? ¿Por qué le había ocultado que probablemente necesitaría un trasplante?

Porque casi había matado del susto al hombre que amaba, por eso.

Se lo diría después de la junta médica. Alex ya estaría preparado para buenas o malas noticias. Además, si solo requería la cirugía, ¿para qué preocuparlo de más?

No le había mentido cuando dijo que a veces era peor. Una vez había hecho una apnea tan larga que su diafragma se había contraído, al volver a respirar, su estómago se había revuelto. Una parte suya agradeció no haberse vomitado encima en esta ocasión.

—Hice el desayuno, pero ya debe estar frío —le dijo Alex al oído.

—Lo comeré igual, gracias —le contestó besando su cuello y respirando despacio.

Alex olía como nadie; ni siquiera llevaba puesto uno de sus caros perfumes. Naturalmente olía así de bien. Eso le recordó que él mismo debía estar todo sudoroso.

—Creo que tomaré una ducha primero.

—Me parece bien. Mientras estás en eso recalentaré el desayuno. No estará tan bueno como recién hecho, pero será comestible.

Cuando Dani entró en la ducha, no pudo dejar de pensar en lo ocurrido. En lo que podría ocurrir. Se estremeció al reflexionar sobre su enfermedad.

¿Cuánto más viviría? ¿Llegaría alguna vez a ser un anciano? ¿Llegaría a los cincuenta? ¿A los cuarenta? ¿Llegaría siquiera a cumplir treinta años? No quería morir aún, había tantas cosas que jamás pudo hacer por estar enfermo. Tenía tanto miedo de simplemente desparecer de este mundo. No había dejado nada en esta vida para ser recordado. No tenía una familia, no tenía hijos… ¿Lo extrañaría alguien cuando muriera? ¿Lo extrañaría Alex?

Y no solo la idea de morir lo aterraba… ¿Qué sería de él si necesitaba un trasplante? Serían meses debilitándose y apagándose poco a poco. Si era afortunado y aparecía un donante, sería solo el comienzo de una larga convalecencia. ¿Quién cuidaría de él?

Alex se había aterrado al verlo con una simple apnea. ¿Cómo reaccionaría si su condición empeoraba? ¿Se quedaría Alex a su lado si todos sus miedos se hacían realidad?

A pesar del susto de la mañana, el resto del día fue tan maravilloso como el día sábado. Alex estaba preocupado de que Dani tuviera otra crisis, así que almorzaron en la casa, tarde como había predicho, y trató de mantener a su amigo lo más tranquilo posible.

El problema surgió cuando Dani propuso que salieran a caminar. Él se negó rotundamente. Su amigo no lo tomó muy bien; se puso incómodo como esperando que Alex lo reprendiera por algo y dando media vuelta se fue a la cocina.

Mientras Dani preparaba una taza de té, Alex se le acercó por detrás y lo abrazó. Su amante reclinó su cabeza y se apoyó en él.

—¿Quieres un té? —le preguntó Dani con una voz tímida.

—Sí, me encantaría.

—¿Estás molesto conmigo?

Alex lo giró, tomó su cara y lo besó.

—No estoy molesto. Nunca me molestaría contigo porque te enfermes. Solo estoy preocupado; no quiero que nada te pase.

—Me cuido. Te lo prometo, Alex, siempre cuido mi salud. Pero a veces me pasan estas cosas. Ya no vives cerca, por eso no las presencias, pero recuerda cuantas veces me has llamado y he estado enfermo.

—Lo sé, cariño, pero no puedo evitar preocuparme por ti.

Se quedaron abrazados, esperando que hirviera el agua para el té.

—¿A qué hora te vas? —le preguntó Dani con tristeza.

—Estaba pensando que si me levanto temprano en la mañana, podría dormir otra noche abrazado a ti. ¿Te gustaría?

La hermosa sonrisa de Dani fue su respuesta.

Dani despertó con la alarma del teléfono. Eran las seis de la mañana y si se quedaban dormidos, Alex llegaría tarde a su trabajo.

Se giró a ver a Alex que se había vuelto a dormir y se acercó más para besar su cuello. A Dani le encantaba olerlo, besarlo.

—Despierta, dormilón —le susurró.

—¿Sabes que cada vez que me besas el cuello me provocas una erección?

—¿En serio? —le preguntó, llevando su mano a la excitación matutina de Alex.

—Oh, sí —le dijo con voz ronca, estirándose para tocar el pene de Dani—. Parece que no soy el único.

Comenzaron a besarse mientras se tocaban. Acercándolo más, Alex tomó con su mano las dos erecciones juntas y empezó a rozarse junto a Dani.

—Alex...

Dani acarició la cabeza del pene de Alex con sus dedos, esparciendo el líquido mientras se besaban con pasión. Siguieron acariciándose y frotándose hasta que Alex gimió roncamente contra los labios de Dani, señal de que estaba a punto de correrse. Bajó su mano y tocó los testículos de su amante. Sintió que Alex se estremecía de placer. No aguantó más y se corrió. Alex duró dos empujes más antes de correrse también.

51

Abrazando a Alex, Dani respiró recuperando el aliento. Su corazón no se había alterado, tampoco la noche anterior cuando habían hecho el amor con suavidad. Tal vez, si seguían haciéndolo de forma más delicada, podrían tener sexo sin alterar su corazón.

A Dani le gustaba hacer el amor con calma, delicadamente, pero cuando lo hacían apasionadamente, era lo más increíble que hubiera sentido.

—Me encanta esta manera de despertar —le dijo Alex.

—A mí también, pero es mejor que nos levantemos o se nos hará tarde.

—¿No es demasiado temprano para ti?

—Trabajo en un hospital, mi jornada empieza a las ocho.

—Entonces será mejor que nos duchemos juntos... —le dijo con voz sensual.

—Olvídalo. Si entramos juntos a esa ducha, no saldremos a tiempo. Te duchas primero mientras yo preparo el desayuno.

—Está bien, aguafiestas —Alex le dijo antes de besarlo y caminar desnudo al baño.

—Bonito culo.

Alex se volteo antes de guiñarle un ojo.

—No tan bonito como el tuyo.

Después del desayuno y antes de partir a la capital, Alex abrazó a Dani y lo besó tiernamente. Dani no quería dejarlo ir.

—¿Me extrañarás? —le preguntó Alex.

—Mucho. ¿Me llamarás?

—Cada hora, si quieres.

—No creo que les guste a mis pacientes, pero te llamaré cuando acabe mis consultas y tú me puedes llamar en la noche, ¿te gusta la idea?

—Me encanta —Alex lo besó por última vez—. Te veré el viernes.

Cuando Alex subió a su camioneta, Dani tuvo un mal presentimiento.

Algo no estaba bien. ¿Qué era? No sabía, pero presentía que algo malo sucedería. Sintió que la burbuja de felicidad que había tenido en su pecho se reventaba abruptamente.

Suspiró preocupado antes de murmurar bajito.

—Te amo, Alex. Te amo.

Por primera vez en su vida Alex era completamente feliz. Había hablado con Dani en las tardes y en las noches; pero además Alex no pudo evitar llamarlo por las mañanas para darle los buenos días. Dani lo había llamado entre pacientes para decirle que había escuchado su canción, la que bailaron juntos, y quería oír su voz.

Suspiró, recordando a Dani en sus brazos mientras bailaban.

Su teléfono sonó y miró la pantalla antes de contestar. Había estado recibiendo llamadas de Christian Brahm, su exnovio. Su relación con él había terminado muy mal, debido a los celos de su ex hacia Dani.

Al ver el identificador de su teléfono supo que era su hermana Renata llamándolo.

—Hola, hermanita.

—Voy a matarte, Alex. Estuviste todo el fin de semana en la costa y no fuiste capaz de venir a verme.

—No es mi culpa. Fui el viernes a almorzar y tú no estabas allí. Además, tuve una discusión muy fea con mi papá. Así que no iba a aparecer por allá otra vez.

—¿Discutieron nuevamente por lo de tu trabajo?

—Peor aún, se metió con Dani. Dijo cosas horribles. No sé si podré perdonarlo esta vez.

—¿Qué te dijo?

—En versión breve, me dijo que no me enamorara de Dani porque va a morir pronto.

—¿Qué? No puedo creer que te dijera algo así.

—Pero lo hizo. Puedo tolerar que diga lo que quiera de mí, pero no permitiré que se meta con Dani. Así que me lo llevé de ahí y no quise volver. No sé si lo haga por un tiempo.

—¿Te quedaste con Dani?

—Sí. —Alex sonrió, recordando el apasionado fin de semana con Dani.

—Sí que eres masoquista. ¿Cómo diablos haces para aguantar la tentación durmiendo a solo una puerta de distancia? Todavía no entiendo como no has saltado sobre Dani después de todos estos años.

Alex se quedó callado. No podía ocultarle a Renata lo de su relación con Dani.

—Re, hay algo que tengo que contarte —Respiró profundo antes de dejar caer la bomba—. Dani y yo estuvimos juntos este fin de semana.

—¿Juntos? ¿Juntos como siempre que te quedas en su casa? ¿O juntos como dormir en la misma cama?

—En la misma cama.

—¡¿Qué?! Ahhhhhhhhhh —El grito de su hermana casi lo deja sordo—. ¡No puedo creerlo! ¿De verdad dormiste con Dani?

—Sí. Fue maravilloso, Renata. No tengo palabras para describirlo. Soy tan feliz en estos momentos. Si pudiera, lo dejaría todo solo para estar con él, todos los días, cada minuto.

—Alex, estoy tan feliz por ti. No sabes cuánto rogué para que Dani te correspondiera alguna vez. Aunque dijera que no era gay, una parte mía no podía creer que no sintiera nada por ti.

—Lo sé, pero no ha sido fácil para Dani asumirlo. Tú eres la única que lo sabe, así que no se lo cuentes a nadie, menos a mi papá.

—Sabes que a nadie le extrañará que estén juntos. Toda la familia siempre lo supuso. Incluso mis papás siempre vieron a Dani como tu novio.

—Lo sé, por más que les explicaba que solo éramos amigos, nunca nadie me escuchó.

—Probablemente porque todos veíamos lo mismo.

—¿Qué cosa?

—Que jamás serías feliz con nadie más. Ustedes son perfectos juntos, siempre lo fueron. Dios, aún no puedo creerlo. —Sintió a su hermana limpiarse la nariz.

—¿Re? ¿Estás llorando?

—Sí, pero te juro que es de alegría. La noticia me emocionó.

—Gracias, hermanita. Voy a volver el viernes. Me quedaré de nuevo con él.

—Me imagino. ¡Esto es tan bueno! Alex, por favor, quiero verlos este fin de semana. Almorcemos juntos. Quiero que Dani sepa que tiene todo mi apoyo.

—Le preguntaré. Pero sé que le encantará verte.

—Entonces nos vemos el sábado. Te amo, hermano. Dale un beso a Dani de mi parte.

—Claro que sí. Le daré todos los besos que pueda.

Cuando Alex finalizó la llamada, se sentía feliz. Lo que dijo su hermana era verdad; su familia recibiría a Dani con los brazos abiertos... excepto su papá. Decidió que no le importaba; lo único que quería era pasar el resto de su vida con el hombre que amaba.

El miércoles en la tarde, Alex miraba una y otra vez su teléfono y sacudía incontrolablemente su pierna. Había llamado toda la mañana a Dani para saber los resultados de la junta médica, pero uno de los doctores estaba en cirugía y la junta había empezado tarde.

A las tres de la tarde debió participar en una reunión, que se había extendido hasta casi las ocho de la noche. Apenas salió de la sala de reuniones llamó a Dani, pero su llamada saltó al buzón de voz.

—Alex —La voz de Leo Alberti, su jefe, lo sorprendió—. ¿Puedo hablar contigo?

No ahora, pensó. Lo único que quería era correr al lado de Dani y saber los resultados de la junta médica.

—Yo… —dijo, mirando su reloj.

—Seré breve —dijo Leo sentándose frente a su escritorio—. Como hablamos en la reunión, la empresa está en un momento crucial en las negociaciones para ser vendida a una multinacional inglesa. Y necesitamos a un ejecutivo que vaya a Londres por varios meses para ayudar en la venta y la transición del proceso.

—¿Te vas a Londres? ¬¬—preguntó Alex.

—No sabemos cuánto tiempo tomará, puede ser un mes o puede ser un año. Yo tengo una esposa y dos hijos, pero tú eres soltero.

¿Londres? ¿Leo quería que fuera a Londres?

—¿Quieres que vaya a Londres? —preguntó sorprendido.

—Por supuesto, ¿en quién más podría confiar para una tarea así?

—Gracias por confiar en mí, Leo… Pero no puedo decidirlo solo, debo consultar antes con mi novio.

—Lo entiendo —dijo Leo sin sorprenderse por su declaración.

Leo no solo era su jefe, de a poco se había convertido en un buen amigo y sabía que Alex era gay.

—¿Puedes darme unos días para pensarlo?

—Por supuesto —dijo Leo, levantándose y saliendo de su oficina—. Pero medítalo bien. Es una gran oportunidad profesional para ti y tú amas tu trabajo, Alex.

Pero amo más a Dani, pensó. Había esperado toda su vida a Dani; no lo iba a abandonar ahora. Además, estaba lo de la cirugía. Si operaban a Dani, Alex debía estar a su lado.

Volvió a su apartamento a ducharse y decidió viajar a la costa. Llegaría casi a la medianoche y debería volver temprano en la mañana, pero necesitaba hablar con Dani y abrazarlo. Siguió intentando contactar a Dani pero no tuvo respuesta y comenzó a preocuparse.

Cuando sonó el timbre de su apartamento, no esperaba a nadie. Por un momento, se ilusionó en que quizás Dani había decidido viajar para estar con él. Lamentablemente, al abrir la puerta, estaba Christian, su exnovio.

—Lo que quiera que vengas a hacer aquí, ahórratelo porque no me interesa —Alex le dijo sin siquiera saludar.

—¡Qué modales! Desde cuando recibes así a los amigos, Alex —dijo Chris entrando sin que lo invitara.

Alex pensó seriamente en cogerlo de la camisa y aventar a Chris fuera de su apartamento, no quería perder tiempo, para poder ir con Dani cuanto antes.

—Primero, no eres mi amigo y segundo no tengo tiempo ahora.

—Te he estado llamando, pero no me respondes.

—¿Y aún no entiendes la indirecta?

—Sé que me comporté como un idiota, pero si no podemos tener una conversación civilizada...

—Este no es un buen momento, de verdad. Voy saliendo y estaba a punto de entrar a la ducha.

—¿Una cita? —preguntó Chris dolido.

—Si quieres saberlo, voy a la costa y mientras antes salga mejor.

—¿A esta hora? ¿Algún problema familiar?

—No. Voy a ver a Dani.

—¿Dani? Como no lo pensé antes, él llama y tú corres —Christian habló con un tono sarcástico, claramente refiriéndose al motivo de su ruptura.

—Si serás idiota, ¿qué querías que hiciera? Es mi mejor amigo y su madre había muerto, debía ir a acompañarlo.

—¿A las cuatro de la madrugada? ¿Cuál era la diferencia que esperaras hasta la mañana? Sabes que siempre me culpaste de nuestra ruptura y sé que fui un idiota por hacerte elegir entre Dani y yo. ¿Pero por un momento pensaste en lo que yo sentía? ¿Crees que nunca me di cuenta que estabas enamorado de él?

—¿Y si lo sabías por qué seguías a mi lado?

—Porque te amaba, porque todavía te amo, porque pensé que algún día te darías cuenta de que estaba allí y de que te daría todo lo que Dani nunca te daría.

Alex se sentó en el sofá. No podía creer la conversación que estaba teniendo con su ex.

—Chris... no sé qué decirte, jamás quise herirte. Hubiera querido enamorarme de ti, pero siempre amé a Dani y siempre lo amaré.

—Aunque aquello no tenga futuro.

Alex suspiró. Sabía que Christian no estaría feliz de su relación con Dani, pero no debía darle falsas esperanzas.

—Sí lo tiene. Dani y yo estamos juntos. —Alex sonrió feliz.

Christian lo miró atónito.

—No hablas en serio. ¿Desde cuándo?

—Es reciente. Nadie lo sabe aún, no ha sido fácil para él.

—¿Y qué hará? ¿Se quedará en el closet? ¿Vas a ser su pequeño y sucio secreto, Alex?

—No lo sé, pero si lo hace estaré con él —Alex no podía dejar de sonreír—. Soy feliz, Chris, es lo que siempre soñé.

Christian se sentó a su lado y tomó su mano.

—Quisiera decirte que estoy contento, pero estaría mintiendo. Me alegra que tú al menos sí seas feliz. Y si algún día, las cosas no funcionan y ya no están juntos, recuerda que siempre estaré esperándote.

—No lo hagas, Chris. No me esperes —le dijo, sacudiendo la cabeza—. No dejaré que nada ni nadie me separe de él. Imagínate que en el trabajo me ofrecieron ir a Londres y decidí no ir sin Dani. Ese es uno de los motivos por los que quiero viajar ahora. Él no lo sabe aún y tenemos muchas cosas que hablar.

—Creo que ya no tengo nada más que hacer aquí —Christian se paró y fue hacia la puerta—. ¿Puedo invitarte alguna vez a tomar algo? Solo como amigos.

—Siempre y cuando a Dani no le moleste.

Christian lo abrazó antes de besar su mejilla.

—Dile a Dani que te cuide o vendré por ti.

—Se lo diré.

Alex sintió un pequeño alivio en su pecho; se alegraba de haber tenido esa conversación con su ex. Chris era un buen hombre y se merecía a alguien que lo amara como él nunca pudo amarlo. Nunca quiso herirlo, pero él siempre había estado enamorado de Dani, así que su relación con Chris había estado condenada al fracaso desde el principio.

Cerró la puerta y corrió a la ducha. Cuanto antes llegara con Dani, mejor.

Dani seguía temblando. Hacía calor afuera, pero él estaba helado hasta los huesos.

La junta había decidido que no era apto para la cirugía; la única opción para él era un trasplante. Dani estaba asustado, lo único que quería era contárselo a Alex y que lo sostuviera en sus brazos hasta que dejara de sentir miedo. Había querido hablar con Alex pero su teléfono no contestaba. Lo intentó hasta las siete y luego decidió viajar a la capital para hablar en persona con él.

Entró al edificio de Alex y cuando las puertas del ascensor se abrieron se encontró cara a cara con Christian.

—¿Dani? ¿Qué haces aquí tan lejos del mar? —Christian le dijo con una sonrisa.

—Vine a ver a Alex, ¿y tú?

—También vine a verlo, pero ya me iba.

—No sabía que tú y Alex aún eran amigos.

—No exactamente amigos. La verdad es que estamos volviendo, ¿no te lo dijo?

Dani sintió que le daban un puñetazo en el estómago.

—No, no me dijo nada. —Dani negó con la cabeza.

—Es reciente; nadie lo sabe aún. Ya sabes que siempre hemos estado enamorados. Estos meses fueron solo un contratiempo.

—¿Desde cuándo?

—Hemos estado hablando estas últimas semanas, pero hoy vine a verlo. Una cosa llevó a la otra y estuvimos juntos de nuevo. Alex está arriba ahora, se quedó tomando una ducha, ya sabes...

Dani quería vomitar. No, no, por favor, Alex. No me hagas esto. —Tal vez no debería molestarlo.

—Quizás sea lo mejor. Sé que algo le ha estado preocupando —Chris miró a Dani—. ¿Tú sabes si ha estado viendo a alguien? Porque tengo la impresión de que eso es lo que le pasa. Lo conozco y sé que para estar conmigo debe querer terminar primero esa aventura. No creas que no me molesta, pero entiendo que es un hombre guapo y con necesidades físicas... De todas maneras, cuando nos vayamos ya no importará.

—¿Cuando se vayan?

—A Londres. Por el trabajo Alex debe ir a Londres y me pidió que fuera con él.

Dani sintió que las piernas se le iban a doblar.

—¿Estás bien? Te ves pálido. ¿Quieres que llame a Alex?

—No. Creo que es mejor que me vaya. Solo estaba en la ciudad y quería saludarlo.

—¿Seguro que estas bien?

—Sí, debo irme. Adiós, Christian. —Dani se detuvo un momento antes de murmurar—. Cuídalo.

—Lo haré. Puedes estar seguro de eso —le dijo Christian con una sonrisa de orgullo.

Dani corrió a su automóvil y apoyó la cabeza en el respaldo. No podía quitar de su mente las imágenes que llegaban una tras otra. Imaginar a Alex besando a Chris, acariciándolo, haciéndole el amor como se lo había hecho a él... Esas imágenes lo estaban matando.

Respiró varias veces para calmarse y encender su teléfono. Tenía diez llamadas perdidas de Alex, tomando valor, lo llamó.

—Hola, cariño, he estado tratando de llamarte —Alex contestó.

—Me estaba quedando sin batería y tuve que apagar el teléfono. Yo también traté de llamarte en la tarde.

—Estuve en una reunión hasta tarde. Espera un segundo mientras me envuelvo en una toalla. Estoy saliendo de la ducha y estoy mojando todo.

Dani quería gritar. Christian dijo la verdad, Alex había tenido sexo con Chris. ¿Por qué, Alex? ¿Por qué?

—Ahora sí, cuéntame de la junta, ¿qué decidieron? —dijo Alex unos segundos después.

—No soy candidato para la cirugía.

—¿Y qué harán? ¿Cambiar tu desfibrilador?

—Todavía me quedan un par de meses con él.

—¿Eso es todo lo que hablaron?

¿Qué debía hacer? ¿Decirle que se estaba muriendo? ¿Se quedaría Alex con él por lástima? ¿O lo dejaría para ir a Londres con Christian?

—Hablaron también de cambiar algunas medicinas y otros exámenes.

—¿Estás bien? Suenas extraño.

—Alex... —Quería preguntarle cómo había sido capaz de hacerle esto, pero se mordió la lengua. Él quería que Alex fuera feliz. Si estaba enamorado de Christian, Alex debía estar con él.

—Dani, iba saliendo para allá. Quiero ir a verte. Tenemos que conversar.

Ahí estaba: Tenemos que conversar. Christian tenía razón de nuevo. Alex quería ponerle fin a su aventura.

—No vengas. Ya es tarde. Estoy cansado y solo quiero acostarme.

—¿Algo está mal? Te conozco, Dani. Dime que te molesta.

—Alex... no puedo hacerlo; no puedo hacer esto.

—¿Qué no puedes hacer? ¿Dani, qué pasó?

Todo el cuerpo de Dani tembló.

—Nosotros, Alex. No puedo seguir. Lo siento.

No, no, no podía ser. Alex no podía estar escuchando bien. Esto no tenía sentido. Dani estaba bien en la mañana. ¿Qué había cambiado en unas pocas horas?

—Dani, ¿qué pasó, cariño?

—Creo que fuimos demasiado rápido —Dani le dijo con la voz quebrada.

—Lo sé, cariño, pero podemos ir al ritmo que necesites.

—No quiero ir a ningún ritmo. Lo que pasó el fin de semana no volverá a pasar.

—Dani no… no hagas esto —le rogó Alex—. Todo estaba bien hoy en la mañana. ¿Dime qué pasó?

—Hablé con... el padre Renzo.

Mierda, eso no era bueno. Alex aún recordaba todas las horribles cosas que el padre Renzo le había dicho cuando se enteró de que era gay. Si el homofóbico padre Renzo había hablado con Dani, era algo muy malo.

—Él habló conmigo cuando supo que era gay y te puedo asegurar que está equivocado. Lo que te haya dicho no es cierto. Lo importante es lo que sientes.

—Lo que siento es que no puedo seguir. No puedo. Lo siento, Alex.

¡No! ¡No! ¿Por qué? No podía permitir que Dani se le escapara de las manos así.

—Voy para allá ahora, Dani. No podemos tener esta conversación por teléfono.

—No lo hagas. Por favor, dame tiempo; déjame asimilar esto.

—¿Cuánto tiempo?

—No lo sé, solo dame tiempo.

—Te daré todo el tiempo que necesites. Pero por favor, Dani, no te alejes de mí.

—Lo siento, Alex. Te llamaré.

—Dani...

La comunicación se cortó y Alex se sentó en la cama sin poder creer lo que había pasado. Su primer instinto fue correr a la costa y convencer a Dani de que estaba equivocado, pero si lo presionaba, eso solo podía alejarlo más.

Se colocó las manos en la cabeza y rezó como no lo hacía en mucho tiempo, rogó con toda su alma que Dani se quedara con él.

La daría el tiempo que necesitara. No importaba cuánto tiempo necesitara, lo esperaría toda la vida si era necesario.

Dani le contó todo a Elizabeth. Estaban en su departamento, sentados en el sofá y ella no había dicho nada aún, solo lo había escuchado con atención y sostenía su mano. Dani no se calló nada. Le habló del fin de semana con Alex, de su encuentro con Christian, del trasplante y de la última conversación telefónica con su amigo.

—No tiene sentido, Dani —dijo Elizabeth finalmente—. Alex no te habría hecho algo así. ¿Por qué no le das la oportunidad de explicarse?

—¿Para qué? ¿Para que termine de romperme el corazón? Se va a ir a Londres con Christian. Es a él a quien ama.

—Si ama tanto a Christian ¿por qué estuvo contigo el fin de semana?

Dani bajó la mirada, avergonzado.

—Yo se lo pedí. Yo le pedí que me hiciera el amor —Sentía las lágrimas caer de su cara y ni siquiera le importaba—. Quería saber cómo sería hacer el amor con el hombre que amo.

—¿Y si Christian te mintió?

—¿Por qué lo haría? Para Chris solo soy el amigo hetero de Alex. Chris es un hombre buen mozo, elegante, sofisticado... ¿Por qué Alex querría quedarse conmigo? ¿Por qué Alex preferiría a un flacucho enfermo, sin dinero y sin clase social?

—Quizás porque Alex te ama.

—Alex me ama como su amigo, pero está enamorado de Christian. Él dijo que todavía ama a Chris.

Elizabeth lo abrazó.

—Gracias por no odiarme —Dani le dijo entre lágrimas.

—Jamás podría odiarte, Dani; te amo —ella dijo tranquilamente mientras besaba su cabeza.

—Eli...

—Como amigo, Dani, no espero nada romántico de ti. Creo que siempre sospeché que estabas enamorado de él. También sé que Alex te ama y sigue siendo tu amigo. Debes hablar con él y contarle lo de tu enfermedad. Alex no te perdonará si no le cuentas.

—Si le cuento querrá estar a mi lado y no lo voy a retener, Elizabeth. Sé que los problemas que tenía con Christian eran por nuestra relación. Yo me voy a morir. Debo permitir que sea feliz con él.

—No hables así. No te vas a morir. Encontrarán un donante para ti y te van a curar, ya verás.

—Tengo miedo, Elizabeth. No quiero morir.

—No lo harás. Dios está de tu lado. No pierdas la fe, Dani.

¿Cómo podía agradecer suficiente el tener una amiga como Elizabeth? Aún no podía creer que no lo repudiara después de todo lo que le había contado. Alex tenía razón. Las personas que lo amaban lo aceptarían por quién era. Desde que supo que era gay vivió con el miedo constante de ser descubierto, de ser repudiado, pero ahora ya no lo sentía así. Ya no sentía miedo de que todo el mundo supiera que era gay.

¿Por qué había estado tanto tiempo asustado? ¿Por qué había temido tanto salir del closet?

No lo sabía y ahora simplemente ya no le importaba. Tal vez porque su miedo a morir era mayor. O tal vez porque su miedo de perder a Alex era aún peor.

Su corazón latió dolorosamente en su pecho cuando pensó en Alex con Chris, y las lágrimas brotaron una tras otra sin poder contenerlas; Dani sabía que su amistad nunca volvería a ser la misma. ¿Cómo podría soportar ver a Alex con Chris? No podría, era demasiado doloroso. Prefería alejarse de él que tener que verlo nuevamente con otro hombre.

Siguió llorando por lo que le parecieron horas e Eli se quedó todo el tiempo a su lado consolándolo. Quizás algún día podría superar perder a Alex como amante, pero jamás se repondría de perder su amistad.

Esa era una herida demasiado profunda.

Alex le había dado dos días a Dani. El viernes llegó, y estaba desesperado por hablar con Dani. Él le había dicho que lo llamaría y no lo había hecho.

Para empeorar las cosas, su jefe lo estaba presionando por el viaje a Londres. Debía dar una respuesta y todavía no sabía qué decisión tomar. Una parte de él sabía que era importante ir, no podía fallarle a su jefe, pero todos sus instintos le decían que debía quedarse con Dani.

Al final del día, en cuanto llegó a su apartamento, llamó a Dani.

—Hola —Dani contestó enseguida.

—Hola, cariño. —Alex sonrió con solo escuchar la voz de Dani.

—¿Cómo estás? —Dani sonaba triste.

—Extrañándote, ¿y tú?

Dani se quedó callado.

—Cariño, por favor habla conmigo... —Alex casi imploró.

—Yo también te extrañé.

—Quiero verte. No quiero que sigamos conversando por teléfono.

—Me da miedo verte.

—¿Por qué?

—Porque sé que si te veo, no seré capaz de seguir con lo que decidí.

—Entonces voy a verte, porque si lo que estés pensando nos separa, es un error, Dani.

—Hay algo que debo decirte, y sé que no te va a gustar.

—Solo dímelo...

—Yo... volví con Elizabeth.

Alex estaba atónito.

—¿Por qué lo hiciste, Dani?

—Porque es lo correcto.

—No, Dani, no lo es. No lo es porque olvidaste un pequeño detalle: eres gay.

—No, Alex. No lo seré más. Intentaré tener una vida normal.

—¿Crees que mi vida no es normal? —preguntó Alex, molesto.

—Sé que lo es. Pero no soy como tú, Alex; no puedo hacerlo.

—Dani, si no quieres seguir conmigo lo entenderé, pero no hagas esto. No trates de pretender que eres hetero. Eso es negar tu verdadera sexualidad y es un error.

—Es lo que voy a hacer, Alex —Dani tenía la voz quebrada—. Dijiste que no me juzgarías si lo hacía.

—No lo haré. Pero es un error, Dani.

—Gracias —Dani dijo y volvió a callar.

—¿Y ahora que haremos? —preguntó Alex—. ¿Olvidamos todo lo que pasó? ¿Seguimos siendo amigos?

—Supongo que seguimos siendo amigos —dijo Dani en un tono poco creíble.

—¿Crees que funcionará? ¿Volver a ser amigos?

—Desde el principio te dije que no podía tener una relación.

—Lo sé... Es posible que vaya a la costa hoy, ¿podemos vernos?

—Voy a estar con Elizabeth.

—¿Todo el fin de semana? —preguntó incrédulo—. Dani, solo quiero pasar un tiempo contigo, con mi mejor amigo. Probablemente me vaya de viaje por trabajo y no nos veamos por un tiempo.

—¿Adónde vas?

—Me ofrecieron ir a Londres. Estaré unos meses por allá.

Dani se quedó callado nuevamente.

—¿Cuándo te vas?

—No lo sé aún. Pronto, supongo. ¿Me llamarás, Dani? ¿Te puedo llamar?

Su silencio fue la respuesta a Alex.

—Te extrañaré, Alex.

Alex supo que Dani no solo se refería a su próximo viaje a Londres; aquello era una despedida; su amistad no iba a sobrevivir a esta ruptura.

—Y yo a ti...

—Adiós, Alex.

Dani cortó el teléfono.

Alex se quedó sentado en la oscuridad, no supo por cuánto tiempo. Jamás se había sentido más destrozado en toda su vida. ¿Cómo pudo Dani volver con Elizabeth? ¿Qué había hecho para alejar a Dani de esa manera? ¿Lo habría presionado demasiado? Repasó todo el fin de semana en su cabeza, todas las conversaciones telefónicas y no podía entender qué había salido mal. La única respuesta que encontró fue la más dolorosa: Dani simplemente no lo amaba. Y no importaba lo que hubiera hecho o no, el amor de Alex no había sido suficiente para retenerlo.

Cuando se levantó, finalmente se dio cuenta de que estaba llorando.

Había perdido a Dani.

15 de agosto: el cumpleaños de Dani.

Alex miraba su teléfono como si fuera su peor enemigo. Sus deseos divididos entre llamar a Dani y estrellar el maldito aparato contra la pared.

Había vuelto de Londres hacía tres semanas. Hacer ese viaje había sido un completo error. Hizo todo correctamente en su trabajo, pero cada minuto libre había sido una tortura.

No había visto a Dani en seis meses; para ser exactos: cinco meses, dos semanas y tres días, ¿pero quién lleva la cuenta?

Ni siquiera se había despedido de Dani antes de viajar. No había podido contactarlo por ningún medio. Dani no respondía sus llamadas ni sus correos. Nunca habían estado sin verse, sin hablarse siquiera, por tanto tiempo.

Había estado deprimido desde que Dani lo había abandonado. Sentía que su vida estaba suspendida, esperando a que Dani volviera, que lo llamara, que le escribiera; pero nada sucedía.

Dani no quería saber nada de él, y eso lo estaba matando.

Sin poder evitarlo, tomó el teléfono y buscó el número que necesitaba.

Su sangre se aceleró cuando el tono empezó a marcar. Cuando la llamada saltó al buzón de voz, no pudo evitar que su corazón se entristeciera. ¿De verdad no estaba disponible? ¿O una vez más Dani había visto quien llamaba y no quiso contestar?

Cuando escuchó el "bip", pensó en colgar el teléfono, pero tomó una rápida decisión.

—Dani, soy Alex... llamaba para desearte un feliz cumpleaños. Sé que en estos meses nos hemos distanciado, pero quería decirte que... te extraño, extraño nuestra amistad. Lo que pasó... podemos superarlo; podemos dejarlo atrás. No quiero perder nuestra amistad. Por favor, llámame.

Colgó y se sintió un poco mejor. Saludarlo por su cumpleaños era solo una excusa. A estas alturas, se conformaba con recuperarlo. Si debía sufrir el resto de su vida por ser solo el amigo de Dani y jamás tocarlo, ya no le importaba

Quería a Dani en su vida como fuera.

Dani miró la pantalla de su teléfono cuando vibró. Era la llamada que había estado esperando recibir todo el día. Era Alex. Llamándolo por su cumpleaños. Los dedos le picaban por contestar, pero si lo hacía, Alex sentiría su respiración y notaría su voz enferma.

Finalmente, el teléfono se detuvo. Dani sintió las lágrimas caer; habría dado cualquier cosa por escuchar la profunda voz de Alex.

Los últimos seis meses habían sido los peores de su vida. Nunca había estado tan enfermo y jamás se había sentido más triste. Además de todos sus problemas del corazón, le habían diagnosticado una depresión severa. El psiquiatra pensaba que la depresión era causada por su condición cardiaca, pero Dani sabía que habría tolerado todo mejor si hubiera tenido a Alex a su lado.

Desde hace casi dos meses estaba conectado a oxígeno día y noche. Y desde hace más de un mes estaba en el hospital. Aguantó todo lo que pudo en su casa, pero había tenido una descompensación grave y su médico había optado por dejarlo hospitalizado.

Por la gravedad de su condición, estaba encabezando la lista de espera para el trasplante. Lamentablemente, sus posibilidades estaban limitadas por su tipo sanguíneo. Dani era tipo O, por lo que sólo podía recibir un corazón de donantes con la sangre tipo O.

Lo más desesperante era la debilidad de su cuerpo. Las fuerzas ni siquiera le alcanzaban para levantarse de la cama y sus manos no tenían fuerza suficiente. Debido a eso ya no podía leer, no podía sostener un libro mucho tiempo. No podía salir muy seguido de la habitación, porque debía llevar las sondas y el oxigeno, del que no podía prescindir. Pasaba sus aburridos días viendo televisión o escuchando música.

Cualquier música, excepto su canción. Jamás podría volver a escucharla sin que se le rompiera el corazón, sin recordar lo que sintió en los brazos de Alex.

Su teléfono vibró y Dani miró la pantalla. Tenía un mensaje en su buzón de voz. Alex le había dejado un mensaje. Sin esperar un segundo, lo escuchó.

La profunda voz de Alex hizo vibrar su corazón. "Te extraño," "extraño nuestra amistad," "no quiero perder nuestra amistad". No eran palabras de amor, pero sí de amistad, y él extrañaba a su amigo.

—Yo también te extraño, Alex —Dani le habló al teléfono.

Llorando, Dani escuchó la grabación una y otra vez.

El cumpleaños de su Nonna, su abuela, era la mayor reunión familiar de la familia Morelli. Todos los años, había venido a la fiesta con Dani.

Este era el primer año que venía solo. Nadie le había preguntado por él y supuso que su hermana debía haberles advertido que no lo hicieran.

Alex se había sentado solo en una parte del jardín, bebía una cerveza mientras veía a su familia. En otras ocasiones, bromeaba y reía con sus primos y tíos, pero hoy no podía. Todavía no se recuperaba de la llamada a Dani. Habían pasado tres días y no había tenido respuesta.

Finalmente, uno de sus primos se le acercó. Gino era su primo favorito, era muy parecido a él físicamente. Compartían el pelo y los ojos oscuros y aunque Gino era unos centímetros más bajo, sus hombros y brazos abultados demostraban que pasaba demasiado tiempo en el gimnasio. Era abogado y un sinvergüenza mujeriego, que siempre estaba detrás de alguna falda.

—¿Qué demonios haces aquí tan solo, Alex?

—Hola, Gino. No estoy de ánimo para fiestas; solo vine por la Nonna.

—Sí, me enteré de lo de Dani, lo siento —le dijo su primo sentándose a su lado.

—¿Renata no habló contigo como obviamente hizo con todos los demás?

—Sí lo hizo, pero soy tu amigo además de tu primo. No te veo bien y quería decirte que estoy aquí para apoyarte. —Puso su mano sobre el brazo de Alex.

—Gracias. No entiendo porque todos asumen que éramos novios. Nunca lo presenté como tal.

—Alex, nunca entendí la dinámica entre tú y Dani de ser solo amigos, de que Dani tuviera novias y tú llegaras con tus novios. Todos veíamos lo que sentían el uno por el otro, tú lo quieres, él te quiere, y nosotros lo aceptamos.

—Sí, Dani me quiere tanto que no me ha hablado desde hace meses —le dijo con ironía—. Lo llamé hace unos días para su cumpleaños y ni siquiera me contestó el teléfono.

—No lo tomes como algo tan personal. A mí tampoco me contestó.

—¿Lo llamaste?

—Por supuesto. Yo siempre lo llamo para su cumpleaños. Y no fui el único; Max y Guido también lo llamaron, pero ninguno pudo hablar con él —Gino vio la cara triste de Alex y le preguntó—: ¿Tú aún lo quieres?

Quería desahogarse y contarle todo a Gino. Era la primera vez en meses que podía hablar con alguien que no fuera su hermana. Pero se sentía al borde de las lágrimas, temía que si se abría con Gino, se quebraría. ¿Cómo le explicaba a Gino que sentía como si le hubieran arrancado el corazón del pecho? Que cada día sin Dani le parecía más difícil de afrontar que el anterior... Que llevaba meses sin dormir bien, porque cada noche soñaba con Dani. Que había estado sentando toda una tarde frente al apartamento de Dani, solo para verlo, aunque fuera de lejos. Pero Dani nunca apareció, probablemente porque estaba con Elizabeth.

—Lo amo —confesó por fin en voz baja.

—Lo sé, siempre lo supe.

Miró a su primo sorprendido. ¿Gino lo sabía?

—¿Cómo lo supiste?

—Nunca miraste a ninguno de tus novios como lo mirabas a él. Además hace mucho tiempo alguien con un muy buen radar gay me lo hizo notar.

Alex miró hacia otro lado, evitando la mirada de Gino.

—Todo va a estar bien, Alex —Gino tomó su mano—. No importa cuánto tiempo pase, se que ustedes se van a reencontrar y todo volverá a ser como antes.

—Ojalá tengas razón. Estos últimos meses han sido horribles.

—¿No hay posibilidades de reconciliación?

—Yo lo he intentado una y otra vez, pero él no me habla.

—Me parece increíble que no hayas sabido nada de él en meses, ustedes eran inseparables.

—Lo último que supe es que está viviendo con Elizabeth.

—¿Está viviendo con ella?

—Sí, me enteré cuando estaba en Londres. Mi mamá lo vio hace unos meses; ella está haciendo su trabajo voluntario en otro hospital así que no lo ha vuelto a ver. En realidad, es como si se lo hubiera tragado la tierra; nadie parece haberlo visto o hablado con él.

—Eso es raro... Aunque no tanto si ha estado evitándote —Alex miró a Gino y su primo debió notar que no había pensado en esa posibilidad, así que hizo lo que sabía hacer mejor, cambió el tema rápidamente—. Lo que más lamento de que esté viviendo con Elizabeth es que otra vez me quedé sin oportunidad de conquistarla.

Alex miró atónito a su primo

—¿Estás hablando en serio?

—Sí, muy en serio.

No le gustó que su primo pensara siquiera en Elizabeth. Los celos que sentía hacia ella eran tan intensos que la sola mención de su nombre le hacía arder el estómago. Cuando su madre le había contado que ella estaba viviendo con Dani, había hecho pedazos una mesa de centro a patadas.

—Eres un traidor —le dijo, dolido—. Eso es... confraternizar con el enemigo.

—No primo, claro que no. Tú la odiarás y tendrás tus motivos, pero ella es linda. Lo estoy diciendo como un objetivo hombre heterosexual.

—Bueno, entonces podrías tratar de conquistarla, así me despejas el camino.

Gino sacó su teléfono y miró a Alex.

—Está bien, dame su número. Yo me sacrifico por ti.

Alex no pudo evitar sonreír, así era su primo. Él probablemente ni siquiera había mirado dos veces a Elizabeth, pero diría cualquier cosa para hacerlo sonreír.

Gino odiaba los hospitales; no le gustaba el olor o la angustia que le provocaban. Sin embargo estaba saliendo del área de cardiología del hospital católico. Cuando caminaba al ascensor, miró a su izquierda y la vio.

Elizabeth salía de una habitación y se acercó a hablar con una enfermera. Gino suspiró. Su primo lo odiaría si supiera cuánto le gustaba aquella pequeña y perfecta mujer. Se veía cansada, pero seguía siendo linda, con su encantadora nariz respingona y su oscuro pelo ondulado. Ella no lo vio y casi lo pasó por alto.

—Elizabeth...

Ella lo miró y se sorprendió al verlo.

—Gino, ¿cómo estás?

Se acercó y besó su mejilla. Sintió los cálidos labios de Elizabeth y retuvo el aliento. Esa mujer tenía el poder de excitarlo como ninguna otra.

—¿Qué estás haciendo aquí? —le preguntó con su voz dulce.

—Al papá de un amigo le pusieron un by pass. Ya salió bien de la cirugía y quise dejar a la familia sola. Ya sabes, "mucho ayuda el que poco estorba". ¿Y tú? ¿Qué haces por aquí?

Gino notó que se ponía nerviosa.

—Yo, estoy... acompañando a alguien.

Las únicas personas que ellos tenían en común eran Alex y Dani. Si estaban en el área de cardiología no era muy difícil sumar dos más dos.

—¿A Dani? —le preguntó, preocupado.

Elizabeth suspiró y lo miró resignada.

—Sí, pero él no quiere que Alex se entere. Por favor, no le digas.

—¿Que no se lo cuente? —preguntó, sorprendido—. Lo siento, Eli. Pero no puedo prometerte eso.

Elizabeth pareció pensar un momento antes de hablarle.

—¿Tienes tiempo de tomar un café conmigo?

—Sí, por supuesto.

—Espérame aquí un segundo —Fue a la habitación y Gino escuchó cuando habló con Dani—. Voy a estar en la cafetería un rato ¿Quieres que te traiga algo?

—No, gracias. Estoy bien —le contestó Dani.

Gino se quedó congelado al oír la voz débil y ahogada de Dani. Solo con oír su voz sabía que estaba mal. Sintió que un nudo le apretaba el estómago al notar que su amigo estaba tan enfermo. ¿Qué diablos le había pasado a Dani en esos meses?

Saliendo de la habitación, Elizabeth le hizo señas a Gino para que la siguiera. No hablaron hasta llegar a la cafetería. Pidieron dos cafés y se sentaron a conversar.

—¿Qué le pasa a Dani? ¿Qué es lo que tiene?

Elizabeth lo miró con tristeza en los ojos.

—No sé por dónde empezar... Hace más de un mes que está hospitalizado. Su condición cardiaca empeoró en los últimos meses y no hay ninguna cirugía o tratamiento que lo ayude —Suspiró y miró a Gino con ojos tristes—. Está en lista de espera para un trasplante de corazón. Si no se opera pronto, va a morir.

Gino se quedó helado. ¿Dani podía morir? Dios santo...

—¿Y no le dijo nada a Alex? ¿Por qué? Alex adora a Dani, ¿cómo pudo no decirle algo así?

—Hay cosas que no puedo contarte; pero ellos no han hablado hace meses. Sin embargo, yo sé que Dani está sufriendo y necesita a Alex.

—¿Me estás dando permiso para decírselo?

—Creo que es lo mejor. Dani no está bien. Si algo malo le llega a pasar... Alex debe poder despedirse.

—Maldición. Alex va a estar destrozado con la noticia.

¿Cómo demonios le daría una noticia así a Alex? ¿Cómo le diría a Alex que el hombre que amaba estaba muriendo? Gino y toda su familia sabían que Alex estaba enamorado de Dani. El único que nunca pareció darse cuenta era Dani. ¿Se habría dado cuenta Dani por fin de los sentimientos de Alex y por eso se había alejado?

Todos sabían que Dani y Alex ya no eran amigos. Pero él conocía a ambos. Aunque su primo no se lo hubiera dicho directamente, Gino sabía que en algún punto la relación de Alex con Dani había pasado a un nivel físico y eso era lo que había destrozado la amistad, probablemente porque Dani no se había enamorado como su primo lo había hecho.

¿Estaría Elizabeth al tanto de aquella relación?

—Lamento tener que dejártelo a ti —Suspiró Elizabeth—. Pero Dani me hizo prometer que no le diría nada a Alex y "técnicamente" no lo estoy haciendo; te lo conté a ti. Tú verás que hacer con la información.

Gino tomó su mano y la miró a los ojos.

—Me he estado preocupando solo por mi primo y ni siquiera te he preguntado cómo estás tú. Después de todo, es tu novio...

—Con Dani, hace mucho tiempo que somos solo amigos.

—Alex me dijo que vivían juntos, todos creímos que ustedes habían vuelto a ser novios.

—Me fui a vivir con Dani para cuidarlo. Al principio no tuvo problemas, pero cuando fue empeorando, había días que no tenía fuerzas para levantarse de la cama. Él estaba solo y me necesitaba —Sus hermosos ojos se llenaron de angustia—. Ha sido muy difícil ir viendo cómo se va apagando día a día.

Gino no podía creer haber encontrado una mujer con un corazón tan grande.

—Dani es un hombre muy afortunado por tener una amiga como tú.

—Él es un buen amigo también. Por eso no ha estado solo en esto. Varios de sus amigos vienen a visitarlo, pero no quiso que nadie que pudiera contarle a Alex supiera de su enfermedad, así que nos reduce a grupo pequeño de personas.

—Y la mayoría deben ser de la costa.

—Exacto. La mejor opción era hospitalizarlo acá en la capital, pero el problema es que vivimos en la costa, y por el trabajo solo podemos venir los fines de semana. Temo que algo le pase durante la semana. No quiero que esté solo.

—Sé que Alex estará con él —Gino le aseguró—. No lo va a dejar solo.

—Eso espero. Dani se ha aislado y no me gusta. No es bueno para su salud mental. Además de todo, le diagnosticaron una depresión muy fuerte.

—No te preocupes por eso. Además de Alex, somos varios primos los que vivimos en esta ciudad. Cuando sepan que Dani está hospitalizado, no lo dejarán solo. Lo queremos mucho en la familia. Él prácticamente se crió con nosotros.

—Espero haber hecho lo correcto.

—Lo hiciste. —Gino se dio cuenta que aún sostenía la mano de Elizabeth.

Gino se alegraba de saber que Elizabeth solo era amiga de Dani. Ella siempre le había gustado, desde que estaba con Dani. Era muy diferente a las mujeres que solía frecuentar, pero ese era parte de su encanto. ¿Le molestaría a Alex que tratara de conquistarla? Gino decidió hablar con su primo primero antes de intentar cualquier acercamiento.

Aunque primero tenía que hablar con Alex sobre Dani, y sabía que no sería una conversación agradable.

Tentativamente, acarició la mano de Eli y, para su alegría, recibió una brillante sonrisa del otro lado de la mesa.

El timbre sonó y Alex fue a la puerta. Cada vez que eso ocurría, una parte de él seguía esperando ver en la puerta un hermoso par de ojos grises. Como siempre sucedía, Dani no estaba allí; era su primo Gino.

El aspecto sombrío de su primo lo preocupó. Se abrazaron como siempre hacían al saludarse, pero algo estaba mal. Alex pudo notar la tensión de Gino y se preguntó qué estaría molestándolo.

—¿Todo bien? —preguntó incluso antes de que se sentaran.

Gino se sentó, todo su cuerpo tenso. Y cuando lo miró a la cara, la expresión era tan seria como la muerte. La ansiedad comenzó a inundarlo y su corazón a latir más rápido. Algo estaba muy mal y Gino era el encargado de darle las malas noticias.

—¿Qué pasó? ¿Les pasó algo a mis tíos?

—No, nada de eso. Vine porque necesito hablarte. Sobre Dani.

Por un momento, Alex se tensó, pero luego pensó que a lo mejor esto era bueno, quizás Dani había preguntado por él. Una pequeña esperanza comenzó a encenderse dentro de su pecho, pero Alex la mantuvo a raya, no quería hacerse falsas ilusiones.

—¿Lo has visto? ¿Hablaste con él?

—No exactamente. Ayer me encontré con Elizabeth.

Alex se tensó y se reclinó en su sofá. Odiaba a Elizabeth todavía, aunque ella no tuviera la culpa de nada.

—¿Y qué te dijo? ¿Te contó lo feliz que está con Dani?

—No, me dijo que él te extraña y cree que deberías saberlo.

Alex sintió su pecho apretado y algo de esperanza se filtró en su corazón. Dani lo extrañaba. ¿Sería posible que recuperara a Dani? Tal vez solo verlo nuevamente. Incluso se conformaría con poder hablar con él. Pero al mirar a Gino supo enseguida que había algo más que su primo no le estaba contando y la esperanza murió tan rápido como había nacido.

—Si tanto me extraña ¿por qué no me ha llamado? He esperado meses que lo hiciera. Estoy seguro que no quiere hablarme, que no quiere saber nada de mí.

—¿Por lo que pasó entre ustedes?

—¿Ella te lo dijo? —Alex estaba impactado.

—No, pero es obvio. Solo algo así pudo afectar una amistad como la de ustedes.

Alex se avergonzó de haberle ocultado la relación más importante de su vida a su primo.

—Solo Renata sabe que Dani y yo fuimos amantes, se supone que para todos los demás nosotros solo dejamos de ser amigos.

—¿Por qué lo ocultaste?

—Porque pensé que Dani no querría que nadie lo supiera. Él se avergüenza de lo que sucedió, prefiere seguir pretendiendo que nada pasó entre nosotros. Probablemente en un tiempo más se casará con su perfecta Elizabeth y se llenará de hermosos niños. Eso es lo que quiere.

—Alex...

—Seguirá ocultando a todo el mundo, especialmente a sí mismo, que es gay.

Y yo seguiré esperando a alguien que me haga sentir solo un poco de la felicidad que sentí con él, pensó.

Gino lo miró con tristeza y tomó su mano en apoyo.

—Alex, no sé cómo decirte esto... Dani está en la ciudad; está hospitalizado, y no quiere que te enteres.

—¿Qué? ¿Por qué no? ¿Acaso el muy idiota cree que no me importa lo que le pase?

—No lo sé; solo sé lo que Elizabeth me dijo y ella no quiere contrariarlo por su condición.

¿Su condición? Una alarma se encendió en su pecho y lo dejó sin aliento cuando escuchó el tono de voz de Gino. No, no, no... Por favor, que esté bien, por favor, que esté bien, se repetía Alex una y otra vez.

—¿Es su corazón? —preguntó preocupado—. ¿Lo van a operar?

—Elizabeth me dijo que está muy enfermo, Alex. Lleva varias semanas en el hospital. Su corazón empeoró en los últimos meses. Lo único que puede ayudarlo ahora es un trasplante, y si no aparece un donante pronto... Dani podría morir.

Alex no era capaz de articular ninguna palabra. No podía moverse. Comenzó a escuchar que Gino le hablaba pero no podía entender lo que le estaba diciendo. Lo único que podía pensar era que los meses de agonía sin tener a Dani no eran nada comparados a la idea de verlo morir.

—¿En dónde está? —preguntó con la voz quebrada—. ¿En qué hospital?

—En el Católico.

No esperó a que su primo terminara de hablar y comenzó a correr hacia la puerta. Buscó desesperado las llaves de su camioneta, y cuando las tenía en la mano, sintió a Gino quitárselas y contenerlo.

—Por favor, cálmate primero. Mírate. Estás temblando. Por favor, solo espera un momento.

—Debo ir con él, debo ir con él —repetía Alex una y otra vez.

Dani estaba muriendo. Su cerebro estaba congelado, sin poder funcionar. Tan desolado y aturdido como si Gino lo hubiera golpeado en la cabeza en vez de haberle dado aquella horrible noticia. Lo único que podía pensar era en Dani; quería ir con él y asegurarse de que estaba bien.

—Yo te llevaré. No puedes conducir en este estado. Te vas a matar antes de llegar al hospital.

—Sí, sí —contestó, aturdido, antes de que Gino lo sacara de su apartamento y lo metiera en su automóvil.

Camino al hospital, Alex no podía parar de pensar. Gino dijo que desde hace unos meses Dani se había agravado. ¿Sabía Dani que estaba tan enfermo cuando estuvo con él? ¿Se lo habrían comunicado en la junta médica? ¿Por qué Dani se alejó de esa manera? ¿Por qué no quiso que supiera que estaba enfermo?

Alex recordó su fin de semana juntos. Ya entonces Dani no se veía bien. Ahora que lo pensaba con detalle, Dani no solo estaba más delgado y ojeroso, su piel estaba pálida; se notaba más cansado de lo normal y dormía mucho. La mañana que lo encontró sin respirar... Alex había sabido que algo iba mal, pero estaba tan feliz ese fin de semana que lo dejó pasar.

Había sido un tonto. Jamás debió dejarlo; jamás debió alejarse de Dani.

Quedaban unos minutos para que se terminara la hora de visita. Las visitas siempre le alegraban el día a Dani y hacían los días más llevaderos. Era lunes, y nadie había venido a verlo. Suspiró, pensando que le esperaba otra larga semana.

Sandra, la enfermera de la tarde, entró saludándolo alegremente.

—¡Hola! ¿Cómo está el paciente favorito del piso cinco?

—Igual que siempre, esperando un corazón ¿No te has encontrado ninguno por ahí?

—No últimamente, pero te avisaré si veo alguno descuidado —le dijo mientras tomaba su presión y su temperatura—. ¿Cómo está el ánimo hoy?

—Mejor —le dijo Dani.

Sandra lo había visto llorar durante una hora después de escuchar el mensaje de Alex. No le había dicho a nadie el motivo para que no le prohibieran seguir utilizando su teléfono, así que Sandra y las otras enfermeras asumieron que era por su depresión.

—Estás bien hoy, sigue aguantando. Uno de estos días aparecerá un corazón y te vas poder librar de mí.

—Eso espero, ya estoy cansado de ti —le dijo, sonriendo.

—Nos vemos en un rato —le dijo mientras salía de la habitación, Dani alcanzó a escuchar que le decía a alguien que la hora de visita se estaba terminando.

Sin ningún aviso, la puerta de su habitación se abrió. Dani sintió que su corazón se detuvo antes de comenzar a latir a cien por hora.

Alex.

Alex estaba allí. Dani solo quería poder correr hacia él y abrazarlo, pero apenas tenía fuerzas para hablar.

Su amigo se paró a los pies de su cama y lo miró. Dani sabía lo que veía: un hombre muy enfermo conectado al oxígeno, las sondas, las máquinas… Debía ser una imagen impactante. El rostro de Alex reflejaba lo molesto que estaba.

—¿Por qué no me lo dijiste? —Cuando finalmente Alex habló lo hizo muy bajo, tratando de contenerse para no gritar.

Dani no sabía que contestarle. ¿Por qué lo había hecho? ¿Qué razones le parecieron correctas en su momento? Ya no las recordaba. Pero ahora que veía a Alex allí sabía que había sido el peor error de su vida.

—¿Crees que no me iba a importar lo que te pasara? ¿Por qué lo hiciste, Dani?

—Creí que era lo mejor —susurró Dani.

—¿Lo mejor? ¿Crees que ocultarme algo así es lo mejor? ¿En qué diablos estabas pensando? —La voz áspera y dura de Alex resonaba cada vez más fuerte en las blancas paredes de su habitación.

—Alex… —Dani no estaba acostumbrado a que Alex le hablara así.

—¡Dejaste que me marchara a Londres sin decirme nada! ¿Sabes cómo he estado estos meses sin saber nada de ti? ¡Y ahora te encuentro así! ¡¿Cómo pudiste hacerlo?! —Alex tomó aire tratando de calmarse. Cuando volvió a hablar su voz sonaba triste—. ¿Tanto te avergüenza lo que pasó entre nosotros? ¿Tanto que no me quieres a tu lado ni siquiera como tu amigo?

—¡No! Yo… no pude…

—¿Qué no pudiste, Dani? ¿Afrontar la verdad frente a todo el mundo? ¡Tuviste miedo de decir que tu amante gay era el que sostenía tu mano mientras estabas enfermo? Pues si no me quieres aquí, no lo estaré, Dani, ¡No me quedaré a sostener tu mano!

Solo cuando Alex salió enfurecido de su habitación, Dani se permitió llorar. Todavía escuchaba las palabras de Alex. Cada una de ellas había sido como una puñalada en el corazón.

Sintió que la habitación comenzaba a girar y dejó caer la cabeza en la cama.

¡Bip! ¡Bip! ¡Bip! Las máquinas empezaron a pitar, indicando que se estaba descompensando. Dani estiró la mano hasta el timbre de la central de enfermería pero se detuvo antes de apretarlo. Dejó caer la mano sin fuerzas, sintiendo que ya no le quedaba nada por qué luchar. Alex lo odiaba. Quizás esta vez tenía suerte y por fin se acababa su calvario.

Cerrando los ojos, dejó que la oscuridad lo envolviera, deseando no volver a despertar.

Saliendo de la habitación de Dani, Alex respiró profundo tratando de calmarse. Sentía que había envejecido diez años en los últimos dos minutos.

Gino llegó junto a él y lo empujó hacia una silla.

—Debes calmarte, por Dios ¿en que estabas pensando al gritarle todo eso?

—No estaba pensando...

—No puedes hacerle eso. Lo que haya pasado entre ustedes ya no importa. Él te necesita ahora; necesita a sus amigos para pasar por esto...

En ese momento vio como enfermeras y doctores entraban corriendo a la habitación de Dani.

—¿Qué...? —Su corazón se paralizó al darse cuenta qué sucedía— ¡Oh, no, no, por Dios, no! ¿Qué fue lo que hice?

Gino evitó que corriera hacia la habitación de Dani.

—¡No! Déjalos trabajar. Deja que se encarguen de él...

—Es mi culpa... es mi culpa... si algo le pasa...

—¡Cálmate, Alex! Por favor no empeores la situación.

Si algo le pasaba a Dani, sería su culpa. Maldición, en vez de entrar allí y confesarle que no había dejado de pensar en él ningún minuto de los últimos meses, de decirle que lo amaba y que estaría a su lado para apoyarlo, le había gritado, ofendido y casi matado.

Derrotado, se tiró sobre una silla y se sujetó la cabeza. Cuando entró a la habitación y vio a Dani en esa cama, conectado a mangueras y cables que probablemente lo mantenían con vida; su piel pálida y su delgadez... Todo eso lo destruyó, lo devastó completamente.

Ni siquiera estaba tan enojado con Dani; estaba furioso con Dios, con la vida, con el destino, con quien fuera el responsable de que el hombre que amaba estuviera tan enfermo. Recordaba por todo lo que Dani ya había pasado. ¿Por qué Dani? ¿No había sufrido bastante ya? ¿Y ahora esto? Quería gritar y patear por lo injusto de la situación y sin pensarlo desahogó toda su rabia en Dani.

Unos minutos después, sintió la mano de Gino en el hombro y al levantar la vista vio a un médico acercándose a ellos.

—¿Cómo está? —preguntó con urgencia.

—Un poco mejor, pero no gracias a usted. Las enfermeras me dijeron que entró a gritarle antes de que se descompensara. ¿En qué diablos estaba pensando? Daniel es un enfermo cardiaco y su condición es muy delicada.

—¿Qué le sucedió? —Intervino Gino.

—Afortunadamente, fue solo una descompensación leve. Su presión se elevó demasiado y en su estado eso es muy malo.

Alex bajó su cabeza, avergonzado. —No sabe cuán arrepentido estoy, yo...

—No me importan sus explicaciones, desde ahora tiene prohibida la entrada a su habitación. Lo quiero lejos de mi paciente.

—¿Puedo verlo? —preguntó Gino.

—Sólo unos minutos, pero no creo que pueda hablar con él. Está sedado.

—Está bien, doctor.

Sin decir nada más, el médico se alejó, mirando a Alex con rabia.

—Iré a ver cómo está —dijo Gino.

—Dile... dile que lo siento...

Gino solo lo miró y asintió brevemente antes de dar la vuelta hacia la habitación de Dani.

Se dejó caer sobre la silla nuevamente y siguió pensado en Dani y en todo lo ocurrido ese día. Estaba tan absorto en sus pensamientos que no sintió a Gino hasta que la fuerte mano de su primo lo hizo sobresaltarse.

—Está dormido —le informó Gino sentándose a su lado, abatido.

—¿Está bien?

—Sí. Aunque se ve muy frágil.

—Está tan enfermo... —dijo desconsolado.

—Vámonos, Alex. Te llevaré a tu casa.

—No quiero irme aún. Por favor, dame unos minutos.

—Todo lo que quieras.

Gino puso la mano sobre su brazo dándole su apoyo silenciosamente.

Alex no podía hablar, lo único que quería era arrojarse al suelo a llorar y gritar. Sentía que le habían dado la estocada final a su corazón, que llevaba meses desangrándose.

Se quedó sentado afuera de la habitación de Dani todo el tiempo que pudo. Le hubiera gustado sentarse a su lado y verlo dormir, tomar su mano y decirle que todo saldría bien, pero ni siquiera podría volver a verlo. Había arruinado su posibilidad de estar al lado del hombre que amaba. Y si Dani moría no podría estar junto a él.

Una parte de su mente se aclaró y se dio cuenta de que quizás Dani había estado en lo correcto al abandonarlo.

Él era un completo desastre.

Cuando Dani despertó al día siguiente, sintió que su depresión lo golpeaba como si fuera un martillo. En cuanto recordó la noche anterior, comenzó a llorar silenciosamente y ya no pudo detener las lágrimas que llevaba meses conteniendo.

Al mediodía, seguía llorando y las enfermeras llamaron al psiquiatra del hospital para que lo viera. Dani no tenía nada que hablar con él; sabía exactamente por qué estaba así y lo único que lo sacaría de la depresión sería tener a Alex a su lado y eso no iba a pasar. Alex lo odiaba.

Finalmente, el psiquiatra optó por sedarlo hasta que Dani estuviera más tranquilo para hablar. Como consecuencia, Dani pasó todo el día dormitando.

En la tarde, sentía que el efecto de los calmantes se iba y la depresión volvía con fuerza otra vez. Contuvo sus ganas de llorar para evitar que le mandaran nuevamente al psiquiatra.

Cuando vio la puerta abrirse, la imagen alta y robusta de Gino Morelli le sonreía.

—¡Hola, Dani!

—Hola... —dijo con un hilo de voz.

—¿Cómo estás?

—No muy bien —Dani le dijo finalmente—. Alex estuvo aquí.

Gino tomó su mano. Era grande y fuerte como la de su primo. Sintió las lágrimas volver al pensar en Alex.

—Lo sé —dijo Gino—. Yo lo traje. El papá de un amigo estuvo hospitalizado en este piso. Así supe que estabas aquí. Lamentó lo que sucedió; no sabía que Alex reaccionaría así.

—Se iba a enterar tarde o temprano. No es tu culpa si él me odia —dijo Dani con voz triste.

—Alex no te odia, Dani. Solo estaba enojado. ¿No lo estarías tú?

—Sí, mucho. Probablemente también me habría gritado.

—Está muy arrepentido, sobre todo por las consecuencias. Nos asustamos mucho cuando vimos a todos corriendo a tu cuarto.

—Sólo se me subió la presión un poco. He tenido crisis peores.

—Aún así, Alex se sintió muy mal por lo sucedido.

—¿Cómo está Alex? ¿Es feliz?

—No. Él no es feliz sin ti, así como tú no eres feliz sin él.

—Lo extraño tanto.

—Y él a ti. Ayer se quedó mucho tiempo después de que te estabilizaran afuera de tu habitación. Creo que solo quería estar cerca de ti.

—¿Crees que quiera volver a verme? —preguntó, esperanzado.

—Claro que sí. Se muere por verte, pero... —Se acercó a Dani como si le fuera a contar un secreto— Tu doctor le prohibió volver a entrar a verte para que no te alteres.

—No puede hacer eso. No puede... —Dani sintió las lágrimas cayendo de sus ojos.

—Sí, sí puede... —Gino se le acercó nuevamente y secó sus ojos— ¿Me prometes que estarás tranquilo? ¿Qué no te alterarás si te digo algo?

—Lo prometo.

—Alex está afuera. Dijo que vendría aunque no lo dejaran verte. Si no quieres verlo, está bien, pero si quieres verlo, te prometo que no le dejaré gritarte.

Dani no podía hablar; solo asintió con la cabeza. Gino se paró y salió de la habitación un momento. Cuando volvió, Alex estaba con él. Antes de que Dani pudiera decir nada, Alex se acercó a la cama y tomó su mano.

—Dani... Lo siento tanto, lamento tanto lo de ayer...

Dani solo podía mirar a Alex. Había deseado tanto verlo, que le parecía que no era real. Cuando Alex se sentó en la cama y besó su frente, Dani gimió de alegría y abrazó a su amigo con la poca fuerza que tenía.

—Alex... te extrañé tanto.

Su amigo le devolvió el abrazo y lo sostuvo en sus fuertes brazos.

—Y yo a ti, cariño. Y yo a ti.

Abrazar a Dani era como respirar después de haber estado sumergido en el agua varios minutos. Se quedó mucho tiempo sosteniéndolo. Ninguno de los dos habló, solo se quedaron quietos, disfrutando estar juntos por fin.

Dani estaba débil y delgado y sus fuerzas se acabaron rápidamente. Cuando Dani ya no podía seguir abrazándolo, Alex lo ayudó a recostarse y se mantuvo sentado en la cama a su lado. Le sostuvo las frías manos y trató de trasmitirle algo de calor.

Dani miró a Alex antes de hablar, apenas susurraba y hacía pausas para respirar.

—Lo siento...

—Está bien. Tenemos tiempo para hablar después. Ahora es mejor que descanses. Si tienes otra crisis, tu doctor colocará una foto mía en la puerta del hospital y prohibirá que vuelva a entrar.

Dani sonrió y sus hermosos ojos brillaron.

—¿Vas a volver? —le preguntó, preocupado.

—Claro que sí. Mañana estaré aquí. Lo prometo —Tomó su mano y la besó—. Eres mi mejor amigo, Dani. Siempre estaré a tu lado.

Se quedaron mucho tiempo en silencio, solo mirándose, hasta que Dani lentamente se durmió. Le dolía tanto verlo enfermo.

Miró con más calma la habitación de su amigo. Todas las cosas personales que tenía hacían ver que llevaba un tiempo allí. Sobre la mesa de noche había varias tarjetas con dibujos infantiles, probablemente de los pacientes de Dani. Cogió una tarjeta con el dibujo de un gran corazón y la frase "Lo extrañamos". Se alegraba que durante el tiempo que estuvieron separados su amigo no hubiera estado solo.

Alex se quedó con Dani todo lo que pudo, solo viéndolo dormir y antes de salir de la habitación lo besó suavemente en los labios.

Al salir, su primo estaba esperándolo sentado afuera de la habitación de Dani.

—¿Cómo está? —le preguntó Gino en cuanto salió.

Alex se sentó al lado de Gino y suspiró.

—Más tranquilo. No hablamos mucho; solo nos quedamos así... juntos.

—No lo voy a decir... pero te lo dije. Ustedes no pueden estar sin el otro.

Alex se reclinó en la silla y dejó salir la respiración.

—Tienes razón. No puedo estar sin él.

—Todo va a salir bien. Van a encontrar un corazón para él y volverán a estar juntos, ya lo verás.

Alex se tensó con las palabras de Gino. No, no estaban juntos ahora y no lo estarían cuando mejorara. Dani quería y necesitaba a Alex como su amigo, pero ellos ya no estaban juntos, él estaba con Elizabeth.

Dani había tenido la oportunidad de estar con Alex, pero su elección había sido otra. Dani había elegido a Elizabeth.

Alex había vuelto cada día tal como lo prometió, pero no era el mismo que la noche en que lo abrazó y se quedó con él hasta dormir. Estaba más distante, en algunos momentos era como si no estuviera ahí. Dani sentía la distancia que había entre ellos. Por primera vez desde que conocía a su amigo, estaban en la misma habitación sin hablar, con silencios incómodos.

Para evitar aquello, le había pedido a Alex que le leyera. Mientras escuchaba la profunda voz de su amigo, se tomó su tiempo en admirar al hermoso hombre, los fuertes brazos de Alex le recordaron la ternura con que lo sostuvo cuando hicieron el amor. Su corazón latió más fuerte recordando lo que sintió cuando se habían besado, abrazado...

Dani olvidó que el holter, la máquina que medía sus latidos, lo delataría. Cuando el sonido alertó a Alex, se levantó de un salto.

—¿Dani? ¿Te sientes bien? ¿Debo llamo a la enfermera?

—Estoy bien. —Dani tomó la mano de Alex para calmarlo.

—Estás alterado. Será mejor que llame a alguien.

—Me siento bien, en serio. Solo estoy cansado. Aunque no lo creas, es agotador estar todo el día en cama sin hacer nada.

Alex lo miró un momento, despacio soltó su mano y volvió a su silla.

Ya no lo tocaba. Cuando eran amigos, Alex siempre lo abrazaba o tomaba su mano. Ahora evitaba tocarlo. A Dani no le gustaba este Alex tan frío, pero sabía que era su culpa. Había herido a su amante. Lo que era aún peor, había herido a su amigo de toda la vida.

El fin de semana esperaba la llegada de Elizabeth, tenía mucho que hablar con su amiga. Se llevó una sorpresa cuando una voz femenina lo saludo y reconoció los alegres ojos de Renata, tan parecidos a los de su hermano.

—Hey, hola, cariño. —Renata le besó la mejilla antes de sentarse a su lado.

—Renata... ¿Qué haces aquí? ¿No deberías estar estudiando?

—No, estoy adelantada con mi tesis, así que dejé todo para venir a verte, a ti y a mi hermano.

—¿Alex va a venir?

—Sí, tenía que trabajar. Pero viene más tarde. Alex me llamó y me contó que estabas enfermo. Lo regañé por no avisarme antes —Hizo una pausa para tomar aire y mirarlo con el ceño fruncido—. Eres un tonto, Dani. ¿Lo sabes? No debiste aislarte así. Yo me preocupo por ti, igual que mi familia y qué decir Alex.

Dani sonrió, así era Renata, habladora y alegre. Le hacía recordar mucho a Alex, por eso quizás la quería tanto.

—Lo sé... no sabes cuánto quisiera haber hecho las cosas diferentes. Me alegra que estés aquí, Renata.

—Bien, porque me vas a tener que aguantar por aquí muy seguido. Me voy a quedar con Alex algunos días en su apartamento, así ambos te haremos compañía hasta que salgas de este odioso hospital.

Renata siguió hablando y hablando, de su trabajo, de su familia y disfrutó la mañana como hace mucho no lo hacía.

En la tarde cuando llegó Elizabeth, se sorprendió al ver a Renata. Dani notó la frialdad de Re cuando saludó a su amiga. Ella se disculpó rápidamente y lo dejó solo con Eli.

—¿Cómo estás? Te ves cansado. Ayer llamé y la enfermera me dijo que estuviste mal.

—Ha sido una semana agitada... Alex ha estado conmigo.

Elizabeth sonrió.

—¿Todo está bien entonces?

—No tanto, está dolido porque le mentí, pero al menos está a mi lado.

—Deberías contarle todo.

—¿Crees que aún esté con Christian?

—No lo sé. Probablemente lo esté. Alex es de relaciones estables.

Dani se deprimió nuevamente. Había estado tan feliz de ver a Alex que se había olvidado de Christian.

—No estés triste. — Elizabeth lo besó en la frente justo cuando la puerta se abrió y entró Alex.

—Yo... lo siento. Los dejaré solos —les dijo Alex, incómodo, antes de dar media vuelta y salir rápidamente.

—Alex, espera. —Dani se maldijo por no tener fuerzas para gritar.

—Dani, no te agites. Tranquilo que yo lo voy a buscar, ¿está bien?

Dani asintió e Elizabeth fue detrás de Alex rápidamente.

Renata tenía razón. ¿Cómo pudo ser tan tonto? ¿Cómo pudo creer que estaba solo con su enfermedad? Nunca había estado solo. Sus amigos y la gente que lo amaba nunca lo abandonaron y nunca lo harían. ¿Cómo no se dio cuenta de que había gente que quería apoyarlo y él los había alejado? ¿Por qué lo había hecho?

Simplemente porque no soportaba pensar que Alex lo veía con lástima. Porque no habría soportado ver a Alex enamorado y feliz de Chris y no de él, sobre todo después de haber estado juntos aquel fin de semana. Al final todas las respuestas lo llevaban a Alex.

Y Alex había sido el más dañado. ¿Podría perdonarlo alguna vez?

Alex caminó hacia los jardines del hospital y se sentó en una banca.

¡Odiaba a Elizabeth! La odiaba con toda su alma. ¡Él debería estar besando a Dani! ¡Él debería ser el único que lo besara!

Apoyó los brazos en las rodillas y se cubrió la cara, queriendo llorar. Había sido una verdadera tortura tener a Dani toda la semana a su lado, sin poder abrazarlo y besarlo como él quería. Incluso se conformaría con sostenerlo por un momento en sus brazos... Pero no podía, y ver a Elizabeth besar a Dani había sido más de lo que su corazón podía soportar.

Lo peor es que sabía que Dani nunca sería feliz con Elizabeth. ¿Cómo podía Dani negar que era gay? ¿Cómo podía olvidar el fin de semana que pasaron juntos? ¡Ningún heterosexual habría disfrutado las cosas que ellos habían hecho!

—¿Puedo sentarme contigo?

Sobresaltado, levantó la cabeza de golpe. Había estado tan ensimismado que no vio a Elizabeth hasta que estuvo a su lado. No quería que se sentara a su lado, no quería hablarle, ni siquiera quería que le respirara cerca.

—Preferiría estar solo.

Elizabeth se sentó de todas maneras y lo miró.

—Necesito hablar contigo sobre Dani —le dijo Elizabeth directamente.

Alex se tensó. ¿Habría algo sobre la salud de Dani que él no sabía?

—¿Sobre su salud? —le preguntó.

—No, más bien quería hablar sobre su estado de ánimo. Estuvo muy deprimido, ¿sabías? —Hizo una pausa para míralo—. Su ánimo está mejor ahora que estás aquí.

—No sabía de la depresión.

—Hay muchas cosas que no sabes, Alex.

—Y supongo que tú sabes todo sobre Dani —le dijo, molesto.

—No, pero sé sobre tu relación con él. Dani me contó lo que pasó entre ustedes y sé porqué se alejó de ti. Si te lo cuento estaré traicionando su confianza, así que primero quiero respuestas tuyas, para saber si vale la pena.

Alex estaba sorprendido de que Dani le hubiera contado que fueron amantes.

—¿Qué respuestas?

—¿Fuiste solo a Londres?

—Sí. Quería que Dani me acompañara, pero el terminó conmigo antes de que pudiera pedírselo.

—¿Estás soltero?

—Sí.

—¿Desde cuándo?

—No ha habido nadie después de Dani.

—Lo sabía —dijo Elizabeth con una sonrisa.

—¿Qué cosa?

—Qué tú jamás lo lastimarías.

—Por supuesto que no, yo lo... —Alex se calló abruptamente.

—¿Estás enamorado de él?

—Sí, pero no te preocupes, no voy a intentar quitártelo; sé que él está contigo.

—No, no lo está. Solo somos amigos. Sé lo que pensaste recién, pero fue solo un beso en la frente. No hemos estado juntos. Dani solo lo dijo para alejarte y sé que piensas que vivimos juntos, pero solo me mudé con él para cuidarlo. No hay nada romántico entre nosotros.

Alex sintió mariposas en el estómago.

—¿Por qué me dices esto?

—Porque él también está enamorado de ti y sé que te duele pensar que está con otra persona, así que prefiero aclarártelo.

La miró impactado. ¿Dani lo amaba?

—Él... entonces es porque no quiere que se sepa que es gay.

—No. Salió del closet con todos sus amigos de la costa. Incluso habló con el padre Renzo y le confesó que estaba enamorado de ti. El padre dijo que debía arrepentirse de sus pecados y no volver a verte para poder absolverlo. Pero Dani dijo que no quería absolución, que no te vería más pero que no se arrepentía de nada. No volvió más a la iglesia. Algunos amigos del grupo lo apoyaron, aún vienen a visitarlo.

—¿Entonces por qué? Si no se arrepiente de lo que pasó, ¿por qué se alejó de mí?

—Él cree que estás enamorado de Christian.

—¿Christian? Claro que no. Terminamos hace mucho tiempo y no he vuelto con él. ¿Por qué Dani creería algo así?

—Porque Christian se lo dijo.

—¿Y le creyó? —preguntó sorprendido.

—Sí. Le creyó.

Claro que le había creído, y se había alejado sin preguntarle si era verdad. Dani permitió que Christian lo arruinara todo.

—¿Cuándo habló Dani con Chris?

—El día de la junta médica. Le dijeron lo del trasplante y como no pudo hablar contigo, vino a Santiago a buscarte. Llegó a tu puerta y Christian iba saliendo de tu apartamento.

—¡No! ¡No! —Alex se paró frustrado queriendo golpear a alguien.

Dani había estado tan cerca de él ese día; podrían haber aclarado todo, podrían haberse ahorrado todos estos meses de dolor. ¿Cómo pudo Christian hacerle algo así?

—¿Qué fue lo que sucedió en realidad? —preguntó Elizabeth.

—Christian estuvo ese día en mi apartamento y yo le conté sobre Dani. Le dije que no quería nada con él porque estaba con Dani —dijo molesto.

—Él lo utilizó para contarle una historia totalmente distinta a Dani. Le dijo que ustedes acababan de tener relaciones sexuales, que estaban enamorados y que le habías pedido que te acompañara a Londres; así que Dani se alejó para que pudieras estar con él.

—¿Cómo pudo Dani creer toda esa mierda? ¿Por qué no habló conmigo?

Alex seguía paseándose como un león enjaulado. Apretó los puños, frustrado; quería buscar a Christian y golpearlo hasta reventarle la nariz al desgraciado mentiroso.

—Sé que Dani no hizo lo correcto, pero debes entender la situación —Trató de explicar Elizabeth—. No tenía la mente muy clara en ese momento, viendo a tu ex salir de tu apartamento. Él además estaba muy devastado con el diagnóstico médico. Dijo algo como que si iba a morir, debía dejarte ser feliz con él.

—¿Él cree que va a morir? —Alex miró a Elizabeth, espantado.

—Alex... Es una posibilidad. Dani está muy enfermo.

—¡No! —dijo tajante—. No dejaré que se aleje de mí otra vez. Menos ahora que sé que me ama.

Miró a la dulce mujer frente a él. A pesar de como se había comportado con ella, ella le había dado la posibilidad de aclarar todo.

—Te debo una disculpa por cómo me he comportado contigo, Eli. No es justificación, pero siempre estuve muy celoso de ti.

—Lo sé. Solo quiero que Dani sea feliz. Si lo logras, estás perdonado.

—Gracias —le dijo acercándola y abrazándola—. No sabes lo feliz que me has hecho.

—Ve a hablar con Dani y dile que lo amas. Él necesita escucharlo.

—Lo haré.

Corrió a la habitación de Dani, con el corazón tan inflado de felicidad que apenas cabía en su pecho.

¡Dani lo amaba!

Renata asomó la cabeza a su habitación unos minutos después de que Elizabeth y Alex salieran.

—Lamento la brusca partida. Elizabeth no es una de mis personas favoritas.

—¿Por qué? Ella es una gran persona.

—Como sea, la odio y Alex también —Ante su cara de sorpresa, Renata se explicó rápidamente—. Lo siento, cariño, pero cada vez que la veo recuerdo cuanto sufrió mi hermano cuando lo dejaste por ella. Debería odiarte, pero no puedo, así que ella es con quien descargo todo, ¿entiendes?

—Pero Alex se fue a Londres... —Con Christian, pensó.

—Sí, con el corazón roto.

No, no podía haberle roto el corazón a Alex. Alex estaba enamorado de Christian.

Antes de poder replicarle a Renata, Alex entró a la habitación con una sonrisa que hizo latir el corazón de Dani. Se acercó a su cama y se reclinó sobre él, estaba tan cerca que Dani podía oler su perfume. Recordó cuando habían hecho el amor; le gustaba colocar su nariz en el cuello de Alex solo para poder olerlo.

—No te saludé correctamente hoy —le dijo Alex antes de besarlo en los labios.

Eso fue todo lo que su cerebro pudo registrar antes de que sus instintos se apoderaran de él. Abriendo la boca, le dio acceso a Alex para que lo besara profundamente. Dani apenas y tenía fuerzas para abrazarlo, pero levantó la mano para acariciar la mejilla de Alex.

Dani fue el primero en alejarse, no porque quisiera, si no por falta de aire. Ni aún con el oxígeno que tenía conectado a la nariz pudo evitar sofocarse un poco.

—Hola —le dijo Alex con una sonrisa.

—Hola... Me gusta tu manera de saludar —le respondió Dani casi sin aliento.

Sintió que Re se paraba de su silla y recién en ese momento recordó que no estaban solos.

—Voy por un café. ¿Quieres uno? —le dijo Renata a Alex con una brillante sonrisa.

—Sí, uno que se demoren en preparar —contestó Alex.

—Capté el mensaje fuerte y claro —le dijo Renata, saliendo de la habitación.

Alex había capturado su mano, con la que había acariciado su mejilla; se la llevó a los labios y la besó.

—¿Te sientes bien como para conversar? ¿No estás cansado? —le preguntó.

—Solo un poco, pero eso es normal.

—Hablé con Elizabeth. Me contó de tu encuentro con Christian.

Pensar en Christian y en especial en ese día, aún le dolía a Dani.

—¿Todavía estás con él? —Dani le preguntó a Alex con un hilo de voz.

—¿Crees que te hubiera besado si estuviera con otro hombre?

No, Alex no lo haría. Negó con la cabeza.

—Así es, no lo estoy y nunca lo estuve —Ante la cara asombrada de Dani, Alex tomó aire antes de seguir—. Christian te mintió, Dani; todo lo que te dijo fueron un montón de mentiras para separarte de mí. Y lo logró. ¿Por qué no hablaste conmigo, cariño? ¿Por qué no confiaste en mí? ¿Cómo pudiste creer que te haría algo así?

—Le creí porque cuando te pregunté si te habías enamorado, me dijiste que sí y que todavía lo amabas. Pensé que por una aventura conmigo podías perderlo de nuevo...

—Nunca dije que me había enamorado de Christian, no hablaba de él. Y nunca fue mi intención tener una aventura contigo. Te lo dije todo el tiempo, quería una relación seria contigo, aún la quiero.

—También lo quería, pero sabía que mi corazón no estaba bien y cuando me dijeron lo del trasplante pensé que ya no tenía nada que ofrecerte. ¿Por qué ibas a querer estar con alguien como yo cuando podías estar con él? Christian es todo lo que yo no soy.

82

—¿Por qué iba a querer a alguien como tú? Pues porque eres el más maravilloso y dulce hombre que conozco. Porque llenas mi corazón como nadie más puede hacerlo y porque te amo.

Dani no podía creer lo que oía.

—¿Como a un amigo? —preguntó con voz tímida.

—Cuando me preguntaste si me había enamorado, estaba hablando de ti. Siempre he estado enamorado de ti, Dani.

Dani no podía hablar; miraba los hermosos ojos de Alex y respiraba profundo, tratando de controlar su desbocado corazón.

—¿Por qué pudiste creer las mentiras de Christian y no puedes creerme cuando digo que te amo?

—Porque yo también te amo y tengo miedo de ilusionarme —Dani le dijo sin poder evitar que lágrimas salieran de sus ojos.

Alex lo besó y siguieron besándose todo lo que les permitía su situación. Su corazón latió con fuerza hasta que su amigo se percató por las máquinas de que el corazón de Dani se había acelerado. Se quedó cerca, tocando su cara, acariciándolo. Era el paraíso sentir las manos de Alex.

—Aún no entiendo por qué me dejaste, Dani. ¿Por qué no te quedaste conmigo?

—Cuando Christian me dijo que tú lo amabas, solo quería que fueras feliz, aunque no fuera conmigo.

—Nunca podría ser feliz sin ti. Estos últimos meses separados han sido los peores de mi vida. Jamás vuelvas a hacerme esto.

—Lo siento. Creí que era lo mejor para ti.

—Tú eres lo mejor para mí; siempre lo has sido.

Miró la hermosa cara de Alex y las lágrimas comenzaron a caer. Ya no pudo detenerlas. Maldita depresión; tenía al hombre de sus sueños declarándole su amor y Dani lloraba como un niño.

—Te amo, Alex. No quise arruinar todo... lo siento tanto.

Alex tomó un pañuelo de su velador y le limpió las lágrimas.

—No arruinaste nada. Estamos juntos ahora. Es lo único que importa —le dijo besando su frente—. No volveré a perderte, amor.

Volvió a secar sus lágrimas y lo abrazó hasta que Dani dejó de llorar. Cuando se calmó un poco, Alex le sirvió un vaso con agua. Cuando iba a darle las gracias, la puerta se abrió y el doctor Andrade entró en la habitación. Miró a Alex y luego los ojos hinchados de Dani, frunciendo el ceño.

—Vaya, vaya. Miren quién está aquí. ¿Quién lo autorizó a entrar? —le preguntó el doctor, molesto.

—Yo le pedí que viniera. —Lo defendió Dani.

—Dani, soy tu doctor y debo proteger tu salud. No creo que la compañía de este hombre sea buena en tu condición.

—No me gritó esta vez, lo juro. Solo conversamos. Teníamos muchas cosas que aclarar.

—¿Y si miro el holter, no encontraré alteraciones? —preguntó el doctor.

—Sí, pero por otro motivo... —Dani tomó la mano de su amigo— Alex es mi... mi...

—Soy su novio —dijo Alex con voz segura.

—¿Y donde estuvo tu novio todo este tiempo? —preguntó irónico el doctor.

—En Londres —le respondió Alex—. Dani olvidó mencionar que estaba enfermo. Por eso estaba un poco enojado el otro día.

—¿Lo olvidó? —preguntó el doctor, mirando asombrado a Dani.

Dani no pudo evitar sonrojarse y Alex, al darse cuenta, tomó su mano y la besó.

—Bueno, espero que entienda que no puede volver a exaltar a Daniel —Los miró el doctor antes de ir a chequear el holter. Al ver los resultados, se giró hacia Alex levantando una ceja—. Debo agregar que a excitarlo tampoco.

Dani miró a Alex y ambos rieron. Un agradable calor se extendió por su pecho al ver reír a Alex. Amaba ver sus ojos alegres y su blanca y perfecta sonrisa. Su propia risa la sentía oxidada, como si hubiera olvidado cómo sonreír. Hace tanto tiempo que no se sentía feliz que la sensación era como si una parte de su cuerpo estuviera despertando.

Esa parte era su corazón. Su corazón había estado dormido todos esos meses sin Alex y su amigo lo había despertado.

No su amigo, se corrigió, su novio. Alex ahora era su novio.

Saber que Alex también lo amaba hacía que toda la tristeza y depresión de los últimos meses comenzaran a abandonarlo. Durante su enfermedad, lo único que lo había mantenido entero era su fe. Aunque algunas veces hasta su fe tambaleaba y pensaba que Dios se había olvidado de él. Pero ahora, con Alex a su lado, comenzaba, por primera vez en meses, a sentir esperanza de que todo saldría bien. El destino no le daría la oportunidad de estar con Alex para luego quitarle todo.

La vida no podía ser tan cruel. ¿O sí?

El siguiente mes fue el más dulce y el más amargo de la vida de Alex.

Ya todos sabían que ellos estaban juntos, su familia, amigos y el personal del hospital.

Iba cada día a ver a su novio, y podía estar a su lado, besarlo, sostenerlo y abrazarlo. Se habían vuelto expertos en compartir la cama de Dani, evitando los cables y sondas. Solía recostarse en su cama y abrazarse el uno al otro hasta que Dani se dormía.

Casi toda su familia había visitado a Dani, excepto su padre. Durante los fines de semana, la habitación de su novio parecía una reunión familiar Morelli; iban primos y tíos que se sumaban a los amigos de su novio.

La visita que más los conmovió fue la de su Nonna, quien viajó desde la costa. Ver a su octogenaria abuela sostener la mano de su novio y darle su bendición fue lo más maravilloso del mundo.

La parte amarga era que cada día Alex ansiaba más llevarse a Dani de ese maldito hospital. Solo podía quedarse hasta que terminaba la hora de visita y cada noche se iba a casa desilusionado de no poder llevarse a su novio con él.

El doctor Andrade por fin había perdonado a Alex y habían tenido una larga conversación sobre el estado de salud de Dani y el pronóstico no era nada bueno. Seguían en la angustiosa espera de un donante compatible, y él veía que Dani ya no podría esperar mucho tiempo. Dani estaba debilitándose lentamente; cada día dormía más y se sentía más cansado. A Alex le dolía el corazón al verlo tan enfermo y no poder hacer nada.

Después de una agotadora semana, Alex estaba sentado junto a Dani, sosteniendo su mano. Su primo Gino había llegado de visita con su mejor amigo, Adrián Abreu, y estaban recordando viejas travesuras de Alex.

Le agradaba mucho Adrián. El mejor amigo de su primo también era gay y la primera vez que lo conoció, supo que su primo se lo había presentado para ver si ellos enganchaban. Había habido un coqueteo entre ambos cuando se conocieron, pero en ese entonces ya estaba enamorado de Dani y aquello no llegó más lejos.

Adrián era un hombre muy guapo que llamaba la atención con sus brillantes ojos verdes y su pelo rubio oscuro, dignos de cualquier comercial de televisión. Sin duda era el tipo de hombre que le gustaba a Alex, probablemente porque era muy parecido a Dani en estatura y contextura.

Pero Alex prefería mil veces a Dani. Para él su novio era perfecto como era, incluso ahora enfermo y demacrado, su corazón latía más fuerte cada vez que lo miraba.

—Te lo prometo, el muy canalla se fue con mi ropa y zapatos. Tuve que volver a la casa en traje de baño —dijo Gino.

—Es verdad —Se sonrió Alex al recordar la travesura—. Eso fue porque estuvo todo el verano luciendo sus bíceps de esteroide y burlándose de los que estábamos menos desarrollados. ¿Quería lucir sus bíceps? Solo le di la oportunidad.

Aquella broma a su primo había sido su venganza por haberse burlado de Dani por su cuerpo delgado.

—¿Esteroides? Muérdete la lengua. Cada centímetro de este fabuloso cuerpo es natural —le dijo bromeando su primo y levantándose para lucir su moldeado cuerpo.

Alex se giró para ver a Dani sonreír mientras su primo payaseaba, y notó que se veía cansado.

—¿Estás bien, amor?

—Un poco cansado.

—Basta ya de lucir tu cuerpo, primo. Dani está cansado. Es mejor que lo dejemos descansar.

—Bueno. Otro día vendré a lucir mis músculos para ti, pero te advierto que no te hagas ilusiones. Me temo que soy irremediablemente heterosexual —le dijo Gino a Dani con un guiño.

—Es verdad. Por más que he tratado de volverlo gay no he podido —le dijo Adrián, bromeando.

—No te preocupes. Yo solo tengo ojos para Alex —le dijo Dani con voz débil—. Pero no pierdas la esperanza, Adrián. Yo también era hetero.

—No, no, no. Yo definitivamente no pateo con ese pie —le dijo Gino a Dani, sonriendo—. De hecho quería hablar contigo, Dani.

—¿Sobre cómo hice para cambiar de pie?

—No, gracias. No quiero saber los detalles. Lo que quiero es preguntarte si… ¿Te molestaría si invito a salir a Elizabeth? —le preguntó incómodo.

—¿Estabas hablando en serio? —le preguntó Alex.

—Sí.

—A mí no me molesta —le dijo Dani—. Pero te advierto que ella es una mujer seria. Si solo quieres una aventura será mejor que busques a otra.

—Voy muy en serio. La verdad es que me ha gustado siempre, desde que estaba contigo. Nunca intenté nada con ella porque Alex me habría volado el culo a patadas si te hubiera lastimado.

Dani sonrió y apretó su mano.

—Así es mi novio, siempre protegiéndome, desde que era pequeño.

Alex sonrió con las palabras de Dani. La referencia a él como su novio lo hacía sentir muy feliz.

—Lo sé. Le pateó el culo a varios, varias veces por ti —le dijo Gino con una sonrisa.

—No le hacía daño que tenía a una docena de primos para cuidar sus espaldas —le replicó Adrián.

—No, la verdad no hacía daño —le contestó Alex.

—Vamos a comer algo con Adrián, ¿quieres venir? —le peguntó Gino.

—No, prefiero quedarme con Dani.

—Por favor, ve con ellos —le instó su novio.

Alex iba a negarse nuevamente, pero sabía que a Dani le preocupaba que se hubiera descuidado mucho por estar demasiado tiempo en el hospital.

—Está bien, pero espérenme unos minutos.

Sus amigos se despidieron y salieron a esperar a Alex afuera de la habitación.

—Preferiría quedarme aquí contigo, Dani.

—Lo sé, pero estoy cansado y me dormiré pronto. Prefiero que comas algo decente. Apenas comes y has perdido peso. No quiero que enfermes por mi culpa.

—Me cuidaré más, lo prometo.

—Gracias —le dijo Dani con tristeza.

—¿Qué pasa, amor?

—Nunca quise esto para ti... —le dijo Dani en un susurro—. Nunca quise que pasaras por todo esto.

—Lo sé. Yo tampoco lo quería para ti, pero es lo que tenemos por el momento. Deja de culparte por todo, cariño; esto es solo temporal —le dijo mientras acariciaba su cara—. No sabes cuánto espero poder llevarte a casa y despertar contigo todos los días.

—¿Todos los días? ¿Quieres que viva contigo?

—Claro que sí. ¿Crees que vas a poder escapar otra vez? No te daré la oportunidad de hacerlo. Si pudiera casarme contigo ya lo habría hecho, amor; te ataría a mí con todas la leyes que existieran.

Dani sonrió. —A mí también me hubiera gustado.

—Bien, entonces nos casaremos y compraremos una casa para que puedas tener un hermoso jardín como siempre has querido.

Alex vio la sorpresa y el amor en la mirada de Dani, antes de que sus preciosos ojos se llenaran de lágrimas. Su novio siempre había vivido en un apartamento y cuando quiso comprar una casa, su madre había muerto. Después de su partida, no tenía sentido comprar una casa solo para él. Pero Alex sabía que Dani soñaba con una casa, en donde pudiera tener un pequeño jardín. Lo había visto cultivar plantas en su pequeño balcón y muchas veces Dani le había descrito los rosales y los tulipanes que le gustaría cultivar, los árboles que le darían sombra para poder descansar del sol en una pequeña terraza... Cada detalle se había quedado grabado en Alex y no descansaría hasta hacer realidad el sueño de Dani.

—Espero que esas lágrimas sean de alegría, amor —Alex le dijo, besando su frente.

Al ver que la mirada en los ojos de Dani había pasado a angustia se preocupó. Algo iba mal; lo podía leer en cada una de las expresiones de su novio.

Tomó su rostro y lo miró fijamente.

—Dime qué está mal. ¿Qué estás pensando en esa cabecita loca?

—Nada.

—Bien, no iré a cenar y me quedaré aquí hasta que me digas qué te sucede.

—No, por favor, ve. Yo estoy bien. Es solo que a veces... tengo miedo.

—¿De qué?

—De todo; miedo de que dejes de amarme, miedo de perderte, miedo de que te canses de todo esto —Dani le dijo, indicando sus monitores y máquinas—. Y sobretodo miedo de... morir. Cuando no estabas aquí, había asumido que existía la posibilidad y la aceptaba, pero ahora... no quiero morir. Quiero vivir y que estemos juntos, pero cada día estoy más enfermo y la posibilidad de morir es más alta...

—Escúchame bien —Alex le dijo, tomando su rostro en sus manos—. No vas a morir. Estamos juntos en esto y vamos a lograrlo. ¿Sabes cómo lo sé? Porque no te vas a rendir, amor; vas a seguir luchando por nosotros, conmigo a tu lado en cada momento.

Lo besó suavemente antes de mirarlo y ver que parte de su angustia había desaparecido.

—Contéstame algo. ¿Qué pasará si en el futuro llego a enfermar? Igual que tú o peor. ¿Qué harías tú? ¿Te cansarías de mí y me abandonarías?

—¡No! Claro que no. Estaría a tu lado, jamás te dejaría.

—¿En serio? ¿Por qué no?

—Porque te amo... —le dijo, preocupado; luego se quedó pensando al darse cuenta cuál había sido la intención en sus palabras.

—Yo también te amo, Dani —le dijo Alex con una sonrisa—. Así que deja de preocuparte por cosas que jamás sucederán. Entiendes esto bien: No hay ni la más remota posibilidad de que vuelva a separarme de ti. Nunca.

Dani suspiró. —Lo siento. Tienes razón. Es solo que estoy tan cansado de estar enfermo y la maldita depresión me hace pensar idioteces.

Alex lo besó antes de tomar sus manos y besarlas también.

—Será mejor que descanses ahora; o cuando el doctor Andrade vea el holter de hoy, me va a poner en su lista negra de nuevo.

Dani sonrió antes de bostezar.

—¿Puedes quedarte hasta que me duerma?

—No pensaba irme antes. Mañana estaré aquí temprano, así que ni siquiera notarás que me he ido.

—No me moveré de aquí —Dani le dijo, casi dormido.

—Te amo, Dani.

—Y yo a ti, amor...

La cena con Adrián y Gino fue probablemente el mejor momento que Alex había tenido desde hace mucho tiempo. Fueron a su restaurante italiano favorito; ese lugar era también el favorito de Chris y él fue quien lo había llevado por primera vez allí. Le gustaba porque era un restaurante sencillo, sin decoraciones cursis ni sobrecargadas, pero la comida era deliciosa y el ambiente tranquilo, que era exactamente lo que Alex necesitaba en esos momentos.

Dani y él habían estado juntos en ese restaurante muchas veces, por lo que mientras cenaba, su mente volvía cada cierto tiempo a pensar en Dani, pero la conversación relajada y amena con Gino y Adrián hizo mucho por su estado de ánimo.

Cuando salieron del restaurante y caminaban por el estacionamiento, escuchó una voz conocida llamarlo. Era Christian.

Se giró a mirarlo y lo único que pudo ver fue rojo. Por fin tenía en frente al maldito mentiroso responsable de haberlos hecho sufrir por tantos meses a Dani y a él. La comida se le volvió ácido en el estómago y la rabia que llevaba todo un mes acumulándose se le subió rápidamente a la cabeza, cegándolo. Ni siquiera pudo registrar cuando su cerebro dio la orden a su puño de estrellarse en la nariz de Chris. Solo después de dar el segundo golpe sintió unos fuertes brazos que lo retenían.

—¡Alex, no! —Gino le habló tratando de calmarlo.

—¡Maldito! ¡Maldito seas! —le gritó descontrolado a Chris—. ¡Sé todas las mentiras que le dijiste a Dani! ¡Desgraciado infeliz!

Christian continuaba en el suelo. Sabía que la diferencia de peso y estatura entre ambos se habían sentido en aquellos golpes y le alegró ver que Christian tenía un ojo hinchando y probablemente le había roto la nariz.

—¡¿Cómo pudiste hacer algo así?!

—¡Acababas de romperme el corazón! —le dijo Christian con la nariz sangrando.

—¡Solo fui honesto contigo! ¡Y lo primero que hiciste fue arruinarlo todo!

—¡Bueno, ya sabes la verdad! Así que Dani debió contarte todo cuando volvió arrastrándose y llorando a suplicarte... como el gusano rastrero que es.

Ni los fuertes brazos de Gino pudieron contenerlo de volver a golpear a Christian.

—¡Cierra tu maldita boca! —le gritó Gino a Christian.

—¡Te mataré si vuelves a insultar a Dani! —Alex estaba tan enfurecido que Adrián debió ayudar a Gino para contenerlo.

—Debes calmarte, Alex —le suplicó su primo—. No vale la pena.

—Gino tiene razón —intervino Adrián, susurrándole a Alex—. Si presenta cargos te llevarán detenido y no podrás ver a Dani.

Trató de calmarse pensando en Dani, pero era muy difícil mantener la compostura por lo furioso que estaba. Debía controlarse.

¿Y si Dani se enteraba de que estaba detenido? ¿Qué efecto tendría en Dani? Sería desastroso; la salud de Dani estaba demasiado deteriorada para alterarlo de esa manera. Había prometido protegerlo y no permitiría que algo así perjudicara a su novio. No valía la pena no poder ver a Dani por reventar a la basura que era Christian.

Tomó un último respiro para calmarse antes de hablarle por última vez a Chris.

—No quiero verte nunca más, y si vuelves a acercarte a Dani, volveré a romperte la nariz, ¿me escuchaste?

—Lo hice porque te amo, Alex —le dijo Christian levantándose lentamente.

Alex se contuvo de volver a golpearlo y respiró para calmarse antes de hablar.

—Tú solo estás resentido porque no tienes lo que quieres. Y nunca me tendrás; cada fibra de mi corazón le pertenece a Dani.

—Nunca me vas perdonar, ¿verdad?

—Ni siquiera sabes el daño que hiciste, Christian. Ese día cuando le dijiste toda esa mierda a Dani, él iba a contarme que necesitaba un trasplante de corazón. Ya sabes lo que pasó luego, me dejó y yo me fui a Londres sin saber que estaba enfermo. Solo lo supe hace un mes.

—¿Está bien ahora? —Christian le preguntó, preocupado.

—No, está muy enfermo y si muere... me quitaste ese tiempo que podría haber estado con él.

—Alex... Te amo. No justifica lo que hice, pero, de verdad, te amo.

—No, no me amas. Te dije que era feliz y lo primero que hiciste fue arruinar mi felicidad. ¿Sabes lo que es el amor? Dani se alejó para que tú y yo fuéramos felices cuando le dijiste que te amaba. ¡Eso es amor!

Alex se dio media vuelta y se alejó hacia su auto. Su mano comenzó a palpitar. Al mirarla, notó que tenía los nudillos rojos y estaba un poco inflamada. Le dolía mucho la mano, pero más le dolía el corazón. Ahora entendía un poco mejor lo sucedido. La decisión de Dani de abandonarlo, había sido equivocada. Pero solo lo había hecho porque lo amaba.

¿Habría sido Alex capaz de ser tan noble? No lo creía, él era celoso y posesivo, pero Dani siempre había sido generoso y tenía un corazón de oro.

Y ese hermoso corazón era todo suyo.

7

Dani no quería dormir. Su cuerpo estaba exhausto, pero se negaba a cerrar los ojos. Tenía un mal presentimiento, igual que aquella mañana cuando vio partir a Alex.

Había pasado una mala noche. No podía respirar y al examinarlo vieron que tenía líquido en los pulmones. Le habían hecho una punción y le habían dado nuevos medicamentos. Dani sabía que cuando empezaban a fallar otros órganos era señal de que estaba cerca del fin.

Estaba tan adolorido y tan débil; sentía que si se dormía ahora, jamás volvería a despertar. Jamás volvería a ver a Alex y no quería partir sin despedirse. Tenía tantas cosas que decirle y el tiempo se le había agotado más rápido de lo que esperaba.

Gino le había estado haciendo compañía esa mañana. Tenía una apelación en tribunales pero había querido quedarse con él. Cuando notó lo mal que estaba insistió en llamar a Alex. Inicialmente, Dani se había opuesto a que lo hiciera, pero ahora solo estaba esperando desesperadamente a su novio.

Respiró forzadamente. Le habían subido el oxigeno y aún le costaba respirar.

—Gino...

—Aquí estoy —le dijo, acercándose y tomando su mano—. Ten paciencia. Alex debe estar por llegar.

—Cuídalo... cuando me vaya... no lo dejes solo.

—No digas eso, Dani. Solo hablas así porque hoy te sientes mal, pero todo va a estar bien. Mañana ya te sentirás mejor, te lo aseguro.

Gino se quedó sosteniendo su mano hasta que Alex apareció en la puerta. Lucía preocupado. Su primo se despidió y los dejó solos.

—Alex... —Dani lo saludo débilmente.

—Hola, amor —Alex se acercó a su cama y tomó su mano antes de besarlo dulcemente—. Me dijeron que no pasaste una buena noche.

—No podía respirar bien. Me alegro que estés aquí. No quería dormir sin verte —le confesó con la voz débil.

—Ya estoy aquí, cariño —dijo Alex, acariciando su mejilla.

Dani miró a Alex. Se veía cansado. El pobre se lo pasaba entre el trabajo y el hospital. Y cuando él muriera se quedaría solo.

—Lamento que tuvieras que dejar tu trabajo por mi culpa.

—No debes culparte por todo, amor. Estresas a tu corazón. Piensa solo en las cosas buenas. Tenemos muchos planes que hacer para cuando salgas del hospital.

Alex siempre le hablaba de las cosas que harían cuando saliera del hospital. Le dijo que lo llevaría a su departamento y lo cuidaría hasta que mejorara. Ya tenía planeadas sus próximas vacaciones también. Lo llevaría al Caribe y pasarían toda una semana bañándose en el mar y haciendo el amor.

—¿Tienes más planes? —le preguntó.

Dani quería oír más planes. Quería soñar con un futuro compartido. Se había aferrado a cada uno de los planes de Alex, pero ahora sentía perder la esperanza, porque sabía que no los podrían hacer realidad.

Iba a morir. Lo sabía, como sabía que mañana iba a salir el sol.

—Tengo cientos de planes —dijo Alex, sonriendo.

—¿Puedes agregar uno más?

—Lo que quieras.

—Habla con tu papá. No dejes las cosas así. Él te ama. Hazlo por mí.

Alex suspiró antes de responder. —Claro que sí, amor.

—Me encanta cuando me dices 'amor'.

—Eres mi amor. Te amo. Siempre te he amado y siempre te amaré.

—Yo también te amo —Sintió que la voz se le quebraba—. Perdóname....

—¿Perdonarte?

—Fui tan cobarde... Nunca me atreví a vivir mi vida como quería y la única vez que fui realmente feliz, te alejé de mí. Nos robé ese tiempo. Perdóname...

—No te hagas esto, amor. No hay nada que perdonar; nunca hubo nada que perdonar —Alex acarició sus mejillas limpiando las lágrimas de Dani—. Por favor, no llores. No soporto verte sufrir. —Lo besó en la cara, los ojos, los labios.

—Te amo tanto, Alex... —le dijo a Alex, acariciándolo—. Siempre te amaré, aunque no esté contigo...

—No. No me hagas esto, amor —lo interrumpió Alex con lágrimas en los ojos—. No te despidas de mí.

Ver a Alex quebrarse lo golpeó con fuerza. Alex siempre había mantenido una imagen de hombre fuerte, y si lloraba, lo hacía en privado. Dani nunca lo había visto llorar antes y verlo así le partió el corazón. Durante su enfermedad, Alex había sido una roca; fuerte y seguro cuando él había estado débil y enfermo.

—Alex... Estoy tan cansado...

—Lo sé, pero debes resistir un poco más. Quédate conmigo, amor. Por favor… Por favor, Dani, no te rindas ahora.

Su cuerpo estaba agotado. Pero Alex tenía razón; Dani no podía rendirse. No le podía hacer eso.

—Dime que te quedarás conmigo —le suplicó Alex.

Dani asintió y Alex lo besó con dulzura. Podía sentir que estaba perdiendo la batalla y pronto se dormiría.

—Recuéstate junto a mí... Te necesito.

Alex asintió y mirando los cables y mangueras que lo rodeaban, se acomodó a su lado derecho con cuidado de no tocar nada. En lugar de tratar de moverlo hacía él, Alex se acurrucó alrededor de Dani, abrazándolo protectoramente.

Dani pensó que podía irse en paz. Esto era lo que quería: dormir en los brazos de Alex para siempre.

Alex estaba en una reunión cuando recibió la llamada urgente de Gino. Solo había dos opciones: habían encontrado un donante o le había pasado algo a Dani. Cuando Gino le dijo que corriera al hospital, que Dani no estaba bien, no le importó nada más.

El doctor Andrade había hablado con él antes de entrar a ver a Dani. Iban a realizar algunos exámenes para ver el estado de su corazón y pulmones, pero estaban en la recta final. Dani tenía razón: les quedaba poco tiempo.

Sosteniendo a su novio, Alex podía sentir la fragilidad del cuerpo de Dani. Quería abrazarse a él y protegerlo de todo, pero no podía y ese dolor tan profundo hacía arder su pecho.

Dani se acercó más a Alex y colocó la boca en su cuello.

—Alex... háblame.

—¿De qué quieres que te hable, amor?

—Cualquier cosa... me gusta oír tu voz.

—¿Quieres saber cuándo me di cuenta de que estaba enamorado de ti? —Alex le dijo.

Dani asintió suavemente en su cuello.

—Fue cuando me echaron del colegio —él empezó—. Tu mamá estaba allí y me dijo que no dejaría que te volviera a ver porque no quería que te pervirtiera. Cuando llegué a mi casa lloré toda la tarde y toda la noche. Todos pensaron que era porque me habían echado del colegio, pero honestamente me importaba un carajo. Lo único en que pensaba era en ti, en que tu mamá no me dejaría volver a verte. ¿Recuerdas que pasó? Apareciste temprano en la mañana en mi casa y me dijiste que no importaba lo que ella dijera, tú siempre serías mi amigo y estarías a mi lado. No podía creer lo que oía. Tú nunca habías hecho nada en contra de lo que dijera tu mamá —Besó la cabeza de Dani—. En ese momento, lo supe. Al mirar tus hermosos ojos aquella mañana, me di cuenta de que jamás podría amar a nadie más que a ti.

Alex se quedó abrazado a Dani mucho tiempo, disfrutando poder tenerlo en sus brazos. Bajó la mirada y Dani estaba dormido. Suavemente, se levantó y se quedó al lado de su cama mirándolo dormir, hasta que el doctor entró a la habitación para llevárselo. Alex no podía ir con él, le dio un último beso y se quedó esperando en la habitación.

A medida que pasaban los minutos, se iba poniendo más nervioso ¿Por qué demoraban tanto unos exámenes?

Demasiado tiempo después, el doctor Andrade apareció en la habitación. Alex supo de inmediato que no eran buenas noticias.

—¿Cómo está?

—Sufrió un paro cardiaco durante el examen. Está mal, Alex. Logramos estabilizarlo, pero su condición es grave. Creo que debes estar preparado. No creo que sobreviva hasta mañana.

Alex sintió que una piedra lo golpeaba en el pecho.

—¿Puedo verlo? ¿Puedo estar con él?

—Lo trasladamos a la UCI y lamentablemente allí no puedes permanecer con él. Debo revisar a otro paciente que operé ayer. Dame quince minutos y ve a la UCI. Te autorizaré unos minutos para que lo veas y... te despidas de él.

Cuando se quedó solo en la habitación de Dani, miró el espacio donde debía estar la cama y sintió que las paredes lo ahogaban. Salió de la habitación, queriendo gritar. Por primera vez desde que supo que Dani estaba enfermo, sintió que perdía la esperanza. Siempre pensó que aparecería un donante, pero había pasado mucho tiempo y la desesperación en su interior comenzó a carcomerlo. El dolor de asumir por fin que tal vez Dani tendría un desenlace fatal lo tenía paralizado. No podía ni siquiera imaginar perderlo.

Caminó por el hospital, sin saber a dónde dirigirse, ni siquiera sabía dónde estaba la UCI. Necesitaba hablar con alguien o atravesaría la pared con el puño. Tomó su teléfono y llamó a su hermana.

—Hola, hermanito —le dijo su hermana alegremente.

—Re... —le contestó a punto de las lágrimas.

—¿Alex? ¿Estás bien? ¿Qué sucedió?

—Estoy en el hospital con Dani.

—Lo sé, ¿qué pasó, Alex?

—Es solo... necesitaba hablar con alguien. Dani... no está bien —Alex luchaba por no llorar, pero su voz estaba ronca por las lágrimas no derramadas—. Tuvo un ataque cardiaco y me dijeron que debía estar preparado porque puede morir en cualquier momento... y no dejarán que me quede con él porque lo tienen en la UCI...

—Alex... cálmate. Estaré allí en dos horas. Voy a llamar a Gino para que te recoja. Quédate en el hospital.

—Renata... no puedo perderlo.

—Claro que no. Nos vemos allá. Te amo, Alex. Cuida a Dani mientras llego.

Colgó y sintió un pequeño alivio en su pecho. Necesitaba el apoyo de Renata. Si Dani moría, no soportaría estar solo.

Aturdido, caminó hacia el piso de la UCI. El doctor ya estaba esperándolo.

—¿Como sigue?

—Aguantando. Debes saber que está intubado y sedado. Si logramos salvarlo, creo que debería permanecer así.

—¿A qué se refiere?

—Creo que lo mejor para él es que lo mantengamos sedado y con el respirador hasta que aparezca un donante o hasta que... se produzca el deceso.

—¿No volverá a estar consciente?

—No, me temo que no —El doctor lo dirigió hacia unas puertas y una vez dentro le pasaron mascarilla, bata y gorro—. Lo dejaremos en la UCI hasta que esté fuera de peligro. Solo puedes quedarte unos minutos con él, después será mejor que vayas a casa. Te llamaremos si hay algún cambio.

Alex asintió y una enfermera lo llevó con su novio. Dani estaba aún más pálido y conectado a un respirador; parecía que tenía más máquinas conectadas que antes. Alex tomó la fría mano de Dani y trató de transmitirle algo de calor.

¿Qué podía decir que ya no hubiera dicho? ¿Cómo podía decir todo lo que Dani significaba para él? ¿Cómo podía expresar en cinco minutos el amor de toda una vida?

Miró el amado rostro de Dani y, en ese momento, se dio cuenta de que no se iba a despedir. No iba a renunciar a él. Mientras el corazón de Dani latiera, no se rendirían.

Se inclinó a besar su mejilla y le habló con todo el amor que sentía.

—Dani... Sé que en alguna parte puedes escucharme. Por favor, amor, no te rindas. Recuerda que me prometiste que no te rendirías. Si pudiera pelear esta batalla por ti, lo haría, amor, pero no puedo, así que tienes que ser fuerte. Por favor, resiste un poco más. Hazlo por mí; hazlo por nosotros.

Demasiado pronto llegaron a buscarlo para que se retirara. Lo besó por última vez ese día. Era el último beso de hoy, se dijo; mañana lo besaría de nuevo.

—Te amo, Dani. Sigue aguantando, amor.

Con el alma hecha pedazos, salió a la sala de espera de la UCI. Alex se detuvo sorprendido al ver al hombre que se le acercaba.

No era Gino; era su papá.

Sin decir ninguna palabra, Alex corrió hacia su padre y lo abrazó, llorando como un niño.

8

A la mañana siguiente, Alex se despertó con la luz del amanecer en los ojos. Dani, pensó apenas los recuerdos del día anterior le hicieron doler el pecho. Tomó su teléfono inmediatamente y llamó al hospital. Dani seguía en la UCI, pero estaba estable.

La noche anterior su papá lo había arrastrado hasta su departamento. No le había dicho nada, solo lo acostó y lo acompañó hasta que Alex se durmió llorando. Alex estaba seguro de que su papá se había quedado cuidándolo toda la noche.

Alex obligó a su cuerpo a levantarse y darse una ducha antes de ir a verlo. Cuando entró en la sala, su papá estaba hablando por teléfono.

—Mantendré mi teléfono disponible. Bien, te llamaré —dijo su papá, terminando la llamada.

Alex se sentó en el sillón más cercano a su papá.

—¿Cómo te sientes, hijo?

—Cansado, muy cansado.

—¿Cómo está Dani?

—Muy mal. Ayer, tuvo un paro cardiaco. Si logran salvarlo, lo mantendrán sedado. Estamos esperando un donante, pero el tipo de sangre de Dani no lo hace muy compatible.

—¿Es la única esperanza que le queda?

—De mejorar, sí. Hay también una máquina. Un corazón artificial externo que podría mantenerlo por más tiempo, pero es cara y no sé si es viable ahora en el estado que está.

—Si es viable, yo la pagaré.

Alex miró a su papá sin creer lo que oía.

—Te lo pagaré, papá...

—No es necesario; solo preocúpate de cuidar a Dani.

Alex miró a su papá.

—¿No me vas a decir 'te lo dije'?

Su papá tomó la mano de Alex entre las suyas.

—Jamás. Hubiera preferido que te hubieras enamorado de un hombre sano, pero no elegiste de quien enamorarte y solo me queda apoyarte hijo. Sé que debes estar molesto conmigo por no ir a ver a Dani.

No fui porque la última vez que conversamos me dijiste que Dani era hetero. Pensé que solo estabas en ese hospital sufriendo por alguien que no te correspondía.

—Papá... —Alex iba a hablar, pero su padre siguió, explicándose:

—Cuando Renata me llamó ayer y dijo que me necesitarías contigo, supe que había estado equivocado. Aunque él no te amara, yo debería haber estado a tu lado.

Alex sonrió a su papá.

—Dani también me ama, y cuando mejore, estaremos juntos.

—Me alegro, hijo —Su padre sonrió y apretó su mano—. No te preocupes. Todo estará bien, ya lo verás. Haremos todo lo posible por Dani.

Alex recordó cuando su papá había dicho que Dani moriría joven.

—Papá... ¿Y si no todo sale bien? ¿Si... si lo pierdo?

—Entonces estarás a su lado. Sostendrás su mano y te despedirás de él.

—No sé si podría soportarlo.

—Nos tienes a tu lado. Todo va salir bien. ¿Me entiendes? No dejaré que lo pierdas, hijo. No dejaremos que pase —le dijo su padre tajantemente.

Alex sabía que eso no era cierto. Su padre no podía prometerle algo así, pero el apoyo incondicional de su papá era lo que necesitaba en esos momentos.

Alex pidió el corazón artificial.

Dani llevaba sedado casi una semana y la máquina se demoraría tres días en llegar. Alex estaba aterrado de haber tomado la decisión incorrecta.

Por una parte, la máquina podría mantenerlo casi por un año, pero en el momento en que conectaran a Dani, lo quitarían de la prioridad para un trasplante. Pero si no lo conectaban al corazón artificial, no era probable que sobreviviera más de un par de semanas, incluso menos si comenzaban a fallar los riñones o los pulmones.

Iba cada día a trabajar con el alma en un hilo, con el miedo constante de que algo le pasara a Dani. Por las tardes se quedaba a su lado hasta tarde, y luego volvía a su departamento a tratar de dormir un poco. Estaba agotado, emocional y físicamente. Pero cada día rogaba a Dios por un día más con Dani.

Sus padres y su hermana venían casi a diario a estar con ellos, en especial Renata. Ella pasaba muchas horas con Dani. Su hermana decía que ahora era su hermano también.

—Hola —su hermana saludó a Alex cuando entró a la habitación.

—Hola, Re.

—¿Cómo está mi hermano favorito hoy?

—Un poco cansado.

—Estaba hablando con Dani —dijo su hermana bromeando.

—Aunque bromees con eso, me encanta que lo digas —le contestó.

—Para tu información, sigues siendo mi favorito —dijo Re, besando a Alex en la mejilla.

—Lo sé.

Sentándose a su lado, su hermana tomó su mano.

—¿Algún cambio?

—No, pero la máquina llega en tres días.

—¿Decidiste hacerlo?

—Sí. Sé que Dani quiere vivir y no me importa lo que cueste, no lo dejaré morir. Sé que entenderá mi decisión cuando despierte.

—Si quieres saber, yo haría lo mismo si fuera tú.

—Espero estar haciendo lo correcto. Si la condición de Dani empeora sería mi culpa... no me lo podría perdonar.

—Todo va a estar bien.

—Gracias, hermanita.

Siguieron conversando hasta tarde, como siempre se habían pasado de la hora de visita. Se acercó a Dani para despedirse. Alex besó su frente como hacía cada día y sostuvo su mano.

—Volveré mañana, amor.

Estaba a punto de salir cuando una enfermera entró a la habitación, apurada.

—Oh, gracias al cielo que aún está aquí, señor Morelli —le dijo la enfermera.

—Ya nos íbamos.

—Lo encontraron. Hay un donante compatible. El corazón llegará en veinte minutos. Vamos a prepararlo para la cirugía.

Después de tantos meses, por fin había llegado el día. Su hermana lo abrazó y luego salió a llamar a sus padres y a Elizabeth.

Alex se quedó con Dani hasta que se lo llevaron para prepararlo. No podía evitar sentir mucho miedo al pensar en lo riesgoso de la cirugía. Pero si todo salía bien, podrían estar juntos para siempre.

—Resiste un poco más, amor. Todo va salir bien. Estaré aquí mi vida, te amo —repetía, rogando porque en alguna parte dentro de él, Dani pudiera escuchar sus palabras.

Su papá, su mamá, Elizabeth, sus primos y varios amigos de Dani fueron llegando durante las horas que duró la cirugía. Alex se consolaba a sí mismo, pensando que si algo malo hubiera pasado ya les habrían avisado, si la cirugía continuaba, Dani seguía con vida.

Tras casi siete horas de cirugía, Alex vio al médico acercarse. Siete horas. ¿Era tiempo suficiente para un trasplante? Dani, por favor, Dani, quédate conmigo.

Su sangre corría tan rápido que pensó que iba a colapsar allí mismo. El doctor Andrade debió notarlo porque le habló rápidamente.

—Todo salió bien —dijo el doctor—. Más que bien. La donante era una mujer joven que murió por un derrame cerebral, así que el corazón está en excelente condición. Hasta ahora, Daniel está estable y evolucionando favorablemente. Siempre existe la posibilidad de un rechazo o algún otro imprevisto, pero si todo sigue como hasta ahora, podríamos despertarlo en un par de horas y extubarlo mañana en la tarde.

—¿Cuándo podré verlo?

—Se quedará un par de horas en la UCI quirúrgica y podrás verlo mañana.

—Gracias, doctor Andrade —Alex abrazó al doctor—. Gracias.

—De nada, Alex. Te recomiendo que vayas a casa a descansar o tendré que hospitalizarte también.

—Siempre y cuando me ponga en una cama junto a Dani, no me quejaré.

—Nos vemos mañana —dijo el doctor, despidiéndose.

Alex se dejó caer en una silla y se cubrió la cara con las manos, dejando salir la tensión de las horas de espera. Todo iba a estar bien ahora.

Dani tenía un nuevo corazón.

Dani despertó totalmente desorientado. ¿Por qué se sentía así? ¿Qué le había sucedido? ¿Dónde estaba? Trataba de aclarar su embotada mente, pero le costaba conectar las ideas, como si su mente estuviera en cámara lenta.

Lentamente la niebla en su cabeza comenzó a disolverse y pudo recordar que estaba en el hospital. ¿Por qué su cuarto estaba tan oscuro? Lo último que podía recordar era a Alex, abrazándolo mientras dormía. ¿Aún estaba dormido? ¿Entonces por qué escuchaba el sonido de las máquinas y las voces de las enfermeras?

Dedujo que estaba despierto, pero tratar de abrir los ojos era imposible, sentía como si sus párpados pesaran una tonelada. Trató de hablar, pero no pudo hacerlo; intentó mover la cabeza, las manos, cualquier parte de su cuerpo, pero se sentía como si tuviera el cuerpo desconectado. Se inquietó y se agitó desesperadamente hasta que una ronca y conocida voz llegó a sus oídos.

—¿Dani? ¿Puedes oírme?

Era Alex. Alex estaba a su lado y su mano grande cogió la suya más pequeña calmándolo. Dani quería hablarle, pero no podía.

—¡Enfermera! —gritó Alex—. Creo que está despertando.

—Háblele —le dijo la voz femenina—. Puede tomar varios minutos, pero lo logrará.

—Dani, amor, abre los ojos. Estoy aquí, cariño. Abre tus hermosos ojos y mírame.

Dani sentía que Alex tomaba su mano y la besaba. Quería ver a su novio, trató de abrir los ojos otra vez.

—Despierta, amor. Vuelve conmigo.

Lentamente y con mucho esfuerzo, Dani logró abrir los ojos levemente. Pudo ver que no estaba en su habitación. Esta era más blanca y más fría que la suya. Sus ojos se posaron en Alex que estaba vestido con mascarilla, bata y gorro. Lo único que podía ver de Alex eran sus alegres ojos. Que Alex llevara aquella vestimenta le indicó que estaba en la UCI.

—Ay, amor —le dijo Alex, besando su cara—. Te he extrañado tanto.

¿Extrañado? ¿Cuánto tiempo había dormido? Dani trató de moverse, pero Alex lo retuvo.

—Tranquilo, amor. No te muevas. Todavía estás intubado.

Dani vio asustado el tubo conectado a sus labios. ¿Estaba intubado además?

—Sé que debes estar confundido aún, Dani, pero confía en mí, todo estará bien. —Alex lo acarició con cuidado y le habló para tranquilizarlo.

Dani aún no entendía nada y lo inquietaba no poder hablar. ¿Cómo podía estar todo bien? Estaba en la UCI, intubado. ¿Por qué estaba así? ¿Qué tan grave se encontraba?

—No te quedarás tranquilo hasta que te diga todo, ¿verdad? —dijo Alex sonriendo—. Lo logramos, Dani. Tienes un corazón nuevo. Te operaron anoche y, si todo sigue bien, te van a sacar el respirador pronto.

Alex tomó suavemente la mano de Dani y la colocó sobre su torso. Dani sintió su pecho subir y bajar sobre una gran venda que lo cubría.

¿Lo habían logrado? ¿Lo habían trasplantado? Cerró los ojos para sentir emocionado el suave pero firme latir de su nuevo corazón. Quería llorar de alegría y no fue capaz de detener las lágrimas.

—Por favor, no llores, cariño —le dijo Alex, besando su frente—. Todo va a estar bien ahora.

Sí, todo iba a estar bien ahora. Dani tenía una nueva oportunidad para vivir su vida. Y ya no tenía miedo. Ya no tendría miedo nunca más.

9

Alex se paseaba nervioso por la consulta del doctor Andrade. Dani estaba en uno de sus numerosos controles médicos a los que se había sometido desde que le habían dado de alta. Habían pasado un par de meses desde el trasplante y la salud de su pareja era impecable. Dani no había sufrido ningún rechazo al nuevo corazón, aunque para eso tenía que tomar inmunosupresores por el resto de su vida.

Solo había sufrido dos eventos después de la operación. El primero fue una pequeña infección que obligó a Dani a hospitalizarse un par de días y el segundo fue cuando viajaron a la costa. El viaje de dos horas agotó tanto a Dani que Alex insistió en llevarlo al hospital. Después de varias horas de descanso se repuso sin problemas.

Después del trasplante de Dani, ambos habían decidido volver a vivir a la costa. Dani había estado dispuesto a mudarse a la capital, pero Alex había preferido una ciudad con menos estrés para su pareja. Así que Alex renunció a su trabajo y volvió a trabajar con su padre. Después de la tercera discusión, su papá decidió dividir la empresa. Él se quedó a cargo de la producción y administración local y Alex quedó a cargo del negocio exportador de la viña con autonomía absoluta. Cuando su padre decidiera jubilarse, le entregaría el control total de la empresa. Ellos definitivamente se llevaban mejor así.

La puerta de la consulta se abrió y un sonriente doctor Andrade lo hizo pasar a la consulta.

—Ya puedes entrar, Alex.

—¿Está todo bien? —preguntó, nervioso.

—Perfectamente.

Dani estaba terminando de abrocharse la camisa y Alex vio la larga cicatriz en el pecho de su novio. La había visto muchas veces, ya que desde que Dani recibió el trasplante, Alex había estado a su lado en cada momento.

—¿Estás bien? —preguntó Alex acercándose a Dani y terminando de abrocharle la camisa.

—El doctor dice que estoy muy bien —dijo Dani dejándose mimar por Alex.

Dani y Alex se sentaron frente al escritorio del doctor esperando las instrucciones médicas. Alex siempre se preocupaba de seguir todo al pie de la letra, así que prestó mucha atención a las recetas para los medicamentos de Dani y lo concerniente a la dieta y ejercicios que debía seguir.

—¿Tienen alguna consulta más?

—Creo que no —dijo Alex guardando el juego de papeles frente a ellos.

—Yo si tengo una duda. Acerca del… del sexo —dijo Dani con timidez, mirando a Alex—. ¿Cuánto debemos esperar para poder estar juntos?

Alex se ruborizó un poco. Ellos todavía no habían hecho el amor después de la cirugía; se habían animado a tocarse un poco y masturbarse mutuamente, pero ambos estaban esperando que el doctor les dijera que todo estaba bien, para hacerlo.

—En realidad no existe un tiempo de espera concreto para volver a tener relaciones sexuales. Muchos doctores piensan que cuando te sientas preparado debería ser el momento correcto.

—Yo me siento muy bien —dijo Dani, enseguida.

—Lo sé, pero en mi opinión profesional, creo que aún es muy pronto y deberían esperar un par de semanas más. Además, debes estar preparado para ciertas dificultades…

—¿Qué dificultades? —preguntó Dani, preocupado.

—El desempeño sexual puede verse afectado por el trasplante, o a veces por ciertas medicinas. Así que si sucede no te asustes, ¿está bien?

—No me asustaré. Antes del trasplante a veces no podía… ya sabe.

—Eso era normal, por tu insuficiencia cardiaca. Supongo que también te faltaba el aire.

—Sí, me sofocaba un poco.

—¿Te dio el desfibrilador algún choque eléctrico?

—Me dio un choque… una vez.

Alex miró sorprendido a Dani.

—¿Cuándo sucedió? —preguntó Alex.

Dani lo miró y, por su mirada, Alex supo enseguida la respuesta.

—¿Cuándo estuviste conmigo? —preguntó Alex.

—Alex… —Dani lo miró con sus enormes ojos, tratando de disculparse.

—¿Y no me lo dijiste? —preguntó Alex, molesto.

Dani solo bajó la mirada, avergonzado. En ese momento el carácter italiano de Alex salió a flote y se contuvo de gritar como loco, solo por respeto al doctor. Pero se levantó furioso de la silla y se despidió del cardiólogo antes de marcharse, dejando tanto a Dani como al doctor bastante sorprendidos.

Alex salió del hospital con los puños apretados y rabiando contra todo el mundo. Cuando llegó a su camioneta, dio un portazo más fuerte de lo necesario.

—¡Mierda! ¡Mierda! ¡Mierda! —gritó furioso.

¿Cómo pudo Dani callarse algo así? ¿Cómo pudo no decirle que se sintió enfermo cuando estuvieron juntos? ¿En qué diablos estaba pensando Dani? Más bien, en qué no estaba pensando, porque Alex no podía creer que Dani hubiera usado mucho el cerebro si le ocultaba algo tan importante.

Pero en esos momentos recordó que Dani le había ocultado otras cosas muy importantes antes; como lo de su homosexualidad, lo de su enfermedad, lo de Christian...

Y al pensar en eso su enojo incrementó aún más. ¡Demonios! Tenía las mandíbulas tan apretadas que si no la aflojaba se iba a partir un diente. Golpeó con fuerza el volante y luego abrió la puerta solo para volver a azotarla en un intento inútil de descargar su enojo.

Se quedó sentado un rato, rabiando para sí mismo, hasta que vio a Dani salir del hospital y dirigirse hacia su camioneta con expresión culpable. En cuanto Dani subió al vehículo y se puso el cinturón de seguridad, Alex echó a andar el motor y salieron del hospital en silencio.

Hicieron todo el camino sin decir una palabra hasta que llegaron a su casa. Después del trasplante, ambos habían decidido vender sus respectivos departamentos y comprar una casa para ellos. La mayor parte de la venta del departamento de Dani había sido destinada a pagar cuentas médicas, pero a Alex no le importaba; daba lo mismo de dónde provenía el dinero. Aquella casa era de ambos. Aún no terminaban de decorarla y el patio era un desastre, pero era un hogar, no solo una casa; era su hogar con Dani.

Alex estacionó su camioneta y, antes de bajar, miró a Dani. Sabía que no podía estar mucho tiempo enojado con Dani, nunca había podido; y estaba seguro de que a pesar de lo enojado que estaba, aquel día, no sería la excepción.

Dani entró en la casa, detrás de Alex. Su novio estaba muy enojado con él; más enojado de lo que nunca lo había visto. La mirada siempre amable y alegre de Alex estaba sombría y dura; y su expresión corporal no era mejor, se veía como un oso gruñón, dispuesto a dar un zarpazo furioso en cualquier momento.

¡Idiota! ¡Grandísimo idiota! Dani se reprendía internamente una y otra vez. Sabía que se había equivocado; y en grande. Se había pasado todo el camino a casa tratando de encontrar las palabras adecuadas para disculparse con Alex, pero no se le ocurría nada. ¿Qué otra cosa le quedaba más que pedir perdón?

Así que apenas entraron en la sala Dani le habló:

—Alex... yo...

—No me digas nada, Dani; estoy demasiado enojado para hablar contigo ahora.

—Cuando comenzamos a vivir juntos dijiste que siempre conversaríamos las cosas. Que no nos dejaríamos cosas por decir...

—¡Entonces deberías recordarlo tú! —dijo Alex—. ¡Yo no soy el que anda ocultando cosas!

—Alex… Lo siento tanto.

—¡No, Dani! Nada de "lo siento, Alex" esta vez. También sentiste no decirme del trasplante y no decirme de tu encuentro con Christian… No es lo primero que me ocultas, y me siento ofendido. ¡Se supone que no solo soy tu novio; soy tu mejor amigo también! ¡Pero tú sigues ocultándome cosas importantes!

Dani solo pudo bajar la mirada, avergonzado. Todo lo que Alex decía era verdad. Su novio tenía toda la razón del mundo para enojarse.

—Sé que cometí un… varios errores, pero jamás volveré a ocultarte nada, Alex. Lo prometo. —le dijo Dani.

—¿Sabes lo que más me altera? ¡Que pude haberte matado, Dani!

—¡No es verdad! Tú jamás me lastimarías.

—No intencionalmente, pero si algo hubiera salido mal…

—Pero no salió mal —dijo Dani, acercándose tentativamente a Alex—. No quería ocultarte nada, nunca quise mentirte, pero sabía que si te decía lo del choque eléctrico ese fin de semana, no volverías a tocarme.

—¡No te atrevas! ¡No me mires así! —dijo Alex, mirándolo a los ojos.

—¿Mirarte cómo? —preguntó Dani, inocentemente.

—¡Así como me miras cada vez que estoy enojado! ¡No te vas a salir de esto con tus ojos de cachorro!

Dani miró a Alex confundido. ¿Eso hacía? ¿Miraba a Alex de cierta manera para apaciguarlo? Porque si lo hacía no era consciente de ello. Era verdad que siempre lograba calmar a Alex cuando estaba enojado o alterado, pero era porque usaba la psicología. ¿O no?

—¿De verdad hago eso? Porque nunca lo he hecho a propósito.

—¡Sí lo haces! Por eso jamás puedo enojarme contigo… ¡Ya deja de mirarme así!

Dani no pudo evitar sonreír. —Es bueno saber que puedo hacerlo —dijo, tratando de colocar su mejor cara de "No te enojes conmigo".

—Eso es jugar sucio —le dijo Alex, un poco menos enojado.

—No lo es —dijo Dani, acercándose a Alex y cogiéndolo de la camisa—. Solo quiero que sepas que jamás volveré a ocultarte nada. Lo prometo, Alex.

Alex lo miró con el mismo amor con el que lo miraba cada mañana y el corazón de Dani latió desbocado de felicidad. Dani acercó los labios a Alex lentamente y recibió un dulce beso en recompensa. El beso se volvió de a poco más profundo y más intenso. Dani quería volver a hacer el amor con Alex. Se moría de ganas.

—Ya escuchaste al doctor. Debemos esperar —le dijo Alex, creando un poco de distancia entre ambos.

—No. Él dijo que cuando me sienta preparado debería ser el momento correcto. Y yo me siento muy bien…

Dani debió mirarlo con los ojos de alguna manera especial, porque Alex se separó instantáneamente de él y le dio un beso corto.

—¡Bien! ¡No más sexo! —dijo Alex, cortante.

—¡¿Qué?! —preguntó Dani, atónito.

—¡No más sexo! Hasta que estés completamente sano. ¡Y hasta que dejes de poner esos ojos!

—¡Estoy sano!

—¡Ah, no! Eso lo decidirá un doctor, no tú —dijo Alex, saliendo tranquilamente de la habitación y dejando a Dani con la boca abierta.

Alex no se atrevería a hacer eso. No los privaría del sexo.

¿O sí?

A lex estacionó su camioneta y miró su nueva casa; la casa que compartía con Dani. Uno de los beneficios de su nuevo hogar era que estaba cerca de la casa de sus padres, lo que le daba paz mental cuando Dani tenía que quedarse solo. Su madre pasaba muchas horas acompañando a su novio en su convalecencia. Ella era la cómplice de Dani a la hora de decorar la casa o arreglar el jardín. Se habían esmerado con la parte delantera de la casa, que lucía hermosa a la luz de la tarde. Por más que le había rogado que no se exigiera demasiado, Dani había hecho un hermoso trabajo en poco tiempo.

Dani y su mamá continuaban aliados. El nuevo proyecto de ellos era el patio.

Cuando Alex entró en la casa, no vio a Dani.

—¿Dani? —llamó a su novio sin recibir respuesta.

Iba a llamarlo nuevamente cuando escuchó las voces en el patio. Caminó hacia el ventanal y salió para ver no solo a Dani y a su madre jardineando; también su papá estaba allí, trabajando en el jardín.

Miró a su pareja antes de que se dieran cuenta de que estaba allí. Dani se veía más guapo que nunca; había recuperado su peso normal. Su piel estaba rosada, lo que hacía resaltar aún más sus bellos ojos; ya no tenía esas ojeras oscuras y hasta su pelo estaba más brillante. Alex sintió su corazón latir con fuerza. Aún a veces sentía miedo de perderlo, pero en vez de amargarse por lo que podría pasar, agradecía cada día que tenían juntos.

—Hola, bebé —saludó, caminando hacia su pareja.

—Hola, amor —le respondió Dani con una sonrisa antes de besarlo—. Te extrañé mucho hoy.

—Y yo a ti.

—¿Mucho trabajo?

—Sí. Mi jefe es un abusador; se va a jardinear con su yerno y me deja todo el trabajo —le dijo acercándose a saludar a sus padres.

Su padre se rió y palmeó la silla que tenía al lado para que Alex se sentara junto a él.

—¿No te habrás excedido? —le dijo a Dani, viendo los avances del patio.

—Claro que no. Tus padres no me dejan hacerlo y yo no dejo que ellos lo hagan. Nos cuidamos mutuamente.

—Más les vale que lo hagan.

—Voy a preparar algo para que cenemos —dijo Dani.

—No es necesario. Si quieres, pedimos algo por teléfono.

—¡Claro que no! No voy a dañar un perfecto y sano corazón con comida chatarra —le dijo, caminando hacia la cocina.

—Estoy totalmente de acuerdo contigo —le dijo su madre, levantándose a acompañar a Dani—. Te ayudaré mientras ellos hablan.

Su madre les trajo una cerveza, y Alex y su padre se quedaron discutiendo sobre temas de la viña.

—Esto es lo que siempre quise para ti —le dijo su padre, mirándolo con una sonrisa.

—¿Qué administrara la empresa?

—No. El que manejes la empresa es lo que siempre quise para mí. Lo que siempre quise es que fueras feliz; y te ves feliz, hijo.

—Soy feliz. Dani me hace feliz.

—Puedo verlo. Debo confesarte que cuando nos dijiste que eras gay, temí que todo fuera más difícil para ti. No sabía si tu vida podría ser tan normal como lo es ahora, con un esposo y un hogar.

—Técnicamente, Dani es mi novio, no mi esposo.

—Él es tu esposo. Ya pasaron la etapa de noviazgo. Viven juntos y se proyectan juntos. Son un matrimonio aunque no hayan firmado un papel.

—Ojala Dani pudiera ser mi esposo de verdad. Me gustaría casarme con él; sería lindo.

—¿Y por qué no? Podemos hacer una pequeña ceremonia simbólica. Aunque no sea legal, podrían prometerse amor y fidelidad igual que si lo fuera. Tu mamá y Renata estarán felices de organizarlo todo.

—Lo pensaré y le preguntaré a Dani que opina.

Mientras cenaban, Alex no podía dejar de pensar en hacer una ceremonia para ellos. Cuando Dani estaba enfermo y le había dicho que quería que se casaran, él le había dicho que también le gustaría.

Con ese pensamiento, Alex sonrió. Dani sería su esposo; estaba seguro de eso.

Después de que los padres de Alex se marcharon, se quedaron lavando los platos y conversando. Ya habían creado ciertas rutinas en las tardes, pero Dani tenía otra idea en mente para el día de hoy.

Quería seducir a Alex.

Todavía no habían hecho el amor después del trasplante. Tras la desastrosa consulta, donde Alex se enteró que el desfibrilador le había dado un choque, Alex ya no lo tocaba, apenas y lo abrazaba para dormir. Había pasado mucho tiempo de abstinencia sexual para ambos. Y a Dani no le gustaba nada la situación. Quería volver a estar en sus brazos y decirle a Alex que lo amaba, mientras hacían el amor. Dani ya tenía autorización del doctor Andrade, pero Alex había estado evitando la intimidad por miedo a lastimarlo.

Después de ducharse, Dani se puso un pantalón ligero y una camiseta. Fue en busca de Alex que estaba frente a la computadora.

—¿Vas a trabajar? —le preguntó a Alex.

—No. Solo estaba revisando algo. ¿Quieres ver una película?

—Podría ser, pero tengo una idea mejor —Caminó hacia el equipo de música y puso su canción. Se volvió hacia Alex y le tendió la mano—. Baila conmigo.

Alex lo tomó en sus brazos y bailaron igual que la primera vez. Se abrazaron aún más cerca y siguieron bailando y besándose. Dani no llevaba ropa interior por lo que su erección era bastante obvia. Alex también estaba excitado, pero era menos notorio. Dani bajó la mano y acarició la erección de Alex mientras se besaban.

—Hazme el amor —le pidió Dani.

Alex lo miró con tranquilidad, como sopesando la respuesta, y luego lo llevó con él hasta el sofá.

—Deberíamos esperar un poco más —le dijo Alex.

—Sabía que dirías eso —le dijo Dani, sacando un papel de su bolsillo—. Esto es para ti.

Alex tomó el papel y lo leyó. Era un certificado médico del doctor Andrade autorizando a Dani a tener relaciones sexuales.

—¿Le pediste un certificado a tu doctor? —le preguntó sin poder evitar sonreír.

—Por supuesto. Quiero que me hagas el amor teniendo la tranquilidad de que no me harás daño.

Alex suspiró y lo miró con sus hermosos ojos. Dani sabía que él también se moría de deseos de tenerlo en sus brazos nuevamente.

—Sé que es mi culpa que tengas miedo —le dijo Dani con tristeza en su voz—. Jamás debí ocultarte que me había sentido mal cuando hicimos el amor y sé que te va a costar volver a confiar en mí...

—Eso no es cierto. Confío en ti, pero fue muy duro para mí saber que estabas tan enfermo cuando hicimos el amor y no me dijiste nada. No sabes cómo me duele pensar que pude haberte herido o causado algún daño.

—Lo sé y lo siento —le dijo Dani cogiendo las manos de Alex—. Sólo quiero que estemos juntos de nuevo. Me duele dormir cada noche a tu lado y que no me toques. Me gusta que me toques. Incluso cuando éramos amigos, me gustaba cuando me abrazabas o colocabas tu mano en mi espalda.

Alex lo miró con todo el amor que tenía en su corazón.

—No sabes lo difícil que era no tocarte como quería hacerlo —Besó a Dani con pasión—. Debes prometerme, mejor aún jurarme, que jamás me ocultarás si te sientes mal, que si algo no está bien me lo dirás.

—Te lo juro, al menor signo, yo mismo te pediré que me lleves al hospital.

—Confío en ti... —le dijo Alex, sacándose la camisa por la cabeza y comenzando a sacar la camiseta de Dani.

111

—Vamos a batir un nuevo record en desnudarnos —le dijo Dani, sonriendo.

—Fueron muchos meses, amor... —le dijo besándolo y desabrochando sus pantalones.

—Alex... cuando estuvimos separados...

—¿Qué quieres saber, amor? —Alex vio la pregunta en la cara de Dani.

Dani se quedó callado. Para él había sido mucho tiempo, solo había hecho el amor con Alex. Pero no sabía si Alex había estado con otro hombre.

—Cuando estuvimos separados... ¿Estuviste con alguien más? —preguntó finalmente.

Alex lo miró y Dani supo que le iba a confesar algo.

—Honestamente, pensé que si tú habías seguido tu vida con Elizabeth, yo también debía hacerlo. —Dani se tensó en sus brazos.

—No estábamos juntos. Olvídalo; no debí preguntar.

Alex debió ver la mirada de dolor de Dani, porque tomó su rostro y lo besó antes de declarar:

—Quise hacerlo... pero no pude. Desde la primera vez que te besé, no ha habido nadie más que tú. En el tiempo que estuvimos separados solo podía pensar en ti, Dani; siempre has sido solo tú...

Dani lo abrazó escondiendo el rostro en el cuello de Alex.

—Nunca me perdonaré haber sido tan tonto y habernos hecho tanto daño.

—Lo único que importa es que ahora estamos juntos y nos amamos —Alex volvió a besarlo dulcemente—. ¿Todavía quieres que te haga el amor?

—¡Sí! —le dijo, desabrochando los pantalones de Alex y acariciándolo íntimamente.

—Ah... se siente tan bien... —le dijo Alex, quitándole los pantalones a Dani—. ¿No te pusiste ropa interior?

—No, y revisa el bolsillo.

Alex cogió los pantalones y encontró un tubo nuevo de lubricante.

—Parece que ya habías hecho planes.

—No. Solo esperaba que me dieras una oportunidad para demostrarte cuanto te amo.

—No tienes que demostrarme nada —le dijo, levantando las caderas para que Dani le sacara los pantalones y la ropa interior.

Alex tiró de él y se recostaron juntos en el gran sofá que habían comprado. Sentir el cuerpo desnudo de su novio después de tanto tiempo era maravilloso. Con cada beso y cada caricia, Dani sentía que su cuerpo volvía a la vida. Igual que la primera vez, las manos de su pareja eran tiernas y protectoras. Se dio cuenta de que Alex lo acariciaba con delicadeza y tenía mucho cuidado con el lado izquierdo de su pecho.

Miró a su pareja y sonrió. Alex sería siempre protector con él, estaba en su naturaleza. Recordó la primera vez que lo defendió cuando tenía nueve años. Jamás pensó que ese simple acto cambiaría su vida para siempre.

—¿Qué pasa, amor? —le preguntó Alex.

—Recordaba cuando éramos niños.

—Eras un niño muy lindo, aún lo eres.

—Tú también.

—No tanto. Era gordito, ¿te acuerdas?

—Me gustabas gordito. Me enamoré de ti gordito.

—¿En serio? Me alegra, porque todos dicen que soy muy parecido a mi papá, así que míralo a él y sabrás que cuando seamos dos ancianitos tú serás el delgado y yo el gordito.

Dani sonrió. Se imaginó los árboles que recién había plantado, ya crecidos, dando sombra a su terraza; y a ellos disfrutando una suave brisa de verano. La imagen de Alex y él ancianos tomando el sol en el jardín le hizo sonreír. Era un futuro hermoso y era exactamente lo que quería: estar junto a Alex, por mucho, mucho tiempo.

—Eso espero, amor. Eso espero.

Alex giró a Dani acomodándolos lado a lado. Lo acercó para besarlo y acariciarlo. La pasión surgió rápidamente. Alex se preguntó cómo había podido estar tantos meses sin sentir las manos de su pareja sobre su cuerpo.

—Amo tocar tu trasero, bebé —Alex le dijo al oído mientras acariciaba y masajeaba las perfectas nalgas de Dani.

—Yo también amo tocarte —le dijo, colocando su mano sobre la dura erección de Alex.

—Oh, Dani. Sí, así... tócame así —le dijo cuando empezó a masturbarlo suavemente.

—¿Te gusta? —le preguntó mientras apretaba su pene con firmeza.

—Sí. Más fuerte, bebé. Oh, Dios... No voy a durar mucho, amor. Ha sido demasiado tiempo —Alex apretó más sus nalgas haciendo que las caderas de Dani se apretaran a su ardiente erección—. Haz que me corra.

—No. Quiero que me hagas el amor. Quiero...

A Alex le gustaba cuando Dani le hablaba sucio. No había nada mejor que verlo ponerse como un tomate cada vez que ocupaba ciertas palabras, pero le encantaba que lo hiciera. Dani ya había notado el efecto que tenía en él y poco a poco había empezado a jugar.

—Dime más. ¿Qué más quieres? —le dijo Alex.

—Quiero que metas tu pene en mi trasero y que acabes dentro de mí... —le dijo con voz sensual, besando el cuello de su amante—. Córrete para mí, Alex...

—Dani... —Alex explotó con fuerza en la mano de Dani y lo besó apasionadamente.

Cuando se calmaron, vio la hermosa sonrisa de su pareja.

—Eres un diablo. Vas a lograr que me corra siempre que quieras si sigues hablándome así.

—Lo sé. Pero no te hagas el ángel. Tú logras que haga estas cosas, nunca antes lo había hecho.

—Bueno. Siempre y cuando me hables así solo a mí, no tengo problemas —Alex le dijo, tomando la camiseta de Dani para limpiarse.

—Lo malo es que quería que me hicieras el amor —le dijo Dani, besando a Alex en el cuello.

—Tú sigues con una erección. Hazme tú el amor —le dijo con una sonrisa.

Dani se tensó.

—¿Qué pasa amor? ¿No te gustó cuando lo hicimos?

—Claro que sí, me encantó. Es que... Prefiero esperar un poco más y que me hagas el amor primero.

—¿También tienes miedo?

—Sí. Cuando me hiciste el amor solo me sofocaba un poco. Pero cuando yo te lo hice a ti me sentí realmente mal. Fue entonces cuando el desfibrilador me dio el choque.

—Ya te dije que podemos esperar...

—No. No quiero esperar más —Dani le dijo, abrazándolo y besando su pecho.

—Eres un diablo... —Sonrió Alex.

Cuando Dani empezó a chupar su pezón más fuerte, Alex comenzó a sentirse excitado de nuevo.

Demonios, había sido demasiado tiempo.

Dani estaba chupando los dulces pezones de Alex mientras él le acariciaba sensualmente la espalda, bajando hasta su trasero.

—Sí... —Gruñó Alex.

Sorpresivamente, Alex lo giró quedando sobre él, besando su cuello y luego sus pezones, bajó por su cuerpo. Alex lo lamió todo el camino, besando su estómago y más abajo aún, besando sus muslos y haciéndole cosquillas en las rodillas. Dani se estremeció de placer cuando Alex lo lamió y se metió un testículo en la boca y luego el otro.

—Alex... santo cielo...

Dani bajó la mirada para encontrarse con los ojos traviesos de su pareja mirándolo.

—Sabes tan bien, amor —le dijo, bajando sus labios y tragándolo profundamente.

Dani levantó sus caderas con la deliciosa sensación. Contuvo el aliento; le encantaba sentir los labios de su novio en su pene

—Alex... me encanta... —Dani suspiró

Alex humedeció su dedo y Dani gimió cuando llevó los dedos a su ano.

—Dime que más te gusta, amor.

—Me encanta que tragues mi pene, oh, sí — Cuando el dedo de Alex tocó su próstata Dani casi grita de placer—. Alex me voy a correr.

Su amante lo siguió chupando cada vez más fuerte, Dani sentía sus piernas como si fueran de goma. La boca de Alex era caliente, suave; y cada caricia de sus labios, de su lengua, lo llevó más allá de la locura, hasta que Dani no aguantó más y explotó en su boca.

—Alex...

Alex se levantó hacia su boca y lo besó acaloradamente. Dani bajó su mano queriendo tocarlo pero Alex no lo permitió. Suavemente, lo hizo girar hasta que quedó sobre su estómago, tomando unos cojines los puso bajo sus caderas, dejando a Dani totalmente expuesto a él.

—Llevo varios meses soñando con hacer esto —le dijo Alex cuando se agachaba a besarle una nalga.

Dani sonrió. —Lo sé, tienes una fijación con mi trasero, amor.

—Porque es perfecto. Amo tu trasero. Quiero besarlo, acariciarlo y penetrarlo muy profundo.

Iba haciendo cada acto que describía y cada vez bajaba más la voz haciéndola sonar muy sensual. Estaba acariciándolo y penetrándolo suavemente con un dedo mientras besaba su cuello y espalda. Dani estaba absolutamente relajado; ya no tenía los nervios de la primera vez.

—También me moría por hacer esto —dijo Alex.

Retirando su dedo, Alex bajó la cabeza y comenzó a acariciarlo con la lengua. Dani se tensó al primer contacto. La lengua de Alex estaba en su ano y le hacía sentir cosas maravillosas. No podía creer lo que le estaba haciendo; había escuchado de esto, pero jamás pensó que Alex se lo haría.

—Oh, por Dios... Alex, se siente increíble. —Dani movió involuntariamente las caderas haciendo más profunda la penetración de la lengua de su novio.

Alex siguió acariciándolo hasta que Dani pensó que explotaría de nuevo.

—Oh, amor, vas a hacer que me corra otra vez. No puedo esperar a hacértelo a ti...

Mientras retiraba su lengua, Alex tomó el lubricante y comenzó a dilatar a Dani con sus dedos. El solo pensar en que Dani le hiciera lo mismo lo había hecho ponerse duro como una piedra.

—¿Me lo harías, Dani? ¿Besarías mi ano?

—Sí. ¿No te has dado cuenta de que te he hecho cada cosa que tú me has hecho a mí? Me gusta saber que te puedo dar el mismo placer que tú me das.

—¿Y me harás cada cosa que yo te haga a ti?

—Todas y cada una.

—No deberías haber dicho eso... —le dijo con una sonrisa traviesa, mientras seguía preparándolo.

—¿Por qué?

—Porque ahora voy a querer hacerte muchas cosas para que después tú me las hagas a mí.

—No veo que tiene eso de malo —Dani le dijo con voz coqueta.

—Si supieras las cosas que estoy pensando, entenderías. Algunas de ellas son muy perversas.

Dani se giró a mirarlo y ante la cara de asombro de su pareja. Alex soltó una sonora carcajada.

—No pongas esa cara —dijo Alex, riendo—. Solo bromeaba, amor. No te haría nada que no te gustara.

—En realidad, me gusta aprender cosas contigo —Dani admitió—. Tal vez algo un poquito... perverso no sería tan malo.

—Entonces pensaré en cosas solo un poco perversas para hacerte.

Girándolo suavemente, Alex se sentó en el sofá y colocó a Dani sobre sus piernas, sentado a horcajadas sobre sus caderas antes de besarlo profundamente.

—Es mejor que tú estés sobre mí, no quiero aplastar tu pecho.

Dani colocó sus brazos alrededor del cuello de su novio antes de levantar las caderas.

—Soy todo tuyo, amor.

Alex colocó su pene en la entrada y dejó que Dani controlara la penetración. Su novio comenzó a bajar suavemente.

—Oh, maldición, Dani... Estás tan apretado.

—Fueron muchos meses, amor.

Alex tomó el pene de Dani en su mano y lo acarició lentamente. Eso ayudó a Dani, que logró bajar completamente las caderas sobre Alex.

Se quedaron abrazados sin moverse. Era la primera vez que lo hacían sin preservativo y las sensaciones eran increíbles.

—¿Estás bien? —le preguntó a Dani.

—Sí, extrañaba esto. Te deseo tanto, Alex.

—Yo también, amor. Me moría por tenerte así. Te amo, Dani.

—Y yo a ti. Te amo, Alex... —Suavemente, Dani subió las caderas y empezó a montar a Alex firmemente.

Seguían besándose y diciéndose palabras de amor mientras los empujes de Alex se unieron a los de Dani. Primero suavemente, y después la pasión se apoderó de ambos desatando todo el amor que habían estado conteniendo por meses.

Dani atrajo la cabeza de Alex para besarlo con tanta suavidad, de forma tan dulce, tan deliciosamente, que su cuerpo no pudo soportar más.

—Dani... —Alex se enterró una última vez y se corrió con fuerza dentro de Dani. Su novio frotó una vez más su pene contra su estómago y se corrió también.

Alex estaba sin aliento, pero levantó el rostro de Dani para verlo atentamente.

—¿Estás bien? ¿Cómo está tu corazón? —le preguntó a Dani, preocupado.

Dani sonrió y sus hermosos ojos brillaron.

—Estoy bien —Respiró profundamente para demostrárselo a Alex—. Jamás me había sentido mejor en mi vida.

—Estás un poco sin aliento.

116

—Tú también. No es por mi corazón, amor —Puso la mano de Alex sobre su pecho—. ¿Puedes sentirlo? Late acelerado pero normal...

—Me encanta el sonido de tu corazón —Alex le dijo, colocando su oído sobre el pecho de Dani.

Dani acarició el cabello de Alex sonriendo con alegría.

—Late solo por ti, amor.

Alex llevó a Dani en brazos al dormitorio después de que hicieran el amor en el sofá. Estaban abrazados y besándose en su gran cama. Alex se levantó sobre el codo y acarició suavemente la larga y sensible cicatriz del pecho de Dani.

—¿No te molesta la cicatriz? —preguntó Dani.

—No. ¿Sabes lo que pienso cada vez que la veo? —Alex se agachó y besó la cicatriz dulcemente—. Que si no la tuvieras, yo no te tendría a ti...

Alex lo miró queriendo decirle algo más.

—¿Qué pasa, amor? —preguntó Dani.

—Hablé con mi papá hoy cuando estabas preparando la cena. ¿Qué soy para ti, Dani?

Dani se extrañó con la pregunta. —Eres el hombre que amo.

—¿Pero qué soy para ti? Si tuvieras que ponerle una etiqueta. ¿Cuál sería?

—Eres el amor de mi vida. Pero si quieres ponerle un nombre creo que pareja es más adecuada. Estamos emparejados, ¿no?

Alex lo miró con amor antes de besarlo dulcemente. —Quiero ser tu esposo.

Dani estaba atónito. —Pero no sería legal, Alex, en este país el matrimonio gay no existe.

—Lo sé. Pero no importa si es solo simbólico. Quiero que tengamos una ceremonia delante de nuestra familia y amigos —Alex dijo enlazando sus dedos con los de Dani.

—¿De verdad lo quieres?

—Por supuesto. Ya te lo había dicho cuando estabas en el hospital.

—Sí, pero pensé... pensé que...

—¿Pensaste que solo lo dije porque estabas muriendo?

Dani se puso rojo.

—Cada uno de los planes que hicimos, los hice porque sabía que mejorarías, amor. Sabía que no te rendirías —dijo Alex.

—¿Nunca perdiste la esperanza?

—Sí. Cuando tuviste el paro cardiaco y el doctor me dijo que no sobrevivirías aquella noche. —Los ojos de Alex se nublaron al recordar aquella noche—. Pero luchaste y te quedaste conmigo, así que pensé que si Dios tenía un plan para nosotros, era que estuviéramos juntos.

—Parece que tenías razón.

—Claro que sí. Tú y yo estamos destinados a estar juntos —Se agachó y lo besó dulcemente—. Jamás podría amar a nadie más, Dani.

—Siempre has sido solo tú para mí, Alex.

—¿Entonces? ¿Te quieres casar conmigo?

—Sí —le dijo Dani con una brillante sonrisa—. Te amo, Alex, y quiero casarme contigo.

Alex se inclinó a besarlo y acarició su mejilla.

—Y yo a ti, cariño. Mi mamá y Renata estarán felices de ayudarnos a organizar todo.

—No hay que complicarse demasiado. Será algo sencillo, solo familia y amigos cercanos.

—Debo advertirte algo, si hacemos algo con mi familia difícilmente será pequeño o sencillo. Solo la familia, con los Morelli significa un evento grande.

—Eso es verdad —le dijo con una sonrisa—. Me olvidaba de ese detalle. Toda tu familia me apoyó cuando estuve enfermo. No podría dejar a nadie fuera.

Alex se quedó pensando antes de recostarse y abrazar a Dani.

—¿Y qué más da si no es pequeño? Si queremos hacer una gran fiesta también está bien.

—Entonces definitivamente necesitaremos la ayuda de Re y tu mamá —le dijo a Alex.

Dani se acercó más a Alex y recostó la cabeza en su amplio pecho. Él creía que jamás podría sentirse más feliz que después de hacer el amor con Alex, pero había estado equivocado. Sí, podía sentirse más feliz.

Aún no podía creer que Alex le pidiera que se casaran y que él hubiera aceptado. ¿Cuán increíble era eso? Hace menos de un año aún estaba en el closet. Hace solo unos meses, estaba al borde de la muerte y ahora estaba pensando en organizar su boda; su boda con Alex.

Se sentía tan pleno y tan feliz que quería dar saltos de alegría. Quería arrodillarse y dar gracias a Dios por permitirle vivir y sobre todo por el amor de Alex.

Una tonta sonrisa se dibujó en su rostro antes de caer dormido.

¡Se iba a casar con Alex!

Epílogo

Era la tercera vez que Dani trataba de anudarse la corbata y no lo lograba. Aflojó sus dedos y volvió a intentarlo por cuarta vez.

—¡Cálmate! —se dijo Dani mirándose al espejo.

—¡¡Ah!! —gritó frustrado tras un nuevo fracaso.

—¿Necesitas ayuda? —preguntó Alex acercándose a él.

—Sí, esta corbata parece no estar cooperando conmigo —dijo Dani bajando las manos derrotado.

Estaban en la habitación que les habían asignado para prepararse para su boda. Tanto Renata como su suegra habían querido que Alex y él estuvieran separados hasta que llegara el momento de caminar al altar, pero Alex y él se habían negado rotundamente. Ambos se vistieron con los sobrios trajes oscuros que escogieron para ese día. Alex ya estaba listo, pero Dani aún luchaba con la rebelde corbata.

Alex cogió la corbata y la anudó expertamente en el cuello de Dani.

—Así está mejor —dijo Alex dándole un último retoque a la corbata—. ¿Te dije lo guapo que te ves con ese traje?

—No hay nadie más guapo que tú —dijo Dani pasando las manos por las perfectas solapas del traje de Alex. Su futuro marido se veía increíble, el traje oscuro hacía resaltar todas sus bellas facciones y su oscuro y brillante pelo.

—¿Estás bien, amor? —le preguntó Alex—. Te ves nervioso.

—Sí, estoy un poco nervioso. ¿En serio estuvimos de acuerdo en hacer esto? —preguntó Dani subiendo una ceja.

—¿Te estás arrepintiendo? —dijo Alex con una sonrisa.

—¡Por supuesto que no! ¿Pero tenía que ser una boda con ciento cincuenta invitados?

—Bueno, la mayoría son familiares. Y todos te aman, no tienes por qué estar nervioso.

Alex se veía tan calmado que Dani se sorprendió un poco.

—¿En serio no estás nervioso?

—No —dijo Alex levantando los hombros—. ¿Qué podría salir mal?

—¡Cualquier cosa! Si tropiezo y me caigo delante de todos, o si la comida no está bien, o si el viento tira una vela y…

—Cariño, cálmate... Si alguna de esas cosas pasa, ¿evitará eso que te cases conmigo?

—Nada evitará que me case contigo —dijo Dani con seguridad.

—Entonces todo está bien, amor.

Alex atrajo a Dani a sus brazos y le dio un delicioso beso en los labios.

—Te amo, Alex.

—Y yo a ti, Dani.

En esos momentos la puerta se abrió y Renata entró en la habitación. Re se veía preciosa, su oscuro cabello estaba arreglado en un complicado peinado y su vestido rojo italiano combinaba perfectamente con las corbatas que Alex y él llevaban.

—Chicos, dejen de besarse, ya es la hora —dijo Renata desde la puerta.

—¿Estás listo? —le preguntó Alex extendiendo su mano para que Dani la cogiera.

—Sí. Estoy listo. —Dani sonrió y tomó la mano que Alex le ofrecía.

Caminaron hacia la puerta siguiendo a Renata. Salieron de la habitación y caminaron juntos por los jardines del salón de eventos que habían escogido para realizar su boda. Como Dani no tenía padres que lo acompañaran, habían decidido caminar juntos hasta el altar, el cual estaba ubicado en medio de un hermoso jardín con vistas al mar y la puesta de sol como marco de fondo.

—No dejes que me caiga —le susurró a Alex cuando los suaves acordes de la música comenzaron a sonar dando inicio a la ceremonia.

—Jamás te dejaré caer, amor —dijo Alex dándole un apretón cariñoso a su mano.

Dani sabía que estaba seguro caminando de la mano de Alex. Y también sabía que su novio no solo se refería a ese momento, Alex siempre lo sostendría.

Siempre.

Alex caminó seguro hacia el altar. No se sentía nada nervioso. Lo único que sentía era felicidad, la misma felicidad que sentía cada día al despertarse con Dani a su lado. Era simplemente la felicidad de estar juntos.

Mientras caminaba de la mano de Dani, miraba a su alrededor a la familia y amigos que estaban compartiendo con ellos ese día. Vio a Gino acompañado de Elizabeth. Su primo había comenzado a salir con Eli y al parecer su relación iba muy en serio. Adrián en tanto estaba acompañado de su nuevo novio; Alex se alegró de que su amigo no estuviera solo, pero el hombre no le gustaba mucho para Adrián.

Cerca de Adrián, también estaba Leo con su adorable esposa, Lilian. La pareja se veía perfecta junta, pero Alex siempre había tenido la rara sensación de que su exjefe y amigo no era completamente feliz.

En la primera fila estaban sus padres y su hermana. La hermosa sonrisa de felicidad en el rostro de su mamá, de su hermana y de su papá, le hizo dar gracias al cielo una vez más por la maravillosa familia que tenía.

Cuando llegaron al altar, el cura que bendeciría su unión los esperaba. Después de salir del closet, Dani había comenzado a asistir a una nueva parroquia en la que el párroco, el padre Felipe, era mucho más amable y tolerante que el padre Renzo. Cuando Dani le habló de la ceremonia, el párroco se ofreció a bendecir su unión. Les explicó que la bendición no era lo mismo que un matrimonio, pero ellos lo aceptaron gustosos.

Ahora por fin estaban aquí, listos para comenzar...

—Este es un día hermoso —Comenzó el padre Felipe—. Siempre es hermoso oficiar una ceremonia para bendecir la unión y el amor de dos personas que quieren estar juntos, comprometerse y formar una pareja...

El padre Felipe siguió con la ceremonia y Alex escuchó atentamente las palabras, mirando de reojo a Dani quien estaba igual de concentrado. La ceremonia, al ser solo una bendición, era más corta que un matrimonio, así que pronto, el párroco se dirigió a ellos.

—Los novios ahora se dirán unas palabras —anunció el padre Felipe.

Se giraron, quedando frente a frente, viéndose a los ojos. Dios... Los hermosos ojos de Dani brillaban con emoción.

—Alex... Fue muy difícil encontrar las palabras adecuadas para estos votos. Porque nunca habrá palabras suficientes para expresar todo lo que significas para mí —dijo Dani, emocionado—. Después de mi operación, siento que Dios me dio una segunda oportunidad. La oportunidad de vivir mi vida, sin equivocarme esta vez. Así que prometo esforzarme por ser un mejor amigo, un mejor novio... digo, esposo. Y ayudarte a hacer todos tus sueños realidad, como tú has hecho realidad los míos, al darme una familia, un hogar y lo más importante: tu amor. Porque estar contigo para siempre es todo lo que siempre soñé.

Alex tenía una sonrisa tan grande en el rostro que sentía que su cara se quedaría así para siempre.

Dani tembló y Alex le apretó ligeramente las manos para darle confianza. Aún está nervioso, pensó Alex. Había escrito y memorizado sus votos, pero impulsivamente decidió cambiarlos.

—¿Recuerdas que me preguntaste por qué no estaba nervioso? —le dijo a Dani.

—Sí.

—No estoy nervioso porque estoy seguro de que nada puede salir mal esta noche, Dani. Si hubieras tropezado, te habría sostenido. Si la comida se estropeara, cenaríamos pan y vino. Y si una vela incendiara el lugar, me casaría contigo en medio de las cenizas. Después de todo lo que hemos pasado, lo único que me importa es que tú estés a mi lado. Todo lo demás, la boda, que estemos aquí diciéndole a todo el mundo que nos amamos y que queremos estar juntos para siempre, solo suma a la felicidad que siento estando a tu lado. No tienes que esforzarte por hacer mis sueños realidad, porque lo haces cada día, y en este momento se está cumpliendo el más grande de ellos.

Los ojos de Dani brillaban con las lágrimas contenidas.

—Dios... Te amo tanto, Alex —dijo Dani, dejando caer por fin las lágrimas.

—Yo también te amo, Dani.

—Ahora, los novios van a intercambiar los anillos —les dijo el Padre Felipe.

Renata se acercó y les entregó las hermosas argollas que habían escogido.

—Daniel, ¿aceptas a Alessandro, como tu esposo, prometes serle fiel en lo próspero y en lo adverso, en la salud y en la enfermedad; y prometes amarlo y respetarlo hasta que la muerte los separe?

—Sí, acepto —dijo Dani con voz emocionada, antes de que Alex deslizara el anillo en su dedo.

—Alessandro, ¿aceptas a Daniel, como tu esposo, prometes serle fiel en lo próspero y en lo adverso, en la salud y en la enfermedad; y prometes amarlo y respetarlo hasta que la muerte los separe?

—Sí, acepto —dijo Alex con voz firme, antes de que Dani colocara el anillo en su dedo.

—Con estas palabras, bendigo su unión, y los declaro, esposo y esposo. Ya pueden besarse.

Alex cogió a Dani en sus brazos y lo besó con todo el corazón.

¡Estaban casados!

¿Podía ser un día más perfecto? Dani veía las luces del salón brillar a su alrededor igual que sentía que brillaba su corazón de felicidad.

Estaba bailando suavemente en los brazos de Alex. Su esposo lo besó y levantándolo del suelo, giró con él por la pista de baile. Rieron juntos y Dani abrazó más cerca a Alex cuando lo bajó al suelo.

—¿Estás más tranquilo? —le preguntó Alex besando su frente.

—Sí, después de tus palabras, mis nervios se desvanecieron. Tus votos fueron hermosos, Alex.

—Los tuyos también, amor. Me alegra que haya una grabación de ese momento, porque voy a querer escuchar tus palabras una y otra vez.

—Yo también quiero volver a escuchar las tuyas... Me emocionaste hasta las lágrimas, y no fui el único, vi a varios invitados secarse los ojos.

—Lo único que quería era que supieras cuanto te amo, y además que no estuvieras nervioso.

—Siempre protegiéndome... —dijo Dani emocionado—. Me encanta que seas así.

Siguieron abrazados hasta que la romántica canción terminó. En esos momentos comenzó otra canción un poco más rápida y los padres de Alex se acercaron a ellos.

—Debes bailar conmigo también, Alex —le dijo su mamá.

—Por supuesto que bailaré contigo, mamá —le dijo Alex, guiñándole un ojo a Dani.

Antes de alejarse bailando con su mamá, puso a Dani en los brazos de su suegro y los instó a bailar juntos.

—No se preocupe, lo dejaré guiarme —le dijo Dani a su suegro.

—Solo a Alex se le habría ocurrido algo así —dijo su suegro sorprendido.

—Así es mi Alex —dijo Dani riendo.

Tanto Dani como el papá de Alex, se lo tomaron con humor y bailaron la canción logrando sorprender al resto de los invitados.

Cuando la canción terminó Alex llegó a su lado.

—¿Me devuelves a mi esposo? —le dijo Alex a su papá.

—Por supuesto, hijo, pero Dani y yo bailaremos otra canción más tarde —dijo su suegro riendo y tomando a su esposa del brazo—. No puedes acaparar a Dani toda la noche.

Alex volvió a sus brazos y bailaron juntos un nuevo tema. Dani observó a los invitados, todos los amigos y familiares que los acompañaban. Por mucho tiempo Dani se sintió solo, pero en ese momento supo que ya no volvería a estar solo nunca más. Ahora, formalmente, formaba parte de una familia grande.

—Gracias, Alex —dijo mirando a su esposo.

—¿Gracias por qué?

—Por haberme incorporado en tu familia como lo hiciste.

—Para ellos siempre has sido uno más de nosotros. Estoy seguro de que en alguna parte tienes sangre italiana.

—Siempre me sentí muy solo cuando era niño, por eso amé a tu familia grande y ruidosa.

—No vas a estar nunca más solo, amor. Me tienes a mí y a toda mi enorme familia también.

—Aún no sé cómo o por qué fui tan afortunado.

—Porque tienes un gran corazón, amor, y mi familia lo notó, por eso te aman.

—Un gran y muy nuevo corazón.

—Me alegra que tengas espacio para mí en tu nuevo corazón —le dijo Alex, besándolo.

—No estoy seguro de eso —dijo Dani—. Siempre pensé que estabas o más bien que ocupabas todo mi antiguo corazón, pero ya no está y lo que siento por ti no se fue con mi antiguo corazón. Mi amor por ti solo se fortaleció, así que creo que nunca estuviste allí.

—¿Y dónde me tienes?

—Siempre has sido parte de mi alma, Alex.

Alex lo miró con amor y colocó su frente en la de Dani.

—Y tú eres parte de mi alma, Dani, para siempre.

Corazones solitarios

Libro 2

Diez años atrás

Adrián Abreu suspiró mientras acompañaba a su mejor amigo Gino a través de la fiesta de cumpleaños de uno de sus numerosos primos. Su amigo lo había convencido de acompañarlo. Tenía veintiún años igual que Gino, se habían conocido hace dos años cuando ambos entraron a estudiar leyes y ya estaban por empezar su tercer año en la Facultad de derecho.

Si era honesto, la primera vez que se había acercado a Gino lo había hecho porque lo había encontrado atractivo y había cruzado los dedos esperando que él también fuera gay. Lamentablemente Gino era heterosexual, así que siguieron siendo solo amigos.

Poco después de conocerse le había confesado a Gino con temor que era gay, la aceptación de su amigo lo había sorprendido gratamente. Luego su amigo le había explicado que su primo Alex que era dos años mayor que él había salido del closet a los quince y que estaba acostumbrado a verlo con novios, que no era problema para él.

Hace unos meses le había comentado que Alex estaba soltero. A él nunca le había gustado que le buscaran novio, tenía muy malas experiencias con las parejas que su mamá y su hermano solían buscarle. Se había negado rotundamente a que Gino les concertara una cita, él conocía a varios primos de su amigo y debía admitir que la familia tenía buenos genes, pero se negaba a tener otra desastrosa cita a ciegas.

No había tenido muchos novios y no habían sido relaciones muy largas, la principal razón era que después de salir del closet a los diecisiete no quiso tener relaciones sexuales hasta que se enamorara. Él quería hacer el amor, no solo tener sexo, por lo que sus tres primeros novios lo habían abandonado porque se habían cansado de solo besos y abrazos.

Hace dos años había conocido a Samuel y se había enamorado de él. Samuel había sido amoroso, paciente y había esperado hasta que finalmente Adrián aceptó hacer el amor con él. Lamentablemente el noviazgo duró solo seis meses. Para él todo era perfecto y pensó que por fin había encontrado al amor de su vida, hasta que Gino le contó que había visto a su novio demasiado acaramelado con otro hombre en la facultad.

Al confrontar a Samuel ni siquiera lo negó, lo amaba le dijo, pero no podía prometerle fidelidad. "A veces solo necesitas sexo" le había dicho. No pudo seguir con él, aunque estuviera enamorado, su corazón no resistiría saber que lo iba a engañar cada vez que tuviera oportunidad.

Aquello no había sido nada bueno para su autoestima. Adrián sabía que era atractivo, todo el mundo se lo decía, tenía el pelo rubio oscuro, los ojos verdes y solía hacer ejercicio para tener un cuerpo tonificado. ¿Entonces por qué Samuel necesitaba a otros hombres? ¿Era tan malo en la cama que su novio debía buscar en otro lado?

Para él, el sexo era parte de la relación pero no era lo más importante. En el fondo Adrián era un romántico. Le gustaban las canciones de amor y su placer culpable eran las películas que incluyera un romance apasionado y un final feliz. Esperaba algún día encontrar a su príncipe azul, un hombre que lo amara con locura y lo hiciera sentir ver las estrellas cuando lo besara.

Él había visto que el amor así existía, sus abuelos habían estado casados y enamorados por casi cincuenta años hasta que su abuelo enfermó de cáncer y falleció. El dolor de su abuela tras la partida de su esposo había sido enorme. Cuando ella falleció poco tiempo después de un ataque cardiaco todos pensaron lo mismo, que su abuelita había muerto de la pena. Que no había soportado seguir sin el amor de su vida.

Él quería eso, quería alguien que lo amara. Con pasión, con locura y con cada fibra de su corazón.

Adrián sonrió al aceptar la cerveza que le pasó Gino.

—Pero mira quien viene aquí... —Le dijo Gino sacándolo de sus recuerdos.

Adrián vio acercarse a un hermoso hombre muy parecido a Gino. Era tal cual le gustaban los hombres: alto, moreno y con unos ojos vivaces y sonrientes.

—Hola primo. —Dijo el moreno acercándose a abrazar a Gino.

—¿Como estás Alex? —Le contestó Gino palmeando su espalda.

¿Alex? ¿Este monumento de hombre era Alex?

—Bien, con mucho trabajo en la universidad. —Le contestó Alex a Gino.

—Primo, te presento a Adrián. —Le dijo con una sonrisa que conocía bien.— Adrián él es Alex, ya te he hablado de él.

—Mucho gusto. —Le dijo dándole la mano a Alex. Su mano era fuerte pero cálida y le encantó la sensación de su piel.

—Así que tú eres el famoso Adrián. Gino se la pasa hablando de ti, que Adrián esto, que Adrián aquello, si no fuera tan puto con las mujeres habría jurado que estaba enamorado de ti. —Le dijo Alex con una sonrisa.

—¡Hey! —Le reclamó Gino.

Adrián rió con ganas, cada vez le gustaba más Alex.

—Tu primo tiene razón, no creo que haya una sola mujer en la facultad con la que no hayas tenido algo. —Confirmó Adrián.

—No es mi culpa ser tan guapo. Y que aún no aparezca la mujer adecuada.

—Para eso deberías dedicarles un poco más de tiempo, si las conoces solo una noche nunca encontrarás la adecuada. —Le dijo Adrián.

—Lo que pasa es que trata de demostrar que es todo un «macho». —Le dijo Alex remarcando la última palabra mientras palmeaba el pecho de su primo.— Tiene miedo que se le pegue lo gay. Ya le he dicho que se nace gay, pero no me hace caso.

—Ustedes dos son iguales, no pueden estar un momento sin hacerme blanco de sus burlas. Voy a buscar a Dani para que me defienda, es el único que te pone en tu lugar. —Replicó Gino apuntando a Alex.

Adrián sabía por todo lo que Gino hablaba de su familia que Dani era el mejor amigo de Alex.

—Está por allá. Se quedó saludando a mi hermana cuando llegamos. —Le dijo apuntando hacia el frente de la casa.

—Voy a buscarlo y de paso aprovecho de darles tiempo de conocerse. —Les dijo Gino con una sonrisa.

Sabía cuales eran las intenciones de Gino pero ahora que conocía a Alex no le molestaba, si podía pasar más tiempo con este encantador hombre sería más que feliz.

Alex le sonrió y Gino pensó era la sonrisa más linda que había visto.

—Mi primo no es muy sutil que digamos.

—Para nada. Hay que agradecer que no fuera más obvio aún, lleva varios meses queriendo presentarnos.

—Si, me lo dijo. Honestamente no me entusiasmaba la idea, pero parece que acertó esta vez.

Adrián sonrió feliz.

—¿Tampoco eres fanático de las citas a ciegas?

—Para nada, además me dijo que tú estabas loco por él y que como yo me parecía a él, te iba a gustar. No es un buen criterio aceptar conocer a alguien que está enamorado de tu primo.

—¿Te dijo eso? —Le dijo abriendo mucho los ojos, su cara de espanto provocó una sonora carcajada a Alex.

—Ja, ja, ja. La verdad si, creo que medio en broma, pero si me lo dijo.

—¿Te molestaría tener un primo menos? Porque creo que voy a matarlo. —Le dijo buscando a Gino con la vista.

—Te diría que tienes mi permiso, pero lo quiero mucho y echaría de menos sus tonteras.

—Si, yo también. —Cuando ubicó a Gino estaba conversando con un delgado y menudo joven, que miraba de reojo a Alex.— ¿Con quién está conversando Gino?

Alex miró rápidamente y sonrió cuando vio al hombre en cuestión.

—Es Dani, mi mejor amigo. —Le dijo con una sonrisa dulce, demasiado dulce si solo hablas de un amigo.— Te lo presentaré, si vas a estar cerca de los Morelli vas a necesitar conocerlo. Él es casi familia.

—Si, Gino me ha hablado mucho de él también. —Miró a Dani y notó que los miraba de reojo nuevamente.

De repente dos de los primos de Alex pasaron arrojándose papel picado, como ambos estaban en medio un poco de papel les cayó encima. Adrián se sacudió la cabeza y los hombros para limpiarse y Alex se rió de sus intentos.

—Nunca voy a poder sacarlo todo. —Le dijo.— Se pegan mucho con la estática.

—Espera, quédate quieto. —Le dijo Alex sacando un trozo que había quedado en su cara. Se había acercado más y estiró el momento para acariciar suavemente su mejilla.

El corazón de Adrián se desbocó, hasta que por el rabillo del ojo vio a Dani desplomarse al suelo. En el mismo segundo que Gino gritaba.

—¡Alex!

Alex se giró y cuando vio a Dani se puso pálido.

—¡Dani! —Dijo corriendo hacia su amigo.

Vio como Alex llegaba hasta Dani y lo levantaba como si no pesara nada, con Gino y Adrián siguiéndolo llevó a Dani a un dormitorio y lo recostó.

El amor con que Alex miraba a Dani era tan obvio que llegaba a enternecer. Sintió que se le rompía el corazón.

Alex estaba enamorado de su amigo.

—Dani. ¿Que pasó cariño? —Le dijo Alex acariciando la mejilla de Dani.

—Un choque... el aparato me dio un...

—Está bien, no hables, ya entendí. Voy a llevarte al hospital.

—No es necesario...

—No discutas conmigo, voy a llamar a tu mamá para avisarle. Gino, ¿puedes ir a buscar a la mamá de Dani y llevarla al hospital?

—No traje mi carro, vine con Adrián, pero voy a pedírselo a algún primo.

—Llévate el mío, puedo pedir a alguien que me lleve o irme en taxi. —Le sugirió Adrián.

—No, no te preocupes, hay varios carros a disposición, ya vuelvo. —Le dijo saliendo de la habitación.

—No hay teléfono aquí, voy a la otra habitación a llamar a tu mamá. —Le dijo Alex a Dani.

—Yo me quedo con él.

—Gracias. —Le dijo saliendo de la habitación y dejándolo solo con Dani.

Dani miraba a Alex con adoración. Era obvio que el amor de Alex era correspondido.

—¿Estás bien? ¿Necesitas que te traiga algo? —Le ofreció a Dani.

—No, gracias. Ya estoy mejor.

—¿Puedo preguntar que te pasó?

—Tengo un aparato conectado a mi corazón y cuando tengo arritmias me da un choque eléctrico para hacerlo reaccionar.

—No sabía que eso existía.

Dani lo miró un rato y luego le dijo con voz baja.

—Le gustas. Le gustas a Alex. —Dani trató que su voz sonara neutra, pero él sintió la nota de dolor en su voz.

—También me gusta, parece ser un buen hombre.

—Lo es, es increíble.

—¿Tú y Alex... tienen algo?

—¿A que te refieres?

—¿Novios? ¿Ex novios? ¿Son amigos con ventaja o algo así?

—¡No! Claro que no, solo somos amigos. Además no soy gay.

Vaya, el pobre si que estaba confundido. Era más que claro que era gay. O estaba muy profundamente escondido en el closet o tenía un serio caso de negación. Pobre Alex si Dani nunca se daba cuenta de su sexualidad.

—Puede que en estos momentos me odies por decirte esto. Pero deberías replantearte si de verdad te gustan las mujeres. ¿Estas cien por ciento seguro que no eres gay?

Dani lo miró casi con pánico antes de murmurar en voz baja.

—No soy gay.

Adrián pensó que iba a matar de un ataque al pobre hombre si lo seguía presionando.

En ese momento entró Alex y la mirada de Dani pasó a su amigo y luego a él. Adrián vio el miedo de Dani a que lo revelara frente a su amigo, así que solo le sonrió para tranquilizarlo.

—Tu mamá nos encontrará en el hospital, sostente de mí para que te cargue.

—Puedo caminar...

—Deja de discutir conmigo cariño. —Le dijo Alex con voz tierna.

Dani se afirmó del cuello de Alex y fue levantado con facilidad, apoyó su cabeza en el ancho hombro de su amigo y a Adrián le pareció que ahogaba un suspiro. Se sintió un completo intruso entre ellos dos.

En ese momento entró Gino con un par de llaves en la mano.

—El primo Giorgio me prestó su carro pero es una chatarra, tendré suerte si llego al hospital sin problemas.

—Yo te puedo llevar. —Le dijo Adrián.

—Puedes quedarte en la fiesta, no quiero arruinarte la noche.

—Las dos únicas personas que conozco aquí van al hospital. Prefiero ir contigo.

—Tienes razón. Vamos. —Le dijo Gino siguiendo a Alex.

Alex llevó a Dani hasta su carro y lo acomodó con cuidado antes de partir rápidamente al hospital. Adrián subió a su automóvil y Gino se acomodó en el asiento del pasajero.

—Bien, no me has dicho que te pareció mi primo. ¿Estoy equivocado o vi algo de onda entre ustedes?

—Tu primo es genial. En realidad es increíble. Pero no creo que quiera meterme allí en medio.

—¿En medio de que?

—¿En serio no viste lo mismo que yo vi? —La confundida mirada de Gino le dio la respuesta.— Tu primo está enamorado de Dani, ¿de verdad nunca te diste cuenta?

—No. Alex siempre dice que solo son amigos.

—Y le creo, pero eso no quiere decir que no lo ame. La forma en que lo mira y sonríe cada vez que lo ve... Tú eres mi amigo y yo no te miro así... —Se giró hacia Gino para mirarlo con molestia.— Aunque le dijeras a tu primo que estoy enamorado de ti, no te miro así.

—Ja, ja, ja. Solo lo dije bromeando. —Gino rió antes de ponerse serio de repente— Cielos, creo que tienes razón con respecto a ellos, ¿como no me di cuenta antes?

—Estabas muy cerca para notarlo, los has visto interactuar durante años, para ti es normal.

—Pobre Alex... Si Dani es hetero jamás va a corresponderle.

Adrián estuvo a punto de contradecirlo, Alex era correspondido de eso estaba seguro, pero Dani no había salido del closet y él no tenía derecho a contar un secreto que no le pertenecía.

—Con suerte, Alex tal vez encuentra el amor con otra persona. —Le dijo tratando de evitar el tema de Dani.

—Esa persona podrías ser tú.

—No lo creo. Honestamente pienso que solo terminaría con el corazón roto. Y ya tuve mi cuota de eso.

Samuel ya había hecho trizas su corazón y su autoestima, no se arriesgaría a enamorarse de un imposible. No era lo que quería.

Condujo su automóvil internándose en el tráfico nocturno sin poder quitarse de la mente la tierna escena entre Alex y Dani.

¿Por qué Samuel no lo había amado de esa manera? ¿Por qué nadie lo amaba de esa manera?

Diez años después...

Adrián estaba cansado. Conducía su automóvil casi en piloto automático a través de la ciudad, más concentrado en sus depresivos pensamientos que en el tráfico.

Desde hace un tiempo sentía que nada le satisfacía. Trabajaba y pasaba demasiado tiempo solo. El trabajo parecía ser lo único que llenaba su vacía vida.

Era casi doloroso volver cada noche a su departamento. Estaba considerando seriamente comprarse un perro. Quizás una mascota que se alegrara cuando llegara a casa haría que no se sintiera tan miserable.

Extrañaba las mariposas en el estómago que se sienten cuando recién conoces a alguien que te gusta. Quizás su corazón ya no funcionaba bien, tal vez un corazón solo puede aguantar una cierta cantidad de falta de amor, hasta que se atrofie permanentemente.

Hace casi un año que no salía con nadie, estaba cansado de coleccionar fracasos amorosos. Tenía un gusto horrible con los hombres, siempre terminaban engañándolo, rompiéndole el corazón o ambas cosas a la vez.

Tal vez su desánimo se debía a que había pasado demasiados años enamorado de un imposible, de Alex para ser más preciso. Después de conocerlo en la fiesta del primo de Gino, se habían vuelto a encontrar muchas veces y cada vez lo encontraba más encantador, más perfecto y más imposible.

Finalmente había estado en lo cierto con Alex y Dani. Sus amigos llevaban felizmente casados tres años. La ceremonia si bien solo había sido simbólica, había sido hermosa. La madre y la hermana de Alex habían hecho una sobria y elegante fiesta. Y la ceremonia había sido conmovedora, sus amigos se amaban tanto que hasta el más cínico habría entendido que aquello era total y absolutamente correcto.

Durante la ceremonia no había podido evitar las lágrimas, no porque sintiera que estuviera perdiendo a Alex, nunca lo había tenido, si no porque ese siempre había sido su sueño pero otros lo estaban viviendo. Él sabía que si algún día encontraba a alguien especial, querría una ceremonia similar.

La posibilidad de encontrar a alguien ahora le parecía más imposible que nunca. A su alrededor la mayoría de sus amigos estaban casados o en pareja. Incluso su mujeriego mejor amigo se había asentado. Gino se había casado con Elizabeth hace dos años y estaban esperando su primer hijo.

Se alegraba por Gino, su amigo era feliz, pero eso lo deprimía aún más. Mientras su amigo estaba en casa acompañado de su dulce esposa él iba a pasar otra maldita noche trabajando y solo.

No ayudaba que había escogido especializarse en derecho familiar, por lo que además de los casos de tuición y pensiones alimenticias, la mayoría de los casos que veía eran de divorcios. No solo se sentía solitario, además debía terminar con un matrimonio tras otro, semana tras semana.

Para empeorar su ánimo, cuando iba llegando a su departamento se dio cuenta que había dejado su computador portátil en la oficina y tuvo que devolverse.

Cuando cruzó las puertas del estudio jurídico que compartía con Gino y otros dos colegas, escuchó una música que venía de su oficina. Era extraño ya que todos se habían marchado a su hogar a esa hora.

¿Asaltantes?

Se acercó silenciosamente, la figura delgada de un joven cómodamente instalado en su escritorio y ocupando su computadora llamó su atención. La estridente música que sonaba era un rock pesado en... ¿eso era alemán?

El joven en cuestión era lindo, demasiado joven para él, pero lindo. El brillante cabello negro necesitaba urgentemente un corte y estaba totalmente despeinado, como si se hubiera pasado los dedos a través de el una y otra vez. Su vestimenta era de un universitario, jeans, camiseta negra con el logotipo de una banda musical y zapatillas deportivas. Complementaba todo una mochila en el suelo.

Se sintió un viejo verde, él ya había cumplido treinta y dos, y aquel muchacho definitivamente no tenía más de veintiún años. Llevaba demasiado tiempo solo si se estaba empezando a sentir atraído por jovencitos.

En el momento que el joven lo vio su reacción fue violenta. Saltó de la silla y casi cae al suelo antes de prácticamente pegarse a la pared que había detrás de él con su rostro vacío de cualquier rastro de color.

—Hey tranquilo... —Le dijo levantando las manos para no asustarlo más.— Esta es mi oficina. Soy socio del estudio. Olvidé mi computador portátil, es ese en el que estas trabajando.

El joven no se relajó ni una gota con su explicación, no ayudaba que la música estaba sonando fuerte, un sonido metal muy fuerte.

—Mira yo también me asusté de ti cuando escuché la música, por mi tú podrías ser un asaltante, estuve a punto de llamar a la policía.

—No soy un asaltante. —Le dijo entre nervioso y ofendido.

—Bien te creo, ahora créeme que yo tampoco. Soy un respetable abogado, que solo quiere su computadora.

Se relajó un poco, antes de hablar suavemente.

—Soy el técnico de las computadoras, estoy cargándole un antivirus a su computadora.

—Mi nombre es Adrián, Adrián Abreu. —Le dijo acercándose y estirando la mano.

—Xavi... Xavier Vendrell. —Le dijo estrechando su mano. Era una mano cálida y no pudo evitar sonreírle.

—Lamento haberte asustado.

—No se preocupe, aquí suele estar solitario y me sorprendió verlo.

—Por favor háblame de tú, o me harás sentir más viejo de lo que soy.

—No es viejo... quiero decir no eres viejo. Solo debes ser unos años mayor que yo. —Le dijo mientras bajaba el volumen de la música.

—Eres muy amable al decir eso, pero lo dudo.

—No, es en serio, tengo veintiséis, casi veintisiete pero me veo menor. Mi mamá dice que es porque me visto como adolescente, ella sería feliz si me vistiera con traje igual que tú.

—¿Veintiséis? ¿En serio? Entonces solo tengo seis años más que tú.

—Ves, no es tanto. —Le dijo con una sonrisa.

Volvió a mirar más detenidamente a Xavier, no se veía tan joven como creyó al principio, aun así no representaba los veintiséis. De cerca podía ver que tenía varias cicatrices en su linda cara, una en la mejilla, una en el labio y otra en la ceja. Un accidente probablemente.

—¿Vas a demorarte mucho? —Le preguntó para interactuar un poco con él.

—No, dame unos minutos y termino. Cada cierto tiempo vengo a actualizar los antivirus y a veces agregar más memoria, ya sabes, cosas de computación.

—No sabía, ¿desde cuando haces eso?

—Dos años. Gino... el señor Morelli me contrató. Generalmente tu computadora no está, así que aproveché de limpiarla y actualizar el antivirus.

—Gracias. Nunca nadie me comentó que había alguien que hiciera eso.

—Suelo venir cuando todos se han marchado para no interrumpir el trabajo habitual. —Le dijo con su blanca sonrisa, haciendo que la cicatriz de la mejilla se notara aún más.

Adrián sintió mariposas en el estómago al ver la linda sonrisa de Xavier.

¿Mariposas en el estómago?

Xavi estaba parloteando como un escolar. ¿Se escucharía tan tonto como pensaba? No estaba acostumbrado a tener compañía cuando trabajaba y menos con hombres como aquel.

Adrián era bello, muy bello, su cabello claro brillante con un corte de pelo que lo hacía avergonzarse de su enmarañado y largo pelo oscuro. Y esos ojos... los más verdes que hubiera visto nunca.

Hace mucho que no se sentía de esa manera al conocer a alguien.

El hombre le había dado un susto de muerte cuando lo vio en la puerta, pero era el hombre más guapo que veía en años. Había dicho que era seis años mayor, así que tenía treinta y dos.

Se maldijo internamente, daba lo mismo la diferencia de edades, ni siquiera sabía si el hombre era gay, no lo parecía, y eso era lo que más le gustaba.

Además aunque fuera gay no se iba a fijar en él, miró su atuendo desaliñado al lado de su ropa ejecutiva y sintió una distancia entre ellos del tamaño de un barranco. No, jamás se fijaría en él.

Adrián salió de la habitación con un "voy y vuelvo", y Xavi aprovechó de mirar su trasero cuando salía. Maldición, además de todo tenía un lindo y apretado trasero. Regresó con un par de coca colas sin azúcar y le dio una. Él siempre las bebía normal, pero se la agradeció de todas formas. Le habría aceptado vinagre si se lo daba con esa sonrisa.

Se sentó al otro lado del escritorio y se estiró con gesto cansado. Adrián era delgado y no era muy alto, probablemente él era unos centímetros más alto, pero el abogado tenía hombros anchos y manos grandes y fuertes.

Santo cielo, debía dejar de comérselo con los ojos o lo iban a despedir por acoso sexual.

—¿Que es lo que escuchas? —Le preguntó Adrián.

—Rammstein... es una banda alemana de metal industrial, me gusta escuchar música cuando trabajo.

—Me suena el nombre pero no creo conocer ninguna canción. No es la clase de música que escucho.

—¿Que te gusta escuchar?

—De todo, pero mucho menos ruidoso. ¿Entiendes lo que cantan?

—No, para nada, no hablo alemán. Solo me gusta el sonido. He bajado algunas traducciones de internet, tocan unos temas... interesantes.

—¿Interesantes? ¿Sabes que dice esa que está sonando?

Era "Büch Dich"

—Si, se traduce algo así como "Inclínate"...

—¿Como una reverencia o algo así?

—No en realidad, la canción habla sobre sadomasoquismo y dominación sexual...

Adrián había elegido ese momento para beber un sorbo de su refresco y con la impresión la bebida se le atragantó y se ahogó.

—¿Estás bien? —Le dijo acercándose a palmear su espalda. Se sentía muy bien tocarlo, lamentablemente tenía un efecto directo sobre su entrepierna, así que dejó de hacerlo rápidamente.

Cuando Adrián se recuperó le dijo con una sonrisa:

—Nunca hables de sadomasoquismo y dominación sexual cuando alguien esté bebiendo, hiciste que se me fuera por la nariz.

—Lo siento. —Se puso rojo de la vergüenza y volvió a sentarse.

—Está bien, pero no se si quiero saber de que habla la que está sonando ahora. —Le dijo con una sonrisa.

Maldición era "Küss mich".

—Oh no, por favor no me hagas decírtelo. —Le dijo ruborizándose

136

de nuevo.

—No puede ser peor que la otra.

—¿Quieres apostar? —Adrián lo miraba esperando una respuesta— Es sobre... una mujer que desea que le hagan sexo oral, pero nadie lo hace porque es muy fea...

Adrián lo miró un momento antes de comenzar a reírse. Una ronca y linda risa que lo contagió. Se rieron un buen rato hasta que el abogado logró recuperar la voz.

—¿Estás hablando en serio? —Le preguntó mirándolo con sus lindos ojos verdes.

—Si, absolutamente. —En ese momento el programa del antivirus terminó de correr y sintió una punzada de decepción, le hubiera gustado pasar más tiempo con él.— Ya terminé con esto.

—¿Vas a hacer lo mismo en algún otro computador?

—No, tu máquina era la última. Ya me voy a mi casa.

Xavi apagó la moderna computadora de Adrián y se la entregó, antes de meter los discos y sus cosas en su mochila.

Suspiró para sus adentros. Había sido lindo conocerlo.

Adrián no quería que se fuera, hace mucho que no pasaba un momento tan agradable con alguien, hace mucho que nadie le hacía sentir de esa manera. De solo recordar la firme mano en su espalda cuando lo tocó lo hacía excitarse. Se dio cuenta que estaba rogando que Xavier fuera gay.

¿Que tenía aquel hombre que lo hacía reaccionar así?

Cuando entraron al ascensor, Adrián tuvo que contenerse las ganas de abrazarlo y besarlo. Marcó el subterráneo y Xavier la recepción.

—¿Donde dejaste tu automóvil?

—No vine en automóvil, tomé el metro.

Eran un poco más de las nueve de la noche, aún era temprano, pero no quería que tomara el metro.

—¿Quieres que te lleve?

—No es necesario. No vivo demasiado lejos.

—No es molestia, en serio, me gusta conversar contigo.

Cuando el ascensor se detuvo en la recepción, Xavi pareció dudar.

—Me encantaría pero... pero...

—¿Temes que sea un psicópata o algo así? —Xavi lo miró y Adrián notó que era eso, desconfiaba de él por ser un extraño.— ¿Quieres llamar a Gino para conocer mis antecedentes?

—No es necesario... —Le dijo, pero seguía nervioso, así que sacó su teléfono y llamó a Gino.

—Aló —La voz profunda de Gino le contestó enseguida.

—Gino, estoy con Xavier, tu técnico de las computadoras. Me ofrecí a llevarlo a su casa, pero tiene miedo de que sea un discípulo de Hannibal Lecter y lo corte en trocitos, así que por favor habla con él.

Le pasó el teléfono a Xavi y lo dejó hablar hasta que le devolvió el aparato.

—Quiere hablar contigo. —Le dijo Xavi.

—Dime.

—Así que vas a llevar a Xavi a su casa... —Le dijo Gino en un tono de voz que él conocía bien.

—Si, ¿tienes algún inconveniente? —Se alejó un poco por si Gino salía con alguna de sus idioteces.

—Ninguno, es un gran niño. Ya le dije que eres inofensivo, así que cuídalo o me veré obligado a patearte el trasero.

—No es un niño, es un hombre. Además no podrías patear mi trasero aunque quisieras, eres más grande pero te dejaste estar desde que te casaste.

—No te voy a negar eso. Elizabeth es una gran cocinera, además prefiero pasar las tardes con ella que en el gimnasio.

—Nos vemos mañana. —Le dijo mientras volvían a entrar al ascensor para ir al subterráneo.

—Antes de que cuelgues, hay algo que debes saber. —Le dijo Gino con un tono burlón.

—¿Que cosa? —Le dijo mientras apretaba el botón del subterráneo.

—Para tu información... Xavi es gay. —Le dijo Gino antes de cortar.

Xavi era gay.

No pudo evitar la enorme sonrisa que se dibujó en su cara.

Cuando subieron a su automóvil notó que Xavi seguía nervioso, le preguntó donde vivía y como llegar. En cuanto el carro salió del estacionamiento a la calle, Xavi apretó sus manos y se puso aún más tenso. Miró las cicatrices de su cara, debió haber sido un feo accidente, el pobre todavía estaba traumado.

—Relájate, soy buen conductor, además no iré rápido. —Le dijo para calmarlo.

—Todo lo contrario, preferiría que te apuraras.

—¿En serio? Quizás si conversas conmigo te distrae y te relajas un poco. Cuéntame que haces además de invadir oficinas de noche y escuchar música pornográfica alemana.

Xavi se rió y se relajó un poco.

—Trabajo de lunes a viernes en un centro de llamadas, doy asistencia técnica telefónica.

—¿No te ponen problemas por la ropa informal?

—Para nada. Nadie nos ve. Mientras atiendas a los clientes bien, no importa como te vistas. De hecho soy uno de los que se viste normal. Tengo compañeros de trabajo que son góticos, emos...

Adrián había visto a algunos muchachos en la ciudad con esos estilos, pelos cayendo sobre la cara de costado, mechones de colores, mucho maquillaje, piercings, al lado de ellos, Xavi vestía de lo más clásico.

—¿Te gusta trabajar allí?

—Me gusta el ambiente de trabajo, pero el trabajo en si, no mucho, puede ser muy monótono y la gente a veces llama por cosas muy estúpidas.

—Puedes buscar otro trabajo.

—Si, lo he intentado pero es complicado... además esto tampoco es lo que más me gusta.

—¿Y que te gusta?

—Me gusta programar. Estudié ingeniería informática, pero lo dejé en el último semestre.

—¿Por qué?

—Pasé un tiempo en... en...

—¿El hospital?

—Si, estuve casi dos meses hospitalizado. —Le dijo poniéndose nervioso.

—¿Que te pasó?

—Preferiría no hablar de eso.

—Está bien. ¿No has pensado en retomar tus estudios? Si solo te faltó un semestre...

—No, ya no quiero, es... complicado.

Cuando detuvo el automóvil frente a la casa que le indicó, miró a Xavi y notó que recién en ese momento se relajó.

—En casa, sano y salvo como prometí. Linda casa.

—Es de mis padres. Gracias por traerme.

—Xavi... Me preguntaba si te gustaría salir conmigo alguna vez. Podríamos ir a cenar o a beber algo.

Xavi lo miró y sonrió.

—Me encantaría decir que si. Me gustas mucho en realidad, pero no creo que sea buena idea.

—¿Por qué no? Tú también me gustas. ¿Que podemos perder?

—Yo... no estoy bien, no he estado bien en mucho tiempo y creo que no sería justo para ti, es mejor que no pierdas el tiempo conmigo. —Le dijo abriendo la puerta.— Gracias de nuevo, por todo.

Adrián estaba buscando alguna excusa para alargar el momento. Tenía la sensación de que no debía permitir que Xavi saliera de su vida. Para su sorpresa, antes de bajar el tímido joven se volvió hacia él y le dio un suave beso en la boca, el delicioso calor de los labios de Xavi casi lo hace gemir.

Cuando sus labios se separaron Adrián lo atrajo hacia a él y volvió a besarlo, pero esta vez el beso no fue nada suave. La dulce boca de Xavi se abrió para él y le abrazó el cuello profundizando el ardiente beso. Adrián acarició su cara, jamás pensó terminar la noche así, con un lindo hombre en sus brazos. Antes de que se diera cuenta Xavi terminó el beso, se bajó del automóvil y corrió hacia la casa.

Adrián se quedó helado donde estaba.

¿Que acababa de suceder?

Xavi subió corriendo las escaleras hacia su dormitorio y miró por la ventana el automóvil de Adrián cuando se alejaba lentamente.

Se arrojó de espaldas sobre la cama suspirando. Lo había invitado a salir, aquel hermoso hombre lo había invitado a salir. Y él lo había rechazado.

Se maldijo por ser tan idiota. Si no estuviera tan cagado de la cabeza habría aprovechado la oportunidad de pasar más tiempo con Adrián.

Pero cuando le había preguntado sobre su accidente, todos los recuerdos se le vinieron encima. Era verdad lo que le dijo, él no estaba bien, hace mucho que no estaba bien. Su vida se había congelado cuatro años atrás y parecía que no había nada que pudiera descongelarla.

Hace más de cuatro años que no salía con nadie, aún peor, hace más de cuatro años que no salía de su casa para otra cosa que no fuera trabajar.

No podía dejar de pensar en la invitación de Adrián. En el trabajo había varios chicos que eran abiertamente gays así que había recibido algunas invitaciones en el último tiempo, siempre las rechazaba, pero nunca se había arrepentido tanto como ahora.

Todavía podía sentir su corazón acelerado y no era por haber corrido, era por los besos que había compartido con Adrián. Le había dado el primero pensando que sería el único recuerdo que podría tener del lindo abogado, pero no solo le devolvió el beso, si no que además le devoró la boca. Si solo los besos le provocaban aquello no quería ni imaginarse lo que le haría en sus brazos, abrazándolo, tocándolo...

Maldición, ¿y ahora como iba a bajar a cenar con una erección?

3

Al día siguiente Adrián no podía sacarse de la cabeza a Xavi. No era solo que no entendía que lo hubiera rechazado, simplemente no podía dejar de pensar en su dulce sonrisa. Todavía sentía calor donde los labios de Xavi lo habían besado.

Se había pasado la mañana en una reunión y en cada momento libre había estado pensando en él. ¿Que diablos le estaba pasando? No era un adolescente para actuar de esa manera.

Decidió dejar de comportarse como un niño y tomar el toro por las astas, aunque para eso tuviera que recurrir a su peor pesadilla y cupido infernal.

Gino.

Su amigo siempre estaba tratando de emparejarlo con alguien y cuando le pidiera el teléfono de Xavi de seguro que iba a recibir más de un comentario.

Golpeó suavemente y entró en la oficina de Gino.

—¡Hola! —Le dijo su amigo con una sonrisa de oreja a oreja.— ¿Y como te fue anoche con Xavi?

Levantó lo hombros quitándole importancia.

—Solo fui a dejarlo a su casa.

—¿Nada más?

—¿Que querías? ¿Que lo sedujera en el carro?

—Oh vamos, lo noté en tu voz anoche. Xavi te gustó, admítelo. Es tu tipo, moreno, lindo, muy dulce, simpático, responsable y divertido. Además...

—Ya detente, ¿que estas haciendo? ¿Tratando de convencerme? Se que es lindo, es muy lindo y me gustó mucho, ¿satisfecho?

—¿Y entonces por qué no lo invitaste a salir?

—¿Quien dice que no lo hice? —Gino sonrió satisfecho.— Pero me dijo que no, así que no te alegres tanto.

—¿Que? ¿Por qué?

—Dijo algo sobre que no estaba bien, y que no sería justo para mí. ¿Sabes si tiene alguna enfermedad o algo?

—Maldición. —Le dijo Gino tirando su lápiz sobre el escritorio.— Nada físico pero es agarofóbico.

141

—¿Agarofóbico? ¿Que es eso?

—Es lo contrario a la claustrofobia, no soporta estar en lugares abiertos, con mucha gente, se siente seguro en lugares cerrados. Apenas y sale de su casa para trabajar.

—Pero me dijo que tomó el metro. ¿Como soporta el metro?

—Con mucho esfuerzo. Una vez se lo pregunté, se pone audífonos con la música muy alta, escucha siempre rock pesado, dice que le ayuda a aislarse. Ya no está en la etapa más seria. Estuvo meses sin salir de su casa. El que aceptara venir al despacho a revisar las computadoras fue un gran logro, pensé que ya estaba saliendo de eso.

Ahora tenía sentido lo tenso que estaba en el automóvil cuando salieron a la calle.

—¿Eso no tiene cura?

—Supongo que con terapia. Estuvo tratándose hace unos años, pero lo dejó. ¿Eso te hace perder el interés en él?

¿Lo hacía? No, ni un poco. Si Xavi necesitaba estar encerrado para sentirse bien, con gusto se encerraría con él. De hecho varias interesantes y sexys ideas se le venían a la mente al pensar en encerrarse con Xavi.

—¿Me darías su número de teléfono? —Levantó la vista para ver a Gino con una gran sonrisa anotando el número de Xavi en un papel.

—Quieres dejar de sonreír de esa forma. —Le dijo quitándole el número a Gino.

—No la vas a tener fácil con Xavi. Me refiero a que si logras que acepte salir contigo vas a tener que pensar en algo que no lo agobie.

—Podría cocinarle algo en mi departamento.

—Te va a decir que no, va a pensar que lo único que quieres es llevártelo a la cama.

—Pero no... —Bueno si quería eso, pero no tenía apuro.— ¿Entonces que diablos hago?

—Ni idea, pero solo te voy a decir algo. Xavi es un buen hombre, si decides intentar algo con él, más te vale tratarlo bien. Ha pasado por mucho en su vida y merece ser feliz, así que si lo haces sufrir te las verás conmigo. —Le dijo muy serio.

Adrián miró a Gino con asombro.

—¿No se supone que soy tu mejor amigo? ¿No deberías estar preocupado de que él me haga sufrir? Con mi historial amoroso de seguro me deja con el corazón roto.

—No lo creo. Él no es como el resto de los idiotas con los que has salido.

En eso estaba de acuerdo con Gino. Xavi definitivamente no era como el resto de los idiotas con los que había salido

Xavi todavía se castigaba mentalmente por haber rechazado la invitación de Adrián. La sensación de haber cometido una estupidez era cada vez más intensa. ¿En que había estado pensando?

Estaba frente a su computador el jueves en la noche, navegando en internet. Había googleado a Adrián, estaba leyendo sobre él y suspirando con una bella foto del abogado cuando sonó su teléfono. Número desconocido.

—Aló.

—¿Xavi? —La voz profunda de Adrián al otro lado de la línea hizo saltar su corazón. No podía ser él. Su primer pensamiento fue que Adrián sabía que lo estaba googleando, pero eso era imposible.

—¿Adrián?

—Si. ¿Estás ocupado?

—No, solo estaba... no hacía nada... quiero decir si, pero... —Respiró profundo para calmarse. ¿Que diablos pasaba con él?— Lo siento, no estaba haciendo nada importante.

—Está bien, yo también estoy nervioso. ¿Como has estado?

—Bien. —*Mucho mejor ahora, pensó.*— No esperaba que llamaras.

—Le pedí tu número a Gino. ¿Está bien o quieres que corte?

—No. Quiero decir no cortes, me agrada hablar contigo.

—No sabía como recibirías mi llamada, después de tu rechazo del otro día.

—No sabes como me he arrepentido de eso.

—¿En serio?

—Si, es que... Lo que te dije es verdad, tengo problemas y...

—Gino me contó. Está bien, podemos tratar de hacer algo juntos sin agobiarte.

—¿Que te contó? —Tenía el corazón en la garganta, ¿Que tanto le había contado Gino?

—Me dijo que te agobian los lugares abiertos y con muchas personas. Así que estuve pensando a que lugares podríamos salir, y pensé que a lo mejor te gustaría ir al cine porque es cerrado, pero leí en internet que te podía dar un ataque de pánico. Así que luego pensé en que mejor podría cocinarte algo en mi departamento, y antes que digas nada, no pretendo aprovecharme de la situación. Solo quiero cenar contigo para conocernos un poco más.

Que considerara su situación le tocó el corazón. Si le decía que no por segunda vez, sabía que se arrepentiría por el resto de su vida.

—Podríamos intentar lo de tu departamento.

—Perfecto. ¿Te parece bien el sábado? Puedo ir a buscarte.

—El sábado está bien, pero dame la dirección, puedo llegar solo.

—Anota.

Le dio la dirección y la escribió en una libreta, su corazón latía emocionado. Iba a volver a ver a Adrián, mejor aún, iba a cenar con él.

Al día sábado Adrián se tomó la tarde para preparar una comida perfecta para Xavi. Habían estado hablando por teléfono cada vez que podían y se sentía cada vez más conectado con él. ¿Cuanto hacía que no se sentía tan emocionado con alguien? Cuando finalmente Xavi tocó a su puerta, corrió feliz a abrir, era ridículo si pensaba que apenas y se conocían pero extrañaba verlo.

La visión de Xavi lo hizo sonreír, se había cortado el pelo un poco y estaba casualmente peinado, vestía una camisa negra y unos pantalones cargo oscuros. No era tan formal como un traje, pero tampoco tan informal como los jeans y camisetas. Le emocionó que Xavi se arreglara para él.

—¡Hola! —Lo saludó con una sonrisa y no pudo evitar darle un suave beso en la boca.

—Hola. —Le dijo Xavi sonrojado con el beso.— Vaya huele muy bien.

—Gracias, por favor pasa. —Le dijo abriendo la puerta para que ingresara.

—Te traje algo. —Le dijo entregándole una botella de vino.— No entiendo mucho de vinos, pero mi papá me ayudó a escogerlo y dice que es bueno.

—No tenías que preocuparte.

—Es lo menos que puedo hacer, tú hiciste toda una comida.

—No es tan difícil, estoy acostumbrado a cocinar y me gusta. ¿Sabes cocinar? —Le dijo guiándolo a la cocina.

—Nada. Ni siquiera sé freír un par de huevos.

—¿En serio?

—Si, soy el típico caso del hijo único malcriado. Mi mamá hace todo por mí, creo que nunca ni siquiera he arreglado mi cama.

—Bueno, yo habría sido igual, pero mi mamá me obligó a aprender.

—Que bueno que tu mamá fuera tan moderna.

—Al contrario, es horriblemente anticuada y machista. Somos tres hermanos, yo soy el menor y el único al que le enseñó a cocinar. Mi mamá siempre fue dueña de casa, y vivía para cuidarnos a mi papá y a nosotros. Creo que esperaba que encontrara una mujer igual a ella que me cuidara y se preocupara por mí. Pero cuando se enteró que era gay, insistió en que aprendiera a cocinar. Supongo que creyó que no encontraría un buen hombre que me cuidara.

—O sea que a mí jamás me hubiera aprobado.

—No ha aprobado a nadie hasta ahora, nadie le parece lo suficientemente bueno para su «niño». No ayuda que en el pasado tuve un gusto horrible en lo que hombres se refiere...

Xavi lo quedó mirando.

—Espero que no me consideres dentro de ese grupo.

—Definitivamente no. —Le dijo acercándolo para un beso.

Los labios de Xavi eran deliciosos, los tímidos brazos lo rodearon con cautela mientras abría los labios para profundizar más los besos. Xavi era solo unos centímetros más alto que él, así que cuando se abrazaron más fuerte sus cuerpos quedaron perfectamente encajados.

Cuando se separaron vio el lindo sonrojo de Xavi, le hubiera encantado llevarlo al dormitorio y hacerle el amor todo el fin de semana, pero notó que estaba nervioso.

144

—Vamos a comer o la promesa que te hice de no aprovecharme de ti se va a ir al diablo.

Xavi le sonrió y lo ayudo a servir la comida. Lo único que podía pensar viendo a Xavi moverse por su departamento, era que lo quería con él por mucho tiempo.

La comida había estado increíble y la compañía Adrián la había hecho aún mejor.

—Oficialmente eres el mejor cocinero que conozco. —Le dijo con una sonrisa siguiéndolo a la sala.

—Gracias, me alegra que lo disfrutaras. —Le dijo sentándose en el gran sofá e indicándole que se sentara cerca.— ¿Puedo preguntar que tan terrible es para ti salir a comer afuera?

—No lo he ni siquiera intentado. Es la primera vez que salgo con alguien en más de cuatro años. ¿Que patético que soy no? —Le dijo bajando la mirada avergonzado.

—Yo te gano. No tengo agarofobia y esta es mi primera cita en casi un año.

—¿Por qué? No creo que tengas problemas para conseguir a alguien.

—No, pero estaba cansado de las malas relaciones, de sentir que solo perdía el tiempo cuando salía con alguien. No había sentido ganas de volver salir con nadie, hasta que te conocí.

—¿Por qué yo? —Xavi se lo había preguntado varias veces. Su cara era un desastre con sus cicatrices, no era atlético, se vestía mal y todavía vivía con sus padres. ¿Por qué Adrián quería estar con él cuando podría estar con cualquier otro que fuera mucho mejor partido?

—No lo se. Ayuda que eres muy lindo, me haces reír y creo que pude ver que tú te sientes tan solo como yo. —Adrián tomo su mano y la acarició.— Así que aquí estamos.

Si no tenía cuidado se iba a enamorar de Adrián, no podía decirle algo así y esperar que no se enamorara de él. Era verdad que se sentía solo, devastadoramente solo. Después de su accidente los pocos amigos que se quedaron a su lado, él se había encargado de alejarlos.

Miró al lindo abogado y sintió miedo, enamorarse de Adrián pondría su vida de cabeza, además no había ninguna posibilidad de que Adrián lo quisiera con él si supiera cuan arruinada estaba su vida.

—Ya es tarde, creo que es mejor que me marche. —Le dijo tratando de huir de los sentimientos que empezaban a abrumarlo.

—No es tan tarde, quédate otro rato. Yo te iré a dejar, así que puedes quedarte todo lo tarde que quieras. Podemos ver una película o solo conversar.

¿Como podía decirle que no si lo miraba con esos ojos?

—Una película suena bien. ¿Cuales te gustan?

—Elige la que quieras.

Adrián tenía una colección de películas antiguas, que no eran nada de su gusto. Pero también tenía muchas de acción, que si estaban muy bien. Eligió "The Matrix". Ver a Keanu Reeves dando patadas le levantaba el ánimo a cualquiera.

—Esta. —Le dijo con una sonrisa.

Pusieron la película y Adrián prácticamente se acostó en el gran sofá negro que tenía. Abriendo los brazos le indicó que se recostara junto a él. El temor que siempre lo acompañaba lo hizo temblar, pero miró al lindo hombre en el sofá y se arrimó junto a él.

Este hombre era distinto. Era Adrián.

—Estás temblando. —Le dijo Adrián acariciando su espalda.

—Estoy nervioso.

—Siempre cumplo mis promesas, y prometí ser un caballero contigo.

Xavi quería pedirle que no fuera un caballero, pero el miedo era más fuerte que la necesidad de sentirlo. Puso su cara en el hombro de Adrián y tembló aún más fuerte.

—Hey tranquilo cielo. ¿Estás bien?

No, no estaba bien, por primera vez en años le pesaba no estar bien.

—Lo siento. —Le dijo aún temblando.

—Shh tranquilo. —Le dijo acariciándolo dulcemente.— Solo veremos la película ¿bien?

Asintió y trató de enfocarse en la película mientras la mano de Adrián acariciaba suavemente su espalda. Poco a poco comenzó a relajarse. Dejó de ver la pantalla y cerró los ojos concentrándose en el tacto de Adrián. Se sentía tan bien que lo tocara. ¿Que sentiría si lo tocaba así debajo de su camisa? No pudo evitar suspirar.

Abrió los ojos para mirar los de Adrián y una sonrisa se dibujó en el hermoso hombre.

—La película está hacia adelante, si sigues mirándome así me olvidaré de mi promesa.

No podía dejar de mirarlo. ¿Era su subconsciente pidiéndole a gritos que dejara a Adrián tocarlo?

Finalmente Adrián se giró a mirarlo.

—Te lo advertí. —Le dijo con una sonrisa antes besarlo.

Xavi abrió su boca para profundizar el beso y se abrazó a Adrián. Por un momento se olvidó del miedo y se dejó llevar. Sentir las manos del abogado en su cuerpo era increíble y no pudo evitar gemir cuando Adrián acarició uno de sus pezones a través de la tela de su camisa. Volvió a temblar cuando poco a poco el miedo volvía a invadirlo.

En ese momento Adrián levantó un poco su camisa y le acarició la espalda y el miedo volvió a retroceder dándole paso al placer, él también levantó su camisa y tocó la suave piel de Adrián. Podía sentir sus erecciones rozarse suavemente hasta que Adrián lo tomó de la cadera y lo acercó más, no pudo evitar gemir más fuerte aún al sentir el duro pene de Adrián.

Lamentablemente Adrián escogió ese momento para girarlo y ponerse sobre él. Y el miedo volvió llenando toda su mente y alejando el placer.

—¡No! —Le dijo con miedo.

—¿Que pasa cielo?

—No... No puedo.

—Está bien. —Le dijo poniéndolos de lado.— Lo siento, te dije que esperaría y me porté como un idiota.

—No, es mi culpa, lo siento. —Le dijo abrazándolo.— Lo siento tanto.

No era culpa de Adrián. Era su culpa. Era él el que estaba mal. Y solo era cuestión de tiempo antes de que Adrián se enterara que tan mal estaba y lo dejara. Pensar eso le dolió. Con el poco tiempo que lo conocía, se le había metido con fuerza bajo la piel y lo que era peor, en su corazón.

Adrián se despertó desorientado. Estaba en el sofá solo. Escuchó la voz de Xavi hablando por teléfono a unos metros de él.

—No mamá, ya es tarde y voy a quedarme aquí... No me siento capaz de tomar un taxi, ya sabes como me ponen... No, él se ofreció a llevarme pero se quedó dormido y no quiero despertarlo... No mamá, no lo agoté con sexo, nos quedamos dormidos viendo una película... —Adrián tuvo que aguantarse la risa.— Mamá basta ¿desde cuando te importa tanto mi vida sexual? Está bien, te veré mañana, yo también te amo.

Cuando colgó, Xavi se dio cuenta que estaba despierto.

—Lo siento no quería despertarte, pero si no le aviso es capaz de llamar a la policía y reportarme desaparecido.

—¿Tu mamá cree que me agotaste con sexo? —Le dijo con una sonrisa.

—Lamento que escucharas eso, también me recomendó que usara condones. Adrián, en cuanto al sexo...

—No te voy a presionar. Cuando era joven le pedí a un par de novios que me esperaran para tener relaciones, así que si quieres esperar, lo entiendo.

—¿Y esos novios fueron comprensivos?

—No, me abandonaron.

—¡Que idiotas!

—Así es, tuve novios muy idiotas. ¿Así que te vas a quedar?

—Puedo dormir en el sofá.

—Claro que no, vamos. —Le dijo tomándolo de la mano y llevándolo al dormitorio.

—Adrián...

—Podemos dormir en la misma cama sin hacer el amor, te prometí que esperaría hasta que te sintieras preparado y lo voy a cumplir, si quieres te presto un pijama, pero quiero despertar contigo. —Le dijo dándole un beso dulce.— ¿Confías en mí?

—Si. Si confío.

—Bien. —Le dijo sacándose la camisa por la cabeza.— Me dejaré la ropa interior solo por ti. ¿Quieres un pijama?

Le gustó ver que Xavi lo miraba con la boca abierta.

—No soy tan... como tú. —Le dijo tímidamente.

Se acercó a Xavi y lo besó antes de sacarle la camisa por la cabeza y acariciar sus brazos y su espalda. Era delgado pero su pecho y hombros eran anchos y una suave capa de vellos oscuros bajaba desde su pecho hasta su cinturón. Adrián estaba tentado de seguir el camino con la lengua hasta más abajo de su cintura. Pero había prometido ser un caballero.

—Me gustas tal cual eres. Y será mejor que te saques la ropa tú, si te la saco yo será demasiado para mi. —Le dijo con una sonrisa.

Adrián se sacó los pantalones y se metió en la cama. Mientras miraba a Xavi desvestirse vio que tenía una cicatriz en el estómago y otra en el antebrazo izquierdo, el mismo lado donde estaban las cicatrices de su cara. Quería preguntarle que accidente había tenido pero ya le había dicho que no quería hablar de eso, el pobre debió tener una larga y dolorosa recuperación.

Xavi también se dejó la ropa interior y se metió en la cama junto a él. Adrián lo atrajo hacia sus brazos y lo abrazó, estaba temblando nuevamente. Se preguntó el porqué de tanta timidez y nervios, no podía ser que a su edad no hubiera estado antes con un hombre en la cama.

—Xavi... ¿Eres virgen?

—No. Pero hace mucho tiempo que no estoy con nadie, demasiado tiempo.

—Está bien cielo. Iremos lento. A paso de tortuga si es lo que necesitas.

Xavi solo lo abrazó más fuerte y Adrián lentamente se quedó dormido.

El pecho de Adrián era tan cálido. Xavi nunca había hecho esto, nunca había pasado la noche completa abrazado a un hombre. Había tenido sexo, pero había sido sexo adolescente, rápido y sin significado. Estar en los brazos de Adrián era completamente diferente.

Cuando Adrián se sacó la camisa casi se traga la lengua. Era delgado pero bien tonificado, su hermoso y ancho pecho estaba cubierto de suaves vellos rubios, que en estos momentos le provocaban un delicioso cosquilleo en su mejilla. Su piel cálida le provocaba besarlo, pasarle la lengua lentamente por el pecho, lamer sus pezones y después bajar lentamente hasta...

Detuvo sus lujuriosos pensamientos antes de tentarse y llevarlos a la práctica. Si empezaba a provocarlo terminarían teniendo sexo y no creía poder hacerlo, no todavía.

Hace tanto que no deseaba a un hombre así, los últimos años no solo no había salido con nadie, apenas y se tocaba el mismo, ni siquiera le daban ganas de masturbarse. ¿Que tenía Adrián que lo hacía desearlo de esta manera?

148

Miró su rostro mientras dormía. ¿Podía ser que fuera aun más bello dormido?

Tocó su propio rostro sintiendo sus cicatrices. Pensó en el desastre en el que se había convertido su vida en los últimos años. Definitivamente conocer a Adrián era lo mejor que le había pasado en mucho tiempo.

¿Que diría Adrián cuando supiera de su pasado? ¿Cuando supiera donde había estado hospitalizado? Y lo que era peor cuando tuviera que contarle todo sobre su "accidente"...

Adrián despertó con la cálida sensación del cuerpo de Xavi pegado al suyo. Su oscuro pelo estaba despeinado en todas direcciones lo que lo hizo sonreír. Se acercó aún más para abrazarse a su espalda. Cuando le dio un beso en el cuello, Xavi se despertó y prácticamente saltó, quedando parado afuera de la cama.

—¿Estas bien? —Le preguntó extrañado.

—Si, lo siento no estoy acostumbrado a dormir acompañado. —Le dijo aún adormilado.

—Vuelve a la cama, apenas y estás despierto.

Xavi volvió a acostarse y se colocó el antebrazo en los ojos, viendo su pecho subir y bajar, Adrián se dió cuenta que lo hacía para calmarse.

—Lamento haberte asustado. —Adrián recordó el día que se conocieron, Xavi había tenido la misma reacción, debía ser parte de la agarofobia.

—No te preocupes, me asusto con facilidad. —Le dijo Xavi mirándolo.

—Lo se, voy a tener más cuidado.

—Yo también voy a tratar de no reaccionar así.

Xavi se arrimó a él y lo abrazó.

—¿Dormiste bien? —Le preguntó a Xavi.

—Si, fue raro, nunca había pasado toda la noche con nadie.

—¿Y te gustó?

—Si, pero la próxima vez no me despiertes así.

—Solo te di un beso, te veías demasiado lindo dormido y tuve que hacerlo. Ahora que estas despierto ¿ya puedo besarte?

—No... —Adrián lo miró y Xavi se puso la mano en la boca— Tengo mal aliento.

—No me molesta, ven acá. —Le dijo antes de besarlo suavemente.

Xavi abrió su boca profundizando el beso y el calor que sintió en su pecho era solo comparable con el que sentía donde su novio lo acariciaba.

¿Novio? ¿Ya consideraba a Xavi su novio? Si, le dijo su corazón. No dejaría escapar a Xavi.

Cuando lo acarició en el pecho y sus dedos apretaron sus pezones no pudo evitar gemir. Llevó sus manos a la cadera de Xavi y la acercó a la suya. Ambos estaban solo con la ropa interior, asi que podía sentir perfectamente su erección. Movió la mano y acarició el duro pene de Xavi a través del suave algodón.

Oh por Dios. Xavi estaba muy bien dotado. Tenía un miembro largo, el suyo probablemente era igual de largo, pero era más grueso, definitivamente más grueso que el suyo.

El gemido de Xavi le hizo saber cuanto le estaba gustando que lo tocara, así que intentó ir más lejos y le bajó un poco la ropa interior para poder tocarlo.

—Adrián... —Le dijo Xavi asustado.

—Sigo manteniendo mi promesa cielo, hasta que tu me digas que puedo romperla, pero mientras tanto puedo tocarte, y tu también si quieres. —Le dijo tomando su mano y llevándola hasta su duro pene.

—Ahh... —Gimió Xavi antes de comenzar a acariciarlo tímidamente. Y lentamente bajar su ropa interior.

Adrián quería gritar de alegría al sentir las suaves manos de Xavi sobre su erección, acercándolos más, lo besó en el cuello, lamiendo suavemente hasta su oreja.

—¿Se siente bien? —Le preguntó a Xavi.

—Si... Demasiado bien...

Adrián terminó de sacar la ropa interior de su novio y luego la suya. Xavi lo sorprendió al acercar más las caderas y colocando sus erecciones juntas, Adrián estaba a punto de correrse al sentir el duro pene junto al suyo y la suave mano de su novio acariciándolos.

Siguieron tocándose entre besos y gemidos hasta que Adrián no aguantó más. Era demasiado Demasiado caliente, demasiado delicioso, demasiado todo...

—Xavi... —Susurró con voz ronca cuando se corría en la mano de su novio.

Xavi parecía estarlo esperando porque se corrió inmediatamente después de él. Adrián lo abrazó sin importarle el desastre que dejarían en las sábanas. Lo único que quería era sentirlo más y más cerca. Lo besó y acarició su cara.

Al mirarlo parecía aturdido y algo avergonzado.

—¿Estás bien cielo?

—Sí. Es que... Te pido que no hagamos el amor y después me comporto así. Debes pensar que soy un...

—Solo pienso que eres maravilloso. Ambos necesitábamos lo que acaba de pasar, por favor no te arrepientas. Me romperías el corazón.

—No me arrepiento. Fue increíble, es solo que ha pasado tanto tiempo...

—Lo se cielo. —Le dijo besándolo nuevamente.— Para mi también.

Se quedaron abrazados disfrutando de estar juntos. Adrián no podía creer las vueltas de la vida. Hace una semana su desánimo casi lo tenía al borde de la depresión y hoy estaba abrazado a un muy dulce hombre que le hacía sentir que el futuro sería más brillante de lo que esperaba.

Xavi marcó el número de teléfono de Adrián con una sonrisa. Llevaban casi dos semanas saliendo. Por lo general su novio lo pasaba a buscar todos los días a su trabajo. Solían ir al departamento de Adrián, comían y casi siempre terminaban abrazados en el sofá besándose y acariciándose. Aún no le permitía a Adrián romper su promesa, pero se le hacía cada vez más difícil.

Su novio había tomado su agarofobia como un desafío y cada día lo hacía salir un poco más. Había encontrado un pequeñísimo y escondido restaurante italiano e hicieron el intento de comer fuera. Estuvo algo tenso y nervioso al principio, pero la compañía y apoyo de Adrián fueron vitales para él. El experimento había resultado exitoso, así que Adrián se la pasaba averiguando de lugares parecidos.

Aún había cosas que no le contaba a Adrián y la culpa se lo estaba comiendo. Sabía que debía hablarle de su pasado, pero si reaccionaba como él creía, lo iba a perder. Y no quería perderlo, su corazón no podría soportarlo.

Su teléfono solo alcanzó a marcar dos veces antes de que la ronca voz de Adrián le respondiera alegremente.

—Hola cielo.

—Hola, salí un poco antes del trabajo, estaba pensando ir a tu oficina, pero si estás ocupado...

—Siempre estoy ocupado, pero no perdería la oportunidad de verte. Ven para acá y cuando termine podemos ir a un restaurante de sushi pequeñito que encontré escondido en una galería, estoy seguro que te encantará.

—Nunca he comido sushi.

—Mejor aún, te introduciré en los placeres del pescado crudo... Vaya, eso no sonó nada bien. —Le dijo riendo.

—No mucho. Si quieres volvemos a ir al restaurante italiano.

—Insisto en el sushi, también tienen platos cocidos, así que puedes probar otras cosas.

—Está bien. Voy para allá. Un beso.

—Otro para ti, aunque cuando llegues aquí me los cobraré en persona.

—Encantado te los pagaré. Nos vemos. —Le dijo antes de cortar la comunicación.

Se puso los audífonos antes de enfrentar el viaje en metro. Odiaba viajar en transporte público, pero no se había atrevido a renovar su permiso de conducir. Además con su sueldo tampoco le iba a alcanzar para tener un automóvil.

Respirando profundo enfrentó la angustiosa sensación de salir a la calle, lo único que hacía más liviana la incomodidad era saber que estaría con Adrián en pocos minutos.

Su teléfono sonó y Adrián vio en la pantalla que era Alex. Esperaba sentir la sacudida que siempre sentía cuando Alex lo llamaba, pero nunca llegó. Recordó que Xavi lo había llamado hace media hora y si la había sentido. Sonrió al pensar en su novio y contestó la llamada.

—Aló.

—Vaya, Gino tiene razón, hasta aquí puedo sentir tu alegría. —Le dijo Alex alegremente.

—¿Que? ¿De qué estas hablando?

—Gino me contó que estás muy feliz últimamente y que tiene que ver con un lindo y guapo joven moreno.

—Tu primo es un entrometido al que aún no se porque aguanto. Lo del lindo moreno... Eso es verdad. —Le dijo con una sonrisa al pensar en Xavi.

—¡Bien por ti!

—¿Solo me llamabas para saber sobre mi lindo moreno o es para algo más?

—No soy tan entrometido. Bueno, quizás solo un poco, pero te llamé porque necesito un favor.

—¿De que tipo?

—Se que debes tener mucho trabajo para llamarte tan de improviso, pero eres el mejor abogado de derecho familiar según Gino.

—¿Necesitas ayuda legal?

—Si, pero es delicado y preferiría hablar en persona contigo.

—Por favor no me digas que te vas a divorciar... —Le dijo con tristeza en su voz. Si dos personas que se amaban tanto como Alex y Dani no lo lograban. ¿Que sería de los demás? ¿Que sería de su relación con Xavi?

—¿Divorciar? ¡No! ¡Por supuesto que no! Además recuerda que no estamos casados legalmente. —Le dijo Alex sonriendo.

—Lo siento, veo tantos divorcios últimamente...

—Te necesitamos para otra cosa. Con Dani podemos viajar cuando puedas recibirnos o puedes viajar con tu novio a la costa el fin de semana y quedarte con nosotros.

Pensó en pasar el fin de semana en la playa con Xavi y le gustó la idea. Pero no sabía si su novio aguantaría un viaje de dos horas sin un ataque de pánico.

—No se si Xavi podrá hacer el viaje.

—Si no puede, nosotros podemos viajar el sábado en la mañana si estás disponible.

—Me parece bien, déjame preguntarle a Xavi y te aviso que haremos.

—Gracias, espero tu llamada.

—No hay problema, nos vemos.

Colgó el teléfono y respiró preocupado. ¿Sería Xavi capaz de viajar? En el tiempo que llevaban juntos Xavi había sido capaz de superar varios obstáculos con él, pero tampoco quería empujarlo demasiado y un viaje así sería un gran paso.

Lo mejor sería preguntarle directamente. Si Xavi le decía que si, él estaría ahí en cada momento para apoyarlo. Pero si no se sentía preparado también lo entendería.

Entrar en estudio legal hizo sonreír a Xavi. En ese lugar se habían conocido con Adrián. Cuando saludó a la recepcionista y se encaminó hacia la oficina de su novio, su sonrisa abarcaba toda su cara. Golpeó suavemente y abrió la puerta despacio.

—Hola. —Le sonrió a Adrián que estaba revisando algo en su computadora.— Esta escena me parece familiar, pero me parece que la vez anterior yo estaba allá y tu acá.

Adrián le sonrió y le indicó que pasara.

—Nos falta Rammstein y el cuadro estaría completo. —Le dijo Adrián.

Xavi se acercó a besarlo y Adrián lo retuvo unos segundos alargando el beso. No se cansaba de los besos de Adrián, podía besarlo todo el día y nunca parecía ser suficiente.

—¿Que tal tu día cielo? —Le preguntó mientras Xavi se sentaba en la orilla de su escritorio.

—Horrible, el sistema estuvo intermitente todo el día hasta que finalmente se murió. Lo único bueno es que pude salir un poco antes, porque ya me estaban dando ganas de estrangular a alguien.

—Necesito unos minutos y termino, después podemos ir por el sushi.

—Okey. —Le dijo no muy convencido de ir a comer pescado crudo.

—Ah, lo olvidaba, hay otra cosa que quería decirte. —Le dijo tomando su mano.— Unos amigos necesitan una asesoría legal, pero viven en la costa...

—¿Vas a viajar? —Esperaba que fuera un viaje corto, le gustaba estar con Adrián, aunque se fuera unos días lo iba a extrañar.

—Puede ser, si es que quieres ir conmigo. Sería solo una noche, pero si no puedes hacerlo...

Xavi se quedó helado, había logrado salir a comer fuera, incluso había acompañado a Adrián a una tienda a comprar comida, pero un viaje de casi dos horas...

—No lo se. ¿Crees que pueda lograrlo?

Tiró de su mano y lo sentó en sus piernas antes de besarlo. Xavi levantó los brazos para aferrarse a su cuello.

—Yo creo que puedes hacerlo, estaré contigo cada minuto. Pero si no quieres no hay problema, mi amigo puede viajar.

—Podemos intentarlo. —Le dijo inseguro.— Pero no te molestes si a mitad de camino me derrumbo y tenemos que volver.

—Jamás me molestaría contigo por algo así, se que estoy estirando tus límites, y si en algún momento te quiebras será mi culpa no tuya.

Respiró profundo tratando de calmar su respiración, de solo pensar en el viaje se había acelerado. Adrián noto su nerviosismo y lo besó dulcemente.

Los labios de Adrián eran los más deliciosos que hubiera probado nunca. El hecho de estar en su oficina le daba la tranquilidad de que no llevarían las cosas más allá, así que se relajó en sus brazos y se entregó a sus besos y a sus deliciosas caricias.

Su novio comenzó a acariciarlo sobre la ropa suavemente, cuando apretó suavemente uno de sus pezones no pudo evitar gemir.

—Adrián...

—Si sigues haciendo esos ruidos deliciosos voy a ponerte sobre la mesa y a cogerte hasta...

Sus palabras fueron un balde de agua fría, se separó de sus brazos y se levantó rápidamente dejando a Adrián sorprendido.

—¿Qué...? ¿Qué pasa Xavi? —Le preguntó aún atónito con su reacción.

Xavi no podía hablar, había empezado a temblar y a sudar frío. Trataba de controlarse pero no podía, sentía que le faltaba el aire. Adrián se levantó y caminó hacia él. No pudo evitar retroceder hasta quedar pegado a la pared.

—¡No! ¡No! —Le dijo con miedo.

—Xavi... —Le dijo Adrián dolido con su reacción.

Sus piernas no aguantaron más y se deslizó al suelo apoyado en la pared. Se cubrió el rostro para no ver la cara de decepción de Adrián. A esas alturas temblaba totalmente fuera de control. Por un momento se olvidó que estaba en la oficina de Adrián y todo el peso del pasado le cayó encima.

Era el peor ataque de pánico que había tenido nunca.

Adrián todavía no se reponía de la reacción de Xavi, cuando lo vio desplomarse al suelo y comenzar a temblar como una hoja. Se quedó unos segundos congelado en donde estaba sin saber que hacer. Suavemente se acercó a él y lo abrazó.

—¡No! ¡No! —Xavi se retorcía y se trataba de zafar de sus brazos.

—Tranquilo cielo, estoy aquí. —Le dijo sentándose en el suelo y abrazándolo más firme mientras Xavi seguía retorciéndose.— Calma cielo, ya va a pasar.

Con su voz Xavi se calmó un poco y dejó de retorcerse. Siguió abrazándolo y hablándole hasta que comenzó a calmarse.

—Lo siento, lo siento... —Le dijo cuando estuvo lo suficientemente calmado para hablar.

—Está bien, no es tu culpa. —Le dijo sosteniéndolo y acariciando su espalda para que se tranquilizara.

—No me pasaba hace mucho tiempo. —Le dijo cuando estaba más tranquilo.

—¿Esto te dió porque te dije lo del viaje a la costa?

—Solo en parte, te advertí que no estaba bien. Lo siento tanto.

—Deja de disculparte. Olvida lo del viaje, no te haré pasar por esto de nuevo, podemos intentarlo más adelante.

—¡No! Quiero ir. Trataré de estar tranquilo. —Adrián le iba a decir que no, pero Xavi lo miró con sus lindos ojos.— Por favor, es importante para mi. No quiero seguir así Adrián, aunque sea difícil quiero hacerlo. Por favor...

—Trataremos, pero si te sientes mal, nos devolvemos enseguida.

Xavi apoyó la cabeza en su pecho y Adrián lo sostuvo mucho rato. La comparación era horrible, pero sentía que sostenía a un animalito herido.

¿Como diablos había llegado Xavi a este estado?

E l sábado en la mañana fue a recoger a Xavi a su casa. Por lo general dejaba a su novio en la puerta, pero hoy habían acordado que le presentaría a sus padres. No pudo evitar sentirse nervioso. Xavi le había asegurado que ellos aceptaban bien su homosexualidad y no les molestaba que tuviera novio en vez de novia.

Cuando la puerta se abrió un hombre mayor apareció en la puerta. No se parecía a Xavi, era alto y macizo y lo miraba atentamente.

—Buenos días...

—¿Tu eres el novio?

—Si señor. —Adrián le contestó.— Adrián Abreu, mucho gusto.

—Soy el papá de Xavi. —Le dijo estirando la mano para estrechar la de Adrián.— Xavier Vendrell padre. Adelante. —Le dijo dejándolo pasar y guiándolo a la sala.

—Tiene una linda casa señor Vendrell.

—Gracias. Así que Adrián, ¿cuales son las intenciones que tiene con mi hijo? —Le preguntó directamente.

—Oh, yo... Buenas, buenas intenciones, quiero decir, Xavi y yo somos novios y ya sabe... nos estamos conociendo.

—¿Van a pasar la noche juntos?

—Si, pero él ya ha pasado la noche conmigo antes... —Se sentía como si estuviera enfrentando a los padres de una novia adolescente en vez de los de un hombre hecho y derecho.

—Espero que estén usando protección.

—Oh no señor, Xavi y yo no...

—¿No están usando? ¿A tu edad no deberías ser más responsable? No quiero que le contagies nada a mi hijo.

—¡No! Lo que quiero decir es que Xavi y yo todavía no hemos... decidimos esperar.

—¿Esperar? ¿Esperar qué?

—¡Papá! —En ese momento Xavi entró en la habitación muy molesto.— ¿Como se te ocurre preguntarle algo así? Eso es algo personal entre Adrián y yo.

Se acercó y le dio un beso suave en los labios.

—Disculpa a mi papá, no tiene filtro entre su cerebro y su boca.

—Solo tenía curiosidad. ¿En serio están esperando para tener relaciones? Porque no me parece sano. —Le dijo su papá serio.

A esas alturas Adrián apretaba los labios para no reírse.

—¡Papá! ¿No puedes preguntarle sobre su trabajo? ¿Sobre futbol?

—Es abogado y dijiste que no le gusta el futbol. Hay temas más interesantes. Y no creas que te vas a zafar de la conversación sobre los condones Xavi.

—Ay Dios mío, dame paciencia. —Le dijo Xavi sacándolo de la sala y llevándolo a la cocina.— Uno de los peores temores de mis padres es el SIDA. Ahora que tengo novio me tienen el dormitorio tapizado de condones.

Cuando entraron la madre de Xavi estaba secando los platos pero se giró a mirarlos con una sonrisa. Xavi tampoco era parecido a ella. Era bajita con el pelo oscuro, no tanto como el de Xavi, y unos ojos pardos brillantes.

—Mamá...

—Tú debes ser Adrián. —Le dijo antes de que Xavi lo presentara.— Me alegra tanto conocerte. Xavi nos ha hablado mucho de ti. —Le dijo la mujer alegremente. Se secó las manos y se acercó a besarlo en la mejilla.

—Mucho gusto señora.

—Llámame Sofía. Por Dios que lindo eres, con razón mi hijo está tan loco por ti.

—¡Mamá! —Le dijo Xavi poniéndose colorado.

Adrián lo acercó y lo besó suavemente en la mejilla.

—Está bien cielo, yo también estoy loco por ti. —Le dijo dulcemente.

—Me da miedo dejarte solo con mis padres para ir a buscar mi bolso.

—Ve tranquilo, yo me quedo con tu mamá.

—Solo ten en cuenta que la locura de esta familia no es hereditaria. —Le dijo antes de salir.

La mamá de Xavi esperó que saliera antes de hablarle.

—Me alegra tener un minuto a solas contigo. Toma. —Le dijo pasándole unas pastillas.— Son para Xavi, si se pone muy nervioso durante el viaje, dale una.

—No creo que sea bueno automedicarlo.

—Claro que no. Cuando me contó del ataque que tuvo en tu oficina y que iba ir a la costa contigo, llamé al psiquiatra que lo atendía y se las recetó. Tuve que prometerle que arrastraré a Xavi a terapia, pero me temo que no podré lograrlo.

—Está bien. —Le dijo finalmente metiéndose las pastillas en el bolsillo.

—También quería darte las gracias. Los avances de Xavi en estas dos semanas son casi milagrosos. Hace un mes no habría creído posible que hiciera un viaje así. Me alegra tanto que llegaras a su vida. —La expresión en los ojos de la mujer era entre alegría y dolor.

—Xavi no habla de su accidente, ¿eso fue lo que provocó que se encerrara?

158

—Si. —Le dijo con lágrimas en los ojos.— Fue tan... tan terrible. Casi lo perdemos.

—¿Qué le sucedió?

—Él...

En ese momento entró Xavi con un bolso y una chaqueta en la mano, cuando vió los ojos de su mamá, dejó las cosas en el suelo y fue hacia ella.

—¿Que pasa? —Le preguntó Xavi secando las lágrimas de su mamá.

—Nada cielo, solo me emociona que salgas después de tanto tiempo. Estoy tan feliz por ti. —Le dijo su madre acariciando su mejilla.

—Si vas a llorar me quedo aquí.

—¡Claro que no! Estas son lágrimas de emoción, si te quedas aquí serán de tristeza.

—¿Estás segura?

—Claro que sí, ve tranquilo y pásalo bien.

—Gracias mami. —Le dijo dándole un beso en la mejilla.

Se despidieron de sus padres y emprendieron el camino hacia la costa. Xavi estuvo nervioso desde el minuto uno, pero igual que el día que se conocieron, Adrián le habló y poco a poco se fue relajando.

Después de todo tal vez si lo lograran.

Rammstein, AC/DC, Iron Maiden y Metallica sonaron todo el camino hacia la costa, Adrián insistió en conectar el reproductor de música de Xavi al moderno equipo de sonido de su automóvil. Xavi sabía que no era la música que su novio escuchaba, pero lo hacía para que él soportara mejor el viaje.

Entre la música y la conversación Xavi había soportado casi todo el camino, aún estaba nervioso y su corazón no se había desacelerado desde que salieron de la ciudad, pero estaba decidido a aguantar.

—¿Tu amigo sabe que vas con tu novio? —Le preguntó nervioso.

—Si, está muy interesado en conocerte.

—¿A mi?

—Si, Gino ha estado pregonando por todos lados que tengo novio. Además Alex es su primo, se quieren mucho y son muy amigos.

—¿Alex es igual que Gino? ¿No le incomodan los gays?

—Gino es así por su primo. Alex es gay. Salió del closet cuando Gino era muy joven, así que se crió viéndolo con sus novios.

—¿Alex es gay? ¿Y tiene pareja?

—Si, en realidad tiene esposo, Dani.

—¿Esposo? ¿Se puede tener esposo? —Preguntó sorprendido.

—Solo simbólicamente, pero si, se casaron hace unos años, fue una ceremonia muy linda.

Xavi estaba sorprendido. Nunca había pensado en casarse, pero si aparecía la persona adecuada... Miró a Adrián y lo imaginó con un anillo en el dedo. Su corazón se aceleró aún más.

—¿Estás bien?

—Si. Sorprendido. Nunca había pensado en una opción así.

—Quizás porque nunca te has enamorado, cuando amas a alguien empiezas a querer esas cosas, empiezas a pensar en comprometerte... —Se interrumpió como si todo aquello le recordara algo.

—¿Te has enamorado alguna vez? —No quería saber, pero la pregunta salió de su boca antes de poder evitarlo.

Adrián se tensó un poco antes de contestar.

—Si, pero era un imposible, así que nunca ni siquiera estuvimos juntos.

—¿Por qué?

—Cuando lo conocí me gustó, me gustó mucho, y creo que yo a él, pero me di cuenta que él estaba enamorado de otro hombre, siempre lo estuvo. De su mejor amigo.

—¿No estaban juntos?

—No. Su mejor amigo estaba en el closet. Así que opté por cuidar mi corazón de un imposible y no intenté conquistarlo. El problema estuvo en que seguí viéndolo a través de los años. Y me terminé enamorando de él de todas formas.

—Tal vez debiste intentarlo. Nunca es tarde...

—A veces si lo es. Ellos finalmente están juntos y son una pareja adorable, jamás haría nada por separarlos.

—Entonces me alegra que estuvieras libre cuando te conocí.

—A mi también.

¿Que hubiera pasado si Adrián estuviera con ese hombre? No estaría a su lado en estos momentos. No habría hecho jamás un viaje como el que estaban haciendo. Solo con su novio se atrevía a como había dicho él, estirar sus límites. Sentía que si lo tenía a su lado podía enfrentar cualquier cosa.

A veces se preguntaba que pasaría si rompían. ¿Se encerraría nuevamente? ¿O sería capaz de enfrentar al mundo como lo estaba haciendo ahora?

El solo pensar en perder a su novio, le puso los nervios de punta. Adrián estaba con él, se dijo. Adrián se preocupaba de él.

Pero estaba enamorado de otro.

¿Y si alguna vez aquel hombre buscaba a Adrián? La angustia empezó a llenar su mente. Trataba de mantenerla a raya, pero cada minuto se le hacía más difícil.

Poco a poco comenzó a sentirse más y más agobiado. Adrián tomó su mano pero no ayudó, comenzó a temblar suavemente y sudar frío. Cerró los ojos y trató de relajar su respiración y calmar su corazón que parecía correr a cien por hora.

Sintió que el automóvil se salía del camino y Adrián estacionaba en uno de los negocios adosados a una gasolinera. Sintió que se aceleraba aún más al ver la gente alrededor.

—Voy a comprar agua. ¿Quieres algo?

Negó con la cabeza, si hablaba iba a gritar. Adrián bajó y Xavi puso el seguro al auto y se encogió en su asiento casi haciéndose un ovillo. Respira, se decía, respira. Pero no ayudaba, nada estaba ayudando. Poco después sintió que el seguro del carro saltaba y su puerta se abría. Cuando iba a gritar Adrián lo abrazó y le habló al oído.

—Tranquilo cielo, estoy aquí.

Se abrazó a Adrián queriendo gritar.

—Lo siento, lo siento...

—Tranquilo. Toma esto. —Le dijo poniéndole una pastilla en la boca y pasándole una botella de agua.

Se tomó la pastilla y Adrián volvió a abrazarlo mucho tiempo hasta que la pastilla comenzó a hacer efecto.

—¿Te sientes mejor? —Le preguntó al oído.

—Si, lo lamento.

—Está bien cielo, lo has hecho bien hasta ahora.

—¿Bien? Me acaba de dar un ataque de pánico.

—Sí, pero más suave que el que te dio en mi oficina, además aguantaste casi una hora y media de viaje, honestamente creí que tendríamos que devolvernos enseguida, pero vamos bien, solo faltan unos kilómetros. Creo que vas a lograrlo.

—¿Que me diste?

—Un calmante que me dio tu mamá para ti.

—Lo lamento. Es el segundo ataque de esta semana. —Le dijo restregándose los ojos.

—Y estoy seguro que tendrás otros. Estoy preparado para ellos. —Xavi lo miró extrañado.— Estás saliendo poco a poco de tus zonas seguras. Verás que en un tiempo lograremos que superes esto cielo. ¿Puedes soportar que sigamos?

—Sí, ya estoy mejor.

Adrián se inclinó y lo besó dulcemente. El efecto del relajante era delicioso. Sentía los suaves labios de Adrián y el miedo siempre presente quedó relegado a un lado, por lo que abrió los labios para profundizar el beso y se abrazó fuerte a su novio.

—Guau, voy a tener más de esas maravillosas pastillas cerca. —Le dijo Adrián cuando sus bocas se separaron.

—Tal vez debería tomarme una antes de acostarnos. —Le dijo Xavi coquetamente.

—No olvidaré que dijiste eso. Recuérdame pasar por una farmacia. —Le dijo besándolo nuevamente antes de cerrar la puerta y volver al volante.

Cuando llegaron a la casa de Alex y Dani, Xavi aún estaba bajo los efectos del calmante, no tenía ese nerviosismo a flor de piel que siempre lo acompañaba.

Tras los abrazos de bienvenidas y las presentaciones, Dani los llevó a sentarse a la terraza del patio trasero.

—¡Que hermoso! —Exclamó Xavi cuando vio el bello patio.

Las plantas y flores de colores perfectamente combinadas y cuidadas era el orgullo de sus amigos.

—Te acabas de ganar a Dani con ese comentario. —Le dijo Alex a Xavi pasándole un refresco.

—Solo dije la verdad, es hermoso, mi mamá tiene buena mano para las plantas, pero esto es tener verdadero talento. ¿Contrataron un paisajista?

—No, todo es obra de los dedos verdes de Dani. —Le dijo Alex con orgullo mirando a Dani.

—¿Dedos verdes? —Le preguntó Adrián.

—Así le dicen a las personas que tienen buena mano con las plantas. —Le respondió Xavi.

—Bueno, no se de dedos verdes, pero estoy de acuerdo con Xavi, tienes verdadero talento. —Le dijo Adrián a Dani.

—Gracias, siempre soñé con un jardín como este, es uno de tantos sueños que Alex ha hecho realidad para mí. —Le dijo Dani sentándose al lado de Alex y tomando su mano.— Es agradable sentarse aquí afuera a sentir la brisa, será más agradable aún si nos puedes ayudar...

—Bueno, estoy intrigado, díganme que es lo que necesitan.

—Quiero adoptar una niña huérfana que está en el hospital donde trabajo. —Le dijo Dani abruptamente.

Adrián se quedó con la boca abierta.

—¿Quieren adoptar?

—No, yo quiero adoptarla, Alex y yo no estamos legalmente casados. Soy realista y se que solo uno de nosotros podría adoptarla.

—Dani, es una decisión muy seria.

—Lo sé. Pero cuando la niña llegó al hospital tuvimos una conexión inmediata. Yo la amo y ella me ama. Así que quiero ser su papá.

Adrián se frotó los ojos antes de hablar.

—Partamos del principio, ¿quien es la niña y como la conociste?

—Es una niña de cinco años, se llama Ema y llegó con una enfermedad hepática al hospital donde trabajo. Su madre era drogadicta y hace unos meses se enteró que tenía SIDA. Gracias a Dios se contagió después de tener a Ema, pero siguió consumiendo y sin tratamiento contra el VIH, así que enfermó gravemente de neumonía y falleció hace un mes. Antes de morir me dejó como tutor temporal para que tomara las decisiones médicas de la niña.

—¿Todavía está en el hospital?

—Si, por eso queríamos que viajaras, preferimos estar cerca para poder verla. Ema fue afortunada y recibió un trasplante hace seis días así que le quedan aún un par de semanas en el hospital.

—¿Aún eres su tutor?

—Por un poco más de seis meses, después deberá ir a un hogar. Con sus antecedentes médicos y necesidades nadie va a adoptarla. Ella es tan dulce y necesita tanto amor... Alex y yo podemos darle ese amor, podemos darle una familia.

—¿Que hay del padre?

—No tiene, creo que ni siquiera su madre sabía quien era.

—Dani, vas a odiarme por decirte esto. Pero...

—Ya me dijiste eso una vez y no te odié, es más, tenías razón. —Alex lo miró extrañado y Dani se giró a mirarlo.— Recuerdas cuando te dije que solo una persona me había preguntado directamente si era gay. Fue Adrián, la noche que lo conocimos.

—¿Y no me dijiste nada? —Le preguntó Alex a Adrián.

—Lo negó, me dijo que no era gay. No me correspondía obligarlo a salir del closet. Creí que te lo diría cuando estuviera preparado.

—Y lo hice. El primero que lo supo fuiste tú. —Le dijo Dani a Alex y luego lo miró nuevamente para hablarle.— Bueno, ¿Por qué se supone que voy a odiarte ahora?

Tomó aire antes de hablar, esta sería una muy difícil conversación.

—Creo que sería mejor idea que Alex solicitara la adopción.

La decepción en la cara de Dani fue devastadora. Alex tomó su mano en apoyo.

—Se que serás un excelente padre Dani, no tengo duda de eso. —Adrián prosiguió.— Pero tu salud será cuestionada para una adopción. Además, legalmente no tienes una familia que te respalde, si algo te sucediera la niña volvería a quedar huérfana.

Alex abrazó a Dani y besó su cabeza. Sabía que la salud de Dani era un tema del que ambos siempre estarían preocupados.

—¿Crees que si Alex solicita la adopción se la darán?

—Creo que habría muchas más posibilidades. Tiene una gran familia que lo respalda, sin problemas de salud y seamos honestos el que su familia tenga dinero va a pesar cuando un juez deba decidir.

Dani miró a Alex y éste le devolvió una sonrisa de aprobación.

—Creo que Adrián tiene razón Dani. —Le dijo Alex.— Podremos tener a Ema y de todas maneras la criaremos juntos. Como sea, serás su papá.

—Solo que legalmente será hija de Alex. —Adrián terminó de aclarar.

—Está bien. —Le dijo Dani con un suspiro.— Tienes razón, no importa quien la adopte mientras podamos tenerla ¿No es así amor?

—Claro que si. —Le dijo Alex besándolo.

A Adrián le encantaba ver el amor que había entre Dani y Alex, no pudo evitar mirar a Xavi, había estado muy callado durante toda la conversación. Cuando se dio cuenta que lo miraba una linda sonrisa iluminó su rostro.

Xavi acompañó a Dani a la cocina a preparar el almuerzo, mientras Alex y Adrián conversaban sobre los trámites y papeles que iban a necesitar para solicitar la adopción. Tenía una sensación rara después de escuchar la conversación en el jardín, pero no sabía por qué.

—Te advierto que soy inútil en la cocina. —Le dijo a Dani, mientras lo veía moverse cómodamente por el lugar.

—¿En serio? A mi me encanta cocinar y a Alex también, sobre todo comida italiana.

—Adrián cocina increíble también, pasamos mucho tiempo en su departamento, así que suele cocinar para mí.

Dani lo miró a los ojos y su sonrisa se apagó un poco.

—Adrián es un gran amigo. ¿Vas en serio con él?

—Si, por supuesto.

—Entonces necesito que seas honesto conmigo. —Le dijo serio.— ¿Que estas consumiendo? Por favor no lo niegues, porque puedo ver que tienes las pupilas dilatadas...

—¿Crees que estoy drogado? —En realidad si lo estaba un poco.— No es lo que piensas. Adrián me dió un calmante cuando veníamos porque me tuve un ataque de pánico en el automóvil.

—¿Suele sucederte? —Le preguntó Dani preocupado.

—Si, soy agorofóbico. —Esperó a que Dani le preguntara que era eso, como solía hacer todo el mundo, pero al parecer Dani entendía de lo que estaba hablando.— Adrián se ha propuesto sacarme de eso, así que de a poco ha logrado que salgamos a cenar y cosas así. Este viaje ha sido un experimento exitoso según él.

—No creo eso esté bien. —Le dijo Dani serio.— Teóricamente lo que está haciendo de exponerte de a poco es correcto, es más o menos el tratamiento cognitivo-conductual que necesitas. Pero es obvio que los ataques de pánico y la agarofobia son una consecuencia y no una causa.

—¿¿Qué?? —Le preguntó sin entender una palabra de lo que le había dicho.

—Oh, lo siento. Soy psicólogo. Estoy tan acostumbrado a Alex que a veces se me olvida que no todos me entienden. Él lleva tantos años escuchándome hablar así que ya entiende algunos términos.

De todas las profesiones, Dani tenía que ser psicólogo...

—A lo que me refería es a que algo te causó la agarofobia, Adrián podrá luchar contra los ataques de pánico, pero van a volver si no solucionas la raíz del problema. —Le dijo Dani.— ¿Nunca te has tratado?

—Hace unos años, pero lo dejé... Era muy difícil.

—Deberías volver a intentarlo, vas a llegar a un punto en que la ayuda de Adrián no será suficiente. Hablaré con él.

—No, por favor no lo hagas. Sé que tengo muchas cosas que resolver, es solo que... —Miró los lindos ojos grises de Dani antes de señalarse a si mismo de arriba a abajo.— No soy un gran partido como puedes ver. Tengo miedo que Adrián se de cuenta cuan jodido estoy de la cabeza además...

—No te menosprecies de esa forma. Por si Adrián no te lo ha dicho, eres muy lindo. Además si él está contigo es por algo. —Esperaba que aquellas palabras fueran verdad, pero su incredulidad debió notarse porque Dani se le acercó y tomó su mano.— Por mucho tiempo pensé que Alex jamás podría amarme, porque sentía que no era lo

164

suficientemente bueno para él. Pero estaba equivocado, él me ama y no tiene nada que ver con las cosas materiales que tenga o como me vea. Lo que importa es lo que eres aquí. —Le dijo poniendo la mano sobre su corazón.

—Lo se, pero a veces el miedo es demasiado grande.

—Eso lo se, viví años con miedo y no me llevó a ninguna parte mas que a ser infeliz, cuando tuve una segunda oportunidad decidí no vivir más así. Ahora tengo una vida maravillosa. El mismo hecho de querer adoptar a Ema da mucho miedo, pero si no lo intento se que lo voy a lamentar por siempre.

—Será una gran responsabilidad. Me refiero además de que serán padres, ella necesita ayuda médica.

—Podemos manejarla, tenemos algo de experiencia. —Le dijo con una sonrisa.

—¿Con niños?

—No, eso será todo un desafío. Me refería a los trasplantes, yo soy trasplantado. —Le dijo abriendo un poco su camisa y dejando ver una cicatriz.— Me pusieron un corazón nuevo hace tres años.

—¿Tan joven?

—Ojala las enfermedades discriminaran por edad. —Le dijo sacudiendo la cabeza.— Ema tiene apenas cinco años y fue trasplantada. Yo nací con un problema cardiaco congénito y hace unos años colapsé.

—¿Esa es la segunda oportunidad de la que hablabas?

—Así es, casi morí hasta que me operaron. Por lo que ahora vivo cada día haciendo que mi vida valga la pena. Siempre que recuerdo que una mujer tuvo que morir para que yo siguiera con vida... Ella y su familia merecen que yo haga algo con mi vida.

—Debió ser muy duro para Alex. —No podía ni imaginarse lo difícil que sería ver casi morir a la persona que amas.

—Lo fue. Así que lo compenso diciéndole todos los días cuanto lo amo. Casi muero sin decírselo.

—¿Solo se lo dijiste cuando enfermaste? Pensé que estaban emparejados hace muchos años.

—No, solo llevamos un poco más de tres años juntos.

—Parece que lo estuvieran desde siempre.

—Casi, nos conocimos cuando yo tenía nueve y Alex diez años, siempre ha sido mi mejor amigo.

—¿En serio? ¿Y solo están juntos hace tres?

—Si, fui un idiota, estaba enamorado de Alex y él de mí, pero estuve en el closet hasta que falleció mi mamá, nunca tuve el valor de decirle a ella que era gay. Pero ahora estamos juntos, es lo único que importa.

Xavi lo entendió de golpe. Esa era la sensación extraña que tenía. La historia que Adrián le había contado en el automóvil... Eran Alex y Dani.

Adrián estaba enamorado de Alex.

Después de almorzar, Alex y Dani les sugirieron que fueran a la playa. Xavi lo miró nervioso hasta que Dani les comentó de una pequeña y escondida playa a la que Alex y él iban.

Xavi aceptó intentarlo y siguieron las instrucciones de Alex hasta que dieron con una hermosa y escondida playa que solo se podía ver después de atravesar un pequeño bosque de pinos. Estaba vacía, los únicos en la playa eran ellos dos.

—Es encantadora. —Comentó Adrián mirando a Xavi.

Su novio sonreía feliz mirando el mar.

—Ha pasado tanto tiempo... —Le dijo con un susurro.

—¿Quieres ir a darte una zambullida?

Xavi ni siquiera le respondió antes de empezar a sacarse la ropa para quedar en traje de baño, corrió hacia el agua y se zambulló feliz.

Adrián se quitó la ropa y se sentó en una toalla para colocarse bloqueador solar mientras miraba a su novio disfrutar del mar. No podía dejar de mirarlo, la felicidad de Xavi llegaba a ser contagiosa, de solo mirarlo se sentía feliz.

Cuando Xavi se cansó de nadar fue hacia él y se tiró en la toalla que Adrián le había dejado preparada.

—El agua está increíble. —Le dijo Xavi acostándose sobre su estómago.

—Debe estar un poco fría, aun estamos en primavera.

—Aunque fuera invierno me hubiera bañado igual, hace tanto tiempo que no nadaba en el mar...

—Otra cosa que te estabas perdiendo.

—Si, pero no habría soportado una playa atestada de gente.

—Menos mal que Alex conocía este lugar.

—En realidad fue Dani. —Le dijo Xavi.— Dani dijo que él le había mostrado esta playa a Alex.

Xavi sonaba un poco molesto, apoyó las manos juntas bajo su mentón y cerró los ojos.

—¿Está todo bien cielo?

Xavi pareció pensar la respuesta antes de abrir los ojos y hablar sin mirarlo directamente.

—¿Alex es el hombre del que estás enamorado?

Adrián se quedó sorprendido con la pregunta. ¿Lo amaba? No, definitivamente no lo amaba. Lo que alguna vez sintió por Alex ya no lo sentía. Si analizaba su corazón lo que empezaba a sentir por Xavi era de lejos mucho más fuerte que lo que alguna vez pudo sentir por Alex.

Se giró para mirar a Xavi, no iba a dejar que su novio creyera algo que no era.

—Xavi mírame.

Su novio se giró y con esfuerzo lo miró, se le estrujaba el corazón de ver que a Xavi le dolía pensar que amaba a otro.

—No estoy enamorado de él.

—Pero lo estuviste.

—Me sentí enamorado de él, pero nunca hubo nada entre nosotros. Alex siempre estuvo enamorado de Dani.

—¿Y si no lo hubiera estado?

—Pero lo está. Tu mismo viste cuanto se aman.

—Lo se, pero me asusta lo que estoy sintiendo por ti. Si todavía lo amas...

—No lo amo. Ahora estoy contigo y estoy feliz, muy feliz. —Le dijo con una sonrisa.

Xavi le devolvió la sonrisa y ese simple gesto calentó su corazón. Se acercó a su novio y besó sus salados labios. Textualmente Xavi era un delicioso sueño húmedo, las gotas de agua por todo su cuerpo lo hacían querer lamerlas una a una. Sin poder evitar la tentación llevó su boca al cuello de Xavi y lamió la salada humedad.

Poco a poco las cosas se fueron calentando cada vez más, las manos de Xavi recorrían su cuerpo excitándolo al punto de la locura. Durante las semanas anteriores había notado que su novio tenía tantos deseos de estar con él como los suyos, pero llegado un punto se echaba atrás.

Antes de que Xavi se detuviera lo hizo él.

—Si no quieres que esto vaya más lejos será mejor que nos detengamos ahora. —Le dijo a Xavi con una sonrisa.— Quiero que nuestra primera vez sea relajada y cómodamente en una cama, no sobre una toalla húmeda llenándonos el culo de arena.

—Lo siento. —Le dijo poniéndose colorado.

—Está bien cielo, me encanta que me toques. Y aún espero que me liberes de mi promesa. —Le dijo levantando las cejas.

—Pronto. —Le dijo Xavi tímidamente.

Adrián acarició suavemente el pecho de Xavi hasta que llegó a la cicatriz de su estómago

—¿Que te pasó aquí cielo? —Le preguntó pasando el dedo por la cicatriz.

Xavi se tensó como siempre que le preguntaba por su accidente.

—Me operaron... tenía una hemorragia interna. —Le dijo con la voz quebrada.— Adrián... No te he contado lo que me pasó...

—Si no quieres contarme ahora está bien cielo. —En el momento que lo dijo se arrepintió, pero de solo ver la torturada mirada de Xavi y sus ojos llorosos, supo que no podía pedirle que reviviera recuerdos tan dolorosos.

Tenían tiempo, ahora solo quería verlo como cuando se arrojó al mar. Quería verlo feliz.

Habían pasado una agradable noche con sus amigos.

Cuando volvieron de la playa, Alex estaba haciendo una deliciosa y típica comida italiana. Se quedaron hasta tarde conversando y bromeando. Observó toda la noche interactuar a Alex y Adrián y lo relajó ver que no había coqueteo o atracción entre ellos, solo amistad.

Adrián tenía razón al decir que Alex y Dani eran completamente devotos el uno del otro, así que nunca tendría que temer que Alex fuera tras de Adrián.

Xavi estaba lavándose los dientes antes de acostarse y miraba las pastillas pensando si se tomaba una o no. Quería estar con Adrián, quería hacer el amor con él, pero no sabía si estaba preparado para hacerlo. La pastilla lo había relajado en la tarde, pero no sabía si eso sería suficiente para ahuyentar sus miedos.

Recordó las palabras de Dani, sobre el miedo. Vivir asustado solo lo había hecho infeliz, pero desde que Adrián lo había hecho enfrentarse a sus miedos todo había mejorado. Recordó la sensación de haber estado nadando en el mar... Había tantas cosas que se perdía por tener miedo.

Miró las pastillas, sacó una y se la tomó. "Se acabó el miedo", se dijo.

Cuando salió del baño, Adrián ya estaba dormido. Esa era su suerte, decidía hacer el amor con Adrián y su novio se dormía.

Demonios.

Adrián sintió a Xavi acostarse en la cama y abrazarlo por la espalda. El cálido cuerpo de su novio se sentía delicioso, se giró para estar frente a él y besarlo. Xavi profundizó el beso y lo abrazó más cerca. Bajó la mano para apretar el trasero de Xavi, era un lindo trasero y se sentía demasiado bien en sus manos.

Ahogó un suspiro al tocar la piel desnuda de Xavi. Por consideración a su novio siempre que dormían juntos se dejaban la ropa interior, aunque después se la terminaban sacando para acariciarse, pero esta vez Xavi estaba completamente desnudo.

—Adrián... —Gimió Xavi antes de sorprenderlo y ponerse sobre él. Adrián abrió las piernas para acomodar el cuerpo de su novio sobre el suyo.

—Xavi... —Se sentía tan bien sentirlo sobre él.

Lo abrazó más fuerte y profundizó los besos. Xavi aún no le pedía que hicieran el amor, pero él lo deseaba, lo deseaba mucho.

—Tomé una pastilla. —Le dijo Xavi mirándolo.

—Si esto es efecto de las pastillas te daré una cada noche...

—Creo que en parte. —Le dijo con una sonrisa.— Otra parte solo soy yo, que quiere que me hagas el amor.

La alegría infló su corazón, amaba la ternura de Xavi. Y deseaba tanto hacer el amor con él... hasta que recordó.

—¡Maldición! —Xavi lo miró extrañado.— Acabo de recordar que olvidamos pasar por la farmacia. No traje nada cielo, no tengo condones ni lubricante. Dime que por lo menos tienes un condón.

—No, tampoco tengo nada.

—Si tu papá supiera que no tienes nada de protección cuando duermes con tu novio te daría un largo sermón sobre sexo seguro. —Le dijo sonriendo.

—Esta fue una decisión impulsiva, si hubiera sabido habría traído uno de los cientos que mi mamá pone entre mi ropa. —Le dijo riendo.

—Podríamos pedirles a Alex y Dani, estoy seguro que deben tener algunos y de paso algo de lubricante. —Le dijo besando su cuello.

—¡No te atrevas! No podría volver a mirarlos a los ojos sin avergonzarme por pedirles algo tan personal.

—Está bien, pero no voy a desperdiciar los efectos de la pastilla. —Le dijo girándolo y quedando sobre Xavi.

Comenzó a besarlo y bajar por su cuerpo, los deliciosos y sensibles pezones de su novio reaccionaron de inmediato a los estímulos de su boca. Xavi abrió las piernas para darle más espacio, siguió bajando por su pecho, lamió la cicatriz de su estómago que bajaba hasta su ombligo.

Cuando llegó a su erección sonrió, el hermoso pene de Xavi se levantaba orgulloso y hacía que la boca se le hiciera agua. Comenzó a lamerlo lentamente haciendo que Xavi gimiera, bajó más hasta lamer su saco y meter un testículo en su boca.

—Santo cielo, Adrián... Se siente tan bien...

Adrián siguió torturando a Xavi con besos y caricias, Cuando llevó la boca a la erección de Xavi y la metió en su boca Xavi se estremeció de placer.

—Por favor... Yo también quiero. También quiero tenerte en mi boca. —Le dijo Xavi.

Adrián sonrió y se quitó la ropa interior antes de girarse para quedar en la posición sesenta y nueve. Xavi besó su erección y prácticamente vió las estrellas. La dulce boca de su novio lo besó y lo acarició antes de tragarlo profundamente.

—Oh por Dios Xavi... —Gimió tan excitado que había desatendido el hermoso pene de Xavi.— Tienes una boca demasiado talentosa cielo.

Xavi sonrió y lo tragó más profundo aún.

Tomó la erección de su novio y la metió en su boca. Quería tragar profundamente el delicioso pene igual que había hecho Xavi, pero si lo hacía se iba a ahogar con el tamaño de su novio. Los ruidos y gemidos que ambos hacían le hicieron dar las gracias de que el dormitorio de Dani y Alex estuviera en el otro lado de la casa.

Chupándolo con fuerza Xavi tenía Adrián al borde de la locura. Las manos de Xavi se movieron acariciando su trasero y acercándolo aún más. Jamás pensó que su tímido y tierno novio fuera tan hambriento sexualmente. Tenía la sensación de que la pastilla había revelado al verdadero Xavi y el que él conocía estaba totalmente reprimido.

—Me voy a correr. —Le dijo Xavi.

—Yo también. —Le dijo antes de tragarlo lo más profundo que pudo. En ese momento sintió el semen de Xavi en su boca, el sabor lo hizo correrse en la caliente boca de su novio.

Cuando ambos se recuperaron del clímax se giraron para abrazarse y besarse profundamente compartiendo sus sabores.

Se abrazaron y Xavi se durmió agotado en sus brazos, entre el viaje, el mar y el sexo, su novio había acabado agotado.

6

No podía estar pasando otra vez.

Xavi sentía que se le revolvía el estómago mientras los dos policías que lo habían ido a buscar a su trabajo entraban en la sala de interrogación. Recordaba al mayor de ellos, cuatro años atrás también lo había interrogado. El más joven parecía más amable, trató de hablar con él cuando lo trasladaron en el automóvil y no atacarlo como lo hacía el otro detective.

—Xavier, soy el detective Levil, y él es mi compañero el detective Torras. —Le dijo apuntando al hombre mayor.— Necesitamos saber donde estabas el sábado en la noche.

—No diré nada hasta que llegue mi abogado. —Contestó nervioso.

—¿Sabes que pedir un abogado es casi como declararse culpable? —Le preguntó Torras.

—Eso no es cierto. Sea lo que sea de lo que me estén acusando, no he hecho nada.

—Entonces solo contesta donde estuviste y que hiciste el sábado en la noche. —Le dijo Levil amablemente.

Gino iba a matarlo si contestaba cualquier pregunta sin estar él presente. Pero era una pregunta sencilla, no se metería en problemas por decir la verdad.

—Fui a la costa, pasé el fin de semana en la playa.

Ambos detectives se miraron extrañados. No le creían.

—¿Hay alguien que pueda corroborarlo?

En ese momento golpearon la puerta y segundos después Gino entró apresurado. Xavi soltó el aire que había estado reteniendo.

—¿Todo bien Xavi? —Le preguntó Gino.

—Solo un poco nervioso, no me han dicho de que me acusan.

—De lo mismo que la vez pasada, asalto. —Le dijo Gino muy serio.

—Pero no hice nada...

—Lo sé, arreglaremos esto. —Le dijo colocando su mano sobre su antebrazo para tranquilizarlo.— Detectives, ¿se puede saber que pruebas hay en contra de mi cliente?

—Misma forma de operar, misma descripción del acusado, recordé el caso y le mostramos un juego de fotos a la victima e identificó a su cliente. Igual que la vez anterior. —Le dijo Torras.

—Eso es imposible, no hice nada. —Se defendió.

Esto no podía estar pasando otra vez. Era una pesadilla, no podría soportar pasar por todo esto de nuevo.

—Nos dijo que había estado en la costa el fin de semana. ¿A que hora partiste y a que hora regresaste? ¿Tienes algún comprobante de autobús? ¿Alguien que corrobore tu historia? —Preguntó Levil.

—Fui con mi novio en su automóvil. No se si guardó las boletas del peaje. Partimos el sábado en la mañana y volvimos el domingo en la tarde.

—¿El sábado en la noche estuviste allá?

—Si, cenamos con un matrimonio amigo de Adrián, nos quedamos conversando hasta tarde y después nos fuimos a acostar, alojamos en su casa.

—¿Que matrimonio era? —Le preguntó Gino.

—Alex y Dani.

—Perfecto. Alex es mi primo y Dani su esposo, les daré sus teléfonos para que verifiquen la información. —Le dijo a los detectives.

—¿Su primo y su esposo? —Preguntó Torras sorprendido.

—Si, su esposo, ¿algún problema con eso detective? —Le dijo Gino levantando una ceja.

—No, ninguno. —Le dijo Levil con una sonrisa.— Si me da los datos de su primo y su esposo verificaré la información. También necesitaré los datos de tu novio para interrogarlo.

Xavi sintió que le caía una piedra en el estómago. Si interrogaban a Adrián se iba a enterar de este incidente. Y tendría que contarle del anterior.

—No pueden confirmarlo con Alex y Dani. ¿Es necesario interrogar a Adrián?

—Lo siento, pero debemos hacerlo. —Le dijo el detective Levil.— Me siento obligado a preguntar por qué no quieres que lo interroguemos.

—Él no sabe lo que sucedió hace cuatro años. No le he contado.

Xavi notó la mirada censuradora de Gino.

—Lo único que puedo prometerte es que no le diremos de aquel episodio, pero debemos hablar con él. Lo siento.

Xavi asintió y los detectives salieron a comprobar su coartada con los datos y teléfonos que Gino les había escrito. Al quedarse solo con su abogado sabía lo que se le vendría encima.

—Debes hablar con Adrián de esto... y de lo anterior también. —Le dijo Gino.

—Lo se. —Miró a Gino— ¿Por qué no se lo has dicho tú?

—Honestamente pensé en hacerlo, pero...

—¿Pero?

—Lo haces feliz, hace mucho que no lo veía tan feliz como lo está contigo. Y no se como va a reaccionar. Conociéndolo... no muy bien.

—Lo se, por eso no le he dicho nada.

—Será peor si se entera por otra persona que no seas tú. Si quieres tener un futuro con él debes contarle. —Le dijo mirándolo seriamente.— Contarle todo.

—No. No puedo, no puedo hacerlo. —Le dijo negando con la cabeza.

—Como tu abogado no puedo decirte que hacer con tu vida personal. Pero Adrián es mi mejor amigo, no puedo quedarme con los brazos cruzados sin decirle nada, de hecho me va a querer cortar lo huevos cuando se enteré y se de cuenta que me quedé callado.

—Pero como mi abogado hay un lazo de confidencialidad.

—Adrián es mi socio...

—Por favor dame algo de tiempo, te prometo que le contaré todo.

—No creo que tengas tiempo. ¿De verdad piensas que cuando se entere no va a ir corriendo a leer tu expediente? ¿Todo el expediente?

Xavi se agarró la cabeza con las manos. Estaba acabado.

Adrián iba a odiarlo.

Adrián estaba en su oficina cuando su secretaria le dijo que unos detectives necesitaban hablar con él. Él no veía casos penales, esa era especialidad de Gino.

—Señor Abreu. —Lo saludo un oficial alto y joven, con él estaba otro oficial un poco mayor.

—Por favor llámeme Adrián.

—Detective Levil y detective Torras. —Le dijo apuntándose y luego a su compañero.

—Encantado, ¿en que puedo ayudarlos?

—Necesitamos corroborar una historia y su nombre salió en la investigación. ¿Nos podría decir donde estuvo el sábado en la noche?

—Con mi novio, fuimos a la costa y cenamos con unos amigos.

—¿El nombre de su novio y sus amigos? —Le preguntó Levil.

—Mi novio se llama Xavier Vendrell y mis amigos son Alessandro Morelli y Daniel Ducos.

—¿Y volvieron a la ciudad a que hora?

—El domingo en la tarde, como a las seis. Solo con Xavier. Alex y Dani viven en la costa. ¿Puedo saber de que investigación se trata? ¿Hay alguien en problemas?

Levil se notó incómodo y no respondió, pero el detective mayor le respondió con una sonrisa.

—Su novio. Se salvó con su testimonio y el de sus amigos o habría pasado un buen rato en prisión.

—¿Qué? No es posible, Xavi no haría nada ilegal.

—Si, claro... —Le dijo con ironía.

—Torras basta. —Lo interrumpió Levil levantándose.— Gracias señor Abreu, estaremos en contacto si necesitamos hablar con usted de nuevo.

Cuando los policías se fueron Adrián sintió un ardor en su estómago. Xavi había estado en problemas con la policía y no lo había llamado. Pero era un error, habían estado juntos todo el fin de semana, además Xavi era una buena persona, no haría algo malo.

Tomó su teléfono y llamó a Xavi, la llamada saltó al buzón de voz.

—Cielo, soy Adrián. La policía estuvo interrogándome hace unos minutos. Me dijeron que tuviste problemas. ¿Estás bien? Estoy preocupado por ti, llámeme en cuanto escuches esto.

Colgó, pero la sensación en su estómago aún estaba allí. Hasta que no se asegurara que Xavi estaba bien y lo abrazara, no estaría tranquilo.

Después que lo soltaron, Xavi decidió ir a la oficina de Adrián con Gino. Él estaría allí, le había dejado un mensaje en su teléfono, así que ya sabía de su problema con la policía.

Al entrar a la oficina los nervios comenzaron a atacarlo. Nunca había sentido lo que sentía por Adrián y no quería que su relación terminara.

Gino notó su ansiedad y le dio su apoyo.

—Tranquilo, Adrián no es un ogro, por suerte no tiene la sangre italiana que tengo yo, mi mamá siempre dice que los italianos todo lo solucionan a gritos.

—No quiero perderlo.

—Si no le dices la verdad, tarde o temprano lo perderás.

Asintió y se encaminó a la oficina de Adrián. Respiró hondo, golpeó la puerta y la abrió suavemente. Su novio levantó la vista y cuando lo vio corrió hacia él.

—¡Xavi! —Le dijo cuando llegaba hasta él y le daba un corto pero profundo beso.— ¿Estás bien?

—Si. Estoy mejor ahora. —Lo abrazó y se quedó así un momento. Si esta era la última vez que iba a tener a Adrián en sus brazos quería hacerlo durar lo más que pudiera.

—¿Que pasó? —Le preguntó llevándolo de la mano a una silla y sentándose frente a él.

Le contó lo sucedido en la estación de policía y la acusación en su contra y finalmente que lo habían liberado con su testimonio y el de Alex y Dani.

—¿Por qué no me llamaste? Soy abogado.

—Si, pero mi abogado es Gino.

—¿Gino? ¿Desde cuando?

—Desde hace más de cuatro años. Así lo conocí. —Adrián lo miró extrañado.— Hace cuatro años tuve... problemas.

—¿Que problemas?

—Fui arrestado también por asalto.

—¿Gino te ayudó a aclararlo?

—No, Gino fue mi abogado durante el juicio... y la apelación.

—¿Apelación? ¿Te condenaron? —Adrián estaba pálido.— ¿Estuviste en prisión?

—Si, varios meses. ¿Recuerdas cuando me preguntaste por qué no terminé mis estudios? —Miró los verdes ojos de Adrián antes de continuar.— Fue porque no tenía sentido hacerlo, nadie contrataría a un ingeniero con antecedentes. Por eso no dejo mi trabajo, se que la paga es mala, pero sería muy difícil encontrar algo más. Pocas personas le dan trabajo a alguien con antecedentes.

—¿Pensaste en decírmelo si esto no hubiera pasado? —Le preguntó con el ceño fruncido.

—Si. Pero si soy honesto, esperaba que nunca te enteraras.

Adrián se levantó y fue hacia la ventana. Su expresión corporal le decía cuan molesto estaba, no hablaba, ni siquiera lo miraba. Xavi supo que no lo quería ahí, podía sentirlo. Esto era malo, muy malo.

—¿Quieres que me vaya?

Adrián solo asintió. Hubiera preferido que le gritara. Esta frialdad le partía el corazón.

Caminó hacia la puerta esperando que lo detuviera, esperando que cambiara de opinión. Cuando estaba por salir se giró a mirarlo por última vez.

—Lo siento. —Le dijo antes de cerrar la puerta. Por fuera.

Todavía estaba impactado. Se quedó lo que le parecieron horas, aunque probablemente solo fueron minutos, parado donde había quedado cuando Xavi salió de su oficina.

No esperaba esto. No podía imaginar a su dulce Xavi en prisión. ¿Por qué no se lo había dicho antes?

¿¿Por qué demonios Gino no se lo había dicho??

Cabreado como nunca se dirigió a la oficina de Gino. Ni siquiera golpeó la puerta, abrió y dió un portazo que hizo saltar a su amigo.

—¿Qué diablos fue eso? —Le preguntó Gino sorprendido.

—¿Como pudiste no decírmelo? ¿No se te ocurrió en ningún minuto de estas semanas que querría saber algo así? —Le enrostró a su amigo.

—No era mi secreto, además Xavi es mi cliente, no podía decírtelo.

—¡No me salgas con eso! ¡Claro que podías! ¡Yo te lo hubiera dicho! —Le dijo subiendo la voz.

—Está bien. Elegí no decírtelo. —Le dijo tranquilamente.

—¿Por qué? —Le preguntó sorprendido. No esperaba que Gino lo admitiera tan fácilmente.

—Porque eres un imbécil y sabía que harías exactamente lo que hiciste. Alejarte de Xavi. Solo quería que lo conocieras más antes de tomar una decisión estúpida.

—¿Desde cuando te propusiste manipular mi vida?

—¡Desde que te estabas volviendo un maldito amargado! —Le dijo subiendo la voz y parándose de la silla para mirar a Adrián a los ojos.

—¡¿Amargado?!

—¡Si, amargado! Los últimos años estabas hecho un viejo gruñón. Ya ni siquiera salías con nadie, incluso te has alejado de tus amigos, si no trabajáramos juntos probablemente ni siquiera a mi me verías. —Gino se pasó la mano por el pelo calmando su carácter italiano.— Tú no te das cuenta pero has cambiado desde que conociste a Xavi. Desde que estas con él te pareces más al Adrián que conocí.

—No tenías derecho a meterte en mi vida. —Le dijo aún molesto.

—Solo quería que vieras a Xavi con tus propios ojos antes de verlo con prejuicios cuando te enteraras de su pasado.

—¡No soy un prejuicioso! —Le dijo ofendido.

—¿No? ¿Lo habrías llamado cuando te di su número si en ese momento te hubiera hablado de sus antecedentes?

No, no lo habría hecho.

—Adrián... —Gino por fin se calmó y se volvió a sentar, le hizo un gesto a Adrián para que también se sentara, pero se mantuvo obstinadamente de pie.— Cuando tomé el caso de Xavi cuatro años atrás, pensé que era solo otro jovencito delincuente, pero a medida que lo fui conociendo me di cuenta que era un buen hombre. Hice todo lo posible porque no fuera a la cárcel, traté de que le dieran una pena remitida o reclusión nocturna, pero no fue posible. Puedo asegurarte que pagó un precio caro, demasiado caro por su error.

—No puedo imaginarlo en prisión.

—Pero estuvo allí. Así que ahora que sabes la verdad y que lo conoces incluso mejor que yo, ¿que piensas de él? ¿Lo vas a ver como a un criminal? ¿O solo como un hombre que cometió un error en su juventud?

Adrián se dejó caer frente a Gino.

—Quiero ver su expediente. —Le dijo a su amigo.

—No. —Le dijo Gino firmemente.— Lo que quieras saber debes hablarlo con Xavi.

—Estoy a esto... —Le dijo molesto juntando su índice con su pulgar.— De golpearte hasta que se me pase la rabia que tengo.

—Soy más grande que tú. Además a Elizabeth no le gustará verme todo golpeado. Y tú no le harías eso ahora que está embarazada.

—Si le cuento lo que hiciste lo entenderá.

—Claro que no, para tu información... fue idea de ella.

Xavi se lavó la cara y vio sus ojos irritados, no lloraba así desde hace años. Desde... se sacudió los malos recuerdos y fue a su computadora, tal vez si tenía suerte podría encontrar en línea a Adrián.

Mirando la pantalla desechó la idea. ¿Para qué intentarlo? ¿Para que volviera a despreciarlo?

Se acabó, se dijo, él no va a querer a un ex-convicto. Además ni siquiera sabía toda la historia...

Desanimado y con ganas de llorar apagó su computador y se tiró sobre la cama, se dejó la ropa puesta, no tenía ánimo de desvestirse.

Minutos después sonó su teléfono. Lo buscó a tientas para apagarlo y cuando miró la pantalla su corazón saltó.

Adrián. Era Adrián.

—Aló. —Contestó rápidamente.

—¿Te desperté?

—No, no me he acostado aún.

—Lamento lo de esta tarde, no debí reaccionar así, es solo que me sorprendí.

—Está bien, soy yo el que te debe una disculpa. Debí contártelo antes.

—¿Estás de ánimo para conversar conmigo?

—Claro que si.

—Estoy en mi automóvil, afuera de tu casa.

Xavi se levantó y fue a la ventana. El carro de Adrián estaba allí.

—¿Quieres salir o prefieres que hablemos por teléfono?

—Salgo enseguida. —Le dijo antes de cortar. No perdería ninguna oportunidad de estar con Adrián.

Sacó una chaqueta de su closet y salió de su habitación. No vio luz en la habitación de sus padres, así que salió sin hacer ruido. Cuando llegó al automóvil tomó aire antes de abrir la puerta y sentarse. Adrián lucía cansado, ninguno de los dos se acercó a besar al otro.

Cielos, esto era incómodo.

—Lo lamento. —Finalmente susurró.

—Yo también. —Adrián no lucía molesto, solo incómodo.— ¿Por qué no me lo dijiste antes?

—Porque soy un idiota. No quería que te alejaras, te lo iba a decir cuando estábamos en la playa pero me acobardé. No es algo de lo que me sienta orgulloso.

—Se que eres inocente del asalto del fin de semana. ¿Eras inocente del delito anterior también?

Xavi miró hacia el frente y bajó la vista hacia sus manos.

—No lo se. Ese día fui a una fiesta con unos amigos, me emborraché y también me fume unos cigarros de marihuana. Había ido en el automóvil de mi papá y no quise manejar en ese estado, así que cuando dejé la fiesta, me subí, cerré las puertas y me quedé dormido. Es lo último que recuerdo hasta que la policía me golpeó el vidrio en la mañana. Una mujer había sido robada y golpeada, mi descripción concordaba con la del asaltante y yo no podía probar que no había dejado el automóvil.

—¿Entonces no fuiste tú?

—Si quieres saber si lo hice, no lo recuerdo. Si quieres saber si soy capaz de asaltar a una mujer y lastimarla. Absolutamente no. Pero estaba borrado. Demasiado intoxicado como para saber si lo hice o no.

—Hay una posibilidad de que tú no fueras.

—Si, una muy remota. La mujer que ataqué me identificó con toda claridad, ni siquiera lo dudó. Incluso dijo que no lucía normal, ella dijo que parecía mal de la cabeza. Nada extraño si tomas en cuenta la cantidad de alcohol y marihuana que había consumido.

—¿Cuanto tiempo estuviste en prisión?

—El juez me condenó a un año, pero Gino apeló y rebajaron mi condena a seis meses, al final solo estuve cuatro por buena conducta. Pero fue tiempo suficiente para arruinar mi vida.

Adrián tomó su mano y la apretó cariñosamente.

—Gracias por contármelo. Puedo ver que es difícil para ti hablar de esto.

—Fue muy difícil pasar por todo eso. No solo para mí, también para mis padres. Nunca me voy a perdonar todo el dolor que les causé. Hay cosas que algún día te contaré, pero no ahora por favor.

—Está bien. —Le dijo con una sonrisa relajada.— ¿Puedo llamarte mañana?

—¿Aún quieres llamarme?—Le sonrió, sentía que un gran peso se le había quitado a su corazón.— Pensé que no querrías saber nada de mi después de que te enteraras.

—Quizás mi primer impulso fue ese, pero después Gino dijo algo que me hizo reaccionar.

—¿Que te dijo?

—Además de decirme que era un imbécil. —Le dijo con una sonrisa.— Me preguntó que como te vería ahora, sabiendo de tu pasado. ¿Como un criminal? O simplemente como un joven que cometió un error.

—¿Y como me ves?

Xavi retuvo el aliento esperando la respuesta. En vez de responder Adrián se acercó y le dio un dulce beso en la boca.

—Jamás te podría ver como un criminal. —Le dijo acariciando su mejilla— No quiero perderte Xavi, quiero darnos una oportunidad.

Miró los hermosos ojos de Adrián y sintió como si un rayo lo hubiera golpeado.

Lo amaba. Se había enamorado de Adrián.

Y ya no podía seguir ocultando nada. Si quería tener un futuro con él debía saberlo todo.

—Hay algo que aún no sabes. —Le dijo sintiendo las lágrimas brotando en sus ojos.

—¿Que cosa cielo? —Le preguntó preocupado.

—Sobre mi accidente... En realidad no fue un accidente. —Respiró profundo para calmarse, sentía su cuerpo comenzar a temblar.— Cuando... Cuando estaba en la cárcel... Me atacaron.

—¿Te golpearon?

—Mucho...

Veía la duda en el rostro de Adrián, quien tomó su mano suavemente antes de hacer la pregunta que temía que le hiciera.

—¿Solo te golpearon? —Le preguntó Adrián en un susurro.

—No. —Le dijo cuando las lágrimas comenzaron a caer sin control.

178

Quería gritar, correr o golpear a alguien. Veía las lágrimas de Xavi y deseaba buscar al infeliz que había lastimado a su novio.

Lo habían violado.

Ahora entendía muchas de sus reacciones. Los ataques de pánico, el miedo a flor de piel, cuando lo había abrazado la primera noche que durmieron juntos... ¿Como pudo no ver que algo así le había pasado?

Encendió el automóvil y comenzó a conducir hacia su departamento.

—¿Adrián? —Le preguntó Xavi sorprendido.

—No podemos conversar esto en un automóvil cielo, iremos a mi departamento.

—No, por favor llévame a mi casa, no puedo hablar de esto.

No iba a dejar que Xavi se alejara, si lo hacía, temía que se alejara emocionalmente también.

—No te pediré que me cuentes los detalles, pero no dejaré que te escapes de hablar sobre lo que te sucedió, porque nos afecta Xavi. Nos afecta como pareja.

Xavi lloró silenciosamente todo el camino hacia su departamento. Lo sacó del automóvil y lo abrazó hasta que entraron en su departamento.

Llevó a su novio al dormitorio y le sacó solo los zapatos. Después de quitarse los suyos se recostaron en la cama con la ropa puesta. Ni siquiera hablaron, solo se quedaron abrazados hasta que Xavi se calmó un poco.

—¿Por qué me lo contaste ahora Xavi?

—Porque no quiero ocultarte nada.

—Cielo, es obvio que no has superado lo que te pasó. ¿Por que no has buscado ayuda?

—Lo hice al principio, pero no puedo hablar al respecto, solo siento angustia y quiero llorar. —Le dijo con lágrimas nuevas.

—Tal vez Dani podría recomendarnos algún especialista.

—No, por favor no le cuentes, no quiero que sepa...

—No tienes de que avergonzarte, lo que te hicieron no es tu culpa. Lo único que quiero es ayudarte a mejorar.

—Pero estaba mejorando contigo. Ya estoy saliendo un poco...

—Si cielo, y eso es muy bueno, pero no soy la persona indicada para eso. Pude hacer más daño en vez de ayudar.

—No es verdad. Tú me ayudaste. Me ayudaste con la agarofobia.

—Con la agarofobia si, pero ¿has pensado que pasara con nosotros?

—¿Que quieres decir? —Le preguntó con miedo.

—Sexualmente. ¿Crees que lo que te pasó no nos afectará sexualmente? ¿Crees que podremos hacer el amor sin problemas?

—Quería hacerlo cuando estábamos en la playa. —Le dijo tímidamente.

—Ayudado con un medicamento. ¿Que pasa si cuando estemos haciendo el amor te sientes afectado? ¿Si te da un ataque cuando estemos en medio de...?

—No pasará.

—¿Estas seguro?

No, no lo estaba, pudo ver la respuesta en su cara.

—¿Temes que te lastime? —Le preguntó acariciando la cicatriz de su mejilla.

—Si. —Le dijo con lágrimas nuevas.— Se que nunca me lastimarías, pero no puedo evitar sentir miedo. No se si pueda soportar que me penetres.

—¿Y si tú me haces el amor a mi? ¿Podrías soportarlo? —Le dijo acariciando su mejilla.

Xavi lo miró sorprendido.

—No... No lo había pensado.

—¿Te gustaría hacerme el amor?

Xavi, estaba sorprendido. En el pasado el había estado en ambas posiciones, pero cada vez que pensaba en hacer el amor con Adrián, imaginaba a su novio penetrándolo, así que nunca se cuestionó si a Adrián también le gustaría que él le hiciera el amor.

—Si, si me gustaría. —Le dijo Xavi mirándolo.— ¿Tú lo deseas?

—Por supuesto. Te he deseado desde el mismo momento en que te conocí. —Le dijo acariciando su mejilla.— Pero lo intentaremos más adelante.

—¿Por qué más adelante?

—Porque estas muy alterado ahora, podemos esperar.

—No quiero esperar más. Por favor Adrián...

—¿Estas seguro?

Si, ya no quería esperar, quería sentir el cuerpo de Adrián, quería sentirse normal.

Como toda respuesta besó tímidamente a Adrián. Como siempre sucedía entre ellos, los besos y caricias se volvieron más intensas. Jamás había sentido tanta química sexual con nadie como la sentía con él.

En medio de los besos se fueron arrancando la ropa. Xavi besó cada rincón del rostro y cuello de Adrián y siguió con su pecho mientras su novio terminaba de quitarle la ropa interior.

El estar piel con piel era delicioso, Xavi quería tocar y besar cada centímetro del hermoso cuerpo de Adrián. Colocándose encima de su novio, comenzó a bajar por su torso, besando y mordiendo suavemente sus pezones.

Los gemidos de placer de Adrián lo excitaban aún más. Bajó hacia el delicioso pene de su novio y lo besó, pasó la lengua por la punta antes de tragarlo profundamente.

—Por Dios Xavi... Voy a hacerle un monumento a tu boca. Si, así...

Xavi succionaba y tragaba a Adrián mientras disfrutaba darle aquel placer. Una parte de él tenía miedo, mucho miedo de jamás ser suficiente para Adrián, de no poder satisfacerlo por lo que le había sucedido.

Cuando Adrián bajó las manos hacia su cabeza se salió rápidamente antes de que lo tocara.

—¿Xavi?

Antes de volver a sentir miedo, tomó en su mano la erección de Adrián que estaba a punto de explotar y siguió acariciándolo.

—Por favor dime que ahora si tienes condones. —Le dijo a Adrián con una sonrisa.

—Los compre en cuanto te conocí, solo estaba esperando a que te decidieras. —Le dijo Adrián estirándose hacia la mesa de noche y sacando también un tubo de lubricante.

—¿Cuando me conociste?

—Si, casi salto sobre ti cuando bajamos en el ascensor. Ni siquiera sabía si eras gay, pero quería probar tus labios. —Le dijo con una hermosa sonrisa.

Xavi tomó el lubricante en su mano y solo pudo mirarlo, no se atrevía a abrirlo. Adrián había sido siempre tan paciente y dulce con él... ¿Y si lo lastimaba como lo habían lastimado a él? De solo pensarlo se estremeció y su erección se desinfló un poco.

—¿Xavi?

—No quiero lastimarte...

—No lo harás. —Adrián debió notar que dudaba porque se enderezó un poco apoyándose en los codos.— Se que no debería hablarte de otros hombres en este momento, pero no será la primera vez que me penetren cariño. Solo quiero que entiendas que no me lastimarás.

Xavi sintió un ardor en su pecho y se dió cuenta de que eran celos. Definitivamente no quería saber de los otros hombres en la vida de Adrián.

Estaba bien que los hubiera tenido antes, pero si de él dependía no volvería a tener otros hombres en el futuro. Solo lo tendría a él.

Adrián vió a Xavi batallando con los deseos de hacerle el amor y el temor de herirlo. Por suerte para él ganó el deseo porque colocó lubricante en sus dedos y lo penetró suavemente.

—Si... —Solo pudo gemir ante la exquisita sensación. Por fin iba a hacer el amor con Xavi, por fin iba a tener ese hermoso y gran pene enterrado profundamente.— No sabes cuanto deseaba esto cielo.

—Supongo que tanto como yo. —Le dijo Xavi penetrándolo con un segundo dedo.

—No lo creo posible. Oh... se siente tan bien. —Un tercer dedo había sido agregado.

Xavi se tomó su tiempo en prepararlo. Adrián sabía que necesitaba estar bien estirado. Su novio no era nada pequeño.

Tímidamente Xavi se colocó un condón en su renovada erección.

—Avísame si te lastimo. —Le pidió Xavi cuando se inclinó a besarlo en los labios.

—Por supuesto. —Le dijo sin pestañar, a pesar que le había dicho una mentira. Se había propuesto no hacer el menor gesto de dolor. Si lo hacía sería fatal para Xavi.

Con mucho cuidado Xavi se puso entre sus piernas y comenzó a penetrarlo. Sintió un pinchazo de dolor, Xavi era grande y aunque se abría camino lentamente dolió un poco.

Se contuvo besando a Xavi profundamente, prácticamente le devoró la boca para evitar cualquier sonido que no fueran gemidos de placer. No quería que se detuviera, se sentía increíble, jamás había estado más estirado en su vida, podía sentir cada centímetro de Xavi.

—Oh por Dios... —Le dijo Xavi colocando la cara en su cuello.— Estás tan apretado... si no me detengo me voy a correr antes de empezar.

—Ha pasado mucho tiempo, además no eres nada pequeño cielo.

—¿Te duele? —Le preguntó con una nota de pánico.

—No, se siente muy bien... —Le dijo mientras acariciaba su cabeza y cuello.

Sentía como su cuerpo se estaba relajando y Xavi entraba otro poco en él. Levantó las caderas para enterrar a su novio aún más.

—Ah... —Xavi gimió en su cuello y empujó sus caderas para quedar completamente dentro de Adrián.

Sentía su cuerpo en llamas, lo único que deseaba era que Xavi se moviera, estaba a punto de correrse con solo haber sido penetrado, eso jamás le había pasado antes.

—Por favor Xavi...

—¿Estas bien amor? —Le preguntó Xavi besándolo con ternura.

Solo pudo asentir. Su corazón latía a cien por hora entre el placer que estaba sintiendo y las palabras amorosas de su novio.

Xavi empezó a embestirlo suavemente, pero él necesitaba más, se mordía los labios para aguantar el placer. Era mil veces mejor de lo que había soñado, se sentía por primera vez conectado en todos los niveles con la persona con la que estaba cogiendo, sentía que cada caricia, cada beso y cada penetración de Xavi le llegaban al corazón.

Cuando su novio aumentó la velocidad e intensidad de las penetraciones ya no pudo más. Era más de lo que podía aguantar.

—Por Dios Xavi... —No alcanzó a terminar de hablar cuando se corrió larga e inténsamente.— ¡Oh por la mierda!

Xavi lo penetró dos veces más antes de enterrarse profundamente y correrse también. Nunca había deseado tanto sentir a alguien sin un condón, quería sentir cada centímetro de su pene, cada gota de su semen, quería todo, con Xavi quería todo.

Sintió el dulce peso de Xavi sobre su pecho. Lo abrazó y rezó porque esto que tenían durara. Adrián acarició a su novio y lo besó en el cuello, su mejilla, su frente, cualquier parte que sus labios pudieran tocar.

Cuando sus respiraciones se calmaron Xavi levantó la cabeza con una enorme sonrisa.

—¿Por la mierda?

Ambos rieron mientras se besaban.

Atrajo a Xavi aún más cerca, lo único que podía pensar era: Te amo, te amo, te amo. Porque así era como se sentía. Era lo que mejor describía la enormidad de lo que sentía.

Adrián se moría de sueño. Casi no había dormido y se había levantado temprano porque su novio había insistido en ir a trabajar. No quería dar justificación para que lo despidieran, ya tenía bastante con tener que explicar por qué la policía lo había buscado el día anterior.

Era recién mediodía y los ojos se le estaban cerrando. Pensó en tomarse la tarde para descansar un poco.

Alguien golpeó su puerta suavemente y la figura de Gino apareció en su oficina.

—¿Como estás? —Le preguntó su amigo preocupado.

—Agotado, casi no dormí anoche.

Gino se acercó y se sentó frente a él muy serio.

—Lo lamento Adrián. Me siento muy culpable. Tú tienes razón, no debí haber interferido. —Balbuceó Gino muy afligido.

Su amigo pensaba que había pasado la noche en vela o llorando por Xavi, cuando la verdad era que la había pasado con su novio, cogiendo como conejos. El culo le ardía pero se sentía inmensamente feliz.

—Me alegra que admitas que eres un entrometido, se lo comentaré a Xavi.

—¿A Xavi?

—Anoche fui a hablar con él y arreglamos las cosas.

—¡Que bien! —Le dijo Gino felíz.— Sabía que no me equivocaba con ustedes.

Adrián se puso serio recordando lo que Xavi le había contado de su violación. Miró a Gino que notó su cambio de humor.

—¿Tu estuviste ahí en esa época? ¿Cuando atacaron a Xavi?

—Si. —La expresión de Gino se volvió seria.— ¿Te contó todo lo que pasó?

—No, solo se que lo violaron. Ni siquiera puede hablar del tema sin empezar a llorar.

—No me extraña que reaccione así. Fue terrible todo lo que le pasó. Todavía me estremezco al recordarlo. Los desgraciados casi lo matan, no tuvieron piedad con él.

—¿Los desgraciados? —Adrián sentía arder su estómago.

—Fueron dos reclusos.

—Quiero ver el expediente. —Necesitaba saber que más le habían hecho a Xavi.

—No. —Le dijo con voz firme.— No lo necesitas.

—¡Si lo necesito! —Le dijo con voz molesta.

—Puede que lo necesites, pero te aseguro que no quieres saber los detalles, no dejaré que veas las fotos y te tortures con eso.

Adrián se pasó las manos por el pelo frustrado. Con lo que ya sabía le ardía el estómago, si veía los detalles de lo sucedido se volvería loco.

—Dime en términos generales que pasó.

Gino se tensó en su silla antes de empezar a hablar.

—Dos hombres lo emboscaron, Xavi se defendió y lo golpearon muy severamente, casi lo mataron. Le fracturaron un brazo, varios dedos y costillas. Viste las cicatrices de su cara... Hemorragia interna...

—Y además lo violaron...

—Tampoco quieres saber los detalles de eso.

—¿Que pasó con los hijos de perra que le hicieron todo eso?

—Los llevé a juicio e hice que pagaran por lo que hicieron, logré que el juez fuera a tomar el testimonio de Xavi al hospital, no estaba en condiciones físicas ni psicológicas de ir a la corte, así que no tuvo que pasar por todo el proceso. Conseguí las penas máximas por violación e intento de homicidio.

—No merecían menos.

Gino asintió de acuerdo con él.

—Me alegré mucho cuando ustedes comenzaron a salir. —Le dijo Gino inusualmente serio.— Xavi no ha superado lo que le pasó, lo vi prácticamente detener su vida hace cuatro años, le ha costado todo este tiempo volver a retomarla. Y tú eres la principal razón de eso.

—Si, creo que por eso conectamos. También sentía que mi vida estaba... atascada.

—Lo se, era lo mismo que veía, por eso interferí. De verdad que lamento haberlo hecho, pero no creo haberme equivocado.

—No, no te equivocaste. Creo que estoy enamorado de él. —Una gran sonrisa apareció en el rostro de Gino.— No te alegres tanto. Aún tenemos muchas cosas que resolver y no será fácil.

—Están juntos, eso es lo que importa.

—Ojala fuera suficiente, pero Xavi tiene muchos traumas por lo que pasó, no solo psicológicos también sexuales.

Gino se tensó. Como todos los heterosexuales aceptaba a los gays pero no le gustaba ni pensar en lo que hacían detrás de la puerta del dormitorio.

—Por Dios Gino, asúmelo, los gays también tenemos sexo.

—Lo se. —Le dijo poniéndose colorado.— Pero no me interesa tener la imagen mental de mi mejor amigo en esas circunstancias.

—¡Eres un hipócrita! —Le recriminó.— Cuando estábamos en la universidad alardeabas con pelos y señales de tus aventuras sexuales. ¿Yo puedo tener la imagen mental pero tú no?

—Es distinto. También conozco a Xavi, las mujeres de la universidad eran anónimas. Jamás te contaría mis cosas personales con Elizabeth.

—No te he contado nada personal, pero el solo hecho de que pienses en dos hombres haciendo el amor te incomoda.

184

—¡Eso no es cierto! —Se defendió Gino.

—¿No? Xavi anoche me dió la mejor cogida de mi vida... —Le dijo remarcando cada palabra.

—Okey, okey, okey. —Le dijo Gino parándose y saliendo apresurado hacia la puerta.

—Y tiene un enorme y hermoso... —Siguió Adrián cuando Gino ya salía.

—¡Eso fue demasiada información! —Le gritó Gino desde el pasillo.

7

Las siguientes semanas fueron las más felices en la vida de Xavi, estaba total y absolutamente enamorado de Adrián y era lo suficientemente afortunado de que el hombre que amaba lo aceptara con todo lo malo que acarreaba.

Adrián había pasado un poco más de tiempo con sus padres que ya no los interrogaban tanto sobre su vida sexual. Su papá había sido dirigente sindical por muchos años y Adrián se había dedicado un tiempo al derecho laboral, así que tenían muchos temas en común.

Su novio también lo había presentado con sus padres y hermanos. Toda su familia y en especial su suegra lo acogieron muy bien, mejor de lo que esperaba. Pero una parte suya se preocupó al preguntarse como reaccionarían si supieran de su pasado.

Aún no podía hablar de su violación con Adrián, a pesar de que su novio lo había presionado una o dos veces para que hablaran al respecto, sobre todo cada vez que se despertaba gritando por las pesadillas. Había empezado a tenerlas nuevamente, hace mucho que no las tenía y cada vez que pasaba, allí estaba Adrián para abrazarlo y sostenerlo.

Sexualmente aún tenían cosas que resolver. Algunas veces Adrián lo tocaba y él prácticamente saltaba, trataba de evitarlo, pero no podía evitar que su mente volviera a aquel horrible momento.

Su novio era increíblemente dulce y comprensivo, jamás podría haber tratado de superar todo aquello con nadie más que con él. Sin embargo su mayor temor era que Adrián no pudiera con todo aquello y lo dejara. De solo pensarlo se le estrujaba el corazón.

Últimamente se quedaba a dormir con él varios días a la semana, pasaba más tiempo en el departamento de su novio que en su casa. Adrián no le había pedido que viviera con él, sabía que no llevaban saliendo tanto tiempo como para formalizar así la relación, pero lo deseaba, lo deseaba mucho. Incluso se había acostumbrado a despertar en medio de la noche y acurrucarse en sus brazos.

Se acostó al lado de Adrián después de una relajada cena y lo abrazó como hacía siempre.

—Me encanta tu pecho. —Le dijo con un suspiro.

—A mí también me gusta tu pecho.

—No es tan lindo como el tuyo. —Le dijo acariciándolo suavemente.— El tuyo es fuerte, pero cálido. Tiene estos deliciosos vellos que me acarician la cara. Y tus sabrosos pezones...

—Son tuyos, puedes saborearlos cuando quieras. —Le dijo con una sonrisa.

—Entonces no desaprovecharé la oportunidad. —Le dijo sentándose sobre sus caderas y llevando sus labios al pecho de Adrián.

Amaba chupar sus pezones, desde la primera vez que Adrián se quitó la camisa había quedado enamorado del pecho de su novio. Amaba cada centímetro de su cuerpo, pero su pecho lo volvía loco.

Acarició con la lengua una y otra vez su pezón derecho, mientras con la mano acariciaba el izquierdo. Adrián gemía suavemente y eso lo calentaba aún más. Lo chupó más intenso, probablemente le dejaría una marca, no sería la primera. Lo mordisqueó suavemente y eso pareció ser demasiado para su novio.

—Xavi... por favor. —Le dijo levantando las caderas en invitación.

Se desprendió de su pezón para llevar sus labios a la hambrienta y sabrosa boca de Adrián. Se besaron apasionadamente, antes de empezar a descender por el cuerpo de Adrián. Besaba su pecho, después de un mes ya había besado cada centímetro del cuerpo de su novio y él había besado cada centímetro del suyo.

Besó y acarició sus caderas antes de bajar más allá de su erección, lamió sus bolas y la metió en su boca una a una, antes de levantar más la pierna de Adrián y llevar la lengua a su agujero. Le encantaba besarlo así y su novio se volvía loco cada vez que lo hacía.

—Siiii, me encanta que hagas eso Xavi. —Le dijo Adrián muy excitado.

Siguió besándolo y torturándolo con su lengua, hasta que Adrián comenzó a temblar y maldecir. Xavi sonrió con las palabras de su novio. Adrián solía soltar una palabrota cada vez que el placer era muy intenso.

Subió por su entrepierna hasta llegar a su erección, lamió la humedad del pene de Adrián y lo tragó profundamente.

Su novio gimió y llevó las manos a su cabeza.

En un segundo la sensación de las manos de Adrián lo abrumaron trayendo recuerdos dolorosos.

—¡No! —Le dijo Xavi apartándole las manos con brusquedad.

En el mismo momento supo que se había equivocado. La erección de Adrián se desinfló igual que la suya.

Las palabras de Dani hicieron eco en su cabeza. Sabía que había llegado al punto en que la ayuda de Adrián no era suficiente.

Miró a Adrián para verlo con la cara tapada.

¿Como pudo herirlo de esa manera?

188

Solo quería acariciar su negro cabello y cuando colocó sus manos sobre su cabeza, Xavi le apartó las manos bruscamente.

Había soportado otros rechazos de Xavi durante su relación, pero ésta le dolió. Siempre eran rechazos más sutiles. Sentía que se ponía tenso cuando a veces lo abrazaba o lo tocaba, pero nunca había sido un rechazo tan directo.

Levantó las manos y se cubrió los ojos, si no lo hacía iba a llorar o a gritar, quizás ambas cosas. No pudo evitar que su erección se desinflara rápidamente.

Xavi debió notarlo, porque lo sintió moverse y acercarse a él.

—Lo lamento. —Le dijo Xavi en un susurro.

Seguía sin poder mirar a Xavi, una parte suya tenía miedo de sentirse siempre rechazado. Sabía que no todo era culpa de su novio, él también arrastraba un montón de rechazos y maltratos a su corazón de relaciones anteriores. Pero de Xavi le dolían como nunca lo habían hecho.

Le dolían porque estaba enamorado de Xavi. Por primera vez en su vida sabía que esto que sentía era amor. Como el de sus abuelos, como el que siempre esperó.

Y estaba aterrado.

No porque Xavi no le correspondiera. Estaba seguro que también lo amaba, pero su novio tenía muchas cosas que resolver. Su pasado era un gran elefante en medio del dormitorio con ellos y Xavi ni siquiera era capaz de hablar al respecto.

Cuando por fin fue capaz de mirarlo, vió los ojos tristes de Xavi.

—Lo siento tanto...

—Está bien cielo. —Le dijo acariciando su mejilla.— Es solo que no se cuando debo tocarte y cuando no.

—No debería ser así, no deberías tener miedo de tocarme.

—Está bien cielo, lo solucionaremos. —Le dijo atrayéndolo a sus brazos.

¿Lo solucionarían? ¿Serían capaces de hacerlo? ¿Como diablos iban a superar todo esto?

Se quedaron abrazados mucho tiempo. Adrián podía sentir la tensión en el cuerpo de Xavi. Cuando finalmente habló lo hizo con un susurro.

—Fueron dos hombres... —Le dijo Xavi.

Adrián no entendió al principio de que hablaba, en el momento que lo captó, no se atrevió ni siquiera a respirar muy fuerte.

—Fueron dos hombres los que me violaron... Yo... no debería haber salido de mi celda, nunca lo hacía, pero uno de ellos me dijo que había llegado un paquete para mi y que la habían dejado en aquella habitación... No debí salir de mi celda...

Adrián sentía las lágrimas de Xavi cuando caían en su hombro.

—Está bien cielo, ya pasó. —Le dijo acariciando su espalda y besando su frente.

—Cuando me di cuenta del engaño ya era tarde, me taparon la salida... eran más fuertes que yo... me resistí... todo lo que pude, pero me golpearon, me golpearon mucho...

Hizo un recuento de cada cicatriz en su cara y en su cuerpo... las había besado todas. Solo imaginar la cantidad de golpes recibidos le hizo arder el estómago de rabia.

—Cuando estaba medio aturdido me empujaron contra una mesa y me bajaron los pantalones...

Recordó cuando le había dicho a Xavi que lo pondría sobre la mesa del escritorio y lo cogería. Xavi había saltado de sus brazos y había colapsado.

Santo cielo, él le había provocado ese ataque de pánico en su oficina.

—El primero que me violó era grande y me penetró enseguida, en seco. El dolor fue terrible, les rogaba que no lo hicieran pero solo se reían de mi. Uno de ellos me obligó a tragar su pene mientras el otro me violaba. Tiraba de mi pelo mientras me obligaba a hacerlo.

Adrián imaginaba la escena en su cabeza y quería gritar de impotencia.

—No soportó que me toques por la espalda, ni que tomes mi cabeza cuando te hago sexo oral. —Le dijo con la voz quebrada.

—Solo quería acariciar tu pelo, jamás sería brusco contigo.

—Lo se, siempre has sido solo dulce conmigo, pero me recuerda lo que pasó y no puedo soportarlo.

—Está bien cielo, tendré cuidado de no hacerlo. —Le dijo colocándose de lado y abrazándolo aún más.

—Después que todo pasó... Me volvieron a golpear, más duro aún, Gino dijo que habían querido matarme para que no pudiera acusarlos por lo que habían hecho. Me dejaron tirado en el suelo. Sentía tanto dolor que lo único que quería era morir. Pero seguí conciente no se cuanto tiempo, hasta que escuché voces y alguien llegó a ayudarme.

La mirada torturada en los ojos de Xavi fue más de lo que pudo soportar y no pudo evitar que las lágrimas cayeran de sus ojos.

—Pasé el resto de mi condena en el hospital... Cuando quedé en libertad, estaba hecho un desastre, no solo físicamente... Por mucho tiempo lo único que quería era morir. Pensé en matarme... muchas veces lo pensé. Pero no podía hacerle eso a mis padres, yo soy todo lo que tienen.

—Me alegra que no lo hicieras... —Le dijo acariciando su cara.

—No lo hice... Pero no fui capaz de afrontar lo que me pasó, así que me quedaba en mi dormitorio. Antes de darme cuenta habían pasado meses en los que no salía de la casa, me encerré tanto que había días que no salía ni del dormitorio.

—¿Que te hizo comenzar a salir?

—La culpa. Veía la tristeza y el dolor de mis padres y sentía culpa. Les provoqué tanto sufrimiento... Todo por un estúpido error. Así que me obligué poco a poco a comenzar a salir. Al principio era terrible, solo salir al jardín era una tortura.

—Pero lo lograste.

—Aún me da miedo, todavía siento miedo de que me lastimen.

Adrián lo acercó más antes de besarlo dulcemente. Xavi se abrazó a él, todo su cuerpo temblando con sollozos.

—Nunca dejaré que nadie te lastime cielo, jamás nadie te lastimará sin tener que pasar sobre mí.

Adrián lo abrazó fuerte y poco a poco comenzó a calmarse. Probablemente tendrían muchos momentos duros como estos, pero Xavi ya estaba hablando de lo sucedido. Quizás con el tiempo lograría que fuera con un psicólogo.

Respiró profundo, calmando su corazón, no importaba cuanto tiempo les tomara, superarían esto. Debían hacerlo, porque no podía imaginar su vida sin él.

Xavi despertó con dolor de cabeza. Recordó todo lo que había llorado la noche anterior y entendió el por qué. Adrián aún dormía plácidamente. Se quedó mirándolo como solía hacer cuando se despertaba antes. No se cansaba de mirarlo, cada vez que lo hacía sentía su corazón más lleno y el pasado más ligero.

Adrián se movió un poco y murmuró sin abrir los ojos.

—Si sigues mirándome así, voy a terminar lo que empezamos anoche.

—Entonces no dejaré de mirarte. —Le dijo con voz coqueta.

Adrián abrió los ojos y una sonrisa iluminó su cara. ¿Como podía ser más bello cada vez que lo miraba?

—Ven acá amor. —Le dijo atrayéndolo a sus brazos y besándolo dulcemente.

Xavi se pegó a él y se entregó a sus caricias, sentía que estaba más relajado ahora que Adrián sabía todo. No sentía esa tensión permanente cada vez que se tocaban. Algo había cambiado desde la noche anterior pero no sabía que.

Cuando su mano bajó para acariciar la erección de Adrián, el timbre de la puerta sonó. Eran las ocho de la mañana de un día sábado. ¿Quien diablos llamaba a esa hora?

Adrián lo miró.

—No espero a nadie y si es alguien vendiendo algo a esta hora se puede ir al diablo. —Le dijo volviendo a besarlo.

El timbre siguió sonando y luego comenzaron a golpear con la mano.

—¡Te juro que voy a matar al desgraciado que esté tocando! —Le dijo Adrián saliendo molesto de la cama.

—Tranquilo amor, te mantendré la cama caliente. —Le dijo Xavi sonriendo.

Cuando Adrián salió poniéndose unos pantalones deportivos, se quedó acostado oliendo el perfume de su novio en la almohada.

Escuchó voces y se preocupó, no era un vendedor, la voz de Adrián sonaba molesta.

¿Que diablos estaba pasando ahora? Se preguntó mientras se ponía los pantalones e iba hacia la sala.

Su corazón se alteró al ver a los dos detectives que lo habían arrestado antes en la sala con Adrián.

—¿Que pasa? —Preguntó preocupado.

—Necesitamos que se vista y nos acompañe. —Le dijo el detective Levil amablemente.

—Está bien cielo, haz lo que te dicen, te acompañaré y aclararemos esto. —Le dijo Adrián, pero lucía igual de preocupado.

—¿Debo llamar a Gino? —Preguntó Xavi.

—Yo lo haré cielo. —Le dijo con una sonrisa forzada.

Xavi fue a la habitación a terminar de vestirse. ¿Por qué esto seguía pasando?

Adrián estaba aterrado, indignado y sorprendido, los policías que fueron por Xavi tenían una orden de arresto, no de detención, de arresto. Esto era malo, muy malo. Llamó a Gino y le pidió que los encontrara en la estación de policía.

Le leyeron los derechos a Xavi y su novio entendió en el momento lo que estaba pasando.

—Tranquilo cielo, solucionaremos esto. No digas nada hasta que llegue Gino. —Le dijo a Xavi cuando lo esposaron y lo subieron al automóvil.

Los interrogaron a ambos por separado y lo mantuvieron en una sala por lo menos una hora, hasta que Gino entró en la habitación donde lo retenían.

—¿Que pasó? —Le preguntó enseguida.

—Es peor de lo que esperaba. —Gino suspiró y se sentó frente a él.— Lo acusan de homicidio, una mujer fue asaltada y asesinada. La encontraron con un disparo en la cabeza. No hay testigos, pero encontraron restos de piel bajo las uñas de la mujer y un mechón de cabello. El ADN... corresponde al de Xavi.

Adrián se quedó estático. ¿Tenían su ADN?

—No, no, no. Definitivamente no es de él.

—Adrián...

—No tiene ningún rasguño, estuve anoche con él, vi su cuerpo, no tiene ningún rasguño.

—Pudo haber sido muy superficial, que no dejara marca.

—¡No! Te digo que no puede ser de él. Estuvo conmigo.

—¿Desde que hora?

—No lo se, las...

—Xavi dice que llegó a las seis y cuarenta y cinco, él salió de su trabajo a las seis. El portero de tu edificio no recuerda haberlo visto. Tú llegaste a las siete y media. El forense determinó la data de muerte entre las seis y ocho de la noche.

—No creo que en una hora y media tuviera tiempo de matar a una mujer, cambiarse de ropa y luego ir a mi departamento. Ni siquiera tiene automóvil.

—Tampoco tiene coartada Adrián.

—Si la tiene, estaba conmigo. No importa lo que digan. No fue él.

—Van a decir que lo estas protegiendo.

—¡Porque es inocente!

Gino miró preocupado a Adrián antes de hablar.— ¿Has considerado que tal vez no lo es?

Miró a Gino con incredulidad.

—¿De parte de quien se supone que estás? —Le dijo molesto.

—De la de ustedes, pero estoy tratando de que entiendas que si tienen su ADN estamos jodidos.

—¿Pudo alguien plantar la evidencia? —Le preguntó a Gino. El término se refería a cuando alguien colocaba evidencia para inculpar a otra persona.

—Lo dudo. Lo único que podría pensar es... —Gino lo miró esperando que Adrián lo atacara.— ¿Si Xavi no fuera conciente de las cosas que hace? ¿Si sufriera de algún tipo de trastorno?

—¿Crees que está loco?

—Adrián... Xavi no tenía recuerdos del ataque de hace cuatro años... Se encierra y no hay más ataques y cuando empiezas a sacarlo al mundo, los ataques volvieron...

No, no, no podía ser, Xavi no haría algo así. No conscientemente. Pero si estaba así de trastornado...

Cuando conoció a Xavi, él se lo había advertido "no estoy bien", "hace mucho que no estoy bien".

Se dejó caer en una silla desolado. Si Gino tenía razón podrían librarlo de prisión, pero probablemente lo enviarían a una institución psiquiátrica.

—Haz lo que tengas que hacer Gino. —Le dijo en un susurro a su amigo.

Probablemente solicitaría evaluaciones psicológicas para Xavi. No quería pensar en los resultados.

El futuro brillante que veía anoche se había oscurecido en un parpadeo.

Nuevamente estaba en prisión. Era preventiva, pero prisión al fin y al cabo. Gino había ido varias veces a hablar con él, pero no había podido hablar con Adrián o con sus padres. Solo los había visto por un breve momento hace tres días en la audiencia, en donde el juez le había negado la fianza por tener antecedentes.

Gino le dijo que por lo menos le darían veinticinco años de condena si lo juzgaban culpable. Saldría a los cincuenta y dos años... por algo que no había hecho.

El fiscal ordenó evaluaciones y había hablado largamente con un psiquiatra. Hablaron sobre la agorofobia y sus ataques de pánico, pero se negó a hablar de su violación.

Como le fuera en la evaluación sabía que estaba jodido. Nadie cuestionaba la veracidad del ADN. Él no había hecho nada malo. ¿Entonces como y por qué tenían su ADN?

No podía dejar de pensar en Adrián.

¿Que iba a pasar con su novio? ¿Se quedaría con él? ¿Sería justo pedirle algo así? No, no lo sería. Él amaba a Adrián, jamás le haría algo así.

Los guardias lo llevaron a una habitación para hablar con su abogado. Cuando la puerta se abrió no solo Gino entró, Adrián venía detrás de él.

—¡Xavi! —Le dijo corriendo hacia él y abrazándolo.

Tenía ganas de llorar de solo sentir los fuertes brazos de Adrián rodeándolo. Su novio le tomó la cara con las manos y lo miró.

—¿Estas bien cielo?

—Estoy bien. —Le dijo con tranquilidad, aunque eso era una enorme mentira. No había dormido una gota en tres días, tenía terror de salir de su celda y no podía comer sin vomitar por los nervios.

—Será mejor que nos sentemos. —Les dijo Gino demasiado serio.

Últimamente cada vez que Gino iba a hablar con él parecía que traía nuevas malas noticias. Una vez que estuvo sentado con su abogado al frente y Adrián a su lado sosteniendo su mano, Gino comenzó a hablar.

—El psiquiatra que te vió ya envió su evaluación. Pidió otros exámenes pero no encontró que padecieras algún trastorno de personalidad o psicopatía.

—Eso te lo podría haber dicho yo sin tanto exámen. No estoy loco. —Le dijo a Gino.

—Lo se, pero eso nos deja enfrentándonos a la acusación sin otra defensa que el testimonio de Adrián de que estabas con él y es poco creíble porque él es tu novio. Es eso contra el ADN.

—Así que me quedaré en prisión una temporada larga.

—No hay que perder la esperanza, la policía y el forense siguen investigando. —Le dijo Gino.

Él ya las había perdido, el futuro que pudiera haber tenido se iba a ir al diablo y eso incluía su relación con Adrián. Aunque lo exoneraran siempre iba a estar la duda de si era culpable. Su nombre y foto ya había salido en las noticias. Aquello lo iba a perseguir por siempre, sería otra mancha más en su pasado.

Respiró profundo tomando valor, lo que haría sería doloroso, pero era lo correcto.

Adrián no soportaba ver la mirada desolada de Xavi. En solo tres días ya había perdido peso y tenía unas marcadas ojeras que le indicaban que no había dormido.

—Seguiremos investigando cielo. Ya contacté a un detective privado. —Le dijo tratando de calmarlo.

Xavi suavemente soltó su mano antes de restregar su cara con gesto cansado.

—Quiero que te marches. —Le dijo sin mirarlo.

—No es una buena idea, tres cabezas piensan más que dos.

—No te quiero aquí. Y no quiero que vuelvas. —Le dijo bruscamente.

Sintió un nudo en su estómago con las palabras de Xavi.

—Deja de actuar como un niño Xavier. No iré a ninguna parte, vas a tener que aguantarme aquí hasta que te saquemos de este sitio. —Le dijo molesto.

—¿No escuchaste a los detectives? ¿No escuchaste lo que dijo Gino? ¡Tienen mi maldito ADN como prueba! ¡No voy a salir de aquí!

—Tu no hiciste nada y vamos a probarlo. Así tengan tu maldito ADN, vamos a probar que tu no fuiste.

—¿Y estás seguro de eso? ¿Estas seguro que yo no fui? ¿En ningún momento has pensado que tal vez si lo hice? —Le dijo mirándolo por primera vez.

—No. —Le dijo con seguridad.— Si tu dices que eres inocente yo te creo.

—¿Eso es lo que necesitas oír? Está bien, yo lo hice, yo la maté, ahora sal de aquí.

Adrián se quedó pasmado. No, Xavi no era culpable, no era capaz de hacer algo así.

—Lo dices para alejarme pero no lo haré Xavi.

—¿Por qué diablos quieres quedarte conmigo? ¡No ves que mi vida es un desastre!

—¡Porque te amo! ¡Porque no voy a renunciar a ti sin luchar!

—¡Pero yo no te amo! —Le dijo Xavi sin mirarlo a los ojos.

No. Xavi lo amaba. Su mente sabía que era mentira, una muy grande, pero oír aquella frase de los labios de Xavi le partió el corazón

—Eso no es cierto, solo lo dices...

—¡Lo digo porque es la verdad! ¡Ahora lárgate de aquí! —Le dijo levantándose y dándole la espalda.

—Xavi... No hagas esto. —Le dijo Adrián dolido.

Gino que había estado todo el tiempo callado se acercó a él y lo tomó de los hombros.

—Será mejor que salgas hasta que se calme. Yo hablaré con él. —Le dijo con la voz baja.

Antes de salir, le habló por última vez.

—No me rendiré Xavi. No voy a dejarte aquí.

Al salir de la habitación sintió que el mundo se le caía encima. El detective Levil estaba fuera de la sala y probablemente había escuchado a Xavi confesando el crimen.

Antes de hablar el detective lo tranquilizó.

—No estaba escuchando, acabo de colgar mi teléfono. Y aunque hubiera escuchado no se puede ocupar en un juicio.

—Solo quería lograr que me aleje de él. —Le dijo al detective.

—Me di cuenta de eso. Quiero que sepas que estoy tratando de resolver el crimen, no solo de buscar pruebas para culpar a tu novio.

—Se lo agradezco detective.

—Llámame Tony, nos veremos seguido de aquí en adelante.

—Soy Adrián. ¿Hay algo que puedas compartir conmigo de la investigación Tony?

—Lamentablemente no, sigo este y varios casos que se supone perpetró tu novio.

—¿Como el que sucedió cuando estábamos en la playa?

—Así es, por eso creo que puede ser alguien más el culpable. Al menos de ese crimen. No hay forma de que tu novio atacara desde la costa.

—Pero si crees que mató a esa pobre mujer.

—Si, el ADN no miente, pero con los otros casos hay cosas que no me cuadran.

—¿A que te refieres?

—No puedo comentarte sobre las discrepancias del caso actual. Pero si de la condena anterior.

—El de hace cuatro años... ¿Que discrepancias hubieron?

—La mujer que testificó contra Xavier, dijo que lucía drogado, como ido, pero en ningún momento de la declaración testificó que oliera a alcohol o que se desequilibrara como lo haría alguien borracho. En cambio en la declaración de los policías que arrestaron a tu novio, dijeron que no sintieron tanto olor a marihuana pero si mucho a alcohol. Cuando le hicieron la alcoholemia en la mañana aún tenía más de un grado de alcohol en la sangre, es imposible que pudiera caminar recto u ocultar el olor a trago.

Pero la identificación de las víctimas había sido sin siquiera dudar y ahora tenían el ADN, si nadie estaba implicando a Xavi, ¿entonces como? ¿Por qué?

—Te agradezco la ayuda Tony, pero si no resolvemos lo del ADN, cualquier conjetura será inútil.

—Es verdad, a menos que Xavier tenga un clon malvado, no hay manera de explicar que no sea culpable.

Una luz se encendió en su cabeza con las palabras de Tony.

¿Y si lo que estaba pensando era posible? ¿Si efectivamente Xavi tenía un clon?

Si tenía razón podría probar que Xavi era inocente y exonerarlo de todo.

La esperanza infló su corazón y casi besa a Tony de alegría. Lo habría hecho si no pensara que el alto y guapo detective podría ser homofóbico y fácilmente derribarlo de un puñetazo.

A Xavi lo llevaron nuevamente a una habitación para hablar con su abogado. A estas alturas solo esperaba malas noticias.

Llevaba una semana en prisión y cuatro días sin ver a Adrián. Después que lo había gritado y sacado de su vida, su ahora ex-novio iba cada día a visitarlo y él se negaba a verlo.

196

Gino le había dado un largo sermón pero mantuvo su postura. No iba a arrastrar a Adrián con él.

Cada vez que lo recordaba diciéndole que lo amaba sentía ganas de llorar, hubiera querido abrazarlo y besarlo en ese momento, decirle que él también lo amaba, pero en cambio le había roto el corazón. ¿Alguna vez dejaría de dolerle?

Cuando Gino entró a la habitación seguido de sus padres y el detective Levil, ya se esperaba lo peor. Su mamá tenía los ojos rojos igual que su papá, y él nunca lloraba.

Su mamá corrió a abrazarlo y se puso a llorar, Xavi la abrazó y miró a Gino.

—¿Que pasó ahora? —Preguntó angustiado.

—Aunque no lo creas traemos buenas noticias. —Le dijo Gino.

—No entiendo. Si son buenas noticias... —Miró los ojos llorosos de su papá y a su mamá sollozando en sus brazos.

—Sentémonos, hay muchas cosas que aclarar. —Le dijo Gino.

Gino lo separó de su madre y su papá se sentó frente a él y tomó sus manos.

—Xavi... tú sabes que tu mamá y yo te amamos... que has sido siempre lo más importante en nuestras vidas...

—Lo se papá, yo también los amo.

—Cuando tu mamá y yo nos casamos tratamos por mucho tiempo de tener un hijo, por muchos años lo intentamos, pero fue inútil...

—Hasta que me tuvieron a mí. —Su mamá siempre le decía que él era su pequeño milagro.

—No hijo, nunca pudimos concebir, así que optamos por... adoptar.

Xavi, se quedó helado.

—¿Soy adoptado?

—Eso nunca hizo que te amaramos menos Xavi, eres mi hijo, no hubiera sido diferente si tu madre te hubiera dado a luz. —Le dijo su papá con los ojos llorosos.

Xavi se paró y caminó por la habitación para calmarse, sentía que le iba a dar un ataque de pánico. Respiró profundamente para tranquilizarse. Para él no cambiaba nada, él amaba a sus padres y sabía que era inmensamente amado. ¿Pero por qué contárselo ahora?

—¿Por qué? ¿Por qué me lo dicen ahora? —Preguntó.

La mirada de Gino le dijo que aún se le venían más noticias encima.

—Porque tienes un gemelo Xavi, tus padres te adoptaron solo a ti, pero tienes un hermano gemelo. —Le dijo Gino muy serio sacando un papel de una carpeta.— Adrián recordó un caso sobre un juicio de paternidad que siguió en el que no pudieron saber que hermano era el padre de un bebé porque los gemelos idénticos son clones naturales, comparten la misma información genética, el mismo ADN.

Gino le entregó el papel, era una foto de su gemelo, era él mismo en la foto, pero al mismo tiempo no lo era en absoluto. Su nombre era Lucas, tenía un gemelo y se llamaba Lucas.

—Probablemente el ADN encontrado no es tuyo, es de él. Después que tus padres nos confirmaron que eras adoptado, Adrián fue a

197

investigar al hogar donde te adoptaron y verificó que tienes un gemelo. Ya lo pudo identificar y la policía lo está buscando.

Se dejó caer sobre una silla antes de que las piernas le fallaran y cayera al suelo.

—¿Él hizo todo esto?

—Creemos que si.

—¿Y ahora me creen cuando les digo que soy inocente?

—La mujer que te identificó cuando te arrestamos hace un mes en ningún momento recordó que tuvieras cicatrices en la cara. —Le dijo el detective Levil.— Y tienes una coartada que ahora es creíble con los nuevos antecedentes.

—Te vas a casa hoy Xavi, en cuanto pueda solucionar el papeleo. —Le dijo Gino con una sonrisa.— Cuando arresten a tu gemelo volverán a investigar y probablemente interrogarte, pero no pueden acusarte de nada.

Xavi quería llorar del alivio. Todo se iba a aclarar.

Se acercó a su mamá, que había estado llorando silenciosamente durante toda la conversación. La abrazó fuerte tratando de transmitirle todo el amor que sentía por ella.

—No cambia nada mami. Tú y nadie más que tú eres mi mamá. —Le dijo al oído.

—Xavi... —Su papá se acercó y Xavi lo acercó en un abrazo grupal.

Se sintió afortunado, nunca antes se había dado cuenta de lo afortunado que era al tener los padres que tenía.

—Te amo papá. —Le dijo a su padre antes de mirar a su abogado.— Gracias Gino.

—No me debes las gracias a mí. Fue Adrián, él se pasó estos días investigando.

Adrián. Su novio no se había rendido. Había creído en él y no se había rendido. Adrián lo amaba. Igual que sus padres se había mantenido a su lado, aunque él lo apartó.

¿Que debía hacer ahora? Su corazón le decía que corriera a buscar a Adrián. Pero le había hecho tanto daño ya. No solo con este episodio, toda su relación había sido afectada por él, por su pasado.

¿Y si Adrián estaba mejor sin él?

Después de todo aquel episodio, Gino se llevó a sus padres. El detective Levil o Tony, como le había pedido que lo llamara, se quedó con él para verificar unos datos.

Cuando terminaron, el oficial cerró la carpeta con los documentos. Antes de retirarse lo miró con el ceño fruncido.

—Deberías llamarlo. —Le dijo el detective.— Lo vi cuando salió de aquí ese día.

Estaba hablando de Adrián.

—Ya no estamos juntos. Además está mejor sin mí. —Le dijo negando con la cabeza.

—¿Y eso es todo? ¿Solo lo sacas brutalmente de tu vida? —Le dijo Tony molesto.

—Tú no entiendes. Hay cosas que no sabes...

—¿Crees que no te puedo entender porque no me pasó lo que a ti? Lo miró impactado, él no podía saber.

—Está en tu expediente, vi tu expediente.

—¿Y crees que quiero que cargue con eso como yo he tenido que hacerlo?

—Pues si no lo notaste, él es lo suficientemente fuerte para afrontarlo, para apoyarte. Eres tú el que no tiene el valor de hacerle frente a lo que te sucedió. Hay personas que han pasado por traumas peores y lo han superado.

—No me interesa lo que opines.

—Claro que no, solo te importa sentir lástima de ti mismo. Cuando cosas así pasan tienes dos caminos, te vuelves una víctima o te vuelves un sobreviviente. Tú elegiste ser víctima y no hacer nada para superar el trauma. Ni siquiera seguiste un tratamiento psicológico adecuado, si crees que puedes superar el pasado sin ayuda profesional estas equivocado.

¿Que diablos le pasaba a este sujeto que no lo dejaba tranquilo?

—¿Por qué no me dejas en paz? —Le dijo con obstinación.

Tony lo miró molesto y caminó hacia la puerta, cuando tenía la mano en la manilla, se giró y caminó de vuelta.

—¿Sabes que? No lo haré. No te dejaré en paz, porque no solo estas arruinando tu vida, estás lastimando a un increíble hombre que te ama y que no le importa la mierda que arrastras. Así que si él tiene valor suficiente para afrontar todo por ti, tú también deberías tener el valor de hacerlo por él.

—Ya es muy tarde.

—No lo es. —Se volvió a sentar frente a él y lo miró intensamente.— Si consigues ayuda puedes mejorar. Y te apuesto lo que quieras que Adrián va a querer estar ahí para apoyarte.

—No...

—¡Deja ya de decir que no! Tienes un hombre que te ama y no hay nada que te impida estar con él excepto tú mismo. ¿Sabes lo que daría por poder estar con el hombre que amo? Y tú solo lo sacas de tu vida... —Tony se dió cuenta de lo que había dicho y respiró profundo para calmarse.

—¿Como se llama? —Le preguntó a Tony.

—Eso no importa. No podemos estar juntos.

—Si lo amas deberías seguir tus propios consejos...

—Es imposible, para nosotros es más que imposible. Pero para ustedes no.

—Hagamos un trato, yo voy a buscar a Adrián y tu vas a buscar a... como se llame.

—Leo, se llama Leo. —Le dijo con una sonrisa triste.— Me encantaría ir por él, pero no puedo hacerlo. No creo que a su esposa e hijos les guste.

—¿Es casado? —Le preguntó sorprendido.

—No todos tienen el valor de salir del closet. Y Lamentablemente arrastran a tontos como yo, que nos enamoramos de ellos.

Xavi tomó su mano dándole su apoyo. Pobre Tony, tenía el corazón roto, más que roto, destrozado. Él no quería eso, no quería perder a Adrián.

Tony tenía razón, lo único que le impedía estar con Adrián era él mismo.

Pensó en lo egoísta que había sido. Se había encerrado por años auto compadeciéndose y lo único que había logrado con eso era lastimar a las personas que lo amaban. Si seguía así le haría aún más daño a sus padres y sobre todo a Adrián, pero si pedía ayuda podría tener una oportunidad de superar el pasado y tener un futuro con al hombre que amaba.

Sonrió decidido. Si iba a recuperar su libertad debía hacerlo con todo, por él y por Adrián, porque su novio no merecía menos.

8

Dos días.

Lo habían liberado hace dos días y recién hoy Xavi se había decidido a ver a Adrián. Lo extrañaba tanto que sentía que le dolía hasta físicamente.

Xavi sonrió al ver el edificio donde vivía su novio. No había tenido muchos motivos para sonreír últimamente.

Para empezar, lo habían despedido de su trabajo por lo de su estadía en la cárcel.

También había comenzado a ver un psiquiatra. Las sesiones eran agotadoras, tenía tantas cosas que tratarse que probablemente estaría en terapia por el resto de su vida.

Para rematar todo, su gemelo había vuelto a atacar el día anterior. Afortunadamente para él, el episodio sucedió cuando estaba con su psiquiatra, lo que había terminado de convencer a la policía de su inocencia.

Debió ir una vez más a declarar por aquel asunto y al salir Tony se había ofrecido a llevarlo con Adrián. Aún no sabía como lo recibiría, pero si tenía que pedirle perdón de rodillas por como lo había tratado lo haría feliz si podía recuperarlo.

—Aquí estamos. —Le dijo Tony cuando estacionaba.

—Espero que me perdone. —Le dijo preocupado.

—Lo hará, sabe que lo hiciste para alejarlo, me lo dijo.

Le sonrió y bajó del automóvil, Tony también salió del carro y fue a su lado.

—Ánimo. Haz esto por los dos, así yo tendré la esperanza de creer que algún día también podré ir a buscar a Leo...

—Gracias por...

Fue todo lo que pudo decir cuando fue interrumpido por un disparo y Tony se desplomó violentamente al suelo.

—¡Tony! —Gritó agachándose junto al cuerpo de su amigo y tratando de detener la sangre, santo cielo había tanta sangre...

—¡Sube al carro! —Le dijo un hombre apuntándolo con una pistola. No era cualquier hombre, era su hermano. Era impactante verlo, como mirarse a un espejo. Estaba desaliñado y su mirada era confusa, pero eran sus facciones, sus ojos, su voz...

—¡Sube al carro! —Le repitió agitando la pistola.

—Si lo dejo aquí morirá...

Su hermano se acercó a él y le puso la pistola en la cabeza.

—¡Sube al carro! ¡Es la última vez que lo pido!

Fue empujado hacia al asiento del conductor, encendió el motor y trató de demorarse para darle tiempo a la policía. Alguien debía de haber escuchado el disparo, no era posible que nadie lo escuchara. Pero para su desdicha Adrián salió corriendo hacia la calle y cuando su gemelo lo vió, le apuntó con el arma y disparó tres veces.

—¡NO! —Gritó con todas sus fuerzas cuando Adrián cayó al suelo.

Su primer instinto fue frenar y correr hacia él, pero su mente reaccionó en segundos y apretó el acelerador. Debía alejar a su hermano de Adrián. Si aún estaba vivo, no le daría la oportunidad a su gemelo de darle el tiro de gracia.

"Está vivo", se repetía en su mente, *"debe estar vivo, por favor Dios, que esté vivo."*

Adrián estaba devastado. Nunca se había sentido más triste en su vida que ahora. Xavi había salido de prisión hace dos días y no lo había llamado ni lo había buscado.

Se había pasado cuatro días buscando las evidencias para probar que Xavi era inocente. No lo había hecho para que su novio volviera por agradecimiento con él, pero en el fondo de su corazón quería creer que Xavi lo amaba también. Pero al parecer estaba equivocado y otra vez había acabado con el corazón roto.

Llegó a su edificio y no quería entrar. Su departamento se sentía vacío cuando Xavi no estaba allí. Por fin había encontrado al hombre con el que quería pasar el resto de su vida. Lo quería a su lado, con su sonrisa tierna, con sus ojos cálidos y sus labios dulces.

Estaba por subir al ascensor cuando escuchó el disparo, corrió hacia la calle y vió el cuerpo de Tony bañado en sangre y a Xavi alejándose en el automóvil del detective con su gemelo. Se le heló el alma cuando vio que el arma se asomaba por la ventana del carro. Reaccionó instintivamente arrojándose al suelo y cubriéndose la cabeza antes de que tres balas rebotaran en la pared que estaba a su espalda.

Cuando el automóvil se alejó, se levantó y corrió hacia el cuerpo de Tony.

—¡Tony! ¡Tony! ¿Puedes oírme?

Estaba semi inconciente pero en shock. Sacó su teléfono para pedir ayuda mientras trataba de detener la hemorragia.

—Leo... Leo... —Murmuraba Tony en un susurro.

—Tranquilo amigo, estoy pidiendo ayuda, resiste un poco más.

Adrián habló con emergencias, pero alguien ya había llamado al escuchar los disparos. La ayuda venía en camino. Varios vecinos y algunos peatones se detuvieron a ayudar. Afortunadamente un anciano que pasaba era un enfermero retirado y le dio los primero auxilios a Tony hasta que pocos minutos después apareció la policía seguida de cerca por la ambulancia.

Tony había seguido llamando a Leo hasta que había caído inconciente. Antes de que lo subieran a la ambulancia, sacó el teléfono del detective y buscó el número de Leo. Trató de llamarlo pero saltó al buzón de voz. Lo intentaría más tarde. Ahora tenía problemas mayores.

Su novio había sido secuestrado por un asesino.

Su hermano estaba trastornado. Lo había llevado a un viejo edificio de departamentos en las afueras de la ciudad. Se notaba que su gemelo no era capaz de cuidar de si mismo, el lugar era un desastre y un reflejo de cuan confundida estaba su mente.

Tenía ambas manos amarradas a una cama y Lucas no paraba de moverse por la habitación y hablar solo. No se atrevía ni a respirar para no alterarlo más. La pistola en su mano era un incentivo para mantenerse lo más tranquilo que pudiera.

—Vi tu fotografía en la televisión. —Le preguntó mientras se paseaba una y otra vez.— ¿Por qué? ¿Por qué eres igual a mí?

—Somos gemelos. —Le respondió con voz temblorosa.

—¿También te criaste en un hogar?

—No, me adoptaron.

Lucas se sentó un momento a sus pies y lo miró tratando de convencerse que le decía la verdad.

—Estuve en un hogar hasta los diez, después me adoptó una pareja. Pero me devolvieron, no era el niño perfecto que esperaban, al parecer soy demasiado defectuoso. —Le dijo con una sonrisa trastornada.

—Lo siento.

—¿Tu si fuiste el niño perfecto? —Le dijo con rabia apuntándolo con el arma.

—Lo dudo.

—Debo salir de aquí. No puedo quedarme aquí. —Le dijo parándose nuevamente.

—Lucas, el hombre al que le disparaste es un policía, deben estar buscándonos. Es mejor que te entregues, te ayudaré lo prometo, pero debes entregarte.

—Podemos huir juntos, ahora tengo un hermano, tú me cuidas a mi y yo te cuidaré a ti. —Le dijo igual de entusiasmado que un niño.

—No puedo ir contigo, mi vida está aquí.

—¡Pero somos hermanos! ¡Tú tienes que estar conmigo!

Volvió a pasearse y a balbucear incoherencias. Era inútil razonar con él, debía tratar de mantenerse con vida y para eso tenía que ganarse a su hermano, decirle a todo que si y quitarle el arma si era necesario.

No se iba a rendir, él no iba a renunciar sin dar una buena pelea primero. Si todo fallaba, solo le quedaba rezar para que no lo matara antes de poder decirle a Adrián que lo amaba.

Gino entró corriendo a la sala de emergencias del hospital, mientras Adrián se paseaba desesperado, había sido interrogado una y otra vez sobre lo sucedido. Tony estaba en cirugía, su condición era grave y estaban haciendo esfuerzos por salvarle la vida.

No había rastros de Xavi.

—¿Estás bien? —Le preguntó Gino al verlo cubierto de sangre.

—No. Tiene a Xavi, ese infeliz se llevó a Xavi. —Le dijo con un nudo en la garganta.

—¿Aun no se sabe nada de su paradero?

—No... —El suave ringtone de una balada saliendo de su bolsillo desvió su atención.

Recién en ese momento recordó que tenía el teléfono de Tony. Al mirar la pantalla vió que era Leo devolviendo la llamada. Se le hizo un nudo en la garganta, quienquiera que fuera Leo, hijo, hermano o papá, iba a tener que avisarle que Tony había sido herido. Apenas y alcanzó a contestar cuando Leo habló apresuradamente.

—¿Tony? —La profunda voz sonaba ansiosa.— Me alegra que llamaras amor. No sabes como te he extrañado...

Oh, oh. Parece que Tony no era homofóbico.

—No soy Tony, lo siento, mi nombre es Adrián, soy un amigo de Tony. —Explicó rápidamente antes de que Leo dijera algo más.

—Yo... Tony me llamó.

—No fue él, yo lo hice. Tony está... Lamento tener que ser yo quien te lo diga, pero Tony está herido.

—¿Que le sucedió? —Le preguntó preocupado.

—Le dispararon. La PDI va a emitir un comunicado oficial con su nombre así que es mejor que te enteres por un amigo y no por las noticias.

—¿Donde está ahora? ¿Sigue con vida? —Le dijo con la voz quebrada.

—Está en el hospital católico, creo que deberías venir, está muy grave.

—¿Como...? ¿Por qué me llamaste?

—Estaba con él... Dijo tu nombre, te llamó hasta que cayó inconciente. Creí que era lo correcto llamarte.

El silencio en el teléfono le hizo pensar que Leo había colgado.

—¿Sigues ahí?

—Si. —Le dijo con la voz aún más ronca.— Gracias por avisarme.

—De nada. Estaré aquí en el hospital, probablemente nos veamos.

—Gracias de nuevo. —Le dijo antes de colgar.

Cuando colgaba el detective Torras se le acercó.

—¿Tiene alguna novedad? —Le preguntó ansioso

—Algo así, encontraron el automóvil de Tony en la periferia, cerca de San Bernardo, el operativo policial se está centrando en ese sector.

—Es una zona muy grande...

—Lo es. —El detective pareció tomar valor para hablar.— Me temo que tengo más malas noticias, será mejor que nos sentemos.

Por todos los cielos. ¿Y ahora que?

—Encontramos más antecedentes sobre Lucas, el gemelo de su novio. —Torras se rascó la ceja nervioso antes de continuar.— Es esquizofrénico. Al parecer desde niño tuvo un comportamiento errático y confuso, por eso nunca lo adoptaron y hace cuatro años...

—¿Cuando arrestaron a Xavi?

—Si. El mismo día que arrestaron a su novio, encontraron a Lucas vagando desorientado y con sangre en sus manos, cerca de donde atacaron a la mujer que acusó a su novio. No había una orden de detención, porque ya habían arrestado a Xavier. Así que fue llevado a una institución psiquiátrica.

—¿Xavi es inocente? ¿Lo hicieron pasar todo ese infierno teniendo al verdadero culpable encerrado?

—No podíamos saber...

—No. ¡Porque se preocuparon solo de culparlo en vez de buscar la verdad! —Le dijo parándose de su silla furioso.— ¿Por qué está libre Lucas? ¿No estaba encerrado?

—Lo medicaron y trataron, está libre hace un año, pero al parecer dejó de medicarse y volvió a trastornarse.

—¡Y volvieron a acusar a Xavi! ¡Los voy a demandar, a usted y toda la tropa de inútiles que le hicieron esto a Xavi! —Le dijo pateando la silla donde había estado sentado.

—Adrián cálmate. —Le dijo Gino acercándose o apretando sus hombros.— Escúchame, te ayudaré a demandarlos o lo que quieras hacer, pero ahora debes estar tranquilo, enfoquémonos en encontrar a Xavi.

—¡Ese lunático ya mató a una mujer y le disparó a Tony! ¿Que crees que le hará a Xavi?

—Entonces debemos rezar por encontrarlo a tiempo.

Tiempo era lo que no tenían. Cada minuto que pasaba Xavi corría más peligro.

Lucas estaba tranquilo, lo había convencido de encender un viejo televisor para saber que estaba pasando. Las noticias habían dado el nombre de Tony como único herido, lo que lo hizo respirar más tranquilo sabiendo que Adrián estaba sano y salvo.

Su gemelo había seguido desvariando y con actitudes erráticas y contradictorias, con cambios de humor muy impredecibles.

—Lucas... Creo que deberíamos entregarnos. —Le dijo tratando de convencerlo.

—No. Debemos huir. Si nos entregamos me van a encerrar de nuevo.

—Nos encontrarán. No quiero huir, mi familia está aquí.

—Yo soy tu familia ahora, nos iremos juntos, lejos de aquí.

—No...

—¡Cállate! —Le dijo acercándose y golpeándolo en la mejilla.

Vió luces de colores mientras se recuperaba del golpe.

—Lo siento, lo siento... —Le dijo Lucas acercándose y acariciándolo.— No quería hacerlo.

—Está bien... —Le dijo Xavi tratando de calmarlo para no ser golpeado nuevamente.

Hasta hace un minuto estaba tranquilo, pero el golpe lo hizo regresar al momento en que lo atacaron. Lucas no lo iba a violar. Pero podía golpearlo igual de fuerte. Comenzó a temblar y supo que iba a tener un ataque de pánico.

—¿Que te pasa? —Le preguntó su gemelo.

—Es un ataque de... suele sucederme... por favor, suéltame las manos.

Lucas comenzó a pasearse mientras lo miraba temblar como una hoja. Podía tener un ataque de pánico con las manos atadas, pero debía encontrar cualquier posibilidad de huir.

Cuando su hermano soltó sus manos, Xavi se hizo un ovillo en la cama y siguió temblando. Trataba de calmarse mientras Lucas lo miraba preocupado. Cuando estaba más tranquilo miró la cómoda cerca de la ventana, la pistola estaba encima, tenía dos opciones, iba por el arma o corría a la puerta y huía.

En ambas opciones Lucas podía ser más rápido y matarlo. Optó por huir. No sentía un lazo con su gemelo, pero no podría utilizar un arma, menos contra él.

Con todas las fuerzas que tenía empujó a Lucas y corrió a la puerta, le quitó el seguro y estaba a punto de abrirla cuando sintió el golpe en su hombro y su gemelo se le vino encima. De reojo vió el arma en su mano y enfocó todas sus fuerzas en alejarla de él. Cayeron al suelo y siguieron luchando, sentía que perdía la pelea y el arma estaba apuntada hacia él.

Pensó unos segundos en sus padres, en Adrián. Esperaba que si moría en ese momento supieran cuanto los amaba.

Enfocó sus fuerzas en defenderse y juntando fuerzas empujó las manos de su gemelo, pero fue tarde, escuchó el disparo y sintió el calor en sus manos antes de que todo se volviera negro.

La familia y amigos de Tony habían llegado mientras esperaban noticias.

Resultó que Leo, era un viejo amigo de Alex de cuando trabajaba en la capital. Adrián lo había conocido en la boda de sus amigos.

El detective Torras había recibido una llamada de disturbios en la zona donde estaban buscando a Xavi. Cuando el detective salió apresurado, decidió ir tras él en el automóvil de Gino. Su amigo se quejó todo el camino de que deberían haber esperado en el hospital, pero él tenía el presentimiento de que era correcto ir.

Cuando llegaron, la policía había levantado un operativo y el lugar estaba lleno de policías, ambulancias y curiosos.

Vió salir al detective del viejo conjunto de departamentos, se le apretó el estómago. La cara de Torras predecía malas noticias. El detective dió instrucciones y los dejaron entrar a uno de los departamentos del primer piso que estaban ocupando.

—Los encontramos.

—¿Donde está Xavi?

—Tenemos a uno de los gemelos acorralado en el techo en el cuarto piso, tiene un arma y está apuntándose con ella, el otro... Lo siento, pero lo encontramos muerto con un disparo en el corazón.

Adrián sintió que se le paraba el corazón y se le doblaban las piernas, y eso debió pasar porque los fuertes brazos de Gino lo sostuvieron, evitando que se estrellara contra el suelo.

—No, no, por favor Dios no. —Gimió sin poder creer lo que oía.

—Tranquilo amigo. —Le dijo Gino llevándolo a una silla y sentándolo.

—Está muerto. Xavi está muerto... —Trataba de procesar la información en su cerebro pero no podía, sentía sus manos temblar y a Gino sosteniéndolo mientras colapsaba.

—Lo siento Adrián. Lo siento tanto. —Le dijo Gino mientras lo abrazaba.

Sin poder contenerse más se abrazó a Gino y lloró. Lloró desconsolado al pensar en que jamás volvería a verlo, pero por sobre todo porque sentía que le había fallado a Xavi, le había prometido que nadie volvería a lastimarlo y le había fallado.

El detective Torras se acercó a ellos.

—Lamento molestarlos, pero necesitamos que alguien lo identifique.

—No puedo hacerlo, no puedo. —Le dijo a Gino entre lágrimas. Si veía a Xavi muerto sería real, no la horrible pesadilla que sentía que estaba viviendo.

—Yo lo haré. —Le dijo Gino. Apretó su mano y siguió al detective.

Esto no debía haber pasado, ellos se merecían un final feliz, después de todo lo que Xavi había pasado se merecía más que nadie ser feliz.

Poco después Gino entró casi corriendo y habló apresurado.

—No es él.

—¿Que? —Preguntó atontado.

—Es el otro, no tenía ninguna cicatriz en la cara.

—¿Xavi está vivo? —La incredulidad no lo dejaba pensar, no era Xavi, no estaba muerto.

—Si, pero está... —Si no era el gemelo muerto, entonces era el que estaba...

—Acorralado y apuntándose con un arma. —Le dijo aterrado a Gino antes de salir corriendo en busca de Xavi.

Xavi se cubrió la cabeza para apagar el ruido. Tenía un ataque de pánico, todo su cuerpo temblaba, ni siquiera podía recordar como había llegado ahí, sentía que alguien le hablaba pero no entendía lo que le decían.

Había hecho algo malo. Lo único que podía recordar era que había hecho algo malo. Iba a ir a la cárcel nuevamente.

—Xavi.

Escuchó su nombre, pero sonaba muy lejos.

—Xavi. ¿Puedes oírme?

Adrián. Era Adrián. Tenía miedo de que fuera un sueño.

—Xavi mírame, soy Adrián, mírame amor.

Era la voz de Adrián. Fue como si alguien le hubiera quitado tapones de los oídos. Todo el ruido de sirenas y voces se intensificaron a su alrededor.

Giró la cabeza y el hermoso rostro de Adrián estaba a unos metros de él.

—¿Adrián?

—Si amor, soy yo. —Le dijo con una sonrisa.— Por favor cielo baja el arma al suelo, con cuidado, no quiero que te lastimes.

¿Arma? Miró sus manos cubiertas de sangre. Tenía una pistola en la mano, la apuntaba hacia su pecho, recordó que la tenía así porque si la apuntaba hacia afuera podía herir a alguien.

La tomó con cuidado y la puso en el suelo junto a él. Adrián se acercó lentamente y la alejó aun más antes de abrazarlo.

Xavi quería gemir de placer al sentir los brazos de Adrián.

—Adrián... —Le dijo abrazándolo fuerte.

—Ya pasó todo cielo, todo está bien ahora.

No, no todo estaba bien, iba a volver a la cárcel, llorando se abrazó a Adrián y dejó que la tristeza y el dolor salieran.

Adrián daba gracias a Dios una y otra vez, Xavi estaba vivo, lo tenía en sus brazos a salvo. Su novio lloraba desconsolado, y se abrazaba con fuerza a él.

—Todo está bien amor, todo terminó. —Le repetía una y otra vez para calmarlo.

No quería ni pensar lo que todo este episodio iba a dañar a Xavi, pero lo que tuvieran que enfrentar era mil veces mejor que si lo hubiera perdido.

—Lo siento. Lo siento tanto... —Le dijo Xavi llorando.

—¿Por qué lo sientes amor? Nada de esto es tu culpa.

—Le disparé, creo que lo maté.

Y si Xavi no lo hubiera hecho, él mismo habría buscado al hijo de perra y lo habría matado por todo el daño que le había hecho al amor de su vida.

—No fue tu culpa amor.

—No quiero ir a la cárcel. —Le dijo sin parar de llorar.

—No vas a ir a la cárcel, fue defensa propia amor, no vas a ir a la cárcel.

—¿No? —Le dijo calmándose un poco y mirándolo con sus bellos ojos llenos de lágrimas.

—No. Ese infeliz te secuestró, hirió a un policía, te golpeó. —Le dijo acariciando la herida que tenía en la mejilla.— Y casi te mata, él es el único culpable de todo esto.

—No estaba bien, hablaba incoherencias, en momentos quería que fuéramos hermanos y al segundo me golpeaba y amenazaba con matarme. —Le dijo más calmado.

—Tenía esquizofrenia. Torras encontró un expediente que indicaba que era esquizofrénico.

Xavi suspiró y se abrazó más cerca.

—Solo quiero que me lleves a casa.

—Te llevaré con tus padres cielo, están muy preocupados por ti.

—Llévame con ellos, pero después quiero ir a tu departamento, no quiero estar lejos de ti. —Le dijo poniendo la cabeza en su pecho y abrazándolo.

Adrián sonrió y lo abrazó más fuerte. Xavi ya consideraba su departamento como su hogar. Y él también. Pensó que lo más pronto posible se llevaría a su novio a vivir con él y no se separarían nunca más.

Xavi todavía estaba aturdido, la policía lo había llevado a la estación para tomar su declaración de lo sucedido y después lo habían dejado en libertad. Sus padres estaban allí cuando salió y lo abrazaron y besaron. Xavi había insistido en ir al departamento de Adrián y sus padres habían comprendido. Necesitaba estar con él, lo necesitaba como necesitaba el aire.

Adrián lo había cuidado, bañado y acostado igual que si fuera un niño, y él lo dejó. No quería nada más que abrazarse a su novio y no soltarlo hasta estar seguro de que ambos estaban a salvo.

Abrazados en la amplia cama, Adrián acariciaba y besaba su cabeza.

—Duerme amor, yo me quedaré cuidándote. —Le dijo Adrián dulcemente.

Estaba agotado, pero tenía miedo de dormir. Temía tener pesadillas y lo que más temía era despertar y no encontrar a Adrián a su lado. Si eso sucedía necesitaba hablar con él, necesitaba aclarar cosas y no quería esperar.

—Venía a verte cuando Lucas me llevó. —Le dijo en un susurro.

—Lo supuse. —Le dijo besando su frente.— Debo advertirte que ahora que estás aquí no dejaré que te marches, si es necesario nos encerraré en mi departamento hasta convencerte de que te quedes conmigo.

—Yo mismo nos encerraré si me perdonas y me aceptas de nuevo. —Le dijo con una sonrisa.

—No hay nada que perdonar... —Le dijo Adrián mirándolo con sus lindos ojos.

Sin poder evitarlo atrajo a Adrián a sus brazos y lo besó. Cuando por fin se separaron a tomar aire, estaba seguro que su corazón se podía oír en toda la habitación.

—Te amo. —Le dijo mirándolo a los ojos.— Tenía cosas que resolver por eso no te hablé antes, porque... Se que tengo un montón de mierda en mi pasado y tú no tienes por qué cargar con ella, menos aún si se que puedo hacer que pesen menos.

—Xavi, cargaría con todo lo que me pidieras si puedo tenerte a mi lado.

—Pero no debo hacerte pasar por eso. En el pasado no hice nada por superar lo que me pasó, pero no quiero que eso arruine nuestro futuro. Así que empecé a tratarme con un psiquiatra para que me ayude y esta vez no lo voy a dejar, por más difícil que sea. Quería poder decirte que haré lo que sea necesario para estar contigo, porque te amo y no quiero perderte.

—Xavi... —Tomó su rostro en sus manos.— Me alegra que estés viendo un psiquiatra, pero debes hacerlo por ti amor, no por mí. Yo te acepto como sea, con tu pasado, con tus traumas, si debemos lidiar con eso el resto de nuestras vidas no me importará siempre que estés conmigo.

—¿Todavía me amas? ¿Después de la forma horrible que te traté?

—¿Es así como piensas?

—No, jamás. Pero pensé que iba a pasar el resto de mi vida en prisión y no quería arrastrarte conmigo, no te mereces algo así.

—Tu tampoco amor, después de todo lo que has pasado solo mereces ser feliz. —Le dijo abrazándolo más fuerte.

—¿Y quieres hacerme feliz? ¿Todavía me amas? —Le preguntó nuevamente.

—Más que a nada en el mundo. Y no voy a ir a ninguna parte, aunque vuelvas a alejarme de ti.

—Nunca volveré a ser tan tonto. —Le dijo con un bostezo.

—Será mejor que descanses, tenemos todo el tiempo del mundo para conversar

Se abrazó más a su novio y besó su pecho.

—Te amo. —Le dijo dulcemente.— Te amo tanto.

—Y yo a ti Xavi. —Le dijo Adrián.

—¿De verdad ya pasó todo?

—Si amor, ya pasó.

Sentía los parpados pesados del cansancio.

—No me dejes solo. —Le pidió casi dormido.

—Jamás amor, jamás te dejaré.

Fue lo último que pudo escuchar antes de dormirse agotado.

Se quedó acariciando a Xavi y besándolo hasta que estuvo profundamente dormido. Le parecía un sueño poder estar así con él después de los terribles minutos en que creyó que lo había perdido.

Casi se le había parado el corazón cuando la policía lo dejó acercarse a Xavi y había visto la pistola apuntando el pecho de su novio.

Después de sacarlo de aquel horrible lugar, Xavi había estado inusualmente tranquilo, había derramado muchas lágrimas, pero estaba más relajado, hasta la declaración había sido muy coherente y muy detallada.

Tras el breve encuentro con sus padres, Gino los había traído al departamento, había subido junto a Xavi a la parte trasera y se habían abrazado hasta llegar a su hogar.

Gino le había ayudado a sostener a un tembloroso y agotado Xavi hasta el dormitorio, ahora estaba esperándolo en la sala.

Se levantó suavemente para no despertar a Xavi y fue a la sala a ver a su amigo.

—¿Como está? —Le preguntó Gino en cuanto lo vio.

—Tranquilo, se durmió agotado.

—Ya lo creo, ha tenido un par de días infernales...

—Gracias al cielo ya toda esta pesadilla terminó. Solo quiero mantenerlo conmigo todo lo posible para asegurarme que nada le pasará si cierro los ojos.

—Tómate todo el tiempo que necesites, aprovecha de descansar y de ayudarlo a superar todo esto.

—En realidad esperaba que estuviera más alterado, me sorprendió que estuviera tan tranquilo, no se si alegrarme o preocuparme.

—Creo que estaba tranquilo porque te vio allí. Se aferró a ti como a un salvavidas.

—De todas formas no me quedaré tranquilo hasta que lo vea su psiquiatra.

—¿Su psiquiatra?

—Empezó a tratarse. —Le dijo con una sonrisa.

—Es lo mejor. —Gino lo miró y sonrió.— Estoy feliz por ti amigo.

—Intentaron matarme a mí y a mi novio en menos de veinticuatro horas. ¿Se puede saber de que estas tan feliz?

—No de eso tonto. De que encontraras a Xavier, de que estés enamorado. De que él te ame y te haga feliz. Y sobre todo de que ambos estén vivos.

—Si, eso es grandioso. —Suspiró y miró a su mejor amigo.— Gracias Gino... por todo. Nunca te he agradecido por ser tan buen amigo, no habría sido capaz de atravesar este horrible día sin ti.

—Tú también eres un gran amigo. Ya te dije, estoy feliz por ti. Se lo mucho que esperaste enamorarte así.

Adrián lo miró sorprendido.

—¡Por favor! —Le dijo Gino con una sonrisa engreída.— Eres mi mejor amigo, te conozco incluso mejor que Xavi. ¿Crees que no se lo que hay en ese corazoncito romántico tuyo? ¿Piensas que no se de todas las canciones y películas románticas que te gustan tanto? ¿En serio piensas que no se que lloraste para el matrimonio de Alex y Dani?

Adrián se puso colorado. Si, en realidad pensaba que había podido ocultar esas cosas a su amigo.

—Sabes, por mucho tiempo creí estar enamorado de Alex. —Le confesó por fin a su amigo tratando de cambiar de tema.

—No sabía. Nunca me lo dijiste. —Le dijo Gino extrañado.

—No te lo dije porque habrías insistido en juntarnos.

—No lo habría hecho. No después que me hiciste ver lo que sentía por Dani. —Le dijo ofendido.— ¿Ya no sientes lo mismo?

—No. Ahora que lo comparo con lo que siento por Xavi me doy cuenta de que nunca lo amé. Lo que en realidad amaba de Alex era la forma como adoraba a Dani. Yo quería que alguien me amara así. Por eso nunca quise intentarlo con él, porque jamás habría sentido por mi lo que siente por Dani. Y no quería que alguien me quisiera a medias.

—Estabas en lo correcto, Alex te hubiera roto el corazón. Habrías terminado como Christian.

—No me ofendas, yo jamás habría hecho algo tan bajo como lo que él hizo.

—Lo se tonto, me refiero al hecho de que Alex no pudo amarlo porque su corazón siempre estuvo con Dani.

—Me alegra haber esperado. Xavi vale la pena que tuviera que esperar hasta ahora. —Le dijo ahogando un bostezo.

—Será mejor que te deje descansar, estos días también han sido agotadores para ti.

—Si, iré a dormir un rato. Cuando vuelva a la oficina voy a necesitar tu ayuda. Quiero que me ayudes a limpiar los antecedentes de Xavi. Podemos probar que es inocente de todo y no quiero que aquello siga ensuciando sus papeles.

—Encantado, lo haremos una vez que se procese todo.

—Gracias Gino, no se que habría hecho sin tu apoyo.

—No hay nada que agradecer. Haría lo que fuera por ti. —Le dijo abrazándolo.— Ve con tu novio y no se te ocurra aparecer por la oficina por lo menos en una semana.

Cuando Gino se marchó, fue al dormitorio y silenciosamente se quitó la ropa para no despertar a Xavi. Se recostó suavemente a su lado y lo miró dormir.

Lo amaba, Xavi lo amaba y sus problemas legales estaban resueltos, incluso su amor había buscado ayuda. Miró a Xavi una vez más antes de besar sus labios dulcemente.

Todo lo malo había terminado, lo único que veía en su futuro eran cientos de días felices junto a Xavi.

Xavi se despertó con Adrián abrazado a su espalda. La tensión que siempre sentía cuando su novio lo abrazaba de esa forma nunca llegó. Se percató que Adrián se despertaba porque lo sintió tensarse. Probablemente su novio esperaba que Xavi saltara de sus brazos o lo rechazara.

Moviéndose más cerca de Adrián se pegó aún más a su cuerpo. Adrián siguió tenso hasta que notó que estaba despierto y suavemente apretó su cintura.

Era delicioso sentir el calor y la erección de Adrián anidada en su trasero.

—Buenos días. —Le susurró Adrián.

—Buenos días. —Le dijo girando un poco la cabeza para besarlo.

—¿Como estás cielo?

—Un poco aturdido, pero extrañamente feliz.

—Yo estoy inmensamente feliz. —Le dijo besando su cuello.— Solo con saber que estas vivo y en mis brazos me hace el hombre más feliz del mundo.

—Pienso que podría hacerte aún más feliz. —Le dijo girando el rostro para besarlo y moviendo sus caderas contra la erección de Adrián.

—No juegues con fuego amor... —Le dijo Adrián llevando tímidamente la mano a su erección.

Su novio aún tenía miedo de tocarlo, tenía miedo de que Xavi lo rechazara. En su mente aún tenía miedo, pero no de Adrián, sabía que jamás temería que Adrián lo tocara, nunca más.

—Hazme el amor... —Le pidió a Adrián abrazándose aún más cerca.

Su novio se tensó y lo miró preocupado.

—No es necesario Xavi. Estamos bien como hasta ahora. Me encanta que me hagas el amor.

—A mi también me encanta, pero te necesito, quiero tenerte Adrián.

—Podemos esperar cielo, quizás cuando lleves más tiempo en terapia podemos intentarlo.

—No voy a dejar el tratamiento, pero no lo necesito para esto. Estoy seguro. Quiero que me hagas el amor, no quiero esperar más.

Como Adrián aun dudaba, Xavi se estiró hasta la mesa de noche y sacó el lubricante y un condón. Volvió a abrazarse a Adrián en la misma posición.

—Por lo menos cambiemos de posición cielo. Prefiero que lo hagamos cara a cara, para que veas que soy yo y no te asustes.

—No. Quiero exorcizar todos mis demonios de una vez, además no necesito verte para saber que eres tú. —Le dijo moviendo nuevamente las caderas.

El pene de Adrián se endureció aún más y sintió las manos de su novio en su cadera acercándolo.

—Se siente tan bien. —Le dijo besándolo en el cuello y lamiéndolo hasta llegar a su oreja.

—Se sentirá aún mejor... —Le dijo pasándole el lubricante.

Adrián lo tomó y se colocó en los dedos antes de bajar la mano y llegar a su trasero. Suavemente comenzó a acariciarlo.

—Me detendré en el minuto que me lo pidas. —Le dijo Adrián preocupado.

—Lo se. —Le contestó cerrando los ojos y disfrutando de las caricias de Adrián. Cuando el dedo de su novio empezó a abrirse camino en él. Sintió que entraba en pánico, abrió los ojos y giró el rostro para ver a Adrián. La dulce sonrisa de su novio lo calmó y se relajó nuevamente.

Adrián lo preparó con dulzura y paciencia, cuando ya tenía tres dedos dentro de él apoyó la cabeza en el hombro de Adrián y cerró los ojos disfrutando de la sensación.

—Creo que ya estoy listo.

—Quiero que estés bien preparado. No quiero lastimarte. —Le dijo retirando sus dedos y colocándose el preservativo.— ¿Estás seguro de esto amor?

—Si, te necesito.

Cuando Adrián comenzó a entrar en él se tensó en sus brazos, no quería sentir miedo, pero su corazón latía desbocado. No pudo evitar recordar su violación y se estremeció recordando las manos duras que lo tocaron y el dolor.

Su novio percibió su cambio porque lo acarició suavemente y le habló para calmarlo, de ahí en adelante Xavi se dejó llevar y desterró el pasado definitivamente. La voz dulce de Adrián lo tranquilizó. Su novio no paró de hablar en ningún minuto, diciéndole cuanto lo amaba, cuanto significaba para él.

—Adrián... —Era lo único que él era capaz de decir cuando sintió que su novio estaba profundamente enterrado en él.

—¿Estas bien amor? ¿Quieres que me detenga?

—No, estoy bien. Dame un segundo. —Le dijo.

Su novio seguía acariciándolo, con las manos y con su boca. Nunca se había sentido más pleno. Girando la cara le ofreció los labios a Adrián y se besaron profundamente, Xavi sentía su cuerpo arder con las sensaciones. Colocando su mano en la cadera de su novio lo acercó aún más.

Adrián comenzó a moverse lentamente, salía y entraba generando una fricción deliciosa. Poco a poco las penetraciones se fueron haciendo más profundas y más rápidas, sentía que Adrián se contenía para no ser rudo con él, pero llegó un punto en el que necesitaba más.

—Adrián... —Le dijo tratando de girarse.

Su novio se salió de él y lo colocó sobre su espalda para volver a penetrarlo profundamente. Las caderas de Adrián lo golpeaban con cada penetración y era delicioso, nunca se había sentido así antes, y no podía dejar de preguntarse ¿como pudo temer hacer el amor con Adrián?

Adrián acarició su pene mientras lo penetraba y no pudo evitar gritar de placer.

—Me voy a correr...

—Córrete conmigo amor. —Le dijo Adrián penetrándolo por última vez profundamente y corriéndose intensamente. —Oh por la....

Las palabrotas de Adrián lo hicieron sonreír mientras se corría con fuerza en la mano de su novio.

Adrián se dejó caer suavemente sobre él. Se quedaron abrazados recuperando el aliento.

—Te amo Xavi... —Le dijo Adrián besando su cuello.— Jamás he amado a nadie como a ti cielo.

Adrián levantó el rostro para mirarlo y su expresión se ensombreció cuando lo vio.

Xavi sentía las lágrimas caer pero no podía detenerlas.

—Amor... —Adrián lo miró preocupado al ver sus lágrimas.— ¿Estas bien? ¿Te lastimé?

—Estoy muy bien, fue maravilloso Adrián.

—¿Y por qué las lágrimas?

—Son de alegría.

—¿De alegría?

—Si. Porque soy feliz. —Le dijo sonriendo.

Adrián lo besó dulcemente y secó una a una sus lágrimas.

Si. Era feliz. Tenía al hombre que amaba en sus brazos y por fin sentía que se libraba del pasado.

Para siempre.

9

Adrián sonrió feliz. La imagen confiada y relajada de Xavi conduciendo camino a la costa era un contraste increíble con el hombre que lo había acompañado la primera vez a la playa.

El último año había sido el más feliz de su vida. Después de la desastrosa experiencia con el gemelo de Xavi, los cambios en la vida de ambos habían sido increíbles.

Lo primero que hizo fue llevárselo a vivir con él. La convivencia no había sido fácil al principio ya que tal como le había dicho en su primera cita, su novio no estaba acostumbrado a hacer nada que tuviera que ver con el aseo o mantención de un hogar. Costumbres que tuvo que cambiar porque Adrián se negó a ser su criado e ir recogiendo todo lo que Xavi arrojaba por el departamento.

Su novio comprendió la situación y ahora se dividían las tareas hogareñas más sencillas. Afortunadamente, tenían una amable señora que iba tres veces a la semana a ayudarlos con el aseo, pero el resto de los días debían arreglárselas ellos solos, aunque Xavi le había dicho que cuando ganara más dinero contrataría a alguien a tiempo completo que lo hiciera por él.

La agarofobia de Xavi estaba completamente curada, Su novio era capaz de salir a cualquier parte, a restaurantes, al cine, incluso viajar. La prueba de fuego había sido un concierto de Rammstein. Había sorprendido a Xavi con las entradas para el evento y su novio se había animado a ir. Casi sufre un ataque de pánico al ver tanta gente, pero cuando empezó el concierto se olvidó de todo.

Aún seguía en terapia. No había sido fácil, pero esta vez su novio no renunció al tratamiento y asistía regularmente. El psiquiatra los había ayudado en muchos aspectos, a ambos, ya que en más de una ocasión debió acompañar a Xavi a sus sesiones.

Después de ser despedido de su antiguo empleo, Xavi estaba trabajando en una empresa de computación como analista de sistemas. Alex le había conseguido la entrevista de trabajo y también explicó la situación legal de Xavi, ya que él había trabajado allí como ejecutivo antes de renunciar para trabajar en la empresa familiar.

Además de trabajar, su novio volvió a la universidad para completar lo que faltaba de su carrera, Xavi estaba feliz de poder terminarla y sobre todo poder ejercer una vez que se graduara.

Limpiar los papeles de Xavi no fue fácil. Con el único culpable muerto, el proceso se había alargado casi eternamente, solo la infatigable ayuda de los detectives Torras y Levil había logrado que el proceso concluyera exitosamente. Hace solo unas semanas el juez por fin había autorizado que se eliminaran los registros de los antecedentes de Xavi.

Tony en tanto, ya estaba reestablecido de su grave herida y había vuelto a su trabajo. Con el tiempo nació una excelente amistad con el guapo detective y solían salir a comer con él y su novio para ponerse al día de sus vidas.

Los movimientos de la pequeña mascota alrededor de sus piernas lo hizo sonreír aún más. Xavi le había regalado una pequeña cachorra Cocker, que les alegraba la vida. La habían bautizado como Gina porque era igual de revoltosa que su amigo y muy entrometida también. Aunque la mascota tenía su cama, solían despertar con la pequeña cachorra a sus pies.

Adrián acarició la peluda cabeza de Gina que estaba cómodamente instalada a sus pies. El viaje a la costa tenía dos finalidades. El primero y principal era pasar el fin de semana celebrando su aniversario. Ya hace un año que estaban juntos, habían decidido que su aniversario fuera la fecha del día que se conocieron, cuando Xavi le dio aquel primer beso en el automóvil.

El otro motivo era darle una sorpresa a Alex y Dani con respecto a la adopción de Ema. Adrián logró que Dani continuara como tutor legal de la niña, pero la adopción no había sido fácil ya que legalmente Alex era soltero.

Finalmente Adrián tuvo que explicar la situación a una jueza de menores. Al principio cuestionó todo y puso énfasis en la falta de influencia femenina que tendría la niña, pero cedió al saber que la niña tenía una tía y una abuela viviendo muy cerca de ellos. Además la visitadora social había hecho un informe muy positivo sobre los afectuosos y responsables padres temporales que tenía Ema.

Con los papeles de la adopción por fin en sus manos. Adrián sonrió al pensar en la alegría que les llevaba a sus amigos.

—¿Por qué tan feliz? —Le preguntó Xavi.

—Porque es un hermoso día. Porque estoy ansioso de ver las caras de Alex y Xavi cuando les entregue los documentos... y porque soy feliz.

Xavi estiró la mano para tomar la de Adrián.

—Espero contribuir en parte a esa felicidad.

—Lo haces. Una gran parte. —Le dijo sosteniendo su mano.

Adrián lo miró orgulloso por todo lo que Xavi había madurado en un año. Pasó de ser un asustado y tímido joven a un hombre seguro y feliz.

Pero había algo que permanecía igual... El precioso y tierno corazón del amor de su vida.

Xavi redujo la velocidad cuando entraron a la ciudad. Era agradable poder conducir nuevamente. Esa era una de las tantas cosas que su psiquiatra lo había instado a hacer.

En el tiempo que llevaba con Adrián su vida había dado un vuelco de ciento ochenta grados. Y él sabía que jamás habría sido así sin su novio.

Cuando llegaron a una luz roja se giró a mirarlo. Adrián le devolvió la mirada con una sonrisa, no pudo evitar suspirar. Su novio también había cambiado, estaba más relajado y más feliz que cuando lo conoció.

A Xavi le había extrañado al principio que los padres de Adrián lo aceptaran completamente, es mas, lo adoraban. Por su baja autoestima le costó entender el por qué, hasta que su suegra le explicó que por mucho tiempo los padres y hermanos de Adrián habían estado preocupados por su novio, él había estado cambiado y a punto de la depresión antes de conocerlo. Toda su familia y amigos notaron el cambio positivo de Adrián cuando comenzaron a salir y por eso estaban tan felices de que estuvieran juntos.

El aroma del mar y la brisa le levantó el ánimo. A ambos les encantaba viajar a la costa, Alex y Dani siempre los invitaban a alojar pero solo aceptaban a veces, preferían quedarse en un pequeño pero adorable hotel con vista al mar. Xavi siempre bromeaba a Adrián diciéndole que lo hacía para que sus amigos no escucharan sus palabrotas cada vez que se corría.

Cuando estacionaron frente a la casa de sus amigos, Xavi tomó a Gina, ya que Adrián llevaba la carpeta con los papeles de la adopción. Alex abrió la puerta con una gran sonrisa.

—Adrián, Xavi, ¡que sorpresa! ¿Y quien es esa preciosura que tienen allí? —Les dijo acariciando a Gina.

—Nuestra mascota. Alex te presento a Gina, Gina el tío Alex. —Le dijo extendiendo una de las pequeñas patas de la cachorra hacia Alex.

—¿Gina? —Preguntó Alex antes de soltar una sonora carcajada.— Me imagino que es muy revoltosa ¿no?

—En extremo, pero además muy buena amiga y muy fiel. —Le dijo Adrián con una sonrisa.

—Igual que mi primo. —Le dijo Alex con una sonrisa.— Hablé con Gino en la mañana, creo que jamás había sabido de alguien que estuviera más baboso por su hijo.

—No puedes culparlo, es un bebé adorable.

Gino había sido papá hace siete meses y estaba totalmente enamorado de su hijo. El pequeño Italo Adrián era la adoración de su mejor amigo.

—Me alegra que estén aquí. ¿A que se debe la visita? —Les dijo Alex guiándolos hacia la casa.

—Queríamos sorprenderlos porque traigo buenas noticias.

—Acompáñenme, Dani está en el jardín con Ema. Le está enseñando a regar las plantas, parece que la niña va a tener dedos verdes igual que Dani. —Cuando llegaron al patio la imagen amorosa de Ema con su papá llenaba de orgullo a Alex.— Dani, mira quienes llegaron de visita.

—¡Que alegría verlos! —Les dijo Dani tomando a Ema de la mano y acercándola.— ¿Te acuerdas del tío Adrián y del tío Xavi, Ema?

—Sí. —Le dijo la pequeña niña, acercándose a saludar, Adrián se agachó para que la niña le diera un húmedo beso en la mejilla.— Hola tío Adrián.

—Hola hermosa. —Le dijo levantándola y acercándola a Xavi.

Ema era preciosa, curiosamente parecía hija natural de Alex y Dani ya que tenía unos enormes ojos oscuros igual que su italiano amigo y el cabello castaño claro como el de Dani.

—Tío Xavi... ¡Un perrito! —Gritó la niña entusiasmada olvidándose de todo lo que la rodeaba.

—Es hembra, se llama Gina. —Le dijo Xavi con una sonrisa.

La niña se estiró para acariciar a la cachorra que seguía en los brazos de Xavi.

—¿Quieren beber algo? —Les ofreció Alex.

—Después, ahora quiero entregarles algo. —Le dijo bajando a Ema al suelo. Xavi se puso a su altura para que siguiera acariciando a Gina y su novio abrió la carpeta que traía y le entregó el documento a Alex.— Felicidades Alex, ya eres oficial y legalmente el padre de Ema.

—¿Qué? ¿Lo logramos? —Le preguntó Alex atónito.

—Sí, la jueza lo aprobó finalmente, le dije que Ema iría a un hogar y que tenía necesidades médicas especiales. Estuvo un poco preocupada cuando supo que ustedes eran una pareja gay, pero le conté de tu gran familia italiana y dejé deslizar que tu padre es dueño de su viña favorita, no hará daño que envíes unas cuantas botellas de vino de regalo Alex.

—Le enviaré un camión si es necesario.

—No, ya no es necesario, solo como agradecimiento. Ya eres legalmente el padre de Ema Luisa Morelli Ducos.

—¿Ducos? —Preguntó Dani asombrado.

—No eres su padre legal. —Le aclaró enseguida.— Pero la jueza autorizó el cambio de nombre de la niña. El documento no especificaba que solo debía cambiar el primer apellido, así que en vez de cambiarle uno, le cambié los dos. Pensé que te gustaría.

Dani miró el documento y sus ojos se llenaron de lágrimas.

—No puedo creerlo.

Dani se abalanzó sobre Adrián para abrazarlo.

—Eres increíble Adrián. Gracias, gracias... —Le dijo besándolo en la mejilla.

—Voy a ponerme celoso si sigues besando a mi novio. —Le dijo Xavi bromeando y levantándose para abrazar a Adrián.

220

—Deberías, si tienes un hombre como Adrián más te vale cuidarlo. —Le dijo Dani.

—Eso lo sé. Es lo mejor que me ha pasado en la vida.

—Y tú a mi cielo. —Le dijo Adrián con un beso.

Alex llamó inmediatamente a sus padres y a su hermana para darles la buena noticia. Adrián miraba interactuar a sus amigos con su hija y sentía que todos los esfuerzos habían valido la pena.

Después de almuerzo, estaban los cuatro conversando en el jardín mientras Ema jugaba con Gina. La niña estaba encantada con la cachorra y Alex le había prometido a su hija, ante la mirada de advertencia de Dani, una mascota.

Había creído por el carácter italiano de su amigo, que Alex sería la figura de autoridad, pero se dio cuenta que no sería así. En los momentos que lo veía estaba jugando o consintiendo a la pequeña. Por otro lado Dani era dulce pero firme con la niña. Estaba claro quien era el que iba a imponer la disciplina.

—¿Como va tu búsqueda de ingeniero Alex? —Le preguntó Xavi a su amigo.

—Horrible, ya contraté a alguien pero dudo que dure demasiado, no entiende lo que necesito. El puesto todavía está disponible si cambias de opinión.

—¿Puesto? ¿Que puesto? —Preguntó Adrián.

—Necesitaba alguien que se hiciera cargo de la parte informática de la viña. Le ofrecí el trabajo a Xavi, pero no quiso mudarse a la costa.

Una punzada de miedo recorrió a Adrián y miró asombrado a Xavi.

—No me dijiste nada...

—Se me olvidó comentártelo. —Le dijo levantando los hombros para restarle importancia.

Xavi le dio una de sus hermosas sonrisas y el miedo se desvaneció.

—Se lo ofrecí porque es una buena oportunidad profesional. —Le dijo Alex a Adrián.

—Lo se y te lo agradezco. Pero si vuelves a ofrecerle a Xavi un trabajo que lo aleje de mi, te cortaré la hombría y se la daré de comer a Gina. —Le dijo a Alex con el ceño fruncido.

Alex y Xavi se rieron y Dani hizo un gesto de disgusto.

—Como favor hacia mi, te pediría que dejaras su hombría tranquila. Todavía me sirve y me gusta mucho además. —Le dijo Dani con una sonrisa.

—¿Todavía? —Le dijo Alex sonriendo.

—Siempre. —Le contestó Dani.

Alex se rió y abrazó a Dani. Le dijo algo al oído y Dani se puso rojo como un tomate.

—Es increíble, parece que ustedes aún estuvieran de luna de miel. —Dijo Xavi sonriendo.

—El burro hablando de orejas... —Le contestó Alex.

Adrián miró a su novio y rió también, Xavi tenía su mano posesivamente sobre su muslo y él le tenía la mano cogida. Siempre era así, cada vez que estaban juntos no podían quitarse las manos de encima. Después de un año, aún sentía que estaban en su luna de miel.

Poco después se despidieron de sus amigos y partieron al hotel donde solían hospedarse. Xavi quiso conducir nuevamente y lo sorprendió tomando otro camino cuando iban llegando al hotel.

—Xavi, ¿para donde vas amor? El hotel queda hacia el otro lado.

—Lo se, quiero que veas algo primero.

—¿Que cosa?

—No seas impaciente, ya estamos llegando.

Se estacionaron frente a un edificio y Xavi le puso la correa a Gina antes de bajar. Cuando comenzó a sacar el equipaje, Adrián quedó más confundido aún pero le siguió la corriente a su novio.

No se le había pasado que el equipaje de Xavi era más abultado de lo usual. Supuso que era su regalo de aniversario. Xavi le dijo que lo recibiría cuando estuvieran en la playa.

Adrián le había entregado el suyo esa mañana. Le había comprado un reloj "adulto" como le llamó Xavi, grabado con las palabras "Te amo" y la fecha de su aniversario. A su novio le había encantado y se había desecho del antiguo y adolescente reloj de inmediato.

Subieron al décimo piso y entraron en un pequeño pero lindo departamento, estaba absolutamente vacío, no había ningún mueble a la vista. Lo primero que vio fue la increíble vista al mar desde los ventanales de la sala.

—Guau, que gran vista. —Le dijo cruzando la sala hacia el balcón.

—¿Te gusta? —Le preguntó Xavi soltando a Gina, quien empezó a olfatear y corretear por el lugar.

—Si, es genial. ¿Lo arrendaste por el fin de semana? Porque si no sabes también los arriendan amoblados. —Le dijo sonriendo.

—No lo arrendé. Es mío. Lo compré.

Adrián sintió como si una mano fría le acariciara la espalda.

—¿Lo compraste?

—Si. —Le dijo con una sonrisa orgullosa.

Adrián estaba congelado donde estaba. No comprendía la situación. Xavi había comprado un departamento sin decirle. ¿Lo dejaría para vivir en la costa? ¿Había decidido aceptar la oferta de trabajo de Alex? La sola idea de vivir en ciudades distintas lo angustiaba.

—¿Te vas a mudar de nuestro departamento? —Le preguntó con miedo.

Xavi lo miró confundido.

—¿Mudarme? ¡No! ¡Claro que no! —Le dijo acercándose a él y abrazándolo.— Lo compré para los dos. Para que no tengamos que ir un hotel cada vez que queramos venir a la costa.

Adrián soltó el aliento que estaba reteniendo y se abrazó más fuerte a Xavi.

—Lamento no haberte consultado, pero el psiquiatra me dijo que dependía demasiado de ti, y que sería bueno que hiciera algo por mi mismo. No le vi sentido a comprar otro departamento en la ciudad. Estamos bien en tu departamento. Quise darte una sorpresa, así que decidí comprar uno en la costa. ¿Te gusta?

—Me encanta. Y por si no lo sabes es "nuestro" departamento. —Le dijo Adrián.

—Este también es nuestro. —Le dijo Xavi.— O lo será en varios años cuando termine de pagarlo. Dí una parte al contado y para el resto pedí un crédito hipotecario.

—¿De donde sacaste el dinero cielo?

—Bueno, ahora gano más como analista que como técnico, además trabajé casi cuatro años en el centro de llamadas y no salía a ninguna parte, solo ocupaba una parte para moverme y comer. El resto se lo entregaba a mi mamá. Pensé que ella lo utilizaba en la casa, pero resulta que lo guardó en una cuenta de ahorros. Dijo que sabía que algún día "despertaría" e iba a necesitarlo.

—Bendita sea.

—Así es, tengo la mejor de las madres.— Le dijo Xavi tomándolo de la mano y guiándolo por el departamento.— Ven a mirarlo, esta es la cocina. Traje algunas pocas cosas en mi bolso, así que por lo menos tenemos lo básico para esta noche.

La cocina era pequeña, pero no necesitaban más. Tenía un segundo dormitorio, y un baño amplio y moderno.

—Podremos dejar a Gina en su cama, aunque igual terminará en la nuestra. —Le dijo Xavi con una sonrisa.— Creo que aún no conoces lo mejor del lugar... el dormitorio principal.

—¿Vamos a tener que dormir en el suelo esta noche?

—Claro que no. Hice unas pocas compras, así que el lugar ahora incluye una cama matrimonial, mesas de noche y un novio bien dispuesto a estrenar la cama nueva. —Le dijo guiñándole un ojo.

El dormitorio era amplio y lo único que tenia como le había dicho Xavi eran la cama matrimonial y mesas de noche, ni siquiera tenía cortinas. No era como si alguien pudiera verlos, estaban en el décimo piso y hacia el frente solo se veía el mar. El problema sería la luz en la mañana, pero eran detalles que resolverían de a poco.

—Le falta algo de decoración, pero creo que podemos arreglarnos por esta noche. —Le dijo Xavi.

—Es perfecto. —Le dijo acercándose a besarlo.

Xavi profundizó el beso y lo movió suavemente hasta que cayeron abrazados y riéndose en la cama.

—No es hora de dormir aún... —Le dijo a Xavi sonriendo.

—¿Y quien planea dormir? —Le dijo bajando el rostro hasta juntar sus labios.

Xavi miró a Adrián y sintió la alegría inflar su pecho. Los hermosos ojos verdes de Adrián brillaban con la luz de la tarde.

—¿Alguna vez te he dicho que tienes los ojos más lindos que he visto?

—No. —Le dijo sonrojándose con el cumplido.

Se inclinó sobre Adrián y besó un ojo y después el otro. Siguió dando otro beso en la punta de su nariz hasta finalmente bajar a sus labios. Un año. Llevaba un año besando sus labios y aún sentía la misma emoción de la primera vez.

Adrián abrió la boca para profundizar el beso y se abrazó a él. Amaba como sus cuerpos encajaban a la perfección. El sentir la cálida piel y las suaves manos de su novio en su espalda, en su cuello, cada caricia era perfecta.

Xavi gimió cuando Adrián acarició su trasero y después subió las manos para levantar su camiseta y sacársela. Se sentó en las caderas de su novio sintiendo la dura erección y gimió más fuerte cuando comenzaba a sacar la camisa de Adrián y bajaba golosamente hacia sus pezones.

Adrián gimió y arqueó la espalda, llevó las manos a su cabeza y acarició su cabello. Para Xavi ese había sido uno de los traumas que más le había costado superar, aún a veces cuando Adrián lo acariciaba así se le ponía la carne de gallina, pero bastaba con mirar a Adrián y el miedo retrocedía. Estaba seguro que con el tiempo también lo superaría, estando al lado de su novio podía lograr cualquier cosa.

Levantó el rostro para recibir el más caliente de los besos.

—Te amo Xavi...

—Y yo a ti... —Le dijo volviéndolo a besar una y otra vez.

Entre besos y caricias terminaron de desnudarse, como siempre el cuerpo desnudo de Adrián contra su cuerpo lo llevó casi al borde.

Adrián lo giró para ponerse sobre él y besarlo profundamente. Las manos de su novio eran suaves y cálidas sobre su cuerpo, acariciándolo, llevándolo de a poco a la locura.

Bajando poco a poco Adrián besaba su boca, su cuello, lamió y mordió suavemente sus pezones, y bajó aún más, pasó la lengua por la cicatriz de su estómago y su ombligo.

—¿Te encanta torturarme no? —Le dijo gimiendo de placer.

—¿Crees que esto es tortura? —Le dijo Adrián con una sonrisa.— Te acabas de meter en problemas amor...

Xavi sonrió cuando Adrián bajó la boca hasta su pene. Su novio era un maestro haciéndole sexo oral, hacía cosas indescriptibles con la lengua y la garganta. Ante la primera lamida de la lengua de Adrián su pene saltó, la mano de su novio lo acariciaba mientras lo lamía suavemente, tal como a él le gustaba.

Adrián tragó su pene golosamente y no pudo evitar gemir.

—Amor... Se siente tan bien.

La práctica había llevado a Adrián a ser capaz de tragarlo profundamente, Xavi llevó las manos a la cabeza de Adrián para acariciarlo, su brillante pelo se sentía como seda en sus dedos.

—¿Estas mesas de noche incluyen lubricante? —Le preguntó Adrián.

—No, está en tu bolso.

224

Adrián besó la cadera de Xavi antes de estirarse hacia el bolso que había dejado cerca de la puerta, el suyo había quedado olvidado en la sala.

—Que casualidad, solo trajiste al dormitorio el bolso que tenía el lubricante. —Le dijo Adrián con voz burlona.

—¿Que brillante que soy no? —Le contestó Xavi con una sonrisa brillante.

Adrián se acercó a la cama y se arrojó nuevamente a sus brazos besándolo profundamente.

—Si que lo eres. Eres muy brillante. Pero eso no evitará que te torture. —Le dijo acariciando su cara y volviendo a bajar para besar su erección.

Xavi gimió por la dulce caricia, cuando Adrián tragó su erección nuevamente antes de comenzar a acariciar su ano con sus lubricados dedos. Habían hecho el amor esa mañana antes de viajar y aún estaba algo dilatado.

Ellos no tenían problemas sobre quien le hacía el amor a quien. A Xavi ya no le asustaba que Adrián lo penetrara y a ambos les gustaba estar en las dos posiciones. Que lo dejara dilatarlo era una invitación tácita, así que Adrián siguió acariciándolo y penetrándolo suavemente con sus dedos.

Cerró los ojos disfrutando las caricias. Desde la primera vez que Adrián le había hecho el amor el miedo había quedado en el olvido. Le había tomado tiempo y terapia superar de a poco sus traumas, pero lo estaba logrando.

Antes de su ataque había sido muy activo y bastante audaz sexualmente. Cuando se encerró también lo había hecho en esa parte de su vida. Ahora que ya no tenía miedo a nada, Adrián aprovechaba eso para darle las más locas aventuras. Se sonrojó al recordar como Adrián le había hecho sexo oral en el baño de un restaurante y como él se lo había hecho a Adrián en un elevador.

Una de sus cosas favoritas era hacerlo en la oficina de Adrián. Su novio había estado algo renuente por el ataque de pánico que había sufrido allí. Pero después de la primera vez que lo hicieron sobre el escritorio, el temor quedó definitivamente relegado.

Al sentir que lo acariciaba con tres dedos abrió los ojos para mirar a Adrián con su pene en la boca, aquella vista era suficiente para hacer que se corriera.

—Si no me penetras pronto voy a gritar de la frustración. —Le dijo con una sonrisa.

Adrián sonrió y se arrastró encima de su cuerpo para llegar a su boca y besarlo.

—Te dije que te iba a torturar.

—O puedo cambiar los roles... —Le dijo girándolos y sentándose sobre sus caderas.— La erección de Adrián quedó rozando la suya y las juntó con la mano y las acarició.

—No sigas o me voy a correr... —Le dijo Adrián con voz ronca.

—Yo también, pero valdría la pena si logro torturarte un poco.

Soltando sus erecciones tomó el lubricante para cubrir el pene de Adrián antes de acomodarse sobre él. Después de un año, ya conocía el ángulo perfecto para tener el duro pene de su novio dentro de él.

—Ay cielo, me vas a matar... — Le dijo Adrián levantando las caderas para entrar más profundo en él.

—Claro que no, te quiero conmigo por mucho tiempo. —Le dijo cuando quedaba sentado profundamente sobre Adrián.

Se inclinó para besarlo antes de comenzar a levantar y bajar las caderas suavemente. Adrián acariciaba sus pezones y luego bajó las manos para acariciar su erección, cuando Xavi gimió, su novio comenzó a empujar, encontrándose con los movimientos de sus caderas.

Los gemidos y ruidos de piel contra piel eran cada vez más intensos. Se inclinó a besar a Adrián y cuando se levantó, Adrián lo hizo también, quedando ambos sentados, mirándose frente a frente. Acomodó sus piernas y se abrazó a Adrián besándolo, solo necesitó dos empujes más antes de correrse intensamente. Maravillosamente.

Hundió la cara en el cuello de Adrián mientras el placer recorría su cuerpo, sintió a su novio tensarse antes de maldecir y abrazarlo cuando sentía el calor del semen en su trasero.

Miró la hermosa y satisfecha cara de su novio antes de besarse, acariciarse suavemente y decirse palabras de amor. Amaba hacer el amor con Adrián, pero también amaba los momentos después de hacerlo, cuando se quedaban en la cama abrazados acariciándose o solamente conversando.

Adrián lo arrastró con él y se recostaron juntos.

—Vamos a dejar un desastre en las sábanas. —Le dijo a Adrián con una sonrisa.

—Me acabas de dar el mejor orgasmo de mi vida... ¿Y solo te preocupan las sábanas?

—Mira lo que me has hecho conmigo, estoy hecho un dueño de casa. —Le dijo Xavi abrazándolo más cerca.

—Mañana iremos al centro comercial y te compraré varios juegos de sábanas. Porque te advierto, que no dejaré que salgas de esta cama para nada más. —Le dijo antes de besarlo.— Tengo muchas más torturas en mente.

Sonrió feliz. Esta iba a ser una deliciosa tortura.

Epílogo

Adrián despertó con suaves besos en el cuello.

—Despierta amor. No querrás perderte esto.

Abrió los ojos y Xavi lo besó dulcemente en la boca.

—Tienes razón, no quiero perderme esto. —Le dijo acariciándolo y acercándose a él.

Xavi se rió y se separó un poco.

—No me refería a eso, date la vuelta.

Cuando se giró hacia la ventana quedó boquiabierto. Desde el dormitorio se podía ver la más perfecta puesta de sol en el mar.

—Oh por Dios... —Exclamó ante la hermosa vista.— Lo que pagaras por este lugar, vale cada centavo amor.

Xavi sonrió y lo abrazó más cerca.

—Lo único que me importa es compartirlo contigo. No valdría nada si no te tuviera a mi lado.

Adrián miró a Xavi y recordó la primera vez que viajaron juntos, parecía que hubiera sido hace mucho tiempo, no solo hace un año, Xavi era tan distinto entonces. Él era tan distinto también.

—¿Recuerdas la primera vez que viajamos juntos? —Le preguntó a Xavi.

—Cada minuto. Estaba tan nervioso...

—Yo también lo estaba, tenía miedo de no estar haciendo lo correcto. —Xavi se puso serio y su expresión cambió.— ¿Estás bien?

—Si. —Le contestó apoyándose en un codo para mirarlo.— Solo estaba pensando que hubiera sido de mi si no te hubiera conocido... Probablemente estaría en la cárcel. —Le dijo Xavi.

—No lo creo. Gino hubiera encontrado la forma de probar tu inocencia.

—Pero lo hiciste tú, no Gino. Tú me liberaste en todos los sentidos, de la cárcel física y de la mental en la que me había encerrado.

—No eres el único beneficiado. Si no te hubiera conocido estaría hecho un "viejo amargado" como me llamó Gino. —Suspiró recordando como se sentía en aquella época.— Estaba tan cansado de estar solo. Quería esto que tenemos, lo deseaba tanto, pero había perdido las esperanzas.

227

—No estarás solo nunca más. Me tienes a mi, amor.

—Hasta que te aburras de mi... —Le dijo con una sonrisa triste.

—¡Ya basta! —Le dijo Xavi con voz firme.— Siento como si siempre estuvieras esperando que te abandonara. Yo tenía el mismo miedo al principio de nuestra relación y me costó todo un año de terapia superarlo. No dejaré que te hagas eso. Sabes que te amo y tú me amas. ¿Como puedes creer que querría dejarte?

—No serías el primero que me abandona.

—No, pero no soy como el resto de los idiotas con los que solías salir.

—Si, eso ya lo sabía. —Le dijo con una enorme sonrisa. Lo acercó para besarlo y se abrazaron en un fogoso beso.— Te amo Xavi.

—Yo también te amo. Más que a nadie en este mundo. —Le dijo Xavi separándose.— Creo que es hora de que recibas tu regalo de aniversario.

—¿No es el departamento?

—¡Nooo! Imagínate si te regalo un departamento en nuestro primer aniversario. ¿Que esperarás para las bodas de plata? ¿Un castillo?

—Como mínimo. —Le dijo emocionado pensando en cuan afortunados serían si llegaban a sus bodas de plata.

—Espera un segundo... —Le dijo mientras se ponía los pantalones.— No puedo hacer esto desnudo. Quiero hacerlo bien.

—¿Que cosa?

—Entregarte tu regalo.

Adrián rió y se sentó en la cama mientras Xavi corría a la sala a buscar algo en su bolso.

Cuando volvió al dormitorio Xavi se acercó y se arrodilló en la cama frente a Adrián antes de entregarle lo que escondía. La caja de una joyería.

—Ábrela. —Le dijo Xavi entusiasmado.

Cuando abrió la caja un hermoso par de argollas de oro brilló con la escasa luz del atardecer.

—Oh por Dios... —Adrián no podía creerlo. Sentía que el corazón se le iba a salir del pecho.

—La primera vez que viajamos dijiste que cuando te enamoras empiezas a pensar en comprometerte... —Le dijo Xavi tomando la mano que tenía libre.— Te amo y estoy absolutamente comprometido contigo. Desde esa ocasión que sueño con verte con un anillo en el dedo. Si no quieres una ceremonia lo entenderé, pero me gustaría que usáramos los anillos...

—¡Si quiero! ¡Quiero una ceremonia! ¡Los anillos! ¡Quiero todo! — Le dijo abrazándolo sin poder contener su alegría.

—Si no te gusta el diseño de los anillos podemos cambiarlos por otros. —Le dijo Xavi con una sonrisa, recostándose a su lado.

—No, quiero estos, son hermosos. —Le dijo recostándose aún más cerca, Adrián no podía apartar sus ojos de las argollas.— Siempre quise esto...

—¿Casarte?

—No. —Le dijo mirando sus oscuros ojos.— Encontrar a alguien con quien quisiera casarme.

—Me alegro de que me encontraras.

Se quedaron abrazados en la cama viendo el sol hundirse en el océano. Xavi había prendido un par de velas, así que lentamente pasaron de la luz del atardecer a la suave luz de las velas.

—Esto es perfecto. —Le dijo Adrián abrazándose aún más cerca.— Feliz Aniversario amor.

—Feliz aniversario. —Le dijo Xavi besándolo suavemente.

El sol se hundió finalmente en el océano, terminando el día y el primer atardecer de los muchos que compartirían juntos.

Corazón Infiel

Libro 3

Hace dieciséis años.

Anton Levil o Tony como todo el mundo lo conocía, caminó decidido a la vieja cancha de basketball, iba a encontrarse con Leandro Alberti como hacía cada tarde. A pesar de asistir al mismo liceo, no vivían tan cerca como a él le gustaría, los separaban por lo menos veinte calles. Aquella cancha estaba justo a mitad de camino entre los hogares de ambos, así que caminaban la distancia necesaria para poder jugar basket.

Se conocían desde hacia cuatro años, cuando ambos entraron en el mismo liceo. Leo era el menor de tres hermanos y vivía con sus padres, él en cambio vivía con sus abuelos, su madre había muerto cuando él tenía trece años. Su padre se había vuelto a casar pero él y su hermana mayor prefirieron quedarse con sus abuelos. Su padre estaba tan entusiasmado por empezar su nueva vida que ni siquiera había peleado la custodia.

Su amistad con Leo se había fortalecido día a día a lo largo de los cuatro años anteriores, siempre tenían algún motivo para reunirse, ya fuera para jugar fútbol, basket o estudiar. Ambos eran aplicados y habían estudiado mucho para rendir la prueba de ingreso para la universidad. Ese día los resultados salieron publicados y a ambos les había ido bien. Leo quería estudiar ingeniería, él todavía no se decidía, pero probablemente se inclinaría por la misma carrera.

A Tony le importaba un ajo la ingeniería, pero si Leo. Desde el día que lo conoció Tony había estado prendado de su amigo. Con quince años al principio no entendía los sentimientos y sensaciones que Leo le provocaba.

Tras varias incómodas situaciones para él, logró darse valor y conversarlo con Susana, su hermana mayor, su sol y su mayor apoyo. Ella se dio cuenta incluso antes que él de su homosexualidad y lo ayudó a pasar aquel proceso de aceptación, incluso lo ayudó a hablar con sus abuelos cuando consideró que era el momento adecuado.

No había sido fácil para sus abuelos aceptar que su nieto fuera gay, especialmente para su abuelo, que pertenecía a la policía de investigaciones. Al duro detective le costó comprender que su nieto no fuera "todo un hombre", pero finalmente comprendió que no era algo que Tony pudiera cambiar.

Tras aceptarse, Tony no había podido evitar enamorarse de Leo. No había mirado a otro hombre y no pudo evitar que se le rompiera el corazón cuando tres años atrás Leo le contara que tenía novia. Lilian estaba en el mismo año que ellos, pero en otro curso. Era una muchacha linda y dulce pero Tony la odiaba, la odiaba con todo el corazón.

Tony llegó a la cancha aún vacía y se sentó en el suelo a esperar a su amigo. Con diecisiete años, pronto a cumplir dieciocho era flaco y apenas medía un metro setenta y cinco, su amigo en cambio tenía solo unos meses más que él pero medía un metro ochenta y dos, además no era delgado, no era gordo tampoco, pero era macizo, contundente y con su estatura lo hacía verse más grande aún.

Su carácter era también diametralmente opuesto al suyo, Leo era tímido, callado y tranquilo, siempre se pensaba las cosas dos veces antes de llevarlas a cabo. Él en cambio era inquieto, ruidoso y siempre se estaba metiendo en problemas. Su amigo lo había ayudado y solía contenerlo cuando Tony se lanzaba de cabeza a hacer alguna tontería sin pensarlo demasiado.

Puntual como siempre, Leo apareció a la vista a unos metros de él. Le encantaba Leo, todo de él le gustaba, sus espaldas anchas, las deliciosas piernas en pantalones cortos. No pudo evitar suspirar viendo a su amigo acercarse.

Leo tenía los ojos más lindos que hubiera visto nunca. Eran cafés pintados de verde y con cientos de pintitas amarillas, como los de un gato, pero lo lindo no era tanto el color, si no la forma. Tony estaba seguro que en alguna rama de la familia de Leo había algún oriental. Sus ojos no llegaban a ser rasgados pero si deliciosamente almendrados y profundos. Además estaban preciosamente enmarcados por unas pestañas largas y rizadas.

Al lado de Leo, Tony tenía unos aburridos y planos ojos oscuros.

—¿Cómo estas idiota? —Le dijo Leo acercándose a chocarle la mano.

—Bien como siempre tonto.

Ellos siempre se saludaban igual. Leo decía que tenía mal carácter, por eso lo de idiota. Y él le decía tonto, porque en una ocasión Leo se había olvidado de estudiar para una prueba y había sacado la nota más baja del curso. Tony no dejaba que lo olvidara.

Tony se quedó mirando a Leo que al parecer estaba esperando a que se levantara.

—¿No quieres jugar? —Preguntó Leo.

—No... Si... Después.

—¿Estás bien? —Le preguntó Leo sentándose a su lado.

No. No estaba bien. Últimamente no sabía que terreno estaba pisando con Leo. Su amigo actuaba raro con él. Aparte de sus partidos diarios, evitaba pasar tiempo a solas con él.

Leo siempre había sido afectuoso. Era de esos amigos que te abrazan y te hacen cosquillas. Hasta el día en que lo descubrió mirándolo. Le había parecido que Leo lo miraba con deseo en una ocasión, pero su amigo había desviado rápidamente la mirada.

Tony deseaba que Leo lo quisiera tanto como él lo quería. De la manera que él lo quería. Pero no sabía si la atracción que había visto en los ojos de Leo era real o solo producto de su imaginación.

No sería la primera vez que imaginaba que Leo lo deseaba. En sus sueños Leo era todo lo que él quería. Pero eran sueños. ¿O no?

Suspiró y miró el desolado lugar. Solo un par de locos como ellos se atrevían a estar en la calle con semejante calor.

Miró a su amigo y se le apretó el corazón. Ni siquiera se atrevía a contarle que era gay. El papá de Leo era horriblemente homofóbico. Cuando iba a su casa solía escuchar bromas o insultos a los gays. Y le dolían. Porque Leo también se reía de aquellas bromas.

—¿Te vas a quedar allí callado todo el rato? —Insistió Leo.

—¿Tu amistad es incondicional? —Le preguntó finalmente.

—¿Incondicional? Supongo. Eres mi mejor amigo te apoyaría en lo que fuera.

—¿Aunque supieras algo que te desagradara de mi?

—Depende. Si me pides que te ayude a esconder un cadáver no creo que te apoyaría. Pero si no es nada ilegal, sabes que puedes contar conmigo.

Miró los lindos ojos de Leo. Y su amigo le devolvió la mirada. Los ojos de Leo fueron un segundo a sus labios y allí estaba. La misma mirada de antes, como si quisiera besarlo.

Antes de perder el poco valor que tenía, se acercó a Leo y lo besó. Era maravilloso sentir sus labios, por unos pocos y maravillosos segundos pensó que Leo le devolvía el beso, pero se había equivocado, porque su amigo lo apartó de un fuerte empujón y lo miró impactado.

—¡¿Que mierda estás haciendo?! —Le dijo parándose y limpiándose la boca con el antebrazo.

—Leo...

—¿Eres...? ¿Eres...? —Ni siquiera se atrevía a decirlo, Tony sabía cómo se refería a los homosexuales el padre de Leo.

—¿Marica? ¿Maricón? ¿Esas son las palabras que estás buscando? —Le dijo levantándose y encarándolo.

Leo no le respondió, si, así era como pensaba de él.

—Si lo soy, tu mejor amigo es maricón. —Dijo con amargura en la voz.

Leo seguía sin hablar. Solo lo miraba impactado.

—Yo no... —Le dijo finalmente—. No debiste besarme, yo no...

El silencio y la tensión entre ambos era horrible.

—¿Yo te gusto? —Le preguntó a Leo—. ¿Te gusta estar conmigo?

—¡Por supuesto que me gusta estar contigo idiota! ¡Pero porque eres mi amigo! ¡No en el sentido que tú crees! ¡Yo tengo novia!

—¿En serio? Para lo que te sirve...

—¿Que quieres insinuar con eso?

—¿Por qué aún no te has acostado con ella?

—Porque la respeto... Además no es asunto tuyo si decidimos esperar...

235

—¿Esperar? ¿Esperar qué? ¿Qué tienes que esperar después de tres años?

—El que quiera respetarla no quiere decir que no quiera estar con ella y menos aún que quiera estar contigo... de esa forma. —Le dijo Leo molesto.

Se apoyó en la pared y se pasó las manos por la cara, pensó que la atracción que había sentido con Leo era real. ¿Solo confundió la amistad con algo más? ¿Cómo pudo equivocarse tanto?

No. Estaba casi seguro que había una vibra especial entre ellos. Podía sentirla cada vez que estaban juntos. De a poco se fue cabreando, Leo nunca asumiría que era gay si es que lo era. Nunca iba a salir del closet con el padre homofóbico que tenía. Nunca le daría una oportunidad.

—No estarías conmigo "de esa forma". —Le dijo haciendo comillas en el aire con los dedos—. ¿Por qué no lo deseas? ¿O porque te asusta lo que se diría de ti?

—¡Porque no lo deseo! ¡Porque no soy...! —Se detuvo antes de terminar la frase.

—¡Dilo! ¿No eres un maricón como yo? Pues el único maricón que veo aquí no soy yo, por lo menos yo tengo el valor de afrontar lo que soy.

El fuerte golpe que sintió en su mejilla lo derribó al suelo. Se sostuvo la cara mientras las luces de colores bailaban frente a sus ojos.

—¡No tengo que afrontar nada! ¿Quieres que lo diga? Entonces lo diré: No soy maricón como tú. —Le dijo dando media vuelta y marchándose.

Tony se quedó en el suelo sentado por mucho tiempo, le dolía la cara, pero más le dolía el corazón. Jamás en cuatro años habían tenido una pelea así y dudaba que Leo volviera a ser su amigo. Lo más probable es que ni siquiera volviera a verlo.

Dieciséis años después.

Maldito Facebook.

Leo odiaba todo este asunto de las redes sociales. Solo se había creado esa cuenta por la presión de sus hijos.

Ahora gracias a esa estúpida cuenta lo estaban bombardeando de mensajes sus antiguos compañeros de curso. Los de la universidad no le molestaban, pero los del liceo...

Su corazón se aceleraba cada vez que pensaba en esa época, sobre todo cuando pensaba en Tony.

Todavía odiaba a Tony por aquel beso. Aquel maldito beso que había puesto su vida de cabeza.

Aún si cerraba los ojos podía recordar aquel momento. Los primeros segundos fueron de impacto por sentir que su amigo lo estaba besando, pero el impacto mayor cayó sobre él cuando se dio cuenta que por unos pocos segundos le había devuelto el beso a Tony. Esos segundos fueron los más aterradores de su vida.

Había rechazado a su amigo, pero una parte de él sabía que Tony tenía razón, en ese entonces sentía una atracción inexplicable por su amigo. Y aún hoy después de tantos años no entendía porque. Él no era gay.

Leo tenía esposa, una esposa a la que amaba. Él y Lilian eran la pareja perfecta y la envidia de muchos de sus amigos. Ella no solo era su esposa también era su mejor amiga y confidente. Su hogar era el retrato perfecto de la familia feliz. Papá, mamá y dos adorables hijos. Su hijo mayor Max tenía casi dieciséis y la pequeña Tamara, doce.

Pero a pesar de su familia perfecta, en su corazón siempre había sentido un vacío. Jamás había buscado llenar ese vacío fuera de su casa, no podría hacerle algo así a Lilian, él era fiel y un agradecido de la familia que tenía. Eso a pesar de que su vida sexual era pésima, con Lili era compatible en todos los aspectos, pero tenían muy poca química sexual. A veces pasaban meses sin hacer el amor y cuando lo hacían tampoco era grandioso.

Más de una vez se preguntó si era bisexual. Siendo honesto con él mismo, más de una vez había mirado a algún hombre que le pareció atractivo, pero eso era normal, se decía a sí mismo. Todos miraban. No había hecho nada al respecto, por lo tanto seguía siendo heterosexual. Pero cada cierto tiempo pensaba en el beso de Tony y la palabra bisexual venía a su mente.

Miró nuevamente la pantalla lamentándose. Sus compañeros de curso habían organizado una reunión, el lugar elegido era la casa de uno de ellos.

Asistiré, no asistiré. Miraba ambas casillas sin saber qué hacer. ¿Qué haría si volviera a ver a Tony?

Tony no tenía cuenta de Facebook, pero uno de sus compañeros se había puesto en contacto con él. Era detective. Tony era subcomisario de la PDI. Se lo imaginó todo guapo como era, con un chaleco antibalas y una pistola en la mano. La sola imagen hizo latir su corazón.

Revisó los mensajes, y uno de ellos decía: "*Tony me pide que lo disculpen pero no podrá asistir a la reunión, tiene que trabajar ese día, para la próxima vez se compromete a estar presente*".

Leo suspiró y confirmó su asistencia. Tenía que ir a esta reunión, porque no había manera que asistiera a la próxima. Sabía que estaba evitando a Tony, pero no podría verlo sin revelar que su vida se había vuelto de cabeza la última vez que lo vio.

Tony estaba sentado en su automóvil afuera de la casa donde se desarrollaba la reunión. Todavía no reunía el valor para entrar y ver a sus antiguos compañeros, más bien para ver a Leo. Podría dar media vuelta y nadie lo sabría, había avisado que no iría. Pero aquí estaba, atraído como una polilla a la luz.

Después de tantos años, el solo pensar que Leo estaba allí le hacía arder el pecho. Había visto una foto de él con sus hijos en Facebook. Estaba más gordo, tenía la típica barriga de casado, pero para él seguía igual de guapo. Sus hermosos ojos aún lo hacían soñar.

Maldito fuera. El hombre que lo había obsesionado por casi veinte años, era heterosexual, casado y con hijos. ¿Por qué diablos todo en su vida tenía que ser tan complicado?

Después del rechazo de Leo hace tantos años, había quedado con un ojo morado y el corazón roto. Su hermana fue la encargada de consolarlo todo ese largo verano. Leo no volvió a llamarlo y él tampoco lo hizo. Un poco por orgullo y otro poco por vergüenza. Sabía que se había equivocado, no debió besarlo en aquel momento, si Leo se sentía o no atraído por él nunca lo sabría. Pero nadie debía forzar a nadie a aceptar un beso.

Después de aquel episodio, cada uno fue por su lado y no volvieron a saber el uno del otro, se enteró unos años después que Leo se había casado con Lilian y que tenía un hijo. No pudo evitar que aquello le doliera. Se había equivocado horriblemente y había perdido al mejor amigo que había tenido.

Cerró aquel capítulo y siguió con su vida, aunque siempre se preguntó que hubiera sucedido si Leo le hubiera devuelto aquel beso. Sus relaciones amorosas después de Leo fueron muy superficiales. En el fondo temía volver a enamorarse como lo había hecho de su amigo. Temía que volvieran a romperle el corazón, por lo que evitaba los compromisos. Sus relaciones solían ser cortas o basadas más que nada en el sexo.

Respiró hondo y salió del automóvil antes de arrepentirse. Se colocó la chaqueta de cuero y acomodó el estuche de su arma en la espalda. No es que fuera a necesitarla allí, pero debía portarla, aunque estuviera de franco.

¿Y si Leo lo ignoraba? ¿Si le negaba el saludo? ¿Lo odiaría todavía por lo sucedido?

Apretó los puños y tocó el timbre. Le abrió la puerta Cintia, una antigua compañera.

—¡Tony! ¡Oh por Dios, pudiste venir! —Le dijo arrojándose en sus brazos y abrazándolo.

—¿Cómo estás linda?

—No tan bien como tú. Por todos los cielos no recordaba que fueras tan guapo cuando estudiábamos juntos. —Le dijo mirándolo de arriba a abajo.

—Tú tampoco has cambiado nada, te ves muy bien.

—¡Que mentiroso! Tengo mis kilitos extras y ni me hables de las arrugas. Si no fuera por el botox ni siquiera podría abrir los ojos.

Tony sonrió y caminaron juntos saludando a quienes se encontraba en el camino. Casi todos estaban en el patio, así que cuando salieron, los abrazos y saludos llenaron el aire.

Trató de buscar a Leo con la vista hasta que lo encontró a unos metros a su derecha. Estaba conversando con otro ex–compañero. Se toparon sus miradas y Leo le sonrió. Se acercó a él aún con miedo a que lo rechazara, pero cuando llegó a su lado, Leo abrió los brazos y le dio un fuerte abrazo.

Tony cerró los ojos y lo abrazó sin poder creer su recepción. Después de todo parecía que Leo no lo odiaba

El impacto de ver a Tony solo le duró unos segundos. Cuando lo vio entrar se quedó sin habla. Su amigo siempre había sido guapo, pero ahora estaba increíble. Había crecido varios centímetros, si él medía un metro ochenta y dos, Tony estaba fácil en el metro ochenta y cinco. La chaqueta de cuero y los jeans ajustados no ocultaban los hombros anchos y las delgadas caderas. El pelo corto y bien cuidado hacía resaltar las facciones de su amigo.

El hombre se veía tan bien que avergonzaba a todos los presentes que ya estaban criando barriga y calvicie. Había que decirlo, si hicieran un concurso entre sus compañeros de quien se mantenía mejor, Tony les ganaba a todos, por mucho.

Pensó en los kilos de más que tenía y se sintió cohibido al pensar que aquel guapo hombre alguna vez lo encontró atractivo. Ahora seguramente ni lo miraría. Pero eso era bueno, porque significaba que Tony no querría besarlo nuevamente.

¿Por qué entonces aquello lo entristecía?

Cuando Tony lo vio, notó que no estaba seguro de la recepción que tendría con él y lo sonrió para darle confianza.

Lo había extrañado, lo había extrañado mucho y lo que había pasado ya no importaba. Cuando Tony se acercó, lo abrazó fuerte y la alegría que recorrió su pecho no la sentía hacia mucho.

—¿Cómo has estado idiota? —Le preguntó cuando se separaron.

—Muy bien tonto. —Le respondió Tony con una sonrisa—. Por Dios cuanto tiempo ha pasado.

—¿Tan viejo me veo? —Le dijo medio en broma, medio preocupado.

—¡No! Quiero decir todos estamos viejos, no nos veíamos desde que éramos adolescentes, verlos a todos adultos es un gran choque.

—Tú no puedes quejarte, te ves mejor que todos nosotros juntos.

—Me cuido. Un poco por mi salud y otro poco por mi trabajo. Además Susana me jode cada vez que puede con el tema de la salud.

—¿Cómo está tu hermana?

—Bien. Es mamá de un revoltoso niño de siete años, además es instructora de yoga, vegetariana y sigue igual de maravillosa. Lamentablemente se está divorciando en estos momentos, así que no lo está pasando muy bien, pero ya la conoces, es fuerte. Se levantará y seguirá con su vida.

—Si mal no recuerdo tu eres igual que ella.

—Mmm, no lo sé. Creo que ella es incluso más fuerte que yo.

La mirada triste de Tony le recordó aquel día en la cancha. Había tenido esa mirada aquel día. Cuando él lo había rechazado. No quería pensar en ese día así que optó por cambiar el tema.

—Supe que eres detective. Pensé que ibas por la ingeniería igual que yo.

—No, me di cuenta que no me interesaba tanto como creía. Al final escogí periodismo, estuve dos años y me salí para ingresar a la PDI.

Policía de Investigaciones, su abuelo había pertenecido a ella, ahora debía estar jubilado.

—Tu abuelo debe haber estado feliz de que siguieras sus pasos.

—Más o menos. Le asusta un poco mi seguridad. Él estaba en una rama menos peligrosa que la mía. Pertenecía a la brigada de delitos económicos. Yo estoy en la brigada de investigación criminal. Hasta ahora he tenido suerte y no me han herido.

—Tiene razón, el periodismo habría sido menos peligroso.

—Lo que me gustaba del periodismo es que podía investigar, ahora lo sigo haciendo, pero con una pistola. —Le dijo con una sonrisa—. Tú si elegiste ingeniería.

—Sí, ingeniería comercial. Trabajo en una empresa de computación.

—Supe que te casaste con Lilian.

—Sí, ella es profesora de parvulario y tenemos dos hijos. —Dijo sacando el teléfono y mostrándole una foto.

—¿A qué edad tuviste a tu hijo? Se ve muy grande.

—A los diecinueve.

—¡Guau!

—Sí, un pequeño accidente, pero no me arrepiento, mis hijos son increíbles.

—Ya lo creo, además son hermosos.

—Gracias, tu no... —Le iba a preguntar si se había casado, pero si era gay, no lo creía probable.

—No, yo no. Ni esposa ni hijos. Tu sabes... —Le dijo mirándolo a los ojos.

Si, él sabía.

—Te debo una disculpa. De la última vez que nos vimos. —Le dijo Tony serio.

—Eso ya no importa. —Le dijo tratando de quitarle importancia.

—Sí, si importa. No debí... Ya sabes, asumí algo que no era y arruiné una gran amistad. De verdad lo siento.

—Yo también lo siento. No debí golpearte y menos aún insultarte.

—Me lo merecía. Por cierto, tienes la mano pesada. —Le dijo con una sonrisa traviesa.

Leo sonrió en respuesta. Había extrañado a Tony, muchísimo.

—¿Y todavía eres...?

—¿Maricón? —Le dijo Tony sonriendo.

Leo se puso colorado recordando las horribles palabras que le había dicho a Tony.

—Iba a decir gay.

—Lo sé. Pero quería avergonzarte un poco. —Le dijo sonriendo—. Y si, todavía soy gay, no es algo que puedas cambiar.

—¿Y saliste del closet?

—Con mi familia y amigos sí. En el trabajo no. —Le dijo serio—. La PDI no tiene una postura oficial sobre la homosexualidad de sus empleados, así que es mejor no averiguarlo personalmente. Además hay muchos policías mayores que asocian a los gays con debiluchos. No quiero esa imagen en el trabajo.

—La última palabra que utilizaría para describirte sería debilucho.

—Cierto. Pero todavía hay muchos prejuicios con los gays. Tú mejor que nadie debes saberlo. Tu papá es muy homofóbico.

—Era. Él falleció hace dos años.

—Lo siento amigo.

—Gracias. Pero para tu información no soy como él. Tengo un muy buen amigo que es gay.

—Me parece bien. ¿Él no ha tratado de besarte como yo lo hice?

—¡No! Está muy enamorado de su pareja. Además no soy su tipo. Su pareja es bajito y delgado, me sobran varios centímetros y kilos para ser de su tipo.

—Con esos ojos, de seguro le daría lo mismo. —Dijo con una sonrisa coqueta.

Leo se puso colorado con el halago. Y su traidor corazón latió deprisa.

—No coquetees conmigo. —Le dijo a Tony.

—Lo siento. Es mi naturaleza coqueta. Pero no te preocupes, jamás volveré a besarte, si quieres un beso tendrás que besarme tú.

—Eso no va a pasar.

—Lo sé, así que estás a salvo conmigo. Ya aprendí la lección así que solo beso a hombres bien dispuestos.

El pensar en Tony besando a otros hombres le estrujó el estómago. ¿Qué diablos le pasaba?

—¿Todavía juegas básquet? —Le preguntó tratando de cambiar de tema.

—Sí, tengo un grupo con el que nos juntamos una vez a la semana.

—Extraño jugar, no lo hago desde hace mucho, no tendría esta barriga si lo hiciera. —Dijo golpeándose el estómago.

—No está tan mal, solo tienes unos kilos extras, no te demorarías en bajarlos si te lo propusieras. Ahora, tu incipiente calvicie...

—Ya lo sé, gordo y calvo, nada sexy...

—¡Te estaba bromeando! Tu pelo está bien.

—Pero acabaré calvo, mi hijo dice que voy a ser como mi padre y voy tener cabeza de mansión.

—¿Cabeza de mansión?

—Sí, con dos grandes entradas y piscina al fondo. —Le dijo tocándose lo alto de la cabeza.

Tony se rió con ganas y su corazón saltó nuevamente con la ronca y sensual risa de su amigo.

Era como si el tiempo no hubiera pasado. Y se comprobaban sus peores temores. Tony vio cuando eran adolescentes lo que él nunca vio. Lo que nunca quiso ver... Le gustaba Tony, no solo como un amigo. Se sentía atraído por él.

Maldito Tony... El idiota siempre tenía que tener la razón.

3

Tony entró a los camarines del centro deportivo donde se reunía semanalmente con unos amigos a jugar básquet. Desde hacia tres meses Leo se había sumado a ellos. Tony sonrió pensando en Leo en pantalones cortos, demonios, su amigo aún tenía el poder de excitarlo.

Cuando le contó a su hermana sobre el reencuentro y la renovada amistad con Leo, ella había gritado casi media hora al teléfono. Susy era muy sobreprotectora con él, y aún no perdonaba a su amigo por haberlo hecho sufrir.

Comenzaron a verse regularmente con Leo, no solo a jugar básquet, también a veces iban a almorzar o a cenar. Parecía que nunca habían estado separados, retomaron la amistad en el mismo punto que la habían dejado. Todo esto sucedía en contra de su buen juicio, porque aún su amigo lo volvía loco. La atracción que sentía por él era como nada que hubiera sentido por nadie, y eso lo asustaba.

Llevaba años evitando una relación seria o ni Dios lo quisiera enamorarse, pero sabía que sus sentimientos por Leo eran fuertes y si se enamoraba de él, su amigo era el único que tenía el poder de romperle el corazón en mil pedazos. Otra vez.

Llegaba tarde al básquet así que se cambió de ropa en un vestidor vacío, se alegraba de eso, ya que evitaba hacerlo delante de Leo porque siempre terminaba con una notoria erección por solo mirar a su amigo.

Al acercarse a la cancha, sus ojos fueron directo a Leo, su amigo estaba un poco más delgado, con el ejercicio que estaba haciendo había bajado un par de kilos. No era que no se viera guapo antes, pero ahora estaba para comérselo.

Más allá de él vio a Alen y gimió. Uno de sus amigos había llevado a Alen para participar de sus partidos y que siguieran siendo un número par cuando Leo se les había unido.

Alen era un lindo y atractivo joven que no tenía más de veinticinco años, era alto, muy moreno, con unos sexys ojos azules y muy facilón. Tony llevaba varios meses sin salir con nadie y estaba más que caliente cada vez que veía a Leo. Aquella combinación junto con los coqueteos de Alen lo llevaron a cometer un error monumental.

La semana anterior había salido con Alen y se había acostado con él. El sexo había estado bien, pero ahora ya no lo parecía tanto, el joven quería algo más que un polvo, que era lo que él quería. Había evitado las llamadas telefónicas de Alen toda la semana, pero ahora debía enfrentarlo cara a cara. No quería ser grosero con él, pero de verdad no estaba nada interesado en él.

Era ridículo pero sentía que estaba engañando a Leo. Se reprendió internamente ante ese pensamiento. Leo estaba fuera de cualquier plan romántico o sexual que hiciera. Debía de una vez por todas tratar de meter en su dura cabeza que su amigo era heterosexual y estaba felizmente casado.

En el momento que Leo lo vio, los almendrados ojos de su amigo brillaron y le dio una de esas bellas sonrisas que le paraban el corazón.

Demonios. ¿Qué estaba pasando con él últimamente? Se suponía que era un policía grande, duro y malo. Pero se iba a la mierda todo cuando miraba a Leo y su corazón se volvía de algodón.

Se tiró al suelo en la orilla de la cancha para amarrar sus zapatillas y Leo se le acercó rápidamente. Agradeció que lo hiciera, así Alen no se le acercaría.

—¡Hola! idiota. —Le dijo Leo chocando su mano.

—¡Hola! tonto. ¿Empezaron hace mucho?

—No, solo estamos calentando mientras te esperábamos.

Su mirada pasó más a allá de Leo y Alen lo miró. La cara del muchacho le decía que no estaba muy feliz.

—Por la mierda... —Gimió en voz baja.

—¿Qué? —Preguntó Leo pensando que se lo decía a él.

—No te lo decía a ti. Hice algo estúpido, algo de lo que me arrepiento. Y creo que voy a tener que pagar las consecuencias.

—Cuéntame. —Dijo Leo sentándose a su lado y mirándolo fijamente.

A Leo se le apretó el pecho. Esa escena la habían vivido cientos de veces cuando eran adolescentes. Los dos sentados en la orilla de una cancha contándose sus problemas.

Ambos ahora eran adultos y tenían problemas adultos, pero la conexión seguía ahí. Igual que la atracción que sentía por él.

Leo se sentó junto a Tony tratando de no tocarlo. Últimamente su amigo tenía una horrible capacidad de excitarlo. Ver a su amigo en pantalones cortos y camisetas sin mangas lo mantenía en un estado de constante excitación. Tony tenía unos brazos musculosos y fuertes. No estaba demasiado desarrollado, solo deliciosamente definido. No ayudaba que cada vez que jugaban al basket su amigo lo rozaba, lo empujaba o lo abrazaba.

Y cada maldito toque enviaba una punzada directa a su entrepierna. Esto no debería pasar, él no era gay, se repetía una y otra vez.

—¿Te vas a quedar allí callado? —Le preguntó a Tony.

La sensación de déjà vu lo puso triste. ¿No habían tenido una conversación así antes?

Tony pareció dudar.

—Creo que mejor no te cuento. Hay límites con los amigos heterosexuales, no creo que sea algo que entiendas.

—Soy tu amigo, puedo aconsejarte. Da lo mismo si soy heterosexual. —Le dijo confiado.

—Está bien. —Dijo apoyando la espalda en la pared—. Pero que conste que te advertí.

—Dime que te molesta.

—Es acerca de Alen. —Leo miró al guapo joven que estaba cerca del aro y sintió una sensación extraña en el estómago—. La semana pasada después del básquet salimos y... me acosté con él.

Leo se tensó y su estómago dio un vuelco.

—Oh... —Fue todo lo que pudo decir.

—Te lo dije. —Tony se pasó las manos por el cabello en un gesto de cansancio—. Los heterosexuales no son buenos aconsejando en estos casos. Sé que no te agrada imaginarme en la cama con un hombre.

No, no le agradaba. Es más, odiaba la imagen en su cabeza, pero no era disgusto lo que sentía. Para su sorpresa eran celos. Sentía la rabia hervir en su estómago de pensar en Tony con otro hombre.

—No. No es eso, solo me sorprendí. —Mintió rápidamente—. ¿Y no fue bueno?

—Fue sexo. —Le dijo Tony levantando los hombros—. Él no me interesa demasiado, pero parece que yo si a él. Me ha llamado toda la semana y no quiero ser desagradable con él.

—¿No le aclaraste que no querías nada serio? —Preguntó todavía con un nudo en el estómago.

—Sí, pero parece que él si quiere algo más.

—¿Por qué no quieres nada serio? —Preguntó a Tony. Sabía que podía estarlo empujando a los brazos de aquel hombre, pero su amigo se merecía tener a alguien que lo amara—. Quiero decir tienes treinta y cuatro. ¿No quieres una pareja estable?

—No lo sé. Solo no se ha dado la situación y no ha habido alguien a quien quiera conmigo de manera estable. O tal vez me he vuelto tan cínico que no creo en el amor.

—¿Por qué no? Yo mismo llevo casi veinte años con la misma mujer.

—Una cosa es estar con alguien, pero ¿todavía la amas? ¿Después de veinte años?

—Sí, la amo. —Lo dijo seguro, aquello era verdad. Todavía amaba a Lilian. ¿Pero estaba enamorado de ella?—. Nunca siquiera he mirado a otra mujer.

Eso también era verdad. No contaba que había mirado a otro hombre. Justo al hombre que tenía al lado.

—¿Nunca te has acostado con nadie más? —Le preguntó Tony asombrado.

—No. —Admitió poniéndose colorado—. Solo con ella.

—Guau, si que eres idiota.

Leo lo miró sorprendido.

—¿Por ser fiel?

—No. Por no probar. Hay que probar para saber que te gusta. ¿Cómo puedes saber que te gusta el helado de vainilla si nunca probaste el de chocolate?

—Porque... Pues porque las personas no son comida, solo lo sientes, lo sabes.

—Lúcuma .

—¿Qué?

—Ese es mi helado favorito. El helado de lúcuma. Las personas no son comida, estoy de acuerdo con eso, pero te puedo decir que me he comido varios penes en mi vida y unos han sido de vainilla, otros chocolate y otros frambuesa. —Le dijo provocando que su cara ardiera—. Y no creas que soy un puto, es solo que aún no encuentro el sabor adecuado, aún no encuentro mi lúcuma.

—¿Vas a seguir buscando eternamente?

—No. —Dijo negando con la cabeza—. El día que encuentre el sabor que me guste, ahí me quedo. Pero mientras tanto, sigo buscando.

—¿Alen no es tu lúcuma?

—¡No! Tal vez chocolate, ya sabes moreno, cálido y medio empalagoso. Pero no lúcuma. —Le dijo con una sonrisa coqueta.

¿Por qué diablos Tony seguía coqueteando con él? ¿No sabía el efecto que tenía en las personas cuando hacía esos gestos tan lindos?

—Chocolate o lúcuma, vas a tener que hablar con el pobre chico y aclararle tu postura o le vas a hacer más ilusiones.

—Lo sé, además no quiero que me siga acosando.

Tony se paró y le estiró la mano para ayudarlo a incorporarse, con el movimiento los fuertes músculos de su brazo se marcaron. ¡Oh por Dios!... Pensó en cálculo, en fórmulas matemáticas, en lo que fuera para evitar la erección que sentía lo iba a delatar.

Cuando partió el juego no pudo evitar mirar a Alen. El muchacho no le quitaba los ojos de encima a Tony. La imagen de Alen en los brazos de su amigo le hizo arder el estómago, así que respiró hondo calmando la rabia que hervía en su interior. Lo consolaba un poco saber que Tony ya no quería estar con él.

Mientras jugaban Alen se dedicó a marcar a Tony, no se le despegaba de encima y aprovechaba cada oportunidad para tocar a su amigo. Leo estaba cada vez más y más cabreado viendo como Alen manoseaba a Tony. «Maldito niño, tenía ganas de molerlo a golpes».

Tony le dio un pase y Leo corrió al aro, Alen decidió dejar de acosar a Tony y fue tras él para quitarle el balón. Cuando saltó para encestar, el muchacho también lo hizo para quitarle la pelota. Leo bajó con fuerza el codo queriendo golpearlo en el pecho, pero midió mal la distancia y la fuerza, asestándole el fuerte golpe directo en la nariz.

Logró encestar pero cuando se giró a ver a Alen, el pobre muchacho estaba en el suelo con las manos en su nariz y sangrando copiosamente.

Por todos los cielos. ¿Qué diablos había hecho?

Tony conducía su automóvil al hospital, todavía procesando lo que había sucedido. Alen había terminado con la nariz rota por un codazo de Leo. Su amigo había estado verdaderamente preocupado y se había sentido muy culpable por el accidente, por lo que se ofreció a llevar a Alen a emergencias y a pagar los gastos del accidente. Tony los había acompañado para apoyar a ambos, y porque estaba atónito.

Leo nunca había sido violento. Una parte de él creía que aquello había sido un accidente, pero otra parte de él tenía serias dudas. Alen había estado tratando de llamar su atención todo el tiempo, pero él no podía quitar los ojos de Leo. Había visto la lenta pero sutil transformación del rostro de Leo durante el partido. Nadie que no lo conociera como él lo conocía se habría dado cuenta, pero él si vio su enfado.

Giró el rostro para ver a Leo sentado a su lado en el carro, miró también hacia atrás por el espejo retrovisor a Alen que eligió ese momento para mirarlo también. El pobre muchacho sostenía un pañuelo sobre su sangrante e hinchada nariz.

—"Disculpa por no llamarte Alen, estuve muy ocupado". —Alen comenzó a hablar solo en un tono burlón—. "No te preocupes Tony, no esperaba que lo hicieras. No después que me colgaste la sexta o séptima vez".

—¿Podemos hablar después de eso? —Le pidió Tony mirándolo por el espejo retrovisor. No quería tener aquella charla delante de Leo, su amigo ya se veía lo suficientemente alterado.

—Nada te costaba contestar el maldito teléfono, aunque fuera para decir "no me jodas más". —Le dijo Alen a Tony.

—Está bien, lo siento, debí contestar el teléfono. Pero no quería ser grosero contigo, te dije que no quería involucrarme. Te lo dejé claro ese día.

—Lo sé, algo así como cogerme y salir corriendo…

—Quieres no ser tan explícito. No estamos solos.

—No seas mojigato. No creo que Leo no sepa que eres gay, y coger es algo natural. Lo hacen los heteros y los gays. Claro que hay unos más putos que otros… —Le dijo Alen mirándolo.

—Miren quien habla, el señor me voy a la cama en la primera cita.

—Éramos dos en la cama, si mal no recuerdo.

—¡¿Podrían tener esta conversación en otro momento?! —Leo les pidió en voz alta, demasiado alta—. ¡De preferencia cuando yo no esté escuchando!

El arrebato del tranquilo y callado Leo los descolocó a todos y el silencio en el carro fue total.

—¿Ustedes dos tienen una relación? —Preguntó finalmente Alen mirándolos, a todas luces sorprendido por la reacción de Leo.

—¡No! ¡Por supuesto que no! —Se apresuró a aclarar Leo—. No soy gay.

—Pues si decides cambiar de equipo, te recomiendo no involucrarte con Tony, te cogerá y después te dejará sin ni siquiera una puta llamada.

—¿Quieres callarte de una vez? —Le dijo Tony molesto—. Para alguien que ha perdido tanta sangre no sé cómo puedes seguir hablando.

—Ese soy yo, el indeseado hablador. —Contestó Alen tirando la cabeza hacia atrás y callándose por fin.

Ya a esa altura había perdido la paciencia con Alen. Lo que más le preocupaba era ver que Leo estaba tan molesto que ni siquiera hablaba. Siempre hacía eso cuando se enojaba, no hablaba, ni siquiera te miraba.

La gran pregunta era: ¿Por qué estaba tan enojado?

Lo último que hablaron en la cancha fue sobre Alen. Y ahora los había gritado por lo que estaban conversando. Era como si Leo estuviera celoso. ¿Por eso estaba molesto? Aquello no tenía ningún sentido.

«A menos que Leo sintiera algo por él» Pensó ilusionado.

No. Ya había creído que Leo sentía algo por él en el pasado y había sido un completo fiasco. No volvería a equivocarse así. Solo eran amigos y seguirían así.

Después de llevar a Alen a emergencias, se fueron apenas llegó un amigo del joven a acompañarlo. Ninguno de los tres parecía estar de humor como para hacerse compañía más tiempo. Luego de salir de emergencias le dijo a Leo que lo devolvería al centro deportivo donde había dejado su automóvil, pero en cambio lo había llevado a su departamento.

—¿Que hacemos aquí? —Preguntó Leo cuando Tony estacionó.

—Pensé que sería bueno que nos tomáramos un trago, a lo mejor así se te suelta la lengua y me dices que diablos pasa hoy contigo.

—¡No me pasa nada!

—Es temprano, sube conmigo y bebamos algo.

Leo parecía confundido pero terminó rindiéndose y abrió la puerta.

Iba a averiguar qué diablos era lo que le pasaba a Leo. Así tuviera que sacar su pistola y llevar a su amigo a una sala de interrogación, no iba a dejar este asunto sin resolver.

Leo se sentía muy culpable de lo que había hecho. El pobre Alen había terminado con la nariz rota por culpa de sus celos. No ayudaba a su mal humor haber tenido que escucharlos discutir en el carro. El oírlos hablar del sexo que habían tenido solo le había confirmado lo celoso que estaba.

A estas alturas su cabeza era un hervidero de preguntas y se estaba cuestionando todo, incluida su sexualidad. La pregunta que había estado en su cabeza durante años volvió a rondar. ¿Era bisexual? ¿O solo se sentía atraído por Tony? ¿Podría otro hombre provocarle estos sentimientos confusos?

Cuando entraron al departamento, Tony fue a la cocina y volvió con dos cervezas. Le pasó una antes de sentarse frente a él.

—Bien, ¿me dirás que fue lo que pasó?

—¿Por qué no me crees cuando te digo que solo fue un accidente?

—Te creería si no hubiera visto la cara de asesino en serie que tenías cuando mirabas a Alen.

—Te juro que no fue mi intención lastimarlo.

—Pero si golpearlo.

—No sé que me pasó. Es solo que recordé lo que me dijiste que te estaba acosando y quería mantenerlo alejado de ti.

—No me está acosando, solo es un chico impulsivo e inmaduro. Pero no hace daño a nadie. —Tony lo miró serio—. ¿Te molesta que durmiera con él?

Si, si le molestaba y mucho.

—¡No! ¿Por qué tendría que molestarme?

—¿Entonces por qué estás tan enojado?

—¿Por qué no lo estás tú? Alen te estaba manoseando. ¿Acaso eso no te molesta? —Le preguntó sintiendo un retorcijón en el estómago.

—No me estaba manoseando. Además no iba a tocar nada que no tocara la semana pasada.

El imaginar a Alen tocando a Leo fue más de lo que pudo soportar. No podía aguantar más aquella conversación.

—Creo que mejor me marcho. —Dijo dejando la cerveza y casi corriendo a la puerta.

Tony lo interceptó y se interpuso en su camino, quedando cerca de él. Demasiado cerca.

—¿Qué es lo que te molesta? —Le preguntó Tony confundido.

—¡No lo sé!

—De una vez se honesto conmigo. ¿Te molesta que durmiera con él?

—¡Sí, si me molesta! —Lo dijo sin pensar—. ¡Pero no sé por qué!

Tony lo miró sorprendido, incluso levantó la mano para acariciar su mejilla, pero se arrepintió y la bajó con cuidado.

—No volveré a dormir con él si eso es lo que quieres. —Le dijo con voz ronca.

—No tengo derecho a pedirte eso. —Estaba colorado, podía sentir el rubor de sus mejillas y estaba seguro que Tony también lo veía—. No es asunto mío con quien te acuestas.

—De todas formas no quiero volver a hacerlo. —Dijo mirándolo fijamente—. Él único hombre con el que quiero acostarme no quiere hacerlo conmigo.

—¿Con quién...? —Preguntó conteniendo la respiración.

—¿Con quién crees? —Le dijo levantando una ceja.

Se le congeló el aire en los pulmones. Tony quería acostarse con él.

¿Por qué la idea no le parecía repugnante? ¿Por qué sentía latir su traidor corazón de esa manera? ¿Y por qué demonios se estaba empezando a excitar de pensar en estar en los brazos de Tony?

No supo cómo ni porque pero acercó su boca a Tony y le dio un suave beso en los labios.

Su corazón latió fuerte, era tal como lo recordaba, Tony tenía los labios más deliciosos del mundo.

Cuando se separaron vio la sorprendida cara de su amigo. Abrió la boca para disculparse, pero solo sirvió para que Tony le metiera la lengua cuando le devolvió el beso. Su amigo lo besó profundamente mientras lo abrazaba.

Una parte suya quería empujarlo como lo había hecho hacía dieciséis años, pero se había arrepentido todos esos años por no haber respondido aquel beso, así que solo abrió más la boca para sentir la dulce lengua de Tony explorándolo.

No supo en qué momento colocó las manos en el cuello de su amigo y lo atrajo aún más cerca. No podía dejar de besarlo, ni describir lo que sentía, porque jamás había sentido algo así en su vida. Lilian había sido la única mujer en su vida y jamás sus besos lo hicieron sentir de esta forma, era más como besar a su mejor amiga. Los besos de Tony lo hacían sentir que se elevaba del suelo, que su corazón latía fuerte y su sangre corría tan rápido que casi podía escucharla en sus oídos.

Tony se separó suavemente de él y solo en ese momento se dio cuenta de lo que había hecho.

Había besado a un hombre. Había besado a Tony.

Y había amado cada segundo.

Tony estaba impactado.

Leo lo había besado, después de tanto soñar con sus labios por fin lo había besado. Aún estaba abrazando a Leo, aún podía sentir su sabor en los labios, el cálido y dulce sabor de Leo y lo único que podía pensar era... Lúcuma.

Leo era su lúcuma. Antes de poder procesar aquella chocante información en su cerebro, Leo lo miró con sus ojos almendrados llenos de sorpresa, llenos de miedo.

—¡Oh por Dios!... —Le dijo Leo dándose cuenta de lo que habían hecho.

Trató de zafarse de sus brazos, pero Tony no se lo permitió.

—No. Espera un segundo Leo. Por favor. —Lo abrazó aún más cerca y Leo se dejó abrazar hundiendo el rostro en su cuello.

Se sentía tan bien estar así. Solo abrazarlo y sostenerlo en sus brazos era mejor que el sexo que había tenido con otros hombres.

—No soy gay. —Murmuró Leo en su cuello.

Leo sonrió para sí mismo. Quería recordarle a su amigo que hace solo unos segundos había estado besándolo. Pero se contuvo de hacerlo. ¿Que debía hacer? ¿Presionarlo para que aceptara la atracción que sentían?

Bajó la mano a la entrepierna de Leo y acarició su muy obvia erección. Casi gime de placer, al notar a través de la ropa el tamaño del pene de su amigo.

—¡No! —Le dijo Leo asustado.

—Yo también estoy excitado Leo. —Dijo sin dejar de acariciarlo—.

250

Si eres gay o si no lo eres. Esa pregunta solo puedes respondértela tú mismo. Pero te sientes atraído por mí, y yo me siento igual por ti, siempre ha sido así.

—Tony... —Leo gimió en su cuello disfrutando sus caricias.

—¿Quieres que me detenga? —Preguntó a Leo, acariciándolo más decidido aún, subía y bajaba la mano a lo largo de la gruesa erección.

Su amigo estaba tenso, aferrado a él. Pareció dudar un momento y luego negó con la cabeza.

Tony aprovecho la oportunidad y levantó el rostro de Leo para volver a besarlo, esta vez el beso fue muy dulce. Su corazón latió de alegría, los labios suaves de Leo eran cautos, aún con miedo pero seguía aferrado a él y dispuesto para sus besos y sus caricias.

No debían hacer esto. Tenía una larga lista de razones por la que no debían hacerlo. Pero había esperado veinte años este momento. Las razones se podían ir al diablo por diez minutos. Sintiendo el largo y duro pene de Leo pensó que mejor que fueran treinta minutos.

Dejó de acariciarlo para moverlos y dejarse caer suavemente en el sofá, con Leo aún en sus brazos, quedaron lado a lado con las caderas de su amigo pegadas a la suya, sus erecciones tocándose mientras seguían besándose.

Tony quería gritar de alegría mientras sus manos acariciaban suavemente a Leo, tanteando que tan lejos llegar. Su amigo lo miró y parecía no saber qué decir, tímidamente acarició su cara y luego sus labios. Tony gimió de placer, solo sus suaves y dulces caricias podían excitarlo así. Aquello era una locura, se iba a volver loco si no lo probaba, si no lo tocaba antes de que Leo se diera cuenta de lo que estaban haciendo y le pidiera que se detuviera.

Las manos de Leo comenzaron lentamente, casi con miedo, a moverse por su espalda. Tony desabrochó lentamente la camisa de su amigo y sintió a Leo temblar cuando acariciaba su pecho.

—Tony... No debería hacer esto.

—No, no deberíamos. Pero lo deseamos. ¿Tú lo deseas?

—No. Si. No lo sé. Mi mente no está funcionando bien en este momento.

—Está bien, no pienses. —Le dijo volviendo a besarlo y a acariciar su pecho.

Giró a Leo y se puso sobre él. Cuando bajó la boca a su pezón Leo gimió más fuerte y se estremeció. Tony estaba tan excitado que sentía que se iba a correr en cualquier momento. Volvió a acariciar la erección de su amigo y los deseos de probarlo fueron más fuertes que él. Abrió el pantalón de Leo y bajó más aún para besar el delicioso pene a través de la ropa interior.

Leo jadeó y apretó su brazo, podía sentir que su amigo luchaba entre las ganas de apartarlo y acercarse más a su boca. Tony aprovechó ese momento de duda para bajar la ropa interior de Leo y lamerlo deliciosamente.

—Tony... —Siseo Leo muy bajito.

Lúcuma... Lúcuma... Pensaba mientras lamía a Leo suavemente, abrió los ojos y vio a su amigo aferrado con fuerza a los cojines del sofá, tanto que los nudillos estaban blancos, tenía la mirada aturdida mientras lo miraba con sus almendrados ojos.

Sin apartar la mirada llevó el pene de su amigo a su boca y lo tragó.

—¡Oh por Dios!... ¡Oh por Dios!... —Leo casi gritó. Tony lo vio tirar la cabeza hacia atrás y cerrar los ojos, verlo así de excitado era maravilloso.

El pene de Leo era delicioso, grande, grueso y sabroso. Leo lo iba a arruinar para otros hombres. Jamás iba a querer probar a otro hombre después de este delicioso pene.

Le dio la mamada de su vida a Leo, lo tragó profundamente mientras con la mano lo acariciaba suavemente. Su amigo se incorporó de repente asustado.

—Tony detente... Voy a... Me voy a... —Fue todo lo que su amigo alcanzó a decir antes de que lo tragara más profundo aún y lo chupara con fuerza.

Leo explotó en su boca y sus caderas se levantaron para encontrarse con su boca.

—Tony... ¡Oh por Dios!... ¡Oh por Dios!... —Repetía una y otra vez tratando de regular su respiración.

Tony se lamió los labios mientras se sentaba de rodillas entre las piernas de Leo. La imagen casi lo hace correrse. Su amigo estaba respirando entrecortadamente con la camisa y los pantalones abiertos, pero era su mirada de la que no podía apartar la vista. Estaba absoluta y deliciosamente saciado.

No podía creer lo que había hecho, más bien lo que Tony había hecho y él lo había dejado hacer. Él estaba casi desnudo y Tony aún tenía la ropa puesta. Esto había sido más de lo que pensó que jamás haría con Tony o para el caso, con ningún hombre. ¿Que debía hacer ahora?

—Deja de pensar tanto, te va a doler la cabeza. —Le dijo Tony y con una sonrisa se quitó la camisa y abrió sus pantalones para sacar su hermoso y duro pene.

Su amigo se recostó a su lado y lo abrazó, antes de besarlo dulcemente.

—Tony... —No sabía que decirle. Pero no pudo evitar acariciar el pecho de Tony, su amigo era hermoso, tenía cada músculo perfectamente definido y su piel suave era ligeramente velluda. ¿Cómo era posible que encontrara atractivo un pecho plano y velludo?

Bajó la vista y pudo ver la perfecta erección de su amigo. Su corazón se desbocó, quería tocarlo, tocar su pene y darle el mismo placer que le había dado.

—No tienes que hacer nada que no quieras. —Le dijo Tony.

—No creo poder hacer lo que tú hiciste... Pero quiero tocarte. —Dijo con un hilo de voz.

—Entonces haz lo que quieras conmigo, me ofrezco de voluntario para tus manos.

—¿Que te gustaría? —Preguntó inseguro.

¿Que esperaba Tony de él?

—Puedes partir por tocarme aquí. —Le dijo tomando su mano y colocándola sobre su erección—. Estoy tan caliente que me correré en cualquier momento.

Se puso colorado y jadeo al sentir la erección desnuda de Tony. Volvieron a besarse y Leo siguió acariciando a su amigo, era tan excitante, tan extraño pero tan correcto.

Tony acarició su rostro y lo miró intensamente antes de correrse en su mano. Cuando sintió el tibio semen se dio cuenta que la mirada y la explosión de Tony lo habían puesto duro nuevamente. ¿Cómo era posible excitarse tanto con solo una mirada? ¿Qué tenía Tony que lo descontrolaba tanto?

—¿Estás bien? —Le dijo Tony limpiándolo con su camisa y subiendo la ropa interior de ambos.

Hundió el rostro en el cuello de Tony y trató de controlarse, estaba avergonzado de estar excitado otra vez. No entendía que le estaba pasando, él no era un hombre muy sexual. Durante el año anterior con suerte se había acostado con su esposa tres o cuatro veces.

—Sí. Algo aturdido y sorprendido.

—¿Avergonzado?

—Sí. Bastante.

—¿Por qué no eres gay?

—Siempre tuve la duda de si era bisexual. —Le confesó por fin su peor temor.

—Te lo dije antes, si eres gay o bisexual o travesti, solo puedes respondértelo tu mismo.

—¡¿Travesti?! —Preguntó ofendido.

—Sí. ¿Qué se yo lo que haces cuando estas a solas? ¿No te pones los zapatos de Lilian? —Le preguntó sonriendo.

Cuando se dio cuenta que solo estaba bromeando se relajó y se volvió a abrazar a Tony.

—Eres un idiota.

—Y tu un tonto.

Sí que lo era, acababa engañar a su esposa por primera vez en veinte años. Y lo había hecho con un hombre. La culpa cayó sobre él y cerró los ojos, avergonzado. Esto no volvería a pasar. No podía permitir que sucediera de nuevo.

Después de lo sucedido en su departamento, Leo estaba evitándolo. Cada vez que lo llamaba le decía que estaba ocupado y que le devolvería el llamado, cosa que no había ocurrido.

Después de un largo turno, Tony salió al calor del mediodía y se dirigió a la oficina de Leo. Probablemente a su amigo no le gustaría, pero le importaba un pepino. No era de los que se sentaran a esperar, necesitaba saber qué diablos estaba pasando por la cabeza de su amigo.

Cuando llegó frente a la secretaria de Leo, le sonrió con su sonrisa reservada para ocasiones especiales, sabía el efecto que tendría con ella, la había utilizado cientos de veces, en hombres y mujeres.

La secretaria estaba en sus treinta, si no tuviera sus dudas sobre la orientación de Leo pensaría que su amigo podría tener una buena tentación en su trabajo con aquella mujer.

—Buenos días. —La saludó amablemente—. Necesito hablar con el señor Leandro Alberti.

—El señor Alberti está ocupado en estos momentos, pidió no recibir a nadie. —Le dijo la mujer coquetamente.

Hora de la artillería pesada. Sacó su placa y se la mostró a la secretaria.

—Dígale que el Subcomisario Levil quiere hablar con él.

La mujer se puso pálida y tomó el teléfono.

—Señor, está aquí el Subcomisario Levil, dice que quiere hablar con usted. —Le dijo con una nota de nervios en la voz.

—Sí señor. —Dijo la secretaria bajando el auricular y poniendo el altavoz—. Ya está señor Alberti.

–Ese idiota es un amigo, así que la próxima vez que le muestre su placa para hablar conmigo, mándelo al diablo. ¿Escuchaste Tony?

—Sí. —Le dijo sonriendo—. ¿Eso quiere decir que no me vas a recibir?

—Claro que si idiota, pasa. —Dijo antes de colgar.

—Lo siento. —Le dijo a la secretaria guardando su placa y entrando a la oficina de Leo.

—Le diste un susto grande a mi secretaria. La pobre ya me veía en prisión por desfalco o algo así.

—¿En eso andas? ¿Tengo que investigar? —Dijo sentándose frente a Leo.

—Claro que no tonto.

—Idiota, el tonto eres tú.

—¿Qué diablos haces aquí?

—Acabo de salir del trabajo y pensé en que podríamos ir a almorzar. ¿Qué tienes ganas de comer?

—Yo... No sé si pueda. Tengo mucho trabajo, tengo que entregar esto. —Le dijo balbuceando y apuntando la pantalla—. Pronto, lo más pronto posible.

—Leo, has estado evitándome toda la semana. —Dijo estirándose en la silla frente a Leo.

—No. —Le dijo con poca convicción. Tony lo miró fijamente cohibiéndolo—. Si, si lo estoy haciendo. —Admitió finalmente.

—¿Por lo que pasó el otro día?

—Por supuesto que es por lo que pasó el otro día. —Respiró profundo—. Creí que era mejor darnos un tiempo antes de volver a vernos. Necesito aclararme.

—Entonces espero que aclares tu mente pronto, me gusta verte. —Le dijo Tony con una sonrisa.

—Lo dudo. Mi cabeza está tan confundida en estos momentos... Siento que ni siquiera sé quién soy.

—¿Todavía tienes dudas de si eres gay? —Le preguntó con un tono que decía "¿Después de lo del otro día?"

—No tengo dudas de lo que me haces sentir, pero... ¿Y si soy bisexual?

—¿Que cambiaría eso? Todavía te sentirías atraído por los hombres.

—Por lo menos sabría quien soy. En estos momentos estoy malditamente confundido. —Tony prefirió callar—. ¿Qué crees tú?

—Creo que eres gay. —Dijo sin rastro de duda.

—¿Por qué estás tan seguro?

—Porque el hombre con el que estuve el otro día no tenía sexo hace mucho tiempo. ¿Hace cuanto que no te acuestas con tu esposa?

Leo no fue capaz de responder, se puso colorado y desvió la mirada de Tony.

—Me lo imaginé. —Le dijo sin esperar que respondiera—. Si fueras bisexual querrías acostarte con ella tanto como quieres hacerlo conmigo.

Espero a que Leo le dijera que estaba equivocado, que no quería acostarse con él, pero no lo hizo.

—¿Qué pornografía te gusta ver? —Le preguntó a Leo.

—No veo, no me gusta... es... es...

—¿Desagradable? —Preguntó levantando una ceja—. Esta noche cuando llegues a tu casa, hazte un favor, entra a internet y ve ambas pornos, heterosexual y gay. Comprueba que te excita más, si ambos lo hacen, felicitaciones, eres bisexual.

—¿Y si me desagradan ambos?

—Entonces ve a ver a un psiquiatra, porque no sé quien más podría ayudarte. —Dijo riéndose.

—No te rías de mí. —Le dijo contagiándose de su risa.

—No me río de ti, es que toda esta situación es una mierda Leo. Aunque aclares tu cabeza aún sería incorrecto algo entre nosotros.

—Lo sé.

Aquella situación era una locura. No quería involucrarse en una relación, menos aún con un hombre casado.

—Creo que después de todo tienes razón. Es mejor que nos demos un tiempo. Si no lo hacemos, me dejaré vencer por la tentación y te arrastraré a la primera cama que encuentre.

Leo se puso colorado y volvió a desviar la mirada. Tony se paró y fue hacia Leo. Giró la silla de su amigo y apoyó las manos en los brazos de la silla. Inclinándose hacia Leo quedó muy cerca de su rostro.

—¿Te agrada o te desagrada el pensar que te arrastre a una cama? —Le preguntó con voz ronca.

—No lo se... —Dijo Leo poniéndose colorado.

—¿Te gustó lo que hicimos el otro día?

—Sabes que sí. —Le dijo con un hilo de voz.

—¿Quieres volver a hacerlo?

Leo lo miró con sus hermosos ojos. No necesitó decirlo. Si quería, pero tenía miedo. Leo estaba aterrado con lo que estaba sintiendo.

Se inclinó y le dio un beso suave en los labios. Y esta vez Leo no se tensó, solo lo aceptó naturalmente. Las manos de su amigo subieron a su cuello y profundizó el beso. Tony se quedó quieto, dejándolo hacer lo que quisiera.

La lengua de Leo lo exploró y lo besó una y otra vez, se dejaron llevar tanto que por un momento olvidaron que estaban en la oficina de Leo y que alguien podría entrar en cualquier momento.

Cuando Leo bajó la mano para acariciar su erección, se separó de él y se alejó tratando de controlarse.

—¡Demonios Leo!

—Lo siento, lo siento... —Le dijo Leo avergonzado—. No debí hacerlo.

—No hiciste nada malo, pero si seguíamos la cosa se iba a poner más intensa aún. Y este no es el lugar adecuado.

—Esto no está bien. —Le dijo Leo pasándose los dedos por el pelo—. No debería volver a verte Tony.

—Leo... Podemos olvidar lo que pasó, ya lo hicimos una vez.

—¿De verdad crees que podemos ignorar la atracción que sentimos? Estaba seguro que él no podía ignorarla, ya no.

—Eso espero. Porque no quiero volver a perder tu amistad.

—Yo tampoco lo quiero. Pero me confundes demasiado cuando estás cerca.

—Entonces seremos solo amigos. ¿Te parece? Lo principal es no volver a besarnos, por ahí parten nuestros problemas.

—Está bien. Solo amigos. —Le dijo suspirando—. Y no más besos.

Solo amigos. Podía hacerlo, tenía una voluntad de acero cuando se decidía a hacer algo, pero si Leo lo besaba... Mas le valía a Leo mantener sus labios alejados de él, porque la próxima vez que lo besara, lo llevaría a la cama más próxima y lo cogería hasta que se le salieran los sesos.

Después de cenar Leo fue a su oficina. Su computador quedaba de espaldas a la puerta, así que si alguien de su familia entraba sería capaz de ocultar lo que estaba viendo.

Fue a su computadora y entró a la red. Derecho a una página porno.

¿Straight o gay?

Straight.

Las imágenes eran como cientos de las que había visto, sexo oral, tríos. Prefirió partir por algo simple y entró en el primer video en que vio a una pareja. Una chica rubia y voluptuosa se contorneaba mientras era penetrada por un hombre bastante bien dotado. Los senos de la chica eran falsos y por las raíces en su cabeza el color de pelo también.

Trató de ver lo excitante en el video. Se dio cuenta de que miraba más al hombre que a la mujer. Estaba más pendiente de mirar el grueso pene del sujeto en vez de a la rubia falsa y sus falsas uñas tocándose el clítoris.

Suficiente.

Respiró profundo para darse valor y cambió de canal. "View gay content".

¡Guau! Las imágenes eran muy variadas. Eligió "Tender couple", un poco de ternura no le vendría mal.

La escena comenzaba con una pareja besándose. Uno de los hombres era rubio y el otro era grande, moreno y con el pelo corto, le recordaba a Tony. En verdad era una pareja tierna, sintió un tirón en su entrepierna. ¿Tony y él se verían así cuando se besaban?

El plano se amplió y pudo ver que la pareja estaba desnuda. El moreno besó hacia abajo al otro hombre, cuando comenzó a hacerle sexo oral al rubio, recordó los labios de su amigo en su pene.

Estaba duro. En dos segundos se había excitado. ¿Era por el video o por pensar en Tony tragándolo?

Siguió viendo las imágenes hipnotizado, cuando el moreno penetró al rubio no pudo evitar gemir.

El moreno estaba cogiendo al rubio cara a cara. ¿Se podía hacer así? Siempre que imaginaba una relación homosexual tenía la imagen de un hombre atrás del otro. Su corazón latía rápido, no podía evitar imaginar a Tony así. Haciéndole el amor frente a frente.

Cuando aquel video terminó, vio otro y después otro más. Ya no eran escenas tiernas, era sexo puro y duro entre dos hombres. Y era excitante.

Se pasó las manos por el pelo. Sin contar su experiencia con Tony, estaba más duro de lo nunca había estado, lo único que quería era subir a su dormitorio y darse una ducha fría o tal vez masturbarse.

Se quedó congelado. Tenía una erección y estaba caliente como el infierno, pero en ningún momento pensó en acostarse con Lilian. En ningún momento sintió deseos de tener sexo con su esposa.

Si eso no lo confirmaba, nada lo haría.

Era gay.

Sin ninguna duda ahora lo sabía, era gay.

5

La tarde siguiente Tony estaba en su departamento aburrido, viendo televisión. Más bien pasando los canales. No podía concentrarse en lo que estaba viendo, no dejaba de pensar en Leo y en las cosas que habían hecho en aquel sofá.

Suspiró y se restregó la cara frustrado. Era un idiota. Aunque Leo se reconociera gay no podía tener una relación con él. No podía. Leo era casado y eso iba en contra de todo lo que creía. La infidelidad estaba vetada para él, nunca había engañado a una pareja y era totalmente intolerante si alguien lo engañaba. Ese era uno de los tantos traumas que el desgraciado infiel de su padre le había dejado, jamás haría sufrir a nadie como su padre lo había hecho.

Sin embargo ahí estaba él, soñando despierto con un hombre casado.

Cuando su timbre sonó fue a abrir sin esperar jamás que Leo se encontrara afuera de su puerta. No se veía nada bien, lucía preocupado, nervioso y cansado.

—¿Leo? —Le preguntó arrastrándolo hacia el interior—. ¿Estás bien?

—No, no estoy bien, nunca he estado peor.

—¿Qué pasa? —Le preguntó preocupado.

—Esto es tu culpa. Yo estaba bien, mi vida estaba bien. ¿Por qué demonios tenías que volver a alterar todo nuevamente? Es tu culpa…

El pobre estaba a punto de las lágrimas, se veía tan alterado que Tony lo abrazó contra su pecho.

—Hey, tranquilo, cálmate. Respira. —Le dijo cuando Leo lo abrazó temblando—. ¿De qué estás hablando? ¿Qué es mi culpa?

—Soy gay. —Dijo con un quejido.

Tony no sabía si dar gracias al cielo porque su amigo había aceptado la verdad o ponerse a llorar junto a él.

—Lo sé cariño, se que eres gay. —Le dijo—. Pero dudo que eso sea mi culpa.

—¿Qué se supone que haga ahora? No puedo ser gay Tony. Tengo familia…

—Ven acá, conversemos. —Dijo tranquilo.

Lo llevó al sofá, lo sentó frente a él y le dio un trago con abundante licor, porque dudaba que la cerveza tuviera suficiente alcohol para afrontar la conversación que tendrían.

—No puedo ser gay. No puedo... —Volvió a repetir Leo después de dar un tímido trago.

—No creo que tengas opción cariño.

Leo se inclinó hacia adelante cubriéndose el rostro.

—¿Porque tenía que pasar esto ahora?

—¿Ahora? Dudo que esto sea algo que surgió de la noche a la mañana. Es solo que lo ignoraste y no quisiste verlo antes.

—No, yo no... Nunca...

—¿Honestamente? ¿Nunca lo notaste? ¿Nunca te sentiste atraído por un hombre?

—¡Por ti idiota! —Le dijo levantando el rostro—. Siempre me he sentido atraído por ti. Incluso cuando éramos adolescentes.

—Lo sabía. —Le dijo con una sonrisa orgullosa—. Siempre me pregunté que hubiera sucedido si me hubieras respondido aquel beso.

—Lo hice. Por unos segundos, luego me di cuenta de lo que estaba haciendo y me asusté, por eso te rechacé.

—Pensé que había sido mi imaginación...

—No lo fue. Desde ese momento me hiciste cuestionarme si era bisexual. —Leo lo miró con sus lindos ojos llenos de tristeza al recordar el pasado—. Quise comprobar que estabas equivocado, así que lo primero que hice fue correr a los brazos de Lili y hacer el amor con ella. Ninguno de los dos tenía experiencia, no tomamos precauciones y quedó embarazada, por eso fui papá tan joven.

—Para probarme que estaba equivocado. —Tony apenas podía respirar.

—Solo un beso y pusiste mi vida de cabeza.

«Y tú la mía», pensó. Él creía que solo su vida se había alterado aquel día. Estaba equivocado, muy equivocado.

—No tienes que salir si no quieres. —Le dijo a Leo.

—¿Salir de donde? ¿De aquí?

—No tonto, del closet, no tienes que salir si no lo deseas, puedes seguir con tu vida tal cual hasta ahora si eso te hace feliz. La única diferencia es que ahora ya entiendes porque te sientes como te sientes.

Leo suspiró y se quedó pensativo.

—Si he mirado a otros hombres. —Le confesó de improviso Leo—. Más de una vez vi a algún hombre que me llamó la atención. En mi mente pensaba que si no hacía nada con nadie seguía siendo hetero. El único con el que he hecho algo es contigo.

—¿Solo eso te convenció de que eres gay?

—No, hice lo que me dijiste, vi porno.

—¿Viste porno gay?

—Sí. No me imaginaba que fuera así... Me gustó lo que vi.

Tony notaba que tenía dudas, de hecho debía tener un montón de dudas.

—¿Quieres hablar de lo que viste?

262

Leo estaba colorado, la conversación lo avergonzaba, pero lo miró tímidamente.

—¿Duele? ¿La penetración duele?

—No si estás bien preparado. —Leo lo miraba esperando que se explayara—. ¿Nunca tuviste sexo anal con tu esposa?

—¡No! Ella es bastante conservadora, jamás podría pedirle algo así.

—El ano no tiene lubricación natural como la vagina, así que se ocupa un lubricante para prepararlo para la penetración, además ayuda mucho si lo dilatas antes con los dedos, porque lubricante o no, si no lo dilatas te puede doler.

La cara de su amigo era impagable. Tony no sabía si abrazarlo o retorcerse de la risa. La sorpresa, pánico y curiosidad se reflejaba claramente en cada rasgo de su amigo.

—¿Es agradable?

–Sí, lo es. Si eres gay es más agradable que hacerlo con una mujer.

—¿Cómo puedes saber eso?

—¿Crees que nunca he tenido sexo con una mujer?

Leo lo miró sorprendido.

—Pensaba que si eres gay...

—En la universidad lo hice un par de veces con una compañera, más que nada para experimentar. Era agradable, pero definitivamente lo mío son los hombres.

—¿Eso no te hace bisexual?

—¿Crees que por dormir con una mujer soy bisexual? —La cara de Leo le decía cuan confundido estaba—. No cariño, es algo más profundo, tiene que ver más con preferencias, con placeres que solo con quien te acuestas. Como tú por ejemplo...

—¿Cómo yo?

—Así es. Tú has dormido con tu esposa por casi veinte años, no has tenido nunca sexo con un hombre y sin embargo acabas de decirme que eres gay.

—¿Pasaste por todo esto cuando te diste cuenta?

—No tanto, tuve a Susy que me apoyó y me orientó, además no había ninguna mujer que me provocara confusión, solo me sentía atraído por... —Iba a decir por ti, pero se contuvo—. Por los hombres.

—Gracias Tony. Esto significa mucho para mí.

—Sabes que puedes contar conmigo, para lo que sea.

Leo contuvo el aliento.

Si Tony supiera lo que estaba pensando no habría dicho aquello. Desde la noche anterior su cabeza era un hervidero de preguntas, de culpas, y principalmente de deseos…

Sabía que no podía salir del closet, su familia jamás podría enterarse, tendría que llevarse su secreto a la tumba. Tampoco podía vivir una doble vida, teniendo amantes por un lado y una vida respetable de hombre de familia por la otra… Pero deseaba a Tony, deseaba hacer las cosas que había visto en el porno aunque fuera solo una vez.

—Alen dijo que tú cogías y corrías.

—No es tan así… —Se defendió Tony por lo injusto de la acusación.

—Es lo que quiero. —Lo interrumpió Leo—. No puedo tener una relación Tony, pero quiero saber lo que se siente, aunque sea solo una vez.

Tony lo miró más que sorprendido.

—¿Me está pidiendo que te coja?

—Dijiste que querías hacerlo conmigo. —Le dijo avergonzado—. Solo te pido una vez y después cada uno volverá a su vida como si nada hubiera pasado.

—No creo que sea buena idea. —Dijo Tony tenso.

—¿Por qué no? Lo hiciste con Alen…

—¡Quieres dejar de meter a Alen en la conversación! —Le dijo Tony parándose y comenzando a pasearse por la habitación—. Acostarme con él fue un error, jamás debí hacerlo, pero tú no eres Alen, eres distinto.

—¿Entonces no quieres hacerlo conmigo? —Preguntó confundido con la reacción de Tony.

—Por supuesto que quiero, pero no sé si… Puede ser más complicado que solo tener sexo y después irse cada uno por su lado.

—Está bien. —Le dijo decepcionado.

—No entiendes… Eres mi amigo y eres casado.

Leo se sentía muy incómodo. No había querido aproblemar a Tony, pero su amigo tenía razón, no podía ir por ahí pidiéndole a sus amigos que lo cogieran. Se levantó también con la idea de que sería mejor marcharse que seguir avergonzándose a si mismo. Pensó que lo mejor era bromear al respecto para reírse de la situación.

—Bueno, si no puedes, recomiéndame algún club gay, a lo mejor alguien se apiada de mí y me hace el favor. —Le dijo sonriendo.

Tony lo miró con los ojos abiertos y luego se acercó a él y lo tomó con fuerza de los hombros.

—¡Ni se te ocurra pensar hacer eso! –Le dijo casi sacudiéndolo—. ¡No te dejaré hacer algo así jamás!

Leo solo pudo mirarlo.

—Estaba bromeando. —Le dijo con un hilo de voz.

Tony estaba muy cerca, podía sentir el aroma de su perfume. Aún lo sostenía por los hombros, pero ya no lo sujetaba, era casi una caricia.

—Me prometí a mi mismo no volver a besarte. —Dijo Tony con voz ronca.

—¿Y si yo te beso a ti?

Su amigo no respondió y Leo aprovecho la oportunidad que se le daba. Acercó su boca a la de Tony y lo besó. Odiaba que Tony siempre tuviera razón, pero la había tenido una vez más, no debían besarse, los besos comenzaban sus problemas.

Se besaron suavemente y Tony lo acercó más a su cuerpo. Podía sentir cada parte del cuerpo de Tony, incluida su dura erección.

264

—¿Estás seguro? —Le preguntó Tony cuando se separaron—. ¿Estás seguro de querer hacerlo?

Solo pudo asentir, no le salía la voz. Tony le respondió con una hermosa sonrisa antes de volver a besarlo y comenzar a desabrochar su camisa. Su corazón latía desbocado sintiendo las grandes manos de Tony en su pecho, desnudándolo, acariciándolo. Se dio valor y tiró de la camisa de su amigo para sacársela por la cabeza y acercó su propio pecho al de Tony.

El detective lo abrazó y acarició su espalda sensualmente, bajó las manos hasta su trasero y lo acarició, acercando aún más sus erecciones. Tony lo besaba y lo acariciaba lentamente, quería pedirle, rogarle si era necesario, para que lo llevara pronto al dormitorio, pero su amigo tenía otros planes que no incluía ningún tipo de apuro.

Las manos de Tony abrieron sus pantalones para acariciarlo, gimió de placer y otro poco de alegría. Sus manos casi volaron a los pantalones de Tony, también quería tocarlo, soñaba con volver a sentir la suave piel de su pene en su mano.

Cuando por fin tuvo el duro pene en su mano, fue Tony quien gimió.

—Oh por todos los cielos Leo... —Le dijo Tony.

—Lo siento... —Le dijo retirando rápidamente la mano. Tony se la tomó y la besó suavemente.

—No hiciste nada malo cariño, es solo que tus manos se sienten increíbles.

Sin palabras y en medio de besos recorrieron la corta distancia hasta el dormitorio. Leo gimió cuando cayeron juntos en la cama y Tony se puso rápidamente sobre él, se besaron y acariciaron hasta que se quitaron toda la ropa.

Estar desnudos juntos en la cama era la más increíble experiencia que había tenido en la vida. Tony lo besaba en los lugares más increíbles, empezó por su cuello, antes de atormentar sus pezones, sus costillas y su ombligo... ¿Siempre había sido tan sensible en el ombligo? ¿O el sexo con su esposa había sido demasiado malo? Borró esos pensamientos, no quería pensar en Lily mientras hacía el amor con Tony.

Cuando los labios de Tony lo lamieron hacia su pene quería gritar de placer.

—Oh por todos los cielos...

Su amigo lamió su erección de arriba abajo, y saboreó la sensible cabeza de su pene antes de tragarlo. Tony no se lo había pedido, pero se preguntó cómo sería hacerle lo mismo a su amigo. Tenerlo en su boca... Se iba a correr, de solo pensarlo.

Tony comenzó a chuparlo vigorosamente, trataba de controlarlo pero era imposible. Su boca era la gloria.

—Tony... —No alcanzó a decirle que se iba a correr cuando sintió los dedos de Tony en su ano acariciándolo—. Tony... ¿Qué haces?

—Tocarte. ¿Se siente bien?

Si, se sentía bien, pero lo asustó, esto era lo que quería, ¿entonces porque estaba tan asustado?

Tony notó su nerviosismo, porque se acercó y lo besó suavemente.

—¿Confías en mí? —Le preguntó volviéndolo a besar.

—Claro que sí.

—¿Todavía estás seguro de esto? —Le preguntó alcanzando el lubricante y colocando un poco en sus dedos.

—Sí, pero es normal que esté asustado ¿no?

—Si, por supuesto que es normal, pero no te haré daño cariño, tendré cuidado.

—Lo sé.

—Quita esa cara de susto, te prometo que es agradable, te habla la voz de la experiencia. —Le dijo guiñándole un ojo y comenzando a acariciar su agujero nuevamente.

—Sí, pero es distinto, tu eres... —Se detuvo antes de decir una estupidez.

—¿Que soy? ¿Gay? Te tengo noticias cariño, tu también.

Leo se reclinó hacia atrás sobre las almohadas y cerró los ojos.

—Lo sé. Es solo que a veces aún oigo la voz de mi papá en mi cabeza. Si supiera las cosas que hago contigo... Y cuanto las disfruto...

—¿Y crees que si te penetro te hace más gay que si no lo hago? — Dijo dejando de acariciarlo y mirándolo con el ceño fruncido.

—No, no lo sé.

—Si no quieres hacerlo porque no lo disfrutas o porque crees que no estás preparado lo entenderé. Pero si es porque eso te hace sentir inferior, no lo haré. Es más, me sentiría ofendido si es lo que piensas.

—No, jamás pensaría así de ti. Solo estoy un poco asustado, eso es todo...

—¿Quieres seguir o prefieres que lleguemos hasta aquí?

Leo estaba tentado a decirle que no siguieran. Si se detenía ahora no cruzaría la línea, pero ya no estaba seguro donde estaba aquella línea, había tenido sexo oral con Tony y ahora estaba desnudo con él en su cama a punto de tener relaciones sexuales.

Sin hablar, se acercó a Tony y lo besó. ¿A quién engañaba? Hace mucho que había cruzado la maldita línea. Y quería ir mucho más allá, aunque fuera solo una vez.

Ya lo había asumido. Era gay. Pero jamás pensó que haría algo al respecto. Jamás lo habría hecho si no hubiera conocido a Tony y probablemente jamás volviera a hacerlo después de esta noche. Solo lo harían una vez y luego volvería a su vida como si nada hubiera pasado.

Tony volvió a acariciar su agujero y esta vez lo penetró con uno de sus grandes dedos. No pudo evitar tensarse mientras el dedo de Tony entraba y salía.

—Relájate cariño, te prepararé bien...

—Ahhh... —Gimió cuando Tony agregó un segundo dedo y después un tercero.

Se sentía bien, su amigo tenía razón se sentía muy bien. Se sentía aún mejor mientras lo penetraba con sus dedos, Tony besaba su cuello, sus pezones...

266

Aún se sentía un poco cohibido por los kilos que tenía de más, pero parecía que a Tony no le importaba, es más, lo hacía sentir deseado. Lo hacía sentir más deseado de lo que nunca se sintió, ni siquiera cuando era joven y delgado.

Estaba en el cielo, Tony estaba en el cielo y no quería bajar al suelo. Estaba penetrando a Leo con sus dedos y se moría por reemplazarlos por su pene.

Su amigo gemía de placer con cada beso y cada caricia, su corazón sonreía al pensar que le estaba dando placer a Leo. Le iba a dar más que eso, mucho más.

—Creo que estás listo para mí. —Le dijo retirando sus dedos y colocándose un condón.

Leo abrió los ojos, estaba tenso.

—¿Puedo pedirte algo? —Pidió Leo con voz asustada.

—Lo que quieras cariño. —Rogaba que no le pidiera que se detuvieran, lo haría si se lo pedía, pero se moriría de frustración.

—Vi un video en el porno, la pareja en el video lo hacía...

—¿Cómo lo hacía cariño?

—Cara a cara. Ellos estaban frente a frente.

Tony sonrió y se colocó encima de Leo sosteniendo su peso con los brazos para no aplastarlo pero pegando sus caderas a las de Leo. Su amigo abrió las piernas y quedaron aún más cerca el uno del otro. Bajó el rostro y le dio un profundo beso, abrió la boca y sintió la lengua de Leo explorándolo ávidamente. Sus lenguas se frotaron, se embistieron. Leo gimió y movió las caderas, sus penes deslizándose y frotándose el uno contra el otro imitaron el ritmo de sus bocas.

Al levantar la cabeza vio los maravillosos ojos de Leo observándolo con su mirada excitada.

—¿Así lo quieres?

Leo solo asintió suavemente con la cabeza. No necesitaba pedírselo, quería verlo mientras lo penetraba, quería ver sus bellos ojos cuando se corriera y quería besarlo hasta olvidar que esta sería la única oportunidad que tendría.

Se acomodó entre sus piernas y lo penetró lenta y suavemente, cada centímetro era una deliciosa tortura, quería hundirse rápidamente, pero no podía, si lo lastimaba jamás se lo perdonaría.

—Tony... —Gimió Leo en su cuello—. Tony...

—¿Va bien cariño? —Le dijo saliendo un poco y volviendo a hundirse en el suave calor de Leo.

—Duele un poco. —Dijo Leo, su voz sonaba nerviosa pero tranquila.

Levantó la cabeza para mirarlo, se veía hermoso. Su cara ruborizada y sus hermosos ojos llenos de pasión. Se enterró un poco más y se detuvo dándole tiempo a Leo para que lo aceptara.

—¿Todavía duele? —Le preguntó preocupado. Quería que la única experiencia que tendría con su amigo fuera perfecta.

Leo asintió con la cabeza pero movió las caderas acercándose, con un último empuje quedó completamente unido a su amigo.

Respiró hondo para contenerse. Era mejor que todas las fantasías que había tenido. Lo había soñado por veinte años y en todas y cada una de sus fantasías siempre estaban aquellos ojos mirándolo como lo hacían ahora.

—¿Se siente bien? —Le preguntó a Leo al tiempo que lo besaba suavemente.

—Sí, se siente bien muy bien. —Le dijo devolviéndole los besos y colocándole los brazos en el cuello para atraerlo más.

Tony comenzó a moverse suavemente, cada vez que entraba en Leo sentía una maravillosa presión en sus testículos, en su estómago, y muchas otras sensaciones que jamás había sentido, era como si su cuerpo se preparara para el orgasmo.

Leo estaba tan excitado como él, su pene estaba duro y húmedo rozándose contra su estómago, sus caderas comenzaron a embestir más rápido y los apretados músculos de su estómago se adhirieron al estómago de Leo mientras su amante luchaba para moverse contra él. Leo deslizó sus manos por su cuerpo sudado acercándolo aún más.

Ambos necesitaban más, estar aún más cerca, aún más profundo. Se incorporó arrodillado entre las piernas de Leo y levantó las piernas de Leo.

—¡Oh por Dios Tony!… —Leo jadeaba y se estremecía mientras él comenzaba un ritmo casi frenético con sus caderas.

—Tócate cariño. Quiere verte disfrutarlo. —Le dijo con voz ronca.

Leo apenas se tocó antes de correrse con un grito profundo.

Tony unió su mano a la de Leo y lo apretó y estrujó estirando su orgasmo, su amigo seguía jadeando cuando finalmente se entregó al placer. Era increíble, era lo más delicioso que había sentido jamás, había tenido mucho sexo en su vida, pero nada como esto.

Su lúcuma, siempre había sabido que Leo era su lúcuma.

No sabía cómo se podía sostener erguido aún, pero bajó la boca para besarlo y Leo le correspondió el beso con abandono, absolutamente saciado y entregado.

—¿Estás bien?

—Sí. —Le dijo Leo en un susurro.

Apoyó la cabeza en el cuello de Leo agotado. Su amigo llevó las manos a su cabeza y lo acarició suavemente. Luego las bajó a su cuello y espalda.

Tony se tensó y se separó de él. No estaba preparado para aquello, se suponía que sería solo sexo, no quería la ternura de Leo, porque sabía que una noche de sexo sería fácil de olvidar, pero aquellas caricias irían derecho a su corazón.

Y cualquier cosa que involucrara su corazón haría las cosas más difíciles, mucho más difíciles.

No podía hablar, Leo estaba impactado. Jamás pensó que el sexo pudiera ser así. Demasiado increíble para creerlo.

Ni siquiera se asemejaba con lo que había experimentado antes. Era como comparar una canción de Britney Spears con todo un disco de los Beatles, es más, era toda una maldita sinfonía de Beethoven.

Todo había sido perfecto, iba a estar sensible allí abajo por un rato, pero había valido la pena, jamás se arrepentiría de haber hecho el amor con Tony.

Su amigo apoyó la cabeza en su cuello agotado. No sabía cómo agradecerle el regalo que le había hecho, llevó las manos a su cabeza y lo acarició suavemente. Cuando las bajaba por su espalda Tony se incorporó casi de un salto.

Se asustó pensando que había hecho algo mal. Pero Tony le sonrió y se movió para salir lentamente de su cuerpo.

—Debo encargarme de esto. —Le dijo apuntando hacia el condón y levantándose de la cama para ir al baño.

Miró su estómago y pecho lleno de semen, él también necesitaba encargarse de aquello, pero antes de que se levantara Tony volvió a la habitación con una toalla húmeda.

—Preferiría una ducha. —Dijo con una sonrisa.

—Después. —Le dijo limpiando su estómago.

—Gracias. —Le dijo mirándolo a los ojos—. Fue mejor de lo que imaginaba.

—Gracias a ti, no sabes la de veces que me masturbé imaginándonos así. —Le dijo con una de sus bellas sonrisas.

—¿Siempre es así? Tan… —¿Tan qué? ¿Cómo demonios lo podía describir?

—¿Tan increíble? ¿Honestamente? Pocas veces. —Le dijo recostándose a su lado.

¿No siempre era así? El pensar que era aunque fuera un poco especial lo hizo sentir mariposas en el estómago.

—Pensé que me arrepentiría o que me sentiría culpable, pero no es así. Pensé que sería más difícil.

—Lo realmente difícil será no querer volver a hacerlo. —Le dijo Tony sonriendo.

—Aún me queda una hora antes de las nueve, a esa hora debo irme a casa.

—Entonces no desaprovecharé el tiempo. —Dijo volviendo a besarlo y acercando sus caderas.

En dos segundos ambos estaban duros de nuevo.

Tony tenía razón, lo difícil iba ser no querer volver a hacer esto, pensó mientras su amigo acariciaba su trasero sensualmente.

6

Tony se iba a volver loco de deseo.

Solo quedaban ellos dos en el vestuario y Leo se estaba vistiendo tranquilamente junto a él, después de terminar uno de sus partidos de básquet.

Habían vuelto a jugar y la tensión sexual del pasado ya no estaba presente, pero había sido reemplazada por un constante anhelo de su parte. Después de acostarse con Leo no había podido pensar en otra cosa. Tony dejó de vestirse para mirarlo y no pudo evitar recordar a su amigo vistiéndose junto a su cama después de que lo habían hecho.

—Si no terminas de vestirte pronto mi erección va tomar el control de mi voluntad y te voy a coger contra esos casilleros. —Le dijo a Leo con voz ronca.

Leo se rió mientras abrochaba su camisa. —No serías capaz.

Tony no era de los que se quedaban quietos cuando los desafiaban. Se levantó rápidamente y empujó a Leo contra los casilleros.

—Tony... —Leo solo gimió y lo miró con deseo, pero no lo alejó.

Se quedaron juntos mirándose, sus cuerpos tocándose demasiado íntimamente pero no atreviéndose a hacer nada más.

—Vamos a mi departamento... —Le pidió por fin a Leo.

Podía ver el dilema en la cara de su amigo. También quería volver a hacerlo. Pero debía tener una ardua lucha consigo mismo, sobre lo que quería y lo que debía hacer.

—No puedo Tony... —Le dijo con voz suave—. Sabes que no debo hacerlo.

—Lo sé. —Dijo alejándose y volviéndose a sentar—. Eres una maldita tentación Leo.

Leo pareció entristecerse y se sentó cerca de él, pero sin tocarlo.

—¿Crees que podremos lograrlo? ¿Crees que podremos ser solo amigos?

No, estaba seguro que no. No quería ser solo su amigo, quería tomarlo en sus brazos y cogerlo hasta ya no desearlo como lo deseaba, pero no podía decírselo, Leo se alejaría y él no quería eso, no quería perderlo nuevamente.

—Sí. Claro que podremos. —Le mintió descaradamente.

Su amigo había sido claro en que no quería una relación, para el caso él tampoco la quería, pero no podía engañarse a sí mismo, estaba desesperado por coger nuevamente a su mejor amigo.

Leo condujo su automóvil hasta su casa muy confundido. Quería dar media vuelta e ir derecho al departamento de Tony, la tentación era demasiado grande.

Si fuera inteligente terminaría la amistad con Tony y no volvería a verlo, pero al parecer era el rey de los tontos porque no podía alejarse, simplemente no tenía la fuerza de voluntad suficiente.

Su mente, en cada momento libre, recordaba los momentos vividos en los brazos de Tony. La experiencia con su amigo había sido increíble, perfecta, alucinante... Dudaba que nadie más pudiera hacerlo sentir como él lo hacía.

Anhelaba volver a estar con él, cada fibra de su cuerpo se lo pedía. No podía evitar preguntarse cómo sería tener una relación con Tony, varias veces se había descubierto a si mismo pensando como verse a escondidas con él y como ocultárselo a su esposa. Solo pensar aquello era una locura, haber tenido una aventura era una cosa, tener una relación extramarital podría arruinar a su familia. Y él amaba a su familia, jamás los lastimaría de esa manera.

Estacionó su automóvil y miró el hogar que Lili y él habían levantado con tanto esfuerzo y recordó las palabras de Alen en el automóvil cuando iban a emergencias: *"te recomiendo no involucrarte con Tony, te cogerá y después te dejará sin ni siquiera una puta llamada"*.

No podía arruinar todo por una relación pasajera que para Tony no significaría nada pero que a él podía dejarlo sin familia y con el corazón roto.

No, no podía hacerlo.

Estaba caliente. Tony necesitaba una buena cogida o se iba a volver loco.

Solo había pasado un poco más de una semana desde que Leo y él se habían acostado, y se moría por repetirlo. Para empeorarlo todo, cada vez que se veían coqueteaban y se hacían insinuaciones que lo tenían al borde del colapso.

Después del trabajo se fue a la ducha tratando de relajarse, lamentablemente se le ocurrió pensar en Leo y la temperatura subió. Trató de masturbarse rápidamente en la ducha pensando en Leo, pero pensar en él no era suficiente, la sensación de insatisfacción seguía allí.

—¡Ahhhhh! —Gritó frustrado en la ducha.

La solución era simple, solo debía tomar el maldito teléfono y llamar a algún viejo amigo de los que siempre estaban disponibles para una noche sin compromisos. Eso solucionaría su problema.

Mentira, se dijo, necesitaba a Leo, acostarse con cualquier otro no iba a apagar la necesidad que sentía. Quería volver a estar con Leo, volver a tenerlo en sus brazos.

Estaba tan caliente que incluso dejaría que Leo lo cogiera. Él solía preferir llevar el mando, pero con tal de poder estar con su amigo, no le importaba ceder la posición. Pensando en Leo cogiéndolo llevó los dedos a su ano y se volvió a masturbar. Hace mucho que nadie lo cogía, estaba apretado y estaría aún más apretado con el grueso y largo pene de Leo. Se imaginó que era su amigo y no sus dedos los que entraban en su cuerpo una y otra vez, la imagen fue tan real que con un gemido se corrió.

Cuando entró a su dormitorio secándose, ya estaba medio duro de nuevo, así que no le hizo gracia escuchar el timbre de la puerta.

Tony fue a la puerta envuelto solo en una toalla y goteando agua. Cuando vio por la mirilla, la visión de Leo lo hizo suspirar y su media erección se endureció inmediatamente. Maldito fuera Leo, no tenía derecho a lucir tan guapo cuando él estaba tan caliente y maldito fuera él si no lo torturaba y lo hacía sufrir tanto como él estaba sufriendo.

Con una sonrisa abrió la puerta y vio con satisfacción la mirada de deseo en los ojos de Leo.

«*Vamos Leo, resístete ahora*», pensó cuando la toalla bajó unos centímetros más en sus caderas.

Maldición.

A Leo casi se le desencaja la mandíbula cuando Tony abrió la puerta todo mojado y casi desnudo.

Nadie tenía derecho a lucir tan delicioso como lucía Tony. Los bellos músculos de su pecho y brazos mojados, su estómago marcado y las estrechas caderas apenas cubiertas. Y que lo condenaran si lo que veía debajo de aquella infame toalla no era una erección.

Dio un paso hacia él y le plantó el más caliente beso sobre sus deliciosos labios, la respuesta de Tony fue automática abriendo la boca y metiéndole la lengua vorazmente. Cerró con una patada la puerta y abrazó a su amigo hasta que no hubo un trozo de piel a la que no tuviera acceso. Estaba hambriento por Tony, había pasado demasiado tiempo soñando con tenerlo en sus brazos nuevamente, bajó las manos hasta las caderas y acarició el hermoso y desnudo trasero en sus manos.

La toalla se había soltado y estaba en el suelo mientras un desnudo Tony se aferró a su cuello y le abrazó con fuerza. Caminaron juntos directo al dormitorio mientras se besaban y acariciaban. En el camino Tony trataba de sacarle la ropa, no se enteró donde cayó su chaqueta ni su corbata, en lo único que podía pensar era en volver a hacer el amor con Tony, jamás había estado más desesperado por alguien como lo estaba en ese momento.

Cayeron en la cama, Tony absolutamente desnudo y Leo enteramente vestido.

—Tony...

—No, por favor no hables, solo cógeme, por favor no me dejes así.

—¿Quieres que te coja? ¿En serio? —Le dijo mientras se sacaba la camisa.

—Claro que si tonto... —Le dijo Tony mientras desabrochaba sus pantalones y los bajaba junto con su ropa interior.

—Espero no decepcionarte... —Alcanzó a decir antes de que su amigo terminara de desnudarlo.

Leo sonrió, Tony podía dejarse coger, pero le gustaba mandar, era innato en él.

Volvieron a besarse y Leo acarició el hermoso pene de Tony.

—Oh por Dios Tony, te necesito tanto.

—Y yo a ti, por favor Leo... —Le dijo estirándose hacia la mesa de noche y pasándole el lubricante.

Leo colocó una generosa cantidad de lubricante en sus dedos y los llevó al agujero de Tony. Estaba demasiado nervioso, nunca había hecho esto, así que le introdujo suavemente un dedo tratando de no lastimar a su amante. Su dedo fue casi succionado por el ano de Tony.

Ya estaba dilatado.

—¿Estabas con alguien? —Le preguntó dolido.

—No tonto, estaba pensando en ti… —Le dijo con una sonrisa pícara—. Y masturbándome mientras lo hacía…

—Oh... —Nunca se le habría ocurrido masturbarse así, o que Tony lo hiciera.

—Oh cielo santo Leo, sí... —Le dijo Tony empujándose más hacia sus dedos.

Rápidamente colocó dos, después tres dedos y Tony gimió levantando las caderas.

—¿Crees que así está bien? —Le preguntó inseguro a Tony.

—Más que suficiente. —Le dijo Tony buscando rápidamente un condón y entregándoselo.

Estaba temblando mientras abría el envoltorio del preservativo. Tony se lo quitó, lo sacó y expertamente se lo colocó. Cuando puso más lubricante en su excitado pene ya no soportaba más, se iba a correr en cualquier segundo si seguía tocándolo.

Rápidamente su amigo se giró quedando de espaldas a él. Apoyado sobre sus manos y rodillas Tony era un sueño, un sueño desnudo, excitado y esperando por él.

—¿Te estás arrepintiendo? —Le preguntó Tony preocupado.

—Claro que no. —Le dijo con una sonrisa e inclinándose para besarlo en la espalda. Se colocó entre sus piernas y penetró lentamente a Tony—. ¡Santo cielo!...

Tony estaba tan apretado... Tendría suerte si duraba un minuto con lo excitado que estaba. Trataba de ir lentamente, pero cada vez que se detenía, su amante solo le daba unos segundos antes de mover las caderas y hacerlo entrar aún más. Cuando por fin quedó profundamente enterrado, puso su frente pegada a la espalda de su amigo. Sentía que el corazón se le saldría del pecho.

—Tony... —Le dijo cuando empezó a moverse lentamente.

Su amigo movía las caderas y se encontraba con cada empuje suyo. Tony era increíble. Era perfecto, cada centímetro de él lo era. Se hundió una y otra vez en el caliente y lubricado agujero de Tony, al mirar su pene enterrándose no lo podía creer.

Era como ver una película porno, muy excitante, como las que había visto en internet, pero no podía creer que era él haciéndolo. Sus caderas parecían tener vida propia cuando comenzaron a embestir con más fuerza.

Los gemidos de placer se unían a los de sus cuerpos chocándose, entregándose por entero.

—No voy a durar mucho. —Le dijo con voz ronca.

—Yo tampoco. —Le dijo Tony bajando la cabeza a la cama.

Leo se enterró más profundo y su amigo se corrió sin siquiera tocarse, sintió el orgasmo apretándolo y eso lo hizo correrse con el nombre de Tony en sus labios. Sin poder evitarlo se desplomó sobre él.

Se quedaron un buen rato recuperando el aliento. Leo sabía que pesaba demasiado para quedarse sobre Tony pero su amigo no se quejó. Lo besó en el cuello y suavemente se deslizó fuera de su cuerpo antes de recostarse a su lado.

Levantó la cabeza para ver el hermoso rostro de Tony con una sonrisa, más que una sonrisa, estaba a punto de carcajearse.

—Sabías que no aguantaría la tentación… —Le dijo también sonriendo.

Tony soltó por fin la carcajada.

—Sí, lo sabía. —Le dijo aún riendo.— Lo siento, pero estaba demasiado caliente y milagrosamente apareciste en mi puerta. ¿Qué querías que hiciera?

—Eres un idiota. —Le dijo también riendo.

—¿Te arrepientes? —Le preguntó acariciando su cara.

¿Se arrepentía? No. Para nada.

—No. Pero estoy metido en un buen lío contigo. ¿Lo sabes?

—Solo esta vez. No volveremos a hacerlo.

—Dijimos lo mismo la vez pasada.

—Lo sé. Pero ninguno de los dos quiere una relación, así que solo podemos ser dos amigos que se reúnen para tener un muy caliente y delicioso sexo. —Le dijo acercándose a besar su cuello y lamiéndolo todo el camino hasta su oreja—. ¿Te suena bien eso?

Se estaba poniendo duro de nuevo, todavía no se quitaba el condón y ya estaba medio duro de nuevo. Si estaba allí era porque venía a despedirse de su amigo. Había decidido no volver a verlo para evitar precisamente lo que estaba sucediendo.

Estaba en un lío y Tony no se lo iba a poner fácil, pensó mientras su amigo lamía sensualmente su oreja y movía las caderas haciéndolo ponerse más duro que una piedra.

Si, estaba en un tremendo lío.

Tony estaba estacionado a unos cuantos metros frente de donde se encontraba el carro de Leo. Tenía una visión perfecta para cuando apareciera su amigo. El estacionamiento subterráneo era bastante oscuro, pero él reconocería la figura de Leo donde fuera.

Después de lo sucedido en su departamento, necesitaba ver a Leo, el hombre era como un imán, no podía mantenerse lejos de él. Había ido a buscar a Leo para almorzar ese día, pero cuando se iba a acercar, lo vio abrazar a un atractivo moreno e irse con él. Se avergonzaba de sí mismo, pero los había seguido hasta un restaurante cercano.

Aquello era una locura, Leo y él eran solo amigos, amigos que se habían acostado en dos ocasiones, pero solo amigos. No tenían una relación, así que no tenía ningún derecho a celarlo.

¡Pero demonios que celoso que estaba!

Cuando vio aparecer a Leo suspiró, estaba en un tremendo lío. Aquel delicioso hombre siempre había estado en todas sus fantasías, ahora podía tenerlo y no quería renunciar a él.

Cuando Leo iba a subir a su carro salió del suyo y tocó la bocina para llamar su atención. Su amante se giró y cuando lo vio le dio la más bellas de las sonrisas.

—Vaya que sorpresa. —Le dijo acercándose.

Se quedó a unos pasos, notó que quería acercarse y besarlo pero no se atrevía. Así que lo tomó de las solapas y lo arrastró hacia la pared, al lugar más oscuro que encontró y lo besó. La boca de Leo se abrió para él y se abrazaron en la oscuridad del estacionamiento. Se sentía como si fueran dos adolescentes besándose a escondidas.

Leo se separó rápidamente de él, pero no lucía arrepentido, más bien parecía un niño que había hecho una travesura.

—Te he extrañado. —Dijo Leo sonriéndole.

—Y yo a ti, me moría por besarte.

—No debería hacer cosas así. Hay varios colegas que estacionan aquí, nos podrían ver.

—Conversemos. —Le dijo tomándolo de la mano y llevándolo a su carro.

Cuando estaban dentro del automóvil lo único que Tony quería era llevarlo nuevamente a su departamento. En cambio le dijo la razón por la que estaba allí.

—Vine a verte a la hora de almuerzo, pero estabas ocupado. —Le dijo de forma casual, tratando de ocultar sus celos.

—Sí, fui a almorzar con un amigo, te he hablado de él.

—¿De quién?

—De Alex Morelli, es el único amigo gay que tengo, bueno además de ti. Aunque creo que nosotros ya pasamos la etapa de amigos.

—¿No la has pasado con Alex? —No pudo evitar preguntarlo.

—¿Con Alex? ¡Claro que no! Está enamoradísimo de su pareja, además él ni se imagina que sea gay.

—¿No le has contado?

—No, hubo un momento hoy en que quise hacerlo... Pero fui con Lili a su matrimonio, conoce a mis hijos... No pude.

—¿Alex también es casado? —Le preguntó sorprendido.

—Sí, pero con Daniel. Ellos hicieron una ceremonia hace un par de años. No es legal, pero para ellos es igual de válida. De hecho Alex siempre se refiere a Dani como su esposo.

—¿Cómo lo conociste?

—Alex también es ingeniero, trabajábamos juntos, por esa época yo era su jefe pero nos habíamos hecho muy amigos, así que me contó que era gay.

—¿Él es uno de los hombres que miraste?

—Honestamente, sí. Vale la pena mirarlo, es un hombre muy atractivo.

Si lo era, Alex era muy atractivo y más encima gay. Odiaba la punzada de celos que sentía.

Cuando Leo comenzó a sonreír sin motivo Tony lo miró extrañado.

—Me acabo de dar cuenta como me gustan los hombres. —Le dijo riendo—. También le di un vistazo al primo de Alex, Gino. Es muy guapo y también alto y moreno. Igual que tú…

—Así que te gustan altos y morenos.

—Eso parece.

—¿Ninguno de ellos te devolvió la mirada?

—¡Claro que no! No habría sabido ni siquiera que hacer si alguno de ellos se me hubiera lanzado, probablemente habría reaccionado como lo hice contigo la primera vez.

—Eso no es seguro, ya no eres un adolescente.

—Es verdad, pero Gino es heterosexual y Alex conoció al amor de su vida a los nueve años, no hay nadie más para él que Dani.

—Eso es lindo.

—Lo es, pero no todo fue lindo para ellos. Dani estuvo muy enfermo hace unos años. Cuando mejoró, Alex renunció y volvió a vivir a la costa para estar con él, cuando viene a la capital por negocios siempre pasa a saludarme y a veces vamos a almorzar o tomar un trago.

—Deben ser agradables. —Le dijo colocando su brazo sobre el respaldo del asiento de Leo para acariciar su cuello.

—Lo son. —Leo se recostó más para acercarse a la mano de Tony. Su mirada era tierna y triste.

—¿Qué estás pensando?

—¿Qué estamos haciendo Tony?

—Hace unos minutos, besándonos. En términos generales… Una locura sin duda.

—No deberíamos volver a vernos. —Le dijo con voz triste.

Leo tenía razón, ambos lo sabían. Lo que estaban haciendo no era correcto. Y se les iba a salir de las manos si lo prolongaban más. Pero no podía decirlo, quería, pero las palabras no salían de su boca.

De improviso un automóvil dobló acercándose.

—Viene un automóvil. —Avisó a Leo.

Su amigo se agachó tan rápido que quedó con la cabeza en su regazo. El vehículo se estacionó al lado del carro de Leo.

—¿Me habrá visto?

—No lo creo, pero está hablando por teléfono, así que mejor no te levantes todavía. Ya que estás allí podríamos divertirnos un rato. —Le dijo sonriendo.

Solo en ese momento Leo se dio cuenta que tenía la entrepierna de Tony frente a su rostro y se puso colorado.

—Oh. Yo… Nunca…

—Lo sé cariño, solo estaba bromeando. —Le dijo bajando la mano y acariciando su cabeza.

En esos momentos Leo lo miró con sus bellos ojos y movió la cabeza para besar su pene a través de la ropa. Su erección se infló enseguida y jadeó sorprendido.

Tony le había hecho sexo oral a Leo, pero su amante no se había atrevido a acercar la boca a su pene hasta ahora.

—Vaya, eso fue muy rápido. —Le dijo Leo volviendo a besarlo.

Tony optó por mirar al frente en caso de que el conductor del otro automóvil lo viera. Cuando sintió las manos de Leo en su cinturón respiró hondo para calmarse o se iba a correr en ese momento.

—No deberíamos hacer esto, si nos descubren, nos meteremos en problemas. —Habló entre suspiros.

—Lo sé, me metería en un buen lío tratando de explicar que hago aquí abajo. —Le dijo Leo besándolo a través de la ropa interior.

—Yo pensaba más en que nos podrían arrestar por actos inmorales en la vía pública. —Le dijo tragando con fuerza.

Leo lo miró con una sonrisa coqueta.

—¿Va a arrestarme oficial? —Preguntó bajando su ropa interior—. ¿Quiere que me detenga oficial?

¡Oh por todos los infiernos!, Tony apenas podía respirar, Leo le estaba haciendo sexo oral y más encima le hablaba de esa forma, demonios, si seguían viéndose iba a hacer reales todas las fantasías que le faltaban, incluido un buen juego de rol, con él como oficial y Leo bien esposado.

Rogaba porque el hombre en el automóvil al frente de ellos se marchara pronto para poder tocar, mirar y acariciar a Leo como él quería sin tener que fingir que nada estaba pasando.

Leo jamás había hecho algo así en su vida. Le excitación de estar en un lugar público a punto de poner su boca sobre el pene de Tony hacía que sintiera que el corazón se le saldría del pecho.

Tomó la hermosa erección de su amigo en su mano, cuando la iba a lamer con su lengua, las odiosas y homofóbicas palabras de su padre vinieron a su mente. Recordaba todas las ofensivas palabras que su padre ocupaba y suspiró molesto. Ninguna de esas horribles palabras se le podían aplicar ni a Tony ni a él. Había hecho el amor con Tony y había sido maravilloso. ¿Qué diablos sabía su padre?

Lamió suavemente el pene de Tony y su amigo se sacudió como si le hubiera dado la corriente.

—¡Oh santo cielo!...

Chupó suavemente la punta del pene y luego los costados subiendo y bajando. El sentir la respiración agitada de Tony era excitante, lo tenía a su merced y podía hacer lo que quisiera con él.

Suavemente, delicadamente, bajó la cabeza y metió el pene de Tony en su boca.

—¡Mierda! ¡Mierda! ¡Mierda! —Dijo su amigo conteniéndose.

Tony seguía tratando de contenerse lo que le indicaba que el hombre aún estaba hablando por teléfono. La excitación era increíble, el miedo de ser atrapados le daba otro sabor a lo que estaban haciendo, uno demasiado sabroso.

Poco a poco pudo meter casi completo el pene en su boca, recordó que cuando Tony lo chupaba fuerte se sentía bien, así que empezó a hacerlo de esa manera, lo que hizo que Tony apretara fuerte el volante.

Sabía que su amante estaba a punto de correrse, él mismo movía las caderas muy excitado. De un segundo a otro, Tony tiró el asiento hacia atrás, colocó las manos en su pelo y recostó la cabeza en el asiento del automóvil. El hombre se había marchado.

—¡Oh por Dios!, me voy a correr cariño. —Le dijo levantando las caderas, lo que hacía que su pene se hundiera aún más en su boca.

Decidió llegar hasta el final, porque esta si sería la última vez que se vieran, se lo prometió a sí mismo una vez más. Lo chupo más fuerte mientras lo acariciaba con sus manos subiendo y bajando.

—Leo... ¡Mierda! ¡Mierda! ¡Mierda!

—¿Lo estoy haciendo bien, oficial? —Preguntó antes de volver a tragarlo y sentir que Tony se corría en su boca.

—¡Leo! —Dijo su amigo conteniéndose para no gritar.

Trató de tragar lo que pudo antes de levantar la cabeza. Tony llevó la mano a su entrepierna pero no lo dejó, estaba en llamas y tenía miedo de correrse, porque no tendría como explicar en casa lo que había estado haciendo en el estacionamiento.

—Pueden vernos... —Le susurró tratando de alejarse.

—Tranquilo cielo, deja que me encargue. —Le dijo Tony abriendo sus pantalones y llevando rápidamente la boca a su erección.

Tiró la cabeza hacia atrás y disfrutó de la cálida y deliciosa boca de Tony. Su corazón latía desbocado, si alguien se aparecía de repente y lo veía se arruinaría todo, pero no podía detenerse, no podía pedirle a Tony que se detuviera. El orgasmo llegó rápido y explosivamente, golpeó el techo del carro con la mano para evitar gritar el nombre de Tony.

—Santo cielo Tony… —Le dijo cuando se calmó un poco.

Tony lo acercó y le dio un apasionado beso.

—¿No me ibas a arrestar? —Le preguntó sonriendo a Tony.

—Ya no. —Le dijo Tony riendo—. Eres maravilloso Leo.

Leo también se reía mientras acercaba sus labios y lo besaba de nuevo. Se quedaron unos minutos calmándose, ambos recuperándose de lo sucedido, pendientes de si alguien pasaba y los veía juntos y abrazados. Cuando todo pasó se dio cuenta que sostenía la mano de Tony, le gustaban sus manos, eran grandes y ásperas, pero se volvían suaves cuando lo tocaba, cuando lo acariciaba.

Se quedaron tomados de la mano mirándose. ¿Cómo diablos iban a lograr estar separados?

7

Tony entró en su dormitorio exhausto. Su trabajo a veces apestaba, en la mañana dos detectives habían sido heridos en un operativo, uno de ellos había fallecido hace un par de horas, así que toda su unidad se embarcó en localizar al responsable de lo sucedido, aún no daban con su paradero, así que debía volver a la jefatura.

En momentos como estos su ánimo se venía al suelo, si algo le llegara a suceder sería un duro golpe para su familia… Y para Leo, para su amante también sería difícil.

Leo era su amante. Llevaban casi cinco meses viéndose y aún no podía creer como había pasado el tiempo. Después de la tercera, cuarta incluso quinta vez que habían hecho el amor, juraron no volver a verse, pero no pudieron evitar seguir juntos. Ahora ya ni siquiera se lo cuestionaban, eran amantes y punto.

Hacer el amor era maravilloso, Leo era increíble en la cama, ya no tenía ni dudas de su sexualidad, ni las tontas inhibiciones por su cuerpo, así que se entregaba al placer sin restricciones.

¿En qué momento habían pasado de coger a hacer el amor?

No lo sabía y no le importaba, sería un idiota si negara que estaba enamorado de Leo, profunda e irremediablemente enamorado.

Sabía que Leo también lo amaba, pero no creía que los sentimientos de su amigo fueran tan profundos como los suyos. Una parte del corazón de su amante siempre estaba con su familia y estaba seguro que Leo sentía que amarlo era como traicionar aún más a su familia.

Lo sabía y lo aceptaba, y no era lo único que debía callar y tragarse, había otras cosas como cuando Leo hablaba con su esposa por teléfono, siempre se despedía de ella con un "yo también te amo" y eso le partía el corazón. Ninguno de los dos le había dicho "te amo" al otro, pero el sentimiento estaba ahí cada vez que estaban juntos.

Tampoco le gustaba pensar en que dormía cada noche con su esposa, ni siquiera se atrevía a preguntarle si aún tenía relaciones sexuales con ella. Suponía que sí, pero no quería saberlo.

No podían pasar tanto tiempo juntos como deseaban así que cada vez que se veían disfrutaban cada momento. No siempre verse significaba que acabaran en la cama, había veces que solo salían a almorzar o se quedaban abrazados viendo televisión o conversando. Aquellos momentos le hacían desear tener una relación normal, poder llegar exhausto como ahora y que Leo estuviera allí para poder abrazarlo.

No solo ser el amante de un hombre casado.

Se sacó la camisa con gesto cansado y cuando se dirigía al baño el timbre sonó, sonó y sonó. Fue apurado a la puerta a ver quien tenía tanta prisa.

Cuando abrió la puerta Leo se le fue encima y lo abrazó muy fuerte.

—¿Estás bien? —Le preguntó agitado.

—Si, por supuesto. —Le dijo soltándolo para mirarlo a la cara.

—¡¿Por qué diablos no contestas tu maldito teléfono?! —Le dijo Leo sacudiéndolo.

—Me quedé sin batería... —Dijo pasmado—. ¿Qué pasa cariño?

—Estaba tan asustado. —Leo lo volvió a abrazar, estaba temblando.

—¿Qué pasa? —Volvió a preguntar.

—Mataron a un detective, lo oí en las noticias y traté de llamarte y no contestabas. Tuve tanto miedo de que estuvieras herido o muerto. ¡Maldición!

—Cariño, lo siento. Mi familia sabe a quién llamar si estas cosas pasan y nadie los llama.

—¿Y quién me avisaría si algo te pasara? —Le preguntó con los ojos brillantes—. Nadie sabe lo nuestro. ¿Tendré que esperar escuchar tu nombre en las noticias?

—Lo siento tanto cariño... No volverá a pasar, te lo prometo. —Le dijo abrazándolo y besándolo.

—Estaba tan asustado... —Le dijo Leo devolviéndole los besos—. Por favor, nunca más me hagas esto.

—Nunca más cariño. —Le dijo besando su boca.

Lo arrastró al dormitorio e hicieron el amor dulcemente. Cada vez que estaban juntos se decía que lo que hacían era incorrecto, que era una locura, que era la última vez, pero cada vez se perdía en los brazos de su amante y se olvidaba del mundo.

¿Cómo podía ser su amor incorrecto si se sentía tan bien cuando estaban juntos?

Leo suspiró al mirar a Tony mientras terminaban de vestirse, era un alivio saber que estaba a salvo. Cuando escuchó las noticias de que un detective había sido asesinado, su corazón se había agitado y el no poder comunicarse con él casi le provoca un infarto.

Tony debía volver a la jefatura y él a su casa. Ni siquiera se había preocupado de llamar a Lilian para decirle que llegaría más tarde de lo habitual. Ni él ni Tony habían planificado verse ese día, pero no se arrepentía, el estar en los brazos de Tony valía la pena el riesgo.

Se quedó sentado en la cama mirando a su amante. Cuando estaba con su familia la culpa por lo que estaba haciendo se lo comía vivo. Pero cuando estaba con Tony no le importaba.

Su amigo le sonrió con esa hermosa sonrisa que tenía y su corazón latió más rápido. En estos meses había besado, acariciado, lamido y chupado cada parte del cuerpo de Tony, partes a las que jamás pensó que acercaría su boca. Pero era maravilloso, cada minuto con Tony era maravilloso.

¿Cómo había dejado que la relación se le saliera de las manos? ¿Cómo habían pasado de una noche de sexo a una relación adúltera?

¿Cómo se había enamorado tanto de Tony?

El darse cuenta de aquello bajó la vista y contuvo el aliento. Si miraba a su amigo le iba a declarar su amor, cual adolescente enamorado.

—¿Estás bien? —Le preguntó Tony.

—Sí, todavía estoy un poco nervioso por lo que pasó.

—Dame tu teléfono. —Le dijo sentándose junto a él.

Tony marcó unos números en su teléfono y grabó el número de Susana.

—Si vuelve a pasar algo como esto, la llamas y ella te dirá que estoy bien. —Le dijo devolviéndole el aparato.

Tony tomó su mano y Leo apoyó la cabeza en su hombro. Se quedaron así un buen rato, solo disfrutando estar juntos.

—Debo volver al trabajo cariño. —Le dijo Tony besando su frente.

—Lo sé. —Se levantó de la cama y tiró la mano de Tony para levantarlo.

Tony comenzó a guardar su billetera y las llaves.

—No encuentro mi teléfono. —Le dijo Tony revolviendo la ropa de cama.

—Espera. —Le dijo sacando su teléfono y marcando el número de Tony—. Una balada empezó a sonar debajo de la cama. Era la canción "Pequeño rayo de sol". La canción era de la época en que estudiaban juntos.

—¿Ese ringtone me tienes asignado?

Tony se puso colorado y apagó el sonido rápidamente.

—Me recuerda a ti, es de nuestra época. Además...

—¿Además?

—Cuando me rechazaste, me dolió... En realidad me dejaste con el corazón roto y esa canción sonaba mucho por entonces...

—No recuerdo bien la letra de la canción. —Pero trataba de repasarla rápidamente en su cabeza.

Tony se acercó a él y lo abrazó.

—Todavía me recuerda a ti, aún ahora. —Buscó en su teléfono y colocó la canción.

La escucharon abrazados. Poco a poco comenzaron suavemente a bailar, nunca habían bailado juntos, no podían ir a un lugar gay a bailar, pero no importaba el lugar, sentir el dulce calor del cuerpo de Tony era lo único que importaba.

Puso atención a la letra de la canción, cada verso le partía el corazón.

Si amarte tanto es pecado, espérenme en el infierno
Las llamas del fuego eterno, que en vida ya me han quemado
Porque no estás a mi lado, porque la pena es tan larga
Y la distancia me embarga llenándome de vacío

—Lo siento cariño. —Le dijo a Tony.
—¿Por qué?
—Por romper tu corazón. Si hubiera sabido lo que se ahora, no te habría alejado de mi lado.
—Lo sé. —Le dijo Tony abrazándolo más cerca.

Y en un abrazo tú y yo, sembramos tantas heridas
Despiertan ansias dormidas, vuelan de nuevo los sueños
Somos gigantes pequeños, aguas de fuentes perdidas

Nunca se había arrepentido del pasado. Si cambiara algo, no tendría a su familia, a sus hijos. Pero si las cosas hubieran sido diferentes, tendría a Tony con él. Para siempre.

Le había roto el corazón a Tony en el pasado. Y aún no sabía lo que les esperaba el futuro. Pero una cosa tenía clara, esta vez su corazón también se rompería.

En mil pedazos.

Tony entró en la casa de sus abuelos para el típico domingo en familia, por su trabajo no siempre asistía, pero cada vez que podía iba a ver a quienes habían sido prácticamente sus padres. Adoraba comer los abundantes y deliciosos almuerzos cocinados por su abuela. Durante la semana rara vez se preparaba algo, solía comer fuera, si tenía tiempo comía algo sano, si no, comía algo rápido.

Recordó a Leo en su cocina, y suspiró. Uno de los días que se reunieron en su departamento Tony no había almorzado, así que Leo se ofreció a prepararle algo rápido. Todavía la imagen de Leo desnudo solo vestido con el delantal de cocina, lo hacía suspirar.

Leo le contó que cuando recién se había casado, él y Lili estudiaban y trabajaban para poder mantener a su familia. Por lo que si él llegaba antes que su esposa a la casa le tocaba cocinar, hacer el aseo y cuidar a su hijo.

La relación de Leo con sus hijos era muy estrecha. Era de los padres que cambiaba pañales, alimentaba y bañaba a sus hijos. Ahora que estaban grandes los ayudaba con sus tareas e iba a cada acto o evento escolar en que participaban. No podía evitar comparar a Leo con su propio padre y eso hacía desteñir aún más a su progenitor.

Después de almuerzo ayudó a su hermana a lavar los platos, más bien le hizo compañía mientras ella los lavaba. Le gustaba compartir esos momentos con Susy, se ponían al día con sus vidas y conversaban por todo lo que no podían hacerlo en la semana.

—Tu cumpleaños es la próxima semana bebé. —Le dijo su hermana—. ¿Quieres que invite a alguien además de los invitados de siempre?

—No. Los invitados de siempre están bien.

—¿Seguro? ¿No estás saliendo con nadie? —Le preguntó su hermana—. Porque cada vez que te llamo estás ocupado.

—Si, algo así. —Le respondió evadiendo la pregunta.

—¿Que quiere decir eso? ¿Novio? ¿Amigonovio? ¿Amigo con ventaja?

—Ninguna de las anteriores.

—Oh vamos, jamás me presentas a tus novios. No me creo que seas casto y puro. Así que suéltala. ¿Quién es él?

—No te presento a mis novios porque no me duran lo suficiente para presentarlos. Y estoy con alguien, pero no es nada serio, solo estamos... ya sabes, cogiendo. —Le mintió a su hermana con descaro.

—¿Que me estás ocultando?

—Nada.

—Anton Andrés Levil. ¿Qué me estás ocultando? —Le preguntó molesta.

No le había contado a nadie de su relación con Leo. No le gustaba mentirle a su hermana, pero sabía que ella iba a armar la grande cuando supiera que Leo era su amante.

Recordó lo que había conversado con su amigo hace poco, si lo herían o lo mataban estando en servicio nadie le avisaría a Leo. Aunque no le gustara debía contarle a su hermana y pedirle que le avisara a su amigo si algo le sucedía.

—No vas a aprobarlo, aunque te diga que es solo diversión y solo estamos cogiendo, no vas a aprobarlo.

—¿Quién es? —Le exigió.

—Leo.

—¿Leo? ¿Tu amigo Leandro? ¿Leandro Alberti? —Le preguntó impactada.

—Sí. —Le contestó esperando su reacción.

Su hermana lo miró con los ojos abiertos y luego se acercó a él y le dio una fuerte palmada en la cabeza.

—¡Au! —Se quejó protegiéndose de su hermana que volvió a golpearlo en el hombro.

—¡¿En qué diablos estabas pensando?! —Le dijo su hermana dándole una tercera palmada.

—¡Solo pasó! No lo planeamos ¿okey?

—¡De todos los hombres del mundo! ¡¿Cómo demonios se te ocurrió meterte con él?! —Dijo su hermana paseándose por la cocina—. ¡Es un hombre casado! ¡Con hijos! ¡Y que te romperá el maldito corazón Tony!

—¡Quieres calmarte! Te lo dije, no es nada serio, solo estamos divirtiéndonos un rato.

Su hermana se giró a mirarlo y se puso se puso más seria aún.

—Aunque digas que solo están cogiendo, tú y yo sabemos que eso no es cierto. Has estado loco por él desde que tenías quince años. Esto no es solo sexo para ti.

—Lo del pasado solo fue solo un enamoramiento. Era un adolescente y todo lo hacía un drama. No fue nada serio. Y ahora tampoco.

Ya podía oler el azufre. Se iba a ir al infierno con todas las mentiras que estaba diciendo.

—Miéntete todo lo que quieras bebé. Pero yo estuve ahí cuando terminaste hecho pedazos a los dieciocho por su rechazo. Como sea esto va a acabar mal. No va a dejar a su familia por ti y si lo hace... Tendrás que vivir con eso en tu conciencia, porque tú y yo sabemos el daño que eso puede causar.

—Lo sé, no creas que no me siento culpable...

—Entonces termínalo Tony. —Le rogó su hermana—. Termínalo antes de que te involucres más. Por favor no te hagas esto. No hagas esto a su familia.

Solo se atrevió a asentir con la cabeza. No se atrevía a hablar. Tony no quería mentirle más a su hermana, porque ya estaba involucrado, estaba tan involucrado que sabía que no lo terminaría.

Amaba a Leo y era un egoísta de mierda al que no le importaban las consecuencias.

8

Leo miraba el edificio donde vivía Tony sin atreverse a entrar, estaba congelado en su automóvil. Tony estaba enojado con él y sabía que se pondría furioso. El día anterior había sido el cumpleaños de su amigo y lo había dejado plantado. Leo jamás podría pasar una navidad o un año nuevo con Tony, lo mínimo que podía hacer era pasar sus cumpleaños juntos, pero lo había fallado.

La noche anterior tenía todo planificado para estar con Tony, pero no contó con que Lili lo llamara, ella se había sentido mal y debió llevarla a emergencias.

Lo peor vino cuando el doctor les dijo que Lili había tenido una pérdida, había estado embarazada y había perdido al bebé.

Se había quedado a su lado, sosteniendo su mano y llorando juntos, pero por dentro se sentía una mierda. No deseaba haber perdido el bebé, pero no quería otro hijo.

Cuando tuvo a sus hijos no sabía que era gay, no lo había asumido, pero ahora si lo sabía. ¿Cómo podría traer otro hijo al mundo cuando sentía que su vida entera era una mentira?

Solo había tenido relaciones con su esposa una vez desde que estaba con Tony. Ella quería hacerlo y le dio vergüenza rechazarla, sintió culpa, mucha culpa. Hacía el amor con Tony cada vez que podían y a ella ni la tocaba.

Se había acostado con ella solo una vez en casi seis meses y había sido suficiente.

Ahora debía encarar a Tony, era estúpido, pero sentía como si le hubiera sido infiel a su amante. Y lo había sido, porque aunque Lili fuera su esposa, su corazón estaba con Tony.

Reunió el valor que necesitaba y salió del automóvil.

Tony suspiró cansado, la noche anterior se había acostado tarde celebrando su cumpleaños con su familia y amigos. Con Leo habían planeado verse temprano y luego su amigo se marcharía a su casa y él a la cena que le había preparado su hermana.

Pero Leo no llegó.

Si no fuera por su hermana su cumpleaños habría sido un fiasco, lo había sido un poco, porque le había dolido su ausencia. No le había explicado el motivo por el que lo había plantado, solo le dijo que era una emergencia, pero le dolía, sabía que él siempre iba a estar al final de la lista de prioridades de Leo. Lo sucedido el día anterior solo se lo había confirmado.

Había querido estar molesto, pero más que molesto estaba decepcionado.

Se había pasado el día pensando en ellos, en su relación, en su futuro, nunca antes pensó querer compartir su vida con alguien, envejecer con alguien, pero ahora lo quería, justo con quien no podía hacerlo.

Sabía que era su culpa, se culpaba de todas las veces que había buscado a Leo, de todas las veces que debió haberse mantenido alejado pero no lo hizo. Debió hacerlo antes de que su relación se profundizara, ahora ya era tarde.

Cuando sonó su timbre supo que era Leo, cuando abrió la puerta la cara de culpabilidad de su amante lo ablandó un poco, lo acercó a él para abrazarse y besarse.

—Lo siento cariño. —Le dijo Leo realmente afligido.

—Lo sé. —Le dijo con una sonrisa tratando de aligerar el tenso ambiente—. Espero que por lo menos me trajeras un regalo.

—Claro que sí. —Le dijo levantando el brazo con un paquete de regalo.

Leo le sonrió pero la alegría no llegó a sus ojos.

—¿Qué pasa?

—Nada, después hablamos, abre tu regalo.

Algo iba mal, lo podía sentir.

—¿Tiene algo que ver con lo que pasó ayer?

Leo era transparente como el agua. Pudo ver qué era eso, algo había sucedido.

—Dime que pasó.

—Ayer Lili no se sintió bien, tuve que llevarla a emergencias, ella… ella…

—¿Qué le pasó? —Preguntó preocupado.

—Tuvo una perdida. —Le dijo con un hilo de voz.

Tony se quedó paralizado. Lili había perdido un hijo de Leo. Se dejó caer en el sofá sin abrir la boca, tenía un nudo en el pecho que le impedía hablar.

—Tony… Lo siento, yo… ella y yo…

—No digas nada. No soy tan ingenuo como para creer que no te acuestas con ella. Es tu esposa después de todo.

—Pero no me acuesto con ella. Solo fue una vez, una vez desde que estoy contigo…

—No necesito explicaciones, en serio. —Dijo con una calma que no sentía.

No era capaz de recibir explicaciones. No porque no las quisiera, si no porque se sentía un desgraciado. Leo acababa de perder un hijo y no era capaz de decirle que lo sentía. Porque no lo sentía. Era un infeliz por pensarlo siquiera pero no lo sentía. Otro hijo sería un eslabón más de la cadena que ataba a Leo a su familia. Una cadena que quería hacer pedazos.

Leo se sentó a su lado y tomó su mano.

—Lo que dije es verdad, no me acuesto con ella, me sentía culpable y...

—Se que sientes culpa de estar conmigo, siempre lo he sabido.

—Por Dios Tony, no actúes así, sabes que la situación es complicada, sabías que venía con todo esto, con esposa, con hijos y hasta con un estúpido perro.

—Lo sé, y hasta el perro está antes que yo.

—Eso no es verdad...

Tony se restregó el rostro con gesto agotado.

—No sirvo para esto. —Le dijo.

—Yo tampoco, pero es lo que tenemos.

—No tiene que ser así...

No, no tenía que ser así. Su conciencia no le permitía separarlo de su familia, pero en el fondo era lo que esperaba, esperaba algún día poder estar juntos, pero eso no iba a suceder, Leo nunca iba a dejar a su familia y nunca iba a salir del closet. Y él no quería quedarse esperando a que Leo sintiera culpa nuevamente y tuviera otro hijo.

No quería ver pasar su vida esperando a un hombre que nunca tendría.

Tenía el corazón en la garganta. Sabía que Tony tomaría mal lo del embarazo de Lili, pero la conversación estaba tomando un rumbo que lo asustaba.

—¿Que quieres decir? –Le preguntó a Tony.

—Ya no quiero esto Leo, no quiero seguir escondido, pensando en que minuto tu esposa va a venir a reclamarte. En que minuto todo esto nos va a explotar en la cara.

—Tony, no puedo dejar a mi familia... Por favor no me hagas eso.

—Lo sé, jamás te pediría algo así.

Leo suspiró aliviado. No podría elegir. Amaba a sus hijos, a Lilian, pero también amaba a Tony. Por Dios que lo amaba, pero no podía elegir.

—Siempre pensé que tú eras el que debía elegir. Solo ahora me di cuenta que yo también puedo hacerlo.

—¿De qué estás hablando? —Le dijo mirándolo preocupado.

—Puedo elegir estar sin ti. —Le dijo Tony con una mirada triste.

Sintió que le daban una patada en el estómago.

—No, no lo hagas Tony.

—Debo hacerlo, porque tú nunca lo harás.

—¡Porque quiero que estemos juntos!

—Pero no lo estamos. Solo tenemos sexo cada vez que tienes tiempo para mí.

—Eso no es cierto. No reduzcas nuestra relación a solo sexo, porque no es así, nunca lo fue.

—¿No? Ni siquiera puedes decirme que me amas. Se lo dices a tu esposa cada vez que hablas por teléfono con ella y jamás me lo has dicho a mí.

Eso era verdad. ¿Por qué no se lo había dicho?

—Tony yo...

—No. Por favor no lo digas ahora, no podría soportarlo. —Le dijo Tony con los ojos brillantes.

—No lo hagas Tony. Por favor no me dejes. —Le dijo tomando sus manos.

—Si no lo hago ahora jamás lo haré. Seguiré atado a ti, esperando que puedas escapar de tu familia para estar conmigo. Terminaré pasando el resto de mis cumpleaños solo. Seré de los que se ofrecen a trabajar las navidades y año nuevo porque tú estarás con tu familia.

—Dame tiempo...

—No. No es una cuestión de tiempo. No quiero ser el que te separe de tu familia. —Lo miró con tristeza antes de hablar—. ¿Sabes por qué me crié con mis abuelos y no con mi padre?

—Supuse que no te llevabas bien con tu madrastra.

—En parte. Cuando tenía trece años mi papá dejó a mi mamá por otra mujer. Resultó que tenía una familia paralela, incluso con un hijo. Mi hermana y yo escuchamos la pelea cuando él se fue, los llantos de mi mamá, y las horribles palabras que mi papá le dijo. Ella sufrió mucho, estaba muy enamorada de él. Una semana después que se oficializó el divorció, mi papá se casó con su amante. Nos obligaron a Susy y a mí, a ir a la boda. Cuando volvimos a la casa, mi abuelita nos detuvo antes de entrar, mi mamá... Ella estaba muerta. Se había tomado un frasco de pastillas. Vi cuando la sacaban de la casa. No pude ver su cara, solo su mano pálida asomándose por la camilla...

—Cariño, lo siento... Lo siento tanto.

—Nunca pude perdonar a mi papá. Mi hermana tampoco. Quizás ahora que estoy en la posición del amante puedo entenderlo un poco mejor. Pero no les haré a tus hijos lo que me hicieron a mí. No les voy a quitar a su padre.

—Tony…

—No quiero destruir a tu familia, pero si seguimos juntos voy a querer hacerlo, voy a querer pedirte que dejes todo por mí. Y me voy a odiar por eso.

¿Que podía decirle? Estaban jodidos, no podían estar juntos por su familia y si los abandonaba Tony nunca se lo iba a perdonar.

Se arrodilló frente a él y lo abrazó con todas sus fuerzas. Tony le devolvió el abrazo y apoyó la cara en su hombro.

No, no, no quería estar lejos de Tony.

—Por favor Tony… Por favor no lo hagas.

—Sabes que debimos hacer esto hace mucho tiempo, mucho antes de… involucrarnos tanto.

Antes de enamorarnos. Ni Tony ni él lo dijeron pero allí estaba, el amor siempre había estado ahí.

—No puedo hacerlo Tony, no puedo…

—Tampoco sé si pueda cariño, pero debo intentarlo, por favor comprende.

Supo que no iba a poder hacerlo cambiar de opinión. Dejó salir las lágrimas que estaba conteniendo y notó que Tony también estaba llorando. Se quedaron abrazados llorando hasta que el reloj marcó las nueve y tuvo que volver a casa.

Esto no podía ser una despedida. Simplemente no podía ser.

9

En los siguientes días Tony estaba de tan mal humor que hasta su jefe le llamó la atención, él nunca había sido de carácter dulce, pero ahora estaba insoportable. No ayudaba que no podía dormir en las noches, todavía luchaba por decidir si había hecho lo correcto al romper con Leo. Su mente le gritaba que sí, pero su corazón lloraba diciéndole que no.

Finalmente su jefe lo obligó a tomarse una semana de descanso, tenía muchos días de vacaciones acumulados y según él si no se los tomaba iba a perderlos. Tony creía que el verdadero motivo era que no aguantaba más sus arrebatos.

Optó por irse a la playa, sus abuelos tenían una cabaña en la costa donde había pasado todos sus veranos cuando era niño. Ahora sus abuelos no viajaban tan seguido, pero su hermana pasaba allí el verano con su sobrino, a veces él se dejaba caer para estar con ellos, ni siquiera avisaba a su hermana, sabía que estaría feliz de tenerlo con ella.

Necesitaba alejarse, poner distancia con Leo. Había evitado y rechazado todas sus llamadas hasta ahora, pero se moría por oír su voz, por hablar con él.

Condujo como un autómata por la carretera, cada kilómetro que se alejaba sentía que dejaba una parte de su corazón atrás. Su teléfono sonó de nuevo y el sonido del ringtone le dijo que era Leo, rechazó la llamada y luego apagó el teléfono.

Su hermana había estado en lo correcto. Había estado enamorado de Leo desde que tenía quince años, él era todo lo que siempre había querido y le pertenecía a Lilian. Nunca había sido suyo.

Aunque Leo lo amara no había forma de que esta relación hubiera terminado bien. Estaba basada en una infidelidad, en mentiras y engaños.

Si pudiera volver atrás... No cambiaría nada.

Haber tenido a Leo, haberlo amado, bien valía un corazón roto. Los preciosos recuerdos que guardaba con Leo en sus brazos calentarían las solitarias noches que le esperaban.

Cuando llegó a la casa de la playa estaba como atontado, tenía la mente embotada de tanto pensar. Su hermana abrió la puerta sorprendida y Tony se arrojó en sus brazos con ganas de llorar.

—Tony... ¿Qué pasa bebé? ¿Estás bien?

«*No, no estoy bien*». Sentía que nunca volvería a estar bien de nuevo.

—Se terminó. Todo terminó. —Le dijo a su hermana.

—Tony...

—Solo necesito estar unos días aquí, no te molestaré... —Le dijo a punto de las lágrimas.

—Puedes quedarte todo lo que quieras. —Le dijo acariciando su mejilla y metiéndolo en la casa—. Vamos bebé, te haré un té.

Lo llevó a la cocina con ella y Tony le contó todo. Su hermana solo lo escuchó.

—Por favor no me digas "te lo dije"... —Le pidió con los ojos brillantes.

—No lo haré. Me alegra que estés aquí, así podré cuidarte y regalonearte hasta que estés bien.

—Otra vez.

—Otra vez... Y por el mismo tonto.

Aquella frase hizo que las lágrimas que estaba conteniendo cayeran.

Su hermana se acercó y lo abrazó. Aquí estaba veinte años después llorando en los brazos de su hermana de nuevo, por el mismo tonto. Su tonto. Eso solo probaba cuan idiota era.

Cuando se calmó, su hermana le secó la cara y le sonrió.

—¿Quieres acompañarme a comprar el pan? Hay una señora que hace un pan amasado increíble, tienes que probarlo.

—Prefiero quedarme, ahora solo quiero tirarme en una cama y echarme a morir un rato.

—Entonces me quedaré contigo. —Le dijo tan tensa que apenas movía la mandíbula para hablar—. No quiero dejarte solo.

Su hermana lo miraba preocupada. Había tenido esa misma mirada todo el verano cuando Leo le había roto el corazón siendo un adolescente. Entonces no había comprendido la preocupación de su hermana, pero ahora era un adulto y lo supo. Temía que se hiciera daño.

—¿Temes que haga algo como lo que hizo mi mamá?

Su hermana solo lo miró, la respuesta estaba en su cara.

—Ella también tenía el corazón roto... —Le dijo su hermana con los ojos llenos de lágrimas.

—Pero yo no soy ella.

—¿Lo has pensado? –Le preguntó serenamente, aunque él pudo detectar la nota de miedo en su voz.

—No, nunca. —Le contestó honestamente—. Una parte de mi aún espera poder estar con él algún día. No mañana ni pasado. A lo mejor cuando seamos un par de ancianos y ya ni siquiera se nos pare.

—¿Crees que algún día salga del closet?

—No lo sé. Sé que me ama, eso no lo dudo... Pero no se cuanto.

Su hermana se acercó y lo abrazó nuevamente.

—Lo odio por hacerte sufrir.

—No lo odies. Yo tomé la decisión, no él.

—Entonces te odio por ser tan buena persona.

—Sí, yo también me odio por eso. Y por favor no temas que me lastime, te juro que no lo haré. Jamás te haría pasar por eso de nuevo.

—Gracias, me quitas un gran peso de encima.

Siguieron abrazados un buen rato. Tony recordó cuando era niño y Susana lo sostenía, ahora era más grande y más fuerte, pero ella era la que seguía sosteniéndolo.

Pasó toda la semana, tratando de descansar y despejarse, pero era un esfuerzo inútil, se pasaba todo el día pensando hasta que le dolía la cabeza. Cada día iba a ver el sol hundirse en el mar y cada día anhelaba que Leo estuviera a su lado viendo aquel hermoso espectáculo.

No prendió su teléfono en toda la semana, sabía que si lo hacía tendría llamadas perdidas de Leo y que los deseos de hablar con él serían su perdición.

Al final de la semana se sentó a ver la última puesta de sol, al día siguiente volvería a trabajar y retomar su vida. No podía seguir con su teléfono eternamente apagado, miró el ocaso y reunió el valor que necesitaba para prenderlo.

Treinta llamadas perdidas, veintiocho de Leo.

Recordó el principio de su relación, habían intentado ser amigos, no verse, no hablarse, pero era una batalla perdida. Si se veían de nuevo volverían a encontrar excusas para estar juntos, para no separarse.

Necesitaba darle un corte definitivo a la relación, pero si lo hacía nunca más vería a Leo. Llevaban solo una semana separados y había sido insoportable. Le dolía el alma de pensar en jamás volver a verlo, en jamás volver a ver sus hermosos ojos… Pero lo necesitaba, necesitaba retomar su vida sin él.

Cuando el teléfono vibró en su mano no le sorprendió escuchar la melodía de Leo, sabía que volvería a llamar. Cogió aire y valor y contestó la llamada.

Después de que Tony rompiera con él, Leo aún esperaba y rogaba que su amante lo pensara mejor y volvieran a estar juntos, no podían estar separados, ya no podía imaginar su vida sin Tony en ella. Solo habían estado separados poco más de una semana y estaba que se volvía loco por saber de él. Había tratado de llamarlo, de verlo, pero no estaba en ninguna parte. Su teléfono había estado apagado durante toda una semana.

Hizo un nuevo intento de llamar al teléfono de Tony y milagrosamente la llamada entró. Cuando Tony le contestó quería dar gracias al cielo.

—¿Tony?

—Hola… —La voz de Tony sonaba tensa—. ¿Cómo estás?

«Mal, muy mal, jamás había estado peor»

—No muy bien. ¿Y tú?

—He estado mejor... —Le dijo con voz ronca.

—¿Dónde estás? —Le preguntó cerrando los ojos para disfrutar de la profunda y dulce voz de Tony.

—En la costa, necesitaba despejarme, pensar...

—¿Y te sirvió?

—Sí, tomé una decisión, pero necesito tu ayuda.

—¿Cuál decisión? —Preguntó con miedo

Tony no contestó enseguida, Leo solo podía escuchar su respiración al teléfono.

—Creo que no debemos volver a vernos o a hablar. —Le dijo finalmente con voz ronca.

—No funcionará, lo intentamos antes, no puedo hacerlo y tú tampoco.

—Yo te prometo que no lo haré, no te buscaré y quiero que me prometas que tú tampoco lo harás. —Le dijo Tony con voz firme—. No quiero que me busques, ni que me llames. Sin excusas y bajo ninguna circunstancia.

—No, no puedo Tony, no puedo hacerlo. —Le dijo enseguida—. Tú tampoco podrás...

—Por favor Leo, si alguna parte de ti me quiere aunque sea un poco... —Su voz había cambiado de firme a suplicante—. Debes dejarme ir.

Trataba de buscar alguna excusa para negarse, alguna razón correcta para mantenerse juntos, pero no la había. Leo apretó el teléfono conteniendo las lágrimas, aunque le doliera el alma debía dejarlo ir, sabía que era lo correcto. No podía mantenerlo atado cuando no podía ofrecerle nada.

—Intentaré hacer lo que me pides. —Le dijo finalmente con un hilo de voz—. Pero si tú no puedes...

—Debo hacerlo, debo desenamorarme de ti, por favor déjame hacerlo. —Le rogó Tony.

"No". Quería gritarle que no. No quería que dejara de amarlo.

—Tú podrás desenamorarte de mi Tony, pero yo nunca lo haré. Te esperaré siempre cariño. Cuando quieras estar conmigo estaré esperándote.

—No lo haré Leo. No puedo hacerlo. —Le dijo Tony con la voz apretada.

Leo tenía el mismo nudo en la garganta, no podía hablar y no quería despedirse, si esta era la última vez que hablaría con Tony no quería colgar.

La tentación de pedirle a Tony que huyeran juntos llegó a su mente. Irse lejos, comenzar de nuevo en otra ciudad, estar juntos... Pero en ese momento escuchó la risa de su hija en el jardín y supo que no podría hacerlo.

—Debo colgar. —Le dijo Tony.

—Tony... —Quería decirle a Tony que lo amaba, que siempre lo iba a amar, pero las palabras no salieron—. Cuídate cariño.

—Tú también. —Le dijo Tony antes de colgar.

Caminó como un zombie hacia la ventana, allí estaba su familia, vio a sus hijos bromeando y sonriendo, los miró mucho tiempo tratando de convencerse que había hecho lo correcto. Pero en un momento la imagen se volvió dolorosa y la angustia lo embargó. Subió a su habitación y se metió en la ducha para evitar que su familia lo viera así.

Bajo el agua, silenciosamente, dejó salir las lágrimas que estaba conteniendo.

10

Tony casi saltó de la silla cuando la melodía de la canción de Leo sonó, llevó la mano a su cintura pero su teléfono no estaba vibrando. Puso más atención y se dio cuenta que la canción sonaba en los parlantes del restaurante donde estaba.

Se cubrió la cara y gimió. Siete meses. Habían pasado ya más de siete meses desde la última vez que vio a Leo. Estaba al borde de sus fuerzas, siempre se jactaba de que tenía una voluntad de hierro, pero estaba flaqueando. Llevaba meses y meses queriendo no ser tan correcto. Queriendo tener una excusa para ir a buscar a Leo, pero nada había cambiado, Leo seguía casado y sin salir del closet.

Siempre se preguntaba si todo este tiempo habría sido para Leo igual de difícil que para él. Durante meses tuvo la pequeña esperanza de que Leo apareciera de pronto en su puerta y le dijera que se había separado de Lili, que ya no soportaba estar sin él. Aunque Tony le hubiera dicho lo contrario, en el fondo de su corazón, quería que Leo lo hubiera elegido. Pero no lo había hecho.

Cada vez que pensaba que el tiempo podría curarlo todo, llegaba algún recordatorio de que el tiempo no había curado nada. El encuentro con algún compañero que le preguntaba por él, o su canción sonando en un restaurante. O como aquella mañana cuando estaba interrogando a un sospechoso y el muchacho le había dicho que había pasado el fin de semana con un matrimonio amigo, Alex y Dani. Los amigos de Leo.

No pudo evitar hacer la conexión, malditos seis grados de separación.

Suspiró agotado, estaba esperando a Sebastián, su medio hermano. Hacia una semana Sebastián se había puesto en contacto con él. Según recordaba no tendría más de veinticinco años, era un bebé cuando sus padres se habían divorciado.

Sebastián le dijo que quería conocerlos, a él y a Susy. Se había negado rotundamente a encontrarse con él, no le interesaba una mierda lo que tuviera que decirle, ni siquiera se refería a él como hermano, era simplemente el hijo de su padre.

Desafortunadamente Sebastián había heredado la cabeza dura de los Levil, porque había seguido llamándolo. Cansado de la situación y pensando en mandarlo al diablo en persona, aceptó almorzar con él.

Ni siquiera sabía cómo lucía. Era extraño pensar que tenía un medio hermano por ahí, con el que quizás se había cruzado más de una vez, pero que no sabía cómo era.

—¿Tony?

La voz profunda lo sacó de sus pensamientos y se giró para ver a su lado a un joven hombre muy parecido a él. Ambos eran altos, de hombros anchos y ojos oscuros, Sebastian era mucho más delgado y su pelo un poco más claro, pero por lo demás, el parentesco era obvio.

—Sebastian... —Le dijo extendiendo la mano para estrecharla.

—Me alegra que aceptaras hablar conmigo. —Le dijo con una sonrisa una vez que se sentaron.

—No te alegres tanto, solo vine a decirte en persona que no jodas más, ni Susy ni yo tenemos la más mínima intención de tener una relación de hermanos contigo.

Sebastian dejó de sonreír y su mirada se volvió triste.

—¿Ni siquiera van a darme la oportunidad?

—¿Oportunidad? ¿Oportunidad de qué? No somos nada.

—Somos hermanos.

—Biológicamente, solo somos medio hermanos, en la práctica para Susy y para mi solo eres el hijo de mi padre. Nada más.

—Eso no es justo...

—¡Justo? ¿Quieres hablar de lo que es justo? Mi padre y tu madre cogían a espaldas de mi mamá. De esa pura y sana relación naciste tú. —Le dijo con tono irónico.

—Lo sé.

—¿Qué más sabes? ¿Sabes toda la historia? ¿Te contó el desgraciado de mi padre que su aniversario de matrimonio concuerda con el aniversario de la muerte de mi mamá?

—Si... Lo lamento.

—¿Crees que eso me importa? ¿Crees que con eso vas a solucionar todo?

—¡Pero yo no tuve la culpa! ¡Soy tan inocente de eso como tú!

Tony lo miró con tristeza. Sabía que Sebastián tenía razón. Siempre considero a su padre y su familia culpables de la muerte de su madre. Aunque en esa época Sebastián era apenas un niño.

—Siempre he estado solo. No tengo hermanos y no me gusta ser hijo único, al menos ustedes se tenían el uno al otro. Sé que no puedo pedirles a ti y a Susana que me abran sus brazos y me amen automáticamente. Pero al menos denme la oportunidad de conocerlos. Solo eso...

Demonios. El duro corazón de Tony se estaba ablandando. ¿A quién engañaba? Su corazón roto ya no era el de antes.

—No puedo decirte que hará Susy, pero a mi si me gustaría conocerte. No puedo prometerte nada, pero al menos si conocernos un poco.

Sebastián saltó de su asiento y lo abrazó fuerte. Por un momento se quedó sorprendido y luego le devolvió el abrazo palmeando afectuosamente su espalda.

Cuando se volvió a sentar, la alegría en los ojos de Sebastián le dijo que había hecho lo correcto. Su padre era un maldito asno pero había engendrado hijos buenos.

—Solo tengo una condición para ti. Bajo ninguna condición trates de crear un acercamiento con mi papá. No me interesa. ¿Estamos?

—Estamos.

Pasaron el resto del almuerzo conversando sobre todo. Tenían toda una vida sobre la que ponerse al día. Para su sorpresa, Sebastián era simpático, alegre y muy buena compañía, se rió de todos sus chistes tontos y anécdotas y su hermano también lo escuchó atento cuando hablaba.

Después de comer se despidieron y Tony le prometió que repetirían el almuerzo. Para si mismo se prometió tratar de llevar a Susana la próxima vez. Su hermana chillaría como un cerdo camino al matadero, pero si había algo que tenía claro, era que no debían seguir castigando a Sebastián por los errores de su padre.

Leo miraba la escena frente a sus ojos con el corazón roto.

Tony se despedía del que parecía ser su novio afuera de un restaurante.

Iba conduciendo cuando lo vio entrando al local, no pudo evitar estacionarse y mirarlo de lejos. Cuando estaba pensando si entraba al lugar a hablarle. El hombre más joven se había sentado frente a Tony, habían tenido lo que parecía una discusión hasta que finalmente el joven se había arrojado sobre Tony y lo había abrazado. De ahí en adelante comieron y sonrieron seguido.

Leo estaba congelado en el automóvil mirándolos. Este era su mayor temor, Tony estaba con alguien más. Ya lo había olvidado. En siete meses lo había olvidado.

Tony subió a su automóvil y lo vio partir. Se recostó en el asiento de su carro y dejó salir las lágrimas que llevaba meses conteniendo. No podía llorar en el trabajo, ni podía hacerlo frente a su familia, se había tragado cada lágrima y al soltar la primera fue como si se hubieran abierto las compuertas de una represa.

Sintió un lamento y se dio cuenta que había salido de su boca, no solo lloraba, sollozaba, temblaba y sudaba frío. Se cubrió la cara con las manos, sentía que había perdido el control de su cuerpo por completo. Ni siquiera recordaba hacia donde se dirigía antes de ver a Tony en la calle.

Botó lágrima tras lágrima sin poder contenerse, quería encerrarse en un cuarto oscuro y olvidarse del mundo, dormir durante un año hasta que aquel desgarrante dolor desapareciera. Trató de controlar su respiración para calmarse un poco, jamás se había descontrolado de aquella manera, él no reaccionaba así. ¿Qué diablos le estaba pasando?

Cuando su teléfono sonó, quiso arrojarlo por la ventana, lo único que quería era derrumbarse y que nadie lo molestara. En la pantalla vio que era Alex el que llamaba, su primer instinto fue colgarle, pero era su amigo y sintió que necesitaba contestar aquella llamada.

—Aló. —Contestó con voz ronca secándose las lágrimas.

—¿Leo? —Le preguntó la profunda voz de Alex.

—Sí. ¿Cómo estás Alex? —Preguntó con una voz que ni él reconoció como propia.

—Bien, estoy en la capital, muy cerca de tu oficina y pensé en llamarte para almorzar. ¿Estás bien? Tu voz suena extraña.

—No, no lo sé... –No podía dejar de temblar, incluso su voz temblaba—. No estoy muy bien hoy...

—¿Dónde estás? —La voz de Alex sonaba preocupada.

Trató de despejarse un poco, recién en ese momento se dio cuenta que no tenía idea donde estaba, no sabía cuánto tiempo había estado en el automóvil, ni cuánto tiempo había estado llorando. Se sentía mareado, tembloroso y confundido.

—No lo sé. Estoy en mi carro. —Le dijo con un hilo de voz.

—Escúchame con calma, mira por la ventana y dime si puedes encontrar alguna referencia.

Miró por la ventana el restaurante donde había estado Tony. Quería llorar nuevamente, solo la voz de Alex al teléfono le permitió que se volviera a concentrar. Logró ver un cartel con el nombre de la calle y la numeración y se la indicó a Alex.

—No te muevas de donde estás. —Le dijo Alex—. Voy en camino, estoy muy cerca.

Leo apoyó la frente en el volante y trató de calmarse, su corazón latía a cien por hora y seguía tembloroso. Ni siquiera supo cuanto tiempo pasó hasta que le golpearon la ventanilla y el preocupado rostro de Alex estaba allí. En cuanto quitó el seguro, Alex lo sacó del automóvil y lo abrazó.

—¿Estás bien?

—No, no estoy bien. –Le dijo con voz ronca.

Se abrazó a Alex y dio gracias al cielo, necesitaba un amigo en estos momentos. No le había contado a nadie de Leo, había vivido todos estos meses de dolor solo, tragándose la angustia. Y ya no podía más.

—Por todos los cielos amigo, estás hecho un desastre. —Le dijo Alex separándose de él y mirándolo—. ¿Qué te pasó?

—No sé ni por donde comenzar, es una larga historia.

—Partamos por llevarte con un doctor.

—No quiero ir al doctor, ya estoy bien.

—No, no lo estás, acabas de tener un colapso nervioso Leo.

¿Había tenido un colapso nervioso? ¿Eso le había pasado?

—No quiero doctores...

Alex no pudo convencerlo de ir a un doctor, pero Leo no pudo convencerlo de dejarlo volver a la oficina. Finalmente Alex lo arrastró a un lugar tranquilo para comer algo y conversar. Leo no podía tragar nada con el estómago apretado como lo tenía, así que solo aceptó un trago y Alex se sentó frente a él a escucharlo.

Leo le contó todo, desde cuando conoció a Tony, hasta que lo había visto aquel mismo día con otro hombre.

Su amigo solo lo dejó hablar y hablar. Hasta ese momento no se había dado cuenta cuanto necesitaba ese desahogo. Cuando terminó la historia, Alex solo lo miraba serio.

—No pareces sorprendido de que sea gay. —Le dijo a Alex.

—Lo estoy, muy sorprendido. Pero tu revelación no me sorprendió tanto como la de Dani, debo admitir que mi gayradar es malísimo.

—Dios estaba tan enfrascado en mí, que ni siquiera te pregunté cómo está Dani.

—Está muy bien, hablé con él antes de encontrarte, le pedí ayuda pensando el estado en el que podría encontrarte.

—¿Te dijo que me llevaras a un loquero?

—No. Solo me dijo "Déjalo hablar y escúchalo", que es exactamente lo que hice. Lo del doctor fue idea mía.

—Ningún doctor puede curar un corazón roto.

—No, eso solo lo cura el tiempo. —Le dijo Alex pensativo—. ¿Puedo hacerte una pregunta?

—Por supuesto.

—No soy partidario de la infidelidad y no justifico lo que tú y Tony hicieron, pero es obvio que ustedes se amaban. ¿Por qué lo dejaste ir? ¿Por qué no pensaste en ningún momento quedarte con él?

—Lo pensé, por unos segundos pensé en dejarlo todo por él, en pedirle que huyéramos juntos, pero después escuché la voz de mi hija y no pude hacerlo, no podía dejar todo.

—Nadie dice que huyeras y te desentendieras de tus hijos, pero el tuyo no sería ni el primer ni el último matrimonio que se termina. El divorcio siempre es una opción.

—¿Para qué? Tony no quería que lo hiciera, me culparía y sobre todo se culparía, se culparía muchísimo.

—Ustedes dos tontos… —Dijo Alex pasándose los dedos por el pelo—. Estaban tan ocupados sintiéndose culpables que no vieron el cuadro general.

—¿Cual cuadro?

—Tu matrimonio se terminó Leo. Y no porque te enamoraras de Tony, no porque tuvieras una relación extramarital, se terminó desde el momento en que te diste cuenta que eres gay. Pudiste alargarlo unos meses probablemente por pura fuerza de voluntad y una gran cantidad de culpa, pero desde ese momento tu matrimonio estaba destinado al fracaso. El divorcio es solo el siguiente paso lógico.

—No podría hacerlo, no puedo divorciarme. No podría hacerle eso a Lili…

—Por lo que me has dicho tu matrimonio no está bien y no es reciente. ¿No has pensado que tal vez tu matrimonio también apesta para ella? ¿Le has preguntado alguna vez si es feliz?

—No… —Le dijo con un susurro.

No había preguntado, ya ni siquiera hablaba con ella, casi ni la veía, trabajaba hasta el agotamiento para llegar tarde a casa y no tener que verla, no tener que hacer el amor con ella...

—Ella, solo tiene cuántos... ¿Treinta y cinco, treinta y seis años? Aún es joven y podría rehacer su vida con alguien que pudiera darle lo que tú jamás podrás darle. —Le dijo levantando una ceja, obviamente refiriéndose al sexo—. En vez de estar atada en un matrimonio sin amor.

Alex tenía razón, cada palabra que salía de su boca era acertada, pero no podía hacerlo, simplemente no podía. ¿Por qué la idea del divorcio le parecía tan inconcebible?

—No es solo por tu familia ¿verdad? —Alex le preguntó mirándolo atentamente.

—¿Qué quieres decir?

—Si te divorcias podrías estar con Tony, pero para estar con él en algún momento tendrías que salir de closet. Por eso nunca viste la opción de quedarte con él. Porque siempre pensaste en quedarte escondido.

¿Era por eso? Si, lo era. Nunca pensó en salir del closet, no sabría cómo afrontarlo frente a Lili, frente a sus hijos, menos aún frente a su madre o sus hermanos, eran mayores que él y tan homofóbicos como su padre. Nunca había visto como una opción ser honesto sobre quién era, siempre consideró mentir como su única opción.

—Tienes razón. Tenía... Tengo mucho miedo de que mi familia sepa que soy gay... No puedo afrontarlo Alex, no puedo.

—No es fácil. Yo tuve la suerte de contar con el apoyo de mi familia, pero no es igual para todos.

—Creo que esperaba recibir el mismo trato que yo le di a Tony... Ser golpeado e insultado.

—No es tan terrible, ya no estamos en la edad media, además las personas pueden sorprenderte Leo. Mira a Dani, él salió casi a los treinta, algunos de sus amigos se alejaron, pero no los que valían la pena.

—Al menos tuvo el valor de hacerlo, yo no, por eso Tony me dejó. —Le dijo a Alex con nuevas lágrimas asomándose a sus ojos—. Ni siquiera puedo culparlo por hacerlo, no podía esperar que se quedara siempre en la sombra, sin jamás darle un lugar digno en mi vida.

—Para alguien como Tony, que tiene asumida su sexualidad, el volver al closet no hubiera sido una opción...

—¿Tu lo habrías hecho? ¿Te habrías quedado al lado de Dani si él hubiera decidido jamás salir del closet?

—Sí, absolutamente. —Dijo sin dudar—. Aunque la situación es diferente, Dani no tenía familia, habría estado escondido, pero a mi lado.

—¿Y si la hubiera tenido?

—No lo sé, aunque para serte honesto soy un felpudo en lo que a Dani se refiere. —Le dijo con una sonrisa—. Me ofrecería voluntariamente a que me pisoteara si lo pidiera.

—Gracias al cielo que no lo sabe.

—Estoy seguro que lo sabe, pero tiene un corazón tan grande que jamás se aprovecharía de eso.

Que Alex hablara del corazón de Dani le recordó los problemas de salud que la pareja de Alex tenía.

—¿Dani ha estado bien del corazón?

—Sí, muy bien, el doctor dice que Dani ha sido un paciente modelo. Yo soy el que a veces complica las cosas.

—¿Cómo?

—Si Dani tiene la más mínima fiebre o respira distinto quiero tomarlo en brazos y correr al hospital.

—Es lógico que reacciones así, casi lo pierdes.

—Lo sé, pero ya han pasado casi cuatro años y su salud está controlada, debería tomarme las cosas con más calma. Dani dice que soy muy sobreprotector, y si la familia se agranda, tendré más por lo que preocuparme.

—¿Si la familia se agranda?

—Sí... —Le dijo con una sonrisa—. ¿Recuerdas la niña del hospital de la que te hablé? ¿De la que Dani y yo nos enamoramos?

—¿Ema?

—Sí, hablamos con un amigo abogado el fin de semana. Le pedimos que iniciara los trámites para adoptarla. —Le dijo con una sonrisa.

Leo se quedó con la boca abierta, no sabía que decir. Su amigo había tenido el valor de salir del closet, de casarse con el hombre que amaba y ahora iba a ser padre.

Y él era tan patético que ni siquiera tenía el valor de decir en voz alta que era gay.

Se acercó a su amigo y tomó su mano. Alex jamás podría imaginarse cuanto lo admiraba.

—Dani y tú van a ser los mejores padres del mundo. Estoy muy feliz por ustedes.

—Gracias. —Le dijo con una felicidad que iluminó sus ojos—. ¿Has pensado que vas a hacer?

—¿Sobre qué?

—Tu matrimonio, tu vida… Tony.

—A Tony ya lo perdí. —Le dijo tragándose el nudo que tenía en la garganta—. Y mi matrimonio y mi vida seguirán apestando.

—¿Sabes lo que me dijo mi hermana cuando Dani me dejó antes de ir a Londres?

—No.

–Dijo "Si es el amor de tu vida, el destino les va a dar una segunda oportunidad". Y tenía razón.

—¿Y si esta era mi segunda oportunidad? Lo rechacé la primera vez y lo dejé ir ahora. ¿Y si esta era mi segunda oportunidad y volví a arruinarlo?

—No pienso igual, creo que si es el amor de tu vida, el destino les va a dar una segunda, tercera y cuarta oportunidad si es necesario, solo debes tener fe.

Leo quería tener fe, pero no podía olvidar que había visto a Tony con otro hombre. Aunque se divorciara mañana, ya era tarde para ellos.

Había perdido a Tony, por su cobardía. Y las cosas seguirían igual, porque sabía que jamás tendría el valor para salir del closet.

Así como asumió que era gay tantos meses atrás, en ese momento asumió también que era un cobarde.

Este había sido un mal día, pensó Tony cuando terminaba el partido de basket de cada semana, sentía el mismo dolor sordo que lo acompañaba siempre cuando recordaba a Leo con ellos jugando.

Su amigo no había vuelto a jugar, aunque él aún esperaba cada semana ver aparecer a Leo, no sucedía.

Alen había vuelto a jugar con ellos, se trataban amablemente y conversaban, pero había un frío trato entre ellos.

Se quedó unos minutos más encestando después del partido, mientras más cansado llegara a casa, menos le costaría dormir. Aunque sabía que una vez que colocara la cabeza en la almohada no dejaría de pensar en Leo.

Cuando se cansó de arrojar la estúpida pelota su humor no había mejorado, al salir de la ducha y entrar en los vestidores, la imagen de Alen vistiéndose lentamente le sorprendió, a esa hora ya debería haberse marchado hace mucho tiempo.

—¿Que haces todavía por acá? —Le preguntó comenzando a vestirse.

—Estaba... Estaba mirando un partido de squash. —Le dijo con voz triste.

—¿Estás bien? —Le preguntó abrochando su camisa.

—Si, es que vi a un ex jugando squash. Estaba con otro hombre y... Soy un idiota.

Alen continuaba sentado aún descalzo y Tony ya había terminado de vestirse y guardar sus cosas.

No sabía que decirle. ¿Ya va a pasar? ¿Dejará de dolerte pronto? Aquello era mentira para él, una puta mentira.

¿Que haría él si viera a Leo con otro hombre? Entregar su placa, porque asesinaría a cualquiera que le pusiera las manos encima.

Se sentó frente a Alen y tomó su mano.

—A lo mejor es solo un amigo. —Le dijo a Alen tratando de consolarlo.

—Puede ser, pero soy tan patético que lo estuve mirando jugar squash y pensando en que ojalá yo tuviera a alguien para restregarle por las narices también.

—Espero que valiera la pena mirarlo.

—Solo porque tiene buen culo. ¿Has visto algo más aburrido y más estúpido que darle a una pelota que rebota en la pared?

—¿Las carreras de autos? ¿Has visto algo más idiota que dar las mismas vueltas una y otra vez?

Alen sonrió y sus ojos azules brillaron.

De improviso la mirada de Alen se volvió triste. Miró el espejo que estaba atrás de Alen y vio entrando a dos hombres sonriendo, uno de ellos debía ser el ex de su amigo.

Le debía una disculpa a Alen por como lo había tratado y decidió que si quería a alguien para restregarle por las narices al tipejo que lo lastimó, le daría una mano ganadora al muchacho.

—Sígueme la corriente. —Le dijo a Alen en un susurro antes de acercar su rostro y darle un fogoso beso, de la sorpresa Alen abrió la boca y Tony le metió la lengua hasta casi rascarle las amígdalas.

Sintió un jadeo de sorpresa a su espalda y se separó de Alen fingiendo sorpresa. Se giró y vio al hombre más bajo mirarlos furioso. Si las miradas mataran, Tony iría camino a la morgue.

—Lo siento, no sabía que había alguien más. Espero no haberlos incomodado.

—No hay problema. —Le dijo el hombre alto.

El más bajo ni siquiera lo miraba, solo miraba a Alen como esperando una explicación, pero Alen no le dirigía la mirada, se concentró en terminar de vestirse y meter sus cosas en el bolso.

Cuando finalmente Alen levantó la vista, el hombre seguía mirándolo, parece que lo último que se esperaba era ver a su ex con otro.

—¿Cómo estás? —Preguntó Alen con una sonrisa triste.

—¿Se conocen? —Preguntó Tony fingiendo inocencia.

—Si, Chris es... es un conocido.

Esa simple palabra puso aún más furioso al hombre, era claro que no eran solo conocidos.

—Soy Tony. —Le dijo estirando su mano.

—Christian Brahm, un "conocido" de Alen. —Le dijo con un tono irónico.

—Soy Marco. —Le dijo el hombre más alto dándole la mano y tratando de bajar la tensión en el lugar.

—Termina de vestirte Alen, te llevaré a casa. —Le dijo dándole un toque sexy a la palabra «casa». Aquello haría que Christian se imaginara las cosas que harían cuando estuvieran allí.

—Ya estoy listo. —Le dijo Alen terminando de abrocharse las zapatillas y tomando su bolso.

—Adiós. —Susurró Alen cuando pasó al lado de Christian.

—Nos vemos. —Les dijo Tony colocando posesivamente su mano en la espalda de Alen.

Christian lo notó y su mirada pasó de la rabia a la tristeza, Alen no pudo verla porque ya iba por delante, pero él si la vio. Parece que el hombre no era tan indiferente a Alen después de todo.

Tony llevó a un tembloroso Alen a su automóvil, el pobre muchacho no habló en todo el camino. Cuando llegaron al departamento de Alen, Tony detuvo el carro pero el muchacho no se movió, el pobre lucía muy triste.

—No me has dicho si hice lo correcto. —Le dijo a Alen.

—¿Qué? —Preguntó aturdido saliendo de sus pensamientos.

—Al besarte. ¿Hice lo correcto o la cagué?

—Correcto creo, me alegra no haber tenido que confrontarlo solo.

—Y que además sepa lo que se perdió.

—No le importa. —Dijo con tristeza—. Podías haber estado cogiéndome y no le va a importar.

—No lo creo, no viste como te miró cuando saliste. ¿Puedo preguntar que pasó?

—Lo mismo de siempre. Nos acostamos y pensé que le importaba, pero después me dejó plantado y no volvió a llamarme.

—Igual que yo.

—Peor, tu al menos nunca me diste esperanzas, él si. De verdad creí que había algo especial entre nosotros. Me pasa por ser tan idiota. Un hombre se porta bien conmigo dos segundos y ya estoy haciendo planes de todo tipo.

—¿También los hiciste conmigo?

—No. Si... Pero solo un poco, en realidad solo quería volver a coger contigo, el sexo fue bueno.

—¿Solo bueno? —Le preguntó con una sonrisa.

—Creo que es mejor con alguien especial... —Le dijo sin dudas pensando en Christian.

—Si, lo es. —Le contestó recordando a Leo una vez más.

—¿Quieres subir?

Tony sabía lo que aquella invitación implicaba y una parte de él estaba tentada de aceptar. No se había acostado con nadie desde Leo y estaba cansado de masturbarse, pero este había sido un mal día, recordando demasiado a Leo. Sabía que sería un error irse a la cama con Alen. Como lo había sabido todas las veces que había rechazado a alguien en los últimos meses.

—Creo que es una mala idea. Ambos estaríamos pensando en otra persona.

—¿En Leo?

—Si, en Leo. —No le vio sentido a negarlo—. Y tú en Christian.

—¿Terminaste mal con Leo?

—Él es casado.

—Lo se. ¿Es de los que tiene relaciones con mujeres y sexo con hombres?

—No. Claro que no, él no es así. Es... Es complicado.

Leo no era así. Leo no se buscaría amantes, no lo haría. Lo de ellos había sido especial.

—¿Seguro que no quieres subir? —Le dijo Alen con voz triste—. No quiero estar solo en estos momentos.

—Yo tampoco. —Le dijo en voz baja—. Si solo quieres la compañía de un amigo, te aceptaría una cerveza.

—Trato hecho. —Le dijo con una sonrisa triste.

Él también necesitaba un amigo en esos momentos, o terminaría sucumbiendo a la tentación y llamaría a Leo.

Al llegar a su casa, Leo estaba hecho un desastre. No podía quitarse de la cabeza la conversación con Alex, ni la escena de Tony con aquel sujeto.

Sus hijos probablemente estaban en sus dormitorios, cada uno conectado en línea, podía oír la música a todo volumen desde el piso superior. Cuando entró a la sala Lilian estaba hablando por teléfono, la saludó brevemente y se fue a su oficina, aquel lugar había sido su refugio los últimos meses. El lugar donde iba a lamer sus heridas.

Se sirvió un trago, y puso a andar la música, su canción sonó y se tiró en su silla desanimado.

Si amarte tanto es pecado, espérenme en el infierno
Las llamas del fuego eterno, que en vida ya me han quemado
Porque no estás a mi lado, porque la pena es tan larga
Y la distancia me embarga, llenándome de vacío
¿Quién me devuelve lo mío? ¿Quién aliviará esta carga?

Como siempre que escuchaba la canción, la tristeza lo consumió. ¡Que masoquista era! Cada vez que se deprimía escuchaba la canción una y otra vez. ¿No era ya bastante malo estar sin Tony? ¿Tenía que torturarse de esta manera también?

Pequeño rayo de sol, ya dio en el blanco tu flecha
Dejando abierta una brecha, por donde sangra mi voz
Y es una herida feroz, que el tiempo aún no ha cerrado
Y aunque no vuelva el pasado, yo estoy aquí todavía
Queriendo hacer poesía, queriendo estar a tu lado...

Una herida feroz, que el tiempo aún no ha cerrado. Después de todos esos meses seguía doliendo como si fuera ayer. Leo bebió otro sorbo de su trago y se recostó en su silla con los ojos cerrados. Siempre que cerraba los ojos podía ver el hermoso rostro de Tony. Soñar despierto con sus besos. Tratar de olvidar que el hombre que amaba había rehecho su vida sin él.

Sintió una mano en su hombro y abrió los ojos para encontrar a Lilian viéndolo, se enderezó y trató de despejarse para que ella no notara nada.

—¿No me vas a decir que te pasa? —Le preguntó Lili como siempre lo hacía cuando él se ponía melancólico.

—No me pasa nada. —Le dijo con una sonrisa que hasta él notó falsa.

Bebió otro sorbo de su trago para controlar su expresión.

—Leo. —Le dijo suspirando—. Siempre has sido mi mejor amigo.

—Y tu la mía...

—¿Entonces por qué ya no hablas conmigo?

—No es así. Tengo muchas cosas en la cabeza, muchas cosas de trabajo, no voy a aburrirte con eso.

—Por favor, ya no me mientas... —Ella lo miró y sintió que el muro que había levantado para protegerse tambaleaba.

Ella era su amiga y él la necesitaba, necesitaba tanto una amiga en estos momentos. ¿Cuántas veces había querido abrir su corazón con ella? Pero estaba avergonzado, le había sido infiel, había engañado no solo a su esposa, si no también a su amiga.

—Yo... No sé por dónde empezar. —Le dijo finalmente.

Eran tantas las cosas que le había ocultado, tantas las mentiras. Ya no quería mentirle, estaba harto de mentirle. ¿Pero cómo le explicaba?

Ella tomó sus manos y lo miró con dulzura.

—Dime porque estás tan triste, me duele verte así...

—Lili, he sido un cerdo contigo, soy un asco, como amigo, como esposo, como hombre... —Eso era verdad. La más absoluta verdad.

—¿Es por Tony?

Leo había explicado la ausencia de Tony diciéndole que lo habían trasladado fuera de la ciudad.

Quiso negar que Tony fuera el motivo de su tristeza. Pero una parte de él quería aceptar todo por fin. ¿Qué más podía perder? ¿Podía su vida empeorar?

No era feliz. Desde que Tony lo dejo sentía que su corazón sangraba cada vez que latía.

—No soy tonta Leo. —Le dijo Lili finalmente cuando él no contestó—. Hace mucho tiempo que sé que eran amantes, no me ofendas más negándolo. Por favor ya no sigas mintiéndome.

«¿Ella sabía?» «¿Cómo?» Leo la miró a la cara avergonzado. Lilian tenía los ojos llorosos.

—¿Cómo lo supiste?

—Creí que me engañabas con una mujer. Cada vez que me decías que salías con Tony, pensé que él ayudaba a encubrirte. Un día te seguí, entraste al departamento de Tony y no saliste. Te llamé y me dijiste que estabas jugando basket con él, si me hubieras dicho que estaban viendo una película, o que estabas tomando un trago con él... Pero me mentías para estar en el departamento de tu amigo gay. Solo sumé dos más dos.

—No lo planeamos, solo pasó... Jamás te fui infiel antes. Nunca ni siquiera miré a nadie, te lo juro.

—Lo sé, lo sé...

Lilian se tapó el rostro con las manos para contener las lágrimas.

—Perdóname. Te juro que nunca quise herirte, te amo Lilian, eres mi mejor amiga y hubiera querido que esto no pasara, lo siento tanto.

—¿Cuándo te casaste conmigo lo sabías? —Le preguntó cuando las lágrimas caían por sus mejillas—. ¿Sabías que eras gay?

—No, no lo sabía. Me casé contigo porque te amo Lili y jamás me he arrepentido de hacerlo. —Le dijo tomando sus manos—. Yo no aceptaba que era gay, me crié en un hogar homofóbico, mi papá siempre que se hablaba de alguien gay se refería al marica esto o el maricón aquel. No era una opción, nunca lo fue.

—Hasta que apareció Tony.

—No es su culpa Lili, él solo hizo patente los sentimientos que yo sentía, solo los hizo aflorar.

—¿Pero no fue solo una aventura verdad? Te enamoraste de él.

—Si, lo amo. Eso no significa que no te ame Lili, no es lo mismo que siento por Tony pero te amo como mi mejor amiga, como la madre de mis hijos. Eres y siempre serás la única mujer a la que ame.

—¿Por qué? ¿Por qué si lo amas te quedaste conmigo?

—Tony siempre supo que jamás te dejaría, él necesitaba más de lo que podía darle. Decidió que lo mejor era que termináramos.

—Pero lo sigues amando.

—Si, pero si seguíamos juntos tarde o temprano ibas a saberlo.

—Y te tragaste todo… Cuando me dijiste que se marchaba me sentí aliviada. Pensé que todo volvería a ser como antes, solo tú y yo. Pero nada volvió a ser igual y te vi cada vez más triste.

—Era mejor que yo sufriera, en vez que tú y los niños.

—Sabes lo que más me duele es que siendo mi mejor amigo me ocultaras todo.

—¿Eso es lo que más te duele? ¿No que te haya sido infiel? ¿No que haya puesto en riesgo a nuestra familia?

—Cuando me enteré… Estaba dolida. Furiosa en realidad, había veces que quería golpearte y romperte la nariz cuando sabía que ibas a verte con Tony.

—Pensé que ibas a odiarme. —Dijo soltando el aire.

—Al principio si, pero ya ha pasado el tiempo desde que lo supe y solo he tratado de comprender. Incluso vi a un psiquiatra. Me culpé mucho pensando que era mi culpa, que algo estaba mal conmigo…

—Nada está mal contigo, tú siempre has sido perfecta, yo soy el que está mal.

—Tampoco estás mal cariño, solo eres como eres. Ahora lo entiendo, ahora puedo ver que jamás podría hacerte feliz, así como tú jamás podrás hacerme feliz a mí.

—Lo se, nuestra vida sexual nunca fue buena... Para ninguno de los dos.

—Nuestra vida sexual apesta y no es reciente. —Lo miró a los ojos con tristeza—. Solía escuchar a mis amigas hablar de las aventuras y del maravilloso sexo que tenían y pensaba que debían mentir, que el sexo no era tan maravilloso.

—¿Como diablos me aguantabas?

—No tengo con que comparar. Solo he estado contigo.

—Hasta Tony, yo tampoco.

—¿Cómo era el sexo con él? —Leo la miró sorprendido—. Oh vamos, me lo debes. ¿Era bueno?

Leo sonrió. Esta era la Lili que recordaba, la que amaba. Se puso colorado y asintió con la cabeza.

—Era maravilloso. —Le dijo bajando la cabeza avergonzado—. He sido un egoísta contigo. Debí pensar más en ti. No debí creer que te hacía feliz por el solo hecho de permanecer a tu lado.

—Se que siempre has tratado de hacerme feliz. Pero a pesar de que te amo, nuestro matrimonio tampoco me hace feliz.

—¿Alguna vez te hice feliz?

—Por supuesto que si, tuvimos buenos años. Aunque los últimos años no fueron los mejores. Creo que ambos nos convencimos de que nuestro matrimonio era perfecto y estaba lejos de serlo.

—¿Por qué diablos nos guardamos esto tanto tiempo Lili?

—No lo sé. Tal vez por no querer fracasar en nuestro matrimonio, por no arruinar nuestro proyecto de vida, para no herirnos...

—¿Y que hacemos ahora? —Le preguntó en voz baja—. ¿Quieres el divorcio?

—¿Tu lo quieres?

—Yo fui el que arruinó todo Lili. Es tu decisión, si quieres el divorcio te lo daré. Si quieres seguir casada, seguiré a tu lado.

—Haremos lo que sea mejor para todos, para ti, para mí y para nuestros hijos. ¿Te parece bien?

Leo solo asintió. Lili lo abrazó y se quedaron así mucho tiempo. Dio gracias al cielo por la generosidad de su esposa. Sentía que su corazón estaba más ligero que nunca.

Por fin se habían terminado las mentiras.

Tony salió de la sala de interrogaciones aliviado. El caso que estaba siguiendo era el de un joven al que habían acusado de homicidio. Xavi. El caso le llamó la atención desde el principio porque durante el primer interrogatorio, el nombre de Alex, el amigo de Leo, había salido como testigo.

Desde el momento que Xavi había nombrado a Alex y Dani, los recuerdos de Leo hablándole de sus amigos removieron todos sus recuerdos, sobre todo los de aquel estacionamiento.

Tras la detención de Xavi, su novio Adrián, quien creía indudablemente en la inocencia de Xavi, no se había rendido hasta descubrir al verdadero culpable. El responsable del crimen no era Xavi, sino su gemelo Lucas. Aún no localizaban a Lucas, pero él estaba seguro de la inocencia de Xavi.

El día anterior, al parecer Lucas había vuelto a atacar y esta vez Xavi tenía una sólida coartada, estaba con su psiquiatra, quien confirmó la historia. Tony acababa de tomarle la declaración a Xavi y estaba preparando los papeles para que los firmara, cuando Torras se le acercó con el ceño fruncido.

—Yo todavía no me trago todo este cuento chino. —Le dijo a Tony sentándose frente a él.

—¿Qué cuento?

—Lo de la inocencia de ese… —Torras no terminó la frase.

Torras era un excelente compañero y lo estimaba, era imposible no compartir cada día como hermanos y no querer a tu compañero, pero su homosexualidad era una barrera que siempre había existido entre ellos, Tony nunca se había sincerado con él, ya que Torras más de una vez había lanzado bromas y comentarios hacia los gays que él se había tragado para no revelarse.

Pero el que ahora no considerara las evidencias que tenían, solo porque Xavier era gay lo molestó.

—¿De ese qué? —Le preguntó serio.

—Ya sabes, el chico es… —Movió la mano en un gesto amanerado.

—¿Gay? ¿Y el que le gusten los hombres lo hace culpable?

313

—¡No! ¡Claro que no! Es solo que cuesta creer esa historia.

—¿Si no fuera gay la creerías?

—¿Estás insinuando que no soy parcial?

—No lo eres. Tienes todas las pruebas frente a ti, lo único que hace a Xavi culpable ante tus ojos es el que sea gay.

—¡No estoy en contra de él! Por mi puede hacer lo que quiera con su vida, pero te admito que no me siento cómodo alrededor de ellos.

¿Ellos? ¿Qué creía Torras que eran una raza distinta? Tony estaba a un comentario más de darle un puñetazo en la homofóbica nariz de Torras.

—¿Qué temes? ¿Qué te encuentre demasiado irresistible y te acose? —Le preguntó molesto—. Te tengo noticias, su novio es más sexy que tú.

—¿Qué bicho te picó a ti? —Le preguntó Torras sorprendido—. ¿Desde cuándo los defiendes? ¿Me vas a decir que no te incomoda pensar que se meten cosas por el culo?

Miró a su compañero con la rabia de todas las veces que tuvo que contenerse por sus comentarios. Respiró profundo para calmarse. Si golpeaba a Torras se metería en problemas.

—Soy gay. —Le soltó sin anestesia—. Así que no me incomoda, pero si me incomodan tus comentarios homofóbicos y te pediría que te los tragaras para ti solo cuando estés conmigo.

Torras lo miró con los ojos abiertos como platos. En dos años desde que eran compañeros jamás lo había visto enmudecer de esa forma. No sabía si la PDI sería abierta en cuanto a su orientación sexual y en el peor de los casos acababa de firmar su salida de la institución, pero en ese momento le importó un carajo.

—¿Estás hablando en serio? —Le preguntó Torras en un susurro.

—Sí y ya me cansé de escucharte esa mierda todo el tiempo.

—Pero no puedes ser gay. —Le dijo mirándolo de arriba abajo—. ¡Eres tan grande!

Ante ese comentario tan idiota solo pudo reírse. Torras lo miró y también rió. Cuando volvieron a estar serios, Tony se inclinó hacia su amigo que aún lo miraba sorprendido.

—Si quieres pedir otro compañero… —Comenzó a decir Tony.

—¿Y por qué diablos haría eso?

—¿No te va a incomodar saber que…?

—No. —Lo interrumpió serio—. Y si me incomoda, me aguantaré. Eres el mejor compañero que he tenido, no quiero otro. Nos complementamos bien, yo soy el policía malo y tu el bueno.

—Pensé que era al revés. Que yo era el malo.

—Claro que no, yo soy el malo. —Le dijo orgulloso levantándose y palmeando su hombro—. Y será mejor que este sea nuestro secreto, no sabemos que podría pasar si alguien más se entera.

—Gracias. —Le dijo colocando su mano sobre la de Torras.

—Así es esto, tú cuidas mi espalda y yo la tuya. Y no voy a hacer ninguna broma con respecto a que estés a mis espaldas. —Le dijo alejándose.

Tony sonrió, sabía que eso era lo más cercano a una disculpa que iba a escuchar de Torras, pero no le molestaba, es más, se sentía feliz de haber sido honesto con su amigo.

Cuando terminó su turno se topó con Xavi que también iba saliendo del cuartel y se ofreció a llevarlo a casa. Unos días atrás había perdido el control frente a Xavi, lo había gritado y terminó hablándole de Leo.

¿Cómo se le había salido aquella confesión? No lo sabía. Jamás hablaba de Leo, ni siquiera con Susy. Era demasiado doloroso hablar de él.

Cuando iban en camino Tony miró a Xavi que permanecía muy callado.

—¿Hablaste con Adrián? —Xavi solo negó con la cabeza—. ¿Y qué estás esperando? Ya pasaron dos días desde que te liberaron.

—Recién empecé a tratarme con el psiquiatra, pensé que sería mejor esperar… Estar más saneado.

—El tratamiento podría tomarte años.

—No pienso esperar años, es solo que no sé si debería todavía.

Tony no entendía el proceder de Xavi, tenía a un buen hombre, un hombre que lo amaba como Adrián lo hacía y el muchacho podía arruinar su vida si seguía actuando de esa manera. Sabía que no tenía derecho a opinar, no era amigo de ninguno de ellos, pero al diablo con todo.

Así que cambió de dirección y se encaminó al edificio donde vivía el guapo abogado.

—¿Qué estás haciendo? —Preguntó Xavi, cuando notó el cambio de dirección.

—Dándote un empujón. Te llevaré a ver a Adrián y la cortarás con toda esta idiotez.

Xavi comenzó a respirar rápido y apretó los puños. Tony sabía de los ataques de pánico que le daban a Xavi, así que pensó que debía hacerlo pensar en otra cosa, para que no tuviera uno en esos momentos.

—Tú lo amas y el te ama. Deben estar juntos y punto.

—Sabes que a veces las cosas no son tan simples, si no tú y Leo estarían juntos.

Tony recibió el golpe bajo sin inmutarse.

—Leo y yo llevamos ocho meses separados. —Le dijo a Xavi con un nudo en la garganta—. No podemos estar juntos porque él tiene una esposa, dos hijos y una vida que no me incluye.

Xavi dejó de temblar y lo miró sorprendido de que le contara algo tan íntimo.

—Lo lamento. —Le dijo Xavi con tristeza.

—Te cuento esto porque quiero que reacciones Xavi. Si crees que Adrián estará mejor sin ti, te equivocas. —Le dijo apretando más fuerte el volante—. Aún amo a Leo y no puedo estar con él, pero tú y Adrián no tienen nada que los separe, solo tu obstinación.

Xavi lo miró serio un largo rato antes de suspirar.

—Gracias Tony. —Le dijo Xavi—. Creo que después de todo si necesitaba ese empujón.

Miró al jovencito y envidió su suerte, Tony sabía que Adrián lo recibiría con los brazos abiertos. El guapo abogado amaba a Xavi, eso era más que obvio.

—Aquí estamos. —Le dijo Tony cuando estacionaba frente al edificio de Adrián.

—Espero que me perdone. —Le dijo Xavi preocupado.

—Lo hará, sabe que lo hiciste para alejarlo, me lo dijo.

Xavi le sonrió y bajó del automóvil, Tony también salió del carro y fue a su lado.

—Ánimo. —Le dijo—. Haz esto por los dos, así yo tendré la esperanza de creer que algún día también podré ir a buscar a Leo...

Tony vio al gemelo de Xavi acercarse repentinamente por su costado, los dos segundos que se congeló por la sorpresa fueron su perdición, cuando vio el arma no alcanzó a reaccionar.

—Gracias por... —Le alcanzó a decir Xavi.

Sintió el golpe en el pecho casi al mismo tiempo que escuchó el disparo y se desplomó al suelo.

—¡Tony! –Escuchó el gritó de Xavi y el dulce rostro del joven se acercó cuando se agachaba junto a su cuerpo y colocaba las manos en su pecho.

—¡Sube al carro! —Le dijo Lucas a Xavi apuntándolo con una pistola.

Intentó moverse y sacar su arma, pero las fuerzas no lo ayudaron.

—¡Sube al carro! —Le repitió Lucas agitando la pistola.

—Si lo dejo aquí morirá...

Xavi tenía razón, iba a morir. La herida era mortal, un disparo en medio del pecho casi siempre era mortal. Podía sentir como el aire y la vida se le escapaba lentamente.

—¡Sube al carro! ¡Es la última vez que lo pido! —Xavi lo miró angustiado una última vez antes de ser empujado hacia su automóvil.

Iba a morir solo. Solo y tirado en la calle. Trató de controlar la respiración que se le hacía más difícil a cada segundo.

Sintió más disparos, pero no podía moverse, apenas y podía respirar.

No quería morir. Este no podía ser el final de su vida. Pensó en sus abuelos, sus hermanos... En Leo. No volvería a verlo. Ahora que estaba muriendo ya no importaban las razones que tuvo para alejarse, hubiera deseado tener más tiempo.

Leo... Leo...

—¡Tony! ¡Tony! ¿Puedes oírme? —El angustiado rostro de Adrián apareció frente a él.

—Leo... Leo... —Murmuró.

Quería pedirle a Adrián que le dijera a Leo que lo amaba. Nunca lo dijo en voz alta, nunca se lo dijo a Leo. Lo había amado más que a nadie y nunca se lo había dicho.

—Tranquilo amigo, estoy pidiendo ayuda, resiste un poco más. —Le dijo Adrián con el teléfono en la mano.

—Leo... Leo... —Siguió murmurando.

Su visión comenzaba a nublarse. Todo estaba terminando...

Se enfocó en recordar a Leo. De algún lugar la melodía de la canción de Leo comenzó a sonar en su cabeza y los vio, a Leo y a él bailando en su dormitorio, era como si viera la imagen desde fuera y la mirada de amor en el rostro de Leo lo hizo sonreír. ¿Había sido así o solo había querido imaginarlo de esa manera?

Si hubiera podido congelar ese momento lo hubiera hecho. Se hubieran quedado allí bailando juntos y escondidos del mundo para siempre.

El recuerdo del hermoso rostro de Leo fue lo último que pudo registrar antes de sentir que la oscuridad lo envolvía.

Leo trataba duramente de enfocarse en la reunión en la que estaba participando. Las reuniones para programar los presupuestos eran siempre las peores y más largas reuniones a las que le tocaba asistir.

No ayudaba que las pastillas lo atontaban un poco. Estaba tomando antidepresivos, varios antidepresivos. Después de su colapso nervioso, Dani le había recomendado un psiquiatra, Leo no sentía que lo estuviera ayudando con la depresión, pero los medicamentos lo ayudaban a funcionar, a levantarse día a día e ir a trabajar. Nunca había sido bueno para tomar medicamentos y ahora los tomaba para poder dormir y para despertarse.

Alex y Dani habían sido los más maravillosos amigos que alguien pudiera tener. Alex lo llamaba cada semana para saber cómo estaba y siempre estaba casualmente con Dani, quien hablaba con él largo y tendido. Leo sabía que Dani lo escuchaba más como psicólogo que como amigo, pero era un gesto invaluable el que ambos estuvieran pendientes de él.

Después de la conversación con Lili no muchas cosas habían cambiado en su vida. Tomaron la decisión de no divorciarse aún por sus hijos, pero si alguno de los dos quería rehacer su vida, lo conversarían. Leo estaba seguro de que Lili encontraría a alguien primero, de hecho estaba comenzando a salir con un profesor divorciado que llevaba un buen tiempo queriendo salir con ella, a pesar de todo le había costado aceptar que su esposa saliera con otro hombre, pero sabía que Lili tenía derecho a ser feliz, después de lo que había hecho se lo debía.

Por su parte él no era capaz de tener otra persona que no fuera Tony, no lo sentía correcto.

Había pensado mil veces en llamar a Tony para contarle que Lili sabía la verdad, pero era solo una excusa para hablarle. No había salido del closet, ni lo tenía contemplado en un futuro próximo, aún no podía ofrecerle nada.

Su teléfono vibró cuando estaba en medio de la reunión. Lo tenía en perfil silencioso y lo miró casi por costumbre, después devolvería la llamada. Al mirar la pantalla sintió que el corazón se le salía del pecho.

Era Tony.

La reunión se alargó más de lo que esperaba, probablemente porque no podía concentrarse en nada, lo único que deseaba era salir de la maldita reunión para llamar a Tony. En cuanto se desocupó corrió a su oficina y cerró la puerta. Marcó el número de Tony ansioso. Esperaba que saltara el buzón de voz. Pero esta vez no. Sintió su corazón latir de alegría. Esta vez Tony no le colgó. Cuando le contestó habló enseguida.

—¿Tony? Me alegra que llamaras amor. No sabes cómo te he extrañado... —Tenía ganas de llorar, después de tanto tiempo, lo único que quería era oír la voz profunda de Tony.

—No soy Tony, lo siento. —Le dijo una voz ronca desconocida—. Mi nombre es Adrián, soy un amigo de Tony.

¿Quién diablos era Adrián? ¿Y qué hacía con el teléfono de Tony? Los celos de pensar en Tony con otro hombre le hicieron doler el corazón. ¿Este Adrián sería su novio? ¿Era el hombre con el que había visto a Tony?

—Yo... Tony me llamó... —Trató de explicarse.

—No fue él, yo lo hice. Tony está... Lamento tener que ser yo quien te lo diga, pero Tony está herido.

¡No! Se dejó caer en su silla sin poder respirar.

—¿Que le sucedió? —Le preguntó preocupado, rogando porque no fuera nada grave.

—Le dispararon. La PDI va a emitir un comunicado oficial con su nombre así que es mejor que te enteres por un amigo y no por las noticias.

No. No. No. Tony no. Las lágrimas empezaron a salir sin poder evitarlo.

—¿Donde está ahora? ¿Sigue con vida? —Preguntó con la voz quebrada.

—Está en el Hospital Católico, creo que deberías venir, está muy grave...

No podía respirar. Quería arrojarse al suelo y gritar hasta que no le quedara voz.

—¿Cómo...? ¿Por qué me llamaste?

—Estaba con él... Dijo tu nombre, te llamó hasta que cayó inconsciente. Creí que era lo correcto llamarte.

Sintió que se le partía el corazón. Tony se negaba a verlo o hablarle, pero herido lo había llamado. Habría dado cualquier cosa por haber estado con él, poder sostenerlo, abrazarlo y decirle cuanto lo amaba.

—¿Sigues ahí? —Preguntó Adrián.

—Si... —Le dijo con la voz aún más ronca—. Gracias por avisarme.

—De nada. Estaré aquí en el hospital, probablemente nos veamos.

—Gracias de nuevo. —Le dijo antes de colgar.

Se dirigió casi corriendo a la salida. Le dijo a su secretaria que tenía una emergencia y salió de su oficina mientras marcaba el número de Susana, quería que le dijera que era un error, que aquel hombre estaba equivocado.

Cuando Susy contestó el teléfono tenía la voz llorosa. Ya le habían avisado.

—Susy, soy Leo. ¿Es verdad? ¿Es verdad que Tony está herido?

—Le dispararon, un desgraciado le disparó a mi hermano... —Le dijo llorando.

—¿Que te dijeron? ¿Sabes cómo sigue?

—No. Solo me dijeron que está grave. —Dijo llorando.

—Lo sé, voy camino al hospital. Nos vemos allá.

—Leo...

—Me importa un carajo si tú o Tony o quien sea no me quiere ahí. Me quedaré con él hasta que esté fuera de peligro. —Le dijo molesto antes de cortar la comunicación.

Sabía que no debería estar conduciendo. No estaba prestando la debida atención y estaba temblando como una hoja. Era una irresponsabilidad pero necesitaba estar con él. Tenía que estar al lado de Tony.

Al llegar a la sala de espera del hospital, estaba llena de policías. Susana estaba sentada en un rincón, lloraba desconsolada.

—Susy... —Se acercó rogando no haber llegado tarde.

—Leo... —Le dijo Susy acercándose a él y abrazándolo mientras lloraba.

—¿Que te dijeron? ¿Cómo está? —Preguntó angustiado.

—Está en cirugía. —Le dijo limpiándose la cara—. El disparo fue en el pecho, el doctor dijo algo acerca de daño en una arteria, no le entendí bien, pero nos advirtió que no saben si sobreviva la cirugía... Es una herida muy grave.

—Dios... —Le dijo sentándose frente a ella, si se quedaba de pie, las piernas se le iban a doblar.

—¿Cómo te enteraste?

—Me llamó un amigo de Tony. ¿Sabes quién es Adrián? —Le preguntó a Susy.

Adrián le había dicho que estaba con Tony cuando lo hirieron, quería hablar con el hombre que estaba con Tony.

—¿Adrián? No, no lo sé. Debe ser uno de los detectives.

Se quedaron en silencio tomados de la mano hasta que llegaron los abuelos de Tony y Susy corrió a los brazos de su abuela llorando.

—¿Leo? —Le preguntó una voz conocida a sus espaldas.

Al girarse reconoció a Gino, el primo de Alex, quien se le acercó con otro rostro conocido, Adrián. Los había conocido y se habían topado varias veces en ese mismo hospital cuando habían visitado a Dani, además compartieron la misma mesa en el matrimonio de Alex.

¿Adrián? ¿Él lo había llamado?

—Gino, Adrián. ¿Tú me llamaste? —Les dijo levantándose y acercándose a estrecharles la mano.

—Sí, jamás pensé que tú serías el Leo de Tony. —Le dijo Adrián devolviendo el saludo.

Adrián debía estar recordando que para el matrimonio de Alex, él estaba con su esposa.

—Gracias por llamarme. Tony y yo... nosotros...

—No tienes que explicar nada. –Le dijo Adrián comprensivo.

Gino lo miró sorprendido y Leo suspiró agradeciendo el gesto de Adrián.

—Me dijiste que estabas con él. ¿Qué fue lo que pasó? —Le preguntó a Adrián.

—No estaba en el momento que lo hirieron, cuando escuché el disparo salí a la calle y vi a Lucas llevándose a mi novio y a Tony herido en el suelo. Traté de ayudarlo y pedir ayuda.

—¿Quién diablos es Lucas?

—Es el gemelo de mi novio. —Le dijo Adrián.

Adrián actuaba calmado pero podía notar la tensión y preocupación del abogado.

—¿Tu cuñado hirió a Tony?

—Es una larga historia, técnicamente no es mi cuñado, Xavi lo conoció probablemente hoy cuando se lo llevó con él.

Ante su cara de confusión Adrián le explicó toda la historia a Leo.

—Este mundo es un pañuelo. —Le dijo Gino a Leo—. Jamás pensé que eras tú al que Adrián estaba llamando. No sabía que Tony es tu pareja.

—No lo es. Pero lo fue... —Le dijo con dolor en la voz.

—Pero tú aún lo quieres. —Le dijo Adrián.

—Es una situación delicada. Todavía estoy en el closet, por mi familia. Pero aún lo amo.

Una parte suya se asombró de lo fácil que fue confesar su relación con Leo frente a ellos. Tampoco lo había sido contárselo a Alex ni a Lili. ¿Por qué entonces sentía tanto miedo?

—Creo que él se siente igual contigo. —Le dijo Adrián—. Te lo dije por teléfono, te llamó hasta que cayó inconsciente.

—¿Sintió mucho dolor? –Preguntó preocupado.

—No lo creo, estaba en shock. ¿Sigue en cirugía?

—Sí, es una herida muy grave, ya le advirtieron a su hermana que puede no sobrevivir. —Les dijo rogando porque no fuera cierto—. Solo podemos rezar porque salga de esto.

—Lo lamento Leo, lamento que esto sucediera. —Le dijo Adrián con tristeza.

Mientras esperaban, el novio de Tony llegó al hospital, se llamaba Sebastián. Jamás había sentido unos celos tan profundos en su vida, tenía ganas de golpearlo y sacarlo a rastras de la sala de espera, pero tuvo que contenerse y mirar como consolaba a Susana. No se le pasó que los abuelos de Tony parecían no quererlo mucho, eran amables con él, pero no afectuosos.

Adrián y Gino partieron detrás de un detective esperando lograr dar con el paradero de Xavi. Leo se quedó en la sala de espera y rezó como no había rezado nunca. Era un mal católico, lo sabía, pero esperaba que Dios lo escuchara por esta vez.

La cirugía de Tony duró muchas horas, demasiadas. Cuando el cirujano apareció por fin pasadas las dos de la mañana ya tenía los nervios de punta, se acercó rápidamente para oír el diagnóstico.

—Pudimos reparar el daño en la arteria y en el pulmón, pero su estado sigue siendo crítico. Si logramos mantenerlo estable por lo menos hasta mañana podré darles la esperanza de una recuperación, pero por el momento aún no está fuera de peligro.

—¿Puedo verlo? –Preguntó Susana.

—Unos minutos y solo la familia directa. —Le dijo el doctor antes de retirarse.

Cuando vio entrando a Sebastián a la UCI le dolió, aquel muchacho podía reclamar su derecho a verlo, él no, sin importar cuánto amara a Tony, no podría verlo. Silenciosamente salió del hospital y condujo su automóvil hasta llegar a su casa.

Al entrar en su dormitorio, su esposa estaba dormida, se sentó en la orilla de la cama agotado, exhausto. Lili se giró hacia él despertándose, había visto la noticia en la televisión y lo había llamado, así que estaba al tanto de todo lo que había pasado.

—Hola. —Le dijo con voz somnolienta y sentándose en la cama—. ¿Cómo está Tony?

—Aún está muy grave. —Le dijo con un nudo en la garganta.

—Lo siento amor. —Dijo acercándose y abrazándolo—. Lo siento tanto.

Fue más de lo que pudo soportar, se abrazó a ella y se derrumbó. Dio gracias al cielo el haberse sincerado con Lili, porque necesitaba una amiga en estos momentos. Su esposa, su amiga, lo sostuvo mientras lloraba y dejaba salir todo el dolor de las últimas horas.

Tony siguió grave e internado en la UCI por tres días más. Leo iba cada día y permanecía en el hospital hasta casi la medianoche acompañando a Susy o a los abuelos de su amigo. Al cuarto día cuando ingreso a la sala de espera de la UCI se encontró a Susy muy feliz.

—Lo pasaron a cuidados intermedios. —Le dijo con lágrimas en los ojos—. El doctor dijo que está fuera de peligro y que le van a sacar el respirador pronto.

—¿En serio? —Respiró aliviado por primera vez en tres días.

—Sí, va a estar bien. —Le dijo tomando sus manos—. ¿Quieres verlo? En cuidados intermedios no son tan estrictos.

—Sí, claro que sí, me muero por verlo. —Le dijo con una enorme sonrisa.

Susy lo guió a la habitación de Tony, su corazón latía tan fuerte que estaba seguro que cada persona que pasaba podía oírlo. Lo dejó entrar solo, la primera imagen de Tony lo hizo gemir de dolor. Estaba inconsciente, lleno de cables y tubos. Al acercarse vio su rostro pálido, tenía un horrible color gris, le daba la sensación de que estaba frío, quería acurrucarse a su lado y darle calor, abrazarlo hasta que el color volviera a su rostro.

Tomó su mano y no le sorprendió que estuviera fría, la besó y la colocó en su mejilla. Extrañaba sus manos, extrañaba su toque, lo extrañaba y punto.

No supo cuanto tiempo estuvo sentado a su lado besando su mano y acariciando su rostro. Quería quedarse a su lado hasta que despertara, hasta que pudiera decirle cuanto lo había extrañado y cuanto lo amaba.

Repentinamente la puerta se abrió y el novio de Tony entró en la habitación, no pudo evitar soltarle la mano y apartarse.

—Lo siento, no sabía que Tony tenía compañía. —Le dijo entrando a la habitación.

Se acercó a Tony y lo besó en la frente. No pudo evitar querer golpear al maldito niño. Lo miró pensando que era demasiado joven, debía tener no más de veinticinco años. Igual que Alen. Nunca había pensado en eso, pero al parecer a Tony le gustaban los hombres más jóvenes que él.

—Soy Sebastián. —Le dijo estirando la mano hacia él—. Soy el...

—Sé quién eres. —Lo interrumpió y estrechó su mano—. Soy Leo.

—Mucho gusto. ¿Eres amigo de Tony?

—Sí. —Le dijo con un hilo de voz.

—Tony no me ha hablado de ti, pero solo nos conocemos hace poco. —Le dijo sosteniendo la mano de Tony—. Supongo que de a poco iré conociendo a todas las personas en su vida.

Sebastián siguió hablando con él varios minutos, era más bien un monólogo, porque se mantuvo en silencio escuchándolo. Leo quería odiarlo, pero no pudo, el maldito niño era muy simpático. A su favor podía decir que se veía muy afectado y se notaba que amaba a Tony. Y probablemente Tony lo amaba.

En ese momento algo se quebró dentro de él.

Miró a Tony y quiso huir. Salir corriendo de la habitación.

—Me tengo que ir. —Le dijo levantándose y casi corriendo hacia la puerta—. Adiós Sebastián.

Cuando salió al pasillo Susy estaba allí.

—¿Ya te vas? —No podía hablar, solo asintió con la cabeza—. ¿Vas a venir mañana?

—No, es mejor que no lo haga. De hecho prefiero que no le digas a Tony que estuve aquí.

—No, no me pidas eso, a Tony le dolerá pensar que no viniste a verlo. Va a odiarte.

—Prefiero que me odie. Sería más fácil si me odiara. Dile a Sebastián lo mismo por favor.

—Leo...

—Solo, dale un beso por mí. —Le dijo dando media vuelta.

Se subió a su automóvil temblando como una hoja y cerró los ojos conteniendo las lágrimas.

Cuando pensó que Tony lo llamaba, ni siquiera se le pasó por la mente rechazar la llamada. Habría saltado a los brazos de su amante sin dudarlo ni un segundo.

Pero recién ahora lo entendía. Recién ahora al verlo con su novio lo entendía. Tony no lo había llamado. No lo iba a llamar, no lo iba a buscar. Tony no quería verlo, tenía a otra persona, había continuado con su vida, mientras él se había quedado estancado esperando que por algún milagro volviera con él.

¿Qué esperaba que sucediera si Tony despertaba? ¿Qué le declarara su amor? ¿Cómo pudo ser tan iluso?

Había pasado los últimos ocho meses viviendo con el duelo de perderlo. Deprimiéndose y llenándose de pastillas para sobrellevar la situación.

No más. Ya no podía seguir así, debía retomar su vida.

—Adiós Tony. —Suspiró y limpió las últimas lágrimas que iba a derramar por Tony.

Tony despertó adolorido. No podía recordar donde estaba, tenía la mente embotada. La sed que sentía era horrible, necesitaba agua. Trató de hablar pero solo salió un gemido de su boca.

—¿Tony? —La voz de Susana fue registrada por su cerebro segundos antes de que su hermana se acercara y le tomara la mano.

—Humn. —Gimió de nuevo.

—Hola bebé. Gracias a Dios que despertaste... —Le dijo acercándose aún más y besándolo en la frente.

—Susy... Agua...

—Solo un poco. —Le dijo acercándole un vaso con una bombilla.

El frescor del agua casi lo hace gemir. Susy solo lo dejó beber dos sorbos y le quitó la bombilla de los labios.

—Más...

—No puedo bebé. Esperemos que te vea el doctor y te autorice, puedes vomitar y abrirte la herida.

La herida. Ahora recordaba, le habían disparado. Seguía atontado, estaba con alguien cuando le dispararon. Estaba con Xavi.

—¿Xavi? ¿Qué pasó con Xavi? —Preguntó angustiado.

—Tranquilo bebé. Él está bien, ha venido a verte todos los días con su novio.

Suspiró aliviado. Xavi estaba más que bien si estaba con Adrián.

—¿Qué pasó con Lucas? ¿Lo detuvieron?

—Sí. —Su hermana tomó su mano, siempre hacía eso cuando quería que estuviera tranquilo—. Ya todo está bien bebé. Xavi te contará todo lo que pasó, pero debes estar tranquilo.

—Está bien. —Le dijo rindiéndose. Se sentía muy débil para discutir—. ¿No voy a quedar con daños permanentes?

—No bebé. La bala hizo mucho daño, pero pudieron repararlo. Solo quedarás con una cicatriz fea en el pecho.

—Sería más fea si fuera la cicatriz de una autopsia.

Su hermana lo miró con el ceño fruncido.

—Tú y tu humor negro. Estuviste a esto de una autopsia. —Le dijo juntando el índice con el pulgar.

—Lo sé y lo siento. No quise asustarte así.

—Xavi nos contó lo que pasó, no fue tu culpa, no te pusiste en peligro ni nada. Solo estuviste en el lugar y momento equivocado.

Tony bostezó cansado.

—Descansa bebé, aún estás muy débil.

Tony cerró los ojos cansado. La última vez se había ido a negro pensando en Leo. Se preguntó si Leo habría estado junto a él en el hospital. Intentó preguntar a su hermana, pero el cansancio fue más fuerte que él y lentamente se durmió.

Los siguientes días en el hospital fueron horribles, estaba adolorido, cansado y sobre todo decepcionado. Leo no había aparecido a verlo. Era imposible que no supiera que lo habían herido, su hermana le contó que su nombre había salido en las noticias, además varios ex–compañeros de curso habían estado allí. Pero no Leo.

La mejor visita que recibió en el hospital fue la de Xavi y Adrián. El corazón de Tony se alegró de verlos juntos y enamorados. En cuanto Xavi entró a la habitación, corrió a abrazarlo.

—¡Cuidado Xavi! Recuerda que está herido amor. —Le dijo Adrián.

—Lo siento Tony. ¿Te lastimé? —Le preguntó Xavi asustado.

—Estoy bien, mejor que nunca viéndolos juntos.

—No sabes lo difícil que fue dejarte tirado en la calle.

—No podías hacer otra cosa, Lucas te habría disparado también.

—¿Te contaron lo que pasó después que te hirieron?

Sí lo sabía. Lucas había muerto. Torrás le había explicado que Xavi había luchado con su gemelo por el control del arma y se había disparado.

—Sí, Torras me contó. ¿Estás bien tú con lo que sucedió?

Xavi hizo un gesto de tristeza que trató de ocultar, pero que él pudo ver.

—Adrián... ¿Podrías traerme...? —Trató de inventar algo para sacarlo de la habitación y poder hablar con su amigo a solas.

—¿Agua mineral? —Preguntó Adrián.

Había captado su intención porque para conseguir el agua el abogado debía bajar a la cafetería.

—Te lo agradecería.

Cuando Adrián salió de la habitación, miró a Xavi.

—¿Estás bien?

—No mucho. Cuando pasó todo, estaba feliz de estar vivo y de tener a Adrián a mi lado. —Dijo sentándose en la orilla de la cama con una horrible y triste mirada—. Pero ahora... Lo maté Tony. No sé cómo voy a vivir con eso.

—¿Quisiste hacerlo?

—¡No! Por supuesto que no.

—Exacto. Solo te defendías Xavi, sé que si hubieras podido salvarlo lo habrías hecho.

—Sí, lo habría hecho... ¿Has matado a alguien alguna vez?

—No. Pero poco después de graduarme de la escuela de investigaciones le disparé a un hombre. La realidad de saber que había causado ese daño fue inmensa. Sé que para ti debe ser aún más duro, pero no puedes culparte de lo que pasó. Tu hermano estaba muy enfermo, quizás su destino habría sido peor, ahora al menos está descansando.

—Lo sé, Adrián también me lo dice, pero me siento muy culpable. Creo que eso será otra de las cosas que le sumaré a la terapia.

—Me alegro que la estés haciendo. Te lo habría recomendado si no hubiera sido así.

—Adrián también está feliz de que la haga.

—¿Estás bien con él?

—Sí, él es maravilloso. —Le dijo con una enorme sonrisa—. ¿Y tu Leo? ¿Vino a visitarte?

La sonrisa de Tony se apagó rápidamente.

—No. No ha venido. —Le dijo con voz triste.

—Lo siento...

—Así es la vida, no todos somos tan afortunados como tú. Leo y yo tenemos una larga y complicada historia, algún día te la contaré.

—Ese hombre es un idiota. Si no es capaz de venir a decir ni siquiera "hola", es un idiota que no te merece.

—No, yo soy un idiota, él es un tonto... —Los recuerdos le hicieron doler el pecho y no era por la cirugía.

—¿Sabes qué? Cuando salgas de aquí le diré a Adrián que te busque una cita a ciegas con algún amigo abogado para que te olvides de ese tonto.

—Estoy tan deprimido en estos momentos que hasta lo consideraré. —Le dijo con una sonrisa.

—Aceptes o no la cita a ciegas, no podrás rechazar una invitación a comer con nosotros, te debemos mucho Tony, eres un gran hombre y espero que algún día me consideres tu amigo.

—Gracias Xavi.

Tony sabía que Xavi no tenía muchos amigos, encerrado como había estado tanto tiempo, era un gran gesto que quisiera pasar tiempo con él. Suspiró y le sonrió a Xavi, todavía no sabía cómo o porque, pero había tenido una conexión inmediata con él desde que lo conoció y si eso los llevaba a desarrollar una amistad se alegraba, porque Xavi y Adrián eran dos buenos hombres a los que se sentiría orgulloso de llamar amigos.

Tony salió del centro comercial hacia el estacionamiento subterráneo. Le había comprado una cartera a Susy para su cumpleaños. A su hermana le encantaba que le regalara carteras o zapatos. Decía que nadie los escogía mejor que él, Tony pensaba que en algo se debía notar que era gay, aunque fuera escogiendo accesorios.

Estaba restablecido de su grave herida. Había vuelto al trabajo hacia poco, pero su jefe todavía lo tenía con trabajo administrativo, a pesar de que el médico le había dado el alta. Prefería no quejarse, no se sentía al cien por ciento. Físicamente sí, pero anímicamente no.

Leo nunca lo fue a visitar. Había estado dos semanas hospitalizado y varias más convaleciente en la casa de su hermana y Leo no lo visitó ni lo llamó.

Estaba dolido con él, Leo nunca le dijo que lo amaba, él tampoco lo dijo, pero después de lo que habían vivido pensaba que su amigo aún conservaba algo de afecto por él. Pero estaba equivocado. Ya no le importaba a Leo.

Metió los paquetes a su automóvil y cuando se dirigía hacia la puerta del conductor los vio. Era Lilian en un apasionado beso con un hombre en pleno estacionamiento.

Por un segundo pensó que a quien besaba era Leo y su corazón se apretó, pero se dio cuenta que no era su amigo. Lilian estaba besando a otro hombre. Y por como la acariciaba podía decir que no era la primera vez. Aquel hombre era su amante.

¡La muy puta!

Caminó enfurecido hacia ellos sin pensar en lo que hacía. Lo único que quería era confrontar a Lilian por lo que le estaba haciendo a Leo.

Cuando Lilian lo vio se sorprendió y se separó rápidamente de su amante.

—Tony...

Ni siquiera la saludó, miró al mequetrefe con el que estaba y el hombre se encogió ante su mirada.

—Tony, él es Martín, un amigo...

—¿Amigo? ¿Desde cuándo los amigos se besan así?

Lilian frunció el ceño y se acercó a él muy molesta.

—No lo sé. Tú dímelo. —Dijo susurrándole—. ¿Así era como besabas a Leo?

Tony la miró sorprendido. Ella sabía.

—No nos veamos la suerte entre gitanos Tony... —Le dijo aún en voz baja.

—¿Está todo bien? —Le preguntó el sujeto que estaba más atrás y no entendía nada del intercambio de palabras que Lilian y él tenían—. ¿Quieres que llame a seguridad o algo?

—No te preocupes Martín, Tony es policía. Está todo bien. Nos vemos mañana. —Le dijo acercándose a él y besándolo en la boca.

Una vez que el amante de Lilian se fue, ella volvió a acercársele. Tony se había apoyado en un automóvil tratando de asimilar la información en su cabeza.

—¿Desde cuándo lo sabes?

—Desde hace mucho.

—Nosotros ya no...

—Lo sé. Leo me contó todo.

—¿Él te contó?

—Una parte, otra parte ya la sabía.

—¿Ese idiota es solo tu manera de devolverle la mano por lo nuestro?

—¡Claro que no! Yo amo a Leo, jamás lo lastimaría así. ¿Qué clase de persona crees que soy? Martín es mi novio, lo quiero y es mi manera de tener una vida sexual decente.

Tony la miró sorprendido. Lilian siempre había sido muy callada y muy conservadora. Oírla hablar abiertamente sobre su vida sexual era muy extraño.

—Leo está asumido. Es cien por ciento consciente de que es gay. Yo no puedo satisfacerlo ni él puede satisfacerme a mí. Así que yo tengo a Martín y él... También tiene su vida.

Leo tenía a alguien más. Quería gritar de los celos que sentía.

—Debo irme. —Le dijo yendo hacia su automóvil. Sentía el estómago quemándole de la rabia.

—Él aún te ama. —Le dijo Lilian.

—¡Me ama tanto que ni siquiera fue a verme al hospital! —Le dijo casi gritando—. ¡No pudo tomarse cinco minutos para preguntar si estaba bien!

—¡Eso no es verdad! Se quedó en el hospital hasta que saliste de cirugía cerca de las dos de la mañana. Y después estuvo contigo cada día hasta que estuviste fuera de peligro.

—Eso no es cierto... —Le dijo sorprendido.

—Yo estaba allí y lo consolé cada día cuando llegaba hecho polvo a casa.

Tony estaba choqueado. No podía ser cierto, Leo no había estado con él. Su hermana, alguien se lo habría dicho.

—¿Por qué nadie me lo dijo?

—No lo sé, debes preguntarle a tu familia.

—Si es verdad. ¿Por qué diablos no esperó a que estuviera consciente para hablar conmigo?

—Que se yo. Pensé que tú le habías pedido que no fuera más.

Maldito, maldito Leo. ¿Por qué diablos todo tenía que ser tan complicado entre ellos?

—Debo irme. —Le dijo a Lili tratando de llegar a su automóvil sin quebrarse.

—Nosotros seguimos casados y aún vivimos juntos por los niños. Pero si quieres estar con él, no me opondré. —Le dijo Lilian cuando ya estaba de espaldas.

No le respondió. Subió a su automóvil y salió rápidamente de allí.

¿Era eso lo que quería?

Si, quería estar con Leo, desesperadamente. Pero las cosas no habían cambiado. Leo seguía casado.

¿Por qué Leo no lo había buscado cuando le contó la verdad a Lili?

¡Porque tu le dijiste que no lo hiciera, idiota! Se reprendió internamente.

Leo seguía casado. Se repetía una y otra vez. No podía hacerlo, no podía volver a estar como antes, no a menos que se tragara todo lo que había dicho. ¿Era eso tan malo? ¿Había dejado de ser infeliz un solo minuto desde que se separaron?

Era terrible tener que estar escondidos, tener que mentir. Pero los momentos que estaban juntos eran maravillosos. Solo estar abrazado a Leo era mejor que estar solo y sufriendo. Además ahora Lilian lo sabía, ella no se opondría a que tuvieran una relación. Ya no sería un engaño.

Había sido fuerte todo este tiempo y había resistido la tentación de buscar a Leo y retomar lo que tenían. Si Leo se estaba acostando con otros hombres... La sola imagen de Leo con alguien más le revolvió el estómago.

Giró con brusquedad el volante de su automóvil cambiando de dirección y se encaminó a la oficina de Leo. Si Leo tenía permiso de su esposa para acostarse con alguien más, ningún idiota le pondría las manos encima. Leo era suyo y de nadie más.

¡Y al demonio con todo!

Leo salió de su oficina más cansado de lo normal. Estaba intentando dejar las pastillas de a poco. Aún tomaba las que lo ayudaban a dormir, pero no las que lo ayudaban a despertarse. Se había sentido toda la semana cansado y algo torpe, pero era algo que debía hacer, ya no podía seguir dependiendo de medicamentos para funcionar.

No había sido el único cambio en su vida. Ya no dormía en la misma cama con Lili, después de casi dieciocho años durmiendo con ella, se había cambiado a otro cuarto y ahora dormía solo. Sospechaba que a su matrimonio no le quedaba mucha vida y prefería que su separación no tomara a sus hijos por sorpresa.

Había sido una dura batalla no ir a ver a Tony, llamaba todos los días a Susy para saber cómo seguía, pero no quiso verlo ni hablarle. Cada vez que llamaba, Susana le rogaba que fuera a verlo o por lo menos hablara con él, pero cuando le preguntó si Tony había preguntado por él, la respuesta avergonzada de Susy había sido *"no"*.

Si Tony hubiera preguntado por él tal vez su voluntad hubiera flaqueado, pero su amigo no quería verlo, no quería que le hablara y él iba a respetar eso. Se lo había prometido.

Cuando las puertas del ascensor se abrieron, se asustó al ver a alguien junto a su carro. Cuando volvió a mirar el aire se le congeló en los pulmones.

Tony estaba apoyado en su automóvil.

Se acercó a él tratando de no quebrarse cuando su corazón comenzó a latir a cien por hora. Estaba más delgado, pero lucía tal como él lo recordaba. Las manos le dolían por acercarlo y besarlo.

—Hola. —Le dijo Tony mirándolo fijamente.

—Tony... —Le dijo con voz profunda—. ¿Como estás? ¿Cómo te sientes?

—¿No es un poco tarde para preguntar cómo me siento? —Le dijo molesto.

El aire se congeló entre ambos. Tony notó la tensión, respirando profundamente le dijo:

—Estoy bien. Gracias por preocuparte.

—Siempre me voy a preocupar por ti... —Le dijo sin pensar.

Abrió el baúl de su automóvil y metió su maletín antes de cerrarlo. Leo no podía mirarlo, fijó la vista en las llaves que tenía en las manos, si lo miraba se iba a derretir. ¿Que acaso no sabía que le rompía el corazón no poder estar con él?

—¿Qué haces aquí? —Le preguntó finalmente.

—Necesito hablar contigo.

—No hay nada de qué hablar.

—¿Estuviste en el hospital? ¿Estuviste allí y no quisiste verme?

Tony no tenía derecho a hacerle esto. Había esperado casi un año a que su amante lo buscara y ahora que había decidido seguir con su vida, se aparecía para pedirle explicaciones.

—Tú lo dijiste, no quise verte. —Le dijo con la vista aún en las llaves.

—¿Por qué?

—¿Para qué? Ya estabas fuera de peligro.

—¿Y eso es todo?

—¿No fue lo que me pediste que hiciera?

Fue hacia el asiento del conductor. Su plan era meterse en el vehículo y huir. Esta iba a ser una de sus muchas noches típicas de depresión.

—No te irás de aquí sin hablar conmigo. —Le dijo Tony molesto cruzándose en su camino—. Lo haces por las buenas o lo haremos por las malas.

—No juegues al policía malo conmigo. —Le dijo rodeándolo—. No funciona.

Cuando iba a abrir la puerta, Tony empujó su pecho contra el carro y le tiró las manos hacia atrás.

—¡¿Qué demonios estás haciendo?! —Le dijo sorprendido y medio ofendido cuando sintió las esposas en sus muñecas

—Arrestándote. —Le dijo tranquilamente

—¡¿Bajo qué cargos?!

–Obstinación y oponerte al arresto. ¿Quieres que te lea tus derechos? —Le dijo sonriendo y arrastrándolo a su carro.

—¡Ya para esta estupidez y suéltame!

—No. Debí hacer esto hace mucho tiempo. Ahora cállate y quédate tranquilo. Prometo tratarte bien. —Le dijo antes de meterlo en la parte trasera del carro y cerrar la puerta.

Se quedó sin habla. ¿Qué diablos estaba pasando? Estaba esposado y secuestrado por Tony.

Una parte de Tony estaba furiosa con Leo, por no querer hablarle, por no querer verlo, por no querer aclarar las cosas de una bendita vez. Y también estaba furioso con el mismo, porque aquello era su culpa, por haberle pedido a Leo que cumpliera con esa estúpida promesa, había esperado en vano a que su amigo lo contactara sabiendo que Leo era tan correcto que jamás rompería una promesa.

Por otra parte estaba que se partía de la risa. Nunca se imagino esposando a Leo, de una manera sexy tal vez, pero no en estas circunstancias. Su amigo estaba furioso con él. Sus preciosos ojos brillaban de la rabia y lo hacían verse aún más caliente.

Pero no le importaba cuan enfadado estuviera Leo, por fin lo tenía con él y si todo salía bien lo tendría por mucho tiempo.

Esperó a que Leo le hablara en el camino, pero se quedó taimadamente callado todo el trayecto, ni siquiera lo miraba, sus ojos estaban clavados en el paisaje de afuera.

Lo llevó a su departamento y su corazón latió desbocado. Tenían muchos recuerdos en aquel lugar. Algunos maravillosos, pero también algunos especialmente dolorosos. Notó que Leo se sentía igual, lo vio mirar a su ventana y luego sus miradas se cruzaron en el espejo retrovisor. Leo retiró la vista rápidamente, pero no pudo ocultar la mirada de tristeza.

Después de bajar del automóvil y ayudar a Leo a salir del carro. Dudó un momento si soltar las esposas y su amigo lo notó porque lo miró furioso.

—¡Te juro que si me haces entrar a tu edificio esposado volverás al hospital esta misma noche!

Con una sonrisa, lo giró y le soltó las muñecas. Si tenía que subirlo en brazos a su departamento lo haría, esta vez no estaba atado a una cama de hospital inconsciente, esta vez Leo no iba a huir de él.

Cuando llegaron a su departamento, la incomodidad de ambos era palpable. Cada parte del lugar tenía recuerdos, sin contar que lo habían hecho en cada rincón del lugar, había cientos de otras memorias, besos robados, caricias y palabras cariñosas.

—¿Quieres beber algo? —Le preguntó a un muy enojado Leo.

—No. Solo dime lo que tengas que decir y acabemos con esto de una vez.

Auch.

—Me encontré con Lilian.

—¿Y? —Le dijo cortante.

—¿Por qué no me dijiste que ella sabía todo? ¿Por qué no me visitaste en el hospital y me lo dijiste?

—¿Para qué? ¿Qué cambiaría eso?

—¡Muchas cosas!

—¿Cuáles?

—La principal es que ya no le estás mintiendo.

—Sí, y es un alivio. Pero todo lo demás sigue igual Tony. Solo ella lo sabe, nadie más.

Leo tenía razón. Nada más había cambiado. ¿Por qué entonces en el automóvil le pareció que todo era diferente? La situación no había cambiado. Lo único que sabía era que amaba a Leo y quería estar con él, como fuera.

—¿Estás con alguien? —Le preguntó con miedo.

–No.

—¿No quieres saber si yo estoy con alguien?

—Se que estás con alguien. No puedes evitar tirarte a cualquiera que se te ponga en frente. —Le dijo molesto.

—No es una acusación justa. No me he tirado...

—Tengo que irme. —Le dijo Leo molesto. Al mirarlo notó que más que molesto estaba dolido.

—Por favor no te vayas aún. —Le dijo Tony acercándose y tomándolo de la mano.

Leo no se apartó, solo se quedó quieto y lo miró profundamente. Querer estar juntos de nuevo era una locura sin duda, y la última vez que habían hecho esta locura todo había terminado mal. Pero ya no le importaba, lo único que le importaba en esos momentos era quedarse así como estaban, juntos, mirándose el uno al otro.

Tony se acercó más a Leo para besarlo, pero él apartó el rostro.

—No, por favor no lo hagas. —Le dijo Leo con un hilo de voz.

Tony dejó caer las manos derrotado. Había arruinado todo, Leo ya no quería estar con él, ni siquiera sabía si aún lo amaba.

Pero él si lo amaba y no era de los que se rendían. Si Leo aún sentía algo por él, no lo dejaría ir. Nunca más lo dejaría ir.

Ya no podía hacer esto.

Si Tony lo besaba se iba a derrumbar. Lo único que quería era tener a Tony en sus brazos.

—No me hagas esto... No puedo... —Le dijo a Tony con un hilo de voz.

—¿Por qué no?

—Tony, mi situación no ha cambiado, sigo casado, sigo en el closet.

—¿Solo por eso me rechazas?

—¿Te parece poco?

—Sí, eso ya no importa. Ahora Lili lo sabe, además esta tarde me dijo que no se opondría a que tuviéramos una relación.

Estaba atónito y luego furioso. ¿Ahora no importaba? ¿Después de todo lo que había sufrido el último año? ¿Ahora no importaba?

—¡Lili y tú conversaron y eso soluciona todo! ¿Y a ninguno de los dos se les ocurrió preguntarme la opinión? —Le dijo dando media vuelta y dirigiéndose derecho hacia la puerta.

—¡No te atrevas a salir por esa puerta! —Le dijo Tony molesto detrás de él. Lo alcanzó cuando ya estaba casi saliendo y se puso frente a él deteniéndolo.

—¡Déjame salir! —Le dijo a Tony molesto.

—No hasta que conversemos.

—¡No quiero hablar contigo! ¡Quiero salir de aquí y no volver a verte!

Notó que Tony se sintió dolido con sus palabras.

—¿De verdad no quieres volver a verme? —Le preguntó tomando su rostro en sus grandes manos—. Porque si de verdad es lo que quieres no volveré a buscarte nunca más. Tengo una voluntad de hierro Leo. Lo comprobaste todo el año pasado. Quería verte cada día y cada minuto y solo mi voluntad me mantuvo lejos de ti. ¿De verdad es lo que quieres?

Leo sintió que se apretaba el corazón. Tony contuvo la respiración esperando la respuesta de Leo.

—No lo sé. —Le dijo con los ojos brillantes—. Me duele verte y me duele no verte...

Fue todo lo que alcanzó a decir antes de que Tony se acercara y lo besara profundamente, solo como él sabía besarlo.

Contra su buen juicio sus manos no pudieron quedarse quietas. Le acarició el cuello y la fuerte mandíbula a su amigo mientras se preguntaba cómo había podido sobrevivir sin los besos de Tony.

El beso fue más corto de lo que quería. Por él lo habría besado por horas, no quería dejar de besarlo nunca. Leo no se alejó, apoyó su frente en la de Tony, sus manos acariciándolo.

"Solo por esta vez" pensó, solo una vez más, bien valdría la pena volver a sufrir con tal de tenerlo de nuevo.

Iba a arrojarse a los brazos de Tony nuevamente y la imagen de Sebastián vino a su cabeza. Lo miró furioso, allí estaba Tony besándolo como si fuera el único hombre en el mundo cuando estaba con otro. Tony notó su cambió enseguida y mantuvo su agarre.

—¡Suéltame!

—¡Ya es suficiente! —Tony lo sorprendió y se lo subió al hombro antes de caminar con él en brazos hasta el dormitorio. Él no era pequeño, menos aún liviano y Tony había tenido una cirugía mayor no hace mucho.

—¡Tony! ¡Tu herida! ¡Bájame! ¡Tu herida!

—Mi herida está bien. —Le dijo arrojándolo sobre la cama, sentándose a horcajadas sobre él y sosteniéndolo de las muñecas para inmovilizarlo—. Ahora vas a cortarla con toda esta mierda. Estoy aquí Leo y no te dejaré ir a ningún lado, si de mi depende no te dejaré ir jamás. ¡Ahora de una vez por todas habla conmigo!

—¡¿Y donde mierda encaja tu novio en toda esa declaración?! —Le dijo enojado.

—¿Novio? ¿De qué novio estás hablando? —Preguntó Tony confundido.

—¡De Sebastián! ¡Conocí a tu novio en el hospital idiota!

—¿Sebastián? ¡Él no es mi novio tonto! —Le dijo soltando sus muñecas—. ¡Es mi hermano!

—¿Hermano? Tú no tienes un hermano… —Le contestó Leo confundido.

—Si lo tengo, medio hermano, recuerdas que te conté que mi papá tenía una familia paralela, Sebastián es su hijo, hace unos meses me contactó porque quería conocernos, a mí y a Susy. Hicimos el intento de mantener una relación amistosa y resultó bien, es un buen muchacho. ¿De dónde diablos sacaste que es mi novio?

¿De dónde lo había sacado? Trató de recordar si Sebastián se había presentado como el novio de Tony, si lo había hecho. ¿O no?

—Él… Yo… No lo sé… Creo que lo asumí. —Le dijo avergonzado.

—Ahora que está aclarado. ¿Vas a considerar volver conmigo? —Le preguntó acercándose.

Leo estaba sin aliento. ¿No había rogado por tener una nueva oportunidad? Ahora la tenía, tenía a Tony textualmente sobre él y una parte suya quería gritar de alegría, pero la otra recordaba todo el año anterior, su colapso, las pastillas que aún estaba tomando. Estaba aterrado de entregarse nuevamente a una relación, de volver a sufrir cuando Tony volviera a alejarse y quedar nuevamente destrozado. Después de todo nada había cambiado, él seguía casado.

Sintió las lágrimas en sus ojos y se cubrió la cara con las manos antes de hablar. Su corazón no podría soportar otra ruptura.

—No se si puedo hacerlo… No se si puedo hacer esto de nuevo. —Dijo en un susurro.

Tony quería gritar. No podía aceptarlo. Simplemente no podía aceptar que Leo no lo quisiera. No si Leo era capaz de besarlo y acariciarlo como lo había hecho hace solo unos minutos.

—¿No quieres estar conmigo? —Leo siguió con la cara tapada y sin contestarle, Tony estaba cada vez más frustrado—. Por favor Leo, habla conmigo.

—No puedes decidir un día dejarme y luego solo volver y esperar que todo sea como antes. —Le dijo por fin destapándose la cara y dejando ver las lágrimas que inundaban sus ojos.

Leo tenía razón, no podía entrar y salir de su vida y esperar que Leo lo aceptara como si nada. Lo había abandonado y le había exigido que no volviera a verlo ni hablarle y nunca pensó en lo que eso había significado para Leo. Durante todo ese largo año pensó que él lo había pasado peor que Leo, ya que él tenía a su familia para consolarse, pero ahora lo miraba y veía que se veía triste, deprimido y delgado. ¿Cómo había sido tan egoísta?

—No soy tan fuerte como tú, no puedo volver a estar contigo y volver a terminar con el corazón roto de nuevo. —Le dijo Leo en un susurro—. Y así vamos a terminar.

—No, no lo haremos, estaremos juntos amor.

—¿Hasta cuándo? Si volvemos a lo que teníamos, en algún momento la situación volverá a ser insuficiente para ti.

—No lo será. Las cosas ya no son iguales…

—¡Si lo son! —Le dijo Leo frustrado—. ¡Mi situación no ha cambiado!

—¡Pero yo sí! —Le dijo casi gritando.

Y era verdad, ahora lo comprendía, la situación no había cambiado, pero él si, su experiencia cercana a la muerte lo había cambiado todo.

—Yo no soy el mismo Leo. —Le dijo acercándose y acariciando su rostro—. Estuve a punto de morir y de lo único que me arrepentía cuando pensaba que no iba a lograrlo era no estar contigo, no haberte dicho nunca cuanto te amo.

Leo lo miró con la boca abierta.

—¿Me amas?

—Te amo Leo. —Le dijo Tony besándolo—. No he dejado de amarte ni un solo día desde que nos separamos.

Tony por fin liberó a Leo, pero manteniéndolo cerca, se recostó junto a él y lo abrazó, tenía tanto miedo de perderlo otra vez. Leo no le había dicho que también lo amaba y no sabía si Leo lo iba a aceptar nuevamente.

Por toda respuesta, Leo levantó el rostro mirándolo a los ojos, la mirada de amor en su rostro casi lo hace llorar.

—¿Y si nunca salgo del closet? —Le preguntó Leo con un hilo de voz—. ¿Podrás soportarlo?

—Me quedaré en el maldito closet junto a ti amor. —Le dijo inclinándose y besando sus labios—. Ya no me importa si vivimos escondidos el resto de nuestras vidas siempre que estemos juntos.

Se acercó y lo besó suavemente. No había mucho más que hablar. Se amaban y querían estar juntos, era lo único que importaba.

—Yo también te amo. —Le contestó Leo.

Tony levantó la cabeza y Leo lo miró con la sonrisa más bella que había visto nunca.

—Es la primera vez que lo dices. —Le dijo a Tony emocionado—. Pensé que nunca me lo dirías.

—Debí decirlo hace mucho amor. —Le dijo acariciando su cara.

—Yo también. Eso prueba que soy un idiota.

—Y yo un tonto.

—Mi tonto, solo mío.

Leo quería pellizcarse para asegurarse de que no estaba soñando. Tony volvió a besarlo y ya nada importó, lo único que quería era abrazarse a Tony y jamás dejarlo ir. No podían dejar de besarse, Tony lo abrazó más cerca y fue como si el tiempo no hubiera pasado, sus manos sus besos se sentían igual de maravillosos. Había pasado tanto tiempo y lo necesitaba como nunca había necesitado nada.

—Te extrañé tanto. —Le dijo Tony acariciándolo.

Se arrancaron la ropa tan rápido que varios botones saltaron por el aire, Leo necesitaba sentir a Tony, cada parte de su cuerpo contra el suyo, necesitaba estar unido a él, sentir a Tony profundamente dentro de él.

Se separó de Tony unos segundos para mirarlo y cuando vio la cicatriz en su pecho casi se desmaya.

—Oh por Dios... —Le dijo tocando la larga marca en su pecho.

—No te preocupes amor, la herida ya sanó bien.

Tony no entendía, no podía imaginar lo que había sufrido cuando pensó que lo perdería, lo que había sufrido al no poder estar con él. Cerró los ojos para evitar las lágrimas mientras besaba con dulzura su pecho.

—Ya pasó amor. —Le dejo Tony acariciándolo—. No dejes que te afecte.

Siempre le iba a afectar, cada vez que la viera recordaría lo cerca que estuvo de perderlo. Ya había perdido la cuenta ¿esta era su tercera, cuarta o quinta oportunidad? La que fuera se iba a agarrar a ella con uñas y dientes.

—Hazme el amor. —Le pidió a Tony entre besos—. Por favor...

Tony sonrió y en dos segundos se puso sobre él y lo besó profundamente. Leo abrió las piernas para acomodar el cuerpo de Tony sobre él y poder rozar sus erecciones suavemente.

Tony bajó por su pecho hasta que pudo chupar uno de sus pezones.

Leo gimió y puso las manos en el pelo corto de Tony acercándolo más. Leo bajó la mano alcanzando el pene de Tony y acariciándolo suavemente como a él le gustaba.

—Amor si sigues haciendo eso me voy a correr y vas a tener que hacerme tú el amor a mí. —Dijo Tony con voz ronca.

—¿Y no te gustaría eso?

—Claro que si, pero se que me prefieres dentro de ti.

Leo se rió, si, el prefería a Tony dentro de él, así que retiró la mano y las llevó al lindo culo de Tony.

—Tony... Por favor. —Le dijo mientras sus manos apretaban el trasero de su amante, acercándolo aún más.

—¿Me quieres amor? ¿Me quieres tener dentro? —Le dijo Tony con voz ronca en su oído.

Con solo recordar a Tony dentro de él gimió y se mordió los labios para no correrse.

—Eso fue un sí para mí. —Le dijo Tony llevándose los dedos a la boca y después hacia su trasero y penetrándolo con un dedo suavemente.

—Ahhh... —Casi gritó de placer empujándose más en la mano de su amante—. Tony...

Tony se estiró a la mesa de noche a sacar el lubricante y un condón. Llevó su lubricado dedo a su ano y lo preparó rápidamente, ambos estaban demasiado calientes para esperar demasiado.

—Ya no me hagas esperar. —Le rogó a Tony.

—Claro que no, ya hemos esperado demasiado. —Le dijo Tony colocándose el condón y penetrándolo rápidamente.

Quería gritar de alegría, después de tanto soñar con tenerlo nuevamente, sentir a Tony dentro de él fue más de lo que pudo soportar. Trató de contenerse pero fue un esfuerzo inútil, se abrazó a Tony y se corrió, mientras su amante lo sostenía firmemente contra su pecho.

Cuando las olas de placer se calmaron miró a Tony avergonzado.

—Lo siento... —Se disculpó con Tony—. Estaba demasiado excitado.

—Jamás te disculpes por correrte, eso fue tan caliente que casi me corro también. —Dijo besándolo.

Tony era tan maravilloso, comenzó a penetrarlo suavemente, muy sensualmente, tocando todos los puntos de su cuerpo que lo excitaban. Leo levantaba las caderas para encontrarse en cada empuje con él, aparentemente había pasado demasiado tiempo porque increíblemente estaba excitado otra vez.

Cuando el pene de Tony tocó su próstata gritó con todo su cuerpo en llamas nuevamente. Su amante lo penetraba frenéticamente mientras Leo gemía y se retorcía de placer en sus brazos.

—Yo estoy al borde amor. —Le dijo Tony con voz ronca—. Si sigues moviéndote de esa manera me correré también.

—Hazlo. —Le dijo Leo acercándolo y besando su cuello.

—Solo si te corres conmigo.

—Tony... —Alcanzó a decir explotando nuevamente—. Por Dios, te amo Tony.

Con una hermosa sonrisa en los labios Tony se corrió intensamente antes de caer sobre él exhausto.

Los dos jadeaban y respiraban como si hubieran corrido una maratón, Leo lo abrazó fuerte y movió su rostro para besarlo con dulzura.

—Yo también te amo Leo.

Tony no quería moverse, había esperado tanto tiempo para volver a estar en los brazos de Leo. Solo se movió para levantar la cabeza y acariciar el hermoso rostro de Leo.

—¿Te he dicho alguna vez que tus ojos me volvían loco cuando estudiábamos?

—No, no lo sabía.

—No se como diablos podía concentrarme cuando estabas cerca. Lo único que quería era besarte y hacerte el amor como acabamos de hacerlo.

—Me conformo con tenerte ahora. No te dejaré ir de nuevo.

—Yo tampoco. —Le dijo Tony antes de besarlo una y otra vez.

Besó a Leo una última vez antes de levantarse con cuidado e ir juntos a la ducha. Tony aprovechó de lavar, acariciar y besar cada centímetro del cuerpo de Leo. Simplemente no podían quitarse las manos de encima.

—Estás más delgado. —Le dijo Tony mientras lo secaba.

—Sí, es un beneficio de la depresión.

—¿Beneficio? No me parece. Me gustas más con tu barriga. —Le dijo agachándose para secar sus piernas y besar su estómago.

—¿Estás bromeando?

—No, te amo tal cual eres, con tu barriguita incluida.

—El disparo debió soltarte algún tornillo, amor.

—Al contrario, me aclaró muchas cosas... —Le dijo acostándolos en la cama y abrazando a Leo contra su cuerpo—. Cuando estaba herido, sangrando, tirado en la calle. Lo único en lo que pensaba era en ti, en que iba a morir sin decirte y sin que supieras cuanto te amo.

Leo lo abrazó más fuerte antes de besarlo.

—No sabes lo terrible que fue saber que estabas herido. —Le dijo acariciando su pecho y tocando con sus dedos la cicatriz—. Cuando recibí la llamada solo quería tirarme al suelo a llorar y gritar.

—¿Susana te avisó? —Le preguntó con voz ronca.

—No, fue Adrián desde tu teléfono. Creí que eras tú el que me llamaba, pero en vez de hablar contigo, me dijo que estabas muy mal herido.

—¿Adrián? —Preguntó sorprendido.

—Sí, él estuvo contigo cuando te hirieron.

—No lo recuerdo.

—Estabas en shock. Adrián me dijo que... Me llamaste cuando estabas herido, él me buscó en tu teléfono y me avisó.

Tony le sonrió y miró a Leo a los ojos, a esos preciosos ojos y lo besó.

—Te dije que estaba pensando en ti.

—Lamento no haberte visitado cuando estabas herido.

—¿Me vas a decir ahora por qué no quisiste verme?

—Pensé que tú no me querrías allí, me dijiste sin excusas y sin excepciones.

—Soy un idiota, jamás debí pedirte aquello, fue una estupidez porque en el fondo no lo deseaba de verdad, quería que fueras por mi, te esperé cada día. Y si te quería conmigo en el hospital, más que a nadie. —Le dijo acariciando su cara.

—Ojalá lo hubiera sabido, lo único que pude hacer fue llamar a Susy cada día para saber de ti.

—No me lo dijo.

—Le pedí que no lo hiciera. Además como tampoco preguntaste por mí...

—Estaba herido porque no me visitaste, pero esperé cada día verte aparecer. Cada vez que se abría la puerta o sonaba el teléfono esperaba que fueras tú.

—Solo pude verte una vez. Todavía estabas inconsciente, me quedé a tu lado y pude besarte y sostener tu mano.

—No es justo, yo no podía hacer lo mismo. —Le dijo Tony sonriendo—. Así que ahora me vas a compensar.

Rápidamente se puso sobre él y lo besó, podía besarlo, amarlo toda la noche y aún así no estaría saciado del hambre que sentía por él. Leo se sentía igual, porque en cada momento que podía lo acariciaba, lo tocaba o lo besaba.

Cuando se estiró para buscar el lubricante y un condón casi gritó de la frustración.

—Demonios. —Leo lo miró sorprendido, Tony se sentó en los talones y lo miró tranquilo—. No tengo más condones. El que ocupamos era el último.

—Yo tampoco tengo.

—No he comprado desde que... Desde que terminamos.

—¿Y no compraste más en todo este tiempo? —Leo lo miró sorprendido.

—No los necesité. —Le dijo levantando los hombros—. Me echaste a perder para otros hombres. ¿Lo sabías?

—No quiero saber de otros hombres. —Le dijo cortante.

Tony tomó su rostro en sus manos para que lo mirara.

—No hubo otros hombres. No hubo nadie más después de ti. —Tony notó que Leo no le creía una palabra—. No me crees...

—No creo que no tuvieras la oportunidad...

—No dije que no las tuviera, tuve varias oportunidades, pero no podía, más bien no quería a nadie más. ¿Y tú? ¿Hubo alguien? —Preguntó con un nudo en el estómago.

—Sabes que no. —Le dijo Leo avergonzado.

—Pensé que... Cuando Lili me dijo que ustedes estaban haciendo cada uno sus vidas por separado, pensé que estabas con alguien más.

—Ella tenía derecho a encontrar a alguien que la amara como yo no podía. Pero no podía pensar en nadie más para mí. Intenté ir a un bar gay y tal vez conocer a alguien… —Le confesó a Tony—. Llegué a la puerta y sabía que no podría hacerlo, así que di media vuelta y volví a mi carro.

—Te llevaré a un bar, a un pub, a una disco, adonde quieras ir, pero a mi lado. Y pobre del que te ponga una mano encima…

Leo se rió y lo atrajo hacia él para besarlo. Se recostaron abrazados mientras se reían.

—Ya que solo podremos abrazarnos… O bien podría masturbarte y tú a mi. —Le dijo Leo bajando la mano para tocar su pene.

Tony estaba abierto a todo lo que Leo quisiera hacerle, pero había algo que deseaba, desde hace mucho.

—O podríamos hacerlo sin nada. —Le dijo serio a Leo.

Leo lo miró sorprendido.

—Siempre me dijiste que jamás lo hacías sin un condón.

—Estoy limpio, me hicieron todos los exámenes en el hospital. Tú también lo estabas cuando estuvimos juntos y si no has estado con nadie más… Podemos hacerlo sin nada. Solo si quieres.

—¿Tú quieres?

—Por supuesto que si. Pero solo porque planeo estar contigo y solo contigo los próximos cincuenta años. ¿Tú quieres lo mismo?

—¿Solo cincuenta? ¿Y que piensas hacer a los ochenta y cinco? ¿Salir a conquistar jovencitos?

—¿Sesenta años te parecen bien? –Le dijo sonriendo.

—Setenta y cerramos el trato.

—Lo que quieras amor, de todas maneras planeo pasar el resto de mi vida contigo.

Por un momento la sonrisa de Leo se entristeció.

—Todavía no se como lo haremos amor…

—Yo tampoco, pero lo iremos viendo día a día. Siempre que me ames y quieras estar conmigo, lo demás lo solucionaremos.

—El amor nunca fue nuestro problema.

—Entonces todo estará bien amor. —Dijo besándolo dulcemente.— Todo estará bien.

Tony despertó desorientado, la habitación estaba a oscuras pero a los pocos segundos sabía exactamente donde estaba. En la cama, con Leo en sus brazos.

Miró los masculinos y suaves rasgos del rostro de su amante dormido y suspiró, había caído rendido después de hacer el amor. Leo no había soltado su mano aún, siempre le había gustado que su amante tomara su mano en cada ocasión que podía hacerlo. Siempre había pensado que era porque Leo llevaba muchos años casado con una mujer, pero el que tomara su mano no era un gesto femenino, era un gesto cómplice, que lo hacía sentirse unido a él y que a veces se sentía incluso más íntimo que un beso.

Acarició suavemente su rostro para asegurarse que de verdad estaba allí, que no estaba soñando. Por fin estaban juntos y se aseguraría de jamás volver a perderlo.

Sabía que debía despertarlo para que se marchara, pero se quedó unos minutos disfrutando el cálido cuerpo en sus brazos y del suave aroma de su amante. Suspiró y tomó la decisión de no dejarlo marchar, esta noche era suya y no lo dejaría marchar.

Suavemente besó y soltó la mano de Leo para levantarse sin despertarlo. Recogió la ropa de ambos que había quedado esparcida por todo el dormitorio. La ordenó y la dobló como sabía que a Leo le gustaba. Tomó la chaqueta de su amor y sacó el teléfono, buscó y marcó el número de Lili mientras caminaba hacia la sala.

—Hola corazón. —Le contestó Lili.

—Hola dulzura. —Le respondió de vuelta.

Qué diablos, estaba de buen humor después de haber tenido a Leo en sus brazos.

—¿Quién habla? —Preguntó Lili asustada.

—Soy Tony, lo siento, no quise asustarte. Solo quería avisarte que Leo está conmigo y que probablemente llegue tarde... Si es que llega.

—Vaya, no pierdes el tiempo. —Le dijo Lili alegremente.

—Ya hemos perdido demasiado tiempo.

—Me alegro por ustedes.

—¿De verdad? ¿De verdad te alegras? —Le preguntó sorprendido.

—Sí, él ha estado muy triste sin ti. Así que creo que ahora podrás devolvérmelo feliz.

Aquello no le gustó, Lili ya sabía de él y debía saber que nunca más sería de ella. No más.

—No. —Le dijo con firmeza—. Te lo prestaré algunas veces, pero él es mío Lili y siempre lo será.

Sintió a Lili soltar el aliento al otro lado del teléfono.

—Entonces veremos cómo nos arreglamos. No va a ser fácil, ya sabes eso.

Si, los hijos, la familia, hasta el perro. Pero ya no le importaba.

—Ya veremos cómo lo hacemos.

Cuando colgó fue al lado de Leo y lo abrazó, Leo abrió sus hermosos ojos un poco y gimió.

—Sigue durmiendo cielo.

—Está bien. —Le dijo cerrando los ojos y durmiéndose casi enseguida.

Tony se quedó mucho tiempo mirándolo dormir y acariciándolo suavemente.

Se las arreglarían, como sea se las arreglarían.

13

Leo le sonrió a Tony a través de la mesa y se sobresaltó al ver a su hijo levantarse molesto y salir al exterior del restaurante donde estaban almorzando. Su hija también los acompañaba y miró la escena un poco sorprendida.

Era un hermoso día y habían salido a almorzar en un lugar cerca del río en las afueras de la ciudad. Su hijo Max había estado callado y molesto todo el viaje, desde que llegó a recogerlos.

Tony estaba libre y había querido pasar el día con las tres personas que más amaba en el mundo. Tony y él estaban viviendo juntos y enamorados desde hace varias semanas. Para todo el mundo él solo compartía el departamento con Tony mientras encontraba otro sitio donde vivir. Sus hijos al principio habían tomado bien su separación, pero Max últimamente estaba más y más hosco con él.

—¿Sabes que le pasa a tu hermano? —Le preguntó a Tamy.

—Si... Creo que sí. —Le dijo bajando la vista a su comida.

—¿No me vas a decir?

—¿El tío Tony...? —Le dijo bajando el tenedor—. Él... y tú...

«Oh por Dios», pensó Leo, notando que Tony se ponía tan tenso como él.

—¿Que pasa linda? ¿Qué quieres saber?

—¿Tony y tu... son más que amigos? ¿Ustedes son novios?

Había esperado este momento mucho tiempo, había hablado con Dani para que lo ayudara a explicárselo a sus hijos, su respuesta solo fue: Se honesto.

—Sí, somos novios y estoy enamorado de él.

—Si Tony es tu novio, entonces eres...

—Gay. La palabra es gay. —Le dijo a su hija.

—¿Quieres que los deje solos para que conversen? —Tony tuvo la delicadeza de preguntarle a su hija, no a él.

Tamy asintió y Tony se levantó tomando la misma dirección por donde había ido Max.

—¿Por eso mamá y tu se separaron? ¿Por que eres gay?

—Tu mamá y yo siempre fuimos y siempre seremos los mejores amigos del mundo, pero no funcionábamos como pareja, en parte porque soy gay. No éramos felices, ahora ambos lo somos.

—Sí, ella se ve feliz.

—Lo sé, y me alegro por ella. Amo a tu mamá y quiero que sea feliz.

—Ella nos dijo lo mismo. Y nos pidió que no te culpáramos por el divorcio.

—¿Tú me culpas por el divorcio?

—No lo sé. Supongo que a Max y a mí nos chocó un poco saber que tú estás con Tony y te culpamos más que a mi mamá.

—¿Tu hermano también lo sabe? ¿Por eso no me habla?

—Sí, él se puso a llorar cuando lo conversamos. En realidad es mi culpa, yo lo sospeché y se lo dije.

—Nada de esto es tu culpa. —Le dijo tomando su mano y dando gracias al cielo de que su hija no lo rechazara—. ¿Como lo supiste?

—Bueno, me parecía extraño que vivas con él... Ganas suficiente dinero para tener tu propio lugar.

—¿Solo por eso?

—No, además se supone que duermes en el dormitorio más pequeño, pero una vez miré y toda la ropa que está allí ni siquiera te la pones ya, es muy antigua. Pero lo que me terminó de convencer fue que una vez te fuiste a lavar los dientes y debiste buscar tu cepillo en el baño de Tony.

—Vaya, eres mejor detective que Tony. —Le dijo sonriendo.

—Sí, sería una buena detective. —Le dijo con una sonrisa triste.

«Oh no, eso jamás». Ya tenía bastante con preocuparse de que a Tony lo hirieran. Se volvería loco si su hija eligiera una carrera así de peligrosa.

—No me has dicho si te molesta que sea gay. –Le dijo a su hija preocupado.

–Papá... Tony me cae bien, él es simpático. Y me alegra que seas feliz. Pero...

—¿Pero?

—¿Está bien que me sienta un poco avergonzada? Es un poco extraño tener un papá normal y después enterarte que es gay. Si en mi colegio algún compañero se entera se van a burlar de mí. Hay una niña en el colegio que tiene dos mamás y todos le dicen las cosas más horribles que puedas imaginar.

—No tienes que contarle a nadie si no quieres. Ni Tony ni yo hemos contado que somos gay en el trabajo, no podría exigirte que tú lo afrontaras si no quieres. Sé que los niños se burlan y son crueles... Aún hay muchos prejuicios.

—¿Porque es malo?

—Según algunas personas es malo. Pero Tony y yo nos amamos y no hacemos daño a nadie. ¿Crees que eso es malo?

—No. —Pensó unos minutos antes de hablar y arrugar la nariz—. Solo no lo beses delante de mi ¿okey?

Leo sonrió.

344

—¿No tienes más preguntas? —Leo esperaba de todo tipo de acusaciones o recriminaciones.

—Si tú y Tony duermen juntos... ¿También tienen sexo?

«Oh Dios»

—Si, Tony y yo hacemos el amor, eso hacen las parejas. —Le dijo rojo como un tomate.

—El sexo entre hombres no es igual que con una mujer ¿no?

—No, claro que no, pero eres demasiado joven para estar preguntando sobre sexo. —Le dijo tratando de cortar la conversación sobre sexo con su hija.

—¡Por favor! —Le dijo rodando los ojos—. Andrea, de mi curso está embarazada. La edad para comenzar a tener sexo es mucho más baja que cuando tú eras adolescente.

—¿A los catorce años? —Le preguntó espantado—. ¿Para ti también?

—¡No! ¡Claro que no! Ni siquiera tengo novio.

—Menos mal, ya iba a encerrarte en un convento.

—¡Como si mi mamá te fuera a dejar hacerlo! —Le dijo riendo.

—Está bien, tienes razón en eso, pero te advierto que Tony te quiere mucho, y tiene una pistola.

Su hija abrió mucho los ojos y luego se rieron. Se alegró de que su hija pudiera seguir bromeando y riendo con él. Las reacciones que siempre temió más eran las de Lili y sus hijos, y ellas no habían sido para nada tan terrible como se había imaginado.

Pero recordó la actitud de Max y de lo molesto que había estado con él. Sabía que la reacción de su hijo sería la más difícil de afrontar, solo rogaba que su hijo encontrara en alguna parte de su corazón amor suficiente para perdonarlo.

Tony se acercó tranquilamente a Max. El muchacho estaba arrojando con fuerza piedras al río, tenía una notoria y manifiesta rabia contenida. Había notado la molestia de Max cuando lo vio en el automóvil, pero pensó que se debía a que quería estar a solas con su papá y su hermana. Ahora entendía que si Tamy sabía de ellos entonces Max también debía saberlo, por eso estaba actuando de esa manera.

Cuando estuvo lo suficientemente cerca de Max no habló, se quedó mirándolo y esperando el momento adecuado para tratar de comunicarse con él.

Max se percató de su presencia y lo miró con rabia.

—¿No te quedaste a seguir coqueteando con mi papá? —Le preguntó arrojando una piedra con aún más fuerza.

—No, preferí dejarlo conversar con tu hermana.

—¿Sobre ustedes?

—Sí, así que supongo que tú también lo sabes.

—Sí, lo sé. Mi papá se acuesta con su mejor amigo. ¿Qué lindo no?

—No solo nos acostamos. Estamos enamorados.

—¡Por favor! ¡Acabo de almorzar, me vas a hacer vomitar!

Tony no pudo evitar sonreír.

—Sí, supongo que para ti es...

—¿Chocante? ¿Repugnante? ¿Asqueroso? —Le dijo Max arrojando una piedra con cada palabra.

—Iba a decir incómodo.

—Te quedas corto. —Le dijo arrojando otra piedra con fuerza.

—Se que estás muy molesto, pero todavía no se si conmigo, con tu padre o con ambos.

—Ambos, pero supongo que a ti te odio más.

«Odio». Esa palabra era la peor de todas y a la que más temía.

—Solo te pido que si quieres odiarme lo hagas, pero no a tu papá. Él te ama y sé que toda esta situación le duele.

—Claro que te odio, por tu culpa mi papá es... es...

—Es gay. No busques una palabra que lo ofenda porque no te lo permitiré. Se que tengo mucha culpa en la separación de tus padres, no creas que no lo se. Pero para tu información, si tu papá es gay, eso no es mi culpa.

—¡Pero él no era gay! ¡Tú fuiste el que lo pervirtió! —Le dijo finalmente girándose y mirándolo con odio.

—¿Pervertir? —Preguntó espantado, antes de respirar hondo para controlar su carácter—. Yo no he pervertido a nadie.

—Mi papá estaba bien hasta que apareciste tú. Hasta que lo volviste gay.

—Si esa teoría fuera cierta entonces tú también podrías ser gay.

—Claro que no... —Le respondió ofendido.

—¿Por qué no? ¿No crees que pueda convencerte también de que prefieras acostarte con un hombre?

—No.

—¿Entonces por qué crees que yo pude convencer a tu papá?

—Porque... porque...

—¿Porque es más fácil odiarme a mí que a él?

—¡Tú fuiste el que llegó a arruinarlo todo!

Sabía que él tenía parte de la culpa, y esto era precisamente lo que siempre quiso evitar. La separación de Leo con sus hijos.

—Lamento que pienses así, lo único que Leo y yo queremos es estar juntos sin lastimar a nadie, que ustedes sufran lo menos posible con los cambios.

—¡No quiero que las cosas cambien! ¿Por qué no podíamos seguir como estábamos?

—Porque él no era feliz.

—¡Él era feliz con nosotros! —Dijo molesto.

—Si lo era, todavía lo es, pero nadie puede ser completamente feliz viviendo una mentira. Él solo quiere que no dejes de amarlo, aunque no lo aceptes por lo que es, por lo menos que no dejes de amarlo.

—Yo lo amo, es mi papá. Es solo... Tengo tanta rabia. Pienso que tu y él duermen juntos y hacen cosas...

346

—Hacemos el amor.

—Agg. —Le dijo poniendo cara de asco.

—Hacemos todas las cosas que te imaginas, porque tu papá y yo estamos enamorados y cuando estamos juntos hacemos el amor. Sé que te cuesta entenderlo, pero él sigue siendo tu papá, un papá que te ama.

—No puedo ni siquiera verlo cuando te mira, es asqueroso.

—No te puedo pedir que me aceptes. Solo te pido que no olvides que Leo ha sido un buen padre para ti y para tu hermana. Que no olvides estos diecisiete años solo porque no apruebas lo que hace con su cuerpo. Que no lo rechaces solo porqué tuvo el valor de amarme.

Max lo miró y no supo que decirle. Tony por fin sentía que había logrado hacer mella en el muro que Max había levantado.

Vio acercarse a Leo y mirar a su hijo con aprensión.

—¿Cómo estás? —Le preguntó a Max.

Su hijo solo levantó los hombros sin mirarlo.

—¿Me odias?

—No. —Le dijo Max con los ojos llenos de lágrimas.

—Sé que es difícil de entender hijo.

—¿Por qué tenías que cambiar? —Le preguntó llorando.

Leo se acercó a su hijo cautelosamente y lo abrazó. Afortunadamente Max no lo rechazó y se abrazó a su papá llorando.

—Sigo siendo el mismo hijo. No he cambiado. Lo único diferente es que ahora sabes la verdad.

Tony aprovechó ese momento y los dejó solos. Aún tenían un largo camino por recorrer, pero por lo menos padre e hijo iban a conversar. Sabía que Max amaba a su papá y quizás le costaría un tiempo aceptarlo, pero tarde o temprano lo haría.

Epílogo

Leo sonrió ante la imagen de sus amigos bailando. Xavi y Adrián eran la pareja más dulce que había visto casarse desde que había asistido al matrimonio de Alex y Dani. Todavía no se decidía cual de las dos parejas era más linda.

Sintió que Tony apretaba suavemente su mano y sonrió. Era el primer matrimonio al que asistían juntos, como pareja.

Tony y él llevaban más de un año viviendo juntos, probablemente el año más feliz de su vida. Era maravilloso despertarse cada mañana abrazado a Tony. Pasar las tardes juntos, incluso cuando Tony tenía turnos el sentirlo entrar en la cama de madrugada lo hacía sentir feliz.

Sus hijos, especialmente su hija, poco a poco fueron aceptando su nueva situación y a Tony en sus vidas. Max era un poco más impredecible, había días que todo estaba bien y otros en que odiaba a Tony con el alma. Leo se lo tomaba con calma y paciencia, sabía que era cosa de darle tiempo y esperaba que con la madurez de su hijo también llegara el entendimiento.

A pesar de lo que había creído y dicho a Tony, fue saliendo poco a poco del closet. Después de que sus hijos se enteraran de la verdad, se dio cuenta que ellos eran los únicos a los que temía lastimar y como ambos ya estaban al tanto, no tenía que ocultarse más.

Probablemente el momento más duro fue hablar con su madre y sus hermanos. Su mamá lloró y aún no entendía como podía estar enamorado de Tony, por lo que iba cada día a la iglesia a rezar por la salvación de su alma. Sus hermanos por otro lado, el mayor no lo tomó muy bien, gritó, despotricó, lo insultó y no le habló durante varios meses, pero después de un tiempo y con el apoyo incondicional de su cuñada y su sobrina mayor, se había sentado a conversar con él, incluso ya saludaba a Tony sin gruñir. Su hermano menor en tanto se quedó mudo y salió de la habitación sin decirle nada, dos días después apareció en su puerta, lo abrazó y le dio su apoyo.

También había salido con varios amigos, incluidos sus ex compañeros de curso y había presentado orgullosamente a Tony como su pareja. La alegría en el rostro de Tony cada vez que lo hacía lo llenaba de felicidad.

Tal como Alex le había dicho, algunos amigos se habían alejado, pero no los que valían la pena.

La amistad de Xavi y Adrián había sido una agradable sorpresa para todos. Solían salir a comer juntos, y cuando Alex y Dani estaban en la ciudad también se sumaban.

Tony adoraba a Alex y Dani, era muy difícil no quererlos, pero se habían ganado a Tony cuando le había hablado sobre su colapso y de cómo ambos lo habían ayudado y conversado con él, su novio aún se sentía en deuda con ellos. Les había dicho que jamás podría pagarles por haber estado allí con él.

Leo sonrió al prestar atención a la letra de la canción que Xavi y Adrián habían escogido para bailar. Era "He vuelto a vivir por ti" de Andrés de León.

Siempre me imaginé, con alguien así como tú
Y como un sueño apareciste entre mis brazos
Después de tanto tiempo que te había esperado

Hoy he vuelto vivir por ti
Ya no tiene sentido nada sin ti
Tú llenaste el vacío que había en mí
A tu lado siento por primera vez
El Amor

Xavi y Adrián se miraron con dulzura y no pudo evitar mirar a Tony. Él le devolvió la mirada antes de darle un suave beso en la frente. Sintió su cara arder, siempre le pasaba cuando Tony lo besaba en público, lo cual era una estupidez porque allí no eran la única pareja gay.

A su lado estaba Alex que lo miró y sonrió. Su amigo había tenido razón, la vida le había dado otra oportunidad con Tony. Y dio gracias al cielo que así fuera.

Cuando volvió a mirar a los novios Adrián tomó dulcemente el rostro de Xavi y lo besó suavemente, pero antes de que el beso terminara Xavi lo tomó por el cuello y lo acercó más dándole un profundo y apasionado beso que hizo reír a todos y comenzar a aplaudir por el efusivo beso.

Cuando terminaron de besarse Adrián se abrazó a Xavi sonriendo. Tony le había contado a Leo todo lo que ellos habían pasado por culpa del gemelo de Xavi y se alegró de que sus amigos estuvieran felices y viviendo aquel hermoso momento.

—Fue una hermosa ceremonia. —Dijo Dani suspirando y abrazándose a Alex.

—Sí, fue tan linda como la nuestra. —Le dijo Alex besando su cabeza.

—Entonces espero que ellos sean igual de felices que nosotros. —Dijo Dani.

—Estoy seguro que sí. —Dijo Tony—. Ellos se aman y ya han pasado por todo lo malo que podían pasar. Si aquello no los separó, nada lo hará.

—Es verdad, los momentos duros pueden destruir o fortalecer a una pareja. —Le dijo abrazando a Dani más cerca—. A ellos los fortaleció.

Durante la cena, compartieron la mesa con Alex, Dani y también con Gino y su esposa Elizabeth. La dulce esposa de Gino bromeó mucho con el hecho de que era la única mujer en la mesa y se notaba, porque cada cierto tiempo se levantaba a llamar por teléfono para saber cómo estaba su pequeño hijo. Dani también llamó para saber cómo estaba su hija, aunque solo una vez. Luego dejó de preocuparse ya que la niña estaba bien cuidada por sus abuelos.

Cuando Adrián y Xavi se acercaron a su mesa a saludarlos, se quedaron a conversar con ellos mucho más tiempo que con el resto de las mesas.

—Fue una ceremonia muy linda. —Les dijo Dani.

—Gracias, es lo que siempre soñé. —Le dijo Adrián acurrucándose más contra Xavi.

—Quién diría que el tímido Xavi que conocimos acabaría por conquistarte Adrián. —Le dijo Alex.

—Yo lo supe enseguida. —Dijo Gino con una sonrisa orgullosa.

—Mentiroso. –Le dijo Adrián sonriendo.

—Es verdad. —Le dijo Elizabeth—. Esa noche cuando conociste a Xavi y llamaste a Gino, me lo dijo apenas colgó, dijo textualmente "Adrián y Xavi se conocieron y Adrián cayó redondito".

Todos miraron sorprendidos a Gino.

—¿Cómo..? —Le preguntó Adrián.

—Llevabas meses rumiando y gruñéndole a todo el mundo como un ogro. Conoces a Xavi por diez minutos y me llamas alegre y bromeando como no lo hacías en meses. —Levantó los hombros—. Supe enseguida que había sido amor a primera vista.

—Bueno, gracias por hacer de cupido, nunca podré agradecértelo suficiente. —Le dijo Xavi abrazando a Adrián.

—¿Cuándo se van de luna de miel? —Les preguntó Alex.

—Tenemos dos semanas libres, así que nos vamos la próxima semana. —Les dijo Adrián.

—Pero vamos a pasar primero unos días en nuestro departamento de la costa, para desestresarnos un poco de los preparativos del matrimonio. —Les dijo Xavi.

—Ya que van a estar en la costa podemos almorzar juntos. —Les dijo Alex.

—Tony y yo nos vamos a tomar unos días y nos vamos a la costa también.

—Perfecto. Será la perfecta despedida antes de que salgan de viaje. —Les dijo Dani.

—Podemos ir a la playa de Dani. —Le dijo Xavi a Tony—. La que te comenté que está escondida.

—Bueno, pero tendrás que soportar la fea cicatriz que me quedó en el pecho después del disparo. —Le dijo Tony.

Xavi lo miró y apuntó a su propia cara.

—¿Crees que me preocupan las cicatrices?

—A mi menos. —Dijo Dani—.Recuerda que textualmente me sacaron el corazón del pecho, así que mi cicatriz es más grande que la de ustedes.

—¿Están compitiendo por el tamaño de sus cicatrices? —Preguntó Gino sonriendo.

—Agradece que no lo hacemos con el tamaño de nuestros penes. —Le dijo Xavi sonriendo.

—Estoy seguro que ahí les ganas cielo. —Le dijo Adrián riendo.

—No estés tan seguro. —Contestaron Dani y Tony al mismo tiempo, provocando una sonora carcajada en la mesa.

Gino en tanto los miraba incómodo.

—Hay cosas que definitivamente no quería saber. —Les dijo avergonzado. Lo que provocó otra tanda de risas.

—Me encantó la canción que eligieron para bailar, fue muy romántica. —Les dijo Elizabeth.

Xavi sonrió y besó el cuello de Adrián.

—A Adrián le costó decidirse, quería una de Rammstein.

—¡¿Qué!? ¿El ultra romántico Adrián quería una canción rockera? —Le preguntó Gino.

Adrián se puso colorado y miró a Gino como diciendo "Cállate".

—Era la canción que estaba escuchando Xavi cuando nos conocimos. Pero no había manera de bailarla así que elegimos la otra, que es una de mis favoritas y también me hace recordar a Xavi.

—A mí también me encanta. —Le dijo Xavi besándolo.

—Nosotros no tuvimos problemas para elegirla. —Dijo Dani tomando la mano de Alex.

—¿Cuál eligieron? —Preguntó Xavi.

—"Quiero Paz" de Gatti. ¿Ustedes tienen alguna? —Les preguntó Dani.

—"Pequeño rayo de sol" —Les dijo Tony.

—Sí, pero ya no la escucho. —Dijo Leo mirando a Tony, que lo miró extrañado.

—¿Por qué? —Preguntó Dani.

—Cuando estuvimos separados me deprimía mucho escucharla, me provoca… —Levantó los hombros cuando no encontró las palabras—. Ya no me hace feliz escucharla.

—Se a que te refieres, cuando estuve separado con Alex no podía escuchar nuestra canción sin llorar. Pero ahora que eso pasó ya me hace feliz de nuevo.

—A mi me sigue gustando. —Le dijo Tony besando su mano.

—Me disculpan un momento. —Les dijo Xavi dejándolos solos.

Siguieron conversando cuando de improviso Xavi apareció con una sonrisa en el rostro. Adrián lo miró y supo enseguida que algo había hecho.

—¿Qué hiciste?

—Nada, solo le pedí una canción al chico de la música.

De improviso la melodía suave de su canción comenzó a sonar y Leo contuvo el aliento.

—Llévalo a bailar Tony. —Les dijo Xavi guiñándoles un ojo—. Y asegúrate de darle buenos recuerdos a Leo para cuando vuelva a escuchar la canción.

Tony sonrió y se levantó llevándolos hacia la pista. Se abrazaron y Leo colocó la cabeza en su hombro. No pudo evitar que los ojos se le llenaran de lágrimas.

—No llores amor, no quiero que nada te haga llorar de nuevo, ni siquiera una tonta canción.

—No es tonta, es hermosa.

—Pero te pone triste.

—¿A ti no?

—No. Cuando estábamos separados y la escuchaba en algún lado siempre mi corazón saltaba con la esperanza de que fueras tú llamando. Además cuando me hirieron la última imagen que recuerdo en mi cabeza es a ti y a mí bailándola en mi dormitorio. ¿Lo recuerdas?

—Recuerdo cada segundo que he pasado contigo.

—No sabes cuánto deseaba en esos momentos decirte que te amaba, que quería que nos quedáramos así juntos para siempre, bailando nuestra canción.

—Yo también lo deseaba. Lamento haber tardado tanto en superar mis miedos.

—Te habría esperado. Siempre tuve la esperanza de que estuviéramos juntos algún día. Que algún día volvería tenerte en mis brazos como estamos ahora.

Leo levantó la cabeza y lo besó.

—Lo lograste, amo esta canción.

—Vivo para hacerte feliz amor. —Le dijo Tony besando su frente.

Leo recordó por un momento su matrimonio con Lili, había sido una ceremonia sencilla, ya que ambos eran jóvenes y ella estaba embarazada. Sus amigos también se habían casado, él único que no había pasado por los votos matrimoniales era Tony.

—¿No quieres algo como esto para ti? —Le preguntó a su novio.

—¿Una ceremonia? —Preguntó extrañado—. Mmm... No, no necesito una ceremonia para saber que me amas. ¿Tú lo quieres?

—Creo que sería demasiado para mis hijos. Además tienes razón, tuve la ceremonia con Lilian y eso no garantizó nada.

—Creo que lo único que nos garantizará un final feliz será trabajar día a día en nuestra relación.

—Entonces solo me queda prometerte que trabajaré día a día en nuestra relación. Y que te amaré por el resto de mi vida.

Tony lo abrazó más cerca y lo besó.

—Y yo prometo controlar mi carácter, recoger la ropa sucia, evitar las balas... Y jamás dejar de amarte.

—Las dos últimas son las promesas que me importan. —Le iba a decir algo pero se contuvo.

—¿Que pasa amor? —Le preguntó Tony.

—Si algún día... Encuentras un sabor que te guste más que el mío...

—No pasará.

—No puedes saberlo.

—Si puedo. —Ante la incredulidad de Leo, lo abrazó aún más cerca—. Te he amado desde que tengo quince años y siempre supe que tú eres el sabor que me gusta. Lo supe desde el primer beso.

—¿Y ya no seguirás buscando?

—No. Tu sabor es mi favorito amor, sabes a lúcuma.

Le dijo acercándose a él y besándolo apasionadamente. Los dulces y cálidos besos de Leo no tenían comparación con nada. Ningún sabor se le comparaba, su búsqueda había terminado por fin.

Corazón con karma

karma

Libro 4

Hace cuatro años...

Christian Brahm respiró profundo tratando de calmar sus celos. Estaba en el cumpleaños de uno de los primos de su novio Alex, quien tenía una familia numerosa, y en la cual todos sus integrantes lo habían recibido muy bien.

Aquellas reuniones familiares le encantaban, pero a veces lo agotaban. Sobre todo en momentos como aquellos en que lo único que quería era acurrucarse con él y tratar de olvidarse de todas sus dudas y miedos.

Estaba tratando infructuosamente de prestar atención a la conversación de uno de los primos de Alex mientras con su vista no se perdía detalle de su novio. Alex sonreía mucho en esos momentos, pero no le extrañaba, siempre lo hacía cuando estaba con su mejor amigo, es más, brillaba cada vez que estaba con Dani.

Por él habría corrido al lado de Alex y lo hubiera alejado de Dani sin pensarlo dos veces, pero no quería actuar como un enfermo celópata, lo último que quería era perder a Alex por sus celos.

Siempre había sido celoso y no ayudaba que Alex estaba constantemente en contacto con su mejor amigo, hablaban muy seguido, a veces por horas. Ni que decir cuando Dani se enfermaba, cosa que últimamente sucedía seguido, Alex dejaba todo de lado para correr a su lado.

No podía evitarlo pero se sentía desplazado, sentía que no podía entrar en el círculo que formaban Alex y Dani.

Miró el apuesto rostro de Alex y le dieron ganas de suspirar. Estaba loco por él, nunca se había enamorado antes y ahora estaba aterrado. Porque aunque fueran pareja y vivieran juntos, no podía tapar el sol con un dedo, con el dolor de su corazón había admitido para si mismo la verdad, Alex no lo amaba.

Y mirándolo con su mejor amigo solo se confirmaban sus sospechas. Alex estaba enamorado de Dani.

No se había dado cuenta hasta que unas semanas atrás había escuchado sin querer una conversación del primo favorito de Alex, Gino, con otro de sus primos. No recordaba la conversación, pero sí una frase que había dicho Gino: "Christian tiene más chance de durar con Alex que cualquier otro, ¿no te has fijado cuan parecido es a Dani?"

Por más que trataba de buscar el parecido entre Dani y él, no lo encontraba. Lo único similar entre ambos era la tez clara y el color castaño claro de su pelo. Dani apenas medía un metro setenta y dos y él uno setenta y seis, y aunque ambos eran delgados, la delgadez de Dani era por su enfermedad, no natural como la suya. Sus ojos además eran oscuros a diferencia de los Dani que eran grises.

Aquella conversación escuchada furtivamente le había dolido, también lo había dejado pensando y sacando conclusiones. Desde ese momento sus inseguridades habían comenzado a incrementarse. Siempre preguntándose si Alex solo estaba con él porque era parecido a Dani, que solo se conformaba con él porque no podía tener a Dani.

No quería pensar que era solo un premio de consolación para Alex y que en cualquier momento se iba a cansar de él o lo que era peor, en qué momento Dani saldría del closet y le quitaría a su novio.

Porque a pesar de que Dani seguía asegurando que era heterosexual, él estaba seguro que era gay, bastaba con mirarlo para darse cuenta que él también estaba enamorado de Alex.

Tras varios meses de vivir juntos, la situación ya se había vuelto insoportable. Las peleas que estaban teniendo eran cada vez más seguidas y siempre por la misma razón: Dani.

Vio a Alex ir a saludar a una prima que acababa de llegar, mientras Dani silenciosamente se dirigía al patio. Aprovechó la oportunidad de hablar a solas con Dani y disculpándose con el primo de Alex siguió a Dani hasta el patio. El exterior estaba desolado, era invierno y no había nadie en el patio helándose aparte de ellos dos.

—¿Dani? —Llamó cuando no lo vio por ninguna parte.

—¿Christian? —Preguntó Dani sorprendido.

Estaba sentado en una silla en la oscuridad, no podía verlo, pero su voz no sonaba muy bien.

—¿Estás bien? —Preguntó preocupado.

—Si… —Dijo con un suspiro.

La verdad era que no se veía bien, la salud de Dani nunca había sido buena, pero últimamente los episodios eran cada vez más seguidos. Y en esos momentos al acercarse notó que estaba pálido.

—¿Quieres que llame a Alex?

—No. —Le dijo negando con la cabeza.— Solo tengo una taquicardia, pero si Alex lo sabe va a querer llevarme al hospital.

—¿No sería lo mejor?

—No, si fuera serio el aparato me daría un choque. Es algo que me pasa siempre.

Suspiró aliviado y sintió lástima por él. Dani tenía un problema cardiaco bastante severo, tan severo que tenía un aparato implantado para controlar sus taquicardias. No quiso ni pensar cuan serio podría volverse más adelante su problema.

—Dani, quería hablar contigo, pero si te sientes mal…

—Estoy bien, ya pasó… —Le dijo mirándolo serio.— ¿De qué quieres hablar?

—Es sobre Alex… Bueno sobre Alex y sobre ti.

—¿Sobre mi? —Preguntó extrañado.

—Sí, no sé como plantearlo para que no suena tan pesado.

—¿Hice algo que te ofendiera?

—No, no es eso. —Suspiró y prefirió ir directo al grano.— La verdad es que me molesta un poco tu relación con Alex.

Dani lo miró sorprendido antes de contestar.

—Alex y yo solo somos amigos…

—Lo sé, no te estoy acusando de nada Dani. Pero a veces pareciera… —Se mordió los labios para no dejar salir a borbotones sus celos.— Últimamente hemos tenido muchos problemas y discusiones por tu culpa.

—¿Por mi?

—Sí, ustedes dos son demasiado cercanos. Y eso me está volviendo loco.

— Pero… Pero yo no… No lo somos más de lo normal.

—Dani, no es normal que se hablen tan seguido. ¡Habla más contigo que conmigo! —Dijo tratando de no enfadarse.— Hace unos días perdimos la reserva en un restaurante porque llamaste a Alex poco antes de salir y estuvieron conversando cuarenta y cinco minutos. Y no es poco habitual, más de una vez hemos llegado tarde al cine o a conciertos por la misma razón.

Dani se puso colorado y sacudió su cabeza.

—Lo siento… lo siento tanto… no sabía…

—No es solo tu culpa, Alex no es capaz de decirte que tenemos planes y colgarte. Y terminamos peleando por aquello.

—Jamás quise causarles problemas Chris. —Le dijo muy preocupado.

Sabía que Dani era sincero, lo conocía lo suficiente para saber que era una muy buena persona.

—Lo sé Dani. Por eso quise hablar contigo, si le digo a Alex vamos a terminar peleando y va a pensar que no me agradas, y no es así, de verdad te aprecio pero necesito que te alejes un poco.

—¿Alejarme? —Preguntó Dani preocupado.

—No quiero nada radical, solo que lo llames una vez a la semana en vez de tres veces al día.

—Oh. —Respiró aliviado Dani.— Pensé que me ibas a pedir que no volviera a verlo.

Honestamente, eso le habría encantado. Pero sabía que era imposible. El día que le diera a elegir a Alex entre Dani y él, sabía perfectamente a quien elegiría su novio. Y no sería a él.

—Alex te quiere, jamás podría hacerle eso, ni a él ni a ti.

—Gracias. —Lo miró con sus preciosos ojos grises brillando.— No me había dado cuenta cuanto te afectaba mi amistad con Alex. Él siempre ha sido mi mejor amigo y comparto todo con él, a veces olvido que… que…

—¿Qué hay más personas en su vida?

—Algo así. —Le dijo con una sonrisa triste.

—Yo también tengo un mejor amigo, pero Marco nunca ha afectado mi vida sentimental.

—Tienes razón Chris. Lamento haberte causado problemas. Prometo poner algo de distancia.

—Es todo lo que pido. Y de verdad te lo agradezco.

Dani asintió y no dijo nada más, pero Chris pudo ver que estaba triste.

—Si te sientes mejor, creo que sería buena idea que entremos. Te puedes resfriar y sería peor para tu salud.

Dani se levantó lentamente, pero ya tenía mejor color.

—Por favor no le digas a Alex de mi taquicardia.

—No lo haré, tú no le digas de lo que hablamos.

—No lo haré, aunque estoy seguro de que si le dijeras lo que sientes te entendería, él no haría nada para herirte, es el mejor hombre que he conocido nunca.

No lo haría, Chris sabía que Alex no entendería, porque todo lo que involucraba a Dani no se podía transar con Alex. Para su novio Dani era intocable.

—Es una lástima que no seas gay, ustedes habrían sido la pareja perfecta. —Soltó sin pensarlo y se arrepintió en el segundo que lo dijo.

Dani lo miró un momento y se puso rojo como un tomate.

No pudo evitar sentirse culpable. Dani y Alex serían la pareja perfecta, no podía imaginar a dos personas que encajaran mejor. Pero Dani seguía proclamando que era hetero. Y eso no era su asunto.

—Sí, es una lástima. —Le dijo con un hilo de voz.

Cuando finalmente entraron a la casa Alex fue enseguida hacia ellos.

—Hey, ya me estaban preocupando al no encontrarlos. ¿Qué diablos hacían helándose afuera?

—Necesitaba un poco de aire fresco y Dani me acompañó. —Le contestó con una sonrisa.

—Voy por una bebida. —Les dijo Dani.

Cuando se alejaba le modulo un "gracias" sin que Alex lo notara.

Se giró a mirar a Alex y su novio estaba siguiendo a Dani con la mirada. Siguió mirando fijamente a Alex pero era como si no lo viera, solo tenía ojos para Dani.

¿Cómo podía ser uno invisible para su propio novio?

Si fuera inteligente debería romper con Alex en ese momento y tratar de salvar lo que le quedaba de dignidad y de corazón. Pero no podía, no podía solo hacerse a un lado y dejárselo a otro hombre. Sobre todo a uno como Dani, que no tenía el valor de salir del closet para estar con el hombre que amaba.

Él mismo había perdido a toda su familia el día que decidió salir del closet, sus padres no le hablaban y no dejaban que su hermano menor estuviera en contacto con él, con excepción de algunos primos estaba solo en el mundo por su decisión. Así que no podía respetar a alguien que no era capaz de afrontar quien era.

Cuando finalmente Alex se giró hacia él se sorprendió al darse cuenta que lo estaba mirando fijo.

—¿Sucede algo? —Preguntó Alex extrañado.

Le dieron ganas de sacudir a Alex. ¿De verdad no se daba cuenta cuanto lo lastimaba? Quería gritarle allí en medio de su familia que lo amaba, pero sabía que no iba a recibir de vuelta las palabras que quería oír.

Alex jamás le diría "te amo".

Chris respiró profundo para no largarse a llorar.

Habían pasado mucho tiempo desde la noche que habló con Dani. Y hace unos meses había cometido el peor error de su vida. El día que falleció la mamá de Dani, hizo que Alex eligiera entre Dani y él, y obviamente Alex no lo había escogido.

Trató de enmendar su error, pero Alex ni siquiera le contestaba el teléfono. Esa noche, por fin logró hablar con él y le confesó su amor, pero Alex le había destrozado el corazón diciéndole que estaba con Dani.

Ni siquiera debería sorprenderle, era de esperarse que Dani por fin hubiera salido del closet cuando murió su madre.

Siempre supo que Alex estaba enamorado de Dani, pero aún así no paraba de preguntarse qué debería haber hecho distinto, no paraba de preguntarse por qué Alex no pudo amarlo.

Pero siempre supo la respuesta: Dani. Alex siempre había amado y siempre amaría a Dani. Nunca hubo nada que pudiera hacer.

Hizo todo el descenso en el ascensor desde el piso de Alex conteniendo las lágrimas, quería llorar, gritar, golpear a alguien para descargar su frustración. Y al salir del ascensor lo primero que vio fue al responsable de su dolor.

Dani estaba frente a él, el culpable de romper su relación con Alex.

Su primer instinto fue darle un buen golpe, pero él nunca había abusado de nadie más débil que él y Dani siempre le había parecido frágil.

—¿Dani? ¿Que haces aquí tan lejos del mar? —Dijo fingiendo una sonrisa.

—Vine a ver a Alex ¿y tú?

—También vine a verlo, pero ya me iba.

—No sabía que tú y Alex aún eran amigos. —Preguntó Dani extrañado.

—No exactamente amigos, la verdad es que estamos volviendo, ¿no te lo dijo? —Dani negó con la cabeza—. Es reciente, nadie lo sabe aún. Ya sabes que siempre hemos estado enamorados, estos meses fueron solo un bache en el camino.

Dani lo miró con ojos tristes y Chris sintió un nudo en el estómago. No podía golpearlo físicamente, pero sí podía lastimarlo tanto como él lo había lastimado.

—¿Desde cuando? —Preguntó Dani con un hilo de voz.

—Hemos estado hablando estas últimas semanas, pero hoy vine a verlo, una cosa llevó a la otra y las cosas se dieron, estuvimos juntos de nuevo. Alex está arriba ahora, se quedó tomando una ducha, ya sabes...

Una parte de él le decía que parara, pero no podía. Era como en las caricaturas, tenía un Chris bueno que le decía que se detuviera, que lo que hacía no era correcto y tenía otro Chris malo que lo hacía seguir adelante.

—Tal vez no debería molestarlo. —Dijo Dani.

—Quizás sea lo mejor, se que algo le ha estado preocupando. —Dani lo miraba y Chris notó que de a poco su rostro iba perdiendo color—. ¿Tú sabes si ha estado viendo a alguien? Porque tengo la impresión que eso es lo que le pasa, lo conozco y se que para estar conmigo debe querer terminar primero esa aventura. No creas que no me molesta, pero entiendo que es un hombre guapo y con necesidades físicas... De todas maneras cuando nos vayamos ya no importará.

—¿Cuando se vayan?

—A Londres. Por el trabajo Alex debe ir a Londres y me pidió que fuera con él.

En ese momento Dani palideció de golpe, era como si toda la sangre se esfumara de su rostro. Chris se preocupó, una cosa era hacerlo sufrir un poco, pero otra distinta era enfermarlo.

—¿Estas bien? Te ves pálido ¿Quieres que llame a Alex?

—No, creo que es mejor que me vaya, solo estaba en la ciudad y quería saludarlo.

—¿Seguro que estás bien? —Volvió a preguntar preocupado.

—Si, debo irme, adiós Christian. —Dani se detuvo un segundo antes de murmurar—. Cuídalo.

—Lo haré, puedes estar seguro de eso. —Le dijo Christian con una sonrisa de orgullo.

Vio a Dani casi correr a su automóvil y luchó contra el instinto de seguirlo y confesarle que todo lo que había dicho era mentira.

Finalmente el Chris bueno ganó y siguió a Dani, lo vio dentro de su automóvil hablando por teléfono.

Probablemente lo primero que había hecho Dani fue llamar a Alex y ya ambos sabían lo que había hecho. Su corazón dolió pensando que en pocos minutos ellos se reconciliarían y él seguiría solo y con el corazón roto.

¡Bien! ¡Por él podían irse a la mierda ambos!

Se giró para dirigirse a su camioneta y finalmente dejó salir las lágrimas que había estado conteniendo.

Cuatro años después...

C hris miró su reloj por tercera vez en la última media hora. Estaba en la consulta médica de un otorrino. Habían pasado más de cuatro años desde que Alex le rompiera la nariz cuando se enteró de las mentiras que le había dicho a Dani. Todavía recordaba esa noche y sentía ganas de llorar.

Pero peor aún eran los remordimientos de la noche de su encuentro con Dani. Había querido dejar salir su dolor y sin pensarlo dijo todas las palabras correctas para arruinar la relación de Alex con Dani. Él no era así, él no hacía esas cosas, pero estaba herido, dolido, furioso y actuó sin pensar.

Unas semanas después se enteró que Alex había partido solo a Londres, pero no supo si había sido por culpa de sus mentiras. Con Marco, su mejor amigo y jefe, habían viajado a Europa a un seminario, y a pesar de todo lo en contra que estuvo Marco, Chris aprovechó la oportunidad para ir a Londres y ver a Alex.

Cuando lo vio, supo que Dani no le había dicho nada. Alex lo recibió igual que siempre y cuando le preguntó por Dani, solo contestó: "No funcionó". En esos momentos quiso decirle la verdad, contarle lo que había hecho, pero sabía que Alex iba a odiarlo, y él aún amaba a Alex, no soportaría saber que lo odiaba.

Al final Alex se enteró de todas maneras y le había roto la nariz. No quiso reparar su nariz entonces, el doctor que lo atendió le dijo que había que operarlo pero no quiso. Su nariz rota era el recordatorio permanente de lo que había hecho.

Eso hasta ahora, porque la muy maldita le estaba provocando más de un problema. Su respiración no era buena, lo que le molestaba para hacer algunos deportes. Lo segundo y peor era que dormía mal porque lo hacía roncar como un camionero.

Marco, lo regañó y lo mandó derecho al doctor para que solucionara su problema. Hasta le había dado la tarde libre.

Lo primero que llamó su atención cuando se sentó a esperar al doctor fueron unas largas piernas frente a él, era imposible no notarlas ya que se movían inquietamente cada cierto tiempo. No pudo evitar levantar la vista y notar el hermoso rostro… Guau. Era un muy atractivo moreno, su piel era bastante más oscura que la suya y tenía una boca sensual que daban ganas de lamer y chupar. Siguió observándolo y notó que las manos tampoco estaban quietas del todo.

El joven tenía el pelo liso y sedoso, corto en la nuca pero un poco más largo adelante, las brillantes hebras caían sobre sus ojos y él las retiraba con sus inquietas manos. Cuando notó que Chris lo miraba levantó la vista y lo vio directamente.

Christian se quedó sin aliento ante los ojos más hermosos y más azules que había visto nunca. El contraste con su piel morena los hacía brillar como dos diamantes.

El joven le sonrió y su corazón se aceleró. Era muy extraño sentirse así, no había sentido aquel subidón de energía cuando conocía a alguien desde hace años y aquel hombre era tan endemoniadamente sexy.

El muchacho le volvió a sonreír y Christian desvió la mirada nervioso. Aún sentía su corazón saltar en el pecho y dirigió la mirada hacia la secretaria que aún los tenía esperando.

—Se atrasó con una cirugía. —Le dijo una sexy y profunda voz.

Cuando levantó la vista el muchacho lo miraba fijamente.

—¿Quién? —Preguntó aún hipnotizado por aquella mirada azul.

—El doctor, se atrasó con una cirugía, ya se lo pregunté a la secretaria.

—Oh sí, lo supuse. —Dijo mirando su reloj, efectivamente ya había pasado más de media hora.

—Si no aparece pronto no llegaré a mi clase.

—¿Es muy grave si te la pierdes?

—Tomando en cuenta que soy el profesor… —Le dijo con una sonrisa coqueta.— Dudo que la clase se lleve a cabo sin mí.

—¿Profesor? Te ves muy joven… —Y demasiado lindo, pensó— Para ser profesor.

—Soy profesor de educación física.

Ojalá él hubiera tenido un profesor de educación física así de sexy, habría disfrutado mucho más las clases.

—Si el doctor llega puedes pasar primero, yo no tengo prisa.

—¿En serio? Gracias. —Le dijo dándole una profunda mirada.— Soy Alen por cierto.

—Christian. —Le dijo estirándose a estrechar su mano.

Al tocarlo sintió la corriente subir por su brazo. Oh por Dios, estaba en un lío.

Un lío alto, moreno y de ojos azules.

La firme mano de Christian le envió una dulce sensación directo a su entrepierna. Alen miró el serio y atractivo rostro frente a él, aquel hombre era justo lo que el doctor le había recetado.

Le encantaban los hombres como aquel, lo volvían loco los hombres que derrochaban testosterona, pero más le gustaban como Christian, no tan grandes que se impusieran sobre él, pero que fueran masculinos.

No le gustaban los gays demasiado femeninos, para eso saldría con una mujer. A él a veces se le arrancaba la loca que tenía dentro, sobre todo cuando salía a bailar, pero para él le gustaban los hombres que se vieran bien hombres.

Eso había sido lo que más le había atraído de Tony, el compañero de básquet con el que se había acostado unos meses atrás. Tony no era para nada su tipo, era alto y moreno, él prefería a los hombres más bajos, a los que pudiera acurrucar en sus brazos. Pero con Tony se había dejado llevar por su atractivo, el rudo detective era tan varonil que podía quedarse el resto de su vida en el closet y nadie dudaría de él.

Volvió a mirar a Christian y le dieron ganas besar esos labios tensos hasta que se relajaran. Notó que Chris evitaba su mirada, sonrió pensando en que Chris estaba nervioso porque también lo encontraba atractivo.

—Alen… —Repitió Christian con su sensual voz haciendo latir su corazón.— No es un nombre común. ¿Es francés?

—No. Soy hijo de padre mapuche y madre alemana. —Miró a Christian para ver su reacción, por lo general la gente se sorprendía cuando decía que era mapuche, no era común por sus ojos azules.

—¿Mapuche? ¿De ojos azules? —Preguntó sorprendido.— Eso no es común.

—No mucho, pero las mezclas se dan mucho en el sur.

—O sea que tu nombre es alemán.

—No, es mapuche, significa "el que ilumina la noche". —Le dijo con una sonrisa coqueta, esperando que captara el mensaje.— También "claridad de la noche" y "luz de noche", pero más o menos esa es la idea.

—El que ilumina la noche... —Repitió Christian con su sexy voz.

—En realidad, la traducción más literal sería "Luz de luna" pero eso suena demasiado gay. No es que tenga nada contra lo gay… —Le dijo apuntándose para que le quedara claro que era gay y que le estaba coqueteando.

—No, supongo que no.

Christian sonrió ante esa declaración. La sonrisa más linda que Alen había visto nunca. Con esa sonrisa, no debería ser tan serio, Alen quería hacerlo sonreír de nuevo para ver sus ojos brillando nuevamente.

Su gay radar le decía que Christian jugaba en su equipo, pero al mismo tiempo enviaba señales confusas. Como si no quisiera revelarse ante él. Lo que era estúpido porque él le estaba diciendo claramente que era gay y que si pudiera saltaría sobre él en un segundo.

Lamentablemente en ese momento al doctor se le ocurrió aparecer, justo antes de que pudiera lanzarse.

—¿Sr. Brahm? Ya puede pasar. —Anunció la recepcionista.

Christian Brahm, dejó grabado el nombre en su memoria junto con el serio rostro y la hermosa sonrisa del hombre frente a él.

—¿Es posible que Alen pase primero? Él está apurado y yo puedo esperar. —Le dijo a la recepcionista.

—No hay problema, cambiaré sus turnos. —Dijo amablemente la recepcionista.

—Te debo una. —Le dijo a Christian cuando iba hacia la consulta.

Antes de entrar a la consulta se giró y Christian lo estaba observando y por la altura de su vista se dio cuenta que le estaba mirando el trasero. Le sonrió, con una mirada de "te atrapé" y Christian se puso colorado antes desviar la vista.

Entró sonriendo a la consulta, Christian era gay. Se pasó toda la consulta en las nubes, pensando en la mejor manera de conseguir su número de teléfono para invitarlo a salir. Ese hombre no se le escaparía.

Desafortunadamente cuando salió de la consulta Christian estaba hablando por teléfono y no pudo volver a hablar con él.

—Claro que sí. Voy a tu departamento cuando salga de la consulta. —Estaba diciendo Christian.

A Alen casi se le rompe el corazón de la decepción. No se le había ocurrido que tuviera pareja. Christian se despidió de Alen haciéndole una señal con la mano y entró a la consulta del doctor.

Y hasta ahí llegó su oportunidad de meterse en los pantalones de Christian. Maldición.

3

Christian estaba con un humor de perros.

La operación a su nariz había salido bien, pero la anestesia estaba perdiendo efecto y su cara comenzaba a doler.

Ya le habían dado el alta así que estaba vestido y sentado en una silla cerca de la ventana esperando que Marco, llegara a buscarlo.

Cuando alguien entró por su puerta pensó que era su amigo, pero al levantar la vista, la hermosa figura de Alen estaba allí. Y para su sorpresa también tenía los ojos en tinta y el mismo parche que él en el puente de la nariz.

A pesar de que no estaba interesado en salir con nadie, aquel sexy y hermoso hombre había estado en su mente desde el día que lo conoció. Viéndolo ahora frente a él nuevamente, no pudo evitar sonrojarse, si Alen supiera que su imagen era la que evocaba últimamente cuando se masturbaba, se moriría de vergüenza.

—No puedo creerlo… —Dijo Alen desde la puerta con una sonrisa.

—¿Qué le pasó a tu nariz? —Preguntó preocupado.

—Me la operaron para arreglar mi tabique desviado. Me la fracturé y necesitaba corregirla.

—A mi también, dejé pasar varios años. Pero mis vecinos ya se estaban quejando de mis ronquidos, así que…

Alen se rió y dejó ver su blanca y perfecta sonrisa.

—Yo también dejé pasar casi un año desde que me la rompí, así que aproveché las vacaciones de invierno para operarme de una vez, si no lo hacía ahora no lo haría nunca. —Dijo entrando en su cuarto y parándose frente a él apoyado en la cama.

Por todos los cielos, que lindo era Alen. Hasta con los ojos morados se veía lindo.

—¿Mi nariz se ve bien? —Preguntó Alen moviendo la cara hacia los lados.

—No noté que se viera mal antes de la cirugía. —¿En serio su nariz ahora se iba a ver mejor? Le parecía imposible que Alen pudiera lucir mejor de lo que ya lo hacía— ¿Cómo se ve la mía?

—Mmm. —Dijo Alen examinando su cara.— ¿Se parecía a la de Michael Jackson antes de la cirugía?

Abrió grande los ojos asustado pero al mirar a Alen, vio que estaba que se moría de la risa.

—Solo es una broma. —Dijo Alen riendo.

—Ya iba a correr a un espejo.

—No es necesario, se ve muy bien. —Lo miró directamente antes de volver a hablarle.— Christian… Quería preguntarte si quieres salir alguna vez…

Chris contuvo el aliento. Si quería. No había dejado de pensar en él desde que lo había visto en la consulta del doctor, pero venía saliendo de una de sus desastrosas relaciones y no creía que fuera buena idea saltar a los brazos de un sexy joven que probablemente también acabaría en fracaso.

—No puedo…

—¿Tienes novio? —Preguntó Alen decepcionado.

—No, pero no estoy en un buen momento ahora. Estoy recién saliendo de una mala relación… —Antecedida de otras aún peores, le faltó agregar.

—¿Corazón roto?

—No. Pero tengo asuntos que solucionar aún y me prometí estar solo un tiempo y tomarme las cosas con calma.

—Es una lástima.

¿Qué diablos estaba mal con él? ¿Por qué no aceptaba salir con Alen? Miró los hermosos ojos de Alen y pensó que era una estupidez negarse. No le estaba pidiendo que se casaran, solo salir. Tal vez solo acostarse con él no era tan mala idea…

Iba a decirle que había cambiado de opinión y en ese momento el teléfono de Alen sonó con un ringtone de Lady Gaga.

—Voy bajando. —Dijo contestando y colgando rápidamente.— Ya llegaron a buscarme. ¿Vienen por ti?

—Sí, estoy esperando a mi mejor amigo, él va a recogerme.

—Por si cambias de opinión… —Le dijo estirándose hasta la mesa de noche y anotando algo en un papel.

Chris se paró a ver que estaba escribiendo, pero Alen se acercó a él y le puso el papel en la mano.

—Es mi teléfono.

Chris se quedó congelado sin saber que decir. Hasta que Alen simplemente se inclinó y lo besó suavemente.

Y se olvidó de por qué no podía salir con él. Los dulces y suaves labios de Alen lo besaron y nada más importó. Lamentablemente ambos estaban con la nariz recién operada y el beso fue más corto de lo que quería.

Cuando abrió los ojos notó que Alen lo miraba con dulzura y aún sostenía su mano, mientras la acariciaba suavemente. Chris todavía lo miraba sin saber que decir.

—Llámame cuando resuelvas tus asuntos. —Dijo Alen caminando hacia la puerta. Antes de salir se giró y le sonrió.— Tengo muchos más besos para ti y son todos mejores que ese.

Cuando finalmente Alen salió de su habitación, Chris todavía estaba congelado en el mismo lugar sosteniendo el papel firmemente en su mano y sonriendo como un tonto.

Cuando Alen salió por la puerta principal de la Clínica, su mejor amigo Erick estaba esperándolo en su pequeño automóvil. Se había comprado aquel vehículo poco después de salir de la universidad, pero él era muy alto para ese coche tan pequeño, así que el que solía conducirlo era Erick. Su mejor amigo era bajito, apenas y le llegaba al hombro, pero tenía un lindo y compacto cuerpo.

Siendo objetivo, Erick era bastante atractivo, aunque no sabía por qué su amigo no lo calentaba como lo hacía Christian. Probablemente era porque Alen era hijo único, así que su mejor amigo era lo más cercano a un hermano que había tenido nunca.

Erick si tenía un hermano, pero estaba en prisión, de hecho su madre también lo estaba y él mismo había pasado la mayor parte de su vida adulta entrando y saliendo de la cárcel. Eso fue hasta que había tenido un grave accidente unos años atrás. En la misma época su esposa quedó embarazada y había decidido enderezar su vida, por su hijo y por el mismo.

Ahora trabajaba como obrero, ganaba el mínimo, pero con un trabajo decente. A la que no le gustaba su nueva vida era a su ex esposa, la que prefería que Erick ganara más dinero, no importándole si tenía que hacer algo ilegal.

Afortunadamente su amigo había dejado atrás todo aquello y legalmente lo más complicado que debía afrontar eran las constantes demandas de su ex esposa.

De su accidente le habían quedado varias secuelas, la más complicada eran las fuertes jaquecas que solía sufrir, algunos días apenas y le permitían ir a trabajar. Su mano izquierda estaba llena de cicatrices, producto de las numerosas operaciones que había sufrido en ella y aún así, tenía serios problemas de movilidad. Además cuando estaba muy agotado comenzaba a cojear un poco. Su cara por otro lado, no tenía cicatrices demasiado notorias, pero sus rasgos se veían algo marcados debido a las numerosas cirugías reconstructivas.

Aún así era lindo, tenía un pelo que era casi tan oscuro como el suyo, pero en vez del pelo liso lo tenía ondulado, no lo ocupaba demasiado largo, pero aquel cabello provocaba pasarle la mano y acariciar sus sexys rizos. Lo más lindo de él sin embrago era su mirada, sus ojos eran color miel, y tenía una mirada especial, como si hubiera vivido mil vidas, ojos cálidos, dulces y de una seguridad a los que podrías confiarle tu vida.

Había conocido a Erick hace más de tres años, cuando Alen necesitaba compartir su departamento porque no le alcanzaba el dinero para vivir solo. Un amigo los había presentado porque Erick también necesitaba un lugar barato donde vivir. En esa época su amigo acababa de separarse de su esposa y tenía un niño recién nacido. A pesar de su matrimonio, Erick era gay, pero aún estaba en closet, principalmente porque su ex esposa era una bruja y le haría la vida imposible si se enteraba que su amigo tenía preferencia por los hombres y no por las mujeres.

Actualmente Alen tenía un buen trabajo en una escuela privada del barrio alto. No ganaba un gran sueldo, era solo profesor, pero aunque ya le alcanzaba el dinero para vivir solo, seguían viviendo juntos, principalmente porque le gustaba tener la compañía de Erick.

—¿Se puede saber por qué sonríes así? —Preguntó su amigo sacándolo de sus pensamientos.

—¿Recuerdas que te conté de Christian? ¿El hombre guapo que conocí en la consulta del doctor?

—Sí, el que se te escapó.

—Bueno, cuando iba saliendo adivina a quien me encontré…

—¡No! —Dijo Erick sorprendido.

—Todavía no lo puedo creer, parece que el doctor nos programó las cirugías el mismo día. Y lo operaron de lo mismo que a mí.

—¿En serio? Tienes una suerte increíble hombre…

—¡Lo sé! Le di mi teléfono, así que espero que me llame. No sé qué diablos tiene, pero te juro que me vuelve loco. En un momento estuvimos tan cerca que no pude aguantarme y lo besé.

—¿En la boca?

—¿Dónde más? —Dijo sonriendo.— Y me lo devolvió.

—Sabes que, eso es tan injusto, aún con los ojos morados y la nariz hinchada andas por ahí conquistando hombres.

—Oh vamos. No seas llorón.

—Es verdad. Los hombres como yo nos vamos a quedar solterones y tú te llevarás a todos los guapos a la cama. No hay justicia en este mundo.

Alen rió con las palabras de Erick. Era verdad que él no le faltaban los hombres y que en los últimos años había sido bastante facilón, para ser honestos bastante puto. Pero no quería seguir buscando eternamente a su media naranja.

Con Erick habían conversado numerosas veces sobre lo mismo, ambos soñaban con enamorarse y tener a alguien a quien amar. Su amigo soñaba preferentemente con alguien que se pareciera a Bryan Kinney, el personaje protagonista de la serie Queer as folk.

Por su parte a él no le importaba la parte física, no tenía un gusto definido, pero si pudiera elegir querría a un hombre como… La imagen de Christian vino a su cabeza y sonrió. Si, sería lindo tener a un hombre como él.

—Si hay justicia en este mundo amigo, ya verás que tu príncipe azul va a llegar. —Le dijo a Erick apretando su muslo.

—Aunque sea celeste, a estas alturas acepto un príncipe desteñido.

Alen rió ante las ocurrencias de Erick. Él no se conformaría con un príncipe desteñido. Quería a su príncipe azul. Quería a Christian.

Christian miró su nariz en el espejo, habían pasado dos semanas desde su cirugía y lucía bastante bien. Después de tanto tiempo viéndose un pequeño nudo en el tabique nasal, verla ahora lisa incluso se sentía un poco extraño.

Levantó su teléfono y miró por centésima vez el número de Alen. Todavía no cogía valor para llamarlo.

Chris no quería compromisos. Acarreaba demasiadas decepciones en el cuerpo como para sumar una nueva. Sin duda la peor de todas, había sido su relación con Alex, y además cada relación que había tenido desde entonces había sido un estrepitoso fracaso. Después de su última mala experiencia se había jurado no involucrar nuevamente a su corazón, no volvería a involucrar a su corazón nunca más.

Por eso no llamaba a Alen, el jovencito se le había metido debajo de la piel como nadie lo había hecho antes, pero sabía que cargaba un mal karma y que probablemente en su próxima vida volvería convertido en rata, así que no había forma que aquello resultara bien.

Pero quería llamarlo…

Aún si cerraba los ojos podía sentir el breve beso de Alen. Y recordaba su promesa, Alen tenía más besos para él y los quería todos.

Suspiró rindiéndose, solo debía endurecer el corazón pensó. No debía involucrarse. Ya lo había hecho antes. ¿Qué tan difícil podía ser?

Cogiendo aire marcó el número de Alen.

Alen sacó su teléfono cuando comenzó a sonar y contestó distraídamente mientras se dirigía hacia el metro. Ese solía ser su medio de transporte favorito, ya que como todo en su vida prefería moverse rápido.

—Aló.

—Hola… ¿Alen? —Preguntó una voz nerviosa.

—Sí, con él.

—No sé si te acuerdas de mí, soy Christian, nos conocimos en…

—¡Claro que te recuerdo! —Le dijo alegremente aguantándose las ganas de saltar de la alegría.— ¿Cómo estás?

—Bien. —Contestó Christian más relajado.— Me acordé de ti hoy y quería saber si aún quieres salir conmigo…

—¡Por supuesto! —Dijo sin poder parar de sonreír.— ¿Ya resolviste tus asuntos?

—No exactamente. Pero si espero a resolver mis asuntos, nunca te voy a invitar a salir.

—Bien dicho. Estoy cerca del metro. ¿Quieres que pase por ti?

—¿Ahora? —Preguntó Christian sorprendido.

—¿Por qué no? ¿Estás ocupado?

—No, la verdad es que no. Solo estaba en mi departamento sin hacer nada.

—Entonces… ¿Dónde vives?

Christian le dio la dirección que resultó ser muy cerca de donde estaba, tanto que le salía más rápido caminar que tomar el metro.

—Creo que puedo estar allí en unos diez o quince minutos.

—Ok. Nos vemos. —Dijo Christian algo nervioso antes de colgar.

Guardó su teléfono y caminó en dirección hacia el departamento de Christian.

Cuando Christian abrió la puerta, la alta y morena figura de Alen lo hizo sonreír. Todavía no podía creer que lo había invitado a su departamento. No invitaba a desconocidos a su departamento. No después que un amigo suyo fuera drogado y asaltado por un desconocido al que invitó a su casa.

Pero allí estaba Alen frente a él, y al ver su hermosa y honesta sonrisa no sintió ni una gota de arrepentimiento.

—Pasa, ponte cómodo.

—Gracias. —Dijo adentrándose en su departamento.— Me encanta tu departamento, es muy bonito.

—A mí también me gusta mucho, tiene muy buena vista además. —Dijo guiándolo al balcón.

—Esto es agradable. —Dijo Alen apoyándose en la baranda y cerrando los ojos para sentir la brisa de la tarde.

—Sí, es muy agradable… —Comentó mirando el hermoso perfil de Alen.

En ese momento Alen abrió los ojos y lo miró directamente. No pudo evitar ruborizarse.

—Me sorprendió que me llamaras Christian…

—Chris, casi todos me dicen solo Chris.

—Chris… —Dijo Alen como saboreando su nombre.

—¿Quieres beber algo? ¿Cerveza? —preguntó tratando de despejarse de la profunda mirada de Alen.

—Suena bien.

Chris fue por las cervezas y cuando volvió Alen estaba sentado en una de las sillas y movía la pierna de la misma manera que lo hacía cuando lo conoció en la consulta del doctor, le pasó la cerveza y se sentó a su lado.

—¿Siempre haces eso? —Preguntó apuntando a su pie.

—Sí, lo siento. —Contestó Alen sonriendo.— Soy hiperactivo, me cuesta mantenerme quieto mucho tiempo. Por eso soy profesor de educación física, los deportes ayudan a quemar un poco de energía.

—Pensé que eso se pasaba cuando los niños crecían.

—Generalmente, pero a muchos desafortunados como yo, les sigue hasta que son adultos.

—¿Es muy malo?

—No. Ya estoy acostumbrado. —En esos momentos una suave brisa llegó hasta ellos y Alen volvió a cerrar los ojos disfrutando la sensación.— Es agradable aquí… y muy alto.

Chris vivía en un piso diecinueve, así que la vista era muy buena.

—Sí, es agradable.

—¿Hace mucho que vives aquí?

—Un poco más de cuatro años. Antes de eso estuve viviendo con un novio, pero las cosas no funcionaron, así que me vine aquí.

—Eso es serio… Lo de vivir con novios.

—Era una relación seria. ¿Tú vives solo?

—No, nunca he vivido solo. —Dijo con una sonrisa.— Pero nunca he vivido con un novio.

—¿Entonces con quien vives?

—Cuando estaba en la universidad vivía con compañeros de curso. Estudié con la beca indígena pero debía costearme casi todo lo demás, salía más económico de esa forma y como siempre me faltaba dinero, me servía para ahorrar. Después de graduarme, hace un par de años empecé a compartir mi departamento con Erick, que se volvió mi mejor amigo y ninguno de los dos ha querido que el otro se vaya, así que seguimos juntos. Principalmente porque la pasamos bien juntos.

—Se a que te refieres, en la universidad también compartí un departamento con mi mejor amigo, no me faltaba tanto el dinero, pero no era tan solitario.

—¿No te faltaba dinero en la universidad? —Preguntó Alen sorprendido.

—No, mis padres no son ricos, pero ambos son profesionales y me enviaban suficiente dinero, eso hasta el último año, después me mandaban casi lo justo y si no hubiera sido por mi amigo probablemente no habría sobrevivido.

—¿Por qué las cosas cambiaron en tu último año?

—Fue entonces cuando les dije que era gay. —No pudo evitar que su voz sonara triste.

—Y no lo tomaron bien. —Dijo Alen más en una afirmación que en una pregunta.

—No. Mis padres no me hablan desde entonces y no dejaron que volviera a ver a mi hermano. Traté durante años de escribirles, envié tarjetas, pero jamás recibí respuesta, aún sigo enviando una tarjeta de navidad cada año. Rafael, mi hermano, ahora tiene veintiocho años, pero no se ha tratado de poner en contacto conmigo, así que supongo que tampoco le interesa saber de mí.

Alen colocó cariñosamente la mano en su muslo confortándolo.

Y en ese momento se dio cuenta que la había contado a Alen cosas personales que no solía compartir con nadie.

¿No se suponía que no iba a involucrarse?

Alen no podía quitarle los ojos de encima a Chris, notaba que el atractivo hombre trataba de levantar un muro a su alrededor, sin embargo no podía evitar mostrarse como era, dulce y cálido, sin esa máscara fría que trataba de mostrar.

—Lo lamento. Cosas así apestan. ¿Pero sabes qué? Hace mucho tiempo que descubrí que el problema no somos nosotros, el problema es de ellos, que no pueden aceptar a quien es distinto.

—Pero a veces sería mucho más fácil no ser distinto.

—Sí, pero más aburrido.

—¿Aburrido?

—Claro. Imagínate que sería de este mundo sin las drags queens, sin la jaula de las locas, sin los desfiles del orgullo gay…

Para su alegría, Christian no pudo evitar reír.

—Deberías sonreír más seguido. Eres demasiado serio teniendo esa sonrisa tan linda.

—Eso me llamó la atención de ti cuando te conocí. —Dijo Chris con el rostro ruborizado.

—¿Qué cosa?

—Que siempre sonríes.

—¿Por qué no hacerlo? Estoy sano, mi madre también lo está, tengo amigos, un trabajo que me encanta… Supongo que no tengo motivos para no sonreír.

—Eres joven. No has tenido tantas decepciones en la vida.

—¿Tu si? —Chris asintió.— ¿Y eres feliz así?

—¿Así? ¿Así como?

—Viendo el vaso medio vacío.

Chris lo miró sorprendido y lentamente negó con la cabeza. Chris le inspiraba tanta ternura, que sintió ganas de tomarlo en brazos y abrazarlo fuerte hasta quitarle la tristeza que siempre lo rodeaba.

—Sabes que mi madre siempre me aconsejó que evitara relacionarme con gente depresiva, que debía rodearme de personas positivas que me levantaran el ánimo en vez de deprimirme.

—¿Esa es tu manera de decirme que no quieres estar cerca de mi porque soy un amargado?

—¡No! Ya viste el vaso medio vacío otra vez. —Le dijo sonriendo.— Esa es mi manera de decirte que te conviene estar cerca de mi porque soy una persona optimista.

—Oh… Lo siento. —Dijo ruborizándose.— Creo que tienes razón.

—¿En qué? ¿En qué vez el vaso medio vacío? ¿O en que te conviene estar cerca de mí?

Chris no contestó, pero su sonrisa avergonzada lo calentó. Chris estaba condenado, si de él dependía, sus días de negatividad y tristeza se acaban aquí y ahora.

Chris todavía miraba avergonzado a Alen. Se moría por estar cerca de él y no precisamente de la forma de la que hablaba Alen. Imágenes de los dos cerca, cuerpo con cuerpo, preferentemente sin ropa no querían alejarse de su mente.

—¿Quieres ir a comer algo? —Preguntó levantándose y rogando porque Alen no notara su erección.

—Claro.

Alen lo siguió al interior del departamento y Chris se puso aún más nervioso, solo tenía que girarse y besarlo, solo eso y podría volver a sentir los labios de Alen.

—¿De qué tienes ganas? —Preguntó refiriéndose a algún tipo de comida.

—De algo que no se encuentra en un menú. —Dijo Alen riendo.

Chris se giró a mirarlo y sorprendió a Alen mirándole descaradamente el trasero.

—¿Alguien te ha dicho que tienes un culo increíble? —Preguntó Alen acercándose lentamente.

Si, si se lo habían dicho, Alex amaba su trasero, solo después se dio cuenta que era una de las cosas que tenía en común con Dani.

—Sí, pero me gusta que lo notaras.

—He notado otras cosas.

—¿Como cuáles?

—Esa hermosa erección que tienes desde que entré en tu departamento. —Dijo tomando sus manos y acercándolo a su cuerpo.— Hace juego con la mía.

Chris estaba mudo, Alen estaba cada vez más cerca hasta que suavemente lo abrazó por la cintura. No pudo quedarse quieto y colocó sus manos en el fuerte pecho de Alen. Sintió los labios suaves de Alen besar su frente y suspiró encantado, levantó el rostro esperando sentir un suave beso como el que había recibido en la clínica, pero Alen juntó sus labios y lo besó intensamente.

Rápidamente subió las manos a su cuello para acercarlo aún más. Alen sabía besar muy bien y él no quería dejar de besarlo, sus labios eran suaves, cálidos y al mismo tiempo le transmitían tanta pasión que dejaba claro que no solo quería besar su boca.

Sus cuerpos pegados se rozaban en todas las partes correctas y las manos fuertes de Alen recorrían su espalda acercándolo aún más. Se dejó abrazar y acarició el cuello y los hombros de Alen, tenía los hombros anchos y musculosos, tal como le gustaban.

Alen los movió lentamente y cayeron juntos en el sofá. No pudo evitar gemir cuando Alen lo tomó de las caderas y lo acercó a él rozando sus erecciones, rápidamente levantó la rodilla sobre su cadera para sentirlo mejor.

Los jadeos y gemidos de ambos era lo único que se escuchaba en la habitación. Chris llevó las manos a la cintura de Alen y tiró de su camisa hacia arriba, necesitaba tocar su piel, necesitaba sentirlo como nunca había necesitado nada antes. Alen respondió a sus caricias con suaves, roncos y sexys jadeos.

Alen dejó de besarlo para mirarlo y sonreír antes de levantar más su camisa y sacársela por la cabeza. Chris quedó hipnotizado por su moreno y lampiño torso, y de inmediato llevó su boca a uno de los pezones, Alen entonces gimió y llevó las manos a su cabeza masajeándolo.

—Por Dios Chris…

Le encantaba como Alen decía su nombre, con su voz ronca y sexy hacía que los vellos de la nuca se le erizaran.

Alen lo separó un poco para sacar su camisa también y volver a besarlo. Cuando sus bocas por fin se separaron Alen siguió besando su cara, su cuello y subiendo a su oreja mientras subía también las manos para acariciar sus pezones.

—Vamos al dormitorio… —Dijo Alen en su oído.

Se congeló un momento dudando. No entendía por qué dudaba, era lo que quería, quería acostarse con Alen. ¿Entonces por qué estaba asustado de ir muy rápido?

—¿No quieres? —Preguntó Alen acariciando su rostro.

Miró los hermosos ojos azules de Alen y le importó un comino ir muy rápido.

—Sí, sí quiero.

Alen sonrió y volvió a besar a Chris, la dulce y deliciosa boca de Chris. Siguieron acariciándose cada vez más intensamente, no se cansaba de tocarlo, cuando sintió la mano sobre su erección jadeo en la boca de Chris. Estaba duro como una piedra, había soñado mucho en acostarse con él, en separar las redondas y duras nalgas de Chris y enterrar profundamente su pene en él.

Cuando Chris comenzó a abrir sus jeans lo detuvo un momento.

—¿Donde está el dormitorio? —Preguntó sin dejar de acariciarlo.

—Por allá. —Dijo Chris apuntando al pasillo, pero sin dejar de besarlo. Alen se levantó rápidamente y tiró de Chris para levantarlo.

—Te quiero en una cama para cogerte hasta dejarte inconsciente. —Dijo Alen acercándolo a él y besándolo.

Chris sonrió, lo cogió de la mano y lo llevó por el pasillo hasta el dormitorio.

Apenas entraron a la habitación, Alen atrajo a Chris hasta sus brazos. Envolvió con los brazos su cintura y besó su cuello, luego lo lamió todo el camino hasta la oreja, Chris se recostó contra su pecho y Alen bajó las manos para abrirle los pantalones y metió la mano dentro de la ropa interior para acariciar el duro y largo pene de Chris.

—Mmm. —Dijo Alen en su oído.— Que lindo pene...

—Gracias. —Dijo Chris sonriendo con un hilo de voz y empujando más las caderas hacia atrás restregando el lindo y firme culo contra su erección.— Quiero tocarte también.

Alen lo giró suavemente antes de tomar el rostro de Chris en sus manos y besarlo. En seguida Chris bajó las manos y desabrochó sus pantalones y sacó su muy erecto pene. Para su sorpresa las manos de Chris no se quedaron en su pene, fueron a sus nalgas, le acarició suavemente el trasero y luego lo acercó más haciendo que sus erecciones se tocaran, Alen le sonrió a Chris e imitó sus movimientos, ambos comenzaron a moverse hasta la cama.

Cuando cayeron en la cama se quitó la ropa rápidamente y luego ayudó a Chris a hacer lo mismo. Cuando por fin ambos estuvieron desnudos, Alen se acostó al lado de Chris mirándolo.

—Eres tan guapo... —Le dijo a Chris, quien se puso levemente colorado.

—Tú eres el guapo, cuando te vi en la consulta pensé que eras el hombre más sexy que había conocido. —Dijo Chris acariciando su pecho y bajando las manos hasta acariciar su erección.

Alen se puso aún más duro si es que aquello era posible. Dejó que Chris lo tocara y él se concentró en besarlo, en tocar cada rincón de su boca con la lengua. Cuando Chris bajó aún más la mano hasta sus testículos jadeo y detuvo a su amante.

—Me vas a matar Chris...

—No antes de que me cojas... — Chris sonrió y se estiró al cajón de la mesa de noche, le entregó un condón y el lubricante a Alen.— Te necesito...

Alen sonrió y dejó las cosas al lado de la cabeza de Chris, su pequeño hombre estaba muy equivocado si creía que solo iba a cogerlo y terminar rápidamente todo. Tenía la intención de disfrutar su encuentro, el siempre hacía todo rápido, excepto el sexo, con el sexo disfrutaba y alargaba cada momento. Sobre todo si el hombre en cuestión era Chris, pensaba besarlo, chuparlo y acariciarlo completo, centímetro por centímetro.

Chris estaba caliente como el infierno, Alen era tan sexy, tan dulce y tan caliente que estaba a punto de explotar. Quería sentirlo dentro de él, pero casi gime de la frustración cuando dejó las cosas a un lado y comenzó a besarlo. Chris iba a protestar, pero Alen lo besó y comenzó a descender por su cuerpo hasta su entrepierna. La caliente lengua de Alen pasó por la húmeda cabeza y jugó con su duro pene casi llevándolo a la locura, cuando por fin lo tragó, Chris casi gritó de placer.

Alen subía y bajaba la boca por su eje chupándolo con tal entusiasmo, que iba a explotar en cualquier momento.

—Alen, detente, me voy a correr.

Su hermoso moreno retiró la boca, pero siguió masturbándolo con la mano.

—Alen...

—Córrete cielo, quiero verte...

Chris comenzó a mover las caderas contra la mano de Alen y no duró casi nada, antes de tirar la cabeza hacia atrás y correrse con fuerza en la mano de su amante.

Apenas y se estaba recuperando del orgasmo cuando sintió a Alen limpiarlo rápidamente. Se inclinó hacia él y lo besó dulcemente.

—Date la vuelta cielo.

No necesitó pedírselo dos veces. Chris se giró y separó las piernas para darle acceso a Alen. Cuando sintió el dedo lubricado de su amante comenzó a gemir suavemente.

—Se siente bien. —Dijo con un hilo de voz cuando Alen metía el dedo casi completo.

—Y se va a sentir mejor cielo.

Chris rió y Alen metió rápidamente un segundo y luego un tercer dedo. Chris gimió y apretó la almohada bajo su cabeza.

—Estás tan apretado… Me muero por entrar en ti Chris...

—Entonces hazlo rápido, no me vas a lastimar.

—¿Estás seguro? No soy pequeño.

—Tus dedos tampoco, ya estoy listo.

Alen sonrió y se colocó el preservativo sin dejar de mirarlo en ningún momento. Chris esperaba que se pusiera sobre él y lo penetrara, pero Alen una vez más lo sorprendió.

—Ven aquí cielo. —Dijo Alen levantándolo hacia su pecho.

Alen se arrodilló sobre la cama y ubicó a Chris también de rodillas contra él, con su espalda apoyada en el pecho de Alen. Lo separó un poco para colocarse en su entrada y lo penetró suavemente.

Chris gimió, Alen era grande y dolía un poco, pero iba avanzando lentamente. Colocó la cabeza sobre el hombro de Alen y se dio cuenta que la posición le permitía controlar la penetración, así que empujó un poco más descendiendo lentamente sobre el pene de su amante.

Alen lo acariciaba y esperó pacientemente hasta que Chris quedó sentado sobre sus caderas. Se tomó un momento para acostumbrarse y disfrutar de las caricias de Alen. Cuando finalmente se sintió listo giró el rostro y besó a Alen profundamente. Levantó las caderas y luego volvió a bajar enterrando el pene de Alen profundamente en su trasero.

—¿Estás bien? —Preguntó Alen contra sus labios. Cuando Chris gimió un sí, Alen comenzó a moverse.

—¡Oh por Dios! —Chris casi gritó cuando Alen comenzó a casi salir por completo y luego enterrarse una y otra vez profundamente.

La posición era deliciosa, le permitía a ambos moverse y acariciarse. Alen era fabuloso, no tenía que pedirle nada, parecía entender lo que necesitaba. En momentos bajaba la intensidad de las penetraciones para acariciarlo y evitar que terminaran demasiado pronto, y luego comenzaba una nueva ronda de profundas y deliciosas penetraciones.

Cuando las manos de Alen volvieron nuevamente en su pene, Chris no pudo más.

—Alen... —Dijo con voz ronca corriéndose nuevamente en la mano de Alen.

Su amante se enterró una última vez con un gemido ronco mientras se corría también. Chris aún tenía su mano en el cuello de Alen y lo acarició lánguidamente mientras ambos recuperaban el aliento. Alen seguía acariciando su ahora flácido pene mientras besaba su cuello.

Ambos seguían de rodillas y Chris se dio cuenta que prácticamente estaba sentado sobre las caderas de Alen.

—Eso fue... wow... —Dijo Alen en su oído.

—Sí, fue wow... —Contestó riendo y girando su cabeza para besar a Alen.

Esta vez el beso fue tierno. Alen lo abrazó por la cintura y se quedaron así unos minutos, ni siquiera le importó que Alen aún estuviera dentro de él, se sentía a gusto así, saciado y abrazado dulcemente por Alen.

Alen lo besó una última vez en el cuello y luego salió lentamente de su cuerpo. Chris se dejó caer agotado sobre la cama y miró a Alen caminar desnudo al baño.

La vista de Alen desnudo era increíble, tenía hombros y pecho anchos y lampiños, su estómago era plano y marcado, caderas delgadas, piernas largas y un duro y redondo trasero. En general su cuerpo no era demasiado musculoso pero estaba tonificado, era el cuerpo de un deportista.

Él era delgado, siempre lo había sido, además también hacía deportes… Pero solo cuando Marco lo arrastraba a ello. Ni de broma tenía un cuerpo tan precioso como aquel.

Cuando Alen salió del baño estaba medio erecto de nuevo y Chris lo miró sorprendido.

—¿Qué pasa? —Preguntó Alen.

—Estás duro de nuevo.

Alen se rió y se subió a horcajadas sobre él.

—Estaba en el baño pensando en ti, en que estabas aquí aún desnudo y simplemente… bum.

—Pero te acabas de correr…

Alen lo limpió y después se agachó a besarlo apoyado en sus manos.

—Y pretendo correrme de nuevo. Y que te corras conmigo, una… y otra… y otra vez. —Dijo puntualizando cada palabra con un beso.— ¿Lo quieres?

—¿Quién podría negarse a algo así? –Dijo riendo.

Chris comenzó a sentir que se ponía duro de nuevo con las palabras de Alen. Y su hermoso amante bajó la vista para mirar su pene.

—Lo ves, tu pene está de acuerdo conmigo. —Dijo Alen levantando las cejas.

No pudo evitar reírse con la mirada pícara de Alen, quien en dos segundos rápidamente los volteó para acostarse sobre la cama y ponerlo sobre él.

—¿Tienes ganas de cabalgar cariño? —Preguntó Alen sonriendo.

—Encantado. —Dijo casi sin aliento.

Se estiró a la mesa de noche y le puso rápidamente un preservativo a Alen. Lo cubrió con más lubricante y se puso sobre él, quien se quedó quieto dejándole el control nuevamente. Bajó rápidamente sobre él hasta quedar completamente sentado sobre sus caderas. Sentir el duro pene en su culo era increíble, aunque trataba, no recordaba nunca haberse sentido tan bien con alguien como lo hacía con Alen.

Ni siquiera con Alex, había amado a Alex, pero jamás se había sentido con él así. No sabía por qué y en ese momento, cuando Alen comenzó a moverse, tampoco le importó.

5

Alen no podía dejar de sonreír. Aún no podía creer que había hecho el amor con Christian.

¡Con Christian!

Cuando había llegado al departamento de Chris su idea era tomárselo con calma, no quería ser solo un romance pasajero para Chris, pero estar cerca de él había sido demasiada tentación.

Chris sonrió en esos momentos y su corazón saltó de alegría. Le gustaba que Chris sonriera mucho más desde que lo conoció, lo hacía feliz pensar que era por él.

Después de hacer el amor por segunda vez, Chris y él se habían preparado unos sándwiches, habían comido y principalmente conversado.

Ahora estaban en el comedor, ambos en ropa interior, le gustaba eso, ya que podía estirar las piernas y acariciar a Chris con ellas.

Le gustaba hablar con Chris, era encantador y divertido, lo mejor de todo es que también sabía escuchar, cuando hablaba lo miraba a los ojos y no trataba de imponerse en la conversación.

—No puedo creer que hayas construido este edificio. —Le dijo a Chris y viendo como se sonrojaba levemente.

—Eso suena como si lo hubiera hecho yo solo, solo fui parte de todo el enorme grupo de personas que se necesitan para hacer un edificio.

—Aún así es fantástico.

—Tu trabajo también es importante, estás formando mentes jóvenes.

—Sí, es verdad. Me gusta sobre todo enseñar a los niños pequeños, los grandes a veces ya están malcriados y no puedes hacer nada por corregirlos, pero los pequeños absorben todo lo que les dices.

—Me gusta cuando hablas de tu trabajo, se nota que amas lo que haces.

—Tú también. ¿Nunca te has escuchado hablar?

—¿En serio? No me había dado cuenta. —Dijo Chris sonriendo.— Llevo más de diez años trabajando y no me he detenido a pensar en ello, pero si lo pienso… Tienes razón, amo mi trabajo.

—¿Tuviste que empezar a trabajar cuando tus padres te rechazaron?

—Si… Tuve suerte de empezar a trabajar casi de inmediato cuando salí de la universidad, gracias a mi mejor amigo nuevamente.

—¿Él te consiguió el trabajo?

—Algo así... —Dijo Chris sonriendo.— Estudiamos la misma carrera, ingeniería civil en construcción, su papá tenía en esa época una pequeña constructora y obviamente Marco iba a trabajar en la empresa familiar una vez que se graduara. Yo pensaba que iba a poder buscar un trabajo tranquilamente, pero de un día para el otro tuve que aceptar lo que me ofrecieran. Afortunadamente la familia de mi amigo me acogió y su papá me dio un buen trabajo, aprendí mucho con él.

—¿Nunca has querido dejarlo?

—No. —Dijo rotundamente.— Trabajo con mi mejor amigo, con un buen sueldo, haciendo lo que amo... Sería un ingrato si los dejara.

Alen sonrió por dentro. Le gustaba que Chris fuera fiel con su jefe y más le gustaba pensar que también lo fuera con sus relaciones amorosas.

Sus ojos fueron un segundo al reloj de la pared y su ánimo decayó pensando en tener que dejar a Chris.

—Ya es tarde... —Le dijo a Chris.

Chris también miró el reloj y a Alen le pareció ver que su alegría decaía.

—¿Quieres que te vaya a dejar a tu casa?

—Puedo tomar un taxi, no vivo muy lejos.

Chris tomó su mano y la acarició suavemente.

—¿Crees que voy a dejar que tomes un taxi, cuando puedo acompañarte?

—Te apuesto que lo único que quieres es que te de un beso de despedida. —Dijo bromeando.

—Por supuesto, no te irás de aquí sin un beso de despedida, pero no todavía...

—Ven aquí... —Le dijo a Chris tirando de su mano.

Chris se acomodó sobre él con las piernas abiertas, haciendo que sus penes se rozaran. Colocó las manos en las caderas de Chris para acercarlo más y Chris subió las suyas a su cuello acercándolo y besándolo suavemente.

—¿Ese fue un beso de despedida? —Preguntó Alen sonriendo.

—Por supuesto, nos vemos. —Dijo besándolo nuevamente.

—Hasta luego... —Dijo Alen besándolo otra vez.

Así siguieron varios minutos entre risas, despidiéndose y besándose.

—¿No debería irme? —Preguntó Alen cuando los besos juguetones se volvieron más apasionados y ambos empujaban sus erecciones cada vez más cerca.

—Más tarde... —Dijo Chris metiendo la mano entre ellos y acariciándolo.

—Chris... —Alen metió la mano dentro de su ropa interior y metió un dedo dentro del apretado canal de Chris.

—Oh por Dios... —Chris se sacudió en sus brazos.

Alen no aguantó más, se paró con Chris aún en sus brazos y fue derecho al dormitorio.

Más tarde se iría, mucho más tarde...

Chris despertó con el movimiento suave de la cama, al parecer Alen se había despertado antes y volvía del baño. Él no era para nada madrugador, le encantaba quedarse en cama hasta tarde siempre que podía y en esos momentos tenía unas ganas locas de seguir durmiendo.

El ligero dolor en su trasero le recordó que había pasado la noche entera cogiendo con Alen. Sintió la cama moverse nuevamente y el cálido cuerpo de Alen se abrazó a su espalda.

—Buenos días. —Le dijo besando su cuello.

Alen sonaba tan despierto que le sorprendió.

—¿De dónde sacas tanta energía? —Preguntó con voz ronca.— Apenas y puedo abrir los ojos.

—Soy madrugador, me gusta levantarme temprano para hacer ejercicios.

—Yo corro a la ducha y después corro a la cocina a desayunar, ¿eso cuenta como ejercicio?

La risa de Alen en su oído le calentó el centro del pecho.

—No lo creo. Pero te advierto que si no te levantas, encontraré actividades más provechosas que dormir. —Dijo Alen apretando una contundente erección contra sus nalgas.

—Mmm. —Dijo apretándose más a Alen y acercando su boca para besarlo.— ¿Qué tan provechosas?

Cuando se estaban besando comenzó a sonar la alarma. Chris se inclinó y apagó la alarma antes de girarse a mirar a Alen.

—Tengo que ir a trabajar. —Suspiró frustrado.— ¿Y tú?

—Estoy bien, mi primera clase es a las diez de la mañana. Incluso me alcanza el tiempo para ir a cambiarme de ropa.

Se levantó rápidamente lamentando dejar a Alen todo lindo y excitado en su cama. Se dirigió al baño para su rutina matutina y cuando ya estaba en la ducha la voz de Alen retumbó en el baño.

—¿Te molesta si te jabono la espalda?

Chris sonrió, sabía que le jabonaría más que la espalda. Por toda respuesta estiró la mano para que Alen entrara a la ducha.

Ni siquiera hicieron falta palabras, se abrazaron, besaron y acariciaron dulcemente bajo el agua. Pero Chris necesitaba más. ¿Cómo era posible que aún quisiera más de Alen?

La noche anterior había sido, por decir lo menos, intensa. No recordaba haber tenido una maratón de sexo así nunca, ni siquiera cuando era joven más joven. Pero claro, él nunca antes se había acostado con nadie hiperactivo. Entre el pene, la boca y las manos de Alen, había perdido la cuenta de las veces que se había corrido.

¡Y aún quería más!

—Alen… Por favor…

Alen estiró la mano fuera de la ducha para alcanzar un preservativo que probablemente había dejado a mano, se protegió y giró a Chris contra las paredes de la ducha y se colocó a su espalda.

Chris gimió y tiró la cabeza hacia atrás apoyándola en el hombro de Alen. La giró para darle acceso a Alen que besaba y lamía su cuello.

—Chris… Eres el hombre más increíble que he tenido en mis brazos.

Era estúpido, pero aquella frase le desagrado, no quería pensar en Alen con otros hombres. ¿Qué diablos le pasaba? ¿Estaba celoso?

—Solo hazlo… Ahhh…

Alen lo penetró lentamente, demasiado lento para su gusto. Chris se apoyó en las baldosas y se inclinó levemente para darle mejor acceso y… Oh por Dios, Alen se enterró profundamente, Chris se empujó aún más urgiéndolo para que se moviera.

—Calma Chris, no quiero lastimarte.

—Estoy bien, solo necesito que me jodas. —Dijo con voz ronca.

No necesitaba que le diera tiempo, estaba más que dilatado con todo lo que habían estado cogiendo durante la noche.

—Tus deseos son órdenes cariño. —Le dijo Alen sonriendo mientras comenzaba a entrar y salir de su ano.

Las manos de Alen sujetaban su cadera mientras se empujaba dentro de él. En alguna parte de su cerebro aún trataba de razonar porque hacer el amor con Alen se sentía tan bien, tan correcto y tan increíble.

Ambos se movieron cambiando levemente de posición lo que hizo que comenzara a rozar su próstata. Alen llevó la mano a su pene y eso fue demasiado.

—Oh maldición que bien se siente… —Casi gritó cuando se corrió en la mano de Alen.

—Demasiado bien… —Le dijo Alen al oído.

Alen lo empujó aún más contra las baldosas pegando por completo su cuerpo a su espalda, se empujó una última vez dentro de él y se corrió con un gemido profundo.

Cuando se calmaron un poco Alen aún lo sostenía y solo en ese momento se dio cuenta de que la boca de Alen estaba en su cuello y por el ardor que sentía probablemente le había dejado una marca.

Sonrió con la idea de andar con una marca en el cuello como si fuera adolescente, pero no le importó. Dudaba que Alen lo hubiera hecho a propósito y siendo justos él le había dejado una marca similar en el hombro durante la noche.

Alen sentía su corazón latir acelerado, durante la noche ninguno de los dos había hablado sobre si volverían a verse, después de las maravillosas horas que habían pasado juntos, Alen quería volver a estar con Chris pero no sabía si él también lo quería.

No solo quería volver a verlo, quería una relación con Chris, quería estar con él, hablar con él y volver a sostenerlo mientras dormía.

Le había dicho a Chris que lo dejara en el metro pero un poco antes de llegar le pidió que se detuviera.

—Detente aquí. —Le dijo a Chris.

—Aún falta para llegar.

—Aquí está bien, cerca del metro hay demasiada gente y no podré despedirme de ti.

—Oh. —Dijo Chris comprendiendo y estacionando el carro.

—Bien… Este es el momento. —Dijo Alen algo nervioso.

—¿Qué momento? —Preguntó Chris confundido.

—Cuando me dices gracias y me mandas a volar o… Me das las gracias por la mejor noche de tu vida y me pides que nos volvamos a ver.

Chris sonrió y se acercó a él para besarlo.

—Gracias por la mejor noche de mi vida y… ¿Qué quieres hacer esta noche?

Chris estacionó su camioneta en su lugar designado, muy cerca de la alta estructura en construcción. Estaba supervisando un edificio de casi treinta pisos que estaba construyendo con Marco.

Era el quinto que construía junto a él. A Marco y él les gustaba estar cerca y vigilar todo, por lo que solo hacían uno o dos proyectos a la vez. La empresa de la familia de su amigo era pequeña comparada con las grandes constructoras que existían en el mercado, pero poco a poco y con mucho esfuerzo, se estaban haciendo un nombre.

Chris llegó casi veinte minutos tarde y en cuanto entró en la oficina, Marco levantó la vista. Sabía que a su amigo no le molestaba su atraso, él solía ser puntual, por lo tanto era más curiosidad que otra cosa.

—Buenas noches. —Dijo Marco bromeando.

—Buenas. —Contestó sentándose frente a él.— ¿Alguna novedad?

—No, todo marcha según lo programado y hablé con el capataz de… ¿Eso que tienes en el cuello es un chupón? —Preguntó Marco sonriendo.

Chris se puso colorado y se llevó la mano al cuello.

—No, si, más o menos…

—Vaya, vaya, ahora veo porque llegas tarde… ¿Tu hombre chupetón no te despertó?

—Si lo hizo. —Dijo con una sonrisa satisfecha.— Pero no hay nada como una larga y caliente ducha para despertar.

—Ja ja ja. —Rió Marco con ganas.— ¿Y quién fue el afortunado?

—Alen…

—¿Lo llamaste? —Preguntó sorprendido.— Vaya, honestamente no pensé que lo harías.

—¿Por qué no?

—No sé. Me parecía que estabas asustado de llamarlo.

Y con razón, su resolución de no involucrarse no había durado ni diez minutos ante la encantadora presencia de Alen. Pero se sentía tan feliz en esos momentos que no le importó. Alen también parecía interesado en él y si los milagros existían a lo mejor lo de ellos podría funcionar. Quería que funcionara.

—Bueno, ya no lo estoy, lo veré de nuevo esta noche. —Dijo con una enorme sonrisa.

—Me alegro por ti. Mírate, no has parado de sonreír desde que cruzaste la puerta.

Eso le recordó las palabras de Alen.

—Alen me dijo que era demasiado serio, que debía sonreír más.

—Al parecer lo que te faltaba para sonreír era un buen polvo. —Le dijo riendo.

—Varios buenos polvos.

—¿Varios?

—Dejé de contar después de la cuarta o quinta vez que me corrí.

—¡Por favor! ¡Estás exagerando! ¡No puedes estar hablando en serio!

—No, no estoy exagerando. Y lo mejor de todo es que además conversamos mucho. Fue una noche muy extraña, fue como… No sé cómo explicarlo, no sé donde vive, ni siquiera le pregunté su edad, pero sé cosas importantes de él, me habló de su madre, de su infancia en el sur, de su mejor amigo, de su trabajo… Incluso hablamos sobre mis padres y sobre Rafael.

—Te gusta. —Dijo Marco mirándolo sorprendido.

—Claro que me gusta, no me habría acostado con él si no me gustara.

—No, me refiero a que te gusta mucho, no solo la parte física. Conectaste con él.

Si, había conectado con Alen como nunca había hecho con nadie. ¿Eso lo hacía tan especial? Sintió una punzada de miedo al pensar en que quizás solo para él había sido especial. A lo mejor para Alen solo había sido una buena noche de sexo.

—Ya córtala. —Dijo Marco de improviso.

—¿Qué cosa?

—Estás empezando a preocuparte por tonteras, se te puede leer en el rostro. Córtala con eso y disfruta lo que estás viviendo, te ves lindo sonriendo cuando piensas en Alen, no dejes de hacerlo. —Dijo parándose de la silla y pasándole unos documentos.— Ahora acompáñame a ver cómo va el piso quince... Eso si es que todavía puedes caminar.

—Apenas. —Dijo sonriendo y siguiendo a Marco al exterior.

¿Era solo idea suya o el día estaba más brillante que otras veces?

C hristian estacionó su camioneta frente al restaurante italiano. Aquel lugar siempre había sido su favorito, recordaba cuando había llevado a Alex por primera vez a aquel sitio, a su ex le había encantado también.

Hace varios años que no iba a comer allí, la última vez había terminado en el estacionamiento con la nariz rota. No sabía por qué, pero necesitaba volver a su restaurante favorito y necesitaba a Alen con él allí.

Sonrió al pensar en Alen, en su guapo, cariñoso y maravilloso Alen. Aún no comprendía que lo hacía tan especial, pero lo era. Era maravillosamente distinto de los otros hombres con los que había salido.

Salió tranquilamente de su vehículo y apenas había cruzado la puerta del restaurante cuando lo primero que vio fue el perfil de Alex sonriendo, estaba en el lugar cenando con Dani, su primo Gino y su esposa Elizabeth.

Demonios.

Se quedó cerca de la puerta donde no pudieran verlo. ¿Qué debía hacer? ¿Se quedaba en el lugar y se arriesgaba a pasar un mal momento? ¿O podía llevar a Alen a otro sitio?

Volvió a mirar por un momento y Alex le sonrió a Dani, luego tomó su mano y la besó dulcemente.

Ver la tierna escena lo lastimó. Alex lo había dañado de muchas maneras y los recuerdos de todo lo sucedido entre ellos lo deprimió. Era una estupidez, él ya no amaba a Alex, lo tenía claro, pero aún le dolía que Alex no lo hubiera amado, que hubiera despreciado su amor como si no valiera nada.

Canceló la reserva y se giró sobre sus talones para salir del lugar.

Al llegar a su automóvil se dio cuenta que había perdido el apetito. No tenía ánimos de ver a Alen, no ésta noche.

Marcó su número de teléfono y la alegre voz de Alen contestó.

—Hola cariño, sé que estoy un poco atrasado, pero voy saliendo y estoy cerca…

—No te preocupes… En realidad te llamaba para cancelar…

—Oh… ¿Está todo bien?

—Sí, solo no estoy de ánimo hoy. Te llamo mañana. —Le dijo antes de cortar la llamada sin siquiera despedirse.

Bruscamente sacó su carro del lugar y condujo sin rumbo fijo hundido en sus depresivos pensamientos.

—¡Idiota! —Gritó Alen furioso.— ¡Maldito idiota hijo de las mil putas!

Erick entró casi corriendo en su habitación.

—¿Qué te pasa? —Preguntó sorprendido justo en el momento que arrojaba su teléfono furioso sobre la cama.

—¡Me acaba de plantar! —Le dijo a Erick.— ¡El muy imbécil me acaba de plantar!

—A lo mejor tuvo alguna emergencia…

—No, eso lo hubiera entendido, solo no estaba de ánimo… —Le dijo con un tono burlón.— ¡Hasta me colgó el maldito teléfono!

—Lo siento… —Le dijo Erick con una sonrisa triste.— ¿Vas a salir igual?

—No. —Dijo enojado.— Ya me echó a perder la noche.

—No puedo ofrecerte una cena italiana, pero si un par de sándwiches y una cerveza.

—Me parece fantástico. Solo que vas a tener que aguantar mi mal humor.

—No creo que te dure mucho. Es raro que estés de mal humor…

Le sonrió a su amigo y mientras iba tras él, aprovechó de mirarle el trasero. Erick tenía un lindo y apretado trasero. Era una lástima que fueran como hermanos o ya se habría cogido a Erick hace mucho tiempo.

Se sentaron frente a frente para comer y conversar en el mesón de la cocina americana.

—¿Por qué diablos me hago esto Erick? ¿Por qué me ilusiono con idiotas que siempre terminan decepcionándome?

—Porque la esperanza es lo último que se pierde. Y tú eres un optimista, así que vas a seguir intentando encontrar a tu media naranja hasta dar con él.

—¿Eres un puto sabiondo ahora?

—No, si lo fuera ya habría encontrado alguien para mí mismo.

—¿Puedo preguntarte algo?

—Por supuesto.

—¿De verdad no te molesta que traiga hombres?

Alen solía llevar a sus conquistas al departamento, pero Erick nunca lo hacía, solo una vez había visto salir un hombre del departamento, pero eso había sido varios meses atrás. No creía que Erick no tuviera sexo, pero al parecer jamás los traía a casa.

—No. —Le dijo poniéndose colorado.— ¿Porque lo preguntas? ¿Te he hecho sentir incómodo?

—No, claro que no. Solo estaba pensando en que nunca has traído a nadie en todo el tiempo que llevas aquí. Excepto aquel tipo alto que vi salir una vez…

Erick lo miró sorprendido de que supiera de una de sus aventuras.

—No tengo mucha suerte con los hombres y prefiero que no vean a hombres salir o entrar aquí conmigo. —Le dijo bajando la vista.— Si Sara se llega a enterar me hará la vida más imposible aún. Es capaz de prohibirme ver a mi hijo.

La ex esposa de Erick era absolutamente insoportable y Alen la detestaba. Sara en tanto, tampoco lo soportaba a él, había amenazado varias veces a Erick con no dejarlo ver más al niño si seguía viviendo con él.

Pero había dos factores que impedían que Erick se fuera, el principal era que el arriendo era barato y si se cambiaba iba a tener más gastos y por lo tanto menos ingresos, cosa que no le convenía a Sara, porque le sacaba cada centavo que podía a su amigo.

Además Sara trabajaba los fines de semana como promotora en un centro comercial y el lugar quedaba cerca del departamento, eso le permitía dejar el niño con Erick los fines de semana mientras trabajaba.

Incluso Alen solía cuidar al pequeño cuando Erick no podía hacerlo. Así que Sara debía tragarse su orgullo y aguantar que fuera parte de la vida de Erick.

—Todavía no puedo creer que estés casado con ella.

—¿Por qué te sorprende tanto?

—Bueno, porque ella es tan diferente a ti. Es tan vulgar.

—Sí, lo sé. Aun no se en que estaba pensando.

—Conociéndola ahora entiendo que seas gay. —Le dijo sonriendo.— Te apuesto que te dejó traumado y eso te llevó a los hombres…

—Sí, creo que ahí empezó todo. —Le dijo riendo.— Soy un caso clínico, cree anticuerpo a las mujeres gracias a ella.

—¿Por qué nunca has salido a conocer chicos conmigo? —Preguntó sonriendo.

—Por lo mismo, tú sales a conocer chicos, yo solo te los espantaría. —Le dijo mostrándole su mano mala.

—¡Eso es una idiotez! Solo tuviste un accidente, tu rostro no está desfigurado ni mucho menos, eres atractivo y cualquier hombre con un poco de cerebro que te conozca se enamorará de ti y no le importarán tus cicatrices.

—Eso suena lindo, pero no es cierto. He hecho el intento de salir solo y es incómodo. No soy como tú, que todos se te quedan mirando con la boca abierta cuando llegas a un lugar.

—¿Tú también me miras con la boca abierta? —Le dijo sonriendo coqueto.

—¿Para qué? Ni que te fueras a fijar en mí.

—¿Porque crees que no eres atractivo?

—Sé. —Le dijo marcando la palabra.— Que no soy atractivo.

Alen se paró y fue hacia su amigo, tomó la mano de Erick y la llevó hacia su erección. Erick abrió los ojos sorprendido y trató de quitar la mano, pero se la retuvo.

—Eres atractivo. —Le dijo con decisión.— Me has provocado una erección cada vez que comemos juntos. Así que espero que eso te aclare las cosas.

Cuando volvió a sentarse, Erick aún lo miraba sorprendido.

—No puedo creer que hicieras eso…

—¿Qué? ¿Nunca has tocado una erección antes?

—¡Claro que sí! ¡Pero no la tuya!

—Na… —Dijo levantando los hombros.— Son todas iguales.

—Eso no es cierto…

—Que bien… ¿Quieres hablar de erecciones ahora?

—¡No! Solo quiero decir que… —Comenzó a balbucear.— ¡Eres terrible! ¿Lo sabías?

—¿Por qué lo dices? —Le preguntó fingiéndose ofendido.

—Porque no puedes resistirte a nada que tenga pene, camine en dos pies y no tenga pelos o plumas.

—Y que respire, eso de la necrofilia no va conmigo. –Dijo sonriendo.

—Payaso. —Le dijo Erick riendo.— Lo ves, ya estás alegre de nuevo.

—Por favor no me recuerdes la fuente de mi mal humor.

Erick, lo miró unos segundos antes de inclinarse hacia él y mirarlo con esos ojos profundos que su amigo tenía.

—Sabes, no creo que el hombre que me describiste solo sea un idiota. Debió pasarle algo y él solo…

—¿Se desquitó conmigo?

—Probablemente. Dale tiempo, estoy seguro que te llamará y se disculpará.

—¿Y si no lo hace?

—Tienes una fila de hombres que estarán felices de ocupar su lugar.

Suspiró resignado. Sabía que había otros hombres, pero él quería a Christian. No le interesaban otros hombres, solo uno.

¿Qué diablos era eso? ¿Desde cuándo no le interesaban otros hombres?

—¿Qué hiciste qué? —Le dijo Marco casi gritando.

—Lo llamé y cancelé.

Marco lo miró molesto después de dejarlo entrar en su departamento. Había dado vueltas por la ciudad en su automóvil hasta que se dio cuenta que inconscientemente estaba frente al departamento de Marco.

—¿Por qué diablos hiciste eso?

—Cuando llegué al restaurante… Alex estaba allí, con Dani y su primo.

—¿Y por eso lo plantaste? ¿Por qué viste al idiota en el mismo lugar?

—Si…

Marco se refería a Alex siempre como "el idiota". Su mejor amigo había cerrado filas en su favor después de su ruptura y luego de que Alex le rompiera la nariz, aquello se había convertido en un odio encarnado contra Alex. Había que decirlo, su amigo era el más leal sobre la tierra, ni siquiera después de que le contara lo de las mentiras que le había dicho a Dani había cambiado su postura. Seguía de su lado.

—Eres un estúpido.

—Gracias… —Dijo ofendido.

—No te hagas el ofendido porque sabes que tengo razón. No te había visto tan entusiasmado con alguien desde tu mala experiencia con el idiota.

—Lo sé…

—¿Y qué haces? ¡Vas y lo plantas! ¡A lo mejor que te ha pasado en años!

—No entiendes…

—No, no entiendo. Ya pasaron más de cuatro años Chris. El idiota hizo su vida y tú deberías hacer lo mismo, debes pasar la hoja de una vez.

—Pues deberías aplicar tus palabras a ti mismo.

—Yo lo hago.

—¿En serio? ¿Hace cuanto que no sales con alguien? Y no me refiero a los polvos rápidos que tienes cada tanto. Me refiero a una relación.

Marco podía tener a cualquier hombre que quisiera, era guapo y cada vez que iban a un lugar gay, los hombres lo rondaban como moscas, él pocas veces les hacía caso, pero cuando lo hacía, era una conquista segura. A pesar de eso, no había tenido una relación estable desde la muerte de Tommy.

—Solo no se ha dado. No es que esté atascado.

—¡Mentiroso!

—¡Bien, si lo estoy! Pero si apareciera alguien que me provoque lo que te provoca Alen no sería tan idiota de dejarlo ir, me aferraría a él y vería donde me lleva.

—¿En serio nadie te ha movido un poco? ¿Ni un poquito?

—No. —Le dijo Marco suspirando.

—Sabes que no puedes esperar a alguien que te provoque lo que provocaba Tomy.

—Lo sé, no soy estúpido. Tomy había uno solo… —Le dijo con tristeza.

Le dolía ver a Marco sufriendo. Su amigo aún no superaba la muerte de su pareja, probablemente nunca lo haría.

—Alen debe estar furioso conmigo.

—Y con razón. Deberías tomar ahora el maldito teléfono y llamarlo para pedirle disculpas. Luego arrastrarte y seguir pidiendo disculpas hasta que te acepte de nuevo.

—Lo haré. Te prometo que lo llamaré mañana y me arrastraré todo lo necesario para que me perdone. Pero no hoy.

—Te compraré rodilleras. —Dijo Marco sonriendo y apretando su pierna.

Se inclinó y apoyó su cabeza en el hombro de Marco.

—¿Por qué diablos no me enamoré de ti Marco? Todo habría sido más fácil.

Siempre se lo había preguntado. Ellos eran como Alex y Dani, amigos muy íntimos. Incluso habían salido cuando estaban en la universidad, pero lo de ellos no había funcionado. Cuando Marco conoció a Tomy, aquello había sido amor a primera vista y él se había hecho a un lado para que su amigo fuera feliz.

—También me lo he preguntado. —Le dijo Marco abrazándolo.— Supongo que es porque eres como mi hermano, somos demasiado amigos para ser amantes.

—A lo mejor hay algo mal en mi… —Confesó por fin su mayor miedo.— Por eso nadie me ama. Ni siquiera mis padres…

—No hay nada malo en ti Chris. —Le dijo Marco besando su cabeza.— Yo te amo, no tenemos química sexual, pero te amo.

—Eres el único.

—Eso no es verdad, toda mi familia también te ama. A veces incluso creo que mi hermana te quiere más que a mí, eso lo sabes.

Chris sonrió recordando cuan dulces y cariñosos eran la hermana menor y el hermano mayor de Marco, todo un contraste con su propia familia.

—¿Crees que Alen… me perdone por ser tan idiota? —Iba a preguntar "¿Crees que Alen pueda llegar a amarme?" pero su amigo siempre había sido honesto con él y le dio miedo que Marco le dijera que no.

—Claro que sí.

Eso esperaba. Lo de ellos había sido demasiado especial para arruinarlo por una estupidez. Tenía una larga lista de fracasos amorosos y lo último que quería era ver el nombre de Alen en ella.

A l día siguiente Chris estaba supervisando nuevamente el piso quince, hablaba con el capataz cuando Marco apareció a su lado.
—Hola muñeco. —Dijo Marco cuando nadie podía oírlos.

Chris odiaba que Marco le dijera muñeco, y su amigo lo llamaba siempre así, principalmente para molestarlo.

—¡No me llames así! —Dijo en voz baja.— ¿Qué haces acá? ¿No ibas a ver las casas de la costanera?

—No hace falta, hablé con el capataz y dice que está todo bien. Así que vine a ver cómo estás.

—Bien, más tranquilo.

—¿Llamaste a Alen?

—No todavía, lo llamaré a la hora de almuerzo, quizás quiera ir a alguna parte y podamos conversar.

—Dame tu teléfono. —Dijo Marco estirando la mano.

—No, no te lo daré. —Lo tenía en el bolsillo de su camisa, así que Marco podía verlo perfectamente.— Te conozco, vas a llamarlo, o lo que es peor vas a obligarme a llamarlo y no quiero interrumpir su trabajo.

—¡Dámelo! —Le dijo Marco estirando la mano a su bolsillo.

Comenzaron a forcejear, pero era más un juego, ya que ambos estaban riendo. Finalmente su bolsillo se desgarró un poco y el teléfono cayó al suelo. Corrió tras el aparato, pero con la prisa de recogerlo antes que Marco no midió la distancia y lo golpeó con su pie mandándolo directo a través de una ranura entre las protecciones del borde del edificio.

Su teléfono cayó directo desde el quinceavo piso al primero.

—Oh no, no, no, no. ¡Mi teléfono! —Dijo corriendo hacia el borde.

—Oh, oh. —Dijo Marco.

—¡Ya estarás feliz! —Dijo molesto.— ¡Ahora no podré llamar a Alen!

—Relájate, te compraré uno nuevo, en la compañía telefónica pueden recuperar todos los números de tu aparato antiguo.

—¿Estás seguro? Porque no tengo su número en ninguna otra parte, si no puedo recuperarlo…

—Estoy seguro. ¿Recuerdas cuando mi teléfono cayó al agua? Recuperaron toda la información.

—Si lo recuerdo, pero también recuerdo que no recuperaste toda la información, en aquella ocasión te quejaste de que habías perdido números.

—Sí, pero no era nada importante, además ahora todo es incluso más seguro y queda todo respaldado.

Chris no estaba tan seguro de eso, así que igual cruzó los dedos para que el número de Alen pudiera recuperarse, si no… No quería pensar en esa posibilidad.

Alen miró por centésima vez su teléfono. Odiaba cuando esperaba ansioso que un hombre lo llamara. Siempre esa maldita espera era la peor parte.

Con Chris era aún peor. El hombre le gustaba tanto…

La noche que habían pasado juntos había sido increíble. Él era un caliente, no había duda de eso, pero jamás había estado más encendido en su vida, simplemente no podía recordar haber tenido una noche mejor que aquella. Y no solo por la parte física, pensó que había logrado atravesar el muro que Chris trataba de mantener a su alrededor, pensó que lo de ellos había sido especial.

Se había sentido tan bien en sus brazos, tan correcto. Cuando estaba con otros hombres siempre una parte de su cerebro le decía que no debía hacerlo, o que aquel hombre no le convenía, pero con Chris no.

Sabía que a veces era solo "el chico buen polvo" para algunos hombres. Por eso aún no podía creer como se habían entregado el uno al otro con Chris. Con él había sentido que le correspondía lo que estaba entregando. No sentía que lo estuviera utilizando.

Hasta ahora, en ese momento se sentía "el chico buen polvo" nuevamente.

Todavía no entendía que después de aquella maravillosa experiencia, Chris se hubiera portado como un idiota con él… Y aún así esperaba ansioso oír su voz.

Había esperado tres días que Chris lo llamara y se disculpara y aún no lo hacía. Buscó el número de Chris y los dedos le picaban por llamarlo. ¿Qué le iba a decir?

Era tan estúpido que probablemente llamaría y llamaría a Chris solo para recibir negativas. O lo que era peor se dejaría utilizar nuevamente.

¿Qué estaba mal con él? ¿Por qué aguantaba que lo trataran así? Él era una buena persona, debía hacerse respetar, no debía dejarse pisotear por cualquiera.

Guardó su teléfono y respiró profundo rogando por no haberse equivocado con Chris.

Cuando Marco entró en la oficina, Christian estaba golpeando suavemente su cabeza contra el escritorio una y otra vez.

—¿Qué diablos estás haciendo? ¿Quieres comprobar si tu cabeza es más dura que el escritorio?

Christian lo miró con cara de pocos amigos y Marco se dejó caer en la silla frente a él.

—Lo perdí, perdí el número telefónico de Alen.

—¿No pudieron recuperarlo en la compañía telefónica?

—No, resulta que no lo guardé en el chip, lo guardé en el aparato y como el aparato se hizo trizas, no pueden recuperarlo.

—¿No sabes nada más de él? ¿Dónde trabaja? ¿Dónde vive?

—No, no y no. El tiene mi número y sabe donde vivo, pero como yo lo planté y no podré llamarlo, ahora va a pensar que no quiero volver a verlo.

—Mierda.

—Sí, mierda. —Le dijo bajando la cabeza y golpeándola nuevamente contra el escritorio.

—Y si lo conociste en el doctor, no sería más sencillo llamar a la consulta y pedir su número, en vez de abollar los muebles.

—¿Crees que no lo intenté? No dan datos confidenciales de los pacientes.

—¡Un número de teléfono no es confidencial! No ahora que todo está en internet.

—¡Internet! —Le dijo levantando la cabeza de improviso.— Debe haber algún dato allí, correo electrónico, facebook, algo.

Se levantó de un salto y besó efusivamente a Marco en la mejilla y luego corrió a su computador

—De nada. —Le dijo Marco sonriendo.

Chris estuvo toda la siguiente hora buscando rastros de Alen Mariante por todo el ciberespacio, le importó una mierda que estaba en horario de trabajo, Marco incluso se sentó a su lado y lo ayudó, pero para su desánimo la búsqueda fue un fracaso. No había nada, como si no existiera, solo encontraron una referencia y era de una página antigua que ya no conectaba.

—No puede ser que no haya nada de él, no tiene un nombre muy común. —Dijo Marco atónito.

—No entiendo, no hay nada de nada.

—¿Estás seguro que ese es su apellido?

—Sí, lo estoy. Y ya no se que más hacer. —Dijo desanimado.

Chris no podía resignarse. Perder el número de Alen significaba no volver a verlo, no volver a saber nada de él.

Se reclinó en la silla más deprimido de lo que había estado en años.

Lo había perdido, había perdido a Alen.

8

Jugar básquet era una de las pocas cosas que últimamente se le antojaba hacer a Alen. El partido semanal con sus amigos lo ayudaba por un rato a olvidarse de todo.

Cuando el partido terminó miró a Tony que se había quedado encestando y se sintió extraño. Hace unos meses atrás cuando se había acostado con él, lo había encontrado atractivo, pero ahora no lo parecía tanto. Era guapo, eso nadie lo negaba, pero ya no le atraía como antes. Había otro tipo de hombre que lo atraía más.

Sin quererlo sus pensamientos lo llevaron a Christian.

Habían pasado más de dos semanas y Chris nunca lo llamó.

Volvió a sentir esa presión habitual en su pecho cuando pensaba en Chris. No quería pensar en él, cada vez que lo hacía se sentía melancólico. Él nunca en su vida había sentido ni un poco de depresión, no sabía lo que era sentirse deprimido. Pero ahora…

¿Esto era la depresión? ¿Sentirte triste cuando piensas en alguien? No sabía si tenía depresión, pero desde su experiencia con Chris no se sentía él mismo. Simplemente a veces no tenía ánimos de levantarse de la cama, ni que decir de salir a conocer hombres, prefería quedarse en casa con Erick.

Estaba tan cambiado que hasta su amigo se había preocupado al punto de llamar a su mamá. Ella quería que volviera al sur un tiempo, pero no podía hacerlo por su trabajo, así que optó por seguir amurrado y decepcionado.

Tony no parecía mejor que él. Al parecer había tenido una relación amorosa con su mejor amigo, Leo. Y aquello no había terminado bien.

Dejó a Tony solo para que descargara sus frustraciones en la cancha y se encaminó a los vestidores. Aunque actualmente se trataban cordialmente, ellos no eran exactamente amigos.

Cuando pasó por las canchas de squash se congeló en su lugar. En una de las canchas había dos hombres jugando, uno de los jugadores era alto y muy guapo, y demonios, se parecía muchísimo a Brian Kinney el personaje protagonista de su serie de televisión favorita, Queer as Folk, y el otro hombre… Era Christian.

Se quedó en un rincón oscuro tratando de no ser visto y poder mirarlo. Se decía a si mismo que se alejara, pero no podía evitar quedarse mirándolo como un tonto, recordando cómo se sentía tocar su pelo, como se sentían sus labios...

Después de mucho tiempo observando a ambos hombre, estaba seguro de que eran amantes, había demasiada confianza entre ellos, sentía ganas de gritar y llorar cada vez que veía a Brian Kinney tocando a Chris. Cuando terminaron uno de los juegos, el hombre alto se acercó a Chris para abrazarlo, lo levantó en brazos jugando y Christian se rió.

Christian sonreía feliz.

Él había estado decaído por su rechazo, deprimido por primera vez en su vida, por su culpa… ¡Y él estaba feliz! ¡Feliz y sonriendo!

Claro que estaba feliz, no tenía motivos para estar triste, Alen no había significado absolutamente nada para él. Solo había sido "el chico buen polvo" de una noche.

Corrió a los camarines y se duchó conteniendo las ganas de llorar. Una vez que estuvo en los vestidores se sentó en una de las bancas obligando a su cuerpo a moverse.

—¿Qué haces todavía por acá? —La profunda voz de Tony resonó en los vestidores sacándolo de su ensoñación.

—Estaba... Estaba mirando un partido de squash. —Le dijo con voz triste.

—¿Estás bien? —Preguntó Tony observándolo.

—Sí, es que vi a un ex jugando squash. Estaba con otro hombre y... Soy un idiota.

Alen aún no conseguía hacerse de ánimo para terminar de vestirse, continuaba sentado aún descalzo y Tony ya había terminado de vestirse y guardar sus cosas.

Tony se sentó frente a Alen y tomó su mano.

—A lo mejor es solo un amigo. —Le dijo a Alen tratando de consolarlo.

—Puede ser, pero soy tan patético que lo estuve mirando jugar squash y pensando en que ojala yo tuviera a alguien para restregarle por las narices también.

—Espero que valiera la pena mirarlo.

—Solo porque tiene buen culo. ¿Has visto algo más aburrido y más estúpido que darle a una pelota que rebota en la pared?

—¿Las carreras de autos? ¿Has visto algo más idiota que dar las mismas vueltas una y otra vez?

Alen sonrió y al mirar sobre el hombro de Tony vio a Christian con aquel guapo hombre en el vestidor, ambos sonrientes.

No podría soportarlo, la imagen de Christian con otro hombre era como una tenaza que le estaba apretando el centro del pecho.

—Sígueme la corriente. —Escuchó a Tony susurrar antes de acercarse a él y darle un fogoso beso, de la sorpresa abrió la boca y Tony le metió la lengua.

Escuchó un jadeo de sorpresa y Tony se separó de él fingiendo sorpresa y encarando a ambos hombres.

Demonios, Tony se merecía un oscar por aquella actuación.

Chris llevaba más de dos semanas pensando solo en Alen. Por más que trataba, no lograba sacárselo de la cabeza. Había buscado todas las maneras que se le ocurrieron para encontrarlo y todo había sido inútil.

Su siguiente paso era contratar a un detective privado. Probablemente él tendría más acceso a la información que necesitaba.

Marco había estado a su lado en todo momento, proponiendo ideas, algunas bastante descabelladas, y siguiendo rastros. O como en estos momentos, arrastrándolo al centro deportivo a jugar squash para tratar de levantarle el ánimo.

Su desanimo no se iba a esfumar solo con aquel juego, pero necesitaba despejarse y dejar de pensar en Alen aunque fuera un rato.

Cuando el juego comenzó, Marco estaba animado y golpeaba fuerte la pelota, pero él ni se esforzaba en alcanzarlas.

—Chris, este juego no funciona así.

—Lo siento Marco. Creo que no fue buena idea venir.

—Muñeco, he estado pensando toda la tarde en un par de ideas para encontrar a Alen. Te lo iba a decir cuando hablara con mi contador, pero si te levanta el ánimo como para jugar un partido decente…

—¿Qué ideas?

—Pensé en pedirle a mi contador que busque sus datos en ese programa que tiene. En el que investiga los créditos de todo el mundo. Si Alen tiene una tarjeta de crédito puede aparecer su dirección.

—Sí, puede funcionar…

—La otra, es pedir un registro a la compañía telefónica de tus llamadas la semana que conociste a Alen. Ahí deben aparecer las llamadas que le hiciste…

—Eres un genio. —Le dijo a Marco con una sonrisa.

—Eso siempre lo has sabido. No te sorprendas tanto. —Le dijo devolviéndole la sonrisa.— Pero no te hagas demasiadas ilusiones. No es seguro Chris, puede que sea otra de nuestras búsquedas inútiles.

—Pero es una esperanza… —Dijo con una sonrisa.

Y una esperanza era mejor que nada. Sobre todo lo del registro de llamadas, así tuviera que llamar a todos los números de esa lista, daría con Alen. ¿Cómo no se le ocurrió antes?

De ahí en adelante no pudo dejar de sonreír y bromear con Marco. La idea de poder encontrar a Alen lo había puesto más feliz de lo que había estado en las últimas dos semanas.

Aún estaba de buen humor cuando entraron a los vestidores, apenas había atravesado la puerta y lo primero que vio fue a dos hombres besándose apasionadamente frente a él. Cuando miró mejor y vio que uno de los hombres era Alen el corazón se le cayó al suelo.

No era un beso de amigos, aquel sujeto tenía su lengua profundamente en la boca del hombre por el que había estado soñando las últimas semanas.

Sintió el jadeo de sorpresa de Marco y el hombre que acompañaba a Alen se separó de él y los miró sorprendido. Lo odió, en el minuto que lo miró, lo odió.

—Lo siento, no sabía que había alguien más. Espero no haberlos incomodado.

—No hay problema. —Le dijo Marco.

El no era capaz de hablar, estaba impactado y tratando con todas sus fuerzas en no abalanzarse sobre aquel sujeto y dejar salir toda su rabia.

Miró a Alen pero él ni siquiera le dirigió la mirada, continuó vistiéndose rápidamente como si nada hubiera pasado. Cuando finalmente Alen levantó la vista, los azules ojos solo lo miraron con tristeza.

—¿Cómo estás? —Preguntó Alen.

—¿Se conocen? —Preguntó el hombre.

—Sí, Chris es... es un conocido.

¿¡Conocido!? ¡Habían cogido toda una maldita noche! ¡Alen había tenido su pene en la boca! ¡¿Y solo lo presentaba como un conocido!?

—Soy Tony. —Le dijo el hombre estirando su mano.

—Christian Brahm, un "conocido" de Alen. —Le dijo con un tono irónico.

—Soy Marco. —Dijo su amigo dándole la mano también.

—Termina de vestirte Alen, te llevaré a casa. —Le dijo Tony a Alen.

Chris quiso gritar en ese momento, era seguro que ellos continuarían en casa lo que estaban haciendo en el vestidor.

—Ya estoy listo. —Le dijo Alen terminando de abrocharse las zapatillas y tomando su bolso.

—Adiós. —Susurró Alen cuando pasó a su lado.

—Nos vemos. —Les dijo Tony colocando posesivamente su mano en la espalda de Alen.

Christian quería volarle la mano al muy infeliz para que no tocara a Alen. Pero toda su rabia se volvió tristeza, él debería estar tocándolo, él debería ser el que llevara a Alen a casa, pero no tenía derecho a hacerlo, lo había perdido por ser un redomado imbécil.

Cuando Alen y Tony por fin se marcharon, se dejó caer en una de las bancas desanimado.

—¿Ese era Alen? —Preguntó Marco con voz ronca.

—Si, Alen y su novio.

Marco se sentó a su lado y apoyó los codos en las rodillas.

—A lo mejor es solo un amigo demasiado cariñoso.

Chris lo miró con cara de pocos amigos y Marco lo miró con cara de disculpa.

—Lo siento amigo.

—Era demasiado bueno para ser cierto.

—¿Por qué no vas por él?

—¿Estás loco?

—No, no lo estoy. ¿No viste como él te miró? Estoy seguro que siente algo por ti, aún estas a tiempo si quieres alcanzarlo y explicarle lo que pasó.

—¿Para qué? —Dijo desanimado.— Esto es mi culpa, es mi karma.

—¿Karma? ¿De qué estás hablando?

—Estoy pagando por lo que les hice a Alex y Dani. —Confesó por fin la idea que lo atormentaba hace mucho tiempo.— No merezco a alguien como Alen, no soy lo suficientemente bueno para él. No soy lo suficientemente bueno para nadie.

—Por Dios Chris… —Marco lo miró sorprendido.— ¿Cómo puedes creer algo así?

—¡Porque es la verdad! ¡Me voy a quedar solo porque soy una mala persona! ¡No merezco que nadie me ame!

—¡Esa es la mayor estupidez que he escuchado nunca! —Dijo Marco molesto.

—Ya no quiero hablar Marco. Solo quiero ir a casa y dormir.

—Ir a casa y deprimirte, querrás decir… —Marco se acercó y lo tomó de los hombros.— Ven conmigo a comer algo, podemos beber algo para que pases la pena. Pero no te dejaré solo.

—Lo que sea… —Dijo levantando los hombros indiferente.

No iba ser una buena compañía esa noche, su mente seguía en Alen. En Alen y Tony. Las imágenes de ellos dos juntos lo estaban matando.

No era mala idea ir a beber algo, incluso emborracharse por esa noche parecía una buena idea en ese momento, necesitaba adormecer su mente, así no pensaría que Alen probablemente estaba teniendo sexo con el guapo hombre con el que se había ido a casa.

Alen aún sentía su corazón latir fuerte en su pecho. El encuentro con Chris no había durado más de cinco minutos pero lo había dejado profundamente afectado.

Tony lo llevó a su departamento, y ninguno de los dos habló en todo el camino. Su mente seguía en los vestidores. Apenas y se había atrevido a mirar a Chris, tenía miedo de actuar como un idiota, si no se hubiera controlado le habría exigido explicaciones por no llamarlo o lo que hubiera sido peor, humillarse y rogarle que lo hiciera.

Finalmente Tony lo llevó a su departamento y Alen lo había invitado a subir, con una invitación implícita para acostarse con él.

¿Por qué lo hizo? No lo sabía, una parte de él quería exorcizar a Chris, de su vida, de su mente, de su cuerpo…

Por suerte Tony estaba más cuerdo que él, porque lo rechazó amablemente. Cuando escuchó la negativa de Tony se sintió aliviado, en realidad no quería acostarse con él, habría sido un error, porque habría estado pensando todo el tiempo en Chris.

Tony finalmente había aceptado subir a su departamento, pero aclarándole que solo en plan de amigos. Después de abrir unas cervezas se sentaron a conversar.

—¿Cómo lo supiste? —Preguntó Tony.

—¿Qué cosa?

—Lo mío con Leo… —Dijo serio.

—Cuando me llevaron a emergencias, después de que Leo me rompiera la nariz, él estaba tan celoso, que me sorprendió que no me fracturara otra parte más importante de mi cuerpo.

—Lo de tu nariz fue un accidente.

—¡Sí, por supuesto! —Dijo con tono irónico.

—Él quería golpearte un poco, pero no lastimarte.

—Ya no importa. —Le dijo quitándole importancia.— ¿Lo de ustedes no tiene arreglo?

Tony negó con la cabeza.

—No es que no queramos estar juntos, pero no podemos. —Dijo con tristeza.— ¿Y lo tuyo con Christian? ¿Tampoco tiene arreglo?

—No, él no me quiere.

—No lo creo.

—Está con otro hombre…

—Aún así, deberías hablar con él. Lo que dije es cierto, la manera en que te miró cuando saliste conmigo… Ni siquiera era rabia, parecía con el corazón roto.

¿De verdad? Y si Tony tenía razón y Chris si lo quería… Su corazón comenzó a latir esperanzado, pero la esperanza murió pronto. Solo eran conjeturas de Tony, si Chris lo quisiera lo habría llamado, o al menos le habría dicho algo esa misma noche cuando se encontraron.

—No puedo llamarlo, borré su número de teléfono. Por cierto, también borré el tuyo. —Le dijo en un tono de "por idiota".

Tony sonrió.

—Eso no fue muy inteligente. Borrar el de Christian lo entiendo. ¿Pero el mío?

—¿Para que conservarlo?

—Nunca sabes cuándo puedes necesitar la ayuda de un policía.

—Bueno, espero nunca necesitarla.

Estuvo tentado de pedirle como favor a Tony que arrestara a Chris, que lo arrestara por robo y daño a la propiedad privada.

Porque Chris era culpable, le había robado el corazón y lo había hecho pedazos.

La semana siguiente Marco se sorprendió al entrar en los vestidores y ver al novio de Alen allí. Chris no había querido acompañarlo a jugar squash. Su amigo había estado inconsolable desde aquel día y no quería encontrarse nuevamente con Alen.

No podía evitar sentirse culpable, Chris no lo había culpado, pero era el responsable de todo. Si él no se hubiera puesto a jugar con Chris, su teléfono no se habría roto y no habría perdido el número de Alen.

Marco había tenido muchas esperanzas con Alen, había pensado que él iba poder curar el corazón de su amigo, para que por fin olvidara al idiota de Alex.

Miró al guapo hombre frente a él, no era su tipo, a él definitivamente le gustaban los hombres pequeños. Recordó con dolor la imagen dulce de Tomy, su pareja era muy bajito, Chris siempre decía que parecía un llavero, pequeño y mono.

—Hola. —Saludó amablemente a Tony.— No sé si me recuerdas...

—Marco. —Le dijo Tony serio.— Nunca olvido un nombre.

—Tú eres Tony. —El nunca recordaba los nombres, pero difícilmente olvidaría el suyo. ¿Como podía olvidar el nombre del hombre que le rompió el corazón a su mejor amigo?

—¿Tu novio no te acompañó hoy? —Preguntó Tony con el ceño fruncido.

Marco lo miró extrañado.

—Chris no es mi novio, es mi mejor amigo.

Tony pareció sorprenderse. Lo miró serio por mucho tiempo haciéndolo sentir incómodo, se sentía como si lo estuviera pasando por un polígrafo.

—¿Por qué Christian no llamó a Alen?

—¿Sabes eso? —Tony no contestó, solo lo siguió mirando.— Perdió su número, su teléfono cayó desde un edificio en construcción y no pudo recuperar el número.

—¿Pensaba llamarlo?

—Sí, estuvo todo el tiempo tratando de encontrar a Alen y cuando por fin da con él, prácticamente te lo estabas comiendo.

—Solo era un beso de amigos. —Le dijo con una sonrisa.

—¿Amigos? —Preguntó sorprendido.— Si así besas a tus amigos no me puedo ni imaginar cómo besas a tus amantes.

—No he recibido quejas. —Le dijo sonriendo.— Me pareció ver que tu amigo aún siente algo por Alen. ¿Es así?

—¿Por qué quieres saber?

—Porque quiero ayudar a Alen, pero si tu amigo solo quiere jugar con él...

—¡No! Él no es así, está muy interesado en Alen, no quiso venir hoy porque lo afectó verte con él.

Tony se sentó a su lado.

—Solo lo besé para que tu amigo nos viera. Alen y yo salimos hace unos meses pero no estamos juntos, ese día solo lo llevé a su casa y nos tomamos una cerveza, nada más.

—¿Quería poner celoso a Chris?

—Solo quería no sentirse tan mal porque él estaba contigo y pensó que ustedes estaban juntos.

—Mierda...

—Sí, mierda. —Dijo Tony arrojando su ropa en el bolso deportivo.— De haberlo sabido ese día, se habrían ido juntos de aquí.

—¿Por lo menos puedes darme su teléfono para hablar con él? ¿O explicarle lo que pasó para que llame a Chris?

—Te daré su teléfono y puedo explicarle, pero no creo que Alen lo llame, está muy dolido con él. —Tony se quedó pensando un momento antes de hablar nuevamente.— Pero creo que podemos hacer algo por ellos...

Le dijo con una sonrisa traviesa a Marco.

9

Christian aún no entendía porque estaba en ese restaurante. Marco lo había citado en aquel lugar. No era extraño que lo invitara a cenar en un sábado por la noche, por lo general si ninguno de los dos tenía planes solían pedir una pizza y tomarse unos tragos o a veces iban a cenar fuera como hoy, pero aquel lugar no era el tipo de lugares que solían frecuentar.

La iluminación tenue, las velas y el ambiente romántico lo tenían sorprendido. Tal vez Marco no supiera que aquel sitio era así, más destinado a parejas. La otra opción que explicaba la elección del lugar no le gustaba. Si Marco había decidido intentar llevar su relación a un plano romántico nuevamente, sería una situación incómoda.

Miró la hora y Marco ya estaba atrasado quince minutos. No era poco habitual, su amigo tenía muchas cualidades, pero la puntualidad no era una de ellas.

Cuando levantó la mirada y divisó la alta y esbelta figura de Alen casi se quedó sin aliento, no solo porque no esperaba verlo allí, también porque Alen se veía más guapo que nunca. Si en jeans y zapatillas era guapo, un poco más formal se veía despampanante.

Probablemente estaba allí para cenar con su novio. No iba a poder soportarlo, no podría quedarse y verlo con otro hombre de nuevo.

Cuando el mozo llevó a Alen directo hacia él estaba atónito.

—¿Qué...?

—Debe haber un error. —Dijo Alen rápidamente.

—No lo hay. —Dijo el mozo.— Recibí estas instrucciones.

Alen lo miró molesto.

—¿Esto fue idea tuya?

—¡No! —Dijo confundido.— Se supone que iba a cenar con Marco.

—Y yo con Tony. —Dijo Alen igual de confundido.— Será mejor que me marche.

—No, por favor quédate. —Le pidió levantándose y reteniéndolo del brazo.— Cena conmigo.

—No sé si esa sea una buena idea. —Dijo Alen un poco reticente.

—Por favor… Después de todo, te debo una cena.

Alen pareció dudar unos minutos y después solo asintió brevemente. Cuando ambos se quedaron solos, ninguno de los dos habló. Alen tampoco lo miraba y se notaba incómodo.

Aún no entendía como habían terminado en la misma mesa, pero no le importaba, tener a Alen frente a él era mejor que no volver a verlo nunca.

—Te debo una disculpa por dejarte plantado aquella vez… —Dijo por fin terminando con aquel silencio incómodo.

—Ya no importa.

—Sí, si importa, arruiné todo y no sabes cómo me he arrepentido. Sucedió algo que me puso mal y acabé desquitándome contigo.

Alen lo miró sorprendido.

—¿Si de verdad te arrepentiste por qué no me llamaste y me lo dijiste antes?

—Mi teléfono cayó de un piso quince, se hizo pedazos y perdí tu número, por eso no pude llamarte, no es que no quisiera. No sabes cuánto quise hacerlo...

—¿De verdad?

—Lo juro. Esperé que tú me llamaras, pero tampoco lo hiciste.

—Pensé que no querías saber más de mí, así que borré tu número. —Dijo Alen avergonzado.— Si no lo hacía te iba a llamar una y otra vez hasta que terminaras mandándome al diablo.

—No lo habría hecho. —Le dijo sonriendo por fin.

—Me alegra saberlo. —Dijo Alen mirándolo con sus hermosos ojos.— Me encanta tu sonrisa.

La sonrisa de Chris se hizo más amplia aún, por un momento se olvidaron de lo que había pasado y la vibra entre ellos fue igual que la vez anterior.

No le importaba si Alen estaba con otro hombre, cuando Alen le sonrió también, su corazón latió más rápido con la esperanza de recuperarlo.

¡Al diablo con Tony!

Alen era suyo.

Alen aún no podía creer lo que estaba pasando. Estaba cenando con Chris y estaban sonriendo felices tal como la primera noche que estuvieron juntos.

La confesión de Chris de que había querido llamarlo aún lo tenía sonriendo.

—¿De verdad perdiste mi número?

—Sí, mira. —Dijo sacando de su bolsillo un teléfono nuevo, muy moderno y muy caro.

—Es genial.

—Me lo regaló Marco, fue su culpa que el otro se rompiera.

—¿Marco es tu novio? —Preguntó tenso.

—No, es mi mejor amigo y también mi jefe. Te hablé de él ¿recuerdas?

—¿No estás con él?

—No, solo somos amigos. En la universidad hicimos el intento de salir en el último año, pero no funcionó. Así que solo somos amigos.

Alen aún sentía celos de Marco. No le gustaba que Chris pasara todo el día con un ex amante.

—¿Qué pasa?

—Nada. Solo pensaba que no debe ser fácil trabajar con un ex amante. —Dijo tratando de fingir que no le importaba.

—Nunca fuimos amantes. Llegamos a los besos y a tocarnos un poco, pero creo que los dos nos dimos cuenta que no iba a funcionar y aplazamos el sexo. Eso hasta que Marco conoció a su pareja.

—¿Y te dejó por él?

—No, Marco se habría quedado conmigo aunque lo nuestro no hubiera funcionado para no lastimarme. Pero cuando conoció a Tomás, me di cuenta que aquello fue amor a primera vista. Así que preferí hacerme a un lado.

—Fue algo muy lindo que hicieras algo así por ellos. ¿Todavía están juntos?

—No. Probablemente aún lo estarían, ellos se amaban mucho, pero… —Chris tragó un nudo que tenía en la garganta.— Tomy falleció en un accidente carretero hace cinco años. Fue un golpe muy duro para Marco. Aún no se recupera completamente de su pérdida.

—Para ti también un golpe duro.

—Si, Tomy llegó a ser mi amigo también. —Dijo con una sonrisa dulce y los ojos brillantes.— Era pequeñito y al lado de Marco se veía más diminuto aún, además era el hombre más dulce que he conocido.

—Lo lamento. —Dijo tomando su mano en apoyo.

En cuanto lo tocó, la sensación de su piel envió cientos de sensaciones a través de su mano. El recuerdo de Chris en sus brazos hacía latir su corazón, ni que decir lo que hacía con el resto de su cuerpo, especialmente con su pene.

—¿Qué hay acerca de Tony? ¿Hace cuanto tiempo lo conoces?

—Nos conocimos hace un año más o menos. Ambos jugamos básquet con un grupo de amigos.

Chris lo miró sorprendido y luego un poco molesto.

—¿Ya estabas con él cuando nosotros..?

—¡No! Solo tuvimos algo sin importancia poco después de conocernos, pero ahora solo somos amigos.

—No parecían solo amigos el otro día. —Dijo con el ceño fruncido.

¿Chris estaba celoso de Tony? ¡Sí! ¡Si lo estaba!

Alen tomó la mano de Chris y la acarició, ya no confortándolo, si no con una caricia sensual y lo miró con todo el deseo acumulado las últimas semanas. Si hubiera podido se habría inclinado y lo habría besado directamente allí en medio del lugar.

—Prometo no dejar que Tony vuelva a besarme, si tú prometes no volver a plantarme. —Dijo con una sonrisa.

Chris sonrió y apretó su mano cariñosamente.

—Lo prometo. —Dijo con voz ronca.

Sin poder evitarlo se inclinó sobre él y lo besó suave y rápidamente en los labios. No le importaba estar en un lugar público. Él siempre veía a parejas heterosexuales besarse, algunas casi dando espectáculos públicos. Un besito casto, bien se lo podían aguantar las parejas que estaban alrededor.

Chris casi gime en voz alta cuando Alen lo besó suavemente. El corto beso lo dejó con ganas de lanzarse sobre él y besarlo hasta que le dolieran los labios, pero al mirar alrededor recordó que estaban en un lugar público.

Al parecer solo una pareja que estaba cerca se dio cuenta de que Alen lo había besado en la boca. Afortunadamente la pareja solo sonrió y siguió cenando sin sorprenderse.

Sabía que aún había personas de mente estrecha que habrían armado un escándalo porque ellos se demostraran afecto en público. Había que dar gracias al cielo que las cosas iban cambiando día a día y esperaba algún día no tener que besarse con su pareja casi furtivamente en un lugar público.

Después de ese dulce momento la cena fue todo lo que debería haber sido la vez que lo había plantado. Agradeció que Marco hubiera elegido ese lugar romántico. No sabía como lo había hecho su amigo para juntarlos, pero en ese momento solo se dedicó a disfrutar de la compañía de Alen.

La conversación fue tan relajada que incluso le confesó los intentos que había hecho para ubicarlo.

—También te busqué en internet, pero no encontré absolutamente nada. No existes para la web. —Le dijo a Alen.

—Lo sé. Tuve que cerrar todo lo que tenía en Internet. Apenas y tengo correo electrónico y solo unas pocas personas lo tienen.

—¿Por qué tuviste que hacerlo?

—Por mi ex novio, el psicópata. —Dijo sonriendo.

—¿Quién? —Preguntó sorprendido.

—Se llamaba Joaquín, pero Erick lo bautizó como el psicópata. Hace un tiempo tuve una relación con él. Fuimos novios apenas dos meses, pero comenzó a ponerse cada vez más celoso y obsesivo, y llegó un punto en el que preferí terminar con él.

—Y no lo tomó muy bien. —Lo dijo más como una afirmación que como una pregunta.

—Para nada. Me hackeó las cuentas de correo, me mandó mensajes insultándome en Facebook, me seguía al trabajo... Fue una verdadera pesadilla.

—Guau.

—Sí, lo peor fue cuando comencé a salir con otro hombre. Lo siguió a él, le dijo un montón de mierda de mí y logró que terminara conmigo.

Chris se quedó congelado con el tenedor a medio camino. La culpa golpeando su estómago y quitándole el hambre de golpe.

Él había hecho a Alex lo mismo. Si Alen supiera lo que había hecho...

—Sí, un psicópata completo. —Dijo Alen sonriendo y malinterpretando su sorpresa.

—¿Todavía... Él todavía te acosa? —Preguntó con un hilo de voz.

—No, afortunadamente conoció a alguien más y supongo que ahora se entretiene acosándolo a él y se olvidó de mi. Pero mientras aquello duró fue una verdadera pesadilla.

—¿No pudiste solucionar lo que él arruinó?

—¿Lo del hombre que me dejó? —Negó suavemente con la cabeza.— No. Pero no me importó mucho, él no debería haber creído toda esa mierda que le dijeron de mi, además no era una relación importante.

Chris se había arrepentido mucho de sus acciones. Pero hasta ahora no le había tomado el peso real a lo que había hecho. La relación que le habían roto a Alen no era significativa, pero él en cambio había separado a dos personas que se amaban.

Él había sido aún peor que el ex novio de Alen. Es más, él era el ex novio psicópata de Alex.

Aquella idea le hizo retorcer el estómago. Lo del Karma persiguiéndolo rondaba su mente desde hace mucho tiempo y ahora comprendía que estaba en lo correcto, no había manera de que sus acciones quedaran sin castigo.

Alen todavía no entendía que había pasado o que había dicho para cambiar el ánimo de Chris. En un momento estaba alegre y sonriente y al siguiente era melancólico, casi como avergonzado. Pero aún no entendía por qué.

Para su desánimo Chris se ofreció a llevarlo a su departamento. Esperaba que después de cenar su ánimo mejorara e ir nuevamente al departamento de Chris. Estaba ansioso por quitarle la ropa y hacer realidad todas las cosas que había estado pensando hacerle durante la cena. Pero su ánimo no había mejorado, aún se comportaba tierno y atento con él, pero la tristeza que veía en sus ojos lo preocupaba.

Cuando Chris detuvo el automóvil frente a su departamento, nuevamente el silencio se instaló entre ellos.

—¿Me vas a decir que pasó? ¿Hice o dije algo mal? —Preguntó finalmente.

—No eres tú... —Parecía que iba a decir "No eres tú, soy yo". Aunque se detuvo antes de lanzar aquella estúpida y trillada frase, él la captó enseguida.

—Vaya... —Dijo molesto.— De verdad que por un momento te creí todo el cuento de que perdiste mi número y todo eso.

—¿De qué estás hablando? —Preguntó Chris sorprendido.— Es verdad que lo perdí.

—¿Entonces por qué estas tratando de deshacerte de mí?

—Yo no… —Chris comenzó a negar con la cabeza pero Alen estaba tan molesto que no lo dejó hablar.

—Si no quieres estar conmigo, solo tenías que decirlo.

Abrió la puerta y salió del carro sin despedirse.

¡Al diablo con Christian!

Caminó la corta distancia a su departamento y subió las escaleras de a dos peldaños hasta el segundo piso. Su departamento no era ni por asomo tan lindo como el de Christian, pero Erick lo había convertido en un lugar muy acogedor.

Cuando estaba colocando las llaves en la puerta, Christian llegó a su lado.

—¿Qué diablos fue eso? —Dijo Chris sin aliento llegando a su lado.

—¿No eres tú, soy yo? —Dijo aún molesto.— Esa frase la he oído tantas veces que ya le tengo adjudicada. Si la buscas en el diccionario aparece mi foto al costado.

—Lo lamento Alen, no era mi intención decir eso. Te dije cuando te conocí que tenía unos asuntos pendientes. Lo que te iba a decir es que no es tu culpa que yo a veces me ponga idiota.

Alen aún tenía las llaves en la mano y no sabía si creerle a Chris. ¿Qué pasaba si otra vez lo dejaba sin llamarlo? ¿Tenía el valor de arriesgarse de nuevo con él?

—¿Qué quieres de mi Chris? —Dijo molesto.— Si lo único que quieres es cogerme y desaparecer, está bien, hazlo, pero no me hagas promesas, me gustas demasiado para ilusionarme y que desaparezcas nuevamente.

—Tú también me gustas mucho Alen y sé que quiero estar contigo, pero me asusta un poco. La última vez que alguien me importó tanto como tú, terminé con el corazón roto.

—¿Fue el novio con el que viviste?

—Sí, se llama Alex.

—¿Qué pasó? —Chris no parecía querer hablar al respecto.— Dímelo. Necesito saber en qué me estoy metiendo.

—No hay mucho que saber, yo me enamoré pero él no se enamoró de mí. En realidad él estaba enamorado de su mejor amigo desde hace mucho tiempo.

—¿Te dejó por él?

—No, pero terminamos por su culpa y poco después él ya estaba con Dani. Técnicamente nunca me engañó, pero Dani siempre estuvo entre nosotros.

—¿Todavía lo amas?

Para su decepción, Chris no contestó enseguida, se tomó tiempo para pensar en la respuesta.

—No, creo que no.

Alen no le creyó del todo, una parte suya creía que Chris aún estaba enamorado de su ex.

¿Valdría la pena arriesgarse con Chris?

410

Lo miró una vez más y su corazón latió acelerado ante el rostro serio de Chris. Si, si valdría la pena intentarlo. No sabía si podía hacerlo olvidar a Alex, pero bien valía la pena tener a Chris para besar esos labios y verlo sonreír.

Se acercó a él y lo besó como había querido hacerlo durante toda la noche. Y para su alegría Chris lo abrazó para acercarlo aún más y devolverle el beso.

Girando la llave, abrió la puerta y lo empujó dentro de su departamento.

Chris estaba feliz. Más feliz de lo que había estado en las últimas semanas. Alen y él acababan de hacer el amor y ahora estaban acurrucados juntos acariciándose lánguida y tranquilamente.

Colocó su mano sobre el pecho de Alen y sonrió, su piel pálida contrastaba con la morena de Alen. Le gustaba eso, se veían lindos juntos.

Alen lo miró antes de girarse un poco y abrazarlo incluso más cerca. Su novio estaba excitado, lo había estado por un buen rato, ya que ese parecía ser su estado permanente cuando estaban juntos.

Aprovechando su cercanía, Chris tiró de su cuello y lo acercó para un caliente beso. Alen lo acercó aún más y lo puso sobre su cuerpo, se siguieron besando suavemente hasta que Chris le sonrió a Alen y comenzó a bajar lentamente por el cuerpo de su novio.

Alen tiró la cabeza hacia atrás y gimió. Chris se preocupó de lamer, chupar y morder suavemente cada uno de sus pezones antes de bajar al hermoso pene de su novio. Lo lamió de arriba abajo y luego bajó más hasta sus testículos.

—Oh por Dios Chris…

Chris sabía que era bueno con el sexo oral, más de una vez se lo habían dicho y hacérselo a Alen era aún mejor. Su novio se retorcía, lo acariciaba y gemía de manera deliciosa.

Después de lamer su saco y casi enloquecer a Alen, tomó su pene y lo metió suavemente en su boca.

—Chris, Chris…

Comenzó a chuparlo con fuerza y Alen comenzó a empujar sus caderas hacia su boca. Humedeció un dedo y acarició con él el apretado agujero de Alen.

—Oh por Dios Chris si… Métemelo cariño.

No esperó a que se lo pidiera de nuevo, metió su dedo en el ano de Alen. El pensar en poder hacerle el amor a su novio lo puso aún más duro, pero no sabía si a Alen le gustaría.

Chris lo chupó más fuerte y buscó con su dedo la próstata de Alen, cuando la acarició su novio se estremeció en sus brazos.

—Chris detente, me voy a correr en tu boca si no paras ahora. Demonios… Eres fabuloso cariño.

Retiró su boca sonriendo y miró a Alen estirarse para tomar el lubricante. Su corazón se aceleró cuando se lo puso en la mano.

—¿Quieres…? —No se atrevió a terminar a frase para no recibir un rechazo.

—Por supuesto que sí. ¿Por qué no querría?

—A algunos no les gusta. —Dijo pensando en Alex, a él no le gustaba, en todo el tiempo que estuvieron juntos nunca dejó que Chris le hiciera el amor.

—¿Qué clase de gays idiotas frecuentas? —Dijo sonriendo.— Vuelve a meter ese dedo cariño y luego mete tu pene, porque yo no soy idiota y si me gusta.

Chris rió fuerte antes de colocar lubricante en sus dedos y comenzar a preparar a Alen. Se sentía el hombre más afortunado del mundo. Solo hace un par de horas había creído que no volvería a ver a Alen y ahora lo tenía a su lado y estaba a punto de hacerle el amor.

Después de todo, quizás había hecho algunas cosas bien en su vida, porque su karma mejoraba minuto a minuto.

Alen se relajó cuando Chris lo penetró suavemente con dos dedos. El pensar en Chris penetrándolo lo tenía al borde.

Ya estaba a punto de correrse, Chris era increíble chupándola, el hombre tenía la boca más talentosa que hubiera tocado su pene, y no habían sido pocos. Si Chris hubiera seguido unos segundos más habría roto su promesa de no terminar en la boca del otro.

Desde la primera noche que pasaron juntos habían acordado eso, principalmente por seguridad, Chris le confesó que no se había hecho aún su examen anual de VIH y Alen tampoco. No quiso confesar que estaba más que de acuerdo porque además había sido bastante promiscuo últimamente, siempre utilizaba protección, pero no quería arriesgar a Chris, jamás arriesgaría a Chris.

Cuando Chris metió un tercer dedo en su ano, ya no podía más.

—Demonios Chris, me voy a correr…

Chris lo miró con una sonrisa pícara antes de tomar su erección con una mano y penetrarlo profundamente con la otra. Su control se perdió y se corrió espasmo tras espasmo de placer en la mano de Chris.

Cuando aún no se recuperaba del orgasmo, Chris se colocó el preservativo y abrió más sus piernas. Alen las subió a sus hombros para darle más acceso. Estaba tan relajado que Chris lo penetró rápida y profundamente con facilidad.

—Chris…

—¿Estás bien?

—Si, por favor muévete, me estás volviendo loco así quieto. —Dijo moviendo las caderas contra Chris.

Chris sonrió y se inclinó a besarlo, antes de comenzar a salir y entrar suavemente. Cuando comenzó a penetrarlo con más fuerza Alen gimió con la deliciosa sensación. Él prefería estar arriba, pero no le molestaba de vez en cuando que alguien lo cogiera bien cogido, especialmente si ese alguien era Chris.

Alen llevó la mano a su renovada erección y comenzó a tocarse al ritmo de las penetraciones de Chris. Demonios, su amante era igual de bueno cogiendo que chupándola. La liberación llegó fuerte y se corrió esparciendo los hilos de semen sobre su estómago y pecho. Sintió a Chris enterrarse con fuerza una última vez y tensarse cuando el orgasmo lo golpeó tan intensamente como a él.

Chris cayó sobre él y Alen lo abrazó con fuerza, con el corazón latiendo a cien por hora. Sus labios volvieron a juntarse para casi devorarse el uno al otro. ¿Qué diablos hacía Chris para encenderlo así? Había tenido amantes más guapos y más dotados, pero por lejos Chris era el mejor amante que había tenido nunca.

Alen sonrió mirando el guapo rostro de Chris y su corazón latió más apresurado dándole la respuesta.

Chris se había metido en su corazón. Desde que lo vió por primera vez se había metido profunda e irremediablemente en su corazón. Besó a Chris nuevamente y rogó porque no lo volviera a abandonar, porque cada pedazo de su corazón quería estar con él.

Chris se despertó abrazado al cálido cuerpo de Alen. Se sentía muy bien estar sostenido así, pensó que no le molestaría despertar cada día abrazado a él. La idea lo hizo sonreír tontamente.

Al levantar la vista le sorprendió que Alen siguiera dormido. No sabía qué hora era y recordó que su teléfono estaba en la chaqueta que había quedado tirada en alguna parte de la sala. Sintió ganas de ir al baño, así que se levantó suavemente para no despertar a su hermoso amante.

Recordó que Alen tenía un compañero así que se puso la ropa interior antes de salir al pasillo, después de pensarlo dos veces también se puso los pantalones.

Al salir del baño sintió ruido en la sala y caminó discretamente hacia el lugar para recoger su chaqueta. Le sorprendió encontrar la ropa ordenada con cuidado sobre el sofá. La noche anterior Alen lo había llevado directo hacia el dormitorio mientras arrojaban las prendas que se iban sacando.

A la luz del día pudo mirar con calma el lugar, era un departamento pequeño, pero muy lindo, de hecho le sorprendió el buen gusto en la decoración. No había cosas caras, pero quien decoró las había utilizado muy bien, haciendo lucir el lugar cálido y acogedor.

El departamento tenía una pequeña cocina americana y un hombre bajito con unos desordenados rizos estaba de espaldas a él preparando el desayuno. Era de la misma altura que Tomy, pero su cuerpo era mucho más macizo que el de su amigo.

Tomy era muy delgado y tímido por lo que siempre parecía que estaba encogido, el compañero de Alen en cambio, se erguía todo lo que daba su baja estatura y tenía unas espaldas anchas, incluso a través de la camiseta se podía ver unos brazos bien marcados.

Cuando el compañero de Alen giró levemente el rostro y lo vio de perfil, se congeló en un segundo de la sorpresa, casi le da un ataque cardiaco al verlo.

No podía ser, no podía ser él.

El hombre frente a él era un fantasma, no podía haber otra explicación. Cuando el hombre se giró por completo, por unos segundos vio a Tomy, lo vio tan claramente como si su amigo nunca hubiera muerto. Solo cuando el hombre lo miró fijamente y pudo verlo con más claridad comenzó a respirar de nuevo.

No era Tomy, pero bien podía ser su hermano. Su hermano guapo, por que definitivamente el compañero de Alen era mucho más guapo que Tomy.

—Oh, lo siento si te asusté. Soy Erick, el compañero de Alen.

—Si, lo sé. —Dijo con voz temblorosa.

—¿Estás bien? ¿Estás pálido?

—Si, estoy bien, me asusté un poco. —Más bien un montón, pensó.

—¿Quieres desayunar? ¿Una taza de café? —Ofreció Erick amablemente.

—Prefiero esperar a Alen y desayunar con él, pero un café suena bien. Soy Christian por cierto. —Dijo estirando la mano para estrechar la de Erick.

—¿Christian? ¿El Christian de "ese idiota me plantó"? ¿Ese Christian? —Preguntó sonriendo Erick.

—Si, ese Christian supongo. —Dijo sonriendo también.

—¿Cómo diablos terminó contigo anoche? Se supone que iba a salir con... –Erick se interrumpió, no queriendo decir algo que perjudicara a Alen.

—¿Con Tony? –Le dijo con una sonrisa tranquilizadora.— Ni idea, se supone que yo iba a cenar con mi mejor amigo, pero el mozo tenía instrucciones de juntarnos, no dijo de quien eran las ordenes pero sospecho que de mi amigo.

Erick le pasó una taza de café con la mano derecha y colocó con dificultad un posavasos con la izquierda y pudo ver que la tenía bastante dañada.

Cuando atrapó a Chris mirando su mano, rápidamente se la metió al bolsillo.

—No la escondas. No quise hacerte sentir incómodo. Solo pensaba que debió ser un accidente doloroso.

—Lo fue. Aún a veces me duele un poco.

Iba a preguntar que le había sucedido en la mano cuando el timbre sonó. Erick fue a abrir y un pequeño niño saltó sobre él.

—¡Papi!

—Hola amor. —Dijo Erick tomando al pequeño niño en brazos.

Una mujer entró detrás del pequeño. La mujer hubiera sido bonita si no fuera porque era bastante vulgar. El pelo era de un color rubio demasiado oxigenado y el maquillaje sobrecargado no ayudaba para nada a su apariencia.

Erick se giró hacia él, con una orgullosa sonrisa mostrándole al pequeño. El niño tenía los mismos rizos desordenados y la misma sonrisa de su papá.

—Chris, este es mi hijo, Marco. Y ella es mi ex esposa Sara. Sara, él es...

—Todavía no estamos divorciados. Sigo siendo tu esposa. —Replicó la mujer.

416

Erick entornó los ojos y le dio la espalda a su esposa.

—¿Marco? Mi mejor amigo se llama Marco, es un lindo nombre. —Le dijo sonriendo al niño.

El pequeño sonrió y abrazó más cerca de su papá.

—¿Y este Romeo sin camisa quien es? —Preguntó Sara.— ¿Otro de los putos de Alen?

Chris se tensó con el ataque injustificado de Sara. Cuando iba a contestar a la vulgar mujer, la voz profunda de Alen se escuchó fuerte.

—Ya me parecía que un cuervo había entrado al departamento, te escuché graznar desde el dormitorio Sara. —Dijo Alen entrando a la habitación también sin camisa. Alen se acercó a él, lo abrazó y le besó el cuello.

—Y yo sentí el olor a puto en cuanto entré.

La mujer miró a Alen y el antagonismo que había entre ambos era palpable.

—No cobro cariño, lo hago solo por placer, lo de cobrar te lo dejo a ti.

—Vaya ejemplar que te cogiste. —Dijo Sara, esta vez hablándole a él.— Si aceptas un consejo, huye mientras puedas cariño.

—Solo hablas de celosa, ya quisieras tu cogerte a alguien tan guapo como yo.

—No gracias, he comido cosas mejores, incluyendo al único que tú no. Sé que te molesta no poder poner tus manos sobre Erick.

¿Erick? ¿Alen deseaba a Erick? Miró alrededor y al parecer el hombre había sacado al niño de la habitación antes de que Alen y Sara comenzaran a sacarse los ojos.

—Y a ti te molesta no saber si he pervertido o no a tu dulce Erick, te apuesto que te sigues preguntando si es gay y torturándote sabiendo que quizás hace tiempo que ya me cogí su lindo culo. —Le dijo acercándose a Sara y desafiándola.

—Dile a Erick que paso por el niño a las cinco. —Dijo saliendo molesta por la puerta y dando un portazo.

—¿Qué diablos fue todo eso? —Preguntó sorprendido.

—Ese fue el round semanal de Alen con Sara. —Respondió Erick entrando en el cuarto.— Esta vez fue corto porque estabas tú.

—Es mi hobby favorito, hacer que se ponga roja de la rabia. —Dijo Alen sonriendo y sirviéndose una taza de café.

—Dejé a Marco viendo televisión. —Dijo Erick acercándose a Alen.— ¿Así que si fuera gay, ya hace tiempo que habrías cogido mi lindo culo?

—¡Y te encantaría! —Dijo Alen riendo y acercando a Erick para abrazarlo cariñosamente.

Sintió un retorcijón en el estómago y reconoció el sentimiento. Era la misma sensación que había sentido cada vez que veía a Alex con Dani.

Los componentes eran los mismos, su amante, el mejor amigo supuestamente hetero y él haciendo mal trío.

La historia se repetía una vez más.

Karma, pensó, su maldito karma persiguiéndolo.

Alen miró a Chris y su rostro mostró la misma transformación de la noche anterior. En un momento estaba bien y al siguiente lucía triste.

—Voy a vestirme. —Dijo de improviso y casi corriendo al dormitorio. Erick lo miró también preocupado.

—Ve tras él. —Le dijo Erick empujándolo hacia el dormitorio.— ¡Ahora!

Cuando entró al dormitorio esperaba encontrar a Chris vistiéndose para huir rápidamente, sin embargo estaba acostado en la cama mirando al techo. Caminó hacia él y se recostó a su lado. Para su alegría, Chris lo acercó más a él y lo abrazó.

—¿Me vas a decir que pasó?

—Nada, ya te dije que a veces me pongo idiota.

—Necesito que me digas que está mal, si no, está relación no va a funcionar.

—¿Relación? ¿Quieres una relación conmigo?

—Por supuesto. ¿Tú no? —Preguntó un poco decepcionado.

—Si la quiero, pero pensé que tú no querías… Después de todo no te faltan los hombres. —Dijo Chris tratando de reír pero sonó demasiado tenso.

Alen se incorporó un poco sobre el codo para poder mirarlo a la cara.

—¿Es eso? ¿Te molesta lo que dijo Sara sobre otros hombres?

—No. —Mintió Chris sin mirarlo a los ojos.— Tú tienes tu pasado y yo el mío.

—¡Mentiroso! ¡Si te molesta! —Alen lo miró fijamente con una ceja levantada.

—No… Un poco… —Chris no pudo escapar del escrutinio de Alen así que finalmente casi gritó.— ¡Sí! ¡Si me molesta! No quiero saber, ni siquiera quiero pensar en los hombres con los que has estado…

—Chris, no te puedo decir que he sido un santo. Cuando estaba en la universidad tuve que trabajar mucho, así que esos años fueron tranquilos. Pero cuando salí de la universidad, he tratado de divertirme un poco y he sido un poquito, ya sabes…

—¿Promiscuo?

—Iba a decir fiestero… —Le dijo mostrándose avergonzado

—Ya sé que has sido algo pro… fiestero.

—¿Lo sabes?

—Prácticamente te me arrojaste encima en la primera cita, me contaste que lo de Tony también fue casual y Erick no estaba sorprendido de verme esta mañana en tu cocina, lo que me indicó que vio pasar a más de alguien por allí. —Dijo tratando de sonar casual, pero notoriamente molesto.

—Si eso te molesta, ¿Por qué no dijiste nada?

—Porque no quiero estar sobre ti, no quiero que me dejes como dejaste a tu novio, el psicópata.

—Cariño, tú distas mucho de ser un psicópata.

A Alen le pareció ver una expresión avergonzada en el rostro de Chris.

—Pero me siento como uno. Más de una vez he perdido un novio por mis celos y no quiero que vuelva a pasar. No quiero perderte porque no puedo controlar mis celos…

¿Novio? ¿Chris lo consideraba su novio? Alen se acercó y lo hizo callar dándole un profundo beso.

—Cielo, es normal sentir celos. Yo también los siento. Tampoco me gusta pensar en los otros hombres que ha habido en tu vida.

—No han sido tantos. También me divertí cuando tenía tu edad, es solo que ahora quiero algo más estable, más... —Le dijo mirándolo serio.— Pero si quieres seguir divirtiéndote...

—No, yo también quiero más, te quiero a ti.

—¿Estás seguro que es a mí a quien quieres?

—¿A quién más?

—A Erick… —Dijo Chris en un susurro.

—¿Erick? —Preguntó sorprendido.— ¿Por qué crees algo así?

—Sara lo dijo y tú además lo abrazas y lo besas cariñosamente…

Alen recordó de golpe la historia que le contó Chris la noche anterior. El ex novio de Chris lo había dejado por su mejor amigo. No era de extrañar que se pusiera así cuando abrazó a Erick.

—Erick y yo solo somos amigos. Las palabras de Sara, son solo para enfadarme, no puedes tomártelas en serio.

—Ya estuve en esa situación antes y no quiero…

—No es para nada la misma situación. Erick y yo somos como tú y Marco. ¿Recuerdas que dijiste que ambos sabían que una relación entre ustedes sería un error? A nosotros nos pasa lo mismo, Erick y yo somos como hermanos. Es lindo, pero no me atrae como tú lo haces. La única persona con la que quiero una relación es contigo.

Chris sonrió y se abrazó a él nuevamente colocando la cara en su cuello.

—Yo también lo quiero. —Dijo Chris en un susurro.

—Qué bueno que quieras, porque tomaste mi virtud anoche, así que tienes que hacerte responsable. —Le dijo sonriendo.

Chris rió en su cuello haciéndole cosquillas y su corazón latió de alegría con la risa de Chris.

—Dudo que a ti o a mi nos quede algo de virtud… —Dijo Chris riendo.— Pero esto es lo que quiero Alen. Estar contigo. Poder confiar, poder entregarme por completo a una relación nuevamente.

—Puedes confiar en mi cariño. Ya lo verás.

Alen se abrazó a Chris emocionado, él también quería estar con Chris. Lo quería con todo el corazón.

11

Para Chris los siguientes meses de su vida fueron increíbles. Su relación con Alen era la mejor relación que había tenido nunca. Su novio era divertido, alegre y hacía que todo a su alrededor fuera mejor. Hasta Marco que odiaba a todos sus novios, adoraba a Alen.

Marco le contó que Tony y él habían planeado reunirlos en el restaurante y que había esperado afuera del lugar hasta que vio a Alen besarlo.

Aún no le gustaba pensar que su novio fuera amigo de Tony, menos aún si al detective besaba a sus amigos de esa manera, pero de todas formas Chris había acompañado a su novio a visitar a Tony al hospital cuando le dispararon, su reconciliación con Alen había sido en parte obra de Tony, así que le alegró que se recuperara de la grave herida.

Con el paso de las semanas también pudo comprobar que la relación entre Alen y Erick era únicamente de amistad. Su novio le había confirmado lo que él ya sospechaba, que Erick era gay.

Al principio le preocupó un poco, pero siempre y cuando no se interpusiera entre Alen y él, no le importaba.

Y afortunadamente Erick les dejaba su espacio y jamás estaba en medio. Se notaba que quería a Alen, pero no de la misma manera que Dani a Alex.

Su afecto por Erick había crecido día a día, a pesar de que su personalidad no era igual a la de Tomy era igual de dulce, simpático y tierno. Estar con él era como volver a estar con su amigo fallecido, le provocaba una sensación de calidez que extrañaba desde que su amigo había muerto.

El único problema de su creciente amistad con Erick era que Alen, quien no sabía lo del parecido de su amigo con Tomy había insistido en presentarlo con Marco.

La insistencia era principalmente porque Marco se parecía al actor favorito de Erick. Siempre que estaban con su pequeño amigo y el nombre de Marco salía en la conversación, Alen le contaba cuan parecido era su amigo a un tal Brian Kinney.

Hasta ahora había evitado por todos los medios posibles que Marco conociera a Erick, el hombre era demasiado parecido a Tomy y sería una impresión demasiado fuerte para su amigo.

Eso a pesar de que una parte de él sabía que Erick sería perfecto para Marco, pero era una situación demasiado bizarra que Marco tuviera un novio tan parecido físicamente a su pareja fallecida.

Chris suspiró pensando en su novio. Hacer el amor con Alen seguía siendo increíble, pero lo de ellos no era solo físico. El solo abrazar a Alen y dormir en sus brazos lo hacía feliz. Tanto que estaba pensando seriamente en pedirle que vivieran juntos. Para él aquello era un paso muy serio, después de su amarga experiencia con Alex tenía mucho miedo de dar aquel paso.

Esa tarde estaba de buen humor, su guapo novio pasaría la noche en su departamento. Alen pasaba mucho tiempo con él, una de las ventajas de ser profesor eran las largas vacaciones de verano, aunque solo le quedaban unos días libres, ya que estaban a miércoles y las clases comenzaban el día lunes.

Mientras esperaba que Alen llegara revisó la correspondencia y suspiró al ver el sobre que tenía en la mano. Era la tarjeta de navidad que le había enviado a su familia. Ya estaban en febrero y recién estaba volviendo a sus manos, aquel retraso en la correspondencia le había dado la esperanza de que sus padres la hubieran conservado, pero no fue así, la habían devuelto sin abrir.

Más decepcionado que enojado la rompió en todos los pedazos que pudo y la arrojó a la basura.

Había pasado las fiestas de fin de año con Alen, su mamá y Erick. Chris sonrió recordando a la mamá de su novio, era rubia y con los mismos ojos azules que Alen. Evelyn era una mujer muy dulce y se había mostrado feliz de que estuviera con su hijo. En los pocos días que estuvo con ellos antes de volver al sur, sintió como si hubiera vuelto a tener una madre. Ahora al recibir nuevamente el rechazo de su progenitora lo hizo deprimirse.

Aún después de tanto tiempo le dolía el rechazo de su familia.

Cuando su novio llegó su ánimo no era el mejor, en cuanto Alen entró fue directo a sus brazos.

—Hola cariño, ¿cómo estás? —Preguntó Alen abrazándolo y besándolo tiernamente.

Chris no tenía ánimo de contestar, solo se abrazó a Alen con ganas de llorar.

—¿Chris? —Preguntó Alen preocupado.— ¿Qué te pasa cariño? ¿Pasó algo malo?

—Nada fuera de lo común, ya debería estar acostumbrado.

—¿Acostumbrado a qué?

—La devolvieron… Mis padres devolvieron la tarjeta sin leerla.

Alen sabía que había enviado aquella tarjeta. Y le había dicho que lo encontraba una pérdida de tiempo.

Su novio lo cogió de la mano y lo llevó hasta el sofá. Después de sentarlo junto a él, lo abrazó hasta que estuvo más tranquilo.

—No debes dejar que te afecte cariño.

—¿Cómo puedo no hacerlo? Es mi familia…

—Ese es el punto, ya no lo es y todavía no lo has asumido.

—No quiero asumirlo. No puedo entender como mis padres pueden solo haberme sacado de su vida. El que sea gay no es algo que pueda cambiar. ¿Cómo mis padres no entienden eso? ¿Cómo puede ser más importante aparentar frente a sus amigos que amar a su propio hijo?

—No puedo contestar eso, porque yo tampoco lo entiendo cariño.

—Y tampoco puedes entenderme, no sabes lo que es sentirse rechazado.

—¿Qué no puedo entenderlo? Santo cielo... —Dijo Alen sacudiendo la cabeza y sonriendo.— ¡Puedes ser tan idiota a veces!

—¡Gracias! —Dijo ofendido y tratando de pararse del sofá.

—¡No! —Dijo Alen reteniéndolo por el brazo.— Te sientas ahí y me vas a escuchar. ¿Crees que eres el único que ha sido rechazado alguna vez? Intenta ser mapuche de ojos azules y después me restriegas esa estupidez.

Chris se quedó pasmado con sus palabras.

—¿Te rechazaban por tus ojos?

—Mi piel es muy oscura para considerarme alemán y mis ojos muy claros para ser mapuche, nunca encajé en ningún lado y después para rematar todo salí del closet.

—Pero tu mamá te aceptó incondicionalmente...

—Si, pero solo ella. —Dijo Alen tomando su mano.— Mi mamá casi no tiene familia, pero mi papá sí. Por su lado de la familia tengo abuelos, tíos, primos y ninguno me habla.

—No... no me habías contado. ¿No te hablan por tus ojos o porque eres gay?

—Es una larga historia. Todo partió cuando mis padres se conocieron, para toda la comunidad fue difícil aceptar que él se enamorara de una alemana, la familia por parte de mi padre viene de una antigua línea de lonkos o jefes de tribu, pero finalmente lo aceptaron. Luego nací yo y mis ojos me hicieron diferente.

—¿Viviste en una tribu?

—No, la mayoría de los mapuches viven en casas, no en rucas, nosotros vivíamos en una casa en la ciudad, pero mi padre participa activamente en las actividades de la comunidad, además estudié en una escuela que pertenece a la comunidad mapuche.

—¿Nunca te aceptaron?

—No completamente, ni a mi mamá ni a mí y finalmente cuando salí del closet, simplemente fue demasiado, no solo fui rechazado por mi padre, lo fui por toda mi familia y por toda mi comunidad.

—¿Tu padre tampoco te habla?

—¡Yo no le hablo a él! —Dijo orgulloso.— Cuando le dije que era gay tenía dieciséis años, yo sabía que era gay hace rato y ya no quería mentir. Él consideró que era lo peor que le podía haber hecho, me golpeó y me echó de la casa con lo puesto.

—Dios...

—Mi mamá peleó con él, se gritaron, fue una tremenda pelea y finalmente mi mamá me mandó a la casa de su mejor amiga a pasar la noche. A la mañana siguiente llegó con una maleta con mis cosas y otra maleta con las de ella.

—Se separaron por...

—¿Por mi culpa? Si, mi mamá dijo que yo era una parte de ella y que si mi papá no me aceptaba a mí, tampoco a ella.

Chris pensó cuan afortunado había sido Alen con su mamá. Recordó como sus padres solo lo hicieron a un lado de una forma mucho más sutil y mucho más fría, y por fin entendió que Alen tenía razón, él ya no era una parte de ellos, tal vez nunca lo había sido.

—Estuvimos con la amiga de mi mamá hasta que ella pidió traslado en su trabajo a otra ciudad y pudo arrendar una casa pequeña para ambos. Viví con ella hasta que vine a la universidad.

—Debió ser difícil dejarla.

—Al principio sí, pero ya viste que somos muy unidos. El estar en ciudades distintas no quiere decir que estemos lejos, ahora existen muchas maneras de estar conectados.

Chris tragó el nudo que tenía en la garganta. Alen había pasado por cosas mucho peores que él y aún así era alegre y positivo. Era algo que debía aprender de él.

—¿Cómo puedes ser tan positivo con todo lo que te ha tocado vivir?

—Cariño, hay gente que la ha pasado peor que nosotros. Cuando mi papá me golpeó y me echó, me pasé toda la noche llorando y preguntándome por qué Dios me había hecho así. Pero a la larga comprendí que si él me hizo como soy, ¿quién diablos soy yo para contradecirlo?

—¿Así de fácil?

—No, me tomó muchos meses, pero al final entendí que tratar de cambiar mi sexualidad es tan imposible como querer cambiar el color de mis ojos o el de mi piel.

—Creo que eres perfecto y no te cambiaría nada. —Le dijo acariciando su mejilla.

—Ni yo a ti. Eres perfecto como eres. Es más, en las palabras de una gran profeta... Lady Gaga...

Chris rió con ganas con las ocurrencias de Alen.

—¡Lady Gaga?

—Por supuesto, ella es un genio, sabiamente dijo: "I'm beautiful in my way, 'Cause God makes no mistakes, I'm on the right track, baby, I was born this way" (Soy hermoso a mi manera, porque Dios no comete errores, estoy en el camino correcto nene, yo nací de esta manera). —Dijo con una sonrisa.— ¡Y más encima le puso música bailable!

—Dios no comete errores...

—No cariño, así que si tu familia no te acepta, el problema son ellos, no tú.

—Lo sé. Creo que lo que más extraño es a mi hermano menor... Sé que él me quería y sé que son mis padres los que lo alejaron de mí.

—Si él te quiere, te va a buscar algún día.

—Eso espero, no tengo a nadie más, lo más cercano a una familia que tengo es la familia de Marco.

424

—Y a mí, ahora me tienes a mí. —Dijo Alen acariciando dulcemente su mejilla.— Y podemos formar una pequeña familia.

Chris sonrió con las palabras de Alen. Podía verlos como familia, tal como estuvieron en Navidad, una pequeña familia. Se acercó a Alen y lo abrazó colocando la cabeza en su pecho.

—Eso suena lindo. —Dijo cuando Alen lo abrazó más cerca de él.— Después de todo lo que me contaste de verdad me siento un idiota. ¿Por qué demonios me aguantas?

—Porque te amo. ¿Por qué más? —Dijo Alen serenamente besando su cabeza.

—¿Qué? —Preguntó sorprendido e incorporándose para mirarlo a la cara.

—Dije que te amo. —Repitió las palabras como si fueran lo más obvio del mundo.

Chris no sabía que decir, aún estaba impactado por la declaración de Alen. La única vez que le había dicho a un hombre que lo amaba había sido a Alex.

Ahora tenía a su precioso novio diciendo las palabras que tanto esperó escuchar. No las había esperado de Alen y sin embargo se las dijo tal como era él, de manera honesta y sincera.

Chris miró el sereno rostro frente a él y vio claramente el amor en sus ojos. Quería decirle que también lo amaba, porque esa era la verdad, lo amaba más de lo que nunca había amado a nadie.

Y quiso decírselo, pero abrió la boca y las palabras no salieron.

Alen miró el sorprendido rostro de Christian tratando de gesticular alguna palabra. Pero se había quedado mudo.

—No tienes que contestar amor. Solo quiero que sepas que hay alguien que te ama como eres y que quiere estar para siempre contigo.

—Yo… Para mi es importante decir algo así.

—Para mí también lo es, y si digo que te amo, es porque lo siento en mi corazón.

—La única vez que lo dije… Él no…

Alen sintió que le estrujaban el corazón. Se lo había dicho a otro hombre, Chris si le había dicho "te amo" a Alex.

—Está bien, sé que el idiota que te lastimó te dejó con el corazón muy herido y sé que tienes miedo de decirlo, pero yo no soy él. Alex no te amaba Chris, pero yo sí, yo siempre te amaré. Esa es la diferencia.

Chris no dijo nada, solo se acercó a él y lo besó apasionadamente. Alen lo recostó sobre el sofá y las ropas no se demoraron en volar por toda la habitación y se entregaron el uno al otro como cada vez que hacían el amor.

Pero esta vez era diferente, esta vez cuando Alen se corrió junto a Chris le pudo decir las palabras que salían de su corazón.

Te amo.

Y a pesar de estar preparado para la decepción, no pudo evitar que le doliera que Chris no las dijera también.

Al día siguiente Chris aún estaba algo impactado por la declaración de Alen. Llevaba años creyendo que nadie nunca lo amaría, sin embargo Alen lo amaba.

No entendía porque se sentía tan aproblemado. Estaba enamorado y Alen le correspondía. ¿Por qué no podía simplemente decirle que lo amaba y disfrutar su felicidad?

Cuando Marco entró a la oficina lo notó distraído enseguida.

—¿Qué te pasa? ¿Otra vez Alen te mantuvo despierto? —Preguntó sonriendo y sentándose frente a él.

—Anoche Alen dijo que me ama.

La sincera y cariñosa sonrisa en el rostro de Marco lo hizo sonreír.

—¡Eso es fantástico! —Dijo palmeando su mano.— No sabes lo feliz que estoy por ustedes.

—Yo… No pude decirle que también lo amo. —Confesó avergonzado.

—¿Qué? —Preguntó Marco sorprendido.— ¿Por qué diablos no se lo dijiste?

—No lo sé. Solo no pude, yo…

No pudo seguir hablando porque en ese momento Marco tomó una de las carpetas de la mesa y lo golpeó fuerte en la cabeza con ella.

—¡Au! ¿Qué demonios te pasa?

—¡¿Qué demonios te pasa a ti?! ¿Te das cuenta el daño que le hiciste a tu relación con Alen?

—No es tu asunto.

—¡Sí lo es! —Le dijo molesto.— He visto como te has boicoteado una y otra vez en los últimos años. Eligiendo a idiotas por sobre hombres mejores o alejando a los medianamente decentes. No dije nada porque ninguno de ellos me gustaba para ti. Pero Alen es diferente.

—Pero…

—No he terminado. Siempre te mantienes a distancia y esperas que te rompan el corazón o que te dejen por otra persona.

—¡Y siempre pasa!

—Porque no los dejas acercarse a ti, Alen es el único que ha podido traspasar esa barrera. Y lo digas o no, estás enamorado de él, lo de ustedes fue amor a primera vista.

—No lo fue.

—¡Claro que si! No te viste cuando fui a recogerte a la clínica, sonreías con cara de tonto y sostenías aquel papel con su teléfono como si fuera un tesoro. Y no me hagas recordarte todo lo que hiciste para encontrarlo cuando perdiste su número.

Era verdad, Alen y él habían estado locos el uno por el otro desde que se conocieron.

—Tengo miedo de arruinarlo Marco. —Le confesó a su amigo.— Estoy esperando hacer algo mal o que Alen se de cuenta que no valgo la pena...

—¿Cómo pasó con Alex?

—Sí.

—Muñeco, debes dejar de una vez por todas de comparar todas tus relaciones con tu relación con Alex.

—¡No lo hago!

—Si lo haces y debes entender que si tu relación con Alex fue un desastre, no fue tu culpa. Él fue quien tuvo una relación contigo estando enamorado de otro. Cualquier relación que tuviera iba a terminar igual.

—Pero lo que hice...

—Eso fue después que terminaron, pero no hiciste nada mal mientras estuvieron juntos, que él no pudiera amarte no fue tu culpa.

En ese momento se dio cuenta que tenía los ojos llorosos.

—Alen tiene razón, a veces soy un idiota.

—¿Solo a veces?

—Últimamente lo he sido más de lo habitual.

—Y debes cortar las idioteces en este momento. Él no solo es perfecto para ti, es exactamente la persona que necesitas. Alguien honesto, sincero, en quien puedas depositar tu confianza. Así que no te permitiré que te portes como un idiota y lo arruines.

—Jamás pensé que tendría un novio que aprobarás...

—Se han visto cosas más extrañas. —Le dijo levantando los hombros para quitarle importancia.

—Gracias Marco... Nunca te he agradecido lo buen amigo que eres.

—Esas cosas no se agradecen, tú también eres un muy buen amigo y te amo Chris, aunque seas un idiota a veces. —Dijo riendo.

Chris rió junto a Marco.

—Además... Me das esperanzas. —Dijo Marco poniéndose triste.

—¿Esperanzas?

—Sí, siempre creí que uno se enamoraba solo una vez en la vida. Cuando me enamoré de Tomy, pensé que estaría con él para siempre, que sería el único amor de mi vida y así que cuando él murió...

—Pensaste que jamás te volverías a enamorar.

—Cuando pasaste por lo de Alex, pensé lo mismo de ti, pero conociste a Alen y te volviste a enamorar. Así que ahora puedo creer que podemos enamorarnos más de una vez en la vida.

—Por supuesto que si...

—Te confieso que aún no estoy tan seguro.

—Yo si estoy seguro. Uno de estos días conocerás a alguien.

—Conocer hombres es fácil... Lo complicado es conservarlos.

—Bueno, para ti es fácil conocer hombres... Y por fin ya se por qué.

—¿De que estás hablando?

—¿Sabes lo que me contó Alen? Que te pareces al protagonista de una serie gay que solía ver.

—¿En serio? Espero que el actor sea guapo.

—Lo es, y te pareces muchísimo a él, ahora entiendo porque tienes tanto éxito cuando vamos a algún lugar gay. Eres la fantasía de todos los que han visto la serie.

—Espera… Una vez un tipo me llamó Brian mientras cogíamos… ¿Es por eso?

—¡Si! —Dijo Chris riendo.

—¡Demonios! Y yo que pensaba que era irresistible. —Dijo riendo también.

12

Antes de entrar a su departamento, Chris sintió la música a todo volumen viniendo del interior. Cuando abrió la puerta sonaba, quien otra que Lady Gaga. Y Alen cantaba a todo pulmón "Bad Romance" mientras preparaba lo que parecía una ensalada.

Chris se había acostumbrado a la música que escuchaba Alen, su favorita era Lady Gaga, pero también Beyonce, Rihanna y por supuesto Madonna. Igual que su novio, la música que escuchaba era rápida, movida y alegre.

La vista de Alen moviéndose por la cocina y bailando, era deliciosa. Lo observó por varios segundos antes de que su novio notara su presencia. Para ser tan alto, Alen bailaba muy bien y se movía con mucha gracia.

Cuando por fin Alen lo vio parado en la puerta, se acercó a él bailando y lo atrajo a sus brazos sin dejar de cantar.

—*I want your psycho, your vertical stick.* —Le cantó al oído poniendo la mano sobre su duro pene.

—Bailas muy bien… —Dijo acercándose aún más a Alen.

—No solo bailo bien, también hago otras cosas bien… —Dijo mientras seguía acariciándolo y cantando.— *You know that I want you, And you know that I need you, I want a bad, bad romance.*

Antes de que pudiera decir nada, Alen lo besó y lo levantó de las caderas sentándolo sobre la mesa de la cocina, instantáneamente abrió las piernas para que su novio se ubicara entre ellas. Se abrazó a Alen quien movía las caderas contra su erección al ritmo de Lady Gaga.

Cuando el teléfono comenzó a vibrar en su bolsillo, optó por ignorarlo. Pero Alen también lo sintió.

—Guau amor. ¿Eso es por mí? —Preguntó riendo.

Chris sacó su teléfono del bolsillo con intención de apagarlo, pero cuando miró la pantalla y vio que era Marco.

Cuando Alen miró la pantalla sonrió y lo bajó de la mesa.

—Contéstale, así podemos seguir "bailando" después. —Dijo Alen tomando el control remoto y bajando la música para que pudiera hablar.

—Aló. —Contestó mientras salía de la cocina e iba hacia la sala.

—Hola muñeco.

—¡No me digas así! –Dijo sonriendo.

—Está bien muñeco, te llamaba para darte buenas noticias, mi papá me acaba de llamar, por fin pudo cerrar el trato con Rivera.

Rivera era una pequeña constructora que la empresa de su amigo estaba tratando de absorber hace varios meses.

—Eso es genial, ellos tienen varios contratos con el gobierno, nos asegurará trabajo por mucho tiempo.

—Exacto, tendremos montones de trabajo los próximos meses.

—¿Y cual es la buena noticia entonces? —Dijo sonriendo.

—Le dije lo mismo a mi papá y sugerí un aumento de sueldo para ambos, pero él dijo que no.

—¿Y cual es la buena noticia entonces?

—Que prefiere hacernos socios de la empresa, a ti y a mí. Es un porcentaje pequeño, pero las ganancias del año pasado fueron buenas, así que saldremos con un buen bono por utilidades.

Chris se quedó mudo.

—¿Escuchaste lo que dije? —Preguntó Marco.

—Si… Todavía estoy sorprendido.

—¿Por qué te sorprende tanto? Sabes que mi papá te adora.

—Yo… Lo se, pero no pensé jamás que haría algo así. ¿No te molesta?

—¿Molestarme? ¡Estoy encantado! Así estaré seguro que no te irás a trabajar a una constructora mejor.

—Sabes que no haría eso.

—Lo sé, por eso te digo que te mereces ser socio. Has trabajado muy duro en esta empresa, incluso más que yo.

—Gracias Marco. Sí es una gran noticia.

—¡Claro que sí! No celebres hasta muy tarde, dile a Alen que le de algo de descanso a tu trasero.

—Eso jamás. —Dijo riendo.

Cuando cortó la llamada fue enseguida a contarle a Alen.

—¡Felicidades! –Le dijo Alen abrazándolo y besándolo.— Estoy feliz por ti cariño, te lo mereces.

—Vamos a cenar. —Le dijo a Alen.— Tengo ganas de celebrar. ¿Qué quieres comer?

—Estoy tentado de comida italiana. ¿Conoces algún lugar bueno?

—Sí, pero no voy hace tiempo. Es el lugar donde te cité el día que te dejé plantado. —Dijo un poco avergonzado.

—Entonces que bueno que voy contigo, así me aseguro que no me plantes de nuevo. —Dijo Alen riendo.

La cena fue un placer, el lugar era fantástico, la comida deliciosa y lo mejor de todo era la compañía de Chris. Alen lo miró mientras su novio sonreía feliz. Verlo sonreír de esa manera le calentaba el corazón.

Cuando ya habían acabado con la cena, Chris tomó dulcemente su mano.

—Este lugar es genial. Debemos volver otro día.

—Gracias por la cena cariño, la próxima vez invito yo. Aunque creo que cuando lleguemos a casa te daré las gracias apropiadamente. —Dijo Chris con una mirada maliciosa.

—¿Entonces qué diablos hacemos todavía aquí? ¡Pide la cuenta!

Chris se rió y cuando se giró para pedir la cuenta, su sonrisa se desvaneció de golpe.

Alen miró en la dirección de sus ojos, pero no pudo localizar a quien había borrado la sonrisa de su rostro.

—¿Qué pasa amor?

—Nada… Por favor pide la cuenta, vuelvo enseguida. —Dijo parándose rápidamente y casi corriendo al baño.

Alen volvió a mirar alrededor pero el lugar estaba lleno y no había nadie que le pareciera conocido. Demonios, esto no le gustaba, estaba seguro que solo había dos situaciones que podían haber puesto a Chris así. O había visto a sus padres o lo que era peor, a su ex, Alex.

¿Hasta cuando ese hombre iba a seguir estando en el corazón de Christian?

Chris se estaba lavando las manos y aprovechó de mojar su cara tratando de calmarse. Aún no entendía porque se alteraba tanto cuando veía a Alex. Ya no estaba enamorado de él y ahora comprendía que lo que sintió por él era infinitamente inferior a lo que sentía por Alen.

Hasta que por fin lo entendió. Lo que sentía era vergüenza.

Aún se avergonzaba de lo que había hecho y Alex era una de las personas que sabía de su horrendo comportamiento. Si Alex lo confrontaba frente a Alen y él se enteraba de lo que había hecho…

Sintió un retorcijón en el estómago. Debía sacar a Alen de ahí de inmediato, no podía arriesgarse a perderlo, no podía perderlo.

Cuando estaba secando sus manos decidido a tomar a Alen y llevarlo a la seguridad de su departamento, la puerta del baño se abrió y la alta figura a Alex quedó frente a él.

Alex estaba sorprendido de verlo, eso quería decir que no lo había notado antes.

—Chris…

—Hola Alex. —Dijo tranquilamente.— ¿Cómo estás?

—Muy bien, ¿y tú? —Preguntó Alex serio.

No se notaba molesto, pero Alex tenía su maldito carácter italiano que podía explotar en cualquier momento.

—Muy bien. ¿Dani está bien?

—Dani no es tu asunto. —Dijo cortante.

—Solo trataba de ser amable.

—La última vez que fuiste amable conmigo, casi arruinaste nuestras vidas.

—Y te pedí disculpas por eso, además tuviste tu revancha rompiéndome la nariz.

—Es lo menos que merecías después de lo que hiciste.

—Alex… —Respiró profundo pasándose las manos por el pelo.— De verdad solo quería ser amable, este es mi restaurante favorito y si me vuelvo a topar contigo, quiero poder disfrutar mi cena sin temer que me rompas nuevamente la nariz.

—También es mi restaurante favorito y honestamente me gustaría no verte mientras ceno, porque me pones de mal humor.

—¿Y qué quieres? ¿Que no vuelva a este lugar?

—Sí, eso sería ideal.

Chris se quedó impactado.

—¿Sabes qué? —Dijo molesto.— No lo haré, yo te traje a este lugar y ha sido siempre mi restaurante favorito, desde mucho antes que tú siquiera supieras que existía. Si no me quieres ver aquí, deja de venir tú.

—¡Eres un caradura!

—Puede que lo sea, pero ya me cansé de pedir disculpas. Lamento lo que hice, de verdad que lo lamento de corazón, pero para serte honesto sigo creyendo que eres un desgraciado.

—¿Yo? El que dijo un montón de mentiras para separarme de Dani no fui yo.

—Dani, Dani, Dani. Tu única prioridad siempre fue Dani. ¡Pero yo era tu pareja entonces, no él! Jamás te importó lo que sentía. Yo te amaba Alex y me mantuviste esperándote sabiendo que estabas enamorado de otro hombre, solo me utilizaste esperando a Dani.

Alex lo miró sorprendido.

—Pude cometer errores. —Dijo Alex serio.— Pero nunca te herí a propósito como tú lo hiciste.

—Se perfectamente lo que hice, y lo lamento por Dani, porque es un buen hombre y no se merecía el daño que le causé, pero tú… Si te lo merecías.

Alex lo miró sorprendido y luego enojado.

—Si todos debemos responder por nuestros errores, entonces espero que algún día se te devuelva el daño que hiciste y sepas lo que es que te separen de quien amas y que no puedas hacer nada para evitarlo. — Fue lo último que dijo Alex girándose y saliendo furioso del baño.

Las palabras de Alex se le clavaron en el pecho, no necesitaba que Alex se lo dijera, él ya sabía que algún día iba a pagar por sus errores, su karma lo alcanzaría algún día.

Cuando volvió del baño, Chris había estado aún más alterado que cuando había visto a Alex, porque ahora estaba seguro que había visto a Alex, si hubieran sido sus padres se lo habría dicho de inmediato, sin embargo aún seguía sin decirle que era lo que había sucedido.

Subieron a la camioneta y Alen condujo el camino al departamento de Chris, mientras su novio se mantuvo todo el tiempo mirando por la ventana en silencio.

Cuando finalmente llegaron al departamento, Chris fue directo al dormitorio. Cuando se paró en la puerta, Chris ya estaba descalzo y desabrochándose la camisa. Se dio cuenta que ni siquiera sabía si Chris aún quería que se quedara a dormir con él.

—¿Vas a contarme que pasó?

—Nada…

—¡Por favor Chris, no me trates como a un estúpido! —Dijo molesto.— ¿Crees que no noté tu cambio de humor?

—Vi a alguien que me puso de mal humor, eso fue todo.

—¿A Alex?

Chris lo miró sorprendido.

—Si, a Alex.

—¿Con su novio?

—Con su esposo, ellos se casaron hace unos años. —Dijo serio.— No legalmente, pero hicieron toda la ceremonia, la fiesta y bla, bla, bla.

—Eso es lindo.

—Es una estupidez. —Dijo con amargura.— En este país puedes hacer una ceremonia con bombos y platillos, pero al final no sirve de nada, legalmente no eres nada de tu pareja.

Para Alen, una ceremonia así sería válida, daba lo mismo los términos legales. Pero para Chris que probablemente prefería que Alex fuera soltero, no valía nada.

Chris se sentó sobre la cama con gesto cansado. La noche se había arruinado y no creía posible que el humor de Chris mejorara.

—Creo que mejor me voy a mi departamento. —Dijo finalmente rindiéndose.

—¿Qué? ¡No! —Dijo Chris llegando hasta él y abrazándolo.— Por favor no te vayas… Lo lamento, lamento haber arruinado nuestra noche, por favor quédate conmigo.

Alen lo abrazó también con ganas de sacudirlo. Le dolía el corazón pensando en cuanto debía amar Chris a Alex para que aún después de tanto tiempo le siguiera afectando de aquella manera.

Chris lo besó y comenzó a desabrocharle la camisa, una parte suya quería decirle que no, que no podía estar con él hasta que aclarara sus sentimientos por Alex.

Pero no podía decirle que no. Lo amaba tanto que jamás podría decirle que no.

Cayeron sobre la cama y le hizo el amor a Chris dulcemente, esperando que algo del amor que sentía por él pudiera entrar en el corazón de Chris.

Pero cuando todo terminó y ambos estaban abrazados un horrible miedo le apretó el corazón.

¿En quien pensaba Chris cuando hacía el amor con él? ¿Estaría pensando en Alex?

Chris se abrazo más a Alen, le gustaba dormir abrazado a él. Acababan de hacer el amor y su novio había sido especialmente dulce con él. Alen siempre sabía como hacerlo sentir bien, ya fuera haciéndole el amor o simplemente con una sonrisa.

Después de su encuentro con Alex en el baño, su ánimo se había arruinado. Las palabras de Alex todavía lo perseguían, no quería que su karma le reclamara lo que había hecho, porque si Alex tenía razón y perdía a quien amaba, no podría soportarlo.

Se sentía como un hombre condenado, solo que aún no recibía su sentencia. Sabía que debía recibir un castigo por sus errores y lo aceptaría sin chistar, porque sabía que se lo merecía…

Pero no con Alen, rogó que su castigo no involucrara a Alen.

Recién ahora podía realmente dimensionar el dolor que había sufrido Marco al perder a su pareja.

Su amigo amaba a Tomy profundamente y ellos también se habían casado. No había sido una fiesta fastuosa como la de Alex, ellos simplemente hicieron una cena con sus familias y amigos para prometerse amor eterno e intercambiar argollas, así de simple y sencillo.

Lamentablemente, como le había dicho a Alen esas ceremonias eran lindas, pero legalmente no significaban nada. Cuando Tomy había fallecido, su familia había tomado todas las decisiones legales, incluso decidieron dejar fuera del funeral a Marco y no hubo nada que su amigo pudiera hacer, legalmente no era nada de su pareja.

A pesar de todo, él quería algo así con Alen, quería que se prometieran amor para siempre, llevar un anillo con el nombre de Alen grabado… Quería estar con él para siempre.

Pero para eso debía partir por expresarle a Alen sus sentimientos.

Levantó la cabeza de su pecho para mirarlo, pero Alen ya se había dormido, miró a su hermoso novio y rogó una vez más porque su castigo no lo involucrara de ninguna manera, Alen era inocente de todo lo malo que él había hecho.

Alen era una luz que había llegado a iluminar todo lo oscuro de su vida.

Se acercó sin despertarlo y lo besó suavemente en la boca.

—Te amo Alen. —Le dijo en un susurro.

Por la mañana se lo diría apenas se despertara. Si su karma lo alcanzaba, era mejor que lo alcanzara confesado, y la confesión más importante de su vida era decirle a Alen que lo amaba.

13

Dani trataba de dormir, pero Alex no lo dejaba, se giraba constantemente en la cama. Su esposo había estado de un humor horrible desde su encuentro con Christian en el restaurante.

Alex no había querido volver a la costa y se registraron en un hotel para pasar la noche. Dani pensó que el estar solos en una linda habitación pondría a Alex de buen humor, pero casi no habían hablado, se acostó y se dio media vuelta sin decir nada.

—Bien, ya es suficiente. —Dijo Dani sentándose en la cama y mirando a Alex.— Dime qué te pasa.

—Nada. —Susurró Alex.

—Alex… —Colocó la mano en su hombro y lo acarició.— Habla conmigo amor.

—¿Crees que soy una mala persona? —Preguntó Alex preocupado cuando finalmente habló.

—¿Qué? —Preguntó sorprendido.— ¡Claro que no! Eres el hombre más maravilloso que conozco.

—Contigo. ¿Y con las demás personas?

—También amor. ¿Por qué preguntas algo así?

Alex se sentó también en la cama y lo miró.

—Algunas de las cosas que dijo Chris hoy… Son ciertas.

—Puede ser, pero que seas una mala persona no es una de ellas. ¿Crees que te habría dejado adoptar a Ema si te considerara una mala persona?

—Pero si fui un novio horrible con Chris.

—Si, creo que lo fuiste.— Dijo honestamente, logrando que Alex lo mirara.— Pero no creo que lo hicieras a propósito.

—Por supuesto que no. —Alex tomó su mano y comenzó a acariciarlo suavemente.— Sabes… Una de las cosas que más me molestó de lo que nos hizo Chris, es que me decepcionó. Era una buena persona cuando estuvimos juntos, jamás pensé que haría algo así, es una actitud que no cuadra con él. Y hoy cuando discutimos me di cuenta cuanto lo herí, no he podido dejar de pensar que fui un novio muy egoísta, que todo lo que pasó también fue mi culpa, si yo hubiera sido honesto con él…

—Eso no te hace una mala persona.

—No, pero cometí muchos errores, lo hice sentirse despreciado y utilizado.

—Alex, si es por buscar culpables yo también lo soy.

—No es cierto.

—Sí lo es. Sé que fui el culpable de que ustedes rompieran. —Alex había comenzado a negar con la cabeza, pero Dani siguió hablando.— Sé que tenías problemas con él por mi culpa, Christian me lo dijo.

—¿Cuándo? —Preguntó Alex sorprendido.

—Unos meses antes de que falleciera mi mamá. Me contó los problemas que tenían y me pidió que me alejara un poco.

—Recuerdo cuando te alejaste. En ese entonces pensé que ya no me querías como amigo.

—¿En serio?

—Sí. Pensé que por fin los discursos homofóbicos de tu mamá habían logrado alejarte de mí. Así que cuando ella falleció y me llamaste corrí a tu lado.

—Y eso provocó tu ruptura con Chris…

—Sí, pero ya teníamos problemas desde mucho antes de terminar.

—Y la mayoría eran por mi causa.

—Honestamente, si. Pero el que hiciera que te alejaras de mi lo empeoró todo. Estaba aterrado de perderte y cuando Chris me dio a elegir entre ustedes, me di cuenta de que por más que lo intentara no podía dejar de amarte. Habría terminado con él de todas maneras.

—Siempre lamentaré no haberte dicho antes la verdad. —Dijo Dani acariciando la mano de Alex.— Ahora que miro hacia atrás no puedo creer lo ciegos que fuimos.

—¿Por qué lo dices?

—Vamos Alex… ¿Por qué crees que nadie se extrañó de que estuviéramos juntos? Nos comportábamos como novios pero sin la parte física.

Alex lo miró extrañado.

—¿Eso hacíamos?

—Sí, lo único que cambió cuando empezamos a ser novios es que ahora nos besamos y hacemos el amor, pero nuestra dinámica de pareja sigue siendo la misma.

Alex se quedó pensando, probablemente recordando los tiempos cuando eran amigos.

—Nunca pude entender que Chris tuviera tantos celos de ti. —Confesó por fin.— Ahora tiene sentido.

—Imagina lo que fue para Chris, él debió verme como tu amante, como el hombre responsable del quiebre de su relación. Luego para peor te abre su corazón y tú le dices "no gracias estoy con Dani". Y justo después de eso la primera persona con la que se encuentra es conmigo, con el hombre responsable de su corazón roto. Honestamente no puedo culparlo, quizás habría hecho lo mismo si estuviera en su lugar.

—Tú jamás habrías hecho algo así. Incluso te hiciste a un lado…

—Pero no todos reaccionamos igual, él estaba herido.

—Pero eso no justifica lo que hizo. No lo defiendas.

—Lo defiendo porque me pongo en su lugar. —Alex lo miró confundido.— No hay nada peor que amar a alguien que no te corresponde. Cuando rompí contigo dije que era porque no quería arruinar tu relación con Chris, pero en el fondo creo que lo hice porque no habría soportado verte con él, pensar que lo amabas a él y no a mí, especialmente no después de haber estado juntos.

—Jamás habrías creído que no te amaba si él…

—Jamás debería haberle creído, pero lo hice. Y eso es mi culpa. Los tres cargamos culpas y pagamos por los errores que cometimos. Y ya es tiempo de olvidar lo que pasó.

Alex lo miró con amor y lo atrajo a sus brazos para besarlo.

—Eres maravilloso Dani. Como siempre tienes razón. Y como siempre eres el único que logra meter algo de razón en mi dura cabeza.

—Solo no quiero que te arruines la noche si nos volvemos a topar con él. —Dijo Dani abrazándose más cerca de Alex.— Ni que termines con una úlcera antes de los cuarenta.

—Prometo no volver a arruinar ninguna otra cena. —Dijo Alex sonriendo.

—Me alegro, porque no vale la pena amargarse por el pasado. Después de todo, tú y yo estamos juntos amor y tuvimos nuestro final feliz.

—Es verdad. —Alex levantó su rostro para besarlo dulcemente.— Y ya que ambos estamos despiertos…

En un segundo estaba abrazado a Alex y al siguiente ambos estaban sobre la cama besándose y acariciándose.

—¿Ya te dije hoy cuanto te amo? —Preguntó Alex levantando el rostro.

—Una o dos veces, pero no me canso de escucharlo.

—Te amo Dani. —Dijo besándolo está vez más profundamente.

Oh si… Que suerte que ambos estuvieran despiertos.

A la mañana siguiente Alen se levantó temprano para salir a correr, antes de que Christian se despertara.

Desde la noche anterior sentía un dolor profundo en la mitad del pecho, era tan profundo que lo sentía casi físico.

Mientras corría por el parque recordaba todos los momentos vividos con Chris los últimos meses, en especial la noche anterior. No podía sacar de su cabeza su cambio de humor cuando vio a Alex.

Él podía estar en la misma habitación con todos sus ex, incluido el psicópata y no se alteraría de esa manera. ¿Cuánto había amado Chris a Alex? ¿Cuánto lo amaba todavía?

Se detuvo un momento para apoyar las manos en sus rodillas y respirar profundo. Tal vez solo estaba perdiendo el tiempo con Chris, si después de cuatro años aún sus sentimientos hacia Alex seguían igual de fuertes, él no tenía ninguna posibilidad de entrar en su corazón.

Se enderezó y recordó la noche anterior, Chris había sido tan dulce cuando hicieron el amor, tan lleno de amor. Todavía se preguntaba si en esos momentos estaba pensando en Alex o en él.

Pateó fuerte una piedra enviándola lejos.

¡Al diablo con Alex!

Ese idiota había herido y abandonado a Chris y si Alex no lo quería él si.

Chris ahora estaba con él y no tenía nada que perder, ellos iban a estar juntos para siempre, porque si una relación se está basada en el amor, el tenía suficiente para ambos.

Corrió de vuelta al departamento de Chris, no le importaba cuanto tiempo le tomara o cuanto le costara. No se iba a rendir con Chris.

Cuando entró en el departamento Chris estaba hablando por teléfono y pudo escuchar la conversación.

—Si, no esperé discutir con nadie en el baño anoche tampoco. —Alen se congeló en su sitio tratando de pasar inadvertido.— ¿Y quieres verme? Eso es toda una sorpresa…

Alex, Chris estaba hablando con Alex.

—Si, conozco esa cafetería, está cerca de mi departamento, es mi favorita. ¿En media hora está bien?

Alen no necesitaba escuchar más, fue a la cocina y sacó un vaso de jugo. Cuando estaba a punto de estrellar el vaso contra la pared, Chris entró en la habitación.

—Hola cielo, ¿Qué tal el ejercicio? —Preguntó más feliz de lo que lo había visto en meses.

Era increíble como todo el mal humor de la noche anterior había desaparecido con la idea de ver a Alex.

—Igual que siempre. —Dijo de mal humor.

Chris lo miró sorprendido.

—¿Está todo bien?

—No, estoy de mal humor, es mi último día de vacaciones y estoy sudado. Solo quiero ducharme por un buen rato.

—Bueno, dejé la ducha limpia. Bueno, más o menos, ya sabes como soy… —Dijo Chris sonriendo y acercándose a él.

—Estoy sudado. —Dijo dando un paso atrás.

—No me importa.

Cuando sus labios lo besaron quiso gritar. ¿Cómo podía besarlo así, si iba a reunirse con su ex en menos de media hora?

Chris terminó el increíble beso y le sonrió con la más bella de las sonrisas.

—Te veré en la tarde. ¿Quieres salir o prefieres quedarte en casa?

Levantó los hombros, en esos momentos lo único que quería era llorar, le importaba un pepino que hacer en la tarde.

—Está bien gruñón, vete a la ducha y te llamo más tarde cuando estés de mejor humor.

—¿Te vas al trabajo ahora?

—Por supuesto. ¿Dónde más iba a ir? —Le dijo sin mirarlo a la cara.

Cuando Chris salió se quedó apoyado en la mesa de la cocina. Vio pasar la hora en el reloj, sabía exactamente donde estaba en esos momentos Chris y con quien estaba. No pudo resistir más y salió corriendo del departamento hacia la cafetería favorita de Chris.

Tenía que verlo con sus propios ojos, tenía que verlo para creer que Chris lo estaba engañando.

Chris llegó un poco antes y se sentó a esperar a Dani. Todavía no podía creer que Dani lo hubiera llamado y quisiera verlo.

El día mejoraba y mejoraba a cada minuto. Había despertado con el delicioso aroma de Alen en su cama, luego la llamada de Dani y finalmente cuando vio a su hermoso novio en la cocina su corazón saltaba desbocado pensando en la sorpresa que quería darle a Alen en la tarde.

Quería hacer algo especial para él, que todo fuera perfecto para que supiera cuanto lo amaba y que quería pasar el resto de su vida juntos.

Estaba pensando en las opciones más románticas de sorprender a Alen cuando Dani llegó.

Se saludaron y Dani se sentó frente a él, no sabía que decirle, no sabía ni por dónde comenzar. Ambos estaban incómodos, era obvio, pero Chris quería hablar también con él. Sentía que le debía una disculpa grande a Dani.

—Me sorprendió mucho tu llamada. ¿Todavía conservas mi número?

—Si, aún no se porqué. Pensé que tal vez algún día te llamaría para preguntar por qué habías hecho... No sé... Es una tontería supongo.

—No. No lo es. Sé que es difícil que creas cualquier cosa que te diga por todas las mentiras que te dije anteriormente.

—Si, es difícil... Pero te escucho.

—De verdad lamento mucho el daño que les hice. —Dijo tratando de sonar lo más sincero posible.— Si pudiera volver atrás haría todo distinto.

Dani lo miró un momento antes de sacudir la cabeza.

—Quiero creerte Chris. Tú nunca fuiste una mala persona conmigo.

—No lo soy Dani, pero no estaba en mi mejor momento, acababa de hablar con Alex y de enterarme sobre ustedes... Fue un acto impulsivo y si lo hubiera pensado dos veces probablemente no lo habría hecho.

—No debí creerte. —Dijo Dani tranquilamente.— Pero los celos me cegaron. Él pensar que ustedes hubieran vuelto...

—Me lo dices a mí. Alex nunca entendió por qué sentía tantos celos de ti. Pero veía como te miraba, como se comportaba cuando estabas cerca. Era terrible sabes...

—Lo sé. Y yo también te debo una disculpa por eso Chris. Se que mi relación con Alex era inapropiada entre dos amigos y siento como que te quité a tu novio. No lo hice intencionalmente, de verdad nunca quise herirte.

—Gracias. Creo que yo también necesitaba oír esa disculpa.

—Bueno, Alex y yo estamos juntos ahora.

—Lo sé, así debió ser siempre. Si soy honesto, todo el tiempo que estuve con Alex, en el fondo siempre supe que estaba enamorado de ti.

—Tú y todo el mundo, creo que los dos únicos tontos que nunca lo notamos fuimos él y yo.

—Es verdad.

—Nosotros conversamos anoche. Él es muy orgulloso para decírtelo, pero si escuchó las cosas que le dijiste ayer y se sintió mal por como te hizo sentir. Se que él nunca quiso herirte Christian.

—Pero lo hizo. En mi relación con Alex siempre fuimos tres, tú siempre estuviste entre nosotros Dani. Pensé que podría hacer que te olvidara y me amara. Pero era una batalla perdida.

—¿Todavía lo amas? —Preguntó Dani preocupado.

—¿A Alex? No, por supuesto que no. —Sonrió al pensar en Alen.

—Por tu sonrisa parece que alguien ya ocupó el lugar de Alex en tu corazón.

—Lo sacó a patadas. —Le dijo con una sonrisa.— Se llama Alen y es maravilloso.

—¿Alen? Es parecido a Alex.

—Solo el nombre, son muy diferentes. Alen está siempre feliz, sonriendo, todo parece mejor cuando estoy con él.

—Me alegra verte sonreír así. Sé que Alex también se alegrará de saber que eres feliz.

—No le digas que hablé contigo. No quiero que vuelva a romperme la nariz.

Dani abrió mucho los ojos sorprendido. Aparentemente Alex no había compartido con Dani su encuentro en aquel estacionamiento.

—¿Te rompió la nariz?

—Nos encontramos por casualidad, no sabía que el ya se había enterado de la verdad, así que cuando me acerqué a saludarlo, el me saludó con su puño.

—¿Cuando fue eso?

—Hace varios años. Me dijo que estabas muy enfermo, así que debió ser antes de tu trasplante.

—Debió ser cuando estaba hospitalizado. Recuerdo que llegó con los nudillos rotos y cuando pregunté me dijo que se había caído.

—No quiso alterarte. Yo habría hecho lo mismo. Además, el que rompiera mi nariz fue una bendición.

Cuando Dani lo miró confundido, le explicó.

—Conocí a mi novio en la consulta del doctor que arregló mi nariz. Alen también se la había roto jugando al basket.

—Todo pasa por algo. —Dijo Dani sonriendo.

—Exacto, todo pasa por algo.

—Alex prometió no volver a molestarse cuando se encuentren nuevamente. Él entendió un poco tu punto de vista Chris.

—Me alegra saberlo, porque no pensaba de dejar de ir a mi lugar favorito. —Dijo mirando a Dani.— Te apuesto lo que quieras a que tu mano estuvo influenciando ahí.

—Solo un poco. —Dijo Dani riendo.

—Eres el único que siempre lograba todo con él. Nunca supe como lo hacías, pero siempre admiré que no te aprovecharas de él.

—Supongo que aplico la psicología.

—No, yo creo que es el amor. Alen podría lograr que me parara de cabeza si me lo pidiera. Y es como tú, no se aprovecha de eso, al contrario es muy generoso con su afecto.

—No lo dejes ir Chris, él parece ser maravilloso.

—Lo es y ten por seguro que no lo dejaré ir.

—Estoy feliz de haber hablado contigo. Me quita un gran peso de encima saber que a pesar de todo lo que pasó, estamos bien.

—Supongo que era como tenía que ser.

—Si, yo también lo creo. —Dijo Dani mirando su reloj.— Ya debo irme, Alex y yo queremos llegar temprano para pasar la tarde con nuestra hija.

—¿Hija? —Preguntó sorprendido.

—Ahora somos tres. Estamos en proceso de adoptar una niña. —Dijo Dani orgulloso.

—¿De verdad? ¿Se puede hacer eso?

—No juntos en realidad. Alex la está adoptando, pero obviamente la estamos criando juntos.

—Eso es realmente increíble. Y creo que es genial. —Dijo con una sonrisa sincera.— Justo anoche le decía a mi novio de los pocos derechos que tenemos en este país. Por lo de Marco. ¿Recuerdas cuando lo dejaron fuera del funeral de su pareja?

—Si lo recuerdo. ¿Cómo está él?

—Bien, pero creo que nunca va a superar completamente la muerte de Tomás.

—Me imagino. —Dijo Dani con tristeza.— No se si yo podría soportar algo así.

—Ni yo. —Dijo pagando la cuenta y levantándose.— ¿Quieres que te lleve?

—No es necesario, mi hotel está cerca.

—No es molestia.

Chris llevó a Dani a su hotel y luego partió a su trabajo más ligero de lo que había estado en años.

Sentía que la culpa que llevaba cargando todo esos años ya no estaba. Y se sentía más libre también para poder entregarse cien por ciento a Alen.

Maravillosamente libre.

Alen llevaba varios minutos bajo el frío chorro de agua que caía de la ducha. Y aún no podía calmarse.

Chris desayunó con Alex. Cuando llegó a la cafetería y los vio de lejos, ambos estaban conversando algo tensos, pero después se relajaron y sonrieron, probablemente recordando viejos tiempos.

Se había imaginado a Alex diferente, tal vez alto como él, pero el hombre que estaba con Chris era todo lo que él no era y eso le dolía. Chris estaba enamorado de alguien que era absoluta y diametralmente distinto a él.

¿Por qué diablos estaba con él si le gustaban los hombres bajitos, delgados y medios rubios?

Afortunadamente ninguno de los dos había hecho ningún movimiento para acercarse al otro. Chris no había tocado a Alex, y de lejos no parecía que se coqueteaban, pero se habían ido juntos en la camioneta de Chris.

No quería pensar donde habían ido o peor aún no quería pensar que Chris se había acostado con él.

Suspiró fuerte y cortó el agua.

No era justo. ¿Porque había tenido que enamorarse como un tonto para que viniera Chris y le rompiera el corazón?

Está bien, él había sido un maldito puto, pero jamás había mirado a otro hombre desde que estaba con él, jamás lo habría engañado.

Se había dicho que no se rendiría con Chris, pero en esos momentos lo único que quería era huir. Huir de Chris, huir de sus sentimientos, huir de su decepción.

Porque en ese momento lo que más le dolía era pensar que sus esperanzas de que algún día Chris se enamorara de él eran inútiles.

27 de Febrero 2010 3:33 AM

Se había marchado. Alen se había marchado y ni siquiera se había despedido.

Christian todavía se golpeaba la cabeza tratando de entender que diablos había hecho para que Alen lo dejara de esa manera. Había estado llamándolo todo el día y no le contestó el teléfono ni una vez.

Después de almuerzo cuando su preocupación iba en aumento llamó a Erick por si él sabía algo de Alen y para su sorpresa, Erick le informó que Alen se había marchado al sur, había recogido unas cuantas cosas y viajado seis horas al sur hasta el departamento de su madre sin avisarle. Cuando llamó a Evelyn le confirmó que Alen estaba allí pero que no quería hablar con él.

Miró el reloj por décima vez, eran más de las tres y media de la mañana y no podía pegar un ojo. Gracias al cielo ya era sábado y podría dormir hasta tarde. Aunque estaba pensando seriamente apenas se levantara conducir al sur para buscar a Alen.

Cuando comenzó a temblar no se inmutó. Vivía en un país sísmico y había pasado muchos temblores en su departamento. Si no era terremoto, no pensaba levantarse de la cama.

El ruido era diferente esta vez y el movimiento comenzó a ser más y más intenso.

—¡Mierda! —Exclamó levantándose de la cama y tropezando en la oscuridad tratando de llegar a la puerta.

El terremoto lo golpeo fuerte, el movimiento no le permitía caminar y lo tiró al suelo, apenas y alcanzó a llegar a la puerta del dormitorio.

Podía oír los ruidos exteriores, gente gritando, vidrios quebrándose y las alarmas de los autos sonando. Pero el peor ruido era el que sonaba como un trueno saliendo de la tierra que lo sacudía todo.

Se apoyó en el dintel de la puerta de su dormitorio y rezó porque se detuviera pronto. No había vivido el terremoto del año ochenta y cinco, solo sismos fuertes pero esto era algo que nunca se imaginó, horriblemente intenso.

El movimiento era tan fuerte, que por unos segundos pensó que el edificio no aguantaría, sabía que era una construcción antisísmica, él mismo se había preocupado de eso, pero una parte de su cerebro esperaba que en cualquier momento el edificio se derrumbara.

Los segundos seguían pasando. ¿Cuánto había pasado ya? ¿Un minuto? ¿Dos? A él le parecían horas mientras su departamento se sacudía de lado a lado y él rogaba que Alen y Marco estuvieran a salvo.

Cuando el movimiento comenzó a cesar, pudo por fin respirar, estaba sano y salvo.

¿Y Alen? ¿Y Marco?

Alen estaba desvelado. No podía quitarse de la cabeza la imagen de Chris con Alex.

Apagó la televisión en un intento inútil por tratar de dormir, sabía que no dormiría una gota.

Debería llamarlo... Debería llamar a Chris y preguntarle por qué diablos le había hecho esto.

El temblor lo atrapó desprevenido. Comenzó suavemente pero se levantó de la cama enseguida. Su mamá les tenía pánico, así que corrió a su dormitorio cuando la sacudida comenzó en serio.

—¡Alen! —Gritó su madre asustada.

—Tranquila, ya va a pasar.

Abrazó a su madre y trató de llevarla hasta la puerta, pero se estrellaban de lado a lado por el pasillo mientras trataban de llegar a la salida, se rindió a mitad de camino y se apoyó en la pared abrazando a su mamá.

Jamás había sentido algo como aquello. Había vivido temblores fuertes, pero jamás un terremoto. Nunca pensó que serían así, esto era más terrible de lo que se imaginaba, ahora entendía por qué su mamá les tenía pánico, aquello era horrible.

Pensó en Chris... Rezó porque el terremoto no lo hubiera tocado.

Su mamá en tanto rezaba y lo abrazaba.

—Ya va a pasar, ya va a pasar, ya va a pasar. —Era lo único que salía de su boca.

El edificio se sacudía tan fuerte que pensó que no resistiría, se vendría a abajo en cualquier momento. No había manera que una construcción resistiera eso.

Escuchó un tremendo estruendo y el horroroso momento llegó. Sintió que el suelo se hundía y luego todo comenzó a caer de costado. Su madre gritó más fuerte y él solo la abrazó más cerca mientras sentía que el mundo se volteaba y cientos de escombros volaban por el aire golpeándolos.

Sintió el fuerte golpe en la cabeza y sus brazos ya no pudieron sostener a su mamá. Sintió más escombros cayendo sobre él y dolor, no sabía en qué parte de su cuerpo, probablemente en todas partes.

Cuando todo se detuvo por fin, no podía moverse, sentía que el aire se hacía espeso con el polvo en suspensión y que le faltaba el aire. Pensó en que su madre estaba cerca pero no podía oírla. No podía moverse, trató de gritar llamándola pero no le salía la voz. Se iba a desmayar, sentía que se estaba yendo a negro y pensó en Chris, donde estuviera rogaba porque estuviera bien, porque él estaba atrapado entre escombros...

Chris llamaba a Marco y después a Alen, colgaba y volvía a intentarlo una y otra vez. Las llamadas no entraban, malditos teléfonos, se gastaba mucho dinero en un plan telefónico para estar siempre comunicado. ¿Para qué? Para que en el momento que más lo necesitaba, el maldito teléfono no lo conectara con la gente que amaba. Malditos teléfonos, pensó justo cuando el edificio se sacudió con una réplica.

Alen... Por favor que respondiera rogó mientras aguantaba el nuevo temblor.

Se vistió rápidamente y decidió bajar al primer piso, por lo menos hasta la mañana, no quería pasar más réplicas en el piso diecinueve.

Su departamento era un caos, se había caído un librero y la cocina era un desastre de vidrios rotos, pero a primera vista no tenía ningún daño estructural.

Cerró su departamento y bajó por las escaleras de emergencia observando la estructura mientras descendía. El edificio había resistido bien el violento terremoto, por lo que no debía temer que los otros edificios que había construido con Marco hubieran sufrido daño alguno.

Se estremecía de solo pensar en las vidas que podría costar que no hubieran hecho bien las cosas.

Seguía llamando infructuosamente a Alen y Marco, pero las llamadas aún no entraban.

Bajó al primer subterráneo a revisar rápidamente su automóvil, todavía había carros con las alarmas sonando. Subió rápidamente a la recepción que estaba repleta de vecinos, en pijamas, en bata, como los había encontrado el terremoto. Se acercó a una de sus vecinas, una de las pocas con las que tenía trato, la pobre aún tiritaba, apenas y se había puesto un suéter sobre el pijama así que se sacó la chaqueta y la puso sobre sus hombros. Se quedaron conversando en espera de pasar la larga noche en vela mientras Chris seguía tratando de comunicarse con Alen y con Marco.

Su teléfono sonó y miró rápidamente la pantalla, era Marco.

—¿Estás bien? —Preguntó apenas contestó.

—Sí, ¿qué tal la sacudida en el piso diecinueve?

—Supongo que no tan mala como en el veintitrés. ¿Tu familia está bien?

—Sí, hablé con mi hermana, ni siquiera se sintió en el norte. Así que supongo que tu familia también está bien.

—Si, supongo, pero no he podido comunicarme con Alen.

—¿No está contigo? —Preguntó Marco extrañado.

—No, ayer no se por qué, cuando llegué a casa se había ido a la casa de su mamá. Hablé con ella y me dijo que estaba allí, pero él no quiso hablar conmigo.

—¿Qué diablos hiciste ahora?

—¡Nada! —Dijo defendiéndose.

—¿De qué parte del sur es él?

—Concepción.

—Demonios... —Le dijo con voz ronca.

—¿Qué?

—¿No has escuchado las noticias?

—No, no he prendido la radio, estaba preocupado de llamar por teléfono.

—El epicentro fue en Concepción, ocho punto ocho, acá fue de ocho punto dos.

—¡¡La puta madre!!

—¿Sabes en que parte vive la mamá de Alen?

—Se que cerca del río, el edificio se llama algo de río... pero no recuerdo el nombre.

—Oh por Dios... Chris, siéntate.

—¿Qué pasa?

—Chris, por favor siéntate.

Si Marco le pedía que se sentara era porque le iba dar una noticia que lo iba a alterar.

—Estoy sentado. —Mintió.— ¿Qué pasa?

—¿Estás seguro con lo del nombre del edificio?

—Eso creo.

—¿Es Alto Río?

—Sí, ese es, Alto Río.

—Chris... En las noticias dijeron que un edificio se derrumbó en Concepción... El Alto Río.

Por Dios no. Christian negó con la cabeza, era un intento inútil porque Marco no podía verlo.

—No, no, no puede ser el edificio de Alen.

—Chris, quédate en tu departamento. Te iré a buscar.

No, él tenía que ir a buscar a su novio. No podía ser, no podía haber sucedido eso. Alen estaba bien, debía estar bien.

—Chris, por Dios Chris, respóndeme.

—Debo ir a Concepción. —Le dijo en un susurro.

—No irás solo en ese estado, quédate donde estás, prepararé un bolso con ropa y te acompaño. ¿Estás bien?

Estaba temblando como una hoja, no estaba bien, pero necesitaba cortarle a Marco, necesitaba seguir llamando a Alen, estaba seguro que su novio le respondería.

—Estoy bien, te espero. —Le dijo colgando y marcando el número de Alen una y otra y otra vez.

448

Marco avanzaba hacia el departamento de Chris en medio de la ciudad que estaba sumida en la oscuridad, sin semáforos era una boca de lobos, la única luz provenía de los automóviles, algunas pocas linternas y muchos vidrios rotos que brillaban cuando los carros pasaban y los iluminaban con sus focos.

Estacionó su camioneta frente al edificio donde vivía Chris, corrió a la recepción y fue al lado de su amigo rápidamente.

Chris estaba hecho pedazos. Se mecía nervioso en una silla con el teléfono pegado a su oreja, tenía los ojos rojos y una vecina estaba a su lado sosteniendo su mano.

—No contesta, no contesta... —Le dijo a punto de las lágrimas.

Se arrodilló al lado de Chris para calmarlo.

—Chris, el epicentro fue allá, probablemente no hay señal en ninguna parte de la ciudad.

—También escuché las noticias, es el Alto Río, el edificio que se derrumbó era el Alto Río... Se derrumbó...

—¿Quieres ir allá? ¿Quieres ir a buscarlo y asegurarte que está bien?

No quería pensar en la opción, si Alen no estaba bien. Chris asintió con la cabeza y lo ayudó a levantarse y casi lo arrastró con él hasta su camioneta.

Su vecina lo abrazó y les pidió que tuvieran cuidado. Ni siquiera eran aún las cinco de la mañana, apenas había pasado poco más de una hora desde el terremoto y parecía que había pasado un siglo.

Cuando partieron Chris no hablaba, seguía marcando una y otra vez el número de su novio.

Rogó que nada le hubiera sucedido a Alen, era un buen muchacho y además Chris lo amaba. Le había costado mucho encontrar por fin el amor y perderlo tan pronto sería devastador para su amigo, él lo sabía, nadie mejor que él sabía lo que era perder al amor de tu vida.

El viaje que duraba seis o siete horas iba a tomarles muchísimo más. No estaban ni siquiera la mitad del camino y ya llevaban más de cuatro horas de viaje.

Había sido una odisea conseguir agua y otra igual de complicada conseguir combustible. El paisaje en el camino era devastador, donde antes brillaban los paisajes verdes y las hermosas casas coloniales ahora resaltaban los caminos cortados, los puentes caídos y cientos de casas en el suelo.

Las noticias de un maremoto que había azotado la costa solo los había hecho angustiarse más, Concepción no estaba cerca de la costa, pero el pensar en las personas que habían muerto...

Cerca de las diez de la mañana Chris se rindió con el teléfono. Solo lo bajó a su regazo y lo mantuvo entre sus dedos esperando que sonara en cualquier momento.

Pero no sonó.

Finalmente el viaje duró cerca de doce horas. Tanto Marco como él estaban exhaustos, pero su amigo no había querido pasarle el volante a Chris, y con razón, sus nervios estaban en un estado lamentable. El viaje había sido una tortura, pensando en lo que estaría pasando Alen si es que estaba en aquel edificio.

Cuando finalmente entraron en la devastada ciudad, encontraron rápidamente el edificio Alto Río. Cuando se acercaban al lugar, vieron gran cantidad de personas, voluntarios, personal médico y muchos curiosos. No podían acercarse en la camioneta, así que se estacionaron y caminaron al lugar.

Cuando estaban a unos cuantos metros Christian casi corrió hacia el edificio. Trataba de pensar que todo estaría bien, tal vez había salido con algún amigo, tal vez no estaba en casa. Tal vez no era el edificio correcto, pudo escuchar mal el nombre...

Pero cuando Marco y él se plantaron frente al Alto Río, cayó de rodillas. Donde debía estar el edificio había un amasijo de concreto y fierros, el edificio había caído de espaldas. Llevaba años trabajando en construcciones y jamás había visto algo tan impactante. A su lado escuchó la ronca voz de Marco.

—Oh por Dios...

Chris quería gritar y llorar. Alen no podía estar allí, aquello debía ser una pesadilla, su novio no podía estar allí.

Marco lo tomó de los hombros y lo levantó.

—No te rindas ahora muñeco, debemos averiguar el paradero de Alen y su mamá.

Agradeció que Marco estuviera con él y que pudiera mantener la mente fría, porque él no podía. Lo empujó hacia unos bomberos y comenzaron el horrible proceso de conseguir información, de averiguar si habían sacado personas vivas del edificio y a qué hospital las habían trasladado.

Finalmente dieron con un voluntario que tenía una lista de las personas que habían sido enviadas al hospital. El nombre de Alen no estaba en la lista... Pero el nombre de Evelyn sí.

Sintió que el suelo se abría a sus pies.

—¿Sacaron a alguien más junto con ella? —Preguntó Marco al voluntario señalando el nombre de Evelyn.

—No lo sé, tendría que preguntar.

—Puede que su hijo estuviera con él, un joven de veintisiete años, moreno, alto...

—No recuerdo a nadie con esa descripción, voy a averiguar y les digo. —Dijo el voluntario y corrió hacia los rescatistas.

Uno de los bomberos se acercó a ellos rápidamente.

—¿Había alguien más en el departamento de la señora?

450

—Probablemente su hijo. —Dijo Chris con un hilo de voz.

—Ya revisamos ese piso y no encontramos a nadie más con vida. ¿Están seguros? ¿Cómo para que volvamos a revisar?

Chris sintió un nudo en el pecho.

—No estamos seguros, pero creemos que sí. —Dijo Marco.— Ayer en la tarde estaba con ella.

—Bien, revisaremos de nuevo, pero si encontramos señales de vida en otra parte, debemos priorizar.

Eso era, probablemente Alen está muerto. Chris solo asintió. Si Alen estaba allí, no se movería hasta que lo sacaran, como fuera...

Alen abrió los ojos cuando alguien le tocaba la cara.

—¿Puedes oírme? ¿Puedes decirme tu nombre?

—Alen. —Le dijo a la voz casi en un susurro.

—Vamos a sacarte de aquí Alen, resiste un poco.

—¿Mi mamá? —Preguntó con un hilo de voz.

—La sacamos hace unas horas, ella está bien, ya está en el hospital.

Alen cerró los ojos, los tenía con tierra y le dolían.

—Resiste Alen, vamos a sacarte pronto.

—¡Está con vida! —Escuchó que otro bombero gritaba.

Trataba de no dormirse, pero sentía que todo seguía girando. Ni siquiera sabía cuánto tiempo había pasado, podía ver luz a lo lejos, la última vez que estuvo consciente era de noche.

—Trata de no moverte, vamos a inmovilizarte pronto.

Aunque quisiera no podía, sentía todo el cuerpo entumecido. Más bomberos llegaron a su alrededor y comenzaron a colocarle un cuello ortopédico.

—Resiste Alen, vamos a sacarte pronto.

Alen volvió a cerrar los ojos, estaba tan cansado, pronto estaría en el hospital con su mamá, aún no sabía cómo, pero habían sobrevivido. ¿Y Chris? ¿Chris estaría bien?

—No te rindas muchacho, quédate conmigo. —Le decía el bombero una y otra vez.— Tienes gente que te está esperando afuera muchacho, no te rindas.

No se iba a rendir, debía salir de allí para averiguar el paradero de Chris.

Esta era sin duda la peor espera de su vida. Los voluntarios habían vuelto a recorrer el piso donde estaba el departamento de Evelyn. Pero aún no tenía noticias.

Marco ahora estaba con casco y con una pechera de rescatista ayudando junto a los demás voluntarios. Con su experiencia en ingeniería y construcción asesoraba los lugares correctos donde apoyarse o donde taladrar para no dañar aún más la estructura.

Chris también había querido ayudar pero Marco no lo dejó, en realidad no estaba en condiciones de ayudar a nadie.

Después de lo que a él le pareció una eternidad, Marco llegó corriendo a su lado.

—Lo encontraron. —Dijo Marco muy serio llegando a su lado.— Estaba enterrado en escombros, por eso no lo vieron antes.

—¿Está..? —Preguntó aterrado.

—No, está vivo. Pero está mal herido Chris. Lo van a inmovilizar para poder sacarlo, pero me dijeron que no se ve nada bien.

No podía pensar, no podía imaginar lo que su pobre Alen había pasado… por su culpa.

Por fin su karma lo había alcanzado, castigándolo con la persona que amaba. Si Alen moría sería su culpa, solo suya.

—¿Chris? ¿Estás bien? —Preguntó Marco preocupado.

—No debería estar aquí. —Dijo aturdido.— Alen estará mejor sin mi.

—¿Qué locura estás diciendo?

—Por algo Alen me dejó, esto es mi culpa.

—¿Por qué diablos piensas eso?

—Es mi karma, mi maldito karma persiguiéndome, es por mi culpa que Alen esté herido y tal vez... tal vez...

Chris esperaba que Marco se compadeciera de él, en cambio su amigo lo miró con furia.

—¡Esa es la mayor estupidez que has dicho nunca! ¡Y mira que te he escuchado decir estupideces!

Chris lo miró sorprendido.

—¡Los accidentes pasan, idiota! ¡Y no por eso es tu culpa! ¡Ya es hora que la cortes con la idiotez del karma!

—Pero…

—¡No te atrevas a contradecirme o te daré una patada tan grande en el culo que te enviaré al hospital también!

—Yo no…

—Si tu idiota teoría es cierta, dime que fue lo que hice. ¿Que fue lo que hice para perder a Tomy? ¡Contéstame!

Chris se quedó sin saber que contestar, Marco tenía razón, su amigo nunca había lastimado a nadie, era un hombre correcto, bueno y sin embargo había perdido a su pareja.

—Lo lamento Marco, no debí decir esa estupidez.

Marco se calmó un poco antes de acercarse y abrazarlo fuerte.

—Debes ser fuerte Chris. Debemos sacar a Alen de allí, no te rindas ahora.

—No lo haré. —Dijo decidido.— Creo que el cansancio me tiene el cerebro reblandecido.

—A los dos. Acompáñame, nos aseguraremos que estés cerca cuando saquen a Alen.

Marco besó su cabeza antes de llevarlo abrazado lo más cerca que pudo del edificio destruido y lo sostuvo durante la penosa espera.

452

Alen escuchaba las voces a su alrededor y sentía que lo movían con cuidado.

—¿Alen? Aún estoy aquí amigo, debes resistir un poco más, falta poco para sacarte de aquí.

La voz del bombero seguía dándole ánimos y manteniéndolo alerta. Pero había momentos que sentía que se desmayaba por unos segundos y luego volvía a estar consciente de nuevo.

Cuando finalmente lo amarraron a una camilla y comenzaron a subirlo con cuerdas y en andas entre muchos voluntarios. Las luces que alcanzaba a ver no eran del sol, eran artificiales. Eso quería decir que era de noche nuevamente. ¿Cuántas horas había pasado enterrado?

Sintió nuevamente que se iba a desmayar. Chris, quería a ver a Chris, pero su novio estaba muy lejos, sentía que estaba al final de sus fuerzas y quería despedirse. Quería ver su rostro y que lo besara antes de volver a desmayarse.

Volvió a cerrar los ojos exhausto, comenzó a sentir que lo movían con más facilidad y también escuchó aplausos a su alrededor. Abrió los ojos brevemente y notó que ya estaba fuera del edificio, o lo que quedaba de él. Una vez que lo tuvieron a nivel del piso comenzó a escuchar gritos y ordenes.

—¡A la ambulancia! ¡Rápido! ¡A la ambulancia!

—¡Alen! ¡Alen! —Una voz conocida lo llamó, pero pudo escucharla entre medio del ruido y los gritos.

Chris, Chris estaba allí. Trataba de abrir los ojos pero era como tratar de mover automóvil a pulso.

—¡Alen! —La voz de Chris ahora estaba más cerca de él y discutía con alguien para acercarse, quería gritar que lo dejaran acercarse más, pero no tenía las fuerzas.— ¡Soy su novio!

—Chris… —Susurró débilmente. Pero en ese momento notó que tenía una mascarilla sobre la boca, ¿hace cuanto la tenía? No lo sabía.

—¡Déjenlo acercarse! —La voz del bombero que había estado a su lado ordenó.— ¿Alen? ¿Puedes oírme? Tu novio está aquí amigo.

Abrió brevemente los ojos y la mirada Chris estaba junto a él acariciándolo.

—Estoy aquí amor. —Dijo Chris besando su frente.

—Solo un segundo, debemos volar al hospital.

—Chris… —Susurró.

—No, no hables, solo resiste amor. Por favor resiste, te amo Alen, no me dejes amor, quédate conmigo.

Alen quería gritar de alegría, pero su pobre cuerpo agotado ya no pudo más y se entregó a la oscuridad sintiendo los labios de Chris en su frente.

Ese era por lejos el peor día de su vida.

Chris estaba sentado junto a Marco en la sala de espera del hospital. Alen llevaba varias horas en cirugía. Le habían permitido ir en la ambulancia con Alen, y estuvo todo el camino besando su mano y diciéndole que lo amaba. Marco había seguido a la ambulancia hasta el hospital y no se habían movido aún de allí.

El doctor habló con él poco antes de llevarse a Alen a cirugía. Su novio no estaba nada bien, tenía fracturada una pierna, varias costillas y además un severo trauma cerebral, lo que más preocupaba a los doctores era que no mostraba ninguna reacción ni en su brazos ni piernas.

Antes de entrar a cirugía le habían hecho más exámenes para ver la extensión de las heridas, pero Chris aún no sabía los resultados, aunque el doctor le advirtió que si Alen se salvaba podría quedar paralizado del cuello hacia abajo.

—¿Quieres un café? —Preguntó Marco sacándolo de sus pensamientos.

—No, gracias.

—Deberías comer algo, no has probado nada desde ayer.

—No podría tragar nada en este momento. Y no pienso moverme de aquí hasta que sepa que Alen está bien.

—Estoy seguro que estará bien, es un hombre fuerte, no creo que muchos resistieran tanto como él.

—Es la raza supongo, es una raza brava.

—Superaran esto Chris, incluso si…

—¿Si no vuelve a caminar?

—Estoy seguro que Alen estará bien, con lo inquieto que es, ya verás como en poco tiempo estará en pie y sorprenderá a todos los doctores. —Dijo sonriendo.

En esos momentos el doctor apareció en la habitación y Chris se levantó rápidamente para recibir las noticias.

El doctor les detalló la larga lista de procedimientos realizados a Alen. Afortunadamente a pesar de estar muy golpeado, las heridas no habían sido tan extensas, ni tan graves como habían creído al principio. La falta de reacción que al principio creyeron era una parálisis, había sido causada por la conmoción cerebral y no por un daño en la columna. Aún estaba en la UCI quirúrgica pero sobreviviría sin daños permanentes y podría llevarlo a casa en poco tiempo.

Chris respiró aliviado como no lo había hecho nunca. El doctor le permitió ver a Alen unos minutos mientras Marco fue corriendo a darle a Evelyn las buenas noticias.

El ver a Alen todo hinchado y golpeado era horrible, pero no pudo evitar dar las gracias al cielo porque hubiera salido con vida de aquel lugar.

Una vez más lo besó y le dijo que lo amaba hasta casi quedarse ronco.

454

16

Al día siguiente Chris volvió temprano al hospital, no tenía sentido pasar la noche allí, ya que no lo dejarían quedarse con Alen. Marco había conseguido alojamiento en un pequeño hotel donde por fin había podido descansar un poco teniendo la tranquilidad de que Alen estaría bien.

Al llegar al hospital, en la recepción le avisaron que Alen había sido trasladado a una habitación pero que aún estaba inconsciente.

Cuando encontró por fin la habitación, le sorprendió ver que Alen no estaba solo. Un hombre alto estaba a los pies de la cama de Alen y lo tocaba suavemente en la pierna sana. Su primer instinto fue decirle a aquel sujeto que le quitara las manos de encima a su novio, pero al acercarse se dio cuenta que el hombre era una versión adulta de Alen, pero con los ojos oscuros.

Era el papá de Alen.

Cuando el hombre mayor lo vio, se sobresaltó y quitó su mano rápidamente.

—Buenos días. —Dijo mirándolo fijamente.

—Buenos días.— Le contestó el hombre educadamente.

—¿Puedo ayudarlo?

—Yo… No. Solo quería ver como estaban Alen y Evelyn.

—Ellos están bien. Evelyn va a ser dada de alta durante la mañana y Alen en poco tiempo.

—Eso es bueno. Me preocupé mucho cuando supe que ellos estaban en ese edificio.

—Usted es el padre de Alen… —Dijo tranquilamente.

El hombre mayor solo asintió.

—Soy Agustín Mariante. ¿Y usted es..?

—Christian Brahm, soy el novio de Alen. —Dijo orgulloso esperando la censura en la mirada del hombre.

Para su sorpresa, solo asintió brevemente.

—Lo supuse. —Dijo volviendo a mirar a Alen.— ¿Lo de ustedes es serio?

—Sí, muy serio. Alen y yo estamos enamorados.

El papá de Alen no dijo nada, solo siguió mirando a su hijo.

—Supe que Alen es profesor. ¿Tú también eres profesor?

—No, Ingeniero Civil.

—Por lo menos tendrá un marido con buen sueldo. —Dijo sonriendo con tristeza.— Se lo merece, siempre fue un buen niño, siempre trató de hacerme sentir orgulloso.

—¿Y lo logró?

—Siempre. Éramos muy unidos cuando era niño. —Su mirada se entristeció un momento antes de volver a hablar.— Después me dijo aquello de que era... ya sabe, y no pude...

—Aún no es tarde... Para recuperarlo, para recuperar su afecto.

—No puedo. No puedo aceptarlo. —Dijo dando media vuelta y saliendo de la habitación cabizbajo.

Chris sintió tristeza por él. Por una parte lo entendía, era un hombre de campo, de tradiciones, no debía ser fácil aceptar que su hijo fuera gay, además era obvio que aún amaba a Alen y probablemente a Evelyn, pero su maldito orgullo lo mantenía lejos de los que amaba.

Miró la golpeada cara de su novio y lo besó suavemente en los labios. Jamás pensó que podría amar a alguien como amaba a Alen, con cada latido de su corazón, con toda su alma. Dio gracias al cielo una vez más que Alen estuviera a salvo, siete personas habían perdido la vida en aquel edificio y aún faltaba un joven hombre que estaba desaparecido entre los escombros.

Si su karma ya se había cobrado su deuda o no, ya no le importaba, porque nada volvería a separarlo de Alen.

En ese momento recordó porque estaban separados al momento del terremoto y su sonrisa se apagó. No sabía que había llevado a Alen a dejar la ciudad sin avisarle, aún no sabía que había pasado por la cabeza y el corazón de su novio ese día, pero sintió miedo. Miedo de que Alen ya no lo amara, miedo de no ser lo suficientemente bueno para Alen.

Cuando su corazón latía dolorosamente pensando que Alen lo abandonaría nuevamente, Alen comenzó a abrir lentamente los ojos.

Alen sintió que despertaba lentamente y en un segundo deseo seguir dormido, el dolor lo invadió apenas se sintió levemente consciente, no pudo evitar el gemido de dolor que salió de su boca. Le dolía todo, no era capaz de identificar qué lugar dolía más, aunque cambió de opinión cuando en esos momentos su cabeza empezó a palpitar casi al punto de reventar.

—¿Alen? —La voz preocupada de Chris se escuchó cercana.— ¿Alen? ¿Puedes oírme amor?

Sintió una mano acariciar su mejilla suavemente. Hizo un esfuerzo sobrehumano y abrió levemente los ojos, la luz envió un dolor horrible a su cabeza.

—Luz... —Gimió adolorido.

Escuchó a Chris correr hacia la ventana y cerrar las cortinas. Hizo un nuevo intento con sus ojos y esta vez la habitación en penumbras fue más tolerable.

—¿Cómo te sientes amor? —Preguntó Chris tomando su mano y besándolo suavemente en la boca.

—Duele...

—Lo sé amor, en unos minutos la enfermera va a colocarte más calmantes, aguanta un poco.

Esas palabras le recordaron al bombero que estuvo con él en el edificio. Aguanta, resiste, había resistido, aún no sabía cómo pero había sobrevivido.

—¿Mi mamá? —Preguntó asustado.

—Ella está bien, la van a dar de alta en un rato más. Ella está algo golpeada y con una muñeca esquinzada, pero por lo demás no le pasó nada. Ella dijo que la protegiste con tu cuerpo amor, así que te llevaste la peor parte.

—¿Qué pasó? ¿Fue un terremoto?

—Uno muy fuerte, el epicentro fue en la ciudad.

—Fue horrible...

—Lo sé, para mí también fue muy fuerte. El edificio donde estabas se derrumbó. Cayó de espaldas, afortunadamente el departamento de tu mamá estaba en la parte que quedó arriba y no abajo.

—¿Tu edificio no se derrumbó?

—No amor, no le pasó nada, solo se derrumbó un edificio en todo el país.

—¿Solo el de mi mamá?

—Sí, Marco ha estado ayudando de voluntario y me dijo que por lo que ha visto, probablemente tenía problemas estructurales. Yo no me fijé, lo único que quería era verte salir de ese infierno.

—¿Cuánto tiempo estuve metido allí?

—Casi veinte horas.

—No recuerdo mucho, parece que no estaba muy consciente.

—Te golpeaste muy fuerte la cabeza, también te fracturaste la pierna y tuvieron que operarte pero no tienes ningún daño permanente.

Internamente Alen se preocupó porque su pierna no quedara bien, pero después pensó que era mejor no quejarse, había tenido más suerte que otras personas y lo más importante era que su mamá estaba bien, no le importaba cuan malo hubiera sido para él, el saber que había podido protegerla lo tenía más feliz que cualquier otra cosa.

Comenzaba a sentirse cansado y con ganas de cerrar los ojos, pero la mirada nerviosa de Chris lo mantuvo alerta. Su novio seguía acariciando su mano, pero estaba tenso, lo conocía lo suficiente como para saber que algo le sucedía.

Y entonces lo recordó, él estaba en Concepción con su mamá porque Chris le había roto el corazón cuando se había reunido con su ex la mañana de terremoto.

No quería pensar en aquello en ese momento, le dolía demasiado la cabeza para analizar aquello.

—Estoy cansado. —Dijo en un susurro.

—Descansa, yo me quedaré cuidándote. —Le dijo Chris besándolo suavemente en los labios.

Cerró los ojos cansado aún sintiendo los dulces labios de su novio. Era patético, aún molesto y dolido como estaba con Chris quería otro beso. Trató de dormir pero las imágenes del terremoto venían a su cabeza, sentía como si todas las imágenes fueran un sueño que le costaba recordar.

Hubo una imagen que lo dejó aturdido, Christian llorando y diciéndole que lo amaba, rogándole que se quedara con él. Abrió los ojos de golpe y el dolor volvió a golpearlo, Chris corrió a su lado y lo miró preocupado.

¿Lo había soñado? ¿Christian había estado allí? ¿De verdad Chris le había dicho que lo amaba? ¿O solo lo había soñado?

Su cabeza daba vueltas analizando la situación, ni siquiera sabía si todavía estaban juntos, suponía que si, después de todo Chris estaba con él en esos momentos y si no había sido un sueño, le había dicho que lo amaba.

¿Pero por qué lo había hecho? ¿De verdad lo amaba? ¿O solo se lo había dicho porque pensaba que iba a morir?

—¿Estás bien? ¿Tienes mucho dolor?

Si, sentía mucho dolor, le dolía el corazón, le dolía el alma. Miró a Chris, rogando silenciosamente que le dijera que lo amaba, pero no lo hizo. Así que cerró los ojos recordando la declaración de amor de Chris, recordando ese pequeño momento y rogando que aquel recuerdo fuera real.

17

Habían pasado casi dos meses desde terremoto. Chris le sonrió a Alen que iba sentado a su lado en la camioneta. Su novio aún tenía la pierna inmovilizada y usaba muletas, pero había aprendido rápidamente a usarlas y ya corría por todo el departamento con ellas.

Su relación sin embargo no estaba tan bien, Alen se comportaba más frío con él desde el terremoto, no habían conversado de lo ocurrido ese día, ni las razones que tuvo Alen para dejarlo y partir al sur.

Alen había tratado varias veces de hablar al respecto, pero Chris evitaba a toda costa la conversación, tenía mucho miedo de que su novio lo dejara, era un temor constante que había cargado los últimos meses.

Chris iba todos los días a verlo, pero no habían vuelto a dormir juntos, al principio la excusa fue que Alen estaba herido y luego fue que su novio no quería ir a su departamento, le aterraba el solo pensar en quedarse a dormir en el piso diecinueve.

Tampoco podían dormir juntos en el departamento de Alen, porque su mamá se estaba quedando con él. Evelyn estaba con licencia médica, primero por su esguince y luego a ella y a Alen les habían diagnosticado stress post traumático.

La mamá de su novio había optado entonces por quedarse a cuidar a su hijo y lo más probable era que pidiera su traslado a una biblioteca de la capital para quedarse cerca de Alen definitivamente. A Chris no le molestaba, él amaba a Evelyn, pero extrañaba estar a solas con su novio.

Chris finalmente estacionó su camioneta frente a una casa de las que había construido con Marco, el proyecto estaba terminado y podrían mudarse juntos cuando quisieran. Chris aún no le había contado a Alen, pero había puesto en venta su departamento, si su novio no era capaz de poner un pie en aquel lugar, entonces él tampoco lo quería, si Alen necesitaba estar en tierra firme, eso le daría.

Esperaba que Alen entendiera que si quería que vivieran juntos en esa casa era porque quería estar con él para siempre. Sonrió imaginándolos juntos en aquel lugar, era un barrio residencial tranquilo, cerca de su trabajo y del trabajo de su novio.

—Acompáñame. —Le dijo Chris a Alen bajando de la camioneta.

459

Caminó hacia su puerta justo cuando Alen estaba acomodando sus muletas.

—Guau. —Dijo Alen viendo la casa.

—Espera verla por dentro.

—Es linda. —Comentó mirando la entrada y el jardín.

Cuando Chris abrió la puerta, Alen se quedó boquiabierto, era una casa amplia, con mucha luz. Era perfecta.

—Guau. Es genial. —Dijo recorriendo el pasillo hacia los dormitorios. — Pero creo que es un poco grande y costosa para mi mamá.

Alen le había pedido que le ayudara a buscar una casa o departamento pequeño para su mamá. Pero la verdad era que ya había visto un departamento ideal para su suegra, cerca de ellos en un piso bajo. Incluso si Alen quería, Evelyn podía vivir con ellos. La casa era lo suficientemente grande para ellos tres. Para su pequeña familia, pensó sonriendo.

—¿Te gusta? —Preguntó Chris.

—Es perfecta…

—Quiero comprarla.

—¿Y tu departamento?

—Lo voy a vender. Si tú no quieres estar en el, entonces tendré que cambiarme a otro lugar. Es importante para mí que también te guste.

—Lo importante es que te guste a ti.

—Lo importante es que nos guste a ambos. —Le dijo Chris con una sonrisa.— Quiero que vivas conmigo…

Alen lo miró sorprendido y después lentamente desvió la mirada.

—No. —Dijo negando con la cabeza.— No creo que sea una buena idea.

A Chris se le partió el corazón en ese momento. Sabía que tenían problemas, pero nunca pensó que Alen lo rechazaría tan limpiamente. Él quería estar con Alen, pero al parecer su novio no.

Ni siquiera debería haberse sorprendido, ese era su karma.

Ser eternamente rechazado.

Después de salir de la preciosa casa que le mostró Chris ninguno de los dos había dicho ni una sola palabra al otro. A Alen Todavía le dolía haber rechazado a Chris. La casa era preciosa, era el tipo de lugar donde le encantaría vivir con Chris. Un hogar para ambos.

Pero no podía vivir con Chris en esos momentos, no así como estaban. Alen había intentado varias veces conversar respecto al día del terremoto, pero su novio evadía la conversación y Alen estaba cada vez más frustrado y paranoico.

No era capaz de estar en el departamento de Chris sin que le diera un ataque de pánico, así que no habían dormido juntos desde el terremoto, por lo que se torturaba cada noche preguntándose si su novio estaba durmiendo solo o acompañado. Cada vez que Chris se alejaba un poco para contestar una llamada telefónica su corazón saltaba de miedo pensando que podía ser Alex nuevamente.

Aún no caía en la tentación de revisar en su teléfono el registro de llamadas, pero lo había pensado más de una vez. No le gustaba la persona en la que se estaba convirtiendo, no quería desconfiar de Chris, no quería vivir con miedo, preguntándose cuando vendría Alex a arrebatarle a su novio.

Alen no quería perder a Chris, pero sentía que nuevamente estaba chocando con una pared y esta vez no sabía cómo atravesarla, no veía la forma de hacerlo. Se torturaba pensando que tal vez esa pared era que todavía estaba enamorado de Alex, o tal vez después de aquel encuentro en la cafetería habían comenzado a verse nuevamente, sabía que Chris le ocultaba algo, pero no sabía qué.

Su mamá estaba en la cocina cuando Alen entró a su departamento apoyado en sus muletas.

—¿Ya volvieron? Pensé que iban a pasar la tarde juntos…

En esos momentos su mamá se dio cuenta que algo pasaba. Algo serio.

—¿Saben que? Creo que voy a ir al supermercado, volveré en un par de horas.

—Mamá…

—Necesitan tiempo a solas cariño. Conversen y solucionen los problemas.

Alen tenía mucho miedo. ¿Y si su relación no tenía solución?

Cuando finalmente quedaron a solas, ninguno de los dos habló. Alen se sentó en el sofá y Chris se sentó en el sillón, lejos de él. Si las cosas fueran diferentes Chris y él estarían sentados en el mismo sofá, abrazados y sin poder quitarse las manos de encima.

—¿Quieres… quieres beber algo? —Dijo Chris nervioso.

—Vamos Chris… Creo que deberíamos dejar de fingir que no pasa nada. Ya hemos aplazado demasiado esta conversación ¿no crees?

Chris se inclinó hacia delante apoyando los codos en las rodillas.

—Creo que sabes porque he estado aplazándola.

A Alen se le cayó el alma a los pies. Tragó fuerte tragándose el nudo que tenía en la garganta, se obligó a no llorar, no iba a llorar como una niñita delante de Chris, no lo haría.

¿Cómo diablos habían llegado a este punto? Hasta el día anterior al terremoto todo era maravilloso. ¿Cómo pudo un simple encuentro en un restaurante arruinar todo?

Ahora comprendía que la declaración de Chris había sido su imaginación, Chris no lo amaba, aún seguía enamorado de Alex.

—¿Te estás viendo con él? —Preguntó con un hilo de voz.

—¿Con quién? —Preguntó Chris confundido.

—Con Alex…

—¡¿Qué?! —Preguntó Chris impactado.— ¿Por qué…? ¿En que…? ¿Cómo puedes pensar que te engañaría?

—Porque me mentiste. Porque me mentiste para reunirte con él.

—¡Eso no es verdad! ¡No he vuelto a ver a Alex desde la noche que lo vi en el restaurante!

—¿Y la mañana siguiente? —Chris lo miró sorprendido.— Te escuché hablar por teléfono y sé que te reuniste con él en la cafetería.

—Ese no era Alex, era Dani. —Dijo Chris confundido.— ¿Por eso te fuiste al sur? ¿Pensaste que te estaba engañando con Alex?

—¿Dani? ¿La pareja de Alex? —Preguntó sorprendido.— ¿Por qué diablos te reuniste con él?

Chris se pasó la mano por la cara en un gesto cansado.

—Cuando fui al baño en el restaurante, Alex entró unos minutos después y tuvimos una discusión bastante fuerte. Dani solo quería que supiera que Alex y él habían conversado la noche anterior y aquello no volvería a pasar si nos encontrábamos nuevamente.

—Aún no entiendo, ustedes terminaron hace cuatro años… ¿Cuánto lo amas todavía que puede afectarte de esa manera?

Chris se quedó de una pieza. ¿Alen creía que aún amaba a Alex? Se levantó rápidamente y se sentó frente a Alen cogiéndolo de las manos, lo acarició pero su novio seguía tenso.

—Alen mírame. —Su novio lo miró y la mirada triste de Alen le encogió el corazón.— Quisiera decirte que nunca amé Alex, pero eso no sería verdad. Si lo amé, en el pasado y hace mucho que él ya no significa nada para mí.

—Me cuesta creerte, siempre que Alex aparece te alteras, te deprimes…

—Aún había cosas pendientes que debía aclarar y lo hice con Dani esa mañana.

—¿Qué cosas? ¿Qué cosas estaban pendientes?

Chris se tensó nuevamente, no podía contarle a Alen lo que había hecho, era demasiado vergonzoso, no quería que Alen lo viera como alguien capaz de hacer algo así, no quería que lo viera como a su ex novio psicópata.

Alen notó su cambio de actitud y soltó sus manos con brusquedad. Estaba muy enojado, su novio estaba furioso con él.

—Ya no voy a escuchar más mentiras Chris…

—No te estoy mintiendo, eres tú el que cree cosas que no son.

—Por Dios Chris esto no es sobre mí. Eres tú el que no sabe lo que quiere.

—Si se lo que quiero. ¡Te quiero a ti! Te amo Alen.

—¡No lo digas ahora! No has sido capaz de decir que me amas en todo este tiempo, no lo digas solo para que te crea ciegamente.

—Te lo dije cuando te rescataron, te lo dije hasta quedarme mudo todo el tiempo que estuviste en el hospital.

—¡Que consuelo! ¡Me dijiste que me amas cuando estaba inconsciente!

—¿Por qué no puedes creer que te amo?

—¿Por qué? ¡Porque tuviste que esperar a que me cayera un edificio encima para decirlo! Y no lo has vuelto a decir desde entonces. Solo puedo creer que lo dijiste porque pensabas que iba a morir.

—¿Crees que no es lo que siento?

—Ya no lo sé, solo sé que me ocultas algo Chris y no puedo estar contigo así. Ocultándome cosas y no sabiendo lo que sientes en realidad.

Chris se pasó las manos por el pelo con gesto cansado. ¿Cómo diablos se habían enredado tanto las cosas? ¿Cómo pudo permitir que Alen no se sintiera amado?

Todo este lío se había armado por no ser honesto con Alen cuando debió serlo. Ahora si no le decía la verdad iba a perderlo, pero si le decía lo que había hecho, Alen lo dejaría de todas maneras.

Miró al amor de su vida y supo que no podía simplemente alejarse y perderlo, él no era de los que se quedaban de brazos cruzados y menos aún con Alen.

Si por Alex había mentido y lastimado, por Alen pelearía hasta la muerte.

Alen miraba molesto a Chris, la verdad era que se había ablandado un poco cuando Chris le dijo que lo amaba. En realidad más que un poco, estaba hecho una masa y Chris podría hacer lo que quisiera con él, pero no se lo diría a su novio, no iba a ceder, sabía que le ocultaba algo y quería la verdad. Y la quería ahora.

—Chris. Solo dilo… Dime que es lo que ocultas.

—¿No puedes solo confiar en mí? Es algo del pasado que no tiene que ver contigo.

—¿Que no tiene que ver conmigo? —Preguntó molesto.— Tiene todo que ver cuando afecta nuestra relación. Mira como estamos y dime que no nos afecta, entonces te diré que no importa.

—Lo sé, soy el culpable de este lío. Dios no merezco que me ames, soy un desastre… Y aún no conoces lo peor de mí.

—¡Entonces dímelo! ¡Dímelo de una vez! —Chris comenzó a negar nuevamente con la cabeza.— ¿Eres infiel? ¿Es eso? ¿Te escapas por ahí para acostarte con otros hombres?

—¡Por supuesto que no! —Dijo Chris ofendido.— No he dormido con nadie más que contigo desde que nos conocimos.

—¿Entonces por qué me mentiste? ¿Por qué no me dijiste que estabas con Dani?

—Porque si te contaba que lo había visto. Tendría que contarte toda la historia.

—¿Y por qué no puedes contarme?

—¡Porque me avergüenza! Hice algo que no debería haber hecho y necesitaba disculparme con Dani, por eso me reuní con él.

—¿Qué fue lo que hiciste?

—Algo incorrecto, algo malo…

Mil distintas ideas pasaron por su cabeza, ¿Qué era tan malo?

—¿Qué hiciste? —Preguntó asustado.

—Yo… Yo… Traté de separarlo de Alex. —Dijo Chris avergonzado.— Más bien, los separé. Por un tiempo al menos.

Alen lo miró sorprendido, sin decirle nada.

—¿Qué fue exactamente lo que hiciste?

Chris le contó toda la historia, desde su relación con Alex, sobre su ruptura, su encuentro con Dani y todas las mentiras que le había dicho y la peor parte las consecuencias de lo que había hecho.

Cuando terminó la historia, Chris lo miró triste.

—¿Estás decepcionado de mí?

—Sorprendido más bien. –Dijo Alen aún medio confundido.— Es tan distinto de ti. El hombre que conozco, que se hizo a un lado para que su amigo fuera feliz, no haría algo así.

—Pero lo hice. —Dijo avergonzado.— Dios, soy una mala persona, no soy mejor que tu ex novio psicópata. Soy incluso peor que él, soy horrible…

—Por Dios Chris, no eres ni remotamente parecido a él. ¿Cómo diablos puedes creer algo así?

—Porque es verdad, hice algo horrible y descubrí que lo volvería a hacer.

—¿Quieres volver a separar a Alex de Dani?

—¡No! —Dijo Chris acercándose y tomándolo de las manos.— Me refiero a ti, si me dejaras no podría quedarme de brazos cruzados, lo siento amor pero sé que no podría dejarte marchar y no tratar de retenerte a mi lado.

—¿De verdad no me dejarías ir?

—Jamás. No soportaría perderte. Sería peor que tu ex novio psicópata.

Cuando su ex lo había acosado había sido una pesadilla. Pero al oír hablar a Chris de no querer dejarlo, de luchar por él, en vez de molestarle, lo hizo sentir una sensación cálida en el pecho.

—Es extraño, pero me siento alagado. —Le dijo Alen riendo.

—No te rías de mí. —Dijo Chris aún más avergonzado.

—Me río porque sobre exageraste esto casi hasta la idiotez. –Dijo Alen acercándose más a Chris.— Para empezar lo que hiciste no fue bueno, pero fue una reacción impulsiva, no lo planeaste y además le pediste disculpas a Dani eso quiere decir que lamentas lo que hiciste.

—Me he arrepentido horriblemente todo este tiempo.

—¿Lo ves? No eres malo, solo cometiste un error. Uno muy feo, pero error.

—Lo sé, por eso necesitaba decirle a Dani cuanto lamentaba lo que hice.

—¿Te perdonó?

—Sí. Es un buen hombre y no se merecía lo que le hice, Alex tampoco. Incluso Dani también me pidió disculpas por haber provocado mi ruptura con Alex.

—¿Por qué te disculpaste con Dani y no con Alex?

—La última vez que lo vi, me dijo que no quería volver a verme. De hecho también me dijo que no volviera a acercarme a Dani. Y después de la discusión en el restaurante, no quería que volviera a romperme la nariz.

—¿Alex te rompió la nariz? —Preguntó furioso.

—Sí, pero me lo merecía. —Alen estaba pensando en ir a buscar a Alex y romperle la nariz también.— Me lo merecía amor. Mentí, insulté e hice más daño del que jamás podrías imaginar.

—Nadie merece que lo golpeen. —Le dijo molesto.

—Te aseguro que lo merecía. Además me alegra que lo hiciera. —Le dijo acariciando sus manos.

—No entiendo cómo puedes estar alegre de que te golpeara.

—Porque si no hubiera roto mi nariz no te hubiera encontrado. —Le dijo con una sonrisa.— Todo pasa por algo amor. Alex rompió mi nariz, pero eso sirvió para encontrarnos. No cambiaría nada, tú vales más que una nariz rota.

Alen le sonrió a Chris y tiró de sus manos para sentarlo sobre él a horcajadas sobre sus caderas. Acarició su nariz y su novio por fin le devolvió la sonrisa.

—Te quedó linda…

—La tuya también. —Dijo Chris colocando los brazos alrededor de su cuello.— Ahora que sabes toda la fea verdad sobre mi… ¿Vas a dejarme?

—Claro que no amor. Nunca pensé en hacerlo, solo quería saber que era lo que me ocultabas y botar por fin ese muro que sentía que nos estaba separando.

—¿En serio? —Suspiró Chris aliviado apoyando la frente contra la suya.— Tenía tanto miedo de perderte…

—Na… —Le dijo levantando los hombros.— Estoy enamorado de ti, me vas a tener que aguantar por mucho tiempo.

—Yo también estoy enamorado de ti. Te amo tanto Alen…

Alen abrió grande los ojos y miró hacia el techo exageradamente.

—¡Lo dijiste sin que el edificio me cayera encima!

—Lo sé, soy un tonto… —Le dijo riendo y besándolo.— No volveré a esperar a casi perderte para decir que te amo.

—Eso está bien, porque me encanta escuchártelo decir. Lo esperé mucho.

—Te amo, te amo, te amo, te amo. —Dijo mientras besaba cada rincón de su cara.

Alen le devolvió los besos y luego lo acercó más a él para besarlo profundamente, había pasado tanto tiempo desde la última vez que estuvieron juntos y Alen estaba desesperado por hacerle el amor.

Los deseos de Chris parecían ser los mismos porque movía las caderas rozando sus erecciones. Alen levantó rápidamente la camisa de Chris y se la sacó por la cabeza, no esperó mucho antes de llevar su boca al bello pecho de Chris y chupar con anhelo sus pezones.

—Alen… Por Dios Alen, hazme el amor…

Alen llevó su boca a los dulces labios de Chris y lo besó profundamente antes de apartarse y mirarlo con una sonrisa.

—Entonces será mejor que vayamos al dormitorio antes de que llegue mi mamá y nos encuentre con el culo desnudo en medio de la sala. —Le dijo riendo.

Chris casi llevó corriendo a Alen hasta el dormitorio. Lo desvistió tan rápido que varios botones pasaron a mejor vida. Cuando por fin quedaron desnudos, Alen lo preparó rápidamente. Sin esperar demasiado se colocó sobre él ya que era la mejor posición para la pierna de su novio.

Bajó sobre el duro pene de Alen, disfrutando por fin sentirlo dentro de él. Había extrañado tanto estar con su novio.

Alen gimió, antes de acercarlo a su boca y besarlo mientras Chris bajaba las caderas hasta sentarse completamente sobre Alen.

—Dios Chris… Estás tan apretado. ¿No te lastimé?

—No. –Dijo sonriendo, le encantaba que su novio siempre se preocupara por él.

Levantó las caderas y volvió a bajarlas, esta vez ambos gimieron al mismo tiempo. No iba a durar nada, había pasado mucho tiempo y estaba demasiado necesitado.

Alen estaba igual de caliente y comenzó a levantar las caderas apoyándose en la pierna sana.

—Amor, no voy a durar mucho. –Gimió Alen.

—Yo me estoy conteniendo por ti cielo. –Dijo Chris contra sus labios.

—Oh por Dios, Chris… —Alen se enterró profundamente, antes de tirar la cabeza hacia atrás y descargar su orgasmo.

—Te amo Alen. –Dijo Chris cuando se corrió también sobre el estómago de Alen.

—Yo también te amo Chris. –Dijo Alen acunándolo contra su pecho.

Cuando ambos se calmaron un poco, Chris levantó el rostro para recibir un dulce beso de Alen. Su novio acariciaba su espalda desnuda dulcemente mientras Chris aún estaba sobre él, ninguno de los dos tenía ganas de moverse.

—¿Tu pierna está bien? —Preguntó Chris preocupado.

—Sí. Aunque casi me fracturo la otra pierna. —Dijo riendo.

—Si te la rompes me veré obligado a cuidarte, día y noche. Si no quieres vivir conmigo, podemos encontrar una solución para estar juntos…

—Si quiero vivir contigo. En especial si es en la casa que vimos hoy, ame esa casa, es perfecta.

—Pero dijiste que no querías… —Dijo Chris sorprendido levantando la cabeza y mirándolo.

—No quería cuando sentía que me ocultabas algo, ahora que ya se todo y no hay razón para no estar juntos para siempre.

La hermosa sonrisa de Chris iluminó el cuarto.

—Dios... No te puedes ni siquiera imaginar cuanto te amo.

—¿Más que a Alex? –Preguntó Alen inseguro.

Chris lo miró y lo besó suavemente.

—Nunca amé a Alex, ni a nadie como te amo a ti amor.

—Yo también te amo Chris. –Suspirando Alen lo abrazó más cerca.— Espero que nos podamos mudar juntos pronto, o mi mamá va a tener que ir al supermercado muy seguido de ahora en adelante.

Chris se río junto a Alen, su novio tenía razón. Quería tenerlo a su lado, dormir abrazados y despertar en medio de besos y caricias tal como estaban ahora.

—Cuando quieras amor, podemos llevar mis muebles o podemos cambiarlos todos si quieres.

—No es necesario. Le pediré ayuda a Erick. Estoy seguro que utilizará algunos de tus muebles pero los hará lucir absolutamente distintos.

—¿En serio? ¿Él decoró el departamento?

—Si, tiene un don innato para la decoración.

—Entonces hablaremos con él, quiero que sea un hogar para ambos.

—Lo será amor. Mientras estemos juntos lo será.

18

Christian llegó junto a Marco a la obra de la constructora Rivera, la empresa que la familia de Marco había adquirido recientemente. Marco y él habían hablado mucho con Rivera, era un hombre mayor que quería jubilarse, su único hijo era doctor y no estaba interesado en seguir con la empresa de su padre, así que al hombre no le había quedado otra que vender.

El hombre mayor era muy agradable y lo único que le preocupaba de su decisión, era proteger a sus trabajadores. Entre sus empleados tenía un grupo en un programa de reinserción social. Trabajadores con antecedentes criminales a los que Rivera les había dado la oportunidad de desarrollar un trabajo decente y honrado.

Era la única cláusula que había exigido dentro del contrato, proteger a los trabajadores de su programa social.

Chris miró el conjunto de casas básicas que Rivera estaba desarrollando y sonrió.

—El hombre hace buenas casas. –Le comentó Chris a Marco cuando se dirigían a las oficinas de la obra.

—Sí, muy buenas.

Miró más allá de Marco y maldijo al ver a Erick acercarse a ellos, todavía no le contaba a Marco del parecido de Erick con Tomy, y en esos momentos se arrepintió de no haberlo hecho antes, porque su amigo se iba enterar en unos pocos segundos y de la peor manera.

Marco debió notar su mirada de espanto, porque se comenzó a girar a ver que lo había asustado.

—¡No! —Le dijo con miedo sujetándolo fuertemente del brazo.

—¿Que estás haciendo? ¿Qué pasa? –Preguntó Marco sorprendido.

—¿Christian? —Lo llamó Erick acercándose más a él.

Marco escuchó la voz y se puso pálido antes de soltar bruscamente su agarre y girarse a ver a Erick.

—¿Christian, que haces aquí? —Preguntó Erick.

Marco perdió de golpe el poco color que le quedaba en el rostro, sabía lo que estaba viendo Marco: a Tomy. Y su amigo no iba a racionalizar como él lo hizo cuando conoció a Erick, que el hombre frente a él no podía ser su novio muerto.

Marco comenzó a tambalear y se le doblaron las piernas. Christian lo afirmó como pudo evitando que cayera pesadamente al suelo, pero no pudo con su peso y lo único que pudo hacer fue recostarlo en el suelo antes de que perdiera el conocimiento completamente.

Erick corrió hacia ellos preocupado.

—¿Qué le pasó?

No pudo responder, no podía decirle que su amigo se había desmayado de la impresión al verlo.

—Creo que fue el calor. –Dijo rápidamente.— ¿Me ayudas a llevarlo adentro?

Erick levantó su mano mala y puso cara de disculpa.

—Difícilmente podré ayudar con su peso. Pero puedo conseguir ayuda.

Se enderezó y silbó fuerte hacia la obra.

—Hey, necesito ayuda. –Grito Erick a dos hombres que se voltearon a verlo.

Entre todos, entraron a Marco a la oficina. El sorprendido Sr. Rivera, rápidamente despejó un destartalado sofá para recostar a su amigo.

—¿Trabajas aquí? –Le preguntó a Erick, una vez que se había encargado de Marco.

—Sí, no sé si Alen te ha contado de mi turbio pasado, pero soy parte del programa de reinserción social del señor Rivera.

—No, no lo sabía.

—¿Qué hacen ustedes aquí? –Preguntó Erick mirando a Marco como si fuera el único hombre en la habitación.

—La familia de Marco compró la empresa del señor Rivera, así que ahora soy tu jefe, bueno Marco también.

—¡Genial! –La sonrisa sincera de Erick brillo en su rostro.— Tenía un poco de miedo que los nuevos dueños fueran desagradables, pero si tú eres mi nuevo jefe, entonces todo estará bien.

No, no lo iba a estar. Si su amigo iba a tener que ver a Erick seguido ahora que iba a ser su jefe, las cosas no iban a estar tan bien como todos esperaban.

Erick volvió a su trabajo y unos segundos después Marco volvió lentamente en sí.

—¿Estás bien? —Le preguntó Christian ayudándolo a sentarse.

—Tomy... –Fue lo primero que dijo Marco.

—No es él. —Le dijo Chris cogiendo su mano.— Se parece mucho, pero no es él.

—Sus ojos, su voz... —Susurró aún atontado.

—Cuando lo veas de cerca te darás cuenta que no es exactamente igual. Su nariz es más recta y tiene la mandíbula más cuadrada. Incluso sus pómulos son un poco más altos.

—Pensé...

—Lo sé. Yo también lo pensé la primera vez que lo vi.

—¿Lo conocías? –Preguntó sorprendido.

Chris lo miró avergonzado antes de contestar.

470

—Si... Él es Erick, el amigo de Alen.

—No puedo creer que no me lo dijeras... —Le dijo Marco dolido.

—Lo siento Marco, no quise decírtelo antes porque sabía que sería impactante para ti.

Marco comenzó a temblar y se inclinó tratando de calmarse.

—Despídelo. —Murmuró Marco en voz baja.

—Marco... –Trató de razonar con él.

—Lo quiero fuera de aquí...

—No puedo hacerlo Marco.

—¡Soy el maldito dueño de este lugar! ¡Sácalo de aquí! ¡No quiero volver a verlo!

—Aunque quisiera, no puedo. –Dijo con voz firme.— Es uno de los empleados que Rivera dejó protegido en el contrato. Lo siento Marco, pero es imposible despedirlo. Estás atascado con él.

Epílogo

Alen estaba junto a Chris en el sofá de su casa conversando y disfrutando el gran trabajo que había hecho Erick decorando su casa. Tal como le dijo a Chris, había aprovechado varios de sus antiguos muebles y los había retapizado y reutilizado al gusto de ambos. Erick de verdad tenía un talento natural para decorar.

Hace una semana que estaban viviendo definitivamente en su nuevo hogar y no podía ser más feliz. En esos momentos estaban disfrutando el estar juntos y Chris le estaba contando lo sucedido ese día cuando se encontró con Erick.

—Y se desmayó, allí en mis brazos, obviamente no pude con su peso, así que solo lo recosté.

—¿Y por qué se desmayó?

Chris se puso tenso y no contestó enseguida.

—Porque vio a Erick. –Alen lo miró confundido y Chris le explicó.— Erick se parece a Tommy.

—¿Qué tan parecido?

—Físicamente se parecen bastante, pero su forma de ser y carácter son el día y la noche. Honestamente la primera vez que lo conocí también me recordó a Tommy, pero ahora que conozco más a Erick te puedo decir que ellos no son nada parecidos en realidad.

—¿Crees que sea muy duro para Marco?

—Sí, me pidió que lo despidiera.

Alen se tensó y miró a Chris.

—¿Dejaste sin trabajo a Erick?

Su amigo necesitaba mucho ese trabajo y no sería fácil para él encontrar otro por sus antecedentes. Alen incluso no había querido dejar a Erick hasta encontrar un compañero para su amigo, porque sabía lo duro que sería para su amigo pagar el arriendo solo.

Afortunadamente su mamá se había quedado a compartir el lugar con su amigo. La idea al principio le pareció extraña, pero tanto Erick como su mamá estaban encantados con la idea y por una parte a él le alegró que su mamá no estuviera sola y que además estuviera cerca de él.

—Habría tenido que hacerlo aunque no quisiera, pero no pude, Erick es uno de los protegidos por el programa de reinserción social del señor Rivera. ¿Por qué no me contaste que Erick tenía antecedentes?

—Porque no me importa. –Dijo levantando los hombros.— No es algo que ande contando, es solo parte de su pasado.

—¿Qué hizo?

—Que no hizo… Comenzó muy joven como delincuente. Tiene antecedentes por robo, hurto, asalto, tráfico de drogas, todo excepto asesinato…

—¿Nunca te importó? –Preguntó sorprendido.

—Por supuesto que sí, los dos o tres primeros meses dejaba mi dormitorio cerrado con llave y no dejaba nada de valor a mano. Hasta que un día dejé unas monedas sueltas sobre el mesón de la cocina.

—¿Y Erick no las robó?

—No las robó, pero las tomó prestadas. Al día siguiente yo las había olvidado, pero cuando Erick llegó al departamento me las devolvió y se deshizo en disculpas porque se había quedado sin cambio y las había tomado prestadas sin permiso para pagar el pasaje de metro. Se disculpó hasta al cansancio y me di cuenta que lo que más le preocupaba era lo que yo pensara de él.

—¿Un pasaje de metro? ¿Cuánto dinero era?

—Una bicoca, pero pensé que si le preocupaba tanto lo que pensara de él por solo unas pocas monedas, no tomaría algo más caro. Así que de a poco fui dejando cosas por el departamento y finalmente a dejar mi puerta abierta y Erick jamás tomó nada que no fuera de él.

—O sea que de verdad se rehabilitó.

—Sí, y no fue fácil para él, su familia es un nido de delincuentes, y sus antiguos amigos, aún peores. Por suerte se alejó de ellos.

—Es muy admirable.

—Lo es.

Cuando el teléfono de Chris sonó, alcanzó a ver en la pantalla el identificador "Regalo de cumpleaños". Sonrió para sus adentros y agradeció al cielo.

Cuando su teléfono sonó, Chris lo sacó del bolsillo con intención de apagarlo, pero cuando miró la pantalla el identificador decía "Regalo de cumpleaños". Él no había grabado ese número y además faltaban dos semanas para su cumpleaños.

—¿Qué…?

Cuando Alen vio la pantalla sonrió.

—Creo que debes contestar esa llamada. —Dijo Alen tomando sus muletas y yendo hacia el jardín.

—Aló. —Contestó confundido mientras veía salir a Alen.

—Chris. —Preguntó una voz insegura.

—Sí, con él.

—Soy Rafael.

Rafael. Su hermano.

—¡Oh por Dios! —Casi grita de felicidad.— ¡No puedo creerlo!

—¡Yo tampoco! —Dijo su hermano alegremente.

Inclinó la cabeza hacia atrás en el sofá aturdido. Su hermano lo había llamado, todavía no podía creerlo, conversaron mucho tiempo tratando de ponerse al día con sus vidas.

—No sabes cuanto te extrañé. –Dijo Chris al borde de las lágrimas.

—Yo también, mis papás dijeron que no querías saber nada de nosotros. Por mucho tiempo pensé que eras tu quien no nos querías.

—Eso ya no me importa Rafael. Lo único que me importa es que ahora puedo llamarte. ¡Ya tengo tu número!

—Este no es mi número. Es el del teléfono prepago que me enviaste. Fue muy ingenioso. No sabes la sorpresa que me llevé cuando lo encendí y vi que tenía grabado tu número telefónico.

¿Teléfono prepago? A través de los años había mandado, cartas, tarjetas y otros regalos a su hermano, que estaba seguro no había recibido, pero no había mandado nunca un teléfono.

Solo una persona podía haberlo hecho.

Alen.

—También fue una sorpresa para mí. –Dijo sonriendo.— Creo que el que envió el teléfono fue mi novio.

—Entonces dale las gracias de mi parte.

—¿No… No te molesta que tenga novio?

—¡Claro que no! Sé que ese es el motivo porque mis papás me quieren lejos de ti, pero es una estupidez porque soy heterosexual. Además no soy homofóbico, no tengo problemas con eso.

Sintió que un enorme peso se le quitaba de los hombros, sentía que ya no le importaba el rechazo de sus padres, era diez veces más importante tener la aceptación de su hermano.

Después de despedirse y prometer que mantendrían el contacto, se quedó sentado unos momentos recuperándose de la impresión, luego caminó hacia el jardín, Alen estaba sentado en una silla y lo miró serio.

—¿Quién era? —Preguntó con inocencia.

—Era Rafael, mi hermano. —Lo miró sonriendo.— ¿Fuiste tú verdad? ¿Tú le enviaste el teléfono?

—Feliz cumpleaños. —Dijo Alen sonriendo.

Sintió que se le llenaban los ojos de lágrimas.

Alen lo atrajo a sus brazos y Chris le devolvió el abrazó más agradecido de lo que nunca había estado.

—Gracias. —Le dijo con un nudo en la garganta.— Es el mejor regalo de cumpleaños que he recibido en mi vida.

—Quería darte algo especial. –Le dijo Alen secando sus lágrimas con su camiseta.

—Lo fue, aunque aún falta para mi cumpleaños.

—Lo sé, pero no sabía si mi plan iba a funcionar, así que lo envié un poco antes.

—¿Cómo lo lograste?

—Grabé tu número de teléfono en el aparato y lo envié por correo rápido con el remitente del colegio, no había manera de que tus padres lo relacionaran contigo.

—Eres increíble Alen, no sabes cuanto te amo… —Dijo besándolo con amor.

—Valió la pena para verte así de feliz. –Dijo Alen.

—Quiero que conozcas a Rafael amor.

—Si él no tiene problemas en conocerme. Me encantaría.

—Si los tuviera no me habría llamado. Sabe que soy gay y además le dije que mi novio había enviado el teléfono. Mi pidió que te diera las gracias.

—Fue un placer. Me alegra haber logrado un acercamiento, aunque sea solo con una parte de tu familia.

Chris recordó en esos momentos al papá de Alen. No le había contado nada al respecto a su novio.

—Amor… —Dijo en un susurro.— Hay algo que no te he contado. Sobre tu papá.

Alen lo miró extrañado levantando una ceja. Chris le contó sobre la visita de su padre en el hospital y lo que había conversado con él.

El rostro de Alen se mantuvo serio en todo momento.

—Lamento no habértelo contado antes… Aún estabas herido y no sabía como lo ibas a tomar.

Alen suspiró y lo abrazó más cerca.

—Por lo menos ahora sabes que si le importas. –Dijo Chris.

—Pero eso no sirve amor. ¿De que sirve amar a alguien de esa forma?

—Lo lamento amor…

—Yo lo lamento por él. –Dijo su novio tranquilamente.— Está solo por su tonto orgullo. En cambio yo tengo a mi mamá y te tengo a ti.

—Siempre me tendrás amor.

—Y tu a mí… Inche poyeneimi Chris. — Alen le dijo te amo en mapudungún, la lengua mapuche.

—Y yo a ti. In… che poye… neimi Alen. —Dijo Chris pronunciando muy mal.

Alen lo miró con amor, pero Chris pudo ver la pregunta que siempre estaba en la mente de su novio: ¿Más que a Alex?

—¿Recuerdas cuando nos conocimos y me dijiste lo que significa tu nombre? –Le preguntó a Alen.

—El que ilumina la noche…

—Alex fue una vela amor, tú eres la luna.

—¿Iluminé tu noche? –Dijo Alen con una sonrisa.

—No solo mi noche. –Le dijo Chris acercándolo a sus labios.— Iluminaste mi vida.

Fin

Acerca de la autora

Xaviera Taylor es ingeniera y vive en Santiago de Chile. Es adicta a los libros, especialmente a los románticos. Le gusta el mar y su sueño es algún día vivir en una ciudad costera.

En su tiempo libre, disfruta de viajar, cocinar cosas dulces, hacer yoga y crear historias acerca de hombres guapos y enamorados.

Hace unos años, comenzó a escribir en blogs relatos que por lo general tienen una buena dosis de drama; le gustan los finales felices y los personajes imperfectos pero adorables, que deben superar sus miedos para estar con la persona que aman.

Es una romántica incurable y aún espera que el príncipe azul llegue a su puerta.

Página web
http://xavierataylor.khabox.com/
Facebook
http://es-la.facebook.com/xaviera.taylorlibros

Printed in Great Britain
by Amazon